비행공포

ear of Flying
by Erica Jong

비행공포

1판 1쇄 발행 2013년 10월 21일 **2판 3쇄 발행** 2021년 2월 26일

지은이 에리카 종 **옮긴이** 이진
펴낸이 고세규
편집 이승희

발행처 김영사
주소 경기도 파주시 문발로 197(문발동) 우편번호10881
등록 1979년 5월 17일(제406-2003-036호)
구입 문의 전화 031)955-3100 **팩스** 031)955-3111
편집부 전화 02)3668-3292 **팩스** 02)745-4827 **전자우편** literature@gimmyoung.com
비채 카페 http://cafe.naver.com/vichebooks **인스타그램** @drviche
트위터 @vichebook **페이스북** facebook.com/vichebook **카카오톡** @비채책

ISBN 978-89-349-7695-0 04840 978-89-349-7218-1(세트) 책값은 뒤표지에 있습니다

비행공포

FEAR OF FLYING

I

에리카 종_이진 옮김

비채

슬프도다 여인의 사랑이여!
그것은 기쁘고 또한 두려운 것,
자신의 전부를 사랑이라는 주사위에 던지니,
설혹 그 사랑을 잃기라도 하면
이제 그들의 삶에는 아무것도 없고
지난날의 모멸만이 남아 있을 뿐,
복수는 호랑이의 도약처럼
치명적이고 날렵하며 파괴적이지만,
진정한 고통은 여인들 자신의 것,
그들이 가하는 고통을 그들 자신이 느낀다.

그도 그럴 것이, 남자는 남자에게 간혹 부당할지언정
여자에게는 항상 부당하기에.
그들을 기다리는 것은 한 가지.
믿을 것은 오직 배신뿐.
자신의 우상에 실망해 가슴이 찢어져도
숨겨야 한다고 배운다. 어느 부유한 욕망이
결혼으로 그들을 매수할 때까지.
그뒤엔 무엇이 기다리는가.
고마운 줄 모르는 남편, 배신하는 애인,
입히고 젖먹이고 기도하다보면 어느덧 모든 것은 끝나버린다.

어떤 여자는 연인을 찾고 어떤 여자는 술을 마시거나 기도한다.
어떤 여자는 집안을 가꾸고 어떤 여자는 낭비벽에 빠진다.
도망치는 여자도 있으나 근심거리가 바뀔 뿐
보금자리의 안락함을 잃고 나면
어떤 변화도 그들의 삶을 나아지게 하지 못하고
따분한 궁전이건 누추한 오두막이건
그들의 삶은 어디서나 편치 않으니
그중 어떤 여자는 악녀가 되어 소설을 쓴다.

조지 고든 바이런, 《돈 후안》에서

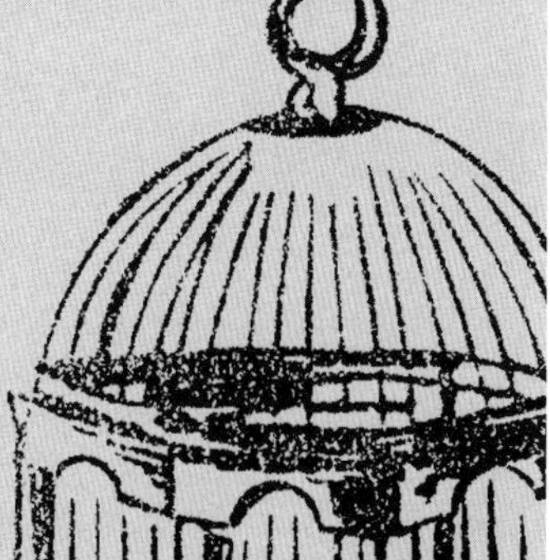

작품 소개

두려움 없이 쓴 소설, 두려움 없이 옮기다

내가 기억하는 이 소설과의 첫 만남은 2005년으로 거슬러 올라간다. 당시 번역하고 있던 소설에서 남자 주인공이 《비행공포Fear of Flying》를 읽었다는 말을 퍽 의미심장하게 하고 있었다. 호감을 가진 여성에게 자신이 여성의 심리를 상당히 잘 이해하고 있다는 뜻으로 한 말이었는데, 한국말로 옮기자면, "이래봬도 나, 《비행공포》 읽은 사람이에요." 정도로 번역될 수 있었다. 번역 중 만나는 작품들은 대부분 읽어보는 편이라 찾아보았지만 모두 절판되어 번역서를 구입하기 힘들었다. 결국 원서를 구해 읽어보았는데, 혼자 보기 아까울 정도로 재미있었다. 40여 년 전 소설에 담긴 놀라운 메시지에 감탄하며 내친 김에 내용 일부를 번역해서 비채를 비롯해 함께 일하던 편집부 서너 곳에 보냈고 담당자들을 열정적으로 설득했다. 그렇게 몇 년이 흐른 뒤, 마침내 2010년 비채에서 이 책을 계약하고 내게 번역을 맡겨주었다. 설레고 두근거렸다. 그러나 어렵게 계약이 성사된 후에도 순탄치만은 않았다. 자신의 작품을 한국어로 옮길 번역자에 대한 믿음이 없었던 작가에게(지금 생각해보면 당연한 일이다) 그간 번역했던 작품 목록을 포함한 이메일을 보내어 이 책의 출판 제안자이자 애독자인 내가 번역의 적임자임을 직접 설득하기도 했다.

《비행공포》의 번역 출간은 이렇듯 내게 개인적으로도 큰 의미가 있는 일이지만, 사실 이 작품이 처음 미국에 소개되던 1973년 당시의 반향이라든가 충격을 내가 정확히 이해하고 있었던 건 아니다. 이 책이 지닌 역사적 의미에 대해서는 이미 수많은 거장들과 독자들의 평가가 있었고, 서울여대 영문학과의 스티븐 캐프너 교수님께서도 소중한 해설을 써주셨기 때문에 여기서 어설픈 서평을 덧붙이지는 않으려 한다. 번역 일을 하는 사람으로서 시대를 앞서간 한 여성의 '성인 버전 모험담'인 이 소설을 한국 독자들에게 꼭 소개하고 싶었다는 말로도 충분하리라 믿는다.

《비행공포》는 지난 16년 동안 번역한 그 어떤 책보다 나를 혹독하게 공부시켰다. 그러나 고백하건대, 이사도라가 언급하는 작품들, 작가들, 사건들을 조사하고 각주를 다는 것보다 더 힘들었던 건 거칠고 대범한 그의 언어를 적절한 수위의 한국어로 옮기는 작업이었다. 처음 번역할 때만 해도 의식하지는 못했지만 일종의 자체 순화 내지는 자체 검열의 순간이 내게도 있었던 것 같다. 그러나 최종교정 과정에서 나는 두려움을 조금 더 떨쳐냈다. 작가가 선택한 거칠고 대범하고 적나라한 언어도 이 책이 지니고 있는 중요한 메시지라 생각했고 번역하는 사람이 그 섬세한 메시지들을 블랙홀처럼 빨아들여 무미건조한 문장으로 쏟아내서는 안 된다고 생각했다. 두려움 없이 써내려간 책이라 두려움 없이 번역하고 싶었다. 그러나 아쉽게도 여러 가지 여건상 원작의 대범함과 적나라함을 뼛속까지 완전하게 옮겼다고 말하기는 힘들 것 같다.

이렇게 많은 비속어가 들어 있으면서 이렇게 지적인 책은 본 적이 없다. 역사적으로 평가받는 작품이 이렇게 '세속적으로' 재미있기도 힘들 것이다. 헨리 밀러는 이 작품을 두고, '남자처럼 쓴 소설이라고 표현하고 싶지만 실은 100퍼센트 여자처럼 쓴 글'이라고 평한 바 있다. 절대적으로 공감한다.

이미 여러 차례 번역되었고 많은 사람들이 제목 정도는

알고 있을 작품을 번역하는 부담도 있었지만, 그보다는 마침내 이 책이 독자들과 만날 생각에 설레고 벅찬 마음이 더 크다.

에리카 종이 지금으로부터 꼭 40년 전 발표했던 작품의 메시지가 오늘날에도 여전히 유효하다 못해 통렬하다는 사실을 어떻게 받아들여야 할까. 세상은 참 많이 변하는 것 같으면서도 어떻게 보면 늘 그대로이다.

이진(옮긴이)

FEAR OF FLYING

차례

Fear of Flying

진실을 말하는 건 위험하면서도 필요한 일이다. 내게 《비행공포》가 그랬다. 이 책을 쓰는 내내 나는 무척 두려웠고, 책이 출판된 직후에는 열렬한 찬사와 날선 비난을 동시에 감당해야 했다. 솔직함이 항상 인정받는 것은 아니며 때로는 그로 인해 감옥에 갈 수도 있기에. 그러나 진실을 말하지 않는 작가는 오래갈 수 없다.

_에리카 종

1

꿈의 학회 혹은 '지퍼 터지는 섹스'로 가는 길

중혼은 하나뿐인 남편을 여럿 소유하는 것이다. 일부일처제도 마찬가지다.

_ 익명의 여인

빈Wien으로 향하는 비행기에는 117명의 정신분석 전문의가 탑승하고 있었다. 나는 그중 적어도 여섯 명에게 상담치료를 받았고 일곱 번째 의사와 결혼했다. 정신과의사들의 무능함을 입증하는 건지, 아니면 내가 치료 불능한 인간임을 입증하는 건지는 몰라도 처음 정신분석을 받은 13년 전보다 나의 비행공포증은 훨씬 더 심해졌다.

비행기가 이륙하는 순간, 마치 치료하듯 남편이 내 손을 잡았다.

"손이 얼음장 같군!"

그가 말했다.

이젠 알 때도 됐건만. 남편은 그동안 비행기에서 수도 없이 내 손을 잡았다. 비행기 안에서 내 손가락은(그리고 발가락은) 얼음장으로 변하고 위는 흉곽 사이로 뛰어오르고 코끝 온도는 손끝 온도와 똑같이 급강하하고 젖꼭지는 브래지어 속에서(이 경우엔 드레스 속에서라고 해야 옳으리라. 브래지어를 하지 않았으니까) 일어나 거수경례를 하고, 짧은 굉음의 순간, 나의 심장과 기체의 엔진이 힘을 합쳐 공기역학의 법칙이 결코 허망한 미신이 아님을 증명하려 애쓰지만 그게 허망한 미신이란 걸 나는 가슴속 깊이 알고 있다. 어쩌다가 이 지경이 되었는지는 몰라도, 허접스러운 '탑승객 안내사항'에 뭐라고 적혀 있건, 오직 나의 집중력만이, 그리고 자식들이 비행기사고로 죽기를 바라는 듯한 우리 엄마의 집중력만이, 이 새가 공중에 떠 있게 할 거라고 믿게 되었다. 이륙에 성공할 때마다 매번 자축하면서도 한편으로는 너무 방심하지 않으려 애쓴다. 방심하는 순간 비행기가 추락할 테니까. 절대 경계를 늦추지 말 것. 그게 나의 좌우명이다. 조심스러운 낙관의 분위기는 서서히 번져가야만 한다. 그러나 지금 나의 기분은, 조심스러운 비관의 분위기라고 표현하는 게 더 정확하리라. 나는 중얼거린다. 좋았어. 그러니까 땅에서 성공적으로 날아올라서 구름 위로 올라갔단 말이지. 하지만 그렇다고 해서 위험이 완전히 사라진 건 아니야. 사실 바로 여기가 가장 위험한 기류야. 자메이카 만 바로 위. 기체가 기울고 회전하면서 금연등이 꺼지는 이곳. 어쩌면 이곳이 우리가 수천 개의 불타는 기체 조각과 함께 떨어지는 지점이 될 수도 있다. 그래서 나는 조종사(다행히도 중서부 억양의 도널리라는 남자)가 250명의 빌어먹을 승객들을 무사히 실어나를 수 있도록 한시도 경계를 늦추지 않고 협조한다. 그나마 그의 상고머리와 중부식 발음이 얼마나 고맙게 느껴지는지. 뉴욕 출신인 나는 뉴욕 악센트의 조종사는 절대 믿지 않는다.

안전벨트 표시등이 꺼지자 승객들이 움직이기 시작한다. 나는 신경질적으로 주위를 둘러본다. 먼저, 로즈 슈왐립킨이라는 가슴 큰 여자 정신과의사가 있다. 지금 내 정신분석의(다행히도 눈에 띄지 않는다)와의 상담을 그만두어야 할지 말아야 할지 의논했던 의사다. 식욕부진 분야의 전문가 토머스 프로머도 있다. 그는 내 남편의 첫 정신분석의였다. 통통한 아서 피트 주니어 박사도 보인다. 그는 내 친구 피아의 세 번째이자 마지막 분석의였다. 마치 택시를 부르듯 낸시라는 이름의 금발 스튜어디스에게 손짓하고 있는, 통통하고 친절한 레이먼드 슈리프트도 있다. 나는 열네 살 때 거실 소파에서 손가락 섹스를 한 벌로 나 자신을 굶겼다가 1년 동안 그에게 상담받은 적이 있다. 그는 내가 꿈에서 본 말이 아버지이며 내가 여자라는 사실을 받아들여야만 생리가 돌아올 거라고 말했다.

대머리에 미소를 머금은 하비 스머커 박사는 나의 첫 남편이 자기가 예수 그리스도라면서 센트럴파크 호수 위를 걷겠다고 했을 때 만난 사람이다. 맞춤양복을 입은 멋쟁이 어니스트 클럼프너는 최근 존 녹스* 정신분석 연구를 책으로 출판한 것으로 보아 굉장히 '명석한 이론가' 임에 틀림없다. 얼마 전 덴버로 이주해서 '크로스컨트리 단체 스키 치료 교실' 을 운영하는 바람에 뉴욕 정신분석의들 사이에서 평판이 나빠진 스탠턴 박사도 있었고, 새 아내와 체스를 두는 척하는 아널드 에런슨도 있었다. 아널드의 새 아내는 작년까지 그에게 상담받던 가수 주디 로즈다. 누가 자신들을 쳐다보는지 보려고 둘 다 주위를 흘금거리고 있다. 어느 순간, 주디 로즈와 눈이 마주친다. 주디 로즈는 지적인 척하는 뉴욕 사람들의 일상에 관한 발라드 곡으로 1950년대에 유명세를 탔다. 칭얼대는 듯한, 어딘가 음악적이지 않은 목소리로 그녀는 뉴스쿨 대학**에서 강의를 듣고 멋으로 성경을 읽고 침대에서 마르틴 부버를 논하고 자신의 정신분석의와 사랑에 빠지는 유대인 소녀의 일상

* 16세기 스코틀랜드의 종교개혁가.

** 미국 뉴욕 주 뉴욕에 있는 사립종합대학으로 진보적이고 개혁적인 학풍으로 알려짐.

을 노래했다. 결국 그녀는 자신이 창조한 역할과 하나가 되었다.

정신과의사들을 제외하면 그들의 아내와 승무원들, 그보다 훨씬 많은 가련한 문외한들, 함께 여행길에 오른 의사의 자녀들이 그곳에 있었다. 남자아이들은 대체로 부루퉁한 표정에 나팔바지를 입었으며 어깨까지 머리를 기르고 노골적인 냉소와 경멸을 담아 자기 부모를 바라보았다. 십 대 시절, 부모님과 여행할 때면 부모님이 곁에 없다고 상상하곤 했다. 루브르 박물관에서 그들을 따돌리려 했고 우피치 미술관에서 그들의 눈길을 피했으며 파리의 카페에서 콜라를 마실 땐 옆 테이블에 앉아 큰소리로 떠드는 사람들이 내 부모가 아니라고 상상했다. 불과 1미터 거리에 부모를 두고 잃어버린 세대*의 일탈을 감행한 셈이다. 그러나 나는 이제 다시 나의 과거, 혹은 악몽, 혹은 나쁜 영화 속으로 돌아와 있다. 영화 제목은 〈의사와 그 아들〉. 비행기 한가득, 정신과의사들과 나의 사춘기가 나를 둘러싸고 있었다. 대서양 한복판에 정신과의사 117명과 함께 떠 있다니. 그중 여러 명이 나의 길고도 슬픈 이야기를 들었건만 결국 아무도 기억하지 못할 것이다. 이번 여행을 악몽으로 만들기에 더없이 훌륭한 시작이었다.

* Lost generation. 제1차 세계대전 후에 환멸을 느낀 미국의 지식계급 및 예술파 청년들에게 주어진 명칭.

우리는 빈으로 향하고 있었고, 이번 행사는 획기적이었다. 아주 오래전, 그러니까 전쟁 이전인 1938년에 프로이트는 가족을 위협하는 나치를 피해 그 유명한 베르그가세 상담실*을 버렸다. 히틀러 통치 기간 내내 누구도 그의 이름을 언급조차 할 수 없었고, 운 좋은 정신분석의는 추방됐고 운 나쁜 정신분석의는 가스실에서 죽었다. 그런데 이제 빈이 성대한 환영행사와 함께 정신분석의들을 다시 불러들이고 있다. 프로이트의 상담실에 박물관까지 개장하면서. 빈 시장이 그들을 환영하고 가짜 고딕 양식의 빈 시청 건물에서 환영행사가 열릴 것이다. 그밖에도 공짜 음식들과 공짜 슈나프스**, 도나우 강 유람, 포도밭 답사, 노래, 춤, 헛소리, 유식한 척하는 논문들, 연설들, 유럽 각국의 소득공제 여행이 행사에 포함되어 있었다. 무엇보다도 오스트리아 특유의 '게뮈틀리히카이트***'를 느껴볼 수 있으리라. 슈말츠****와 화장 문화를 고안한 민족이 정신분석의들의 귀향을 얼마나 열렬히 환영하는지 보여주겠단다.

여러분의 귀향을 환영합니다! 아우슈비츠와 벨젠 수용소, 런던 대공습, 그리고 미국 사회의 적응적 흡수 과정을

* 프로이트가 47년 동안 거주했던 집이자 환자들을 치료했던 상담실.

** 곡식이나 감자로 만들어진 독하고 색이 없으며 다양한 향을 내는 술.

*** Gemütlichkeit. 아늑하고 흥겨우며 옛 추억을 되새기게 해주는 오스트리아 특유의 분위기를 일컫는 말.

**** 닭이나 거위, 돼지의 기름을 굳힌 것.

견디고 살아남은 당신들을 환영합니다! 빌코멘Willkommen, 환영합니다! 우리 오스트리아 사람들은 매력 빼면 시체랍니다!

이번 빈 대회 개최를 두고 몇 년 동안 뜨거운 논란이 일었고, 대다수 정신분석의들은 마지못해 참석을 결정했다. 반反유대주의도 문제였지만 빈 대학의 급진파 학생들이 시위를 벌일 확률도 높았다. 신좌파 학생들은 '지나치게 개인주의적인' 정신분석의들을 좋아하지 않았다. 그들은 정신분석이 '공산주의를 타도하기 위한 범세계적 투쟁'에 아무 도움도 되지 않았다고 주장한다.

나는 어느 신생 잡지사로부터 이 행사를 밀도 있게 취재하고 비판적인 기사를 써달라는 의뢰를 받은 터였다. 취사실 근처에서 스튜어디스로부터 커피를 받아드는 스머커 박사에게 다가갔다. 어렴풋이 알아보는 것도 같은 눈빛으로 그가 나를 바라보았다.

"정신분석의들이 빈으로 돌아가는 것에 대해 어떻게 생각하세요?"

활기찬 여기자처럼 내가 물었다. 스머커 박사는 충격적일 정도로 노골적인 질문에 잠시 당황한 것 같았다. 그가 나를 찬찬히 뜯어보았다.

"〈보이에르Voyeur〉라는 잡지에 인터뷰 기사를 쓰고 있거든요."

내가 말했다.

잡지 이름을 들으면 조금이라도 웃지 않을 수 없을 거라고 생각했다.

"기자님은 어떻게 생각하시는데요?"

스머커는 무심한 목소리로 되묻더니 오른쪽 가슴에 조그만 초록색 악어가 그려진 파란 니트 드레스를 입은 엷은 금발의 아담한 아내 곁으로 돌아갔다.

그럼 그렇지. 왜 정신분석의들은 모든 질문에 질문으로 답할까? 보잉 747기를 타고 날고 있고 유대 법에 어긋나는 음식을 먹고 있긴 해도 오늘 밤이 다른 밤과 달라야 할 이유는 없다.

반유대주의자들이 '유대인의 과학'이라고 부르는 이것. 모든 질문을 뒤집어서 흔들다가 질문한 사람의 엉덩이에 처박는 것. 정신분석의들은 죄다 첫해에 낙제한 탈무드 학자들 같다. 문득 우리 할아버지가 가장 좋아했던 농담이 떠올랐다.

질문 : 유대인들은 왜 질문을 질문으로 답할까?

대답 : 유대인이 질문을 질문으로 답해서는 안 되는 이유는 또 뭔가?

그러나 나를 가장 실망시키는 것은 분석의들의 상상력 부재였다. 물론 첫 번째 의사로부터 많은 도움을 받기는 했다. 그는 독일인이고 이번에 빈에서 논문을 발표할 예정이다. 그러나 그는 희귀종이었다. 재치 있고, 자조적이며 가식 없는 독일인. 그는 따분하고 고지식한 것과는 거리가 멀어서, 가장 뛰어난 정신분석의들마저도 그의 곁에 있으면 고리타분해 보인다. 그러나 그를 제외하면, 내가 만난 분석의들은 정말이지 놀라울 정도로 고지식했다. 내가 꿈에서 본 말은 아버지이고 스토브는 어머니이며 온갖 잡동사니들은 정신분석의이다. 이게 바로 '감정전이'라는 거다. 아니라고?

스키장에서 다리가 부러지는 꿈을 꾸었다. 아니, 실제로 스키를 타다가 다리가 부러져서 4.5킬로그램이나 나가는 깁스를 하고 소파에 누워 몇 주 동안 틀어박혀 있었다. 덕분에 발가락을 감상하고 하반신 마비 환자들의 인권에 대해 다시 한 번 생각해보게 되었다. 그러나 꿈속에서 부러진 다리는 절제된 생식기를 뜻한다. 당신은 늘 페니스를 갖고 싶었으므로. 이제 당신은 고의적으로 다리를 부러뜨리고 깁스의 쾌감을 느끼는 것에 죄책감을 느끼고 있다. 아니라고?

아니라고!

절제된 생식기 문제는 일단 접어두자. 다 순 헛소리다. 어머니가 오븐이란 얘기도, 정신분석의가 똥 무더기라는 얘기도 다 접어두자. 그래봐야 똥냄새 말고 뭐가 남겠는가. 정신병자로 삶을 마감하지 않으려고, 나의 문제점을 밝혀내서 어떻게든 해결해보려고 애썼던 상담 초기 얘길

하려는 게 아니다. 내가 기억하는 한 나와 남편은 항상 정신분석을 받고 있었다. 그러다 보니 각자의 머리 위에 정신분석의들을 앉혀놓지 않으면 아주 사소한 결단조차도 내릴 수 없는 지경에 이르렀다. 마치 머리 위에서 제우스와 헤라가 싸우고 있는 《일리아스》의 트로이 병사가 된 기분이다. 그렇게 결혼은 하나의 '메나주 아 카트르'*가 된다. 침대 위에는 나와 나의 분석의, 남편과 남편의 분석의 네 사람이 누워 있다. 분명 X등급을 받을 장면이다.

적어도 지난 한 해 동안 우린 그런 상태였다.

모든 의사결정에 분석의 혹은 분석과정이 언급되었다.

조금 더 큰 아파트로 이사할까? "지금 무슨 일이 벌어지고 있는 건지 일단 알아보는 게 좋겠어."(상담을 받아보자는 말의 베넷식 완곡어법) 아기를 가져야 할까? "먼저 상황을 좀 파악해보고." 새 테니스 클럽에 가입해야 할까? "지금 무슨 일이 벌어지고 있는 건지 일단 알아보는 게 좋겠어." 우리 이혼해야 할까? "이혼이라는 말에 담긴 무의식적 의미를 먼저 알아보는 게 좋겠어."

우리의 결혼생활이 삐걱대기 시작한 건 사실이었다. 결혼한 지 5년이 되면 결혼 선물로 받은 이불마저 너덜거린다. 새 이불을 사야 할지, 아기를 가져야 할지, 상대의 광

* ménage à quatre. 각각 또는 서로 성관계를 갖는 남녀 두 쌍의 4인 가족.

기를 영원히 감수하며 살지 아니면 결혼의 망령을 버리고, 이불도 내다버리고, 자유분방한 성생활을 시작해야 할지 결정할 때가 온 것이다.

물론 분석의들은 그 모든 결단을 더욱 복잡하게 만든다. 분석의들은 기본적으로 당신이 항상 나아지고 있다고 가정한다. 모든 증거가 그 반대를 뒷받침해도 개의치 않는다. 그들이 걸어놓는 주문은 대체로 이런 식이다.

"처음 당신과 결혼했을 때 난 자기파괴적인 사람이었지만 지금은 아주 건강해졌어."

(더 좋은 사람, 다정한 사람, 잘생긴 사람, 똑똑한 사람, 심지어는 운이 좋은 사람과 결혼할 수도 있었다는 암시.)

남편은 아마도 이렇게 대답할 것이다.

"처음 당신을 사랑할 땐 온 세상 모든 여자를 증오했지만 지금은 훨씬 더 건강해졌어."

(남편 역시 더 다정하고 예쁘고 똑똑하고 음식을 잘하고 심지어는 아버지로부터 엄청난 유산을 상속받을 여자를 찾을 수도 있었다는 암시.)

"정신 차려 베넷!"

그가 그런 생각을 한다는 의심이 들 때마다 나는 이렇게 말한다.

"나보다 더 남근기의 여자, 거세하는, 자아도취에 빠진 여자와 결혼했으면 어쩔 뻔했어!"

정신분석의의 아내로 살아가는 데에 필요한 첫 번째 기술은 그들의 용어를 그들에게 쏟아붓는 것이다. 그것도 아주 적절한 순간에.

그러나 나 혼자 그런 생각을 하고 있었을 뿐이고 베넷도 내 생각을 읽었을지언정 겉으로 드러내진 않았다. 우리의 결혼생활은 뭔가 단단히 잘못된 것 같았다. 우리의 삶은 기찻길처럼 평행으로 달렸다. 베넷은 그의 상담실, 그가 정기적으로 출근하는 병원, 그의 분석의와 많은 시간을 보냈고 저녁이 되면 다시 상담실로 돌아가서 밤 아홉 시나 열 시까지 머물렀다. 나는 일주일에 한두 시간 정도 강의를 하고 나머지 시간에는 글을 썼다. 강의 일정은 느슨했고 글쓰기는 피곤했지만 베넷이 집으로 돌아올 무렵 나는 밖으로 나가 즐길 준비가 되어 있었다. 나는 이미 엄청난 고독을 견딘 뒤였고 긴 시간을 나의 타자기, 나의 환상들과 씨름한 뒤였다. 게다가 나는 곳곳에서 남자들을 만났다. 결혼하기 전에는 그렇지 않았는데 갑자기 온 세상이 재미있는 남자들로 우글거리는 것 같았다.

우리 결혼생활은 도대체 뭐가 문제일까? 남편을 사랑한다고 해도 어느 순간 그와의 섹스는 벨비타 치즈*처럼 무미건조해진다. 욕구를 채워주고, 심지어는 기름진 섹스이

* Velveeta. 가공 처리한 미국의 치즈 브랜드.

긴 하지만 미뢰까지 전달되는 스릴이나 짜릿한 전율, 위험은 없다. 그러다가 어느 순간 무르익은 카망베르*나 희귀한 염소치즈를 갈망하게 된다. 감미롭고, 짙고, 사악한 그 맛.

나는 결혼 자체를 반대하는 사람은 아니었다. 사실 나는 결혼의 의미를 믿었다. 적개심으로 불타는 이 험한 세상을 살아가려면 한 명의 단짝 친구 정도는 둘 필요가 있다. 무슨 일이 있어도 내가 저버리지 않을 한 사람, 무슨 일이 있어도 나를 저버리지 않을 한 사람. 그러나 결혼생활이 나의 욕구를 충족시키지 못할 때 고개드는 이 갈망은 어쩌란 말인가? 그 불안감, 그 굶주림, 뱃속에서 쿵 하는 울림, 보지에서 쿵 하는 울림, 모든 구멍으로 씹질하고 싶은 이 욕망은 어쩔 것인가? 쌉쌀한 샴페인과 젖은 키스, 어느 6월 밤 작약 향기가 풍겨오는 펜트하우스, 《위대한 개츠비》에 나오는 부둣가의 초록 불빛에 대한 이 욕망은 어쩔 것인가?

물론 돈이 중요한 건 아니다. 부자들이 당신과 나보다 따분한 사람들이라는 걸 우린 알고 있다. 그러나 내가 말하고 싶은 건 그런 것들이 불러일으키는 감정이다. 콜 포터**의 사랑 노래에 등장하는, 냉소적이면서도 달콤하고

* Camembert. 세계적으로 유명한 프랑스 노르망디산 흰곰팡이치즈.

** 가장 미국적인 감각을 지녔다고 평가되는 미국의 작곡가(1891~1964).

도 씁쓸한 말들, 로저스 앤드 하트*의 슬프고 감상적인 노랫말들, 당신이 너무도 갈망하는, 당신의 심장 반은 원하고 반은 경멸하는 로맨틱한 헛소리들.

미국에서 여자로 태어나 성장한다는 건 참으로 골치 아프다. 온갖 화장품 광고와 사랑 노래, 조언 칼럼, 별자리, 할리우드 소식들, TV드라마 수준의 도덕적 딜레마들을 들으며 자라야 하기 때문이다. 광고에서는 멋진 삶에 대해 뭐라고들 떠들어대는가? 그 독특한 문답들을 한번 보라!

"당신의 엉덩이를 소중히 여기세요."

"진심인 듯 얼굴을 붉히세요."

"당신의 머리카락을 사랑하세요."

"더 멋진 몸매를 원하세요? 당신의 몸을 바꾸어드립니다."

"눈부신 얼굴은 피부가 아닌, 그 남자에게서 온다."

"오래 기다리셨습니다!"

"황도 12궁의 모든 남자와 백전백승하는 법!"

"별자리 그리고 감각적인 당신."

"남자라면 커티삭**!"

"다이아몬드는 영원히."

"질세척만으로 충분치 않다면……"

* 브로드웨이 뮤지컬 작곡가와 작사가 콤비.

** 스카치위스키의 브랜드.

"길이가 곧 매력!"

"나는 이렇게 냄새 문제를 극복했다!"

"여성들이여, 당당하라!"

"살아 있는 여성은 모두 샤넬 No. 5를 사랑한다."

"수줍은 소녀와 은밀해지는 법!"

"팜*, 여러분의 이름을 따서 지었어요!"

당신이 자아도취에 빠지기만 하면, 당신이 냄새와 머리카락, 젖가슴, 속눈썹, 겨드랑이, 가랑이, 운수, 흉터를 적절히 다스리기만 하면, 술집에서 제대로 된 스카치위스키를 고르기만 하면, 잘생기고 권력 있고 유능하며 부유한 남자가 당신의 모든 갈망을 충족시켜주고, 당신의 모든 구멍을 채워주고, 당신의 심장박동을 빠르게 해주고(혹은 멎게 해주고), 당신을 몽롱하게 해주고 당신을 달나라로 데려가서(아마도 아주 섬세한 날개로), 그곳에서 영원히 만족감을 느끼며 살게 될 거라고 모든 광고와 별자리는 암시한다.

가장 황당한 대목은 당신이 아무리 똑똑한 여자라도, 존 던**이나 버나드 쇼***의 작품을 읽으며 사춘기를 보냈다고 해도, 역사와 동물학, 물리학을 공부했으며 힘들고 도전적인 일을 하며 살고 싶다고 해도, 당신의 마음은 여전

* Femme. 프랑스어로 '여성'.

** 17세기 영국의 형이상학파 시인.

*** 노벨문학상을 수상한 영국의 유명한 극작가.

히 여고생들이나 품는 감상적 갈망으로 가득 차 있다는 사실이다. 아이큐가 170이건 70이건 상관없다. 여자라면 누구나 세뇌당한다. 단지 덫의 생김새가 다를 뿐이고 말이 조금 더 세련되어질 뿐이다. 그 말 속에서 여자들은 여전히 사랑에 굴복당하기를, 한눈에 반하기를, 정액을 뿜어대는 거대한 페니스로 채워지기를, 거품목욕, 실크와 비단 그리고 물론 돈을 욕망한다. 결혼이 과연 무엇인지 누구도 굳이 설명하지 않는다. 심지어는 유럽 소녀들이 듣고 자랄 법한 결혼에 관한 냉소와 실용의 철학마저도 미국에선 들을 수 없다. 일단 결혼하면 다른 남자들을 갈망해선 안 된다. 남편도 다른 여자를 갈망하지 않기를 바란다. 그러다가 어느 순간 그런 욕망이 고개를 들면 당신은 자기혐오의 공황상태에 빠진다. 나는 얼마나 사악한 여자인가! 아직도 낯선 남자들에게 매혹되다니! 남자들의 불룩한 그곳을 뚫어져라 보다니! 방 안에 있는 모든 남자들이 어떻게 섹스할지 상상하다니! 기차 안에서 한번도 본 적 없는 남자와 눈으로 섹스하다니! 어떻게 남편한테 그럴 수가 있는가? 어쩌면 그것과 남편은 상관없는 일일 수 있다고 말해주는 사람이 단 한 명이라도 있던가?

그 외에 결혼이 질식시키는 또 다른 욕망들은 어쩐단 말인가? 탁 트인 길을 달려보고 싶은 욕망, 내가 하고 싶은 대로, 혼자 힘으로 살아갈 수 있는지 알아보고 싶은 욕망,

숲속 오두막에서 미치지 않고 버틸 수 있는지 알아보고 싶은 욕망은? 그 욕망들을 한마디로 정의하자면, 연극 무대에서 입는 말 의상의 뒷다리처럼 오랜 세월 동안 반쪽으로 살았으나 여전히 나 자신이 온전한 인간인지 알아보고 싶은 욕망이다.

5년간의 결혼생활은 그런 욕망에 좀이 쑤시게 만들었다. 남자에 대해 좀이 쑤시고 고독에 대해 좀이 쑤시고 섹스에 대해 좀이 쑤시고 은둔한 삶에 대해 좀이 쑤신다. 나의 갈증이 서로 상충된다는 걸 잘 알고 있고 그게 상황을 더욱 악화시킨다. 나의 갈증이 미국적이지 않다는 것을 알고 있고 그것 역시 상황을 악화시킨다. 커플의 반쪽이 되는 것 외의 모든 삶의 방식은 미국에서 하나의 이단이다. 고독은 미국적이지 않다. 남자라면 너그럽게 봐줄 수도 있다. 그가 매혹적인 독신자이고 결혼 기간 사이사이, 떠오르는 신인 여배우들과 데이트를 즐기는 경우라면 더더욱. 그러나 여자가 혼자인 것은 언제나 선택이 아닌 포기의 결과로 간주된다. 그래서 최하층민 대접을 받는다. 여자가 품위 있게 혼자 살 수 있는 방법이란 도무지 없다. 물론 남자만큼은 아니어도 경제력이 있을 수 있지만 정서적인 측면에서는 아무도 그런 여자를 평화롭게 살게 내버려두지 않는다. 친구들, 가족, 직장 동료들은 그녀가 남편이 없다는 사실, 아이가 없다는 사실, 한마디로 이기적이라는 사실을 결코 잊을 수 없게 만든다. 미국 사회에서 그 모든 것은 하나의 치욕이기 때문이다.

그보다 더 중요한 문제가 있다. 여자들 스스로 자신을 결코 가만히 내버려두지 않는다. 비록 결혼한 친구들이 불행하다는 걸 안다고 해도, 혼자인 여자들은 항상 조금만 기다리면 뭔가 엄청난 일이 일어날 거란 듯 살아간다. 자신을 '이 모든 현실'로부터 데려가줄 매혹의 왕자를 기다리며 산다. 이 모든 현실이라는 게 도대체 무얼까? 자신의 영혼 속에 사는 고독? 누군가의 반쪽이 되는 대신 온전한 자신의 모습으로 살아가는 것?

이런 현실에 대한 나의 대처법은 (적어도 아직은) 바람을 피우지 말고, (적어도 아직은) 탁 트인 길을 내달리지 말고, 대신 나의 '지퍼 터지는 섹스Zipless Fuck'의 환상을 발전시키는 것이었다. 지퍼 터지는 섹스는 단순한 섹스가 아니다. 그것은 하나의 정신적 이상향이다. 지퍼가 터지는 건 두 사람이 하나가 되는 순간 지퍼가 마치 장미 꽃잎처럼 떨어지고 속옷이 마치 민들레 홀씨처럼 날아가기 때문이다. 혀들이 뒤엉켜 액체가 되고 영혼 전체가 혀 밖으로 흘러나와 연인의 입으로 들어간다.

진정한 의미의 지퍼 터지는 섹스를 하고자 한다면 상대를 잘 알아선 안 된다. 내가 깨달은 바로는, 한 남자와 친구가 되고 그의 고통에 연민을 느끼고 아내에 대한, 혹은

ㅓ처에 대한 불평을 들어주고, 그의 어머니와 아이들에 대ㅏ 불평을 들어주기 시작하면 그에게 느낀 매력은 사라져ㅓ린다. 물론 그를 좋아하게 되고, 어쩌면 사랑하게 될 수ㅗ 있겠지만 열정은 사그라진다. 그러나 내가 원하는 건ㅏ로 그 열정이다. 또 한 가지 깨달은 바가 있다면, 나의ㅕ정을 몰아내는 또 하나의 확실한 방법은 그에 관한 글을ㅡ는 것이다. 그의 안면 경련이나 찌푸리는 모습 같은 것ㅡ을 일일이 기록하고 그의 성격을 낱낱이 분석하는 것이ㅏ. 그러고 나면 그는 핀으로 고정된 곤충이나 오려서 비ㅓ에 넣은 신문기사가 된다. 그와 함께하는 시간을 즐길ㅜ도 있고 그를 존경할 수도 있겠지만, 더 이상 그는 나를ㅏ밤중에 전율을 느끼며 깨어나게 만들지 못한다. 더 이상ㅏ는 그의 꿈을 꾸지 않는다. 이제 그는 얼굴이 있는 남자ㅣ기 때문이다.

따라서 지퍼 터지는 섹스의 또 한 가지 조건은 바로 간결함이다. 익명성이 보태어질 때 그 간결함은 더욱 빛난다.

하이델베르크에 살던 시절, 정신분석의를 만나기 위해일주일에 네 번 프랑크푸르트에 갔다. 한 시간 여행이었기때문에 기차는 내 환상의 중요한 일부가 되었다. 나는 기차에서 늘 멋진 남자들을 만났고 그들은 거의 영어를 하지않았다. 그들이 내뱉는 진부하고 상투적인 말들이 불어와이탈리아어, 독일어 속에 감추어졌다. 인정하긴 싫지만 독일 남자 중에도 아름다운 남자들은 있었다.

지퍼 터지는 섹스의 시나리오 중에 몇 년 전 본 이탈리아 영화에서 영감을 얻은 것이 있다. 나는 오랜 시간에 걸쳐 시나리오를 마음에 들도록 각색했다. 하이델베르크에서 프랑크푸르트로, 프랑크푸르트에서 하이델베르크로 기차여행을 할 때마다 그 시나리오를 반복해 재생하곤 했다

지저분한 유럽의 열차 2등칸이다. 인조가죽을 씌운 의자는 딱딱하다. 통로 쪽으로 미닫이문이 달려 있다. 창문에 올리브 나무들이 스쳐 지나간다. 시칠리아 출신의 두 아낙네가 어린 아이 하나를 가운데 놓고 나란히 앉아 있다. 엄마와 할머니 손녀딸 같다. 두 여인은 어린 소녀의 입에 음식을 넣어주느라 정신이 없다. 그들의 맞은 편, 창가 쪽 자리에 젊은 과부가 앉아 있다. 그녀는 검은 베일에 몸에 착 달라붙는 검은 드레스를 입고 도발적인 몸매를 드러내고 있다. 과부는 땀을 흘리고 눈이 부어 있다. 가운데 자리는 비어 있고 통로 쪽 자리에는 코 밑에 털이 시커멓게 자란 엄청나게 비대한 여자가 앉아 있다 거대한 엉덩이가 가운데 자리의 반을 점령하고 있다. 그녀는 허섭한 로맨스 소설을 읽고 있다. 주인공들이 사진으로 나오고, 그들의 머리 위 조그만 말풍선 속에 대사가 들어 있는.

다섯 명은 함께 기차여행을 한다. 과부와 뚱뚱한 여자는 말이 없고 어머니와 할머니는 음식 이야기를 주고받는다. 그때

끼익! 소리와 함께 기차가 멈추고 아마도 '코를레오네'라는 마을에 선다. 키가 크고 무표정한 군인이 열차에 탄다. 면도를 하지 않았지만 아름다운 한 줌의 머리칼에 뾰족한 턱, 어딘가 강렬하면서도 나른한 눈빛을 지녔다. 그는 오만한 표정으로 주위를 둘러보다가 뚱뚱한 여자와 과부 사이의 빈자리를 확인하고, 형식적인 사과를 거듭한 뒤 그 자리에 앉는다. 땀으로 범벅이 되었고 면도도 하지 않았지만 기본적으로 멋진 근육에, 열기로 인한 체취가 아주 조금 배어날 뿐이다. 열차가 출발한다.

그뒤로는 오직 열차의 진동과 군인의 허벅다리가 과부의 허벅다리에 닿는 리듬만이 존재한다. 물론 그는 뚱뚱한 여자의 엉덩이에도 닿아 있다. 그녀는 군인에게서 떨어지려 애쓰지만 그럴 필요가 없다. 군인에게 그녀의 엉덩이는 안중에 없다. 그는 과부의 움푹한 가슴골에서 양쪽으로 흔들리는 커다란 황금빛 십자가를 바라보고 있다. 튀어올랐다가 멈추었다가 다시 튀어오르는. 십자가는 촉촉한 양쪽 젖가슴을 번갈아 때린다. 자신을 끌어당기는 강력한 두 개의 자석 사이에서 오도 가도 못하는 신세라는 듯. 그 골짜기와 추에 그는 완전히 매혹된다. 그녀는 창밖의 올리브나무를 바라본다. 지금껏 한번도 올리브나무를 제대로 본 적이 없다는 듯이. 그가 엉거주춤 일어서서 몸을 반쯤 숙이고 여자 옆의 창문을 연다. 그가 다시 자리에 앉을 때 그의 팔이 우연히 과부의 배를 스친다. 그녀는 알아차리지 못하는 것 같다. 마침내 그가 자신의 왼손을 그의 허벅다리와 그녀의 허벅다리 사이에 넣고 손가락으로 그녀의 보드라운 허벅다리를 애무하기 시작한다. 그녀는 마치 자신이 그 올리브나무를 창조한 신이며, 그것을 무어라 부를지 고민하는 듯한 표정으로 여전히 창밖을 내다보고 있다.

그사이 뚱보 여자가 냄새나는 치즈와 검게 변해가는 바나나가 든 초록색 비닐 가방에 소설책을 집어넣는다. 할머니는 살라미를 기름 절은 신문에 둘둘 말아놓는다. 어머니는 어린 소녀에게 스웨터를 입히고 애정 담긴 침으로 손수건을 축여 아이의 더러운 얼굴을 닦는다. 열차가 아마도 '프리치'라고 불리는 곳에 정차하고 뚱뚱한 여자와 어머니, 할머니, 그리고 어린 소녀가 열차에서 내린다. 그리고 열차는 다시 움직이기 시작한다. 황금빛 십자가는 여자의 촉촉한 가슴에서 튀어오르고 멈추고 다시 튀어오르고 남자의 손가락은 여자의 허벅다리 밑에서 꼼지락거리기 시작하고 여자는 계속 창밖의 올리브나무만 바라본다. 어느 순간 남자의 손가락이 과부의 허벅다리 사이로 파고들며 그녀의 다리 사이를 벌리고 점점 더 위로 올라가서 두툼한 검은 스타킹과 가터벨트 사이 맨살로 미끄러져서 다리 사이의 촉촉한 공간으로 파고든다.

열차가 터널로 들어서고 중간 정도의 어둠을 배경으로 상징기법이 사용된다. 군인의 부츠가 공중으로 날아가고 터널의 어두운 벽이 보이고 최면을 거는 듯한 열차의 진동이 있고 길고도 높은 경적이 울린다.

여자는 아무 말 없이 아마도 '비보나'라는 마을에서 내린다. 폭이 좁은 검은 구두와 두툼한 검은 스타킹을 신은 다리가 선로를 가로지른다. 남자는 마치 자신이 아담이라는 듯, 그녀를 무어라고 불러야 할지 모르겠다는 표정으로 여자를 바라본다. 어느 순간, 남자가 의자에서 벌떡 일어나 열차에서 내려 그녀를 쫓아간다. 그러나 바로 그때 기다렸다는 듯이 화물차가 선로를 지나가며 그의 시야와 앞길을 막는다. 그렇게 스물다섯 개의 화물칸이 지나간 뒤 그녀는 영원히 사라져버린다.

'지퍼 터지는 섹스'의 시나리오 한 편이다.

보다시피, 이 시나리오가 '지퍼 터지는 섹스'인 이유는 여기 등장하는 유럽 남자의 바지에 지퍼가 아닌 단추가 달려 있어서도, 등장인물들이 너무나 매력적이어서도 아니다. 그 모든 일이 너무도 완벽한 꿈의 압축판이고 그 어떤 가책도 죄책감도 없기 때문이다. 그녀가 죽은 남편이나 자신의 약혼자 얘기를 하지 않기 때문이다. 그 어떤 합리화도 없다. 어떤 대화도 없다. 지퍼 터지는 섹스는 절대적으로 순수하다. 그 어떤 숨은 동기도 없다. 파워 게임도 없다. 남자는 '받는 자'가 아니고 여자는 '주는 자'가 아니다. 누군가의 남편이나 누군가의 아내를 모욕하려는 의도도 없다. 아무것도 증명하려 하지 않고 아무것도 얻으려

하지 않는다. 지퍼 터지는 섹스는 가장 순수하다. 그리고 유니콘보다도 희귀하다. 나는 한번도 해본 적이 없다. 드디어 찾았구나 하는 순간 종이로 만든 가짜 뿔이 보이거나 유니콘 복장을 한 광대를 발견하곤 한다. 한번은 피렌체 출신의 내 친구 알레산드로와 거의 이룰 뻔했다. 그러나 그 역시 유니콘 복장을 한 광대였다.

이게 바로 내 삶의 태피스트리*이다.

* 여러 가지 색실로 그림을 짜넣은 직물로 벽걸이나 가리개 따위의 실내 장식품으로 쓰임. 유니콘은 태피스트리의 주요 소재.

2
"여자는 독재자를 숭배한다."

여자는 독재자를 숭배한다.
얼굴에 닿는 구둣발을,
당신 같은 짐승의
짐승 같은 심장을.

_ 실비아 플라스

오전 여섯 시 정각. 우리는 프랑크푸르트 플루그하펜 공항에 착륙했고 고무바닥이 깔린 공항 라운지로 들어섰다. 번쩍이는 새 건물이었는데도 왠지 죽음의 수용소와 국외 추방이 떠올랐다. 747기의 연료가 다시 채워지는 동안 그곳에서 한 시간 정도 기다렸다. 모든 정신분석의들은 융통

성 없이 배열된 의자에 꼿꼿하게 앉아 있었다. 회색, 노란
색, 회색, 노란색. 유리섬유로 만든 의자였다. 의자의 색상
조합이 그들의 얼굴에 나타난 따분함과 어울렸다.

대부분은 고가의 카메라를 들고 있었고, 치렁치렁한 머
리와 조심스럽게 기른 턱수염, 철테 안경에도 불구하고(아
내들은 중산층 보헤미아풍으로 차려입고 소가죽 샌들에 멕시칸
숄을 걸치고 은으로 치장했다) 그들의 외모는 지체 높은 신사
의 분위기를 풍겼다. 전형적인 고리타분한 의사들의 모습
생각해보면 나는 바로 그런 점 때문에 정신분석의들을 싫
어했다. 그들이야말로 사회의 규율을 무조건적으로 수용
하는 자들이었다. 은근한 좌파 성향이나, 각종 탄원운동에
서명을 하는 것이나, 상담실에 〈게르니카〉*를 걸어놓는 것
은 한낱 속임수일 뿐이다. 막상 중대한 사안에 직면하면
그러니까 가족이라든가, 여성의 지위라든가, 환자에서 의
사에게로 이어지는 돈의 흐름 같은 문제에 직면하면 그들
은 보수주의자가 된다. 빅토리아 시대 사회 다윈주의자**
들처럼 자기 잇속만 차리는.

"하지만 여자들이야말로 왕관 뒤의 진정한 권력자 아닌
가요?"

* 스페인 내란을 주제로 전쟁의 비극성을 표현한 피카소의 대표작.

** 다윈의 생물 진화론을 자연과 사회의 차이를 무시하고 사회학에 도입하여 생존경쟁과 자연도태를 사회진화의 기본 동력으로 보는 학설.

남자들로부터 원하는 걸 얻기 위해 유혹의 기술을 이용해야 하는 게 왠지 떳떳치 못하게 느껴진다는 나의 말에 마지막 정신분석의는 그렇게 말했다. 빈 여행을 떠나기 불과 몇 주 전, 최후의 폭발이 일어났다. 처음부터 콜너 박사를 그다지 신뢰하지 않았지만 내게 문제가 있을 거라고 생각하고 계속 그를 만났다.

"제 말 모르시겠어요? 바로 그게 문제라고요!" 내가 상담실 소파에 앉아 소리쳤다. "여자들은 남자들을 조종하기 위해 섹스를 이용하면서, 자신들의 분노를 억누르고 결코 속마음을 털어놓지 못하잖아요!"

그러나 콜너 박사는 조금이라도 여성해방운동의 기미가 있으면 무조건 신경정신과적 문제로 보는 사람이었다. 전통적인 여성적 태도에 반하는 것은 무조건 '남근숭배적인' 혹은 '공격적인' 것으로 규정했다. 우리는 오랫동안 이 문제를 두고 씨름했지만 '왕좌 뒤의 권력'이라는 말이 그동안 내가 얼마나 잘못 생각해왔는지를 똑똑히 보여주었다.

"난 당신이 믿는 건 하나도 믿지 않아요. 당신의 믿음을 존중하지도 않고 그런 믿음을 갖고 있는 당신을 존중하지도 않아요. 왕좌 뒤의 권력이라는 말을 그렇게 아무렇지도 않게 내뱉을 수 있는 당신이 나에 대해서, 내가 괴로워하는 문제들에 대해서 얼마나 알겠어요? 당신의 기준에 맞추어 살고 싶지 않아요. 그런 삶을 원하지도 않을 뿐더러 왜 내가 당신의 잣대로 평가되어야 하는지도 모르겠다고요. 당신은 여자에 대해서 아무것도 몰라요."

"여자로 산다는 게 무언지 당신이 모르고 있는 거겠지요."

"세상에! 이제야 본색을 드러내는군요. 모르겠어요? 남자는 여자를 억압하는 수단으로 여성성을 이용해왔어요. 여자로 산다는 게 뭔지 내가 왜 당신한테 물어야 하죠? 당신이 여자예요? 난 왜 한번쯤 나 자신의 말을, 그리고 다른 여자들의 말을 들으면 안 되는 거죠? 난 여자들하고 얘기를 나눠요. 다른 여자들도 자기 자신에 대해 이야기하죠. 그리고 더럽게 많은 여자들이 나와 똑같은 기분을 느끼고 있다고요. 비록 미국 정신분석 학회의 검증을 받은 건 아니지만요."

한동안 이런 식의 대화가 오갔고 언성이 높아졌다. 내가 전도사처럼 말하는 것이 싫었고 이토록 단순한 이분법적 논리에 휘말린 것이 싫었다. 알고 있었다. 나는 미묘한 부분을 간과했으며, 다른 부류의 분석의들도 얼마든지 있다. 예전의 독일인 의사도 이런 식의 여성 혐오를 품고 있지는 않았다. 그러나 나는 콜너의 편협함이 미웠고, 그가 여성의 지위에 대한 진부한 논리로 무장한 채 내 시간과 돈을 낭비했다는 사실이 미웠다. 내가 언제 그런 게 필요하다고 했던가? 그런 거라면 포춘쿠키에서도 얻을 수 있다. 50분에 40달러를 내지 않고도.

"날 그렇게 생각한다면 왜 상담을 중단하지 않는지 모르겠군요. 왜 계속 찾아와서 이런 개소리를 듣고 있나요?"

콜너가 말했다.

콜너다웠다. 공격받는다 싶으면 심술이 나서 자기가 얼마나 노련한 의사인지를 보여주려고 욕을 내뱉는 것.

"전형적인 소인 콤플렉스."

내가 중얼거렸다.

"뭐라고요?"

"아, 아니에요."

"말해봐요. 그 정도는 감당할 수 있으니까."

용감하고 씩씩한 척하기는.

"제 생각엔요, 콜너 박사님. 박사님은 정신과 용어로 '소인 콤플렉스'라는 걸 갖고 있어요. 전지전능한 신이 아니라는 사실을 지적받으면 갑자기 짜증을 내면서 욕을 하기 시작하잖아요. 물론 162센티미터의 키로 산다는 게 쉽진 않겠죠. 하지만 당신도 나한테 이렇게 분석당하면 그런 사실조차 한결 견디기 쉬워져야 하는 거 아닌가요?"

"막대로 찌르거나 돌을 던져서 뼈가 부러지면 모를까, 난 말에는 상처받지 않아요."

콜너가 화를 내며 말했다. 어느덧 그는 초등학교 2학년 남자애로 되돌아가 있었다. 그나마 그것도 재치 있는 말이라고 한 모양이었다.

"이봐요. 당신은 그따위 한심한 얘기나 떠들어대는데 나는 당신의 우월한 의견에 감사하면서 심지어 돈까지 지불해야 하고, 내가 당신한테 똑같은 말을 하면, 그동안 내가 당신한테 지불한 금액을 생각해보면 그 정도는 당연한 권리인데도, 당신은 화를 내면서 꼭 독 오른 일곱 살짜리 남자애처럼 말하는군요."

"날 그런 식으로 생각한다면 상담을 그만두라고 말한 것뿐입니다. 가세요. 상담실에서 나가라고요. 문을 쾅 닫고, 지옥에나 가라고 소리 지르세요."

"지난 2년간의 상담과 내가 지불한 수천 달러의 돈이 완전 헛짓거리였다는 걸 인정하라고요? 당신한텐 그게 쉬울지 몰라도 그동안 난 이 상담을 통해 뭔가 얻는 게 있다고 나 자신을 설득해야 했어요!"

"다른 의사를 만나서 해결해보시죠. 당신의 관점이 뭐가 문제인지……."

"내 관점! 사람들이 왜 정신분석에 넌더리를 내는지 알아요? 당신 같은 한심한 사람들 때문이에요. 당신들은 환자들을 오도 가도 못하게 만들어요. 환자들이 오고 또 오고 계속 돈을 지불하고 당신들이 상황을 제대로 이해하지 못하거나 환자들을 도울 수 없다고 판단되면, 그냥 시간만

보내면서 횟수를 늘리거나 다른 의사를 찾아가서 첫 번째 의사하고 뭐가 문제였는지를 알아보라고 하죠. 그게 얼마나 부조리한지 정말 모르겠어요?"

"내가 여기 앉아서 당신한테 이런 연설을 듣는 게 얼마나 부조리한지는 분명히 알고 있습니다. 다시 한 번 말하죠. 상담을 원치 않으시면 그냥 박차고 나가세요."

내가 그런 짓을 할 수 있을 거라고 한번도 생각한 적 없었다. 마치 꿈을 꾸듯 나는 상담실 소파에서 일어나(이 소파에 내가 몇 번이나 누웠던가?) 핸드백을 들고 걸어서(어슬렁어슬렁 천천히 걷고 싶었지만 그렇게는 못했다) 상담실 문을 나섰다. 나는 조심스럽게 문을 닫았다. 노라*처럼 문을 쾅 닫는 의식을 치러서 효과를 반감시키지 않았다. 잘 먹고 잘 살아라, 콜너. 엘리베이터 안에서 나는 하마터면 울음을 터뜨릴 뻔했다.

그러나 매디슨 가를 두 블록쯤 걷고 나니 기분이 좋아졌다. 이제 8시 상담은 없다. 매달 지불하는 엄청난 상담료에 회의를 느낄 필요도 없다. 여성운동가가 되어 콜너와 논쟁을 벌일 일도 없었다. 나는 자유로웠다. 돈을 쓸 일도 없었다. 나는 곧장 구두가게로 들어가서 금빛 체인이 달린 흰 샌들을 사고 40달러를 지불했다. 콜너에게 50분 상담받은

* 헨리크 입센의 희곡 《인형의 집》의 여자 주인공.

것보다 기분이 훨씬 좋아졌다. 물론 내가 완전히 해방되었다고는 말할 수 없었다. 아직도 쇼핑으로 나 자신을 위로해야 하니까. 하지만 적어도 콜너로부터는 해방되었다. 그건 하나의 시작일 수 있었다.

빈으로 향하는 비행기에서 나는 바로 그 샌들을 신고 있었다. 다시 비행기에 올라탈 때도 그 샌들을 바라보았다. 비행기가 추락하지 않으려면 오른발로 올라타야 할까? 왼발로 올라타야 할까? 그것도 모르면서 어떻게 비행기의 추락을 막을 수 있을까?

"엄마……."

나는 중얼거렸다. 겁이 나면 항상 "엄마……"라고 중얼거린다. 재미있는 건 내가 한번도 우리 엄마를 '엄마'라고 부른 적이 없다는 사실이다. 엄마는 내 이름을 이사도라 젤다라고 지었지만 나는 젤다라는 성을 쓰지 않으려고 노력했다. (엄마는 내 이름을 지으면서 그리스, 올림피아, 사드 줘스틴까지 고려한 위인이었다.) 이름이 내 일생에 미친 엄청난 영향에 대한 복수로 나는 엄마를 '주드'라고 부른다. 엄마의 본래 이름은 주디스이다. 막내 여동생을 제외하고 그녀를 '엄마'라고 부르는 사람은 아무도 없다.

빈. 이름마저도 왈츠 같다. 나는 이곳이 늘 견디기 힘들었다. 빈은 죽은 것 같았다. 방부처리가 된 것 같았다.

우리는 9시 정각에 도착했다. 공항이 막 열리고 있었다.

빌코멘 인 빈(빈에 오신 것을 환영합니다).

빈이 말했다. 제대로 잠을 자지 못해 몽롱한 채로 우리 일행은 가방을 끌고 세관을 통과했다.

공항은 박박 문질러 닦은 듯 반짝거렸다. 나는 문득 뉴요커들에게 익숙한 무질서와 먼지, 혼란을 생각했다. 유럽으로 돌아올 때마다 충격을 받는다. 거리는 부자연스러울 정도로 깨끗했다. 공원마다 조금도 훼손되지 않은 벤치들, 분수대, 장미 덤불이 가득했다. 공공 화단은 부자연스러울 정도로 깔끔했다. 심지어는 공중전화도 고장이 나지 않았다.

세관 공무원이 가방을 흘금거리며 바라보았다. 그로부터 20분이 채 안 되어 빈 정신의학협회에서 마련해준 버스에 올라탔다. 우리는 곧장 호텔로 가서 한숨 잘 수 있을 거라는 순진한 희망을 품고 있었다. 버스가 빈의 골목을 돌아다니며 자그마치 일곱 개의 호텔에 정차하고 세 시간 뒤 우리가 묵을 호텔에 도착할 줄은 몰랐다.

호텔에 도착하는 과정은 악몽과도 같았다. 가야 할 곳이 있는데 중도에 불길하고 이상한 일이 자꾸만 일어나는 악몽. 자동차가 고장이 나거나 뒤로 간다거나. 어쨌든 나는 몽롱하고 화가 났고 그날 아침의 모든 게 짜증스러웠다.

부분적으로는 독일에 돌아올 때마다 느끼는 두려움 때

문이리라. 뉴욕을 제외하고 내가 가장 오래 산 곳이 하이델베르크이기 때문에 독일(그리고 오스트리아)은 나에게 제2의 고향이나 다름없었다. 나는 독일어를 편하게 구사했다. 학교에서 배운 그 어떤 언어보다도. 독일 음식과 독일 와인, 상표들, 상가의 폐점시간, 옷, 유행가, 은어, 독일인의 생활습관에도 익숙했다. 마치 독일에서 유년기를 보냈거나 독일인 부모를 둔 사람처럼. 그러나 나는 1942년에 태어났고, 만약 부모님이 미국계 유대인이 아닌 독일계 유대인이었다면, 금발 머리와 파란 눈동자, 폴란드 농부에게 물려받은 큼직한 코에도 불구하고 강제수용소에서 태어났을 것이다. 아니면 죽었을 것이다. 나는 그 사실을 결코 잊을 수 없다. 독일은 내게 계모와도 같다. 너무도 친근하지만 너무도 경멸하는 나라. 친근해서 더 경멸하는 나라.

나는 버스 창밖으로 '실용적인' 베이지색 신발에 보기 싫은 티롤리안 모자*를 쓰고 뺨이 붉게 상기된 나이든 여자들을 바라보았다. 그들의 축 늘어진 다리와 축 늘어진 엉덩이를 보았다. 그런 것들이 싫었다. 'SEI GUT ZU DEINEM MAGEN' 이라고 적힌 광고판이 보였다. **당신의 위에 친절을 베푸세요.**

독일인들이 항상 자신의 거지 같은 뱃속을 생각하는 게

* 티롤 지방에서 많이 썼던 가볍고 부드러운 펠트제 모자.

싫었고 그들의 '게준드하이트*'가 싫었다. 마치 자기들이 건강과 위생, 우울증을 창안한 민족이라는 듯. 청결이라는 이름의 환상에 대한 그들의 광적인 집착이 싫었다. 환상이라고 말하는 이유는 독일인들이 실제로는 전혀 청결하지 않기 때문이다. 레이스 달린 흰 커튼, 바람을 쏘이기 위해 창문에 널어놓은 퀼트 이불들, 집 앞 보도를 솔로 닦는 주부들, 가게 창문을 솔질하는 가게 주인들은 사실 공격적인 위생관념으로 외국인들을 주눅 들게 만들려고 교묘하게 조작된 겉치레일 뿐이다. 독일의 화장실에 들어가보라. 세계 어느 곳에서도 볼 수 없는 장치를 볼 수 있을 것이다. 독일의 변기에는 떨어지는 똥을 받는 조그만 도자기 받침대 같은 것이 있어서 물에 휩쓸려 내려가기 전까지 똥을 관찰할 수 있다. 독일 변기는 물을 내리기 전까지 물을 채워놓지 않는다. 덕분에 전 세계 어느 나라의 화장실보다 똥냄새가 지독하다. 세계 각국을 여행해본 사람으로서 그것만큼은 자신 있게 말할 수 있다. 차가운 물만 나오는 조그만 세면대 위에 달린 더러운 타월은 또 어떤가. 수도꼭지에서 새는 물이 오른손(어느 손이건 물을 트는 손)을 적신다.

유럽에서 살면서 나는 화장실에 대해 많은 생각을 하게

* Gesundheit. 재채기한 사람에게 건네는 말로 '몸조심하세요'라는 의미.

되었다. 독일인들은 나를 그 정도로 이상하게 만들었다. 한번은 화장실 문화로 국민성을 분류해본 적이 있었다.

'화장실로 살펴본 세계사'라는 제목으로 노트의 깨끗한 페이지에 써내려간 일종의 서사시였다.

영국:

영국 화장지. 그것은 삶의 방식. 코팅 처리되어 물을 흡수하지도, 부드러워지지도, 구부러지지도 않는다(불굴의 정신). 종종 정부의 자산. 최고의 복지국가라 화장지에도 선전문구가 인쇄되어 있다.

영국 화장실은 식민주의의 마지막 도피처. 머리 위에서 빅토리아 폭포처럼 쏟아져 내리는 물. 그리고 당신은 탐험가. 얼굴에 분사되는 물. 변기 물을 내리는 그 짧은 순간, 대영제국은 다시 한 번 해상을 제패한다.

물을 당기는 체인은 우아하다. 대저택에는 체인 대신 종 달린 줄이 있다(일요일이면 몇 페니를 받고 일반인에게 개방).

독일:

독일의 화장실에서는 계급적 특징이 관찰된다. 하류층은 거친 갈색 종이. 상류층은 흰 종이. 흰 종이의 이름은 '슈페치알 크레프'*(번역은 필요하지 않다). 그러나 독일 화장실이 독특한 이유는 똥이 떨어지는 조그만 받침대 때문. 받침대 덕분에 똥을 한참씩 바라보면서 정치 후보자를 고를 수도 있고 정신분석의를 만나 할 얘기를 생각해볼 수도 있다. 몸속에 원석을 숨겨 밀수하려는 다이아몬드 광부들에게도 유용하다. 독일의 화장실이야말로 히틀러 시대의 만행을 이해할 수 있는 열쇠. 이런 화장실을 만들 수 있는 민족이 무슨 짓을 못하랴.

이탈리아:

밑을 닦기 전에 이탈리아 신문 〈코리에레델라세라〉를 조금 읽어볼 수도 있다. 그러나 전반적으로 아탈리아의 화장실은 숨 가쁘게 돌아가는 편. 일어서서 감상하기도 전에 똥은 사라져 버린다. 그것이 바로 이탈리아의 예술. 독일인들에게는 감상해주어야 할 똥이 있다. 감상할 똥이 없는 이탈리아 사람들은 그 시간에 조각과 그림을 만든다.

프랑스:

파리의 낡은 호텔에는 냄새 나는 구멍 양쪽에 쇠로 만든 두 개의 거인 발자국이 있다. 베르사유에는 똥구덩이

* Spezial Krepp. 특별한 구김지.

의 악취를 잠재우기 위해 오렌지나무를 심었다. **일 레 데 팡뒤 드 페르 피피 당 라 샹브르 뒤 루아**(왕의 방에 오줌을 싸는 것은 금지되어 있다) 파리의 화장실은 사람이 들어가서 문을 잠글 때에만 불이 들어오게 되어 있다.

나는 왠지 프랑스 철학이나 문학을 똥에 대한 그들의 접근 방식과 연결시킬 수가 없다. 프랑스 사람들은 추상적인 사고를 즐기는 사람들이다. 그러면서도 비누에 관한 서사시를 쓰는 퐁주* 같은 시인도 있다. 이것을 프랑스의 화장실과 어떻게 연결시켜야 할까?

일본:

동양에서 쪼그려 앉는 것은 기본적인 삶의 방식이다. 변기는 바닥에 뚫려 있고, 뒤쪽에 꽃이 있다. 이것은 선禪 사상과 관계가 있다(스즈키 선 사상 참조).

마침내 호텔에 도착한 것은 12시가 지나서였고 우리는 꼭대기 층의 조그만 방을 배정받았다. 나는 항의하려 했지만 베넷은 그만 쉬고 싶다고 했다. 우리는 정오의 햇빛을 차단하기 위해 커튼을 내리고 옷을 벗은 다음 짐도 풀지 않은 상태로 침대에 쓰러졌다. 낯선 나라인데도 베넷은 곧

* 프랑스의 시인 겸 비평가(1899~1988).

바로 잠이 들었다. 나는 깃털로 속을 채운 이불 속에서 뒤척이면서 나치와 비행기 추락사고 꿈을 꾸며 얕은 잠을 잤다. 가슴이 뛰고 이를 부딪치면서 여러 번 잠에서 깨었다. 집 떠나 잠드는 첫날밤이면 항상 겪는 두려움이었지만 독일이라 더 끔찍했다.

우리는 오후 세 시 반쯤 깨어나 두 개의 싱글 침대 중 하나에서 사랑을 나누었다. 나는 여전히 꿈을 꾸고 있는 것만 같았고 베넷을 다른 남자라고 상상했다. 다른 남자라면 누굴까? 확실히 볼 수는 없었다. 한번도 제대로 본 적이 없었다. 내 삶에 유령처럼 서성이는 그는 과연 누굴까? 나의 아버지? 나의 독일인 정신분석의? 지퍼 터지는 섹스의 주인공? 왜 그는 얼굴을 똑똑히 보여주지 않는 걸까?

네 시가 되자 우리는 학회에 등록하기 위해 빈 대학으로 가는 전차를 탔다. 파란 하늘에 화창한 날씨였는데도 어울리지 않게 탐스러운 흰 구름들이 떠다녔다. 나는 하이힐 샌들을 신고 독일인들을 미워하며 거리를 걸었다. 낯선 남자가 아닌 베넷, 좋은 남자이지만 키스해주지는 않는 베넷, 정신분석의에게 상담을 받게 해주고 자궁경부암 검사를 받게 해주고 IBM 가전제품을 사주지만 꽃은 사주지 않는 베넷을 미워하며 걸었다. 나는 그가 더 이상 나와 얘기를 나누지 않아서 미웠고 내 엉덩이를 만져주지 않아서 미웠고 오럴섹스를 해주지 않아서 미웠다. 하긴, 5년 동안 결혼생활을 했는데 더 이상 무얼 기대하겠는가? 어둠속에서 키득거리는 것? 엉덩이를 움켜잡는 것? 보지를 핥아주는 것? 어쩌다 한 번씩이라도 말이다. 당신네 여자들이 원하는 건 대체 뭐냐고? 프로이트도 그 문제를 고민했지만 결코 만족스러운 대답을 얻지 못했다. 여자들은 어떤 섹스를 원하느냐고? 생리 중에도 오럴섹스를 해주는 남자? 아침에 이를 닦기 전에도 키스하면서도 "우웩!" 하지 않을 남자? 불을 끄고 어둠속에서 당신과 키득거릴 수 있는 남자?

보수적인 괴물 프로이트는 남자들의 집착을 여자들의 집착으로 가정했다. 누군가 말했다. 프로이트는 남근중심주의자라고. 그는 태양이, 그리고 세상의 모든 딸들이 페니스를 중심으로 회전하고 있다고 믿었다.

감히 누가 이의를 제기할 수 있었겠는가? 여자들이 책을 쓰기 전까지 세상에는 오직 한쪽의 이야기만이 존재했는데. 역사를 통틀어 모든 책들은 정액으로 쓰여졌다. 생리혈이 아니고. 스물한 살이 될 때까지 나는 채털리 부인의 오르가슴을 기준으로 삼으면서 도대체 나는 어디가 잘못된 건가 의문을 품었다. 채털리 부인이 사실은 남자라는 사실을 그땐 왜 몰랐는지. 채털리 부인은 사실 D. H. 로런스였다.

남근중심주의. 그것은 남자들에게 골칫거리이지만 또한

여자들에게도 골칫거리이다. 최근에 내 친구가 포춘쿠키에서 이런 문구를 보았다.

> 남자들의 문제는 남자.
> 여자들의 문제는 남자.

한번은 베넷을 자극하려고 지옥의 천사 입회식에 관한 이야기를 들려준 적이 있었다. 그 입회식이란 다른 남자들이 모두 구경하고 있는 가운데 생리중인 여자에게 오럴섹스를 해주는 것이었다.

베넷은 아무 말도 하지 않았다.

"재미있지 않아?"

내가 옆구리를 찌르며 말했다.

여전히 아무런 반응이 없었다.

"조그만 강아지를 한 마리 사서 훈련시키지그래."

내가 계속 다그치자 마침내 그가 내뱉은 말이었다.

"뉴욕 정신분석의 협회에 당신 고소할까봐."

내가 대답했다.

빈 대학 의대 건물은 기둥이 있고 차가웠고 동굴 같았다. 우리는 긴 계단을 터벅터벅 걸어 올라갔다. 이층에 올라가니 수십 명의 의사들이 접수대 앞에 모여 있었다.

뿔테 안경에 빨간 던들*을 입은 상냥한 오스트리아 아가씨가 접수대의 신뢰를 떨어뜨리고 있었다. 그녀는 알아듣기 힘든 교과서적 영어를 구사했다. 오스트리아에서 초청받은 의사의 부인이리라. 스물다섯 정도밖에 안 되어 보였지만 의사 부인의 오만한 미소를 짓고 있었다.

내가 〈보이에르〉의 편지를 보여주었지만 그녀는 등록을 허락하지 않았다.

"왜 안 된다는 거죠?"

"키자는 등록이 안 되거든요. 죄송합니다."

"그렇군요."

압력솥 안에 증기가 쌓이듯 분노가 쌓이는 것이 느껴졌다. 나치 계집애. 빌어먹을 독일년.

베넷이 '진정해' 라고 말하는 듯한 표정을 지었다. 베넷은 내가 사람들 앞에서 화내는 걸 싫어했다. 그러나 나를 진정시키려는 그의 태도가 오히려 내 화를 부채질했다.

"이봐요. 날 들여보내주지 않으면 그것도 기사에 써버릴 거예요."

일단 회의가 시작되면 배지를 달지 않고도 들어갈 수 있다는 것을 알고 있었기에 사실 나로서는 아무래도 상관없었다. 기사를 쓰는 것 따위는 더더욱 안중에도 없었다. 그

* 오스트리아 티롤 지방 농민의 소녀복.

러나 이곳에서 나는 외부의 스파이였다. 정신분석의 세계에 몰래 잠입한 스파이.

"정신분석의들이 자기네 회의에 기자가 참석하는 걸 얼마나 두려워하는지에 관한 기사가 나는 건 원치 않으시겠죠?"

"청……말 최송합니다."

오스트리아 계집애가 되풀이했다.

"처에겐 청말 크런 퀀한이……."

"그냥 시키는 대로만 하겠단 거군요."

"치켜야 할 큐정이 있어요."

그녀가 말했다.

"당신 히틀러 하고 한통속이야."

"네?"

그녀는 내 말을 듣지 못했다.

대신 다른 사람이 들었다. 돌아서 보니 덥수룩한 금발의 영국 남자가 파이프를 물고 서 있었다.

"그렇게 편집증 환자처럼 펄펄 뛰면서 무조건 밀어붙이지 말고 자신의 매력을 이용해봐요. 그러면 누구도 당신한테 저항할 수 없을걸."

그는 기분 좋은 섹스를 마치고 여자의 몸 위에서 지을 법한 미소를 머금고 나를 바라보았다.

"의사이신가 보네. 편집증 같은 말을 그렇게 아무렇지도 않게 내뱉는 걸 보니."

그가 싱긋 웃었다.

그는 얇은 흰색 쿠르타*를 입고 있었고 그 밑으로 가슴에 난 불그스름한 털이 보였다.

"아주 건방진 아가씨로군요!"

그가 말하며 한 손으로 내 엉덩이를 오랫동안 꽉 쥐었다가 놓았다.

"엉덩이가 예뻐요. 따라와요. 내가 들여보내줄 테니."

그가 말했다.

그는 그 문제에 관한 한 일체의 권한도 없었지만 그것은 나중에야 알게 된 사실이다. 얼마나 잘난 척을 하면서 돌아다니는지 나는 그가 학회 총책임자 정도 되는 줄 알았다. 물론 그가 예비회담에서 회장직을 맡고 있긴 했지만 기자들 문제에 대해선 말할 처지가 아니었다. 하긴 기자press들 따위에 누가 신경 쓰겠는가. 내가 원하는 것은 오직 그가 내 엉덩이를 한 번 더 눌러press주는 것뿐이었다. 어디서든 허락할 텐데. 다하우 포로수용소이건 아우슈비츠 포로수용소이건 가리지 않을 텐데. 접수대 근처를 둘러보니 베넷이 뉴욕에서 온 어느 의사와 진지한 대화를 나누고 있었다.

* 기장이 길고 칼라가 없는 인도 셔츠.

영국 남자는 사람들 틈을 헤치고 접수대의 여자에게 다가가 나 대신 그녀를 다그치더니 다시 돌아왔다.

"로드니 레만이 올 때까지 좀 기다려봐요. 로드니는 런던 출신이고 내 친구거든요. 곧 올 것 같은데 길 건너 카페에 가서 맥주나 한잔하면서 그 친구 기다리는 게 어때요?"

"남편한테 물어보고요."

당분간 이 말은 나의 후렴구가 될 것이다.

영국 남자는 내가 남편이 있는 여자여서 오히려 안심하는 듯한 눈치였다. 적어도 기분이 상한 것 같진 않았다.

나는 베넷에게 길 건너 카페로 오겠냐고 물었다. 물론 속으로는 너무 빨리 오지 않기를 바랐다. 그러나 베넷은 손짓만으로 나를 보냈다. 그는 '역감정 전달'에 관해 열띤 토론을 벌이고 있었다.

나는 영국 남자의 파이프에서 피어오르는 연기를 따라 계단을 내려가 길을 건넜다. 그는 마치 기차처럼 연기를 뿜어댔고 파이프가 그를 전진시키는 것 같았다. 기꺼이 그의 승무원이 되리라.

우리는 카페에 자리를 잡고 앉았고 나는 화이트 와인 한 잔을, 그는 맥주 한 잔을 시켰다. 그는 인디언 샌들을 신고 있었고 발톱이 더러웠다. 전혀 정신분석의처럼 보이지 않았다.

"어디서 왔어요?"

그가 물었다.

"뉴욕."

"조상을 묻는 거예요."

"그런 게 왜 궁금해요?"

"왜 내 질문을 피해요?"

"그런 질문에 대답할 의무 없어요."

"그건 그래요."

그가 담배 연기를 내뿜고 먼 곳을 바라보았다. 눈가에 수백 개의 가느다란 주름이 잡혔고 웃지 않을 때에도 입꼬리가 살짝 올라갔다. 그가 어떤 제안을 하건 나는 허락하리라. 나의 유일한 고민. '빨리 제안하지 않으면 어쩌지?'

"한쪽은 폴란드계 유대인, 한쪽은 러시아."

"그럴 줄 알았어요. 유대인처럼 보이더라니."

"당신은 반유대주의자 영국인처럼 보여요."

"이봐요. 왜 이래요. 나 유대인 좋아하는데."

"아마 친한 친구 중에……."

"아니, 유대인 여자들은 침대에서 끝내주잖아요."

재치 있게 맞받아칠 말이 떠오르지 않았다. 이런 젠장. 이제야 나타났군. 진짜 지퍼 터지는 섹스. 더 이상 무얼 기다린단 말인가. 로드니 레만은 분명 아닐 것이다.

"중국 여자도 좋아해요. 게다가 당신은 잘생긴 남편도

있잖아요."

"남편하고 자리 한번 만들어야겠네요. 어쨌든 두 사람 다 정신분석의잖아요. 공통점이 많을 거예요. 프로이트 그림 밑에서 다 같이 한판 놀아보는 것도 괜찮겠네요."

"사실 내 이상형은 중국 여자에 더 가깝지만 뉴욕에서 온 싸움 좋아하는 유대인 여자도 엄청 섹시하게 느껴져요. 접수대에서 그런 난동을 부리는 여자라면 꽤 쓸 만할 것 같아서."

"고마워요."

나는 적어도 뭐가 칭찬인지 정도는 구분할 줄 아는 여자였다. 내 팬티가 빈 거리를 다 닦을 정도로 흠뻑 젖었다.

"내가 유대인처럼 보인다고 말한 사람은 당신이 처음이에요."

나는 대화를 보다 안전한 영역으로 끌고 가려고 노력했다(섹스 얘기는 그만. 이제 다시 고리타분한 세계로 돌아가자). 내가 유대인처럼 보인다는 그의 말이 왠지 나를 흥분시켰다. 그 이유는 나도 모르겠다.

"이봐요. 이제 보니 반유대주의자는 내가 아니라 당신이네. 왜 당신이 유대인처럼 보이지 않을 거라고 생각하죠?"

"왜냐하면 사람들은 늘 나를 독일 여자로 보니까요. 더구나 내 평생의 반을, 내가 유대인이 아니라고 생각하고 유대인에 대한 비난을 들으며 살았으니까요."

"이래서 유대인들이 싫더라. 유대인들만 유대인을 욕할 수 있다는 건가? 그건 너무 불공평한 거 아닌가? 왜 이교도라는 이유로 유대인에 대한 '메이소히스틱' 한 농담을 던지는 즐거움을 박탈당해야 하죠?"

이교도라는 말을 할 때의 그는 너무도 이교도 같았다.

"발음이 틀렸어요."

"뭐가요? 이교도?"

"아뇨. 그건 괜찮은데 마조히스틱*."

영국인답게 첫음절을 '메이소' 라고 발음했다.

"마조히스틱 같은 유대어를 발음할 땐 조심해야죠. 우리 유대인은 그 부분에 상당히 민감하거든요."

내가 덧붙였다.

우리는 음료를 한 번 더 주문했다. 그는 계속 로드니 레만을 기다리는 시늉을 했고 나는 내가 쓰고자 하는 기사에 관한 제법 전문가다운 연설을 늘어놓았고 거의 나 자신을 설득시키기에 이르렀다. 그게 바로 나의 가장 큰 문제점이었다. 다른 사람을 설득하려 애쓸 때마다 그들을 설득하지는 못해도 나 자신만큼은 설득한다는 것. 여자 야바위꾼으로는 완전히 글렀다.

"정말 미국식 액센트가 있네."

* 피학대음란증의.

방금 섹스를 끝낸 사람의 미소를 머금고 그가 말했다.

"미국 악센트 없어요. 당신이야말로 악센트가……."

"액센트."

그가 짓궂게 말했다.

"엿 먹어."

"그것도 나쁜 생각은 아니네."

"이름이 뭐라고 했죠?"

기억할지 모르겠지만 이것은 스트린드베리의 희곡 《율리에 아가씨》 클라이맥스에 나오는 대사이다.

"에이드리언 굿러브."

그가 말했다. 그 말과 함께 갑자기 몸을 돌리다가 내게 맥주를 쏟았다.

"아이고, 이거 정말 미안하게 됐네요!"

그가 말하며 자신의 더러운 손수건과 손으로 테이블을 닦다가 결국엔 셔츠까지 벗어서 둘둘 말더니 내 드레스에서 맥주를 닦아내기 시작했다. 매너 한번 훌륭하군! 나는 가만히 앉아 그의 가슴에 난 곱슬곱슬한 금빛 털을 바라보며 다리 사이로 흘러내리는 맥주를 느꼈다.

"괜찮아요."

내가 말했다.

그러나 그 말은 사실이 아니었다. 나는 괜찮지 않았다. 아주 좋았다.

굿러브, 구달, 굿바, 굿보디,

굿차일드, 구디브, 굿펠로우, 굿포드,

굿플라이셔, 굿프렌드, 굿게임, 굿하트,

굿휴, 구딩, 굿렛, 굿슨,

굿리지, 굿스피드, 굿트리, 굿와인

이사도라 화이트 윙 같은 이름을 갖고 살다보면 많은 시간을 이름에 대해 생각하며 보내게 된다. 아버지는 본래의 성 '바이스'를 내가 태어난 직후 '화이트'로 표백했다.

에이드리언 굿러브. 그의 어머니는 그의 이름을 '헤이드리언'이라고 지었지만 그의 아버지가 에이드리언으로 바꾸었다. 그쪽이 더 영국적이었다. 그의 아버지는 영국적으로 보이는 것에 집착하는 사람이었다.

"전형적인 꽉 막힌 영국 중산층이죠."

자신의 부모를 두고 에이드리언이 말했다.

"아마 당신도 우리 부모님 같은 사람들 싫어할걸요. 여왕에게 충성을 바치면서 잘 먹고 잘 싸는 것밖엔 모르는 사람들이거든요. 그나마도 제대로 되지 않고 있어요. 항문이 늘 꽉 막혀 있으니까."

마치 마침표를 찍듯 크게 방귀를 뀌고는 그가 싱긋 웃었다. 나는 기가 막혀서 그를 쳐다보았다.

"미개하군요. 원시인 같아요."

그러나 에이드리언은 계속 미소 지었다. 내가 마침내 진짜 지퍼 터지는 섹스의 주인공을 만났음을 우리 둘 다 알고 있었다.

나의 남자 취향이 다소 독특하다는 건 나도 인정한다. 그 사실을 뒷받침할 증거들이 앞으로도 속속 나올 것이다. 그러나 남의 취향을 두고 이렇다 저렇다 말할 수 있는 자가 과연 누구인가? 사람의 열정을 타인에게 어떻게 설득할 수 있는가? 그것은 마치 초콜릿 무스의 맛이나 일몰의 풍경 혹은 몇 시간 동안 앉아 아기에게 우스꽝스러운 표정을 지어보이는 이유를 설명하는 것과도 같다. 그 사실을 뒷받침하는 사람은 얼마든지 있다. 로미오도 그렇고 쥘리앵 소렐*도 그렇고 브론스키 백작**도, 산지기 멜로스***도 그렇다. 미소, 헝클어진 머리, 파이프 담배의 향과 땀내, 냉소적인 말투, 맥주를 엎지른 것, 아무렇지도 않게 방귀를 뀌는 모습을 사람들은 좋아한다. 나의 남편은 검고 아름다운 머리칼에 가늘고 긴 손가락을 갖고 있다. 처음 만난 날, 남편도 내 엉덩이를 꽉 움켜쥐었다. 새로운 심리치료 경향에 대해 토론하면서. 나는 대체로 정신세계에서

* 《적과 흑》의 남자 주인공.

** 《안나 카레니나》의 남자 주인공.

*** 《채털리 부인의 사랑》의 남자 주인공.

물질세계로 빨리 이동할 수 있는 남자를 좋아하는 것 같다. 서로에게 끌리는 게 분명하다면 왜 시간을 낭비하는가? 물론 내가 좋아하지 않는 남자가 내 엉덩이를 잡았다면 나는 벌컥 화를 내거나 심지어 역겨워했을 것이다. 그러나 내가 똑같은 행동에 대해 어쩔 땐 역겨워하고 어쩔 땐 흥분하는 이유를 과연 누가 설명할 수 있을까? 그런 차별의 근거를 누가 설명할 수 있을까? 점성학에 미친 사람들이나 설명할 수 있으리라. 아니면 정신분석의들이나. 그러나 그들의 설명은 항상 어딘지 부족하다. 핵심이 빠져 있다.

물론 매혹이 지나가면 이성이 돌아온다. 한때 나는 절대 목욕을 안 하고 머리가 떡졌으며 볼일을 보고 나서 뒤도 제대로 못 닦는 지휘자를 사랑했다. 그는 항상 내 침대 시트에 똥을 묻혔다. 평상시 같으면 당연히 기겁했겠지만 그 사람만큼은 괜찮았다. 그 이유를 나는 아직도 알지 못한다. 내가 베넷과 사랑에 빠진 이유는 부분적으로 그가 내가 맛본 중 가장 깨끗한 고환을 갖고 있었기 때문이었다. 털도 없는데다 거의 땀도 차지 않았다. 우리 할머니의 부엌 바닥에 떨어진 음식을 주워먹던 것처럼 그의 항문에 떨어진 것들이라면 주워먹을 수도 있을 것 같았다. 이렇듯 나를 흥분시키는 것은 참으로 다양하다. 그래서 나를 매혹시키는 것들에 대해 설명하기가 더 힘들다.

그러나 베넷은 세상의 모든 것에서 하나의 유형을 발견한다.

"당신하고 얘기하던 그 영국 남자 말이야."

호텔방으로 돌아왔을 때 남편이 얘기를 꺼냈다.

"당신한테 홀딱 반한 것 같던데."

"왜 그런 생각을 했어?"

그가 냉소적인 표정으로 나를 쳐다보았다.

"당신을 보고 침을 질질 흘리더군."

"그렇게 나한테 적대적인 개자식은 처음 봤어."

"그렇겠지. 하지만 당신은 항상 당신한테 적대적인 남자한테 끌리잖아."

"당신처럼?"

그가 나를 끌어당긴 뒤 옷을 벗기기 시작했다. 에이드리언이 내게 치근거렸기 때문에 그의 몸이 달아올라 있었다. 나 역시 마찬가지였다. 우리는 에이드리언을 생각하며 사랑을 나누었다. 에이드리언. 운 좋은 자식. 앞에서는 내가, 뒤에서는 베넷이 그를 탐하고 있었다.

섹스. 사랑의 행위로 바라보는 세계사. 그 오래된 유희. 그것은 화장실로 바라보는 세계사보다 더 훌륭하리라. 그야말로 모든 것을 아우르리라. 섹스로 귀결되지 않는 일이 과연 하나라도 있던가?

베넷과 내가 늘 환상의 대상을 두고 섹스한 건 아니었

다. 서로를 대상으로 사랑을 나누던 시절이 우리에게도 있었다.

나는 스물세 살에 그를 만났고 그때 이미 이혼녀였다. 그는 서른한 살이었고 결혼한 적이 없었다. 베넷은 내가 만난 가장 조용한 남자였다. 그리고 가장 친절한 남자였다. 아니, 적어도 나는 그렇게 생각했다. 조용한 사람들에 대해 내가 무얼 알겠는가. 나는 저녁식사 시간의 데시벨이 중이中耳를 영구적으로 손상시킬 정도로 시끄러운 집안에서 자랐다. 어쩌면 나의 중이는 정말 손상되었는지도 모른다.

베넷과 나는 그리니치빌리지*의 어느 파티에서 만났고 우리 둘 다 안주인을 알지 못했다. 1960년대에는 그런 파티가 유행이었다. 안주인이 흑인이었고(그때만 해도 여전히 '깜둥이'라는 말을 썼다) 광고계에서 꽤 근사한 직업을 갖고 있었다. 그녀는 유명 디자이너의 옷으로 휘감고 황금빛 아이섀도를 칠했다. 파티는 정신과의사들과 광고계 사람들, 사회복지사들, 정신과의사 같은 뉴욕 대학 교수들로 붐볐다. 1965년. 히피문화 이전이었고 소수민족이 힘을 얻기 이전이었다. 정신과의사들과 광고계 사람들, 교수들 모두 짧은 머리에 뿔테안경을 쓰고 있었고 그들 모두 면도를 했

* 뉴욕의 예술가 · 작가 · 학생 중심의 거주 지구.

다. 흑인 혼혈들은 머리를 폈다. (아, 옛날이여!)

나는 친구의 초대로 그곳에 갔고 베넷 역시 친구의 초대로 왔다. 내 첫 남편이 정신병자였기 때문에 정신과의사 남편과 두 번째 결혼을 하고 싶었던 건 지극히 당연했다. 일종의 해독제처럼. 같은 일을 두 번 당하지 않겠다는 일종의 결의랄까. 이번만큼은 무의식 세계의 열쇠를 쥐고 있는 사람을 만나리라 생각했고 그래서 정신과의사들과 어울려 다녔다. 그들은 나를 매혹시켰다. 그들은 내가 알아야 할 모든 것을 알고 있는 것 같았다. 그들도 나에게 매혹되었다. 그들의 눈에 나는 창의적인 사람이었다. 나는 TV에 출연해서 내 시를 낭송한 적이 있었다. 정신과의사들에게 그보다 더 확실한 창의성의 증거가 어디 있겠는가.

서른 이전의 삶을 돌아보면 나의 연인들은 마치 의자 뺏기 게임을 하듯 앞다투어 의자에 앉았다. 그들 모두가 앞서 만난 사람의 해독제였다. 그들 모두가 일종의 반응이었고, 전향이었으며, 반동이었다.

브라이언 스톨러먼(내 첫 연인이자 첫 남편)은 키가 작고 배가 불룩하고 털이 많고 피부색이 검은 편이었다. 그는 인간 탄환이었고 한시도 쉬지 않고 떠들어댔다. 항상 바삐 움직였고 현학적인 단어들을 주워섬겼다. 그는 중세 연구가였다. 누가 알비 십자군* 이야기를 꺼내기만 하면, 그는 자신의 삶 전체를 통째로 털어놓았다. 심하다 싶을 정도로 상세하게. 절대로 입 다무는 법이 없었다고 말하고 싶지만 그건 사실이 아니다. 잠을 잘 때는 입을 다물었으니까. 그러다가 마침내 그가 자신의 삶을 뒤집었을 때(우리 가족의 공손한 표현에 의하면), 아니면 처음 정신분열 증세를 보이기 시작했을 때(여러 정신과의사들 중 한 명의 표현에 의하면), 아니면 어느 날 아침 자신의 삶의 진정한 의미를 깨닫게 되었을 때(그의 학위 논문 지도교수의 표현에 의하면), 아니면 뉴욕 출신의 유대인 공주와의 결혼생활로 몹시 지쳤음을 깨달았을 때(그의 부모의 표현에 의하면), 그는 자면서도 떠들었다. 사실 그는 잠을 아예 자지 않았고 예수가 재림한다면 이번에는 리버사이드 가에 사는 유대인 중세학자의 모습으로 올 거라면서 나를 밤새 깨어 있게 만들었다.

물론 당시 우리는 리버사이드 가에 살고 있었고 브라이언은 뭔가에 홀렸다. 그러나 나 역시 그의 망상에 심취해 있었기 때문에 기꺼이 감응성 정신병자**가 되었다. 일주일 내내 밤새워 그의 얘기를 듣고 난 뒤에야 브라이언이 자기가 재림 예수라고 믿는다는 걸 깨달았다. 그것이 그의 헛된 망상일지도 모른다는 나의 지적을 그는 결코 받아들이지 않았다. 그 말을 했다는 이유로 그는 나를 목 졸라 죽

* 프랑스 남부에서 성행한 이단을 척결하기 위해 1209년에서 1229년까지 있었던 가톨릭교회의 십자군.

** Folie a deux. 친밀한 관계의 두 사람이 동일하거나 유사한 정신장애를 갖는 현상.

일 뻔했다. 가까스로 마음을 가라앉힌 뒤에도 (이야기를 진행시키기 위해서 실제보다 단순하게 정리하겠다) 그는 다양한 시도를 했다. 창문 밖으로 날아가려 하거나 센트럴파크 호수에서 물 위를 걸으려다가 결국 정신병원에 끌려가서 소라진, 콤파진, 스텔라진 같은 진정제에 의해 진압되었다. 그동안 나는 완전히 탈진한 상태로 부모님 집에서 휴식을 취했다. 브라이언의 광기에 시달린 뒤라 내 부모님이 이상할 정도로 멀쩡한 사람들처럼 느껴졌다. 나는 거기서 한 달을 울었다. 그러던 어느 날, 리버사이드 가의 정적 속에서 안도감과 함께 깨어났고 지난 4년 동안 내가 나 자신의 목소리에 귀 기울이지 않고 있었음을 깨달았다. 그 순간 나는 알았다. 자신이 예수라고 믿건 안 믿건 브라이언과 다시 살지 못하리란 것을.

첫 남편으로부터 탈출. 그와는 정반대의 남자들의 세계 입문. 두 번째 남편이 어떤 남자여야 하는지 정도는 분명히 알고 있었다. 성실하고 믿음직한 아버지, 정신병자의 해독제가 될 정신과의사, 섹스 욕구를 억눌렀던 브라이언의 광기의 해독제가 될 세속적이고 훌륭한 섹스의 제공자, 시끄러운 남자의 해독제가 될 조용한 사람, 미친 유대인의 해독제가 될 멀쩡한 이교도.

그런데 마치 꿈을 꾸듯 베넷 윙Wing이 내 앞에 나타난 것이다. 아마 날개wing를 달고 왔으리라. 그는 키가 큰 미남이었고 신비로운 동양 남자였다. 가늘고 긴 손가락. 털이 나지 않은 고환. 섹스를 할 때면 지치지 않고 움직이는 사랑스러운 엉덩이. 더구나 그는 조용했고 그의 침묵이 나에겐 음악이었다. 그로부터 몇 년 뒤 헬렌 켈러와 섹스하는 기분이 들 줄 누가 알았겠는가.

윙. 나는 베넷의 이름을 사랑했다. 게다가 그는 머큐리*였다. 단, 발꿈치가 아닌 페니스에 날개가 달렸다. 섹스할 때 그는 비상했고 활공했다. 그는 기가 막히게 깊숙이 넣고 돌릴 줄 알았다. 그리고 언제나 발기 상태를 유지했다. 그는 내가 만난 남자들 중 유일하게 단 한 번도 불능인 적 없는 남자였다. 우울할 때나 화가 날 때에도. 그런데 도대체 왜 키스는 안 해주는 걸까? 왜 나와 더 이야기하지 않는 걸까? 나는 수도 없이 오르가슴을 느꼈지만 나의 오르가슴은 모두 얼음으로 만들어진 것 같았다.

처음엔 달랐을까? 아마도 달랐던 것 같다. 브라이언의 끝없는 말의 회오리에 지쳐 있던 나는 그의 침묵에 매료되었다. 베넷을 만나기 전까지 자신의 지휘봉을 사랑했으나 뒤를 잘 닦지 못했던 지휘자가 있었고, 음탕한 말을 좋아하는 피렌체의 바람둥이 알레산드로가 있었고, 근친상간을 시도한 아랍인 형부(나중에, 나중에 말하겠다), 캘리포니

* 그리스신화의 헤르메스에 해당하는 로마신화의 신으로 모자와 발꿈치에 날개가 달렸다.

아 대학의 철학과 교수가 있었고 그밖에도 수많은 잠자리 상대가 있었다. 나는 지휘자 애인을 따라 유럽에 가서 그의 공연도 보고 악보를 들고 쫓아다녔지만 그는 결국 파리에서 재회한 옛 여자친구 때문에 나를 떠났다. 그래서 나는 음악과 열정과 그 외의 여러 가지들로부터 상처받은 상태였다. 조용한 베넷은 나의 치유자였다. 내 머리의 의사였고 내 보지의 상담사였다. 그는 귀를 찢어놓을 것 같은 정적 속에서 섹스하고 또 했다. 게다가 그는 내 말에 귀를 기울였다. 그는 훌륭한 정신과의사였다. 브라이언들의 증상에 대해서도 내가 말하기도 전에 이미 알고 있었다. 그는 내가 어떤 일을 겪었는지 알고 있었다. 가장 놀라운 것은 내 모든 걸 알고 난 뒤에도 그가 나와 결혼하려 했다는 사실이었다.

"반반한 중국 여자나 찾아보지그래?"

내가 말했다.

인종주의자라서가 아니라 결혼이라는 것에 대해 조심스러워서였다. 나는 결혼의 영속성이 두려웠다. 브라이언과의 첫 결혼 때에도 그런 두려움을 느꼈지만 그때는 내 판단을 밀어두고 그와 결혼했다.

"반반한 중국 여자는 원하지 않아. 당신을 원해."

베넷이 말했다.

알고 보니 베넷은 한 번도 중국 여자와 사귀어본 적이

없었다. 자본 적은 더더욱 없었다. 그는 늘 유대인 여자들과 어울려 다녔다. 나는 아마도 그런 남자들과 얽힐 운명이었나 보다.

"날 원한다니 고마워."

내가 말했다.

고마웠다. 정말 고마웠다.

그러던 내가 도대체 언제부터 베넷을 다른 남자로 상상하기 시작한 걸까? 아마도 결혼 3년을 넘기면서부터였던 것 같다. 왜 그랬을까? 누구도 내게 이유를 설명해줄 수 없었다.

질문 : 루번 박사님, 도대체 왜 섹스가 가공처리된 치즈처럼 느껴지는 걸까요?

대답 : 음식에 대한 성적 숭배가 있는 것 같군요. 아니면 정신분석학에서 말하는 구강기의 징후가 있거나. 전문가의 도움을 받아볼 생각은 해보셨나요?

나는 눈을 꼭 감고 베넷을 에이드리언이라고 상상했다. 그렇게 B를 A로 변신시켰다. 그리고 우리는 둘 다 오르가슴을 느꼈다. 내가 먼저, 그리고 베넷이 그다음에. 우리는 형편없는 호텔 침대에서 땀을 흘리며 누워있었다. 베넷은 미소를 지었고 나는 비참했다. 나는 얼마나 끔찍한 배신자인가. 실제로 바람을 피워도 이런 매일 밤의 배신보다 더 나쁠 순 없으리라. 한 남자와 자면서 다른 남자를 생각하고 그 사실을 비밀로 하는 것. 그것은 남편이 보는 앞에서 다른 남자와 자는 일보다 훨씬 더 끔찍했다. 내가 생각할 수 있는 가장 끔찍한 배신이었다.

"단지 환상일 뿐이야."

아마도 베넷은 이렇게 말할 것이다.

"환상은 그저 환상일 뿐. 누구에게나 환상은 있는 거고. 정신병자들이나 환상을 현실에서 이루려고 하는 거야. 정상적인 사람들은 그렇게 하지 않아."

그러나 나는 그보다는 환상을 중요하게 생각하는 사람이었다. 당신은 곧 당신의 꿈이다. 당신은 곧 당신의 환상이다. 매스터스와 존슨*의 차트와 숫자와 반짝이는 측정기계과 플라스틱 페니스들은 섹스에 대해 많은 이야기를 하는 것 같지만 실상은 아무것도 말하고 있지 않다. 왜냐하면 섹스는 사람의 머릿속에서 일어나는 일이므로. 맥박수와 분비액과는 아무 상관이 없다. 그것이 바로 베스트셀러 섹스 매뉴얼들이 다 사기인 이유다. 그들은 사람들에게 머리가 아닌 골반으로 섹스하는 법을 가르친다.

내가 베넷에게 신의를 지켰다는 사실이 뭐가 대수인가? 그를 만난 이후 내가 한 번도 다른 남자와 붙어먹지 않았다는 게 뭐가 대수인가? 머릿속으로 나는 일주일에 열 번

* 인간 성욕에 관한 연구로 유명한 미국의 의사와 심리학자.

은 부정을 저질렀고 그중 다섯 번은 그와 섹스할 때 저질렀다.

어쩌면 베넷도 나를 다른 여자라고 생각할지 모른다. 그러나 그렇다고 뭐가 달라지는가. 그건 그의 문제였다. 분명한 건 이 세상 사람들의 99퍼센트는 환상속의 인물과 섹스한다는 사실이다. 아마도 그럴 것이다. 그러나 그 사실조차 내겐 전혀 위로가 되지 않는다. 나는 나 자신의 배신을 경멸하고 나 자신을 경멸한다. 나는 이미 부정을 저질렀고 단지 소심해서 실행에 옮기지 못한 것뿐이다. 덕분에 나는 부정한 여자이자 소심한 여자가 되었다. 만약 에이드리언과 실제로 섹스를 했다면 부정한 여자로 끝났을 것을.

3

똑! 똑!

내가 말했듯이 섹스는 3p로 집약될 수 있다. 생식procreation, 쾌락pleasure, 그리고 자존심pride. 장기적인 시각에서 보면 생식 기능이 가장 중요하다는 점을 염두에 두어야 한다. 생식 없이 인류는 유지될 수 없다. 따라서 여자가 느끼는 오르가슴은 단지 성관계에 따른 최고의 흥분상태일 뿐이며 대자연의 관점에서 보면 어디까지나 훌륭한 덤일 뿐이다. 마치 곡물 한 상자를 사면서 사은품을 얻듯. 덤이 있으면 당연히 좋겠지만 없다고 해도 곡물은 여전히 귀하고 영양가 높은 식량이다.

_ 매들린 그레이, 《평범한 여자》(1967)

꿈에 에이드리언과 베넷이 내가 어린 시절 자주 가던 놀이터에서 시소를 타고 있었다.

"이사도라는 영국에 가서 분석을 받아봐야 할 것 같습니다. 제가 여권하고 예방접종 기록을 넘겨드리죠."

자기 쪽이 올라갔을 때 베넷이 말했다.

에이드리언은 발을 땅에 디딘 채로, 꼬마들의 놀이터에 나와 심술을 부리는 덩치 큰 아이처럼 시소를 흔들었다.

"그만해요! 그러다 다쳐요!"

내가 소리쳤다. 그러나 에이드리언은 계속 히죽거리면서 시소를 흔들었다.

"그러다 다친다니까! 그만해!"

내가 소리를 지르려 했지만 꿈에서 늘 그렇듯 소리가 나오지 않았다. 나는 에이드리언이 베넷을 바닥에 떨어뜨려서 척추를 부러뜨릴까봐 두려웠다.

"제발 그만해! 그만!"

내가 소리쳤다.

"왜 그래?"

베넷이 웅얼거렸다. 내가 그를 깨운 모양이었다. 나는 늘 잠꼬대를 했고 그는 항상 대답했다.

"당신이 어떤 사람하고 시소를 탔는데 무서웠어."

"음……"

그가 돌아누웠다.

평상시 같으면 그는 내게 팔을 둘렀을 것이다. 그러나

우리는 양쪽 벽에 붙은 좁은 침대에 각자 누워 있었기 때문에 그는 그대로 잠들어버렸다.

잠이 확 달아났다. 호텔 뒤 정원에서 새들이 지저귀는 소리가 들려왔다. 처음에는 새소리가 위안이 되었지만 독일 새라는 사실을 깨닫는 순간 울적해졌다. 이건 비밀이지만 솔직히 난 여행이 싫다. 집안에서도 항상 불안한 나였지만 집을 떠나는 순간부터 나의 사소한 행동 하나 하나에 죽음의 공포가 드리워진다. 어쩌자고 유럽으로 돌아왔는지. 내 삶은 이미 산산조각 났다. 지난 2년 동안 나는 베넷과 한 침대에 누워 다른 남자들을 생각했다. 지난 2년 동안 나는 아기를 가져야 할지, 아니면 박차고 나가서 세상을 좀 더 둘러본 후에 영원히 들어앉아야 할지 고민했다. 사람들이 어떻게 임신을 감행하는지 나는 궁금했다. 참으로 엄청난 결정이었다. 어떻게 보면 참으로 오만한 결정이기도 했다. 자신의 삶이 어떻게 흘러갈지조차 알지 못하는 상황에서 또 다른 생명을 책임지겠다고 나서다니. 아마 대부분의 여자들은 그런 생각을 하지 않을 것이다. 했다면 의구심을 떨쳐버릴 수 없었을 테니까. 다른 여자들이 지니고 있는 그런 맹목적인 자신감이 내게는 없다. 나는 늘 나 자신의 운명을 통제하고 싶었다. 임신은 그러한 통제력의 상당부분을 박탈하는 결정처럼 보였다. 내 인생을 완전히 구속할 무언가를 내 몸속에 키워야 하다니. 항상 다이어프램*을 사용하고 있었기 때문에 실수로 임신한 적은 없었다. 피임약을 먹은 2년 동안에도 한 번도 다이어프램을 잊은 적이 없었다. 다른 건 몰라도 그것만큼은 한 번도 실수하지 않았다. 내 친구들은 모두 낙태 경험이 있었고 한 번도 낙태하지 않은 사람으로는 내가 유일했다. 나는 뭔가 잘못된 걸까? 내가 자연스럽지 못한 걸까? 단지 평범한 여자들처럼 임신에 발목을 잡히고 싶지 않은 것뿐이었다. 내 머릿속에는 오직 나의 불안, 지퍼 터지는 섹스의 욕망, 기차 안의 낯선 남자에 대한 환상이 아기로 인해 좌절된다는 생각뿐이었다. 아기를 낳고 어떻게 그런 욕망을 품을 수 있겠는가.

"너만 아니었으면 유명한 화가가 됐을 텐데……."

붉은 머리카락의 성난 엄마가 하던 말이다. 엄마는 파리에서 미술을 공부했다. 해부학과 소묘, 수채화, 그래픽, 심지어는 직접 재료를 빻아 물감을 만드는 법까지 공부했다. 엄마는 유명한 화가들, 작가들, 음악가들, 그리고 유명인들 주위에서 얼쩡거리는 사람들(엄마가 한 말이다)을 만났다. 불로뉴 숲에서 나체로 춤추었고(엄마가 한 말이다) 러되 마고**에서 검은 벨벳 망토를 두르고 앉아 있었고(엄마가 한 말이다) 부가티***의 범퍼에 앉아 파리 시내를 돌아다녔고(엄마가 한 말이다) 재클린 케네디 오나시스가 35년 전에 다녀갔다는 그리스 섬에도 갔었지만(엄마가 한 말이다)

인테리어 소품 사업으로 한탕 해보려는 캣스킬 코미디 클럽**** 출신의 코미디언과 결혼해서 네 딸을 낳고 딸들에게 시적인 이름들을 지어주었다. 건드라 미란다, 이사도라 젤다, 랄라 저스틴, 그리고 클로이 카미유.

도대체 내가 뭘 잘못했다고.

나는 평생 죄 지은 기분으로 살았다. 아니, 적어도 내 책임일 거라고 생각했다. 부모와 자식은 자궁 안에서만 탯줄로 연결된 게 아니다. 알 수 없는 힘이 그 둘을 연결하고 있다. 우리 세대가 부모를 경멸하며 시간을 보내는 세대이기 때문에 어쩌면 부모 세대에게도 그럴 시간을 허락해야 하는 건지도 모르겠다.

"너희들만 아니었다면 지금쯤 유명한 화가가 되었을 텐데."

엄마가 말했다.

아주 오랫동안 나는 그 말을 믿었다. 물론 대다수가 그렇듯, 엄마 역시 엄마의 아빠와 문제가 있었다. 외할아버지는 화가였고 엄마의 재능을 광적으로 질투했다. 엄마는 할아버지를 피해 파리로 떠났다. 그런데 도대체 왜 다시

* 여성용 피임도구.

** Les Deux Magots. 지성인들이 드나드는 파리의 카페.

*** 세계 최고가의 슈퍼카로 알려진 이탈리아의 자동차.

***** 1880년대 인기 휴양지였던 캣스킬 산맥의 호텔들을 중심으로 유대인 스탠드업 코미디언들이 공연하는 클럽들이 발달했음.

뉴욕으로 돌아와 마흔 살이 될 때까지 할아버지와 함께 살았을까? 두 사람은 같은 화실에서 그림을 그렸고 할아버지는 이따금 엄마의 캔버스 위에 그림을 그렸다. 물론 깨끗한 캔버스가 없을 때만. 엄마는 파리에서 입체파 화가로 이름을 알렸고 현대미술계에서 자기만의 스타일을 개발해 가는 과정이었지만, 회화란 자고로 렘브란트에서 시작해서 렘브란트로 끝난다고 믿었던 할아버지는 엄마가 포기할 때까지 엄마의 작품을 계속 조롱했다. 그래서 엄마는 계속 임신을 했다.

"현대회화 어쩌고 하는 것들은 다 사기고 개수작이야!"

할아버지가 말하곤 했다.

엄마가 왜 집을 나가지 않았냐고? 그런 질문을 할 때 나의 심경은 참으로 복잡하다. 만약 그랬다면 나는 태어나지 않았을 테니까.

우리는 센트럴파크 서부의 방 열네 개짜리 아파트에서 기어다니며 자랐다. 지붕이 샜고(우리는 꼭대기 층에 살았다), 토스터에 토스트만 넣어도 퓨즈가 다 나가고, 발 달린 욕조, 녹슨 배관 달린 부엌 스토브는 TV광고에서 할머니의 유품으로나 나올 법한 오래된 물건이었다. 창틀은 너무 낡고 부실해서 바람이 그대로 들어왔다. 그래도 명색이 '스탠퍼드 화이트 빌딩'이어서 북광을 받는 채광창이 있는 작업실 두 개가 있었고 서재에는 마름 널과 납틀 창문이 있었고, 12미터 높이의 천장은 금박으로 장식되어 있었다. 어린 시절 엿들은 부동산 중개인의 말을 지금도 기억한다. 금박Gold Leaf. 나는 금으로 만든 단풍나무 잎을 상상했다. 하지만 어떻게 천장에 잎사귀를 붙이지? 어째서 잎사귀처럼 생기지 않았을까? 잎사귀를 갈아 페인트로 만들었나? 정말 황금 잎사귀를 딸 수 있을까? 황금 잎사귀는 황금 나무에서 자라는 걸까? 진짜 황금가지에? (나는 '가지'라는 단어까지 알고 있는 아이였다!)

사실 부모님의 서재에는 두껍고 인쇄가 선명하지 않은 《황금가지》*라는 제목의 책이 있었다. 나는 그 책을 뒤적이면서 혹시 황금으로 된 가지에 관한 언급이 있는지 찾아보았다. 그러나 그 책은 섹스의 묘사로 가득 차 있었다. 《두려움 없는 사랑》이라는 책을 내 서랍장 속옷 틈에 감추어두던 시절이었다.

그래서 우리는 '북광 채광창'과 '금박' 때문에 할아버지 할머니와 함께 살았다. 적어도 엄마는 그렇게 말했다. 아빠는 장식품 사업 때문에 전 세계를 돌아다녔기 때문에 엄마는 집에 머물면서 아기를 낳고 자기 부모에게 소리를 질렀다. 아빠는 맥주컵처럼 보이는 얼음통과 얼음통처럼 보이는 맥주컵을 디자인했다. 또한 조그만 금색 체인으로 연

* 1890년에 출판된 인류학자 제임스 프레이저의 저서.

결된 도자기 동물 가족도 제작했다. 놀랍게도 아빠는 그 사업으로 돈을 꽤 벌어들였다. 어느 때고 집을 얻어 나갈 수 있었지만 엄마는 그러지 않았거나 그럴 수 없었다. 조그만 금색 체인은 엄마와 엄마의 엄마를, 엄마와 나를 묶었다. 우리 모두의 불행이 똑같은(쉽게 변색되는) 금색 체인에 엮여 있었다.

물론 엄마에겐 나름대로의 핑계가 있었다. 가부장적인 변명이었고 재능과 야망을 지녔지만 반복해서 좌절당한 늙은 여자의 변명이었다.

"여자들은 절대 둘 다 이룰 수 없어. 선택을 해야 해. 예술가가 되거나 아이를 낳거나."

'이사도라 젤다'라는 이름을 가진 여자가 둘 중 무얼 선택해야 하는지는 너무도 분명했다. 나는 엄마가 기회가 왔을 때 놓쳐버렸던 모든 일을 해야만 했다.

그런 내가 어떻게 피임기구를 빼고 임신을 할 수 있겠는가? 다른 여자들이 아무 생각 없이 저지르는 일이 나에겐 엄청난 일이었고 쉽지 않은 일이었다. 그것은 나의 이름, 나의 운명, 나의 엄마를 부정하는 행위였다.

자매들은 달랐다. 건드라 미란다는 자신을 '랜디'라 부르며 열여덟에 결혼했다. 상대는 버클리의 레바논 출신 물리학자였는데, 그들 부부는 캘리포니아에 살면서 네 아들을 낳은 다음 레바논의 베이루트로 이주해서 딸 다섯을 더 낳았다. 센트럴파크 서부의 착실한 유대계 여자가 레바논 남자와 결혼한 건 언뜻 무척 반항적으로 보이겠지만 사실 랜디는 베이루트에서 가장 평범한 삶을 살고 있다. 그들 부부는 거의 신앙에 가까울 정도로 아이와 부엌, 교회를 좋아했다. 특히 가톨릭교회를. 랜디는 아랍인들에게 자신이 전혀 유대인 같지 않은 유대인임을 증명함으로써 그들을 감동시키기 위해 성당에 나갔다. 물론 랜디가 성당을 좋아한 건 아니었다. 그나마 가톨릭이 기독교보다는 나았기 때문이었다. 랜디와 나의 형부 피에르는 로버트 아드리*, 콘라트 로렌츠**, 라이어넬 타이거***를 마치 예수, 석가모니, 마호메트처럼 신봉했다.

"본능! 오직 짐승의 본능만 남았어!"

그들이 코웃음 치며 말하곤 했다. 그들은 대학 시절 버클리의 비트족****을 증오하면서 영역주의, 피임과 낙태의 부도덕성, 전쟁의 타당성을 설파하기 시작했다. 때로는 거대한 존재의 사슬*****이나 왕권신수설을 진심으로 믿는

* 미국의 극작가이자 인류학자. 인간을 살인본능을 지닌 약탈자로 규정함.

** 오스트리아의 동물행동학자. 주로 공격성의 관점에서 동물의 행동을 관찰함.

*** 캐나다의 인류학자. 인간이 사회적 행위에서 만족을 느끼는 이유를 진화론의 관점에서 해석.

**** 1950년대 전후 미국에서 기성 체제에 반기를 들고 저항적인 행동을 벌였던 젊은이들을 칭했던 용어.

***** 인간이 위계질서 내에서 주어진 특정한 위치를 차지하며 벗어나선 안 된다고 보는 시각.

것 같기도 했다. 그리고 그 과정에서 계속 아이를 낳았다.

"열등한 유전자들이 아무 생각 없이 부실한 종족을 생산해 세상을 종말에 이르게 하는 마당에 우월한 유전자들이 왜 피임해야 하는데?"

임신 사실을 알릴 때마다 랜디가 하는 말이었다.

둘째인 내 뒤로 태어난 랄라는 나보다 네 살 어렸고 흑인과 결혼했다. 그러나 랜디와 마찬가지로 인습을 타파한 듯 보이는 랄라의 선택 역시 일종의 기만이었다. 랄라는 오벌린 대학을 다녔고 그곳에서 로버트 고더드를 만났다. 그는 역사상 가장 피부가 흰 흑인이었다. 나의 매제 로버트는 피부가 엷은 갈색이고 마음은 백인 우월주의 단체 '클랜' 회원들의 페니스만큼이나 하얗다. 물론 그의 페니스에 대해서는 잘 모른다. 그러나 그가 어떻게 오벌린 같은 명문대에 입학했는지 그저 어리둥절할 뿐이다. 아마 그 자신도 어리둥절했을 것이다. 졸업 후 그는 하버드 의대에 진학했고 꽤 민첩하게 밥벌이를 결정했다. 정형외과의사가 되기로 결심한 것이다. 그는 일주일에 나흘을 다리를 맞추거나 관절에 핀을 박으며 보낸다. 보험회사로부터 엄청난 돈을 긁어모으면서. 나머지 사흘은 화려하지만 흑인에 대한 차별이 없는 보스턴 교외에 살면서 고급 클럽에서 승마를 즐긴다.

그들이 사는 모습 또한 가관이다. 통신판매 카탈로그를

제외하면 그들의 집보다 더 많은 가전제품을 보유할 수는 없으리라. 전기 얼음분쇄기, 전기 와인 쿨러, 바다 소리를 내는 침대맡 음향기, 자동 달걀 절단기, 가습기, 제습기, 자동 칵테일 제조기, 리모컨으로 조종하는 잔디 깎는 기계, 토피어리* 디자인이 되도록 프로그램되어 있는 전지가위, 목욕물을 휘저어주는 소용돌이 욕조, 변기 물을 휘저어주는 비데, 벽에 달려 있는 면도용 전등 거울, 밋밋한 현대 그래픽의 복제판 액자 뒤에 숨겨진 컬러 TV세트, 현관벨이 울리면 벽에서 튀어나오는 간이 바. 그들의 집 현관 벨은 흑인 영가인 〈성자들의 행진〉 몇 소절을 연주하는데, 그나마 그것이 로버트가 간직한 유일한 흑인 문화였다.

이 모든 가전제품들과 말들과 세 대의 자동차(그중 한 대는 남미 출신 가정부의 것이다)를 바라보면서 우리는 그들 부부가 아마도 아이 낳을 생각은 할 겨를이 없는 모양이라고 생각했다. 나의 부모님은 아마도 그렇게 믿고 싶었을 것이다. 아랍계 손자와는 또 얘기가 달랐다. 적어도 그 아이들은 곧은 머리카락을 갖고 태어났으니까.

그러나 우리 짐작은 틀렸다. 랄라는 2년 동안 배란 촉진제를 먹고 있었고(훗날 그가 우리와 일간지에 밝힌 내용이다)

* 자연 그대로의 식물을 동물 모양으로 다듬어 보기 좋게 만드는 기술 또는 작품.

결국 작년에 다섯 쌍둥이를 낳았다. 그뒤로 일어난 일들은 상상에 맡긴다. 〈타임〉에 실린 고더드 다섯 쌍둥이를 보셨는지. '귀여운 커피색 아기들 한 바구니'로 묘사되었던.

"와우!"

스물넷에 엄마가 된 랄라 저스틴 고더드가 다섯 쌍둥이가 태어났다는 소식을 전해 듣고 소리쳤다.

이제 랄라와 로버트는 그들 집에도 부러진 뼈와 장난감들, 말들, 신분상승을 위한 투쟁과 다섯 쌍둥이를 들여놓았다. 다섯 쌍둥이는 가장 평범한 이름을 갖게 되었다. 티미, 수지, 애니, 제니, 자니. 로버트는 어느 때보다 많은 돈을 벌어들였고 혼혈인 다섯 쌍둥이를 갖는 것은 비타민B 주사제가 나온 후로 의학계에서 명성을 쌓는 가장 훌륭한 방법 같았다. 랄라는 1년에 한 번씩 내게 편지로, 시 나부랭이는 그만 좀 써대고 의미 있는 일을 좀 해보라고 종용한다. 이를테면 다섯 쌍둥이를 낳는다든가.

랜디의 아랍인 남편과 랄라의 검둥이 남편, 그리고 자신이 예수라고 믿는 나의 남편을 겪은 뒤 내가 베넷과 결혼했을 때 우리 부모님은 무척 안도했다. 부모님은 베넷의 중국 혈통에 대해서는 전혀 거부감이 없었지만 그의 직업만큼은 내키지 않아했다. 정신과의사라니. 부모님은 베넷이 자기들의 마음을 읽을 거라는 두려움에 시달렸다. 그러나 베넷이 꿰뚫어보는 듯한 눈빛에 불가사의한 표정을 짓고 있을 때 사실 그는 자동차 오일을 교체한다든가 점심으로 닭고기 수프를 먹겠다든가 똥이 마렵다는 생각을 하고 있었다. 그러나 부모님은 절대 내 말을 믿지 않았다. 그들은 베넷이 그들의 마음속을 꿰뚫어보면서 잊고 싶은 추한 비밀들을 훔쳐보고 있다고 생각했다.

이제 1948년에 태어난 클로이 카미유 차례다. 클로이는 나의 여섯 살 아래 동생이고 집안의 막내다. 클로이는 머리도 좋고 언변도 좋지만 그것으로 아무것도 할 생각이 없는 애다. 통통하고 아름다운 클로이는 갈색 머리카락에 푸른 눈동자, 완벽한 피부를 지녔다. 게다가 대체로 납작 가슴인 집안에서 유일하게 젖가슴이 풍만하다. 물론 클로이도 유대인과 결혼했다. 역시 국내산은 아니고 수입산이다. 결국 집안의 모든 여자들이 평범한 이웃집 남자와 결혼하기를 거부한 셈이다. 클로이의 남편 아벨은 독일계 유대인의 후손인 이스라엘 사람이다. 그의 가족 중 한 사람이 바덴바덴에서 도박장을 운영한다. 아벨은 우리 아버지의 장식품 사업에 뛰어들었다. 한때 캣스킬 산골의 코미디언들이 지배했던 이 사업에 뛰어들면서 그는 와튼 스쿨에서나 배울 법한 교육을 받았다. 우리 부모님은 처음에 그를 거부했지만 결국 모두가 돈을 더 벌게 되자 아예 그를 채용했다. 아벨과 클로이는 아들 애덤을 두었는데 부모님은 금발에 푸른 눈동자인 애덤을 손자들 중 가장 좋아한다. 크리스마스에 온 가족이 부모님의 아파트에 모일 때 애덤은 제3세계 아이들이 뛰어노는 놀이터의 유일한 백인이다.

아이가 없는 사람은 내가 유일했고 나는 한시도 그 사실을 잊을 수 없었다. 나의 첫 시집이 막 출간되었을 때 피에르와 랜디가 아이들을 데리고 집으로 왔다. 언제나처럼 말도 안 되는 일로 소리 지르며 싸우다가 랜디는 나의 시가 일종의 '자위행위'이며 '노출광적'이라면서 나의 '번식불능'을 비난했다.

"넌 마치 글 쓰는 게 이 세상에서 가장 중요한 일이라는 듯 굴고 있잖아!"

랜디가 소리쳤다.

나는 이성적이고 침착하고 훌륭한 정신분석을 받는 사람답게 행동하려고 노력하고 있었기 때문에 폭발의 징조를 느끼면서도 고통스러운 수준의 인내심을 발휘했다.

"언니. 난 글 쓰는 일이 세상에서 가장 중요한 일이라고 생각할 수밖에 없어. 그래야만 계속 쓸 수 있으니까. 하지만 내 집착을 언니한테 강요할 생각은 없거든. 그런데 왜 난 언니의 집착을 강요당해야 하지?"

내가 거의 애원하다시피 말했다.

"네 지저분한 글에 나하고 내 남편하고 우리 애들 얘기가 나오면 용서하지 않겠어. 어떤 식으로든 내 얘기 쓰기만 해. 죽여버릴 테니까. 내가 죽이지 않으면 피에르가 죽일걸. 내 말 알겠어?"

전기와 소설에 대한 길고 고막이 찢어지는 토론이 이어졌고 나는 헤밍웨이, 피츠제럴드, 보즈웰, 프루스트, 조이스를 언급했지만 전혀 먹히지 않았다.

"그런 책이라면 죽은 뒤에 출판하는 게 좋을 거다. 만약 나하고 아주 조금이라도 비슷한 인물이 한 명이라도 나온다면."

"출판이 지연되지 않게 날 죽이지 그래?"

"우리가 죽은 뒤에 하라는 거야! 네가 죽은 뒤가 아니라!"

"지금 나한테 죽여달라고 부탁하는 거야?"

"문학을 빙자한 그따위 허섭스레기로 똥이나 닦아! 넌 네가 엄청나게 똑똑한 줄 알지? 네가 학교에서 글께나 썼다고, 여기저기 돌아다니면서 재수 없는 학자나 사기꾼들하고 붙어먹었다고, 네가 대단한 줄 아니? 나도 너만큼은 글을 쓸 줄 알고, 그건 너도 알고 있어. 단지 난 너처럼 나 자신을 대중 앞에 까발리고 싶지 않은 것뿐이야. 난 너처럼 냄새 풍기는 노출광이 아니거든. 단지 그뿐이야. 그만 좀 나가줄래? 나가라고! 내 말 안 들려?"

"근데 어쩌지? 여긴 언니네 집이 아니라 아빠 엄마 집인데?"

"나가! 너 때문에 머리가 깨질 것 같단 말이야!"

관자놀이를 움켜쥔 채 랜디가 욕실로 뛰어들어갔다.

그것은 랜디의 상습적인 수법이었다. 심인성 질환을 이용한 일종의 회피. 우리 가족은 기회가 있을 때마다 그 수법을 써먹는다. 너 때문에 머리가 깨질 것 같아! 너 때문에 소화가 안 돼! 너 때문에 사타구니가 가려워! 너 때문에 환청이 들려! 너 때문에 암에 걸렸어!

랜디가 고통스러운 표정으로 화장실에서 나왔다. 마음을 추스른 것 같았다. 랜디는 인내심을 발휘하려 애썼다.

"너하고 싸우고 싶지 않아."

랜디가 말했다.

"그러셔?"

"진심이야. 넌 내 동생이고 난 네가 잘못된 길을 가고 있다고 생각해. 넌 글쓰기를 그만두고 아기를 가져야 돼. 아기를 갖는 건 글쓰기보다 훨씬 더 보람 있고……."

"내가 가장 두려워하는 게 바로 그거야."

"그게 무슨 소리야?"

"언니. 애를 아홉이나 낳은 언니한텐 이상하게 들릴지 몰라도, 난 정말 애들을 갖고 싶지 않아. 그러니까, 언니의 아이들이나 클로이, 랄라의 아이들을 사랑하지만 지금은 내 일에 만족하고 있고 다른 보람은 원하지 않는다고. 책상에 2분 이상 앉아서 글을 쓰기까지 2년이 걸렸어. 고독, 실패할지도 모른다는 두려움, 끔찍한 침묵, 흰 종이를 극복하기까지. 이제야 할 수 있게 됐어. 마침내 할 수 있게 됐다고. 난 정말 시를 쓰고 싶어. 젠장! 여기까지 오기도 얼마나 힘들었는데……."

"정말 남은 삶을 그렇게 보내고 싶니? 책상에 앉아서 시나 쓰면서?"

"그러면 왜 안 돼? 애를 아홉 낳는 것보다 그게 더 나쁠 게 뭐 있어?"

그녀가 경멸어린 눈빛으로 나를 쳐다보았다.

"아이에 대해선 쥐뿔도 모르면서."

"언니는 글쓰기에 대해선 쥐뿔도 모르잖아."

어린아이처럼 말하는 나 자신이 역겨웠다. 랜디는 항상 나를 다섯 살 아이로 돌아가게 만든다.

"하지만 넌 아이 키우는 일을 사랑하게 될 거야. 정말 그렇게 될 거야."

"젠장, 언니가 옳을지도 몰라! 하지만 우리 집안에 에델 케네디*는 한 명으로 족해. 왜 나까지 그래야 하는데? 이렇게 확신이 없는데도 아이를 낳아야만 하는 이유가 뭐냐고! 왜 억지로 그래야 해? 누굴 위해서? 언닐 위해서? 날 위해서? 존재하지도 않는 아이들을 위해서? 내가 애를 낳지 않으면 인류가 멸망이라도 한대?"

* 로버트 케네디의 부인. 열한 명의 자식을 둠.

"아이를 기르는 게 어떤 기분인지 궁금하지도 않아?"

"궁금해! 하지만 궁금해서 죽을 정도는 아니야. 더구나 나한텐 아직 시간이 있어."

"넌 이제 서른이 다 됐어. 네가 생각하는 것만큼 시간이 많지가 않아."

"언니가 한 일을 남이 안 하는 꼴을 못 보겠지? 왜 내가 언니 인생을, 언니 실수를 그대로 되풀이해야 해? 난 실수마저도 독창적으로 할 수 없는 거야?"

"실수라니?"

"아이들을 가톨릭 신자로 키우는 것, 자신의 종교를 부정하고 거짓말하는 것, 자기 자신의 정체성을 부정하는 것……."

"죽여버리겠어!"

랜디가 두 팔을 번쩍 들고 내게 달려들었다. 나는 어렸을 때 수도 없이 그랬던 것처럼 벽장 안으로 숨어들었다. 랜디가 나를 주기적으로 두들겨 패던 시절이 있었다. 설령 아이를 갖는다고 해도 나는 절대로 하나 이상 낳지 않을 것이다. 외동으로 자라는 건 심리적으로 힘들겠지만 그것이야말로 어린 시절 내 유일한 소망이었다.

"피에르!"

랜디가 벽장 밖에서 소리를 질렀다. 나는 엄마의 모피 코트 뒤쪽으로 갔다. 오래된 조이*와 디오리시모** 향이 풍겼다. 나는 부츠들 사이에 책상다리를 하고 앉았다. 내 위로 천장까지 코트들이 걸려 있는 2단 행거가 있었다.

낡은 모피코트들, 아이들의 코트와 가죽 레깅스, 스키 파카, 우비 망토, 트렌치코트, 캠프에서 받은, 이름을 쓴 우비, 목에 이름표가 부착되어 있고 주머니 속엔 잊힌 롤러스케이트 열쇠***가 들어 있는 교복, 벨벳 이브닝코트, 브로케이드 코트, 폴로 코트, 밍크코트……. 35년 패션의 변천사이자 네 소녀의 변천사였다. 35년의 구매와 지출과 양육과 악다구니였다. 도대체 엄마는 이것으로 무얼 증명하고 싶었을까? 자신의 가죽코트와 밍크코트, 그리고 분노?

"이사도라!"

이번에는 피에르였다. 그가 문을 두드렸다.

나는 바닥에 앉아 무릎을 흔들었다. 방충제와 조이 향이 좋았다.

"이사도라!"

가끔은 아이를 낳고 싶다는 생각이 들었다. 내가 결코 될 수 없었던 지혜롭고 똑똑한 여자아이를 낳고 싶었다. 머리에, 혹은 가슴에 어떤 상처도 없는 아이. 비굴한 노예

* 장 파투의 향수 브랜드.

** 크리스티앙 디오르의 향수 브랜드.

*** 스케이트의 신발 사이즈를 조절하는 열쇠.

근성도, 알랑거리는 유혹의 심리도 없는 아이. 생각하는 그대로 말하고, 말하는 그대로 실천하는 아이. 엄마나 자기 자신을 증오하지 않는, 그래서 심술궂지도 않고 언변이 좋을 필요도 없는 아이.

"이사도라!"

내가 정말 원하는 건 나 자신을 다시 낳는 것이었다. 다른 세계, 다른 가족에서 자랐더라면 달라졌을 소녀. 나는 무릎을 끌어안았다. 엄마의 모피코트 밑에 앉아 있자니 이상하게 아늑했다.

"이사도라!"

왜 모두들 자기를 불행하게 만든 바로 그 틀 속에 나를 우겨넣지 못해 안달인지. 나는 준비가 되었을 때 아이를 가질 것이다. 영원히 준비가 되지 않는다면 영원히 갖지 않을 것이다. 외로움과 고통을 아이가 잠재워준다는 보장이라도 있던가? 아이가 보장하는 게 하나라도 있던가? 그들이 그토록 자신의 삶에 만족한다면 왜 항상 남에게 설교하는 걸까? 왜 모두 자기들처럼 살아야 한다고 우겨댈까? 왜 빌어먹을 선교사들처럼 구는 걸까?

"이사도라!"

왜 내 자매들과 엄마는 나의 성취를 조롱하고, 내가 그들에게 빚졌다고 생각하게 만드려고 애쓰는 걸까? 나는 시집 한 권을 출판했고, 그 시집은 그런대로 읽을 만하다.

6년간의 습작과 폐기, 습작, 수정을 거쳤고 나 자신의 내면으로 깊이 파고들기 위한 노력의 결과로 나온 시집이다. 편지를 보내오는 독자도 있었고 한밤중에 전화를 걸어 내 시가 정말 훌륭하다고 말해주는 독자도 있었다. 그들은 나의 글이 용기 있고 솔직하다고, 내가 용기 있고 솔직한 사람이라고 말했다. 용기 있다고? 그런 내가 지금은 벽장 안에서 무릎을 끌어안고 앉아 있다. 내 가족들에게 나는 낙오자다. 단지 아이가 없다는 이유로. 이건 도무지 말이 되지 않는다. 말이 되지 않는다는 걸 알면서도 내 마음속 무언가가 그들의 교리를 답습한다. 내 마음속 무언가가 내 시에 찬사를 보낸 사람들에게 사과한다. '**하지만 여러분, 잊지 마세요. 전 아이가 없답니다!**'

"이사도라!"

거의 서른 살. 간혹 스물다섯으로 보는 사람들도 있지만 나 스스로 무자비한 노화의 기미를 감지하고 있었다. 죽음의 시작, 서서히 진행되는 존재의 소멸을. 내 이마에는 이미 엷은 주름이 잡히기 시작했다. 손으로 문질러 펼 수는 있지만 곧 다시 생긴다. 눈밑에도 자글자글한 주름이 잡히기 시작했다. 조그만 주름들, 그리고 미니어처 달 같은 반점들. 눈가에는 한 개, 두 개, 세 개의 주름이 잡힌다. 투명한 잉크를 넣은 고감도 펜으로 그려놓은 것처럼. 주름을 만든 이가 아니고서는 거의 알아차리기 힘들 정도로 섬세한 주름. 그리고 입은 전보다 훨씬 더 오래 벌어진 모양으로 머문다. 웃음기가 사라지는데 시간이 더 걸린다. 나이 든다는 건 무엇보다도 고집이 세어지는 것을 의미한다는 듯. 얼굴의 모든 것이 예정된 경직 상태로 접어들고 있다. 사후 경직의 희미한 전조라고나 할까. 턱은 아직 반듯하다. 그러나 목 한가운데에는 거의 보이지 않는 주름이 잡혀 있다. 젖가슴도 아직은 탱탱하지만 얼마나 오래 버텨줄지. 그리고 보지는? 아마도 그게 마지막으로 망가지겠지. 아무도 내 몸의 다른 부분을 원치 않을 때조차도 그것만큼은 여전히 건재할 것이다.

우습다. 임신에 대한 강한 거부감 속에서도 내가 나의 보지 속에 살고 있다는 것. 나는 내 몸에서 일어나는 모든 변화를 의식한다. 그 어떤 변화도 놓치지 않는다. 배란일이 언제인지도 정확히 안다. 생리 주기의 둘째 주, 아랫배에서 희미한 울림 같은 것이 느껴지고 곧 이어 미약한 통증 같은 것이 느껴진다. 며칠 뒤 피임기구에서 조그만 핏자국을 발견한다. 밝은 빨간색 얼룩. 아기가 되었을 수도 있었던 조그만 난자의 유일한 흔적. 그럴 때면 말로 표현할 수 없는 슬픔이 밀려든다. 그것은 서글픔이며 안도감이다. 태어나지 않는 것. 그건 정말 좋은 일일까?

다이어프램은 나에게 일종의 집착이 되었다. 그것은 성스러운 물건이었고 나의 자궁과 남자 사이를 가로막는 장벽이었다. 누군가의 아기를 갖는다는 건 생각만 해도 화가 났다. 그 사람의 아기는 그 사람이 가지라고 하라. 만일 내가 아기를 갖는다면 그것은 온전히 나만의 아기일 것이다. 나 같은, 그러나 나보다 훨씬 나은 여자아이. 자기만의 아기를 가질 수 있는 여자아이.

아기를 갖는 것 자체가 부당하다고 생각하지는 않는다. 그러나 남자를 위해 아기를 갖는 건 부당하다. 그들의 이름을 가질 아기를 갖는 것, 사랑이라는 이름으로 당신이 늘 기쁘게 해주어야 할 남자를 위해 아기를 갖는 것, 자신의 모든 것을 버리는 고통을 감수하면서 봉사해야 하는 남자를 위해 날 구속할 아기를 갖는 건 부당하다. 사랑이야말로 가장 강력한 족쇄다. 가장 아프고 가장 오래가는 족쇄다. 그 족쇄에 나는 영원히 갇힐 것이다. 나 자신의 감정과 내 아기의 인질이 될 것이다.

"이사도라!"

어쩌면 나는 벌써 인질인지도 모른다. 내 환상의 인질. 내 두려움의 인질. 나 자신이 내린 잘못된 정의의 인질. 여자로 산다는 건 도대체 무얼까? 만약 그게 랜디처럼, 나의 엄마처럼 사는 거라면 나는 여자로 살고 싶지 않다. 그것이 분노를 뿜어대고 아기를 낳는 기쁨에 관해 열변을 토하는 거라면 나는 원치 않는다. 그렇게 사느니 차라리 지적인 수녀가 되리라.

그러나 지적인 수녀 역시 따분하기는 마찬가지다. 수녀들은 촉촉하지 않다. 그렇다면 다른 선택은 무엇일까? 누군가 내게 다른 선택을 보여주면 좋으련만. 나는 고개를 들고 엄마의 모피코트로 턱을 문질렀다.

"이사도라!"

"좋아. 나갈게."

나는 벽장 밖으로 나가서 피에르와 마주섰다.

"언니한테 사과해!"

피에르가 소리쳤다.

"왜요?"

"나한테 온갖 지저분한 소리 지껄여댄 거 사과해!"

랜디가 소리쳤다.

"난 단지 언니가 자신의 정체성을 부정하고 있고 난 언니처럼 살고 싶지 않다고 말한 것뿐이야. 그게 사과할 일인가?"

"사과해!"

랜디가 소리쳤다.

"왜?"

"네가 언제부터 그렇게 골수 유대인이었는데? 네가 언제부터 그렇게 성스럽게 살았는데?"

"언니. 난 절대 성스럽지 않아."

"그럼 왜 그렇게 펄펄 뛰는 거야?"

피에르가 말했다. 그는 이제 나긋나긋한 중동의 프랑스 악센트를 사용하고 있었다.

"교세를 확장하려는 이 성스러운 전쟁은 내가 시작한 게 아니에요. 두 사람이 시작했지. 난 두 사람을 개종시키려 애쓴 적 없어요. 난 내 삶의 주인이 되고 싶은 것뿐이라고요. 이 혼란 속에서 내 삶이란 걸 과연 찾을 수 있을지 의문이지만."

"이사도라."

피에르가 한층 누그러든 목소리로 말했다.

"바로 그거야. 우리가 너한테 바로 그걸 찾아주려는 거야."

4

검은 숲 가까이

어린아이들은 가차없이 살해당했다. 아이들은 일할 수 없기 때문이었다. 여자들이 아이들을 치마 속에 숨기는 경우가 종종 있었지만 발각되면 즉시 죽였다. 몰살 작업은 비밀리에 진행되어야 했지만 사람의 몸을 태우는 과정에서 발생하는 역한 냄새 때문에 주변에 사는 사람들은 아우슈비츠에서 사람을 태워 죽이고 있다는 사실을 다 알았다.

_ 나치 친위대 중대장 루돌프 회스, 1946년 4월 5일. 뉘른베르크.

8시 29분 프랑크푸르트행

유럽은 먼지 앉은 벨벳
일등칸에는
일등 먼지.
열차 차장은
분홍색 마지판* 돼지를 닮았고
통로를 오가는 걸음걸이가
한 마리 거위 같다.
프로일라인(아가씨)!
있는 대로 혀를 굴려 그가 인사한다.
가슴에 두른 빨간 에나멜가죽 끈이
고무줄처럼 핑 하는 소리를 낸다.
그의 모자는 우뚝하게 솟아올라
하늘로 뻗은 교황의 왕관처럼
국유철도 차장의 신성한 권리를 주장한다.
프로일라인!
에 페리콜로소 스포르제르시(창밖으로 얼굴을 내밀면 위험합니다)
니히트 히나우슐레넨(밖으로 몸을 내밀지 마세요)
일 레 당주뢰(위험합니다)
계속 되풀이되는 말.

* 설탕, 달걀, 밀가루, 호두와 으깬 아몬드를 섞어 만든 과자.

그러나 나는 그리 어리석지 않다.
나는 선로가 어디에서 끝나는지 알고
열차는 침묵 속에 계속 달린다.
역에는 이름이 붙어 있지 않을 것이다.
나의 머리카락은 아리아인*의 그것,
나의 이름은 헤더,
여권사진 속 나의 눈은
바바리아의 하늘보다 더 푸르다.
그러나 그는 내 배꼽 속 다윗의 별**을 볼 수 있다.
쿵. 끼익.
마지막 스트립쇼를 위해 나는 그것을 간직한다.
프로일라인!
누군가 나를 쿡 찔러 깨운다.
겁 많은 나의 손이 하마터면
빳빳하고 조그만 제복 입은 남자에게
거수경례를 붙일 뻔한다.
쇠네스 베터 호이테!(날씨가 좋습니다!)
열차 창밖으로 흐릿하게 보이는
농장들 쪽으로 고갯짓하며
그가 말한다.

* 비유대계 백인.
** 유대교와 이스라엘의 상징.

그는 내 차표를 찍은 다음
뚱뚱한 얼굴로 미소 짓는다.
문득 닭고기 수프처럼 따스해진
햇살 속에서.

하이델베르크에 살기 이전에는 내가 유대인이라는 사실을 그다지 의식하지 않았다. 물론 내게도 희미한 기억들이 남아 있긴 했다. 할머니가 내 손에 비누칠을 하면서 "독일놈들Germans" 하고 중얼거렸다(할머니는 '독일놈들'을 '세균germ'의 동의어로 사용했다). 랜디는 '독일놈 탈출'이라는 놀이를 만들었는데, 가장 두꺼운 옷을 껴입고 아직 어린 아기였던 클로이를 인형 유모차에 태운 뒤 사과 소스 샌드위치를 만들어서 리넨 옷장 속에 숨은 다음 전쟁이 끝나고 동맹군이 올 때까지 식량이 떨어지지 않기를 바라는 놀이였다. 그 외에도 성공회 교도였던 나의 가장 친한 친구 질리언 배콕(다섯 살)이 날 보고 유대인이라면서 유대인들은 항상 목욕물에 오줌을 누기 때문에 나하고 같이 목욕할 수 없다고 말한 적도 있었다. 그러나 대체로 나는 다양한 종교를 포용하는 어린 시절을 보냈다. 부모님의 친구들은 피부색도 종교도 인종도 다양했고 내 친구들 역시 마찬가지였다. 나는 대소변을 가리기도 전에 '인간 가족'* 같은 단어를 배웠다. 집에서는 가끔 유대어를 쓰기도 했지만 가정부들 몰래 의사소통해야 할 때에만 암호처럼 사용했다. 때로는 아이들을 속이기 위해 어른들이 유대어를 썼지만 기가 막힌 레이더를 갖고 있었던 우리는 유대어를 알아듣지 못해도 항상 상황을 감지할 줄 알았다. 나는 《굿바이 콜럼버스Goodbye, Columbus》를 읽고 '슈타르르크(강인한)' 란 유대어 단어를 배웠고 《마법의 통The Magic Barrel》을 읽고 나서야 〈더 포워드The Forward〉라는 유대인 신문이 있다는 사실을 알게 되었다. 열네 살이 되어서야 유대인 성인식에 처음 참석했고(뉴욕 스프링밸리에 사는 사촌의 성인식이었다) 그때 엄마는 두통을 핑계로 집에 머물렀다. 할아버지는 종교는 대중의 아편이라고 믿는 마르크스주의자였기 때문에 할머니에게 그 어떤 '종교적 잠꼬대' 도 허락하지 않았고 감수성 넘치는 80대 시온주의자**가 되고 나서는 '빌어먹을 반유대주의자' 라고 나를 조롱했다. 물론 나는 반유대주의자는 아니었다. 단지 내가 특별히 유대인이라는 생각이 들지 않았고 왜 할아버지가 차임 바이츠만***처럼 말하는지 이해할 수가 없었다. 나는 혹독한 자원봉사 캠프에 참가했고 예술고등학교를 다녔고 비영리기구에서 상담원으로 일하면서 청

* 1955년 에드워드 스타이컨이 뉴욕 현대미술관에서 개최한 '인간 가족전' 전시 사진 503점을 모은 사진집.

** 팔레스타인에 유대 민족국가를 건설하자는 유대민족주의 운동을 지지하는 사람.

*** 이스라엘 공화국 건설의 아버지.

소년기를 보낸 데다 흑인 학생이 상급반 회장으로 선출되는 멋진 시대에 살고 있었다. 다른 인종 친구나 애인을 갖는 것이 사회적 지위를 말해주는 하나의 징표로 여겨졌다. 물론 당시에도 그것이 역차별이라는 걸 모르는 바는 아니었지만 적어도 나는 인종차별 철폐를 위해 나름대로 노력하는 사람이었다. 나는 나 자신을 국제적 감각을 갖고 있는 사람, 점진적 사회주의자, 모든 인류의 친구(당시만 해도 아무도 여성문제를 거론하지 않았다), 휴머니스트라고 생각하고 있었다. 마르크스나 프로이트, 아인슈타인이 모두 유대인이었다면서 유대인의 유전자와 두뇌가 얼마나 우월한지에 대해 떠들어대는 유대인 우월론자를 보면 오히려 소름이 끼쳤다. 자신이 우월하다고 생각하는 것이야말로 열등하다는 증거였고 자신이 특별하다고 여기는 것이야말로 평범하다는 증거이니까.

내가 두 살 때부터 우리 집은 크리스마스 때 트리를 꾸몄다. 우리는 예수의 탄생을 축하하지 않았다. 엄마의 말에 따르면 우리는 '동지冬至'를 축하했다. 자기 집 크리스마스트리 밑에 구유에 누운 아기 예수가 있고 트리 꼭대기에는 베들레헴의 별이 달려 있다는 질리언은 나와 열띤 논쟁을 벌였다. 나는 단호히 엄마의 말을 되풀이했다.

"동지가 예수님보다 중요해!"

미개한 질리언의 엄마는 아기 예수와 처녀 잉태에 대한

고집을 꺾지 않았다. 부활절이 되면 그림을 그린 달걀을 찾아다녔지만 우리는 예수의 부활을 축하하는 건 아니었다. 우리는 '춘분春分'을 축하했고 다시 태어난 생명, 봄, 징후들을 축하했다. 우리 엄마 말을 들은 사람들은 아마 우리가 드루이드교* 신자라고 생각했을 것이다.

"사람이 죽으면 어떻게 돼요?"

내가 물었다.

"사실 사람은 죽지 않아. 흙으로 돌아갔다가 시간이 흐르면 다시 태어나. 풀이나 어쩌면 토마토로."

엄마의 설명을 듣고 나는 왠지 불안해졌다.

"사실은 죽는 게 아니란다"까지만 했으면 몰라도 토마토가 되고 싶은 사람이 어디 있겠는가? 그게 나의 운명이란 말인가? 그 물컹물컹하고 씨 많은 토마토가 되는 것이? 그러나 좋건 싫건 그게 내가 가진 유일한 믿음이었다. 우리는 사실 유대인도 아니었다. 우리는 이교도였고 범신론자들이었다. 우리는 환생을 믿었고 토마토의 영혼을 믿었다. 그것도 1940년대에. 생태학도 믿었다. 그럼에도 나는 독일에 발을 디디는 순간 골수 유대인이 된 것 같은 기분이 들었고 그때부터 지독한 편집증을 보이기 시작했다. 어쩌면 그 둘은 같은 걸지도 모르겠다.

* 고대 갈리아 및 브리튼섬에 살던 켈트족의 종교로 영혼불멸, 윤회, 전생을 믿고 죽음의 신을 세계의 주재자로 받듦.

버스에 탄 사람들은 빼앗은 금니와 결혼반지 같은 것들을 숨겨놓은 집으로 돌아가는 것이고……, 유로파 호텔의 전등갓은 뭘로 만들었는지 수상할 정도로 결이 매끄럽고……, 질베르너 히르슈 호텔의 화장실 비누에서는 요상한 냄새가 난다……. 청결한 열차 안은 밀폐공포증을 자아내고……, 일반석에서는 불결한 냄새가 진동하며……, 분홍색 마지판 돼지의 얼굴을 한 차장은 나를 내려주지 않을 것 같고……, 나치 모자를 쓴 역장은 말도 안 되는 이유로 내 글을 검열할 것 같고……, 초록색 제복을 입고 가죽부츠를 신고 그에 어울리는 채찍을 든 경찰에게 날 넘길 것 같고……, 세관 공무원들은 분명히 나를 붙잡아 세우고 내 설사약과 노란색 알약들, 페니실린, 군부대 의무실에서 빼낸 진정제 같은, 이탈리아에 갔다 오면 주로 사는 물건들을 찾아낸 다음 알프스 산맥 아래 어느 비밀동굴로 데려가서 내가 이교도적 사고방식과 범신론적 세계관, 영국 시에 관한 학식 속에 감추어둔 비밀 즉, 사실은 안네 프랑크만큼이나 뼛속까지 유대인라고 자백할 때까지 아주 독창적인 방법으로 나를 고문할 것 같고…….

역사적 관점에서 보면 베넷과 내가 하이델베르크에 온 것은 (그리고 우리의 결혼마저도) 미국 정부의 대국민 사기극 때문이었다. 훗날 국무성의 논문에서도 밝혀진 사실이었다. 사실 우리의 결혼은 베넷의 징집으로 인한 결과였고 베넷의 징집은 1965년에서 1966년, 베트남 파병 증강의 결과였다. 또한 베트남 파병 증강은 정부가 국민들을 대상으로 사기를 친 결과였다. 하지만 당시에 누가 알았겠는가? 의심은 들었지만 증거가 없었고 당시 우리는 훌륭한 구호들을 듣고 있었다. 이를테면, '마을을 구하려면 마을을 폭파할 수밖에 없다'와 같은. 그뒤로 보다 노골적인 행동주의자들이 등장했지만 〈타임〉 1면조차 흑백을 가릴 만한 증거를 제시하지 않았다.

결국 소아정신의학도였던 베넷은 수련과정을 반 정도 마쳤을 때 서른한 살의 나이로 징집되었다. 우리가 서로를 알게 된 지 석 달 정도 되었을 때였다. 우리는 불행한 사랑을 끝낸 뒤에 만났다. 나로서는 재앙과도 같았던 첫 결혼을 끝낸 뒤였고, 우리 둘 다 혼자인 것이 지겨웠고 또 두려웠으며, 침대에서는 행복했고, 미래는 불안했다. 그래서 그가 포트 샘 휴스턴으로 출발하기 하루 전날 우리는 결혼했다.

우리의 결혼은 처음부터 이상했다. 우리 둘 다 구원을 원했다. 그런데 어느 순간 우리 둘 다 물에 빠져 허우적거리며 서로 붙잡으려 하고 있었다. 며칠만에 상황이 악화되었다. 우리는 언어폭력과 절대 침묵 사이를 급격하게 오갔고 그 사이사이, 섹스로 구두점을 찍었다. 놀랍게도 섹스는 언제나 좋았다. 우리가 어쩌다가, 왜, 이런 상황에 처하게 되었는지 우리 둘 다 알지 못했다.

하이델베르크로 떠나기 전, 두 달 간의 결혼생활은 우리가 결혼하게 된 이유만큼이나 이상했다. 우리는 겁에 질린 두 사람이었고 텍사스의 샌안토니오에 이식된 맨해튼 토박이들이었다. 베넷은 머리를 깎고 초록색 군복을 입고 앉아 군의관이 되는 법에 대한 강의를 반복해서 들어야 했다. 베넷은 그 강의를 끔찍이도 싫어했다.

나는 샌안토니오 외곽의 허름한 모텔을 집삼아 머물면서 TV를 보고 시를 끼적이며 분노와 무력감을 느꼈다. 뉴욕 여자들 대부분 그렇듯이 나도 운전을 배운 적이 없었다. 나는 스물네 살이었고 샌안토니오와 오스틴 사이, 햇볕에 달구어진 고속도로가 보이는 텍사스 모텔에 갇힌 신세가 되었다. 나는 열시 반까지 잠을 자다가 일어나 TV를 보면서 화장을 하고(누굴 위해서?) 아래층으로 내려가 텍사스의 브런치 메뉴인 팬케이크, 소시지, 옥수수 수프 같은 것을 먹고 나서 수영복을 입고(점점 더 몸에 꼭 붙게 되었다) 두 시간 정도 일광욕했다. 그러고 나서 5분 정도 수영을 한 다음 2층의 내 방으로 올라가서 나의 '일'을 마주했다. 그러나 일을 한다는 건 거의 불가능했다. 글 쓰는 작업의 외로움이 너무도 두려웠다. 나는 어떻게든 달아날 궁리를 했다. 작가로 성공할 자신도 없었고 내가 글을 잘 쓴다는 확신도 없었다. 그때만 해도 내가 항상 글을 써왔다는 사실을 깨닫지 못했다. 나는 여덟 살 때부터 글을 썼다. 열 살 때부터 일기를 썼고 열세 살 때부터 편지를 썼다. 키츠와 조지 버나드 쇼를 사춘기 시절 내내 탐독했다. 열일곱 살 때 부모님, 자매들과 함께 일본에 갔을 때에도 타자기를 들고 다니면서 그날 본 것들을 노트에 기록했다. 대학 졸업반 때부터 조그만 문학잡지에 시를 기고하기 시작했다. 그 잡지사에서 주는 상을 거의 다 휩쓸었고 결국엔 그 잡지를 편집하기에 이르렀다. 내가 글쓰기에 집착하고 있는 것이 분명함에도, 출판까지 했음에도, 문학 출판사에서 내게 소설을 작업하고 있냐고 수시로 물어보았음에도, 제대로 된 글을 쓸 수 있을지 확신이 없었다.

그래서 대학원으로 숨어들었다. 대학원은 안전한 곳이었다. 대학원은 본격적으로 글을 쓰기 전에 따야 할 훈장처럼(마치 출산처럼?) 느껴졌다. 지금 생각해보면 참으로 한심한 생각이지만 그때는 신중하고 현명하고 책임 있는 행동처럼 느껴졌다. 나는 지나칠 정도로 훌륭한 학생이었고 교수들은 늘 내 눈앞에 특별연구비를 흔들어댔다. 그런 것 따위 거절하고 싶었지만 그럴만한 배짱은 없었다. 그래서 결국 2년 반이라는 세월을 석사와 박사과정 일부에 소모한 뒤 마침내 대학원이 내 교육을 방해하고 있다는 사실을 깨달았다.

베넷과의 결혼으로 나는 대학원에서 벗어났다. 나는 베

넷을 따라 군부대로 들어가기 위해 휴학계를 냈다. 달리 무얼 할 수 있었겠는가. 학위를 포기하고 싶었던 건 아니었다. 단지 역사가 내 엉덩이를 걷어찬 것뿐. 베넷과의 결혼은 내게 뉴욕으로부터, 컬럼비아 대학 영문학과로부터, 내 전 남편으로부터, 내 전 남자친구들로부터 벗어날 기회를 주었고 내겐 그 모든 게 다 똑같아 보였다. 벗어나고 싶었다. 탈출하고 싶었다. 베넷이 그 수단이었다. 우리의 결혼생활은 엄청난 부담 속에서 시작되었다. 그런 결혼이 여전히 유지되고 있는 것이야말로 기적이다. 하이델베르크에서 우리는 전쟁이 지나간 마을의 광활한 미군 부대 안에 보금자리를 마련했다. 고성古城 부근의 오래되고 아름다운 마을과는 거리가 멀었다. 우리 이웃은 주로 미국에서 온 군 장성들과 그 가족들이었다. 몇몇 예외가 있긴 했지만 그들이 가장 가까운 이웃이었다. 여자들은 새로 이사 온 사람에게 커피를 대접했다. 아이들은 놀라울 정도로 상냥하고 공손했다. 남편들은 눈 더미에 파묻힌 차를 끌어낼 때나 무거운 상자를 위층으로 들고 올라가야 할 때 곧바로 달려나왔다. 그래서 그들이 아시아권에서 생활하기가 별로 힘들지 않았다거나, 미국이 베트콩들을 폭탄으로 몰아내야 한다거나, 군인은 단지 주어진 일을 하기 위해서 베트남에 가는 것일 뿐 정치적 소신과는 상관없었다고 말했을 때는 나는 너무도 놀랐다. 그들은 베넷과 나를 외계에서 온 생명체 보듯했고 사실 우리 기분도 그랬다.

길 건너에는 다른 이웃이 살고 있었다. 독일인이었다. 1945년, 독일민족이 군국주의자들이었을 때 그들은 전쟁에서 이긴 미국인들을 증오했다. 그러나 1966년, 독일인들은 평화주의자가 되었고, 베트남 전쟁을 일으킨 미국인들을 증오했다. 너무도 엄청난 아이러니여서 선뜻 이해하기 힘들었다. 샌안토니오가 이상했다면 하이델베르크는 천배는 더 이상했다. 우리는 두 적군 사이에 살고 있는 데다가 우리 두 사람마저도 서로의 적이었기 때문에 더욱 괴로웠다.

눈을 감으면 지금도 하이델베르크 마크 트웨인 마을의 저녁식사 시간이 선하다. 복도에서 풍겨오던 냉동식품 냄새. 축구 경기 점수와 지구 반대편에서 죽은 베트콩 숫자를(부풀려서) 떠들어대는 미군 라디오. 아이들의 고함소리. 캔자스에서 왔다는, 스물다섯 살쯤으로 보이는 주근깨 난 얼굴의 보모들. 그들은 실내복을 입고 헤어롤을 말고 돌아다니면서 곱슬곱슬해진 머리가 헛되지 않을 신데렐라의 밤을 기다린다. 물론 그런 밤은 오지 않는다. 대신 잡상인들이 복도를 서성거리다가 벨을 누르고 뮤추얼 펀드에서부터 삽화가 있는 백과사전, 동양 양탄자까지 팔아댄다. 부업으로 외판을 하는 미국인 뜨내기나 영국인 낙오자 파키스탄 학생들을 제외하면 눈 덮인 황혼의 알프스를 그린 유화부터 '미국에 축복이 있기를!' 이라고 적힌 맥주잔, 끊임없이 울어대는 블랙포레스트 사의 뻐꾸기시계 따위를 파는, 난쟁이 같은 독일인들이 전부였다. 군부대 사람들은 사고, 사고, 또 산다. 아내들은 공허한 자신의 삶을 채우고 음산한 숙소를 집처럼 꾸미려고 사고 미국 달러의 영향력을 퍼뜨리려고 산다. 어린아이들은 헬멧을 사고 장난감 무기들을 사고 아동 사이즈 군복을 사서 베트콩 대 미군 전쟁놀이를 하며 자신의 미래를 준비한다. 남편들은 발기부전을 해결해줄 물건들을 산다. 그리고 그들 모두가 시계를 산다. 마치 군대가 그들의 시간을 갉아먹고 있음을 암시하듯이.

마크 트웨인 마을에 살던 누군가가 독일제 뻐꾸기시계가 행운을 가져다준다는 소문을 퍼뜨렸다. 대위, 중위, 하사 할 것 없이 모두 뻐꾸기시계를 사는 바람에 적어도 서른 개 정도의 뻐꾸기시계가 부대로 들어왔다. 그들은 2년 동안 벽들을 시계로 채웠고 서로 다른 간격으로 종이 울리고 뻐꾸기가 울었다. 군대가 남편을 미치게 하듯, 시계가 아이들과 여자들을 미치게 만들었다. 부대 건물의 벽은 워낙 얇아서 우리 집처럼 뻐꾸기가 울지 않는 집에서도 하루종일 뻐꾸기 소리를 줄기차게 들어야 했다. 뻐꾸기 소리가 들리지 않을 때면 소질 없는 아이가 오르간으로 연주하는 미국 국가가 들려왔다. 오르간은 할부로 쉽게 장만할 수 있었다. 어려운 건 그 음악을 듣는 것이었다. 그 소리가 들려오지 않을 때면 어느 준위가 자기 아이들에게 고함을 질렀다. 그 아이들은 웨인과 드웨인 혹은 '한 쌍의 사고뭉치'라 불리는 쌍둥이 소년들이었다. 뻐꾸기가 나를 화나게 하지 않을 때면 그 시계가 상징하는 게 재미있다는 생각이 들었다. 부대의 모든 사람들이 날짜와 시간을 세고 있었다. 교대하기까지 여덟 달. 베트남으로 남편을 떠나보내기까지 석 달. 승진 자격을 갖추기 전까지 2년. 아내와 아이들을 데리고 오기까지 석 달. 영원히 오지 않을 것 같은 그 시간을 향한 행진을 뻐꾸기들이 일일이 기록하고 있었다.

뻐꾸기가 없는 걸 제외하면 우리 아파트는 다른 젊은 사관들의 아파트와 다르지 않았다. 가구들은 전쟁 직후 일종의 보상으로 미군에게 지급된, 섬뜩한 독일제품들이었다. 복수하려고 평상시보다 더 흉측하게 만든 게 분명했다. 처음에는 창백한 베이지색이었지만 20여 년을 닳고 닳아 얼룩지고 오줌 빛깔 노란색이 되었으며 집안에서 키우는 온갖 애완동물과 아이들이 남긴 자국과 이른 아침 구토의 흔적이 남아 있었다. 우리는 이 하마 같은 소파들과 코끼리 같은 의자들을 밝은 숄과 쿠션, 장식용 천 같은 것으로 감추려 애썼다. 포스터로 벽을 가렸고 창틀에 화분을 놓았다. 엄청난 비용을 지불해 배편으로 들여온 책들로 책꽂이를 채웠다. 하이델베르크 자체는 쓸쓸했다. 일 년 중 열 달은 비가 내리는 아름다운 도시였다. 햇빛이 며칠 만에 가까스로 고개를 내밀었다가 한 시간 남짓 내리쬐고는 사라진다. 더구나 우리는 일종의 감옥에 살고 있었다. 우리가 사는 곳은 심리적으로 또 지적으로 이탈 불가한 강제구역이었고, 이탈자는 감옥행이었다.

베넷은 부대 일과 그 자신의 우울증에 파묻혀 지냈기 때문에 나를 도울 여력이 없었다. 나 역시 그를 도울 수 없었다. 나는 빗속에서 오래된 마을을 혼자 돌아다녔다. 백화점을 돌아다니면서 결코 사지 않을 물건들을 점원에게 이것저것 가리켜보거나 사람들 틈에서 공상하거나 처음에는 단음절로만 알아들었던 대화를 엿듣거나 길모퉁이에서 신축성 있는 가발이나 가짜 손톱, 조각칼 세트, 고기 다지는 기계, 도마 같은 것들을 파는 잡상인들의 소리를 들었다.

"마이네 다멘 운트 헤렌(신사 숙녀 여러분)……."

대개 그런 식으로 시작되었다. 아무리 긴 문장이라도 그 말이 반드시 포함되었기 때문에 얼마 지나자 단어들이 귀에 들어왔다. 감자처럼 못생긴 여자들이 우비를 팔려고 나를 둘러싸곤 했다. 독일은 회색 코트를 입고 티롤 모자를 썼으며 수수한 구두를 신고 모세혈관이 터져 턱이 붉어진 여자들이 지키는 나라였다. 가까이 들여다보면 그들의 뺨은 온통 불꽃놀이로 가득했다. 터지는 순간을 포착한 불꽃놀이. 이런 억센 과부들은 곳곳에 존재했다. 바나나가 가뜩 든 자루를 들고 다니는 여자. 좁은 자전거 안장 위에 펑퍼짐한 엉덩이를 올려놓고 달리는 여자. 젖은 열차를 타고 뮌헨에서 함부르크, 함부르크에서 뮌헨을 오가는 여자. 한마디로 과부들 세상이었다. 나치의 꿈이 이루어낸 최후의 작품. 유대인 없는, 그러나 남자도 없는 세상.

정처 없이 떠돌다가 전차를 탔다가 다시 내려서 카페에서 맥주나 프레첼*을 먹거나 빵집에서 커피와 과자를 먹을 때면, 문득 내가 강제수용소에서 태어났다가 살해된 유대인의 유령 아닐까 하는 환상에 빠지곤 했다. 내가 유령이 아니라고 과연 누가 말해줄 것인가? 초현실주의적인 소설을 기획하는 척하면서 복잡한 이야기를 지어내곤 했지만, 사실 내가 쓰는 얘기는 허구가 아니었다. 가끔은 내가 급기야 미쳐가고 있는 게 아닌가 하는 생각도 들었다.

태어나서 처음으로 유대인과 히틀러 시대의 역사에 관심을 갖게 되었다. 미국 대사관 자료실이나 특수도서관을 찾아가 퇴거 명령과 죽음의 수용소의 참상을 상세히 기록한 자료들을 섭렵했다. 나치 학살부대 '아인자츠그루펜'에 관해 읽은 후에는 내가 묻힐 구덩이를 파놓고 내가 낳은 아기를 안은 채 그 가장자리에 서 있고, 나치 군인들이 총을 장전하는 순간을 상상했다. 공포의 비명과 사람의 몸

* 매듭이나 막대 모양의 짭짤한 비스킷.

이 구덩이에 떨어지는 소리를 상상했다. 총을 맞고 꿈틀거리는 다른 육신들과 함께 구덩이에 처박혀 내 몸 위로 흙이 덮이는 상상을 했다. 그런데 어떻게 내가 유대인이 아니고 범신론자라고 말할 수 있을까? 어떻게 내가 동지와 춘분을 축하할 수 있을까? 나치의 관점에서 보면 나는 다른 사람들과 똑같은 유대인이었다. 만약 내가 흙으로 돌아갔다면 꽃이나 과일이 되었을까? 내가 태어나던 날 죽은 모든 유대인들의 영혼이 꽃이나 과일이 되었을까?

드물게 화창한 날이면 시장을 돌아다녔다. 독일의 과일 시장은 그 섬뜩한 아름다움으로 나를 완전히 매료시켰다. 17세기에 조성된 시내 광장의 오래된 홀리 고스트 교회 뒤쪽으로 토요일마다 장이 섰는데, 빨갛고 흰 줄무늬 차양들과 마치 피처럼 즙이 흐르는 과일들이 쌓여 있었다. 라스베리, 딸기, 자줏빛 자두, 블루베리, 엄청난 양의 장미와 작약. 모든 게 핏빛이었고 상자 속에서 피 흘리거나 판매대 위에 진열되어 있었다. 유대인 아기들이 이곳으로 온 걸까? 원예에 대한 독일인들의 열정이 내게는 왜 이토록 불편하게 느껴지는지. 생명의 신성함에 대한 그들의 그릇된 인식 때문일까? 그들은 너무도 많은 사랑을 식물과 동물에 쏟아붓는다. **우린 유대인들이 그런 일을 당하고 있는 줄 몰랐다고요.** 그들은 내게 말하고 또 말한다. **신문에 나온 적도 없었잖아요.** 겨우 12년에 **불과했고요.**

그들의 말도 일리는 있다. 그러나 나는 그들이 천천히 끔찍한 죽음을 맞이하는 것을 보고 싶다. 시장에 나온 과일들의 처연한 아름다움은 언제나 독일인에 대한 나의 가장 폭력적인 감정을 불러일으켰다. 피 흘리는 과일들을 저울에 다는 쭈그렁 할망구도, 장미를 세는 금발 아가씨도.

훗날 나는 그러한 감정을 글로 표출할 수 있었고 그 악의 화신들을 부분적으로는 몰아낼 수 있었다. 훗날 나는 독일인 친구도 사귈 수 있었고 독일의 언어와 시를 사랑하게 되었다. 그러나 외로웠던 그해, 나는 글을 쓸 수 없었고 친구도 거의 없었다. 내 삶은 고독했다. 그저 읽고 걸었으며, 내 영혼이 몸에서 빠져나가고 대신 죽은 사람의 영혼이 스며들었다고 상상했다.

나는 가이드북에는 교묘하게 감추어진 히틀러 시대의 유물을 찾는 스파이처럼 하이델베르크를 탐험했다. 유대교 회당이 소각된 자리도 찾았다. 운전하는 법을 배우자 더 멀리까지 갈 수 있었고 유기된 철로와 측면에 '제국철도'라는 글자가 적혀 있는 것도 보았다. 반짝이는 새 기차에는 '연방철도'라고 적혀 있었다. 마치 아르헨티나까지 나치를 추격하는 광기 어린 이스라엘 사람이 된 기분이었다. 나는 예전에 한 번도 믿지 못했던 나 자신의 과거를, 나 자신의 유대인 혈통을 찾고 있었다.

내가 정말 참을 수 없었던 건 독일인들이 어느새 자신의 보호색을 완전히 바꾸고 평화와 인류애에 관해 이야기하면서 모두가 동부전선에서 싸웠다고 주장하는 것이었다. 그들의 위선이 역겨웠다. 차라리 터놓고, 우린 히틀러를 사랑했다고 털어놓았더라면, 차라리 인간적이고 정직한 모습을 보였더라면 어쩌면 용서할 수도 있었을 텐데. 독일에 3년을 살면서 그렇게 인정하는 사람을 나는 꼭 한 명 만났다. 그는 전직 나치주의자였고 우리는 친구가 되었다.

호르스트 후멜은 오래된 마을에서 조그만 인쇄소를 운영하고 있었다. 그의 책상에는 항상 온갖 책과 논문, 쓰레기가 쌓여 있었다. 그는 항상 통화중이었으며 항상 주눅든 직원 셋에게 고함을 질렀다. 그는 152센티미터의 단신에 배가 불룩했고 황갈색이 감도는 안경이 불룩한 눈밑을 더욱 강조했다. 처음 그를 만난 뒤로 베넷은 그를 '꼬마 도깨비'라고 부르곤 했다. 후멜은 영어를 꽤 잘했지만 이따금 아주 큰 실수를 범해서 그 유창함을 상쇄하곤 했다. 한번은 내가 집에 가서 베넷을 위해 저녁식사를 준비해야겠다고 했더니, "당신 남자가 배가 고프다면, 당연히 가서 그를 요리해야지요"라고 말했다.

후멜은 메뉴판에서부터 광고 전단지, 하이델베르크 장교 부인 클럽의 회보까지 거의 모든 걸 인쇄했다. 클럽의 회보는 매끄러운 네 페이지짜리 타블로이드로, 오자가 많았고 장교 부인들의 애환에 관한 풍자시와 꽃 달린 모자에

야생화 코사지를 달고 모조 다이아몬드가 박힌 안경을 쓴 부인들의 사진을 실었다. 그들은 항상 다양한 공공 서비스에 관한 상을 서로 주거니 받거니 했다.

그는 취미삼아 《하이델베르크의 어제와 오늘》이라는 제목의 소책자를 찍어내고 있었다. 주로 레스토랑과 호텔, 열차 운행표, 영화 시간표 같은 정보를 담고 있었다. 한때 안지오*에서 종군기자로 활약했던 후멜은 지역사회의 문제점에 관한 사설을 싣기도 했고 마을 사람들이나 관광객들을 재미삼아 인터뷰하기도 했다.

근 일 년 동안 하이델베르크에서 나치의 유산을 찾아다니던 나는 때때로 이상한 일거리를 맡았고 그 모든 게 나의 우울증을 증폭시켰다. 그러던 어느 날 우연히 후멜을 만나게 되었고, 그는 《하이델베르크의 어제와 오늘》이 영어권 독자를 많이 확보할 수 있도록 내게 영어 편집을 부탁했다. 그는 관광 상품을 소책자에 소개해 광고비를 받을 생각이었다. 주로 도자기나 인형, 각종 주방용품, 이 지방에서 생산되는 포도주나 맥주 같은 것들을 소개하는 글을 써달라고 했다. 나는 일주일에 한 번 25마르크(7달러)를 받고 글을 쓰기로 했다. 후멜이 사진을 준비했고 내가 영어로 쓴 글을 그가 독일어로 번역해 나란히 실었다. 내가 관

* 제2차 세계대전 때의 연합군의 이탈리아 상륙 거점도시.

심을 가진 분야라면 무슨 글이든 쓸 수 있었다. 무슨 글이든. 물론 나는 그의 제안을 받아들였다.

처음에는 폐허가 된 고성이라든가 와인 페스티발, 오래된 레스토랑, 하이델베르크의 역사 같은 안전한 주제를 택했다. 나는 그 칼럼을 나 자신을 가르치는 공간으로 활용했다. 혼자서는 절대 가지 못했을 곳들을 기웃거리는 수단으로 활용했다. 미국 독일 친교 주간이나 시청에서 열리는 사육제 행사에 관한 풍자적인 글을 쓰기도 했다. 미술전시회나 오페라의 감상평도 썼고 건축물이나 음악에 관한 논평, 괴테나 마크 트웨인 같은 유명인들의 하이델베르크 방문에 대해서도 썼다. 덕분에 하이델베르크에 얽힌 온갖 재미있는 일들을 알게 되었고 얘기하기 좋아하는 독일인들과 친분을 쌓게 되었다. 부대 내에서 작게나마 유명인사가 되면서 내가 글을 써주기를 바라는 하이델베르크 레스토랑에서 식사와 와인을 대접받는 호사를 누리기도 했다.

그러나 하이델베르크라는 도시의 즐거움을 노래하는 예리하고도 재치 있는 칼럼과 실제로 내가 독일에 대해 느끼는 감정 사이에는 상당한 괴리가 있었다. 나는 시간이 흐를수록 용감해졌고 나의 감정과 나의 글은 천천히 불안한 동일선상에 놓였다. 초기의 칼럼을 통해 내가 배운 것들이 훗날 본격적인 글쓰기의 바탕이 되었다. 처음에 나의 글은 약삭빠르고 표피적이며 정직하지 못했다. 그러나 서서히 나는 용감해졌다. 서서히 마음을 속이는 것을 멈추었다. 하나씩 하나씩 가면을 벗어 던졌다. 아이러니의 가면, 똑똑한 척하는 가면, 가짜 교양의 가면, 무관심의 가면.

유령을 찾아 돌아다니다가 급기야 제대로 된 유령을 만나게 되었다. 하이델베르크의 언덕에 자리 잡은 나치 시대 원형극장이었다. 그곳을 찾아가는 건 어느덧 하나의 집착이 되었다. 하이델베르크 주민 누구도 그곳의 존재를 알지 못하는 것 같았고 이곳 사람들이 그 존재 자체를 부정한다는 게 오히려 나의 관심을 끌었다. 어쩌면 그곳은 정말로 오직 나의 마음속에서만 존재하는 것은 아닐까. 나는 그곳에 가고 또 갔다.

원형극장은 1934년이나 35년 정도에 청소년 노동봉사단에 의해 건축되었다. 그들의 모습을 상상할 수 있었다. 셔츠도 입지 않고, '세계에서 으뜸가는 독일'이라는 노래를 부르며 네카어 골짜기의 분홍색 사암덩이를 파냈을 금발 청년들. 수수한 라인 강변의 처녀들이 그들에게 시커먼 맥주를 날라주었을 것이다. 원형극장은 하이델베르크의 가랑이, 혹은 홀리 마운틴 산자락에 자리잡고 있었다. 홀리 마운틴은 오딘*이 살았다고 전해지는 산이었다. 나는 차를 몰고 강을 건너 교외로 빠지는 대로를 달리다가 홀리 마운틴을 넘고 '성 미카엘 바실리카 유적지' 표지판을 따라 달렸다. 원형극장 자체에는 불길하게도 어떤 표지판도 없었다. 산속으로 꼬불꼬불하게 길이 나 있었고 검고 푸른 소나무 숲이 자동차 라이트를 삼켜버리면 문득 내가 덜그럭거리는 폴크스바겐을 모는 그레텔이 된 것 같은 기분이 들었지만 날 위해 빵부스러기를 떨어뜨려주는 사람은 아무도 없었다.

독일인들이 지어낸 겁에 질린 소녀와 어두운 숲에 관한 섬뜩한 이야기들을 떠올리면서 산꼭대기로 차를 몰았고 3단 기어에 차가 잘 나가지 않았다. 뒤로 미끄러질까봐 두려워 기어를 2단으로 바꾸어도 차가 안 움직이면 마지막으로 1단 기어로 산길을 올랐다.

하이델베르크에서 가장 높은 지대에는 빨간 사암 위에 세워진 아담한 탑이 하나 있었는데, 탑 꼭대기의 전망대까지 이끼로 뒤덮인 낡은 계단이 나 있었다. 나는 도시 전체를 둘러보기 위해 미끄러운 계단을 올라갔다. 전망대에서는 반짝이는 강과 알록달록한 숲, 분홍색 고성의 윤곽이 보였다. 왜 히틀러 시대 역사학자들은 독일에 관한 모든 걸 낱낱이 기록하면서 독일이 아름다운 나라라는 이야기는 빠뜨렸을까? 도덕적으로 너무 상충되어서일까? 교외 풍경의 아름다움과 독일 민족의 흉측함. 우리는 그런 아이러니를 수용할 능력이 없는 걸까?

* 북유럽 신화에 등장하는 예술 · 문화 · 전쟁 · 사자死者 등의 신.

탑에서 내려와서 숲으로 더 깊이 들어가보면 '숲속의 선술집' 이라는 이름의 술집이 있었다. 엉덩이가 뚱뚱한 농부들이 여름에는 야외에서 맥주를, 겨울에는 실내에서 와인을 마시는 곳이었다. 그곳에 차를 세워놓고 숲으로 들어갔다. 낙엽이 발밑에서 바스락거렸고 머리 위로 소나무 가지가 늘어졌고 나뭇잎들이 햇볕을 차단했다. 언덕을 깎아 객석을 만들었기 때문에 경기장으로 들어가는 입구는 언덕 꼭대기에 있었다. 원형극장은 어느 순간 갑자기 눈앞에 한꺼번에 펼쳐졌다. 잡초가 우거진 계단식 관람석 주변에 유리병과 콘돔과 사탕종이가 뒹굴었다. 아래쪽에는 돌출 무대가 있었고 양쪽에 나치의 깃발이나 독일 독수리 깃발을 꽂았을 깃대가 있었다. 그리고 그 양쪽으로 갈색 제복을 입은 경호원들을 대동한 연설가가 등장하는 출입문이 있었다.

그러나 가장 놀라운 것은 극장의 위치였다. 지상의 것 같지 않은, 동화에나 나올 법한 숲의 정적 한가운데에, 거대한 소나무들이 빙 둘러선 움푹한 곳에 자리 잡은 원형극장. 이곳의 대지는 성스러웠다. 바로 이곳에서 처음에는 오딘이, 그다음엔 예수가, 그리고 그다음엔 히틀러가 찬양되었다. 나는 좌석들을 밟고 뛰어 내려가 무대 한복판에 올라선 다음 빈 메아리를 관객삼아 내가 쓴 시를 낭송했다.

어느 날 호르스트에게 원형극장에 대해 글을 쓰고 싶다고 말했다.

"왜요?"

그가 물었다.

"왜냐하면 아무도 그런 극장이 존재하는 걸 인정하지 않으니까요."

"그게 이유가 된다고 생각해요?"

"네."

나는 하이델베르크 도서관에 가서 여행안내 자료를 뒤지기 시작했다. 대부분은 상투적인 내용들로 주로 고성과 팔라틴* 왕자들의 창백한 얼굴을 담은 오래된 판화 같은 것들을 소개하고 있었다. 마침내 나는 도서관에서 출판한 관광안내서를 찾았다. 영어와 독일어 안내문이 양쪽 페이지에 나란히 수록되어 있었고 싸구려 노란 종이에 흑백사진을 곁들여 고딕체로 인쇄된 책자였다. 출판년도가 1937년이었고 열 페이지 정도 간격으로 문단 한 개, 혹은 사진 한 장, 조그만 글자들이 누런 종이로 가려져 있었다. 종이는 풀로 단단하게 붙어 있어서 가장자리를 들어볼 수도 없었지만 덧댄 종이들을 본 순간 그것들을 다 떼어내고 그 안에 무슨 내용이 있는지 확인하지 않고는 배길 수 없었

* 라인 주의 팔라틴 백작이 다스리던 독일 제국 영토.

다. 나는 도서관 사서들의 의심을 사지 않도록 다른 책들과 함께 그 책을 대출해서 집으로 돌아와서는 주전자 주둥이에서 나오는 수증기를 쐬었다.

그들이 검열이 필요하다고 생각한 대목들은 꽤 재미있었다.

*영광의 시절, 원형극장의 사진. 바람에 깃발이 흩날리고 있고 나치의 경례하는 손들이 보이고 아리아인의 머리, 어쩌면 아리아인의 두뇌를 상징하는 수백 개의 불빛이 찬란하다.

*원형극장을 '히틀러 시대 독일인들에게 애국심과 자연의 정취를 체험하면서 축제와 경건한 의식을 통해 수천 명의 독일인들을 단합시킬 목적으로 지어질 기념비적인 건물' 이라고 묘사한 대목.

*지금은 곳곳이 패이고 울퉁불퉁해진 하이델베르크와 프랑크푸르트의 고속도로를 '희망찬 새 시대를 여는 위대한 걸작' 이라고 묘사한 대목

*독일을 '신이 편애하는 국가이며 모든 위대하고 강력한 국가들 중 일등 국가' 라고 묘사한 대목

*고딕 양식의 아치문마다 나치의 깃발이 달려있는 대학 중앙 강당의 사진

*로마 양식의 아치문마다 나치의 깃발이 펄럭이는 학생 식당의 사진

책 전체가 그런 식이었다.

나는 격한 분노를 느꼈고 도덕적 혐오감에 휩싸였다. 책상 앞에 앉아 정직과 기만에 대해, 위대한 독일의 역사에 대해 분노에 찬 칼럼을 써내려갔다. 아름다움 이면의 진실을 요구했고 아름다움 이면의 역사를 요구했으며 무엇보다도 독일인들의 정직을 요구했다. 씩씩거렸고 침을 튀겼으며 피가 끓었다. 안내 책자에 붙여놓은 흉측한 종이들을 예로 들면서 독일인들의 삶과 예술에 퍼져 있는 위선을 꼬집었다. 그것들은 그리스 조각상 위에 빅토리아 시대 무화과나무를 덧그리는 것과 같은 행위였고 문예부흥 시대의 에로틱한 프레스코화 위에 고대 그리스 의상을 덧그리는 것과 같은 행위였다. 러스킨이 베네치아 매음굴을 그린 터너의 그림을 태웠던 일과 보즈웰의 손자들이 그의 일기에서 음탕한 부분을 삭제하려고 했던 일화를 독일인들이 자신의 역사를 부정하려 애쓰는 것과 비교했다. 그것은 하나의 죄악이며 참으로 무모한 짓이라고. 인간이 저지른 그

어떤 행위도 부정할 수 없는 거라고. 아무리 흉측하더라도 적어도 무언가를 배울 수는 있는 것 아니냐고. 아니, 어쩌면 그들은 배울 수 없는 것일까? 나는 단 한 번도 그 사실을 의심해본 적이 없었다. 진실은 반드시 우리를 자유롭게 한다고 믿었다.

다음 날 아침 성난 두 손가락으로 타자 친 글을 들고 호르스트에게 달려갔다. 나는 얼른 칼럼을 던져놓고 돌아섰다. 세 시간 뒤 그가 전화를 했다.

"지금 날 보고 이걸 번역하란 겁니까?"

그가 물었다.

"그래요."

나는 화를 내며 절대 검열하지 않겠다고 약속하지 않았냐고 말했다.

"난 한 번 말한 건 지키는 사람이에요. 하지만 당신은 아직 젊고 독일 사람들을 이해하지 못해요."

"이해하지 못하다니요?"

"독일인들은 히틀러를 사랑했어요. 만약 독일인들이 솔직하다면 당신은 결코 듣고 싶지 않은 말들을 듣게 될 거에요. 하지만 독일인들은 정직하지 않아요. 지난 25년간 정직하지 않았지요. 그들은 전쟁에 희생된 사람들을 위해 울지 않았고 히틀러를 위해 울지 않았어요. 그저 양탄자 밑에 숨겨두었죠. 독일인 자신들조차 자신들의 진심을 몰라요. 만약 그들이 정직했다면 당신은 그들의 위선보다 정직을 더 혐오했을걸요."

그러고 나서 그는 히틀러 치하에서 종군기자로 일하는 게 얼마나 힘들었는지 설명했다. 종군기자도 군에 소속되어 있었고 모든 뉴스가 상부의 검열을 거쳤다. 언론에서는 일반인들이 알지 못하는 것들을 꽤 많이 알고 있었지만 의도적으로 그것을 감추었다. 그들도 죽음의 수용소와 퇴거 명령에 대해 알고 있었다. 알고 있으면서도 당의 선전구호들을 찍어냈다.

"하지만 어떻게 그럴 수 있죠?"

내가 소리쳤다.

"어떻게 안 그럴 수가 있겠소?"

"독일을 떠나 레지스탕스 조직에 가담해서 무언가를 할 수도 있었겠죠!"

"난 영웅이 아니에요. 피난민이 되고 싶지도 않았고. 저널리즘이 나의 직업이란 말이오!"

"그게 뭐가 그렇게 대단하죠?"

"내가 하고 싶은 말은, 대부분의 사람들은 영웅이 아니고 정직하지 않다는 겁니다. 내가 훌륭한 사람이고 존경받을 만한 사람이라고 생각하지 않아요. 난 그저 여느 사람들하고 똑같은 사람일 뿐이지요."

"하지만 왜죠?"

내가 애처롭게 물었다.

"왜냐하면 그게 나니까. 다른 이유는 없어요."

그의 말에 나는 더 반박할 수 없었고 호르스트도 그 사실을 알고 있었다. 나는 나 역시 다른 사람들과 똑같은지 생각해보았다. 나는 그보다 조금이라도 더 영웅적인 시민이 될 수 있었을까? 폐허가 된 고성에 관한 재치 있는 칼럼들과 황혼, 산새들, 샘물에 관한 상큼한 소네트를 쓰는 것을 멈추기까지 나 역시 얼마나 오랜 시간이 걸렸던가. 파시즘이 아니어도 나는 정직하지 못했다. 파시즘이 아니어도 나는 스스로 검열했다. 나는 나를 감동시킨 것들에 관해 쓰지 않았다. 독일에 대한 나의 격한 감정들, 내 결혼생활의 불행, 나의 성적 환상, 나의 어린 시절, 부모님에 대한 부정적인 감정들을 외면했다.

그 순간 나는 깨달았다. 나 자신에게 정직할 수 없다면 호르스트 앞에서 큰소리 칠 자격도 없다는 것을. 물론 그와 나의 직무태만이 같다고 말할 수는 없지만 본질은 같았다. 내가 쓴 글로 나 자신의 정직함을 증명할 수 없다면 어떻게 그의 글이 정직하지 않다고 화낼 수 있겠는가?

기사는 내가 쓴 대로 인쇄되었다. 호르스트는 충실하게 번역했다. 나는 하이델베르크가 화염에 휩싸일 거라고 생각했지만 글 쓰는 사람들은 항상 자신의 영향력을 과대평가한다. 결국 아무 일도 일어나지 않았다. 몇몇 지인들이 나에게 무슨 일이든 너무 열심히 한다며 아이러니한 조언을 해주긴 했지만 그게 전부였다. 《하이델베르크의 어제와 오늘》을 읽는 사람이 있기는 한지 의문이 들 정도였다. 아마 없을 것이다. 나의 칼럼은 집배원의 파업 기간 중 보낸 편지와도 같았고 누구도 보지 않는 비밀일기와도 같았다. 나는 역사의 진실을 만천하에 까발렸다고 생각했지만 누구도 눈 하나 깜짝하지 않았다. 그 모든 질풍과 노도는 다 어디로 갔나? 시 한 편을 발표했을 때와 거의 비슷한 파장이었다.

5
꿈의 학회congress 혹은 성교congressing에 관한 보고서

나는 이사도라.

나를 날려줘요.

_ 내셔널항공

굿러브 박사가 학회를 주재한다. 대학의 눅눅한 지하층, 딱딱한 의자들이 놓인 창문도 없는 원형극장에서 에이드리언은 공식석상에 나선 영국신사의 매너로 (늘 입는 구멍 숭숭 뚫린 인도식 셔츠와 함께) 무장하고 청중석에 흩어 앉아 있는 (다양한 언어권의) 사람들에게 음절 하나하나를 (영국식으로) 또박또박 발음해준다.

마치 최후의 만찬에 임하는 예수 그리스도 같다. 그의

오른편과 왼편에는 넥타이와 재킷을 갖추어 입은 칙칙한 정신분석의들이 앉아 있다. 그는 마이크 앞쪽으로 몸을 숙이고 파이프를 빼끔거리면서 우리가 놓친 회의 앞부분을 정리한다. 그가 한쪽 맨발을 앞뒤로 흔들고 그 바람에 그의 샌들이 테이블 밑으로 떨어진다.

나는 베넷에게 맨 뒷줄 출입문 가까이에 앉고 싶다고 손짓으로 말한다. 에이드리언이 뿜어내는 열기에서 최대한 멀리. 베넷은 내키지 않는다는 듯 떨떠름한 표정을 지어 보이고는 앞줄로 가서 아르헨티나에서 온 적갈색 머리의 남자 옆에 앉는다.

나는 맨 뒷줄에 앉아 에이드리언을 바라본다. 에이드리언도 나를 보고 있다. 그는 마치 내 몸을 빨듯 파이프를 빤다. 그의 머리카락이 눈을 덮는다. 그가 머리카락을 넘긴다. 그리고 파이프를 천천히 빤다. 나는 유령 페니스를 빤다. 그와 나의 눈빛에서 섬광이 인다. 포르노 만화의 한 장면처럼. 뜨거운 파장이 우리의 골반을 연결한다.

어쩌면 그는 전혀 나를 보고 있지 않는 걸까?

"물론 수련의가 자신의 분석의에게 전적으로 의존해야 한다는 점이 여전히 문제점으로 남아 있긴 하지만……."

에이드리언의 왼편에 앉아있던 남자가 말한다.

에이드리언이 내게 미소 짓는다.

"수련의의 의존성은 본인의 현실검증 능력으로 완화될

수 있다고 봅니다. 물론 우리 학회의 카프칸 환경을 고려해 볼 때 다소 어려운 일이긴 하지만……."

카프칸? 나는 카프카의 형용사가 '카프카에스크*' 라고 생각했는데.

아마도 나는 29세에 갱년기를 맞이한 최초의 여성이리라. 갑자기 온 몸이 후끈 달아오른다. 얼굴이 밝은 분홍빛으로 물들고 심장은 스포츠카의 모터처럼 내달리고 얼굴에 누군가 침을 놓는 듯 조그만 바늘들이 빰을 찌르는 것만 같다. 내 하체는 서서히 액체가 되어 바닥에 뚝뚝 떨어진다. 단순히 속옷을 적시는 수준이 아니다. 나는 완전히 용해되고 있다.

나는 노트를 펼치고 글을 쓰기 시작한다.

내 이름은 이사도라 젤다 화이트 스톨러먼 윙, 그러나 내 이름이 굿러브였으면!

나는 그 두 줄을 지우고 다시 쓴다.

에이드리언 굿러브
닥터 에이드리언 굿러브

* Kafkaesque. 카프카적인, 부조리하고 암울한.

미시스 에이드리언 굿러브

이사도라 윙 굿러브

이사도라 화이트 굿러브

이사도라 굿러브.

A. 굿러브

미시스 A. 굿러브

이사도라 굿러브 부인

이사도라 윙 굿러브 훈작

에이드리언 굿러브 경

이사도라와 에이드리언 굿러브가

황홀한

~~크리스마스를~~

~~차누카*를~~

동지冬至를 기원합니다.

이사도라 화이트 윙과 에이드리언 굿러브는

기쁨에 겨워 여러분께

사랑하는 아기 지그문다 키츠 화이트윙 굿러브의 탄생 소식을 전합니다.

* 유대인들의 12월 축제.

이사도라와 에이드리언의
집들이에 여러분을 초대합니다.
새 보금자리는
런던 NW3 햄프스테드
플라스크 가 35번지

환각제 필히 지참.

나는 얼른 내가 쓴 것들을 전부 다 줄을 그어서 지우고 나서 다음 페이지로 넘긴다. 이런 식의 유치한 장난은 열다섯 살 때 상사병을 앓은 이후 처음이다.

회의가 끝나고 에이드리언과 이야기를 나누고 싶었지만 그가 사람들 틈을 채 빠져나오기도 전에 베넷이 나를 밖으로 데리고 나갔다. 우리 세 사람은 이미 괴상한 트리오가 되어 있었다. 베넷은 나의 폭발적인 감정들을 감지하고 최대한 빨리 나를 데리고 대학을 떠나려 애썼다. 에이드리언은 나의 폭발적인 감정들을 감지하고 계속 베넷의 눈치를 보았다. 그리고 나는 두 사람 사이에서 찢기는 것 같은 기분이 들었다. 물론 그들의 잘못은 아니었다. 두 사람은 그저 내 안의 몸부림을 대변할 뿐이었다. 베넷의 조심스럽고 강압적이고 지루한 확고함은 변화에 대한, 혼자되는 것에 대한, 나 자신의 두려움이었고 안전에 대한 나의 욕구였다. 에이드리언의 기이한 태도나 엉덩이를 잡는 행위는 그 모든 것을 넘어선 열정을 원하는 나의 모습이었다. 나는 내 안의 그 둘을 결코 화해시킬 수 없었다. 내가 할 수 있는 일은 반쪽을 살리기 위해 다른 반쪽을 억누르는 것뿐이었다. 나는 결혼과 안정된 생활, 쾌락보다 일을 우선하는 삶에 단 한 번도 행복을 느낀 적이 없었다. 그 속에 안주해 살기에 나는 너무 호기심이 많았고 모험을 좋아했다. 그러면서도 나는 혼자 사는 것을 두려워했고 누군가와 함께 살거나 결혼했다.

물론 나는 한 사람과 오래 지속되는 깊은 관계의 소중함을 믿었다. 수많은 남자들과 이 침대 저 침대 돌아다니며 얄팍한 관계를 맺는 게 얼마나 허망한 일인지도 알았다. 대화조차 할 수 없는 남자와 한 침대에서 깨어났을 때의 끔찍한 기분도 알고 있었다. 그것 역시 나의 해방과는 거리가 멀었다. 열정과 안정감 두 가지를 다 가질 방법은 아무래도 없는 것 같았다. 나보다 훨씬 더 위대한 지성들이 이 문제를 깊이 통찰했지만 그 어떤 명확한 해결책도 제시하지 못했다는 사실도 위로가 되지 않았다. 단지 나의 근심이 평범하고 진부하게 느껴질 뿐이었다. 만약 내가 정말 특출한 사람이라면 결혼과 간통 문제로 이렇게 고민하진 않았을 텐데. 그저 밖으로 뛰쳐나가서 내 두 손으로 새로운 삶을 개척하면서 어떤 가책이나 죄책감도 느끼지 않을 텐데. 나의 죄책감은 내가 얼마나 평범하고 비열한지 일깨워줄 뿐이었다. 서글프고도 오래된 고민을 하고 있다는 것이야말로 내가 평범하다는 증거였다.

그날 저녁, 그린징의 어느 카페에서 어느 수련의가 주최한 파티로 축제가 시작되었다. 그다지 세련된 파티는 아니었다. 페니스 같은 독일 소시지와 자우어크라우트*가 프로이트 적인 주요리였다. 파티를 주최한 빈 출신 정신과의사들을 즐겁게 해주기 위해 사람들이 '성자들의 행진'을 '의사들의 행진'으로 개사해서 불렀다. 노래 가사는 영어거나 빈 사람들이 영어라고 생각하는 언어였다. 내가 야후**들 틈의 걸리버처럼 어정쩡하게 앉아 있는 동안 사람들은 웃으며 박수를 쳤다. 나는 이맛살을 찌푸리면서 세상의 종말을 생각했다. 어릿광대들이 정신과의사에 관한 노래를 부르는 동안 우리는 모두 핵먼지로 사라질지도 모른다. 음울한 일이었다. 에이드리언이 보이지 않았다.

베넷은 런던 학회에서 왔다는 또 다른 수련의와 수련과정에 관한 이야기를 나누고 있었고 나는 어쩌다 보니 맞은편에 앉아 있던 남자와 이야기를 나누게 되었다. 런던에서

* 잘게 썬 양배추에 식초를 쳐서 담그는 독일식 김치.

** 《걸리버 여행기》에 등장하는 인간의 모습을 한 짐승.

공부를 하고 있다는 칠레 출신의 정신분석학도였다. 그가 칠레 출신이라고 말한 순간 내 머릿속에 떠오른 것은 네루다*뿐이었다. 그래서 우리는 네루다 이야기를 했다. 이야기를 하다 보니 나는 아주 그럴 듯한 사기를 치게 되었다. 나는 그에게 현존하는 모든 위대한 작가들이 전부 다 남미 출신인데 남미에서 태어나다니 참 운도 좋다고 말했다. 나 같은 사기꾼도 없다는 생각이 들었지만 그는 좋아했다. 마치 내가 자기를 칭찬했다는 듯이. 대화는 한동안 그런 공허한 문학 예찬으로 이어졌다. 우리는 초현실주의와 남미 정치와의 연관성에 대해 이야기했다. 내가 쥐뿔도 아는 게 없는 주제였다. 어쩌면 내 인생 자체가 초현실주의가 아닐까.

내가 보르헤스와 그의 작품 《라비린스》에 대해 열변을 토하고 있는데 에이드리언이 내 어깨를 두드렸다.

미노타우로스**도 제 말 하면 온다더니. 그가 뿔을 있는 대로 세우고 내 바로 뒤에 서 있었다. 내 심장이 콧구멍으로 튀어나올 것 같았다.

춤추고 싶었냐고? 물론 춤추고 싶었지만 그게 다는 아니었다.

"오후 내내 찾아다녔는데 어디 있었어요?"

* 노벨문학상을 수상한 칠레의 시인.

** 그리스신화에 등장하는 인신우두人身牛頭의 괴물.

그가 물었다.

"남편하고 있었죠."

"당신 남편 기분이 안 좋아 보이던데. 무얼 가지고 그 사람을 그렇게 비참하게 만들었죠?"

"당신."

"그럼 조심해야죠. 질투가 추한 얼굴을 내밀게 만들지 말아요."

"벌써 그랬어요."

우리는 마치 연인인 것처럼 행동하고 있었다. 어떻게 보면 우리는 이미 연인이었다. 머릿속으로는 이미 파올로와 프란체스카*처럼 운명이 정해졌다. 그러나 우리에겐 갈 곳이 없었고 빠져나갈 방법도 없었고 사람들의 시선을 피할 길도 없었다. 그래서 우리는 춤을 추었다.

"난 춤 잘 못 춰요."

그가 말했다. 사실이었다. 그는 춤을 잘 못 추었다. 그러나 그는 목양신** 같은 미소로 서툰 춤을 만회했다. 그는 갈라진 조그만 발굽을 어설프게 움직였고 나는 조금 신경질적으로 웃었다.

"춤은 섹스와도 같아요. 어떻게 보이느냐가 아니라 어떻게 느끼느냐가 중요하죠."

* 단테의 《신곡》 〈지옥편〉에 등장하는 비극적인 사랑의 주인공.

** 목동 · 산야의 신으로 염소뿔과 염소 다리를 가졌으며 피리를 붊.

뻔뻔하기도 하지. 도대체 이런 천박한 짓거리는 어디서 배웠는지. 나는 두려워서 미칠 것만 같았다.

나는 눈을 감고 음악 속에서 빙글빙글 돌았다. 나는 부딪히고 허리를 흔들고 파도처럼 흐느적거렸다. 오래전 트위스트가 유행했을 때 나는 그 춤을 제대로 추는 사람은 거의 없다는 사실을 깨달았다. 그렇다면 신경 쓸 게 뭐가 있는가? 사교댄스라는 것은, 사교생활의 모든 것이 그렇듯, 뻔뻔함이 전부였다. 그때부터 나는 '춤 잘 추는 사람'이 되었다. 적어도 춤을 즐기는 사람이 되었다. 춤은 섹스와도 같았다. 리듬과 땀이 전부였다.

에이드리언과 나는 그뒤로 대여섯 곡을 추었다. 둘 다 탈진하고 땀에 젖어서 돌아갈 준비가 될 때까지. 그다음에는 구색을 맞추기 위해 오스트리아 수련의와 춤을 추었다. 시간이 흐를수록 춤을 추기가 점점 더 힘들어졌다. 그러고 나서 마지막으로 훌륭한 춤꾼인 베넷과 춤을 추었다.

나는 남편과 춤추면서 에이드리언이 보고 있다는 사실을 즐겼다. 베넷은 에이드리언보다 춤을 훨씬 더 잘 추었다. 베넷에겐 에이드리언에게 없는 우아함이 있었다. 에이드리언은 말이 끄는 마차처럼 덜그럭 거렸지만 베넷은 재규어 승용차처럼 자연스럽고 매끄러웠다. 게다가 그는 너무도 다정했다. 에이드리언이 나타난 이후로 베넷은 더 친절해졌고 나를 갈망했다. 그는 우리가 처음 만났던 때로 돌아가 나를 유혹하고 있었고 그래서 상황이 더욱 복잡해졌다. 그가 개자식이었으면 훨씬 편했을 텐데. 소설 속 남자들처럼 거칠고 포악한 남자, 마누라가 간통을 저질러 마땅한 남자였으면 좋았을 텐데. 그런데 그는 이토록 다정한 남자였던 것이다. 그러나 그의 다정함은 에이드리언에 대한 나의 갈망을 눈곱만치도 줄여주지 않았다.

나의 갈망은 아마도 베넷과는 전혀 관계가 없는 것 같았다. 왜 꼭 둘 중 하나여야 하는가? 나는 두 사람 다 원했다. 둘 중 한 사람을 선택하는 건 불가능했다.

에이드리언이 우리를 태워 호텔로 데려다주었다. 그린징에서 꼬불꼬불한 내리막길을 달리면서 그는 자신의 아이들에 대해 이야기했다. 아나이스와 니콜라이라는 문학적인 이름을 가진 아이들은 이제 열 살, 열두 살이라고, 그가 이름을 짓지 않은 쌍둥이 여자아이는 엄마와 함께 리버풀에서 살고 있다고 했다.

"애들한텐 엄마가 없는 게 여간 힘든 게 아니죠. 하지만 제가 그럭저럭 엄마 노릇을 잘하는 편입니다. 제가 이래 봬도 음식 만드는 걸 좋아해요. 커리도 아주 잘 만들고요."

그가 음식을 할 줄 안다는 사실은 매혹적이기도 했고 재미있기도 했다. 나는 트라이엄프 스포츠카의 조수석에 앉았다. 베넷은 좁은 뒷좌석에 혼자 앉았다. 그가 사라져주었으면. 차 밖으로 날아가서 숲속으로 사라져주었으면. 물론 그런 바람을 갖는 나 자신이 너무도 미웠다. 왜 이토록 복잡해야 하는가? 왜 솔직하게 터놓고 말할 수 없는 걸까?

"여보, 미안하지만 이 잘생긴 남자하고 나가서 섹스 좀 하게 자리 좀 피해줄래?"

왜 단순하고 정직하고 담담할 수 없을까? 왜 단 한 번의 지퍼 터지는 섹스 때문에 인생 전체를 걸어야만 할까?

우리는 호텔로 돌아와 작별인사를 했다. 섹스하고 싶은 남자를 홀로 남겨두고 섹스하고 싶지 않은 남자와 계단을 올라가는 건 얼마나 위선적인지. 더구나 너무도 흥분한 상태에서 마치 내가 원하는 것은 그인 양 연기하면서 그와 섹스하는 것은 얼마나 위선적인지. 그러나 바로 그것이 소위 부부간의 정절이리라. 그게 바로 문명이고, 문명으로 인한 욕구불만이리라.

다음 날 저녁, 학회 개회식이 열렸다. 우리는 빈의 18세기 고성 중 하나인 호프부르크의 정원에서 황혼을 배경으로 한 칵테일 뷔페에 초대받았다. 성 내부는 완전히 개조되어 미국 모텔 식당의 획일성을 그대로 답습하고 있었지만 정원에는 여전히 18세기의 정취가 남아 있었다.

우리는 자줏빛 시간에 도착했다. 7월의 저녁 8시. 기다란 테이블이 정원 가장자리를 빙 둘렀고 웨이터들이 샴페인 잔을 높이 들고 사람들 사이를 지나다녔다. 그들이 들고 다니는 샴페인은 알고 보니 독일의 스파클링와인 '젝트'였다. 심지어는 정신분석의들조차 자줏빛으로 반짝였다. 로즈 슈왐럽킨은 분홍색 구슬이 박힌 스웨터에 빨간 공단 스커트를 입고 정형외과용 샌들 중에 가장 근사한 샌들을 신었다. 주디 로즈는 브래지어를 하지 않고 은색 반짝이 드레스를 입고 미끄러지듯 걸어 다녔다. 심지어는 슈리프트 박사조차도 짙은 보라색 벨벳 디너 재킷에 큼직한 진달래색 실크 나비넥타이를 매고 있었다. 프로머 박사는 연미복에 실크 모자를 썼다.

베넷과 나는 아는 얼굴이 있는지 두리번거리며 돌아다녔다. 샴페인을 들고 다니던 웨이터가 쟁반을 우리 쪽으로 살짝 기울이면서 할 일을 만들어줄 때까지. 나는 빨리 취할 생각으로 얼른 샴페인을 마셨다. 취하는 건 내게 전혀 힘든 일이 아니었다. 10여 분 만에 눈가에 샴페인 거품들이 보이기 시작하면서 더 자줏빛이 된 안개 속을 떠돌아다녔다. 나는 여자화장실을 찾고 있었다. 물론 에이드리언도 찾고 있었지만. 그러다가 어느 순간 수천 명의 에이드리언이 여자화장실 앞 거울 벽 복도에 뻗어 있는 것을 발견했다.

그의 모습이 거울 속에서 일렁거렸다. 베이지색 코듀로이 바지에 자주색 터틀넥, 갈색 스웨이드 재킷을 입고 있었다. 수많은 더러운 발톱이 수많은 인디언 샌들 밖으로 나와 있었다. 해포석 담배 파이프가 그의 아름답게 다문 입술 사이에 물려 있었다. 나의 지퍼 터지는 섹스일까? 침대 밑의 남자! 그가 여러 개로 복제되었다. 마치 영화 〈지난해 마리앵바드에서〉의 연인들처럼. 앤디 워홀의 자화상처럼. 교토의 사원에 있는 천한 개의 부처상처럼. 도쿄 사원의 부처에는 팔이 여섯 개 달려 있었고 팔마다 눈이 달려 있었다. 그렇다면 수백만 개의 에이드리언은 과연 몇 개의 페니스를 갖고 있을까? 그의 페니스 하나하나가 신에 대한 무한한 사랑과 무한한 지혜를 상징할까?

"안녕, 자기."

그가 내게 돌아서며 말했다.

"줄 게 있어요."

하루 종일 들고 다닌, 내 사인이 담긴 시집을 내밀며 말했다. 손바닥이 축축한 탓에 시집 가장자리가 너덜거렸다.

"고마워요."

그가 책을 받아들었다.

우리는 팔짱을 끼고 거울 벽 복도를 걷기 시작했다. '**바로 그 책 때문이었고, 그 책을 쓴 갈레오토 때문이었어요.**' *라고 우리의 친구 단테는 말했을 것이다. 시는 사랑의 뚜쟁이이고 시인 역시 마찬가지이다. 나의 몸과 같은 책이 활짝 열려

* 단테의 《신곡》에서 베아트리체가 갈레오토의 아서왕 이야기를 함께 읽다가 파올로와 불륜을 저지르게 되었음을 설명하는 대사.

있었고 이제 두 번째 지옥은 그리 멀리 있지 않았다.

"잘 알겠지만, 우리 다신 못 볼지도 몰라요."

"그래서 우리가 이러고 있는 거겠죠."

그가 말한다.

우리는 성 밖으로 나가 주차장으로 사용되고 있는 안뜰로 향했다. 오펠과 폴크스바겐과 푸조의 유령들 속에서 우리는 포옹했다. 입술과 입술, 배와 배가 맞닿았다. 역사상 가장 촉촉한 키스였다. 그의 혀가 사방에 있었다. 마치 바다처럼. 우리는 항해했다. 코듀로이 바지 속에서 불룩하게 솟아오른 페니스는 원양여객선의 높고 빨간 굴뚝이었다. 나는 바닷바람처럼 신음했다. 주차장에서 키스하는 동안 우리는 온갖 유치한 말들을 주워섬겼다. 표현할 수 없는, 어쩌면 시에서나 표현될 법한 갈망을 표현하려 애쓰면서. 어떤 표현으로도 충분치 않았다. 당신의 입을 사랑해. 당신의 머리카락을 사랑해. 당신의 귀를 사랑해. 당신을 원해. 당신을 원해. 당신을 원해. 무슨 말이든 계속해야 했다. 당신을 사랑해, 하고 말하지 않으려면. 사랑이기에는 너무도 멋지니까. 사랑처럼 진지하고 건전한 감정이기에는 너무도 맛있고 달콤하니까. 입 전체가 물이 되었다. 그의 입술은 어린아이가 느끼는 젖꼭지보다 더 훌륭했다. (이 말에 심리학적 해석 따위를 덧붙이기만 해봐, 베넷. 곧바로 다시 되받아쳐줄 테니까. 유아기적이고 퇴행적이고 근친상간적이겠지. 그건 확실해. 하지만 내가 평생토록 이렇게 키스하고 싶다면? 그건 또 어떻게 해석할 건데?) 더구나 그는 양손으로 내 엉덩이를 꽉 움켜잡고 있었다. 그는 내 시집을 폴크스바겐 위에 올려놓고 대신 내 엉덩이를 잡았다. 이게 바로 내가 시를 쓰는 이유였을까? 사랑받기 위해서? 나도 모르겠다. 지금은 내 이름조차 기억나지 않는다.

"이런 엉덩이는 처음이야."

조금 전에 문학상을 받았다고 해도 이보다 더 기분이 좋지는 않았을 것이다. '엉덩이 대상' 을 받는 것. 지금 내가 원하는 것은 그뿐이었다. 1971년 미국 엉덩이 대상!

"꿈의 학회에 참석한 미스 아메리카가 된 기분이에요."

"꿈의 학회에 참석한 미스 아메리카 맞아요. 난 당신을 최대한 거칠게 사랑해주고 떠나고 싶어."

조심하는 게 곧 준비하는 거라고 했던가. 그러나 그런 말 따위를 누가 듣겠는가? 내 귀에 들리는 거라곤 내 심장 박동 소리뿐이었다.

그날 밤 그 이후의 시간은 회상과 샴페인 잔과 술 취한 심리학적 용어들이 뒤섞인 하나의 꿈과도 같았다. 우리는 거울 벽 복도로 다시 돌아갔다. 둘 다 너무 흥분한 상태여서 다시 만날 계획조차 세우지 못했다. 베넷은 자신의 팔에 기대어 서 있는 아르헨티나 출신의 빨간 머리의 수련의와 웃고 있었다. 나는 샴페인을 한 잔 더 마시고 에이드리언과 함께 돌아다녔다. 그는 런던의 정신과의사들에게 나를 소개하고 내가 아직 쓰지도 못한 기사에 대해 떠들어댔다. 그들이 인터뷰를 해줄까? 에이드리언은 그들이 취재에 응하게 만들 수 있을까? 그는 내내 한 팔을 내 허리에 두르고 있었고 이따금 한 손을 내 엉덩이에 올려놓았다. 우리는 무분별했다. 모두가 보았다. 그의 정신분석의. 나의 예전 정신분석의. 그의 아들의 정신분석의. 그의 딸의 정신분석의. 내 남편의 예전 정신분석의. 그리고 내 남편.

"굿러브 부인이신가요?"

나이 지긋한 의사 한 명이 물었다.

"아뇨. 하지만 그랬으면 좋겠네. 운이 좋았다면 그럴 수도 있었을 텐데……."

나는 둥둥 떠다니는 기분이었다. 내 머릿속은 샴페인과 결혼 생각으로 가득했다. 따분하고 늙은 도시 뉴욕을 떠나 화려하고 세련된 런던으로 오는 상상을 했다. 나는 제정신이 아니었다.

"어떤 영국 남자랑 도망쳤다지 뭐야!"

부러움 섞인 목소리로 뉴욕의 내 친구들이 수군거리는 소리가 들리는 것만 같았다. 그들은 아이들과 베이비시터들, 대학원, 교사일, 분석의, 환자들에 얽매여 있다. 그런데 나는 빌린 빗자루를 타고 빈의 자줏빛 하늘을 누비고 다녔다. 나는 그들의 환상을 글로 써낼 사람이었다. 헤어진 연인과의 재미있는 이야기를 들려줄 사람이었다. 그들이 앞에서는 부러워하고 뒤에서는 비웃을 바로 그 사람이었다. 뉴스에서 이 사건을 다룰지도 모른다.

> 이사도라 화이트 윙의 새 남편 에이드리언 닥터 굿러브는 런던의 햄프스테드 히스 부근에 살고 있습니다. 수학 전공자들을 위해서 말씀드리자면, '히스클리프'*가 아니라 '히스' 입니다. 이사도라는 바너드 대학 동창회 소식을 기다리고 있습니다. 그녀는 새로운 소설과 시집을 구상 중이며 틈틈이 국제정신분석학회에 참석하면서…….

나의 모든 환상에는 결혼이 들어 있었다. 한 남자로부터 달아나는 상상을 할 때마다 곧바로 또 다른 남자에 묶이는 나 자신을 상상했다. 나는 반드시 정박할 항구가 있어야 하는 한 척의 배인 것 같았다. 남자 없는 나를 상상할 수 없었다. 남자가 없으면 마치 주인 없는 개처럼 뿌리 없고 얼굴 없고 정의되지 않은 존재 같았다.

그러나 결혼이 뭐 그리 대단한가. 나는 결혼을 두 번 했다. 좋은 점도 있었지만 나쁜 점도 있었다. 남자들의 세상

* 에밀리 브론테의 소설 《폭풍의 언덕》의 남자 주인공.

에서 결혼 안 한 여자로 산다는 건 너무도 성가신 일이었고 그 어떤 상황도 그보다는 차라리 나았다. 결혼은 분명 독신보다 나았다. 그러나 훨씬 나은 것은 아니었다. 더럽게 똑똑한 놈들. 남자들이 독신 여성의 삶을 얼마나 견디기 힘들게 만들어놓았는지 나쁜 결혼도 독신보다는 차라리 나았다. 생계를 유지하기 위해 저임금 노동을 하면서 매력 없는 남자를 물리쳐가면서 틈틈이 매력 있는 남자를 찾아다니는 것보다 더 끔찍한 건 없었다. 물론 독신 남자들도 외롭겠지만 적어도 신변의 위협을 느끼진 않는다. 뿐만 아니라 독신이 꼭 가난을 의미하지도, 최하층의 신분을 의미하지도 않는다.

결혼이란 게 뭔지 알고도 대다수의 여자들은 여전히 결혼했을까? 남편의 직장이 바뀔 때마다 남편을 따라 다니는 젊은 여자들을 생각해본다. 갑자기 친구와 가족들로부터 멀리 떨어져서 살아야 하는 여자들. 일거리도 없고 말도 통하지도 않는 곳에서 살아야 하는 여자들. 외로움과 따분함으로 아무 이유도 없이 아이를 낳는 여자들. 늘 피로하고 지쳐 있는 남편들. 결혼 전보다 서로를 못 만나는 부부들. 섹스하기에는 너무 지친 몸으로 침대에 쓰러지는 두 사람. 서로를 유혹할 때는 상상조차 못했을 정도로 서로에게서 멀어진 두 사람. 환상은 그때부터 시작된다. 남자는 열네 살짜리 섹시한 비키니 소녀를 바라보기 시작한다. 여자는 TV수리공을 갈망한다. 아기가 아프면 소아과 의사와 바람을 피운다. 남자는 〈코스모폴리탄〉을 읽으면서 자기가 굉장히 세련된 여자라고 믿는 어린 여비서와 섹스한다. 문제는 결혼이 '도대체 어디서부터 잘못된 건가?'가 아니라, '언제 한번이라도 옳았던가?' 이다.

참으로 암울한 그림이다. 모든 결혼이 그렇지는 않다. 순진했던 사춘기시절 꿈꾸었던 결혼을 생각해보자. 그때만 해도 비어트리스와 시드니 웨브*, 버지니아 울프와 레너드 울프가 완벽한 결혼생활을 했다고 믿었다. 그때 내가 뭘 알았던가. 나는 '완벽한 상호의존 관계' 와 '동반자적 관계' , 그리고 '동등함' 을 원했다. 내가 식탁을 닦을 때 그가 신문에 시선을 고정한 채 앉아 있을 줄 알았던가? 얼린 오렌지 주스를 섞어달라고 부탁하면 서툰 척 연기할 줄 알았던가? 자기 친구를 데려오면 내가 시중들어주길 기대하면서 내 친구를 데려오면 부루퉁해서 다른 방에 들어갈 줄 알았던가? 버나드 쇼와 버지니아 울프와 웨브 부부의 작품을 읽는 이상주의자 사춘기 소녀가 무얼 알았겠는가?

제대로 결혼한 사람들도 있기는 하다. 주로 재혼이다. '나는 타잔, 너는 제인!' 식의 헛소리를 넘어서서 서로를 도와주고 서로에게 친절하고 궂은일을 하고 누가 무얼 해

* 시드니 웨브는 영국의 저명한 경제학자, 비어트리스 웨브는 여성 사회학자.

야 하는지에 너무 많이 신경 쓰지 않는 사람들. 어떤 남자들은 마흔 즈음, 혹은 몇 차례의 이혼을 거친 뒤에 그 경지에 도달한다. 그러고 보면 결혼은 중년에 하는 게 가장 좋을 것 같다. 그때쯤이면 온갖 헛소리들은 집어치우게 되고 언젠가는 우리 모두 결국 죽기 때문에 서로 사랑하며 살아야 한다는 진리를 깨닫기 때문이다.

모두가 취했고 내가 가장 취했다. 우리는 에이드리언의 초록색 트라이엄프에 올라타고 디스코텍으로 향했다. 조그만 차에 억지로 몸을 우겨넣은 사람이 모두 다섯이었다. 베넷, 마리 윙클먼(나의 대학 동창이자 가슴 큰 심리학자. 베넷이 파티에서 만나 데려왔다), 에이드리언(그럭저럭 운전을 하고 있었다), 나(마치 질식사한 원조 이사도라*처럼 목을 뒤로 젖히고 있었다) 그리고 로빈 핍스스미스(곱슬머리에 독일제 안경을 쓰고 자기가 로니 랭**을 얼마나 싫어하는지에 대해 떠들어댔고 덕분에 베넷의 마음에 들었다). 에이드리언은 로니 랭 신봉자였고 실제로 그와 함께 공부했기 때문에 그의 스코틀랜드 억양을 썩 그럴듯하게 흉내 냈다. 물론 내가 듣기에는 훌륭했지만 랭이 어땠는지 나는 알지 못했다.

* 이사도라 덩컨. 미국 출신의 현대무용가로 목에 두른 스카프가 오픈카의 바퀴 밑으로 들어가 질식사함.

** 영국의 정신과의사로 반反정신의학의 대표적 제창자.

우리는 지그재그로 빈 거리를 누비고 다녔고 자갈길과 전차 길을 달렸고 진흙탕이 된 도나우 강을 건넜다.

디스코텍의 이름도, 거리의 이름도, 아무것도 알지 못했다. 오직 실내의 남성들과 그들의 심장을 뛰게 만드는 나의 신체기관(심장, 위, 젖꼭지, 보지) 외에는 아무것도 의식하지 못하는 단계에 접어들었다. 디스코텍은 은빛이었다. 크롬 도금한 벽. 반짝이는 흰 조명들. 곳곳에 있는 거울. 크롬 도금한 단상 위에 올려놓은 유리 테이블. 고막을 찢는 록 음악. 그곳을 무어라고 불러도 좋으리라. 거울의 방. 일곱 번째 지옥. 은 광산, 유리 풍선. 적어도 디스코텍의 이름이 영어였다는 것만은 알고 있었다. 그러나 지나치게 유행을 쫓는 이름이라 쉽게 잊혔다.

베넷, 마리, 로빈이 앉아서 음료를 주문하겠다고 했고 에이드리언과 나는 춤을 추기 시작했다. 술 취한 우리의 회전이 수많은 거울 속에서 재연되었다. 마침내 우리는 두 개의 거울 틈에서 키스할 공간을 찾았다. 수많은 우리의 분신들만이 우리를 지켜보는 곳. 그곳에서 나는 나 자신의 입과 키스하는 것 같은 기분이 들었다. 영혼의 키스를 상상하면서 베개 한 귀퉁이를 침으로 적셔가며 키스했던 아홉 살 때처럼.

마침내 베넷과 다른 사람들이 앉아 있는 테이블을 찾으러 두리번거리기 시작할 무렵 우리는 거울의 방들과 칸막이들 속에서 길을 잃었음을 깨달았다. 우리는 계속 우리 자신 속으로 걸어 들어갔다.

꿈속에서처럼, 디스코텍에 앉아 있는 사람들 중 그 누구도 아는 얼굴이 아니었다. 사람들 사이에서 두리번거리는 동안 우리의 두려움도 커져갔다. 마치 거울의 세상 속으로 들어온 것 같은 기분이 들었고 붉은 여왕처럼 아무리 달려도 뒤로 돌아가는 것만 같았다. 베넷은 어디에도 없었다.

문득 베넷이 마리하고 자리를 떴으며 그녀를 데리고 집으로 갔으리라는 생각이 들었다. 나는 겁에 질렸다. 내가 그를 자극해서 기어이 그가 일을 벌이게 만들었군. 이것으로 다 끝이었다. 이제 나는 남편도 아이도 없이 누구도 돌봐주지 않는 삶을 살게 될 것이다.

"갑시다. 여기 없어요. 다들 나갔나 봐요."

"자리가 없어서 밖에서 기다리고 있는지도 몰라요."

"한번 봅시다."

그가 말했다.

그러나 나는 진실을 알고 있었다. 나는 버려졌다. 베넷은 영원히 떠났다. 지금 이 순간 그는 마리의 커다랗고 창백한 엉덩이를 붙잡고 있을 것이다. 그리고 그녀의 프로이트적 정신세계와 섹스하고 있을 것이다.

열 살 때 처음 워싱턴에 가서 FBI 건물을 구경하던 중에 가족들과 헤어진 적이 있었다. 하필이면 FBI 건물의 실종자 수사국에서. 나는 소리를 질렀다.

때는 매카시 시대*였고 입 무겁기로 유명한 FBI 국장이 공산주의자들을 색출하는 방법에 대해 얘기하던 시절이었다. 나는 진열관 속의 지문 표본을 바라보고 있었고 그사이 우리 관광팀이 모퉁이를 돌아 사라져버렸다. 나는 진열관에 비친 내 모습을 바라보면서, 애써 두려움을 억누르며 돌아다녔다. 아무도 나를 찾지 못할 거라고, 장갑을 끼고 저지른 범죄의 지문을 찾는 것보다 나를 찾아내기가 더 어려울 거라고 생각했다. 우리 부모님이 공산주의자라는 사실(나의 부모님은 실제로 한때 공산주의자였다)을 자백할 때까지 머리를 짧게 자른 FBI 요원들이 나를 끔찍하게 고문하다가 결국에는 음산한 감방에서 로젠베르크**처럼 전기의자에 앉게 되겠지. 그리고 "미국이여 영원하라"를 부르면서 처형되는 순간 어떤 느낌이 들지 상상하게 되겠지. 그 생각이 든 순간부터 나는 소리를 지르기 시작했다. 나는 관광팀이 되돌아와서 나의 실종에 관한 단서로 가득한 방에서 날 찾을 때까지 계속 소리를 질렀다.

그러나 이제 나는 소리를 지를 수가 없었다. 설령 소리

* 극단적인 반공주의가 만연했던 1950년대 미국 사회를 일컫는 말. 매카시는 당시 공산주의자 색출을 주도했던 미국 정치인.

** 나치스 독일의 정치가 · 이론가. 전범으로 처형됨

를 지른다고 해도 록 음악이 너무 시끄러워서 아무도 듣지 못했을 것이다. 불과 몇 분 전에 에이드리언을 간절히 원했던 것처럼 이제 나는 베넷을 간절히 원하고 있었다. 그런데 베넷은 없었다.

우리는 디스코텍을 나와 에이드리언의 차로 향했다. 그의 숙소로 가는 길에 재미있는 일이 일어났다. 재미있는 일이 열 번 정도 일어났다. 길을 열 번이나 잃은 것이다. 그리고 매번 달랐다. 똑같은 길을 반복해서 돌고 돈 것이 아니었다. 서로 영원을 약속해야만 하는 처지가 되고 보니 당장 섹스가 급하지 않았다.

"지금까지 잤던 남자들 얘기, 다 털어놓지 않을 거예요."

"잘됐군."

그가 내 무릎을 만지며 말했다. 대신 자기가 지금껏 자 본 여자들 얘기를 털어놓기 시작했다. 일종의 거래인 셈이었다.

먼저 메이 페이May Pei라는 중국 여자가 있었는데, 베넷을 보고 그 여자 생각이 났다고 했다.

"벌을 받을 수도 있고may pay 안 받을 수도 있고."

내가 말했다.

"내가 그런 생각 안 해봤을 거 같아요?"

"당연히 해봤겠죠. 그러니까 문제는 그 여자가 과연 벌을 받았느냐 그거죠."

"내가 벌을 받았지. 그로부터 몇 년 동안이나 그 여자가 내 삶을 뒤흔들었으니까fucked up."

"그러니까 그 여자가 당신하고 헤어진 뒤에도 당신하고 잤다fucked 그거네. 유령 섹스라! 대단하네! 특허 신청해도 되겠어요. 과거의 유명 인사들하고 섹스하는 걸로. 나폴레옹, 찰스 2세, 루이 14세……. 포스터스 박사*가 트로이의 헬렌하고 자는 것처럼."

그와 유치한 얘기를 하는 게 재미있었다.

"입 닥쳐요. 메이 페이 이야기를 마저……."

그러고 나서 그가 브레이크 소리 속에서 내게로 돌아앉았다.

"젠장, 당신 너무 아름다워."

"젠장, 운전이나 똑바로 해요."

내가 기뻐하며 말했다.

에이드리언과의 대화는 언제나 《거울나라의 앨리스》의 대사 같았다.

나: 아무래도 계속 빙글빙글 도는 거 같아요.

에이드리언: 바로 그게 중요한 거예요.

* 영국 극작가 크리스토퍼 말로의 대표적 비극 《포스터스 박사》의 주인공.

혹은,

나: 내 가방 좀 들어carry 줄래요?

에이드리언: 아직은 내 아이를 갖지carry 않겠다고 약속한다면.

혹은,

나: 첫 남편하고 이혼한 이유는 기본적으로 그 사람이 미쳤기 때문이었어요.

에이드리언: (랭처럼 미간을 찌푸리며) 내가 보기에 그건 이혼할 이유가 아니라 결혼할 이유 같은데.

나: 하지만 전남편은 매일 밤 TV를 봤어요.

에이드리언: 이제야 왜 이혼했는지 알겠네.

왜 메이 페이가 에이드리언의 삶을 망쳤냐고?

"그 여잔 날 궁지에 빠뜨리고 싱가포르로 돌아갔어요. 남편이 데리고 있는 아이가 차에 치었다나. 물론 가봐야 했겠죠. 하지만 편지는 쓸 수 있었잖아요? 몇 달 동안 이 세상이 온통 아무 감정도 없는 사람들만 사는 것처럼 느껴지더군요. 그렇게 우울하긴 처음이었어요. 그 나쁜 년은 결국 자기 아이를 돌봐준 소아과의사하고 결혼했어요. 미국놈이죠."

"그 여잘 그렇게 좋아했으면 왜 쫓아가지 않았어요?"

마치 미친 사람 쳐다보듯 나를 바라보았다. 마치 그런 생각은 한 번도 못 해봤다는 듯이.

"쫓아가다니? 왜?"

그는 다시 한 번 급우회전을 했고 또 길을 잘못 들었다.

"그 여잘 사랑했다면서요."

"나 그런 말한 적 없는데."

"그 여자 때문에 힘들었다면서요. 그런데 왜 안 갔냐고요."

"내가 하는 일이 병아리를 키우는 일하고 비슷하거든요. 매일 닭똥을 치워주고 옥수수를 뿌려줘야 하죠."

"소똥 같은 소리 하지 말아요. 의사들은 늘 자기 직업을 인간적일 수 없는 핑계로 이용하더라. 그런 상투적인 수법이라면 나도 잘 안다고요."

"소똥이 아니고 닭똥이라니까."

"별로 안 웃겨요."

내가 웃으며 말했다.

메이 페이의 뒤를 이어 유엔 회의를 방불케 하는 태국, 인도네시아, 네팔 여자가 있었다. 보츠와나에서 온 아프리카 여자가 있었고 프랑스 정신분석의 두어 명, '시설'에 있었던 프랑스 여배우도 있었다.

"시설?"

"정신병자 수용시설. 즉 정신병원."

에이드리언은 전형적인 랭 학파답게 광기를 이상화했다. 정신분열증 환자야말로 진정한 의미의 시인이라면서. 헛소리를 주워섬기는 미치광이들은 다 릴케라면서. 그는 내게 같이 책을 쓰자고 했다. 정신분열증 환자들에 관한 책.

"처음부터 당신이 나한테 뭔가 원하는 게 있단 걸 알았어요."

내가 말했다.

"맞아. 당신의 집게손가락이 필요해요. 집게손가락하고 마주 붙일 수 있는 엄지손가락도."

"놀고 있네."

우리는 마치 열 살 난 아이들처럼 끊임없이 서로 욕을 해댔다. 그것이 우리가 애정을 표현할 수 있는 유일한 방법이었다.

에이드리언의 여성편력은 그에게 우리 가족의 일원이 될 자격을 부여했다. 그 역시 동족과는 사귀지 말자는 주의 같았다. 그의 현재 여자친구(집에서 그의 아이들을 돌보고

* 제임스 조이스의 소설 《율리시스》의 여자 주인공.

있는)는 그가 만난 여자들 중 가장 순진한 여자에 가까웠다. 더블린 출신의 유대인 소녀라고 했다.

"몰리 블룸*?"

내가 물었다.

"누구?"

"몰리 블룸 몰라요?"

믿을 수가 없었다. 그토록 현학적인 단어를 주워섬기는 사람이 제임스 조이스를 읽지 않았다니. 물론 나도 《율리시스Ulysses》*를 간간히 건너뛰긴 했지만 그래도 그게 내가 가장 좋아하는 작품이라고 말하고 다닌다. 《트리스트럼 섄디Tristram Shandy》**도 함께.

"나 문학 쪽은 완전히 무식해요."

'무식' 이라는 말을 유난히 강조하며 말했다. 무식한 의사가 또 한 명 납셨군. 대부분의 미국인들이 그렇듯 나는 순진하게도 영국식 영어를 지성의 상징으로 여기고 있었다.

실제로 문학을 좋아하는 남자는 종종 개자식으로 판명되곤 한다. 아니면 한심한 놈이거나. 그러나 나는 실망했다. 나의 정신분석의가 '실비아 플라스' 라는 이름을 들어본 적이 없다고 했을 때처럼. 그때 나는 며칠 동안 실비아

* 아일랜드 더블린을 배경으로 레오폴드와 그의 아내 몰리, 예술가를 꿈꾸는 교사 스티븐 디덜러스가 겪는 단 하루의 사건을 서술한 소설.

** 영국 작가 로런스 스턴의 장편소설.

플라스의 자살에 대해 얘기하고 있었다. 그러나 내가 그녀처럼 멋진 시를 쓰고 싶고 그녀처럼 머리를 오븐 속에 처박고 싶다고 얘기하는 동안 그는 아마도 얼린 커피 케이크 생각이나 하고 있었을 것이다.

믿거나 말거나, 에이드리언의 여자친구 이름은 에스터 블룸이었다. 몰리 블룸이 아니고. 그녀는 피부가 가무잡잡했고 가슴이 풍만했으며 유대인 특유의 걱정에 시달리고 있으며 굉장히 감각적이고 예민한 여자라고 했다. 더블린 출신의 유대인 공주인 셈이었다.

"그럼 부인은요. 어떤 여자예요?"

우리는 완전히 길을 잃었고 결국 길가에 차를 세웠다.

"가톨릭 신자예요. 리버풀 출신의 독실한 가톨릭 신자."

"무슨 일을 했는데요?"

"산파."

너무 뜻밖이었다. 그의 말에 어떻게 대꾸해야 할지 알 수 없었다.

나는 '그의 아내는 리버풀 출신의 가톨릭 신자인 산파였다' 라고 쓰는 나 자신의 모습을 상상해보았다. 나의 소설 속에서는 에이드리언을 좀 더 이국적인 남자로, 좀 더 키가 큰 남자로 설정하리라.

"왜 결혼했는데요?"

"그 여잔 내가 죄책감을 느끼게 만들었거든요."

"훌륭한 이유네요."

"훌륭한 이유죠. 그때 난 죄책감에 사로잡힌 의대생 개자식이었거든요. 기독교 교리에 완전히 빠져 있었죠. 같이 있으면 유쾌한 여자들도 있었는데 그 쾌락이 두려웠어요. 커다란 광 같은 곳을 빌려서 친구들을 전부다 초대하고 다 함께 서로 섹스하게 만드는 여자가 있었어요. 그 여자하고 있으면 기분이 좋았어요. 그러니까 당연히 신뢰하지 않았죠. 그런데 아내는 내가 죄책감을 느끼게 만들었어요. 그러니까 당연히 결혼했죠. 나도 당신하고 똑같았어요. 쾌락을 믿지 않았고 나 자신의 충동도 믿지 않았어요. 행복해지는 게 끔찍이도 두려웠어요. 두려워서 결혼했어요. 당신처럼."

"두려워서 결혼했다고 내가 언제 그랬어요?"

그의 말이 옳아서 나는 두려웠다.

"아마 어느 순간 너무 여러 남자들하고 자고 다닌다는 생각이 들었겠죠. 거절할 줄도 몰랐고 때로는 본인도 즐겼을 거고. 그러다가 쾌락에 대해 죄책감을 느꼈겠죠. 우리 인간은 고통스러워하도록 설계되어 있잖아요. 즐기도록 설계된 게 아니라. 일찌감치 자학적 성향이 구축되는 거죠. 너희 인간은 평생 일하고 고통받으며 살지어다! 문제는 내가 그걸 믿었다는 거예요. 근데 그게 순 헛소리더라고요. 36년이 걸려서야 그게 헛소리란 걸 알았어요. 내가 당신한테 가르쳐주고 싶은 게 꼭 한 가지 있다면 바로 그 거예요."

"날 두고 아주 많은 계획을 세웠군요. 자유에 대해 가르쳐주고 쾌락에 대해 가르쳐주고 나하고 책을 쓰고 날 개조하고……. 왜 남자들은 다 날 개조하고 싶어하지? 내가 개조해야 할 사람처럼 보이나?"

"구원받고 싶은 사람처럼 보여요. 당신은 구원을 요청하고 있어요. 내가 대단한 정신분석가라도 되는 양 날 보면서 커다란 눈을 깜빡거리잖아요. 당신 같은 여잔 평생 선생님을 찾아다니다가 마침내 그런 사람을 만나면 그 사람한테 너무 의존하게 되고 그래서 결국 그 사람을 증오하게 되죠. 아니면 그 사람이 자기 약점을 드러내기를 기다렸다가 단지 인간이라는 이유로 그를 경멸하거나. 당신은 그저 가만히 앉아서 사람들을 관찰하면서 머릿속으로 기록을 하죠. 책을 쓰거나 사례를 분석하듯 사람들을 놓고 공상을 해요. 나도 그 게임 알아요. 그러면서 자기 자신에겐 정보를 수집하는 거라고 말하죠. 인간의 본성을 연구한다고도 말하고요. 항상 예술이 삶보다 우선이니까. 물론 그거야말로 청교도식 헛소리이지만. 하지만 당신은 거기서 한발 더 나아갔어요. 나하고 둘이 빠져나와서 이렇게 돌아다닌다고, 자신이 쾌락주의자라고 생각해요. 하지만 그것 역시 당신의 직업병일 뿐이에요. 왜냐하면 당신은 지금도 나에 관한 글을 쓸 궁리만 하고 있으니까. 그러니까 당신한테 이 모든 건 결국 일의 연장일 뿐이죠. 안 그래요? 나하고 섹스하고 그걸 시라고 부를 수도 있겠죠. 아주 영리한 방법이죠. 그런 식으로 우아하게 자신을 속이다니."

"싸구려 분석을 쏟아내는 데는 대단한 재주가 있네요. 꼭 TV상담사 같아요."

에이드리언이 웃었다.

"이봐요. 난 나 자신을 알기 때문에 당신을 아는 거예요. 정신과의사들도 똑같은 게임을 하거든요. 그 사람들도 작가하고 똑같아요. 모든 것에서 한발 물러나 있으면서 하나의 사례로, 하나의 연구로 보는 거죠. 더구나 정신과의사들도 죽음을 두려워해요. 시인들처럼. 의사들은 죽음을 증오해서 의학계로 뛰어든 사람들이에요. 그래서 항상 뭔가 일을 벌이고 항상 바쁘게 살아요. 아직 죽지 않았음을 증명하기 위해서. 내가 당신의 게임을 이해하는 이유는 나 역시 그런 게임을 하기 때문이에요. 당신이 생각하는 것처럼 이 모든 게 대단한 미스터리가 아니에요. 사실 당신은 아주 투명해요."

그가 나보다 더 나를 더 냉소적으로 본다는 게 화가 났다. 나는 항상 나 자신을 최대한 일그러진 시각으로 바라봄으로써 다른 사람들의 시선으로부터 나를 보호해왔다. 그러나 이제 나는 그 일그러진 시각마저도 일종의 자화자

찬이었음을 깨닫게 되었다. 상처를 받을 때면 고등학교 때 배운 프랑스어가 튀어나왔다.

"부 부 모케 드 무아(날 조롱하는군요)."

"제대로 봤어요. 이봐요. 당신은 지금 나하고 여기 앉아 있어요. 당신의 삶이 정직하지 못하고 당신의 결혼생활이 이미 죽었거나, 죽어가거나, 아니면 거짓말로 점철되었기 때문이죠. 그 거짓말들은 당신 자신이 만든 거고요. 당신은 자신을 구원해야만 해요. 당신이 망치고 있는 건 내 삶이 아니라 당신 자신의 삶이니까."

"내가 당신이 구원해주길 바라고 있다면서요."

"물론 그렇죠. 하지만 난 그런 덫에 걸리지 않아요. 난 아주 엄청나게 당신을 실망시킬 거고 결국 당신은 남편보다 날 더 미워하게 될 테니까."

"난 남편을 미워하지 않아요."

"그렇군요. 하지만 당신 남편은 따분하잖아요. 그게 더 나쁜 거 아닌가?"

나는 대답하지 않았다. 이번엔 정말 우울해졌다. 술기운도 가시기 시작했다.

"당신은 왜 나하고 자기도 전에 날 개조시키려고 하죠?"

"왜냐하면 그게 당신이 정말로 원하는 거니까."

"헛소리 하지 말아요, 에이드리언. 내가 정말 원하는 건 침대에 눕는 거예요. 내 정신세계는 좀 내버려둬요."

그러나 내가 거짓말하고 있다는 걸 나는 알고 있었다.

"마담, 눕고 싶다면 눕혀드리죠. 왠지 마담이라고 부르고 싶네."

그가 차의 시동을 걸었다.

그러나 마침내 그의 숙소에 도착했을 때 나는 피임도구도 없었고 그는 발기되어 있지 않았다. 여러 차례 길을 잃는 바람에 우리 둘 다 완전히 지친 상태였다.

우리는 그의 침대에 누워 끌어안았다. 우리는 서로의 나체를 다정함과 놀라움으로 관찰했다. 오랜 결혼생활 후, 새로운 남자와 섹스할 때 가장 좋은 점은 남자의 몸을 새롭게 발견하게 된다는 것이다. 이제 남편의 몸은 내 몸이나 마찬가지다. 몸 구석구석을 알고 있으니까. 체취와 맛과 주름, 털, 점. 그러나 에이드리언은 새로운 세계였고 나의 혀는 가이드 없는 여행을 시작했다. 나는 그의 입에서 시작해서 아래로 내려갔다. 햇볕에 그을린 그의 굵은 목. 베넷의 날씬한 구릿빛 배와 다른 조금 불룩한 그의 배. 오줌 맛이 조금 나는 그의 분홍색 꼬부라진 페니스. 내 입안에서 일어서기를 거부하는 그것. 내가 입안에 하나씩 넣어본 그의 털 난 고환들. 근육질의 허벅지. 햇볕에 그을린 무릎들. 그의 발(내가 키스하지 않은). 그의 더러운 발톱(마찬가지). 나는 처음부터 다시 시작했다. 그의 사랑스러운 젖은 입.

"어쩌다가 그렇게 조그맣고 뾰족한 이빨을 갖게 됐어요?"

"담비한테서. 우리 어머니가 담비였거든."

"뭐라고요?"

"담비."

"아."

그게 무슨 말인지 몰랐고 아무래도 상관없었다. 우리는 서로 반대방향으로 누웠고 그의 혀가 내 보지 속에서 음악을 연주했다.

"아주 예쁜 보지를 갖고 있군. 엉덩이도 내가 본 것들 중 최고야. 젖꼭지가 작은 건 유감이지만."

"고마워요."

나는 계속 그의 페니스를 빨았지만 그의 페니스는 단단해졌다가 이내 축 늘어졌다.

"별로 하고 싶지 않네."

"왜요?"

"잘 모르겠어. 왠지 그러고 싶지가 않아요."

에이드리언은 그 자신이 사랑받기를 원했다. 그의 노란 머리카락 때문도 아니고 그의 분홍색 페니스 때문도 아닌 오직 그 자신의 모습으로. 그의 그런 생각은 무척 인상적이었다. 그는 섹스머신이 되고 싶지 않았던 것이다.

"내가 원하면 정말 잘할 수 있는데."

그가 거만하게 말했다.

"잘할 수 있고말고요."

"방금 당신 꼭 사회복지사처럼 말했어요."

나는 침대에서 몇 번인가 사회복지사 노릇을 한 적이 있었다. 브라이언이 정신병원에서 퇴원한 뒤 소라진을 너무 많이 먹어서 (그리고 정신분열증세가 너무 심해서) 섹스할 수 없었을 때였다. 한 달 동안 우리는 침대에 손만 잡고 누워 있었다.

"헨젤과 그레텔 같군."

그가 말했다.

그런대로 달콤했다. 마치 템스 강의 보트에 탄 도지슨*과 앨리스처럼. 브라이언의 조증이 심해져서 하마터면 내 목을 조를 뻔한 일이 일어난 뒤라 그런 상황은 차라리 안도감으로 다가왔다. 그러나 완전히 미치기 전에도 브라이언의 성적 취향은 조금 이상했다. 그는 내가 빨아주는 것만 좋아했고 섹스 자체는 좋아하지 않았다. 모든 남자들이 다 그렇지는 않다는 걸 알기에는 당시의 내가 너무 어렸다. 나는 스물한 살이었고 그는 스물다섯 살이었다. 남자

* 《이상한 나라의 앨리스》의 작가로 알려진 루이스 캐럴은 실제로 영국의 수학자이자 작가인 찰스 도지슨이다. 그는 앨리스를 포함한 세 소녀를 데리고 템스 강을 유람하면서 앨리스 이야기를 만들어서 들려준 것으로 알려져 있다.

들은 16세가 성욕의 절정기이고 여자들은 30세라는 말을 들었기 때문에 브라이언의 나이가 문제일 거라고만 생각했다. 그는 이미 쇠퇴기에 접어든 거라고. 나의 절정기를 넘기면서 나는 생각했다. 빼는 것 하나는 자신있다고.

나는 찰리 필딩에게도 사회복지사 노릇을 했다. 그의 지휘봉이 시들었을 때였다. 그는 너무도 고마워했다.

"당신 정말 대단한 여자야."

그가 되풀이해서 말했다.

우리의 첫날 밤, 그는 내가 자기를 추운 거리로 내쫓을 거라 생각했지만 나는 그렇게 하지 않았다. 그리고 그 후로 그날 밤을 보상했다. 그는 오직 첫날밤에만 실패했다.

하지만 에이드리언은? 섹시한 에이드리언. 그는 나의 지퍼 터지는 섹스가 되어야 했다. 그런데 이게 웬일인가. 정말 재미있는 것은 내가 별로 개의치 않는다는 사실이었다. 침대에 누워 있는 그는 너무도 아름다웠고 그의 체취는 향기로웠다. 나는 오랜 세월 동안 여자의 몸은 사랑하면서 여자의 정신세계는 경멸한 남자들을 생각했다. 울프와 웨브 부부를 숭배했던 나로서는 도저히 납득하기 어려운 일이었다. 그러나 이제야 알 것 같았다. 나도 남자에 대해 종종 그런 감정을 느끼기 때문이었다. 그들의 정신세계는 구제불능으로 엉망진창이었지만 그들의 몸은 너무도 착했다. 그들의 생각은 참을 수 없었지만 그들의 페니스는 보드라웠다.

나는 평생을 페미니스트로 살았다. 내가 과격한 페미니스트가 되기로 결심한 것은 1955년으로 거슬러올라간다. 그때 지하철에서 당시 나와 사귀던 호러스 만* 숭배자가 내게 장차 비서가 될 계획이냐고 물었을 때였다. 그러나 문제는, 페미니즘의 구호들과 좀처럼 수그러들지 않는 남자의 몸에 대한 갈망을 어떻게 조화시키느냐였다. 쉬운 일이 아니었다. 그러나 나이를 먹을수록 점점 더 분명해지는 사실이 있다면, 남자들이 기본적으로 여자들을 두려워한다는 것이다. 어떤 남자는 은밀히 두려워하고 어떤 남자는 대놓고 두려워한다. 축 늘어진 페니스를 바라보고 있는 해방된 여자의 모습보다 더 통쾌한 것이 또 있을까? 인류역사의 그 어떤 문제라도 이 두 가지 근본적인 문제와 비교하면 그 빛을 잃는다. 영원한 여성 그리고 영원히 축 늘어진 페니스.

"내가 무서워요?"

내가 에이드리언에게 물었다.

"당신이?"

"어떤 남자들은 내가 무섭다던데."

에이드리언이 웃었다.

* 미국의 교육사상가로 미국의 공교육 제도를 수립함.

"당신은 사랑스러워요. 미국인의 표현으로 하자면 사랑스런 야옹이야. 하지만 중요한 건 그게 아니지."

"가끔 이런 경우가 있었어요?"

"전혀 없었어요. 돌팔이 의사 아가씨, 더 심문당하고 싶지 않아요. 정말 이상하네. 이런 적 없었는데. 단지 당신의 멋진 엉덩이에 완전히 넋이 나가서 지금은 섹스하고 싶지 않은 것뿐이야."

세상에서 가장 섹시한 모욕은 드러누운 페니스. 이성간의 전쟁의 최종 병기는 축 늘어진 페니스. 적진의 깃발은 불완전한 발기. 종말의 상징은 자폭하는 핵탄두 페니스. 그것이야말로 결코 바로잡을 수 없는 불평등이다. 남자가 페니스라고 불리는 근사하고 매력적인 물건을 가지고 있다는 사실이 아니라 여자가 전천후 보지를 갖고 있다는 사실. 비바람도 진눈깨비도 밤의 어둠도 그것을 무너뜨릴 수는 없다. 그것은 언제나 그 자리에 있고 언제나 준비되어 있다. 생각해보면 보지는 얼마나 두려운 존재인가. 그러고 보면 남자들이 여자들을 증오하는 것도 당연하다. 남자들이 여자의 불완전함에 관한 신화를 지어내는 것도 당연하다.

"나는 핀에 박히는 건 거부하겠어."

'핀에 박힌다'는 말이 나에게 무얼 연상시키는지 전혀 의식하지 못한 채 에이드리언이 말했다.

"나는 분류되기를 거부할 거야. 당신이 자리에 앉아 나에 관한 글을 쓴다고 해도 당신은 내가 영웅인지, 영웅이 아닌지, 개자식인지 성인인지 알 수 없을걸. 당신은 도저히 날 분류할 수 없을걸."

바로 그 순간, 나는 미친 듯이 그와 사랑에 빠졌다. 그의 축 늘어진 페니스는 딱딱한 페니스가 결코 닿을 수 없었던 곳에 닿아 있었다.

6

열정 발작 혹은 침대 밑의 남자

세상의 온갖 무모한 용기 중에서
소녀의 용기는 단연 최고이다.
소녀의 용기가 없었다면 결혼은 훨씬 적었을 것이고
모든 것을 박차고 나가는,
심지어는 결혼까지 박차고 나가는
열정적인 모험도 적었을 것이다.

_ 콜레트

미친 듯이 사랑에 빠지는 건 내게 전혀 특별한 일이 아니었다. 그동안 나는 숱한 남자들과 사랑에 빠졌다. 나는 아이오와의 농장에서 돼지를 치는 아일랜드 시인과 사랑에 빠졌고 카우보이처럼 생긴 180센티미터 장신에 방사선의 영향에 관한 우화밖에 쓸 줄 모르는 소설가와도 사랑에 빠졌으며 나의 첫 시집을 극찬한 푸른 눈의 평론가와도 사랑에 빠졌다. 세 명의 아내가 전부 자살했다는 화가와도 사랑에 빠졌다. 이탈리아 르네상스 철학을 연구했다면서 본드를 흡입하고 신입생들과 섹스한 교수와도 사랑에 빠졌다. 모닝 가에 위치한 허름한 아파트에서 다섯 아이들, 병든 어머니, 일곱 편의 출판되지 않은 소설과 함께 사는 유엔 통역관(헤브루어, 아랍어, 그리스어)과도 사랑에 빠졌다. 여성 작가와 두 번 결혼했고 두 여자 모두 섹스중독이었으며 하버드 클럽에 나를 데려가 점심을 사주던 창백한 와스프*와도 사랑에 빠졌다.

그러나 결국 아무것도 남지 않았다. 물론 자동차 뒷좌석의 포옹이 있었다. 미지근한 마티니가 담긴 술잔을 놓고 바퀴벌레 돌아다니는 뉴욕 아파트의 부엌에서 나눈 술 취한 긴 키스들이 있었다. 비용처리 전용 계좌로 지불되는 점심식사를 놓고 추파를 던지는 시간들이 있었다. 컬럼비아 대학 도서관에서 서로를 꼬집었고 시 낭송회에서 서로를 포옹했고 화랑 개관일에 손을 꼭 잡았다. 길고 의미심장한 전화통화와 이중의 의미를 지닌 단어로 가득한 편지

* WASP. 앵글로색슨계 백인 프로테스탄트. 미국 사회의 주류를 이루는 지배 계급.

들이 있었다. 때로는 솔직하고 노골적인 제안도 있었다. 주로 전혀 끌리지 않는 남자들로부터. 그러나 그것 말고는 아무것도 없었다. 차라리 집에 돌아가서 내가 진정으로 사랑하는 남자(누군지는 몰라도)를 위해 시를 쓰고 싶다는 생각이 들었다. 어쨌든 나는 남자의 페니스가 다 거기서 거기라는 사실을 깨달을 정도로 여러 남자들과 잤다. 그때 난 무얼 찾고 있었을까? 왜 그토록 불안했을까? 그들과 깊이 사귀지 못했던 건 아마도, 내가 진정으로 원하는 남자는 계속 내 손아귀에서 빠져나가고 결국엔 내가 실망하고 끝나리라는 것을 알고 있었기 때문이었다. 그러나 내가 진정으로 원했던 남자는 과연 누구였을까? 한 가지 분명한 건 열여섯 살이 되던 그해부터 내가 그 남자를 필사적으로 찾고 있단 거였다.

내 나이 열여섯에 나는 점진적 사회주의자였고 내 나이 열여섯에 나는 유대인 여자를 좋아했던 남자들과 어울리기를 거부했으며, 내 나이 열여섯에 나는 《루바이야트 Rubaiyat》*를 읽고 울었고, 내 나이 열여섯에 나는 에드나 밀레이**의 시를 읽고 울었다. 그때 나는 정신과 육체로 모두 섹스할 수 있는 완벽한 남자를 꿈꾸었다. 그는 폴 뉴먼의

* 영국의 시인이자 번역가인 에드워드 피츠제럴드가 번역한 12세기 페르시아의 시인 오마르 하이얌의 시집.

** 미국의 시인 겸 극작가.

얼굴, 딜런 토머스***의 목소리, 미켈란젤로의 다비드 같은 몸(내 가장 친한 친구 피아 위트킨에게 자주 말했듯이 나는 '물결치는 근육'을 원했다. 피아가 가장 좋아하는 남자 조각상은 '원반 던지는 사람'이었고 우리는 둘 다 역사 시간을 좋아했다), 조지 버나드의 정신세계(내 나이 열여섯에 나의 정신세계가 생각했던 조지 버나드 쇼의 정신세계)를 지녔다. 그는 라흐마니노프의 피아노 콘체르토 3번과 프랭크 시나트라의 〈세상이 모두 잠든 이른 새벽에 In the Wee Small Hours of the Morning〉를 현존하는 어떤 음악보다도 사랑한다. 그는 유니콘 그림이 있는 태피스트리, 〈야망의 항로〉****와 유럽 중세 미술관, 시몬 드 보부아르의 《제2의 성》, 마법, 초콜릿 무스에 대한 나의 열정을 공유하고 조 매카시 상원의원, 엘비스 프레슬리, 교양 없고 속물스러운 나의 부모에 대한 경멸을 공유한다. 나는 그를 만난 적이 없다. 내 나이 열여섯에 아직 그를 만나지 못했다는 사실은 견디기 힘든 고통이었다. 훗날 나는 '현금을 취하고 외상을 버리고 멀리서 들려오는 북소리를 외면하는' ***** 법을 배웠다. 나의 환상(폴 뉴먼, 로런스 올리비에, 험프리 보가트, 미켈란젤로의 다비드)과 비교하면 당시 내가 알던 여드름투성이 사춘기 남자애들은 한

*** 1930년대를 대표하는 영국의 시인.
**** 존 휴스턴 감독의 영화. 1953년작.
***** 오마르 하이얌의 시집 《루바이야트》의 한 구절.

마디로 가관이었다. 나는 울었다. 피아 역시 마찬가지였다. 우리는 리버사이드 가의 음침한 아파트에서 우리의 신세를 한탄했다.

"내가 상상하는 그 사람은…… 뭐랄까…… 햄릿에 나오는 로런스 올리비에와 〈야망의 항로〉에 나오는 험프리 보가트의 중간 정도? 눈부시게 흰 치아에 환상적인 완벽한 몸…… 말하자면 원반 던지는 사람처럼."

그녀가 속이 꽉 찬 자신의 배를 바라보며 말했다.

"넌 무슨 옷을 입고 있어?"

내가 물었다.

"무슨 옷이냐 하면, 뭐랄까……. 중세의 웨딩드레스 같은 옷이야…… 뾰족한 흰색 모자에 시폰 베일이 달려 있어. 그리고 빨간 벨벳 드레스…… 어쩌면 와인색일 수도 있겠다. 그리고 아주 뾰족한 구두를 신었어."

그녀는 검은 잉크를 넣은 제도용 펜으로 신발을 그렸다. 그러고 나서 전체를 다 그렸다. 목이 깊이 파이고 몸에 꼭 붙는 긴 소매가 달린 엠파이어 드레스였다. 드레스의 주인공은 가슴 사이의 골을 드러낸 기가 막히게 아름다운 여자였다(당시 피아는 뚱뚱하고 가슴도 납작했다).

"이 모든 일이 유럽 중세 미술관에서 벌어지는 거야. 아마 연줄만 있으면 빌릴 수도 있을걸?"

"집은 어딘데?"

"글쎄. 버몬트에 아주 이상한 집이 있는데, 유기된 수도원이나 성당 아니면……."

우리 둘 다 버몬트에 유기된 수도원이나 성당이 있는지의 여부에 대해서는 의심하지 않았다.

"바닥에는 아주 소박한 마루가 깔려 있고 천장에는 채광창이 있어. 하나의 커다란 방을 아틀리에와 침실 겸용으로 써. 채광창 밑에 커다랗고 둥근 침대가 있어. 검은색 공단 시트가 덮여 있지. 우린 샴고양이를 여러 마리 키우고 있어. 고양이 이름을 존 던, 모드 곤, 딜런으로 짓는 거야. 내 말 무슨 뜻인지 알지?"

알았다. 아니, 안다고 생각했다.

"어쨌든……."

그녀가 말을 이었다.

"나는 지나 롤로브리지다하고 소피아 로렌을 섞어놓은 것처럼 생겼어……."

피아의 머리는 검은색이었다.

"어떻게 생각해?"

피아는 기름진 갈색 머리카락을 위로 틀어올린 뒤 뺨을 홀쭉하게 하고 눈을 있는 대로 크게 뜨고 나를 바라보았다.

"내가 보기에 넌 안나 마냐니* 타입인 거 같아. 평범하고

* 이탈리아의 배우. 강렬한 전신적 연기가 특징이며 투박한 하류계급 여인 역에 탁월함.

소박하지만 무지하게 감각적인 여자……."

"어쩌면."

그녀가 생각에 잠긴 듯이 말했다. 그녀는 거울 앞에 서서 포즈를 취했다.

"진짜 짜증난다."

잠시 후 그녀가 말했다.

"지금까지 우리 수준에 맞는 남자를 딱 한 명도 못 만나다니."

그녀가 소름이 끼친다는 듯한 표정을 지어보였다.

예술고등학교 졸업반 시절 피아와 나는 우리의 배타적인 2인 클럽에 엄선된 학교 부적응자 몇 명을 추가했다. 그때가 우리 클럽의 회원 수가 가장 많았을 때였다. 우리 클럽에는 니나 노노프라는 가슴 큰 여자애도 있었는데 그 애는 딜런 토머스의 유령에 대한 이상 성욕을 보인다는 점과 중국어와 일본어 욕을 안다는 점, 그리고 진짜 예일대 대학생과 친분이 있다는 점으로 다른 아이들과 자신을 구분지었다. 우리는 어느 주말 예일대의 축구경기를 보러갈 수 있을 거라고 기대했지만 불행히도 그 애가 말하던 '친분'이란 그녀의 오빠가 아는 사람의 친구의 친구인 것으로 판명되었다.

니나의 엄마는 섹스에 관한 책을 무척 많이 갖고 있었는데, 우리는 《사모아의 성년Comming of Age in Samoa》과 《성과 기질Sex and Temperament》도 포함시켰다. 책 내용에 '사춘기'라는 단어가 나오면 무조건 오케이였다. 니나의 아버지는 1940년대에 '블루 와스프 시리즈'라는 라디오 프로그램을 제작한 사람이었다. 반면 질 시겔이라는 아이는 우리와 같은 부류라고 말할 수는 없지만 우리의 동정심 때문에 우리 패거리에 끼었다. 그녀는 세련미로 클럽에 공헌하는 바는 거의 없었지만 우리에 대한 맹목적인 충성심으로 자신의 약점을 보완했다. 질 시겔은 우리의 요란한 겉치레를 그대로 답습함으로써 우리를 우쭐하게 만들었다. 그리고 들락날락 하는 회원으로 그레이스 바라토가 있었다. 그레이스는 음악전공이었다. 우리는 그녀의 지성에 높은 점수를 주진 않았지만 훌륭한 성 경험담을 들려주었기 때문에 끼워주었다. 그레이스는 부정했지만 우리끼리는 그레이스가 아마도 '끝까지 갔을 것'이라고 수군거렸다.

"최소한 드미 비어지*일 거야."

피아가 말했다.

나는 아는 척하며 고개를 끄덕이고는 나중에 사전을 찾아보았다.

우리 클럽에는 남자가 두 명이었는데, 우리는 그 둘을

* Demi-vierge. 반처녀. 성교는 하지 않았지만 음담이나 페팅을 하는 처녀.

마음껏 경멸했다. 그들 역시 우리가 특별히 끼워주었음을 알고 있었다. 우리는 그들이 같은 반 친구인데다 대학생이 아니었기 때문에 단지 '플라토닉' 한 친구만 될 수 있음을 분명히 했다. 존 스톡은 우리 부모님의 오랜 친구의 아들이었다. 그는 금발에 통통한 편이었고 단편소설을 썼는데 그가 가장 좋아하는 단어는 '열정 발작' 이었다. 그 단어는 그가 쓰는 모든 이야기에 적어도 한 번은 등장했다. 론 퍼코프(물론 우리는 그를 저코프Jerk off, 자위라고 불렀다)는 나와 사랑에 빠졌다. 키가 크고 말랐으며 커다란 매부리코에 피부는 블랙헤드와 여드름(정말 짜주고 싶은)의 놀라운 조합이었고 친영파였다. 그는 영국 잡지 〈펀치〉를 정기구독했고 〈맨체스터 가디언〉을 항공우편 버전으로 구독했으며 날씨와 상관없이 조그맣게 접은 우산을 들고 다녔다. 그는 가장 좋아하는 단어중 하나인 '진부한banal' 의 두 번째 음절에 강세를 넣어 발음했고 '야비한 건달' 이라든가 '배회' 같은 말들을 자주 썼다.

대학 입학의 소동이 지나가고 입학통지서를 기다리는 시기가 지나가자 우리 여섯은 빨리 졸업하고 싶어 안달하면서 우리 부모님 아파트를 '배회' 했다. 마룻바닥에 앉아 엄청난 양의 과일과 치즈와 피넛버터 샌드위치와 쿠키를 먹었고 프랭크 시나트라의 앨범을 들었으며 우리의 제한된 경험이 허락하는 한 가장 포르노에 가까운 소설을 쓰곤

했다. 우리는 내 타자기를 번갈아 무릎 위에 올려놓고 글을 썼다. 존이 있는 날에는 '열정 발작'이 그날의 화두가 되었다.

당시의 공동 창작 소설은 거의 남아 있지 않지만 최근에 나는 그때 쓴 걸작들의 정신세계를 엿볼 수 있는 파편을 발견했다. 사전준비 없이 곧바로 작업에 들어갔기 때문에 우리의 글은 항상 어딘가 일관성이 없었다. 우리에게 단 하나의 규칙이 있었다면 3분을 쓴 뒤 다음 사람에게 넘겨야 한다는 것이었고 그 조건은 당연히 각 문장의 뇌성마비 증상을 촉진시켰다. 항상 피아가 이야기를 시작했기 때문에 피아가 인물의 윤곽을 설정하는 특권을 누렸고 우리는 그것을 감내해야만 했다.

도리언 페어체스터 패딩턴 4세는 문란한 삼류 시인으로 그의 가장 친한 친구조차도 그가 침대와 문장 사이를 밥 먹듯 오간다고 평할 지경이었다. 그는 워낙에 성적으로 문란했으며 이따금 낙타를 선호하기도 했지만, 학자들 열에 아홉이 그렇듯 그도 여자를 좋아했다. 헤르미온 핑거포스는 여자였다. 혹은 그렇게 믿고 싶어했다. 그녀와 도리언이 마주칠 때마다 머지않아 두 사람의 입술은 일련의 재미있는 포즈로 만나 부딪치곤 했다.

"피부는 인체 기관 중 가장 큰 기관이에요."

플랫부시에 위치한 테라스에서 함께 나체로 일광욕을 하던 중에 그녀가 무심하게 말했다.

"내 생각은 달라."

도리언은 열정 발작에 휩싸여 그녀의 몸에 올라타며 말했다.

"내 보지에서 떨어져!"

그녀가 소리치며 그를 밀친 뒤 은박 햇빛 반사판으로 자신의 자랑스러운 순결을 가렸다.

"거기다가 내가 하는 모습을 비춰보란 뜻이지?"

"하여간! 남자가 여자한테 관심을 갖는 건 아주 잠깐뿐이라니까."

그녀가 부루퉁해서 말했다.

그때만 해도 우리는 그게 우리가 쓴 가장 우스운 작품이라고 생각했다. 두 사람의 대화는 그뒤로도 계속 이어졌다. 라디오 아나운서 두 명을 태운 교통 정찰 헬리콥터가 지붕 위에 나타나면서 상황이 난교파티로 변질되었지만 그 대목은 남아 있지 않았다. 그러나 소설의 일부에는 당시 우리의 일상이 담겨 있었다. 오만한 냉소와 세련된 척하는 태도 이면에는 에드워드 피츠제럴드가 오마르 하이얌이라는 시인을 세상에 소개한 이후로 가장 매혹적인 낭만주의가 숨어 있었다. 피아와 나는 황야에서 함께 노래할 사람을 찾고 있었지만 존 스톡과 론 퍼코프는 딱히 우리가 마음에 둔 남자들이 아니었다.

우리 둘 다 책벌레였고 삶이 우리를 저버릴 때마다 문학에 매달렸다. 혹은 문학을 바탕으로 한 영화에라도. 그 속에서 우리는 늘 여주인공이었고 남자 주인공들이 다 어디로 갔는지 도무지 이해할 수 없었다. 그들은 책 속에, 영화 속에 있었다. 분명 우리 삶에는 존재하지 않았다.

열여섯 살에 바라본 역사와 문학

I

도리언 그레이는 금발이었다.
레트 버틀러는 멋지고 잘생겼고 대범했다.
쥘리앵 소렐은 진정한 의미의 열정을 지니고 있었다.
브론스키 백작은 러시아 스타일로 매력적이었다.
내가 기꺼이 굴복해줄 남자들은 꽤 있다.
그런데 그들 모두 소설 속에서 돌아다니느라 바쁘다.

II

줄리엣은 열여섯 살이 되기도 전에 원수진 두 집안을 화해시켰다.

나나는 술 취한 사람, 방랑자, 주정꾼들과 어울려 파리의 술집을 돌아다녔다.

헬렌은, 사람들이 말하기를, 얼굴만으로 여러 척의 배를 띄웠다.

살로메는 일곱 베일의 춤을 추었다.

에스더의 아름다움은 그의 민족을 구했다.

마리아의 위업은 모든 교회의 칭송을 받았다.

루이스의 양치기 왕비는 나라에 폭동을 일으켰다.

그러나 이제 나는 열여섯이 지났건만 전 세계는 지극히 고요하다.

운율은 형편없지만 메시지만은 분명했다. 굴복할 가치가 있는 남자를 만났더라면 우리가 기꺼이 굴복했으리라는 것.

대학에서 만난 남자들은 어떻게 보면 그보다 더 끔찍했다. 적어도 존과 론은 그나마 우리를 숭배했던 착한 찌질이들이었다. 그들은 조지 버나드 쇼의 정신세계를 갖고 있거나 미켈란젤로의 다비드상 같은 몸을 갖고 있지 않았지만 우리에게 헌신적이었고 우리를 번득이는 지성과 세련미를 지닌 피조물로 봐주었다. 그러나 대학에서는 이성간의 전쟁이 본격화되었고 우리의 정신과 육체는 점점 더 멀어졌다.

나는 첫 남편을 신입생 시절에 만났고 이따금 한눈을 팔고 새로운 실험을 하긴 했지만 4년 뒤 졸업해서 결국 그와 결혼했다. 내 나이 스물둘에 이미 나는 한 번의 결혼을 끔찍하게 끝낸 퇴역군인이 되어 있었고 피아 역시 그녀와 섹스하고 그녀를 실망시킨 일련의 개자식들을 만난 뒤였다. 대학에 들어간 뒤로 피아는 작고 화려한 글씨체로 자신이 만난 모든 개자식들을 제각기 상세하게 묘사했지만 나는 피아의 남자들이 거의 구분이 가지 않았다. 그들 모두가 빰이 움푹하고 부실한 금발을 갖고 있는 것 같았다. 유대인 남자들이 이교도 여자들에게 집착하듯 피아도 이교도 남자들에게 집착했다. 그런데 그들은 모두 똑같았다. 뗏목을 타지 않은 허클베리 핀이었다. 금발에 청바지, 카우보이 부츠. 그리고 그들은 피아를 부츠로 짓밟았다.

시간이 흐를수록 우리는 환멸을 느꼈다. 처음부터 우리가 갖고 있었던 기이한 환상들을 감안하면 피할 수 없는 일이었지만 우리가 여느 다른 사춘기 소녀들과 크게 다른 건 아니었다. 비록 우리가 좀 더 문학적이고 아주 많이 가식적이긴 했지만. 우리가 원하는 건 오직 한 가지. 모든 걸 나눌 수 있는 남자였다. 그게 그토록 어려운 일인가? 남자와 여자는 결코 조화를 이룰 수 없는 걸까? 아니면 우리가 아직 제대로 된 사람을 찾지 못한 걸까?

1965년 여름 우리는 둘 다 스물셋이 되었고 함께 유럽을 여행했다. 우리의 환멸은 더욱 깊어졌고 어느 순간부터 우리는 벨트에 찬 해골 개수를 서로 자랑하기 위해 남자들과 잤다.

피렌체에서 피아는 로버트 브라우닝의 시를 바꿨다.

나의 보지를 열면 너는 보게 되리라.
그곳에 새겨진 글자, 이탈리아!

우리는 우피치 미술관 앞에서 시계 파는 남자들과 잤고 피아자 광장 맞은편의 유스호스텔에 사는 흑인 악사들과 잤으며 알리탈리아 항공의 티켓 받는 직원들과 잤고 아메리칸 익스프레스의 배달부와 잤다. 섹스할 때 자기 귀에 "젠장, 씨발, 보지"라고 속삭여달라고 했던 알레산드로라는 이탈리아 유부남과 일주일을 사귀었다. 그런데 그가 원하는 말을 해주다보면 나는 발작적인 웃음이 터져서 섹스에 흥미를 잃곤 했다. 그뒤에는 마이클 칼린스키라는 중년의 미국인 예술사 교수와 일주일을 사귀었다. 그는 자신의 연애편지에 '미켈란젤로'라고 사인했다. 그는 피에솔레에 알코올 중독인 부인이 있고 대머리에 염소수염을 길렀으며 그라니타 디 카페*를 무척이나 좋아했다. 그는 《향기로운 정원The perfumed Garden》**에서 읽었다면서 내 보지에 오렌지 조각을 올려놓고 먹고 싶어했다. 그뒤로 이탈리아 성악도(테너) 학생이 있었는데 그는 두 번째 만나던 날 자기가 가장 좋아하는 책이 사드의 《쥐스틴Justine》***이라면서 내게 그 책에 나오는 장면을 실제로 해보고 싶냐고 물었다. 피아와 나는 뭐든 직접 경험해보는 게 좋다고 믿는 편이었지만 그 남자와는 다시 만나지 않았다.

이러한 모험의 가장 멋진 부분은 우리가 신이 나서 서로에게 각자 경험한 일을 묘사하는 대목이었다. 그것 말고는 대체로 그다지 즐겁지 않았다. 우리는 각기 다른 남자들에게 끌렸지만 그들을 이해하기 위해 진지한 대화가 필요한 시점에는 항상 서로 필요로 했다. 그렇게 남자들은 서서히 성적 대상으로 전락해갔다.

참으로 서글픈 일이었다. 남녀관계의 거짓말, 역할극, 타협 같은 것을 완벽하게 받아들이자 그 모든 것이 우리 눈에도 보이지 않았다. 우리는 자동적으로 남자들에게 이것저것 숨기기 시작했다. 우리가 자기들 이야기를 한다는

* 이탈리아 로마에서 커피 맛이 가장 좋다고 알려진 카페 타차도로의 커피.

** 튀니지 출신의 네프자위가 쓴 중세 이슬람의 대표적인 에로스 문학.

*** 신앙이 깊고 정숙한 미덕의 화신이지만 불행한 일생을 보낸 쥐스틴과 악덕에 몸을 바쳐 부귀영화를 누린 악랄하고 음탕한 큰딸 쥘리에트 두 자매의 운명을 대조적으로 그린 소설.

것, 그들이 섹스하는 방식에 대해 떠벌이고 그들의 걸음걸이나 말투를 흉내 낸다는 사실을 그들이 알아서는 안 되었다.

남자들은 항상 여자들의 뒷담화를 싫어했다. 그 속에 담긴 진실을 두려워했기 때문이었다. 그들의 길이는 항상 측정되고 비교되었다. 가장 억압된 사회(이를테면 아랍, 정통파 유대인)에서는 그 모든 것을 옷 속에(혹은 가발 속에), 감추고 외부세계와 최대한 단절되어 살아가지만 그런 사회에서조차 여자들은 뒤에서 수군거린다. 그것이야말로 자의식을 향상시키는 최초의 도구였으리라. 남자들은 여자들을 조롱할 수 있을지언정 뒷담화를 막을 수는 없다. 뒷담화는 억압된 자들의 아편이므로.

그러나 누가 억압되었는가? 피아와 나는 '자유로운 여성' 이었다(따옴표가 없으면 아무 의미도 없는 말이다). 피아는 화가였고 나는 작가였다. 우리 삶에는 남자 외에도 무언가가 있었다. 우리에겐 일이 있었고 여행이 있었고 친구가 있었다. 그런데 왜 우리 삶은 남자를 향해 부르는 서글픈 노래의 연속이어야 하는가? 왜 우리 삶은 남자 사냥으로 전락했는가? 진정으로 자유로운 여자는 어디에 있는가? 이 남자에서 저 남자로 전전하지 않는 여자, 남자가 있건 없건 완전함을 느끼는 여자는 어디에 있는가? 왜 매번 미덥지 않은 남자들에게 도움을 청하는가? 보라. 시몬 드 보부아르조차 '사르트르는 어떻게 생각할까'를 항상 염두에 두지 않았던가? 릴리언 헬먼*은 대시엘 해밋이 그녀를 사랑해주기를 원했기에 남자가 되고 싶어했다. 그리고 도리스 레싱의 《황금 노트》의 여자 주인공 애나 울프는 지극히 드문 경우지만 사랑에 빠져 있지 않으면 극치감을 느끼지 못했다. 그 외의 여성 작가들, 여성 화가들 대부분은 수줍었고 위축되었으며 정신분열증을 앓았다. 삶에 있어서는 소심했고 오직 예술 세계에서만 대범했다. 에밀리 디킨슨이 그랬고 브론테 자매가 그랬으며 버지니아 울프가 그랬고 카슨 매컬러스가 그랬다.

플래너리 오코너**는 공작새를 키우며 엄마와 살았다. 실비아 플라스는 오븐에 머리를 처박고 죽어서 전설이 되었다. 조지아 오키프***만이 사막에 홀로 남았고 진정한 생존자였다. 참으로 대단한 집단 아닌가. 그들은 자신에게 혹독했고 자살했으며 기이했다. 여성 초서는 어디에 있었던가? 음액과 기쁨과 사랑과 재능을 모두 지닌 열정적인 여자는 정녕 한 명도 없는가? 누구를 본보기 삼아야 하는가? 풍성하게 머리를 부풀린 콜레트****? 거의 알려진 바

* 20세기 중반에 활동한 미국의 극작가.

** 미국의 단편소설 작가.

*** 미국의 여류화가. 사진작가이자 남편인 앨프리드 스티글리츠가 죽은 뒤 뉴멕시코의 사막에서 혼자 살면서 작품 활동을 했음.

**** 프랑스의 여성 작가. 남녀의 애욕의 미묘함을 묘사하는 심리소설을 씀.

가 없는 사포*? '나는 굶주리고 또한 갈망한다' 라고, 내가 어설프게 번역한 문장 속에서 그녀가 말한다. 우리 역시 마찬가지였다. 우리가 숭배하는 모든 여성들은 노처녀이거나 자살했다. 과연 그게 우리가 가야할 길인가?

그래서 존재하지 않는 남자를 찾는 우리의 여정은 계속되었다.

피아는 결혼하지 않았다. 나는 두 번 결혼했지만 그 탐색은 여전히 계속되고 있다. 수많은 나의 정신분석의들은 하나같이 내가 아버지를 찾고 있다고 했다. 누구는 그렇지 않은가? 나는 그 대답에 만족할 수 없었다. 그 말이 틀려서라기보다는 너무 단순해서였다. 어쩌면 나의 탐색은 목적지보다 과정이 중요한 하나의 의식일지도 모른다. 어쩌면 이것은 일종의 여행일 것이다. 어쩌면 그런 남자는 아예 존재하지 않고 우리의 갈망과 공허함이 만들어낸 하나의 신기루일지도 모른다. 배고픈 채 잠들면 먹는 꿈을 꾼다. 방광이 꽉 찬 채 잠들면 일어나 소변을 보는 꿈을 꾼다. 흥분한 상태에서 잠들면 섹스하는 꿈을 꾼다. 어쩌면 불가능한 남자는 그저 우리의 그리움이 만들어낸 망령에 불과할지도 모른다. 아마도 그는 두려움 없는 침입자이거나 여자들이 침대 밑, 혹은 벽장 속에 숨어 있다고 기대하는 환상

* 기원전 600년경의 그리스 여류시인. 동성연애자로 알려짐.

의 강간범일지도 모른다. 혹은 정말 저승사자일지도, 마지막 연인일지도 모른다. 나의 시에서 나는 그를 '침대 밑의 남자' 라고 불렀다.

침대 밑의 남자
오랜 세월을 기다려온 남자
공중에 뜬 나의 맨발을 기다리는 남자
어둠속을 굴러다니는 먼지처럼 조용한 남자
숨결이 조그만 흰 나비의 숨 같은 남자
수화기를 들 때 숨소리가 들리는 남자
그 숨결이 은을 녹슬게 하는 거울 속의 남자
방충제를 흔드는 옷장 속 해골 같은 남자
전화선 끝의 끝에 있는 남자
나는 오늘 그를 만났다. 나는 항상 그를 만난다.
술집의 호박색 바람 속에 그가 서 있다
유혹하는 손가락처럼 새우가 몸을 구부리고
이쑤시개에 꽂혀 공중을 누비고 다닐 때
빙판이 깨어져 내가 그 틈으로 떨어지려는 찰라
그가 후광 속의 얼굴을 드러내고
동공 없는 눈동자로 나를 응시한다.
오랜 세월 나를 끌고 가려고 기다렸던 그가
마침내 내게 말한다.

나를 집에 데려다주려고 기다렸노라고.
우리는 왈츠를 추며 저승사자와 처녀처럼 거리를 걷는다.
우리는 내 방의 벽을 뚫고 날아다닌다.

만약 그가 나의 꿈이라면 그는 내 몸속으로 포개어지리라.
그의 숨결이 내 뺨의 유리창에 안개 글자를 쓰리라.
마치 어둠처럼 내가 그의 몸을 감싼다.
그의 입에 숨을 불어넣어 그를 살아나게 한다.

7

신경성 기침

우리의 기억은 진실의 날카로움을 결여하고 있다. 우리는 편의상 작은 허구들을 지어낸다. 그 허구는 고도로 섬세하고 사적인 시나리오라 우리의 경험을 더욱 선명하게 만들고 하나의 틀을 갖추게 만든다. 따라서 우리가 기억하고 있는 사건은 하나의 허구이고 특정한 감정에 부합되는 구조로 만들어진다. 내가 보기에 이것은 너무도 분명한 사실이다. 기억의 그러한 특성이 아니었다면 예술은 예술가가 만들어내기에는 지나치게 사적일 것이고 대중이 이해하기에는 난해할 것이다. 심지어 모든 예술 중에 가장 있는 그대로의 사실을 담는다는 사진조차도 편집되는 것이다.

_ 저지 코신스키

베넷이 잠들어 있다. 얼굴을 위로 하고 양팔을 내리고서. 마리 윙클먼은 그와 함께 있지 않다. 창문으로 푸르스름한 불빛이 스며들 때 나는 침대로 파고든다. 잠들기에는 너무 행복하다. 그러나 아침이 되면 베넷에게 뭐라고 말해야 하나? 나는 에이드리언을 생각하며 침대에 누워 있다. 그는 조금 전에 출발했고 지금쯤 또다시 완전히 길을 잃었을 것이다. 나는 에이드리언을 숭배한다. 그가 길을 잃을수록 내 눈엔 더 완벽해 보인다.

나는 7시에 일어나 베넷이 일어날 때까지 두 시간을 더 침대에 누운 채로 기다린다. 그가 웅얼거리고 방귀를 뀌고 잠에서 깨어난다. 그는 소리 없이 옷을 입고 방안을 돌아다닌다. 나는 노래를 흥얼거린다. 그리고 화장실을 들락거린다.

"어젯밤 어디로 사라졌어? 계속 찾아다녔는데."

내가 쾌활하게 묻는다.

"내가 사라졌다고?"

"디스코텍에서 갑자기 사라졌잖아. 에이드리언 굿러브하고 내가 당신을 계속 찾아다녔는데……."

"날 계속 찾아다녔다……."

말투가 씁쓸하고 냉소적이다.

"당신하고 당신의 그 리에종 당제리즈(위험한 연인)……."

그가 말했다.

그의 발음은 정확하지 않다. 문득 그에 대한 연민이 느껴진다.

"그것보단 더 그럴듯한 얘기를 꾸며내야 할걸."

공격은 최선의 방어. 〈바스의 여장부〉에서 바람피우는 아내들에게 그렇게 조언했다. 남편을 먼저 비난하라.

"당신이야말로 마리 윙클먼하고 어디로 사라진 거야?"

그가 차가운 표정으로 나를 쏘아본다.

"우린 바로 옆방에서 당신이 그자와 거의 섹스에 맞먹는 짓을 하는 걸 지켜봤지. 당신이야말로 어디론가 사라져놓고……."

"거기 있었다고?"

"칸막이 뒤쪽 테이블에 앉아 있었어."

"칸막이는 못 봤는데."

"그때 당신 눈에 뭔들 보였겠어?"

"당신이 가버린 줄 알았지. 몇 시간을 찾아다녔어. 그러다가 다시 돌아왔어. 계속 길을 잃었거든."

"어련하시겠어."

그가 신경질적으로 헛기침을 했다. 임종을 앞두고 내뱉는 가래기침 같았다. 다만 그보다 조금 약한 소리였다. 그 가래기침이 우리 결혼생활의 모든 것 중에 가장 싫었다. 마치 나쁜 상황에 등장하는 주제곡 같았다.

우리는 대화 없이 아침식사를 했다. 겁먹고 그의 공격을 기다렸지만 베넷은 더 이상은 나를 몰아세우지 않았다. 그의 삶은 달걀이 그릇에 부딪쳤다. 그의 스푼이 커피 잔에 딸그락거렸다. 우리 사이에 드리워진 지독한 침묵 속에서 모든 소리, 모든 동작이 마치 클로즈업된 영화의 한 장면처럼 과장되었다. 달걀 껍데기를 벗겨내는 그의 모습은 앤디 워홀의 영화 같았다. 영화 제목은 〈달걀〉. 달걀의 윗부분을 벗겨내는 남자의 손만 여섯 시간 동안 보여주는.

그의 침묵이 왠지 너무 이상하다는 생각이 들었다. 사소한 잘못에도 내게 폭언을 했던 그였다. 이를테면, 아침에 제 시간에 커피를 준비하지 못했다든가, 그가 시킨 일을 제대로 못했다든가, 낯선 도시에서 표지판을 제대로 보지 못했다든가. 그러나 지금 그는 아무 말도 하지 않는다.

그는 달걀의 열린 머리만 줄곧 바라보면서 신경질적인 헛기침을 할 뿐이었다. 헛기침이 그의 유일한 항의였다.

베넷의 헛기침이 최악의 추억으로 나를 이끌었다. 결혼한 뒤 처음으로 맞는 크리스마스였다. 그때 우린 파리에 있었다. 베넷은 몹시 우울했고 결혼한 첫 주부터 베넷은 죽 그 상태였다. 그는 군대를 증오했고 독일을 증오했다. 파리를 증오했고 나를 증오했다. 마치 그 모든 게 내 책임이라는 듯이.

불만의 빙하는 바다의 수면으로부터 저 아래 아주 깊은 곳까지 뻗어 있었다. 하이델베르크에서 파리까지 차를 타고 달리는 동안 베닛은 한마디도 하지 않았다. 침묵이야말로 악기 중에 가장 무딘 악기다. 침묵은 나를 땅으로 박아넣는 망치다. 침묵은 나를 죄책감의 심연으로 끌어내린다. 침묵은 내 머릿속의 목소리가 밖에서 들려오는 그 어떤 목소리보다 가혹하게 나를 비난하게 만든다. 나는 마치 흑백영화의 한 장면처럼 선명하게 그날을 기억한다. 아마도 베리만* 감독이 연출을 맡았으리라. 우리는 영화 속에서 우리 자신을 연기하고 있다. 항상 우리 자신의 역할을 하는 대신 다른 역할을 해볼 수 있다면 얼마나 좋을까.

파리에서의 크리스마스이브. 그날은 희고도 잿빛이었다. 그들은 발가벗은 동상들을 측은해 하며 베르사유에 들어섰다. 동상들은 하얗게 반짝였고 동상의 그림자들은 슬레이트의 잿빛이었다. 손질한 덤불은 그들의 그림자만큼이나 칙칙했다. 바람은 에는 듯 차가웠다. 두 사람은 발가락이 얼얼했다. 그들의 발자국은 그들의 심장만큼이나 공허한 소리를 내고 있었다. 두 사람은 결혼했지만 친구는 아니다.

어느덧 밤. 오데옹. 생쉴피스 교회 부근. 두 사람은 지하철 계단을 오른다. 얼어붙은 발소리가 울려퍼진다.

두 사람은 미국인이다. 남자는 키가 크고 호리호리하고

* 잉마르 베리만. 〈화니와 알렉산더〉 등의 영화를 감독한 스웨덴의 영화감독.

두상이 작다. 텁수룩한 검은 머리카락으로 보아 동양인이다. 그녀는 금발이고 체구가 작고 불행하다. 그녀는 자주 비틀거린다. 남자는 결코 비틀거리는 법이 없다. 그는 여자가 비틀거리는 게 싫다. 우리는 전부 다 얘기했다. 알맹이만 빼고.

우리는 센 강 왼쪽 기슭 호텔의 나선형 계단에서 아래를 내려다보고 있다. 여자가 그를 따라 빙글빙글 돈다. 우리는 그들의 머리가 올라오고 있는 것을 바라본다. 그러고 나서 그들의 얼굴을 본다. 그녀는 화가 나고 슬픈 표정이다. 남자의 턱은 고집스러워 보인다. 그는 계속 신경질적으로 헛기침을 한다.

그들이 5층에 이르러 방을 찾는다. 그가 손쉽게 방문을 연다. 방은 파리의 익숙하고 허름한 호텔이다. 방 안의 모든 것에서 곰팡내가 난다. 무명 침대보는 빛이 바랬다. 카펫 가장자리는 올이 풀렸다. 보드지로 만든 칸막이 뒤에는 세면대와 비데가 있다. 창문을 열면 지붕들이 보이겠지만 그들은 갈색 벨루어 커튼을 무겁게 드리워놓는다. 다시 비가 내리기 시작했고 빗방울이 창밖 테라스에 흐릿한 모스 부호를 찍는 소리가 들린다. 그녀는 파리의 20프랑짜리 호텔의 인테리어가 얼마나 똑같은지 새삼 느낀다. 그러나 그에게 그 말을 할 수가 없다. 그녀가 너무 사치스럽다고 생각할 테니까. 그러나 그녀는 속으로 생각한다. 그녀는 가운데가 움푹하게 꺼지는 좁은 더블베드가 싫다. 베개 대신 놓은 기다란 덧베개도 싫다. 침대보를 들출 때마다 콧속으로 날아 들어오는 먼지도 싫다. 그녀는 파리가 싫다.

그가 몸을 떨며 옷을 벗는다. 그의 몸이 얼마나 아름다운지, 얼마나 털이 없는지, 얼마나 등이 곧은지, 긴 갈색 근육들로 이루어진 종아리가 얼마나 가느다란지, 손가락이 얼마나 가느다란지 똑똑히 본다. 그러나 그의 몸은 그녀의 것이 아니다. 그녀를 골탕 먹이듯 그가 파자마를 입는다. 그녀가 스타킹 신은 발로 일어선다.

"나한테 왜 이러는 거야? 당신 때문에 너무 외로워."

"그건 당신 문제야."

"내 문제라니, 그게 무슨 뜻이야? 오늘밤에 난 행복하고 싶었어. 크리스마스이브잖아. 왜 나한테 화를 내는 거야? 내가 뭘 잘못했는데?"

침묵.

"내가 뭘 잘못했냐고!"

그녀가 이유를 알지 못하는 게 또 하나의 상처가 된다는 듯 그가 그녀를 바라본다.

"일단 자자. 그냥 다 잊어버리자."

"잊어버리자니, 뭘?"

그는 아무 말도 하지 않는다.

"당신이 나한테 화내고 있다는 사실을 잊을까? 아무 잘

못 없는 날 벌주고 있단 사실을 잊을까? 내가 외롭고 춥고 당신이 크리스마스이브를 망쳐버렸단 걸 잊을까? 그걸 잊으란 거야?"

"긴 얘기 하고 싶지 않아."

"긴 얘기? 무슨 긴 얘기?"

"그만해. 난 호텔에서 당신이 소리 지르는 꼴은 절대로 못 봐."

"당신이 무슨 꼴을 못 보든 상관 안 해. 나는 제대로 대접받고 싶어. 당신이 왜 그렇게 화가 났는지 최소한 나한테 말이라도 해주었으면 좋겠어. 그리고 그런 식으로 날 보지 마."

"그런 식으로라니?"

"내가 당신 마음을 읽지 못하는 게 내 잘못인 것처럼 쳐다보지 말라고. 난 당신 마음을 읽을 수 없어. 당신이 왜 화가 났는지 모르겠어. 당신의 모든 바람을 다 알아차릴 순 없다고. 그게 당신이 아내한테 바라는 거라면."

"그건 아니야."

"그럼 도대체 뭐야? 제발 말해줘."

"나한텐 그래야할 의무가 없어."

"세상에! 내가 독심술가라도 되어주길 바라는 거야? 혹시 그런 보살핌을 받기를 원하는 거야?"

"당신이 날 조금이라도 생각한다면……."

"난 당신을 생각해. 당신이 나한테 기회를 주지 않는 거지."

"당신은 날 무시하잖아. 당신은 내 말을 안 들어."

"그 영화에 뭔가가 나왔던 거야. 그렇지?"

"영화라니?"

"또 퀴즈 시작이군. 꼭 그렇게 범죄자처럼 나한테 퀴즈를 내야 되겠어? 그렇게 날 교차심문 해야만 하냐고. 그 장례식 장면에서 죽은 자기 엄마를 바라보던 어린 소년. 그게 당신의 뭔가를 건드린 거야. 그때부터 당신은 우울해졌어."

침묵.

"그거 맞지?"

침묵.

"제발 이러지 마, 베넷. 당신 때문에 미쳐버릴 것만 같다고. 제발 말해줘. 제발."

그는 마치 조그맣고 단단한 똥 덩어리처럼 하나씩, 하나씩 말을 떨어뜨려주었다.

"그 영화의 어떤 장면이 거슬렸냐고?"

"퀴즈 내지 말고 그냥 말하라고!"

(그녀가 양팔로 그를 안는다. 그가 그녀를 밀어낸다. 그녀는 바닥에 주저앉아 파자마를 입은 그의 다리를 끌어안는다. 포옹이라기보다는 구조요청 같다. 그녀가 가라앉고 있기 때문에 그는

마지못해 그녀가 다리를 잡고 있게 해준다.)

"일어나!"

(울면서.)

"말해주면 일어날게."

(그가 다리로 그녀를 뿌리친다.)

"난 그만 잘래."

(그녀는 얼굴을 차가운 바닥에 댄다.)

"베넷, 제발 나한테 이러지마. 제발 얘기해줘."

"지금은 너무 화가 나서 못하겠어."

"제발……."

"못해."

"제발……."

"당신이 애원할수록 난 더 차가워져."

"제발."

두 사람은 나란히 침대에 누워 있다. 그녀가 베고 있는 덧베개는 젖었다. 그녀는 몸을 떨며 흐느끼고 있다. 그는 듣지 못하는 것 같다. 두 사람이 침대 가운데의 움푹한 부분에서 마주칠 때마다 그가 먼저 몸을 피한다. 반복해서 그런 일이 일어난다. 침대는 마치 통나무 카누처럼 가운데가 움푹하다.

그녀는 그의 등에서 느껴지는 따스함과 단단함이 좋다. 양팔로 그를 끌어안고 싶다. 그는 모든 걸 다 잊고 아무 일도 일어나지 않은 척하고 싶다. 두 사람이 사랑을 나눌 때면 잠시나마 두 사람은 함께일 수 있다. 그러나 그는 그러려고 하지 않는다. 그는 파자마 바지 앞단추에서 그녀의 손을 잡아 뿌리친다. 그가 그녀를 밀어낸다. 그녀가 옆으로 굴러간다. 그는 침대 가장자리로 움직인다.

"이건 해결책이 아니야."

그가 말한다.

빗소리를 듣는다. 술 취해 집으로 돌아오는 학생들의 고함소리가 이따금 들려온다. 젖은 자갈들. 파리는 때로 너무도 축축하다. 오늘 저녁 그들은 영화를 본 뒤 노트르담에 갔다. 그들은 젖은 울 코트와 털 코트들 사이에 앉았다. 자정 미사. 신발 속으로 물을 뚝뚝 흘리는 우산 끝들. 그들은 앞으로도 뒤로도 움직일 수가 없었다. 사람들이 꽉 차서 복도를 가로막고 있었다. **페 당 르 몽드!**(온 세상에 평화를!) 전자기기로 확성된 높은 목소리가 들려온다. 세상에 젖은 털 냄새보다 역한 냄새는 없다.

그의 마음은 워싱턴하이츠의 집으로 돌아가 있다. 그의 아버지가 돌아가셨다. 그는 아무것도 느끼지 않는다. 그가 아무것도 느끼지 않는다는 게 우습다. 사람이 죽었을 때 아무 감정도 느끼지 않는다는 건 자연스럽지 않다.

아무 감정도 느껴지지 않는다니까. 왜 자꾸 물어보는 거야?

왜냐하면 난 당신을 알아야 하니까. 당신은 사람을 잃어본 적이 없어. 당신이 아는 사람이 죽은 적이 없어. 그래서 날 미워하는 거야? 우리가 생활보호대상자였을 때 당신은 센트럴파크에 살고 있었잖아. 그게 내 잘못이야? 펠 가의 중국인 장의사 알아? 사람이 죽으면 본래 모습으로 돌아가지. 죽음의 민족주의라고나 할까. 아버지는 신을 믿지 않았어. 교회에 간 적도 없어. 그들은 중국어로 기도를 했지. 그런데 난 생각했어. 이런, 단 한마디도 알아들을 수 없군. 관은 열려 있었어. 그게 중요해. 관을 열어놓지 않으면 죽음을 믿을 수가 없으니까. 심리학적인 해석이지. 좀 섬뜩하게 느껴지더군. 그리고 친지들이 와서 우리의 남은 돈을 가져갔어. 사업을 계속할 수 있을 거라고 했지만 그대로 문을 닫았지. 그때 난 고등학교 2학년이었어. 졸업하면 취업할 수 있을 거라고 복지사가 말하더군. 하지만 난 생각했어. 그랬다간 웨이터로 인생 종치고 말 거라고. 난 중국 식당의 웨이터가 될 수 없었어. 중국어를 할 줄 몰랐으니까. 소매치기가 되겠지. 진창에서 벗어나지 못하겠지. 대학에 가야만 했어. 그동안 당신은 센트럴파크 웨스트에서 살고 있었어. 주말에는 케임브리지에 있었고. 의대에 다닐 때 난 실험용 동물들한테 먹이를 주어야 했어. 크리스마스의 밤. 아무도 없는데 나 혼자 빌어먹을 실험용 쥐새끼들한테 먹이를 주고 있었다고.

그녀는 꼼짝 않고 그의 곁에 누워 있다. 그녀는 자신이 죽지 않았음을 확인하기 위해 자신의 몸을 만진다. 예전에 다리가 부러졌던 첫 2주를 떠올렸다. 그때 쉬지 않고 자위를 했다. 고통 이외에 무언가를 느낄 수 있음을 스스로에게 확인시키기 위해서. 그때 고통은 그녀의 신앙이었고 그것 말고는 아무것도 생각할 수 없었다.

그녀는 손을 배 밑으로 움직인다. 오른쪽 집게손가락이 클리토리스를 건드리고 왼쪽 집게손가락은 페니스처럼 안으로 깊이 들어간다. 보드랍게 밀려드는 살갗의 동굴 속으로 들어가는 페니스는 어떤 느낌일까? 그녀의 손가락은 너무 가늘다. 그녀는 두 개를 넣고 손가락을 벌려본다. 그러나 손톱이 너무 길다. 손톱에 살이 긁힌다.

그가 깨어나면 어쩌지? 어쩌면 그가 깨어나 그녀가 얼마나 외로운지 보아주길 바라는 건지도 모르겠다.

외로워, 외로워, 외로워.

그녀는 손가락을 그 리듬에 맞추어 움직인다. 손가락에 음액이 묻고 클리토리스가 단단해지면서 붉게 물든다. 손끝으로 색깔을 알 수 있을까? 이게 바로 빨간 느낌이다. 동굴 안쪽은 자줏빛이다. 짙푸른 자줏빛. 마치 거기서 나오는 피는 푸른색인 것처럼.

"자위 할 때 무슨 챙각을 하니?"

독일인 정신분석의가 그녀에게 물었다.

"누구를 챙각하니?"

나는 챙각한다. 고로 존재한다.

그녀는 사실 아무도 생각하지 않는다. 그리고 모두를 생각한다. 그녀의 분석의와 그녀의 아버지. 아니, 아버지는 아니다. 아버지를 생각할 수는 없다. 기차의 남자. 침대 밑의 남자. 얼굴 없는 남자. 그의 얼굴은 텅 비어 있다. 그의 페니스에는 눈이 하나 달렸다. 그 눈이 울고 있다.

손가락을 빨아들이는 격렬한 오르가슴의 경련이 느껴진다. 손이 옆으로 떨어지고 그녀는 깊은 잠에 빠져든다.

그녀는 어린 시절 살았던 아파트로 돌아가는 꿈을 꾼다. 그러나 이번에는 꿈의 설계사가 집을 설계했다.

한쪽 벽이 뚫린 침실들이 들어선 복도들은 마치 오래된 강바닥처럼 꼬불꼬불하고 부엌 저장실은 바람이 통하는 터널 같고 손이 닿지 않을 정도로 높은 찬장들이 있다. 수도관은 양치하는 노인네처럼 불안정하고 마룻널은 숨을 쉰다. 그녀 침실의 뿌연 유리문은 O자 모양으로 입을 오므리고 달을 향해 고통을 절규하는 얼굴들로 가득하다. 긴 음절의 달빛이 스며들어와 바닥을 은빛으로 물들이다가 유리 깨지는 소리와 함께 흩어진다. 문 위의 얼굴들은 늑대들 같다. 그들의 입가에 피가 응고된다. 여성용 욕실에는 어린애가 익사할 정도로 커다란 갈퀴발 달린 욕조가 있다. 거실 천장에는 네 개의 놋쇠 전등이 달려 있는데 길이가 1.8미터이고 녹슨 황금 잎사귀들로 뒤덮여 있다. 거실 위 난간은 어린아이가 하나 빠져나와 뛰어내릴 수도 있을 정도로 나무기둥의 간격이 넓다. 계단 하나를 더 올라가면 유화 기름내 풍기는 작업실이 있다. 작업실 천장은 마치 마녀의 모자처럼 뾰족하다. 철제 샹들리에가 검은 체인으로 천장에 매달려 있다. 샹들리에는 사다리꼴 모양의 북쪽 창문과 남쪽 창문 사이에서 삐거덕거리며 흔들린다.

베토벤의 석고 데스마스크*가 벽에 걸려있다. 둥근 눈꺼풀은 닫혀 있다. 그녀는 의자에 올라가 손가락으로 데스마스크를 어루만진다. 데스마스크에 검댕이 묻는다. 그녀가 베토벤의 눈에 지문을 묻혔다. 이제 뭔가 끔찍한 일이 일어나리라.

테이블 위에는 해골이 놓여 있다. 그 옆에는 촛대가 있다. 이것은 할아버지가 준비해놓은 정물이다. 정물**이라는 게 과연 존재할까?

이젤 위에는 반쯤 그리다 만 해골과 촛대가 있다. 무엇이 더 고요할까? 해골? 아니면 해골의 정물화? 어떤 고요함이 더 오래 지속될까?

방 한구석에는 옷장이 있다. 남편의 초록색 군복이 주인 없이 걸려 있다. 소매가 바람에 흔들린다. 그는 죽었을까?

* 죽은 직후에 죽은 사람의 얼굴에서 직접 본을 떠서 만든 안면상.

** still life. 스스로 움직이지 못하는 생명이 없는 물건.

끔찍한 두려움이 밀려든다. 그녀는 작업실 바닥의 문을 열고 계단을 내려간다. 그런데 갑자기 계단에서 떨어진다. 바닥에 떨어지는 순간, 죽으리라는 사실을 그녀는 안다. 그녀가 비명을 지르고 그 바람에 잠에서 깨어난다. 놀랍게도 그녀는 부모님의 집이 아니라 파리에 있다. 그는 여전히 죽은 듯이 그녀 곁에 누워있다. 그의 잠든 얼굴을 바라본다. 입꼬리가 올라간 기다란 입술. 중국 서예처럼 간결한 선의 눈썹. 그녀는 생각한다. 내년 이맘때쯤 두 사람은 함께 있지 않거나 그녀를 닮지 않은 아기를 갖게 될지도 모른다고.

"메리 크리스마스!"

그가 눈을 뜨며 말한다.

두 사람은 희망적으로 사랑을 나눈다.

살을 에는 날씨에 어젯밤 내린 비가 거리를 빙판으로 만든다. 두 사람은 옷을 입고 산책을 나간다. 그가 그녀를 꼭 붙잡지만 그래도 그녀는 여전히 미끄러진다. 그가 그녀에게 잔걸음으로 걸으라고 훈계한다.

"발목을 묶은 것처럼 걸으란 거야?"

그녀가 말한다.

그는 웃지 않는다.

그들은 생루이 섬에 가서 건축물들을 구경한다. 대저택 2층의 특이한 돌조각을 손끝으로 가리켜본다. 불어난 잿빛

센 강에서 펄떡이는 물고기를 잡아올리는 세 노인을 구경하기 위해 멈추어서기도 한다. 알자스 레스토랑에서 굴 스무 개를 먹고 양파 타트를 먹고 와인에 취한다. 그들은 다시 빙판길을 걷는다. 필사적으로 서로를 붙잡고서. 그녀는 그를 떠나면 어디로 가야 할지 생각해본다. 어젯밤 꿈에서 보았던 부모님의 집이 자꾸만 떠오른다. 그곳에 갈 수 없다는 것을 그녀는 안다. 그녀에겐 갈 곳이 없다. 그 어디에도. 그녀는 그를 더욱 꽉 붙잡는다.

"사랑해."

그녀가 말한다.

어두워지자 프랑스의 크리스마스 케이크 '뷔슈 드 노엘'에 커피 한 잔을 곁들이고 싶어서 노트르담을 바라보고 센 강 왼쪽 기슭에 위치한 조그만 레스토랑에 들른다. 그가 그녀를 떠날 생각을 하고 있을까? 그가 무슨 생각을 하는지 그녀는 알지 못한다. 그들은 그저 행복하고 근심 없는 척한다.

"종종걸음을 걸어. 자칫하면 당신 목이 부러지고 나도 같이 넘어져."

그가 반복해서 말하고 있다.

"당신 없으면 난 어떻게 하지?"

그녀가 말한다.

그는 신경질적으로 헛기침을 하지만 아무 말도 하지 않

는다.

영화는 거기서 끝난다. 아마도 그의 기침소리만 남겨두고서. 그러나 나는 그뒤로 이어진 일들을 기억한다. 차가 고장 나고 하이델베르크까지 기차를 타고 가야 했던 일, 우리와 2급 침대칸에 함께 탔던 네 명의 프랑스 군인들이 독일로 돌아가는 길 내내, 마치 기차에 전력을 공급하듯 트림하고 방귀 뀌던 일, 내가 누워 있던 가장 높은 침대에서 매번 펄쩍 뛰어내려야 했던 일. 갑자기 설사병이 나는 바람에 그날 밤에만 여섯 번을 뛰어내렸던 일. 그러던 중에 아래 칸에 누워 있던 프랑스 군인의 급소를 밟았고, 그 점에 대해서 프랑스 군인이 몹시 감사했던 일…….

그렇게 크리스마스가 지나가고 하이델베르크로 돌아온 우리는 다시 부대 생활을 시작했다. 휴가 때마다 우리는 유럽에 휴가를 즐기러 온 미국인인 척하려고 애썼다.

그러다가 새해 첫날, 전보가 왔다. 대개 그렇듯이 어설프고 맞춤법이 틀리게 쓰인 그 전보는 쓸쓸한 어느 토요일 오후에 날아들었다. 미군부대의 모든 남자들이 자동차에 광을 내고 모든 여자들이 헤어롤러를 말고 돌아다니고 괴테거리 맞은편의 독일인들은 벌써 새해를 준비하기 위해 첫 번째 슈나프스를 딴 뒤였다.

화요일 6시 15분 조부 사망 심폐소생술 시도 신장마비 직장

출혈 손 쓸 수 없었음 장례식 1월 4일 사랑하는 엄마

내가 먼저 읽고 나서 전보를 베넷에게 주었다. 나쁜 일이 일어나고 그 비난이 내게 쏟아지리라는 사실을 예감할 때마다 밀려들던 욕지기가 치밀었다. 베넷은 할아버지의 죽음을 내 탓으로 돌릴 게 뻔했다. 내 어머니의 부모님은 아직 살아 계셨으니까.

나는 한 팔을 베넷에게 둘렀지만 그가 내 손길을 뿌리쳤다. 그때 나는 베넷의 할아버지의 죽음이 그다지 슬프지 않았고 그래서 그 벌로 나 자신이 조금 더 죽음에 가까워질 거라고 생각했다. 베넷은 손에 전보를 들고 거실 소파에 앉아 있었다. 나는 그의 곁에 앉아 전보를 다시 한 번 읽었다.

'움직이는 손가락이 글을 쓴다, 쓰고 나면 철자가 틀렸다' *라고 나는 생각했다. 나는 베넷의 할아버지를 거의 알지 못했다. 그는 아흔아홉 아니면 백 살 정도 된 중국노인으로 노랗게 빛바랜 아이보리색 석고상 같았고 영어를 거의 한마디도 하지 못했다. 나는 마치 내 할아버지가 돌아가신 듯 울음을 터뜨렸다. 사실 나 자신을 위해 울었다. 스

* 오마르 하이얌의 시집 《루바이야트》의 한 구절 '움직이는 손가락이 글을 쓴다, 한번 쓰고 나면 앞으로 나아갈 뿐'을 인용함.

물다섯 살의 나이에 서서히 죽어가는 나 자신을 위해.

베넷은 죽음 속에 목까지 잠겨 있었다. 그는 마치 보이지 않는 배낭처럼 자신의 슬픔을 어깨에 지고 살았다. 만약 그가 내게 기대었다면, 그가 나의 위로를 받아들였다면, 그와 함께 견딜 수 있었을 것이다. 그러나 그는 나를 비난했다. 그의 비난이 나를 밀어냈다. 그래도 나는 그를 떠나기가 두려웠다. 그래서 그의 곁에 머물면서 점점 더 많은 비밀을 갖게 되었다. 점점 더 나의 환상과 글쓰기에 매달렸다. 그렇게 나 자신에 대해 알아갔다. 그는 자신의 슬픔 속으로 숨어들어 장막을 둘렀고 나는 내 방으로 들어가 글을 썼다. 그해 겨울 내내, 베넷은 자신의 할아버지와 아버지, 열여섯 살에 죽은 여동생, 지진아로 태어나 열여덟 살에 죽은 형, 소아마비로 열네 살에 죽은 친구, 자신의 가난, 자신의 침묵을 애도했다. 그는 군대를 애도했고 그가 등지고 온 뉴욕의 삶을 애도했다. 그는 죽음을 애도했고 죽음에 대한 자신의 집착을 애도했다. 그의 얼굴에 드리워진 경직된 표정은 저승사자의 가면 같았다. 그가 사랑했던 그리고 한편으론 미워했던 많은 사람들이 죽었고 그는 속죄하기 위해 저승사자의 가면을 썼다. 그들은 죽었는데 왜 나는 살아 있는가. 그런 생각으로 그는 자신의 삶을 죽음 비슷하게 만들었다. 그의 죽음은 곧 나의 죽음이었다. 나는 글을 쓰면서 나 자신을 살아 있게 만드는 법을 터득했다.

본격적으로 글을 쓰기 시작한 건 바로 그해 겨울부터였다. 글쓰기가 내 삶의 유일한 희망이라는 듯, 유일한 탈출구라는 듯 나는 글을 썼다. 어떻게 보면 나는 늘 어떤 식으로든 글을 쓰며 살았다. 늘 작가들을 숭배했다. 책을 다 읽고 나면 마지막 페이지 작가 사진에 키스하곤 했다. 나는 활자화된 모든 것을 성지로 여겼고 작가들은 초인간적인 지식과 지혜를 가진 존재로 여겼다. 펄 벅, 톨스토이, 그리고 《낸시 드루》를 쓴 캐럴린 킨. 성장한 뒤에도 그들의 작품들을 통속적으로 구분하지 않았다. 나는 《거울나라의 앨리스》에서 공포만화로, 《위대한 유산》이나 《비밀의 화원》에서 풍자만화잡지 〈매드Mad〉로 자유롭게 넘나들었다.

시끄러운 집안에서 자라면서 나는 일찌감치 잘 골라 펼쳐든 책 한 권은 방패이자 방화벽이며, 투명인간의 망토란 걸 알았다. 나는 책을 은신처 삼아 도피하는 법을 배웠고 아빠와 엄마가 지은 별명처럼 '건망증 교수'*가 되는 법을 배웠다. 부모님이 소리를 질러도 내 귀엔 들리지 않았다. 책을 읽고 있었고 글을 쓰는 한 나는 안전했다.

베넷의 할아버지. 그 용감한 노인은 중국에서 스무 살에 미국으로 건너와 그에게 영어를 가르쳐주겠다고 약속했던

* 한 가지 일에 몰두하다가 다른 일에는 신경을 쓰지 못하는 경우를 일컫는 심리학 용어 '건망증교수 효과'를 빗댄 말.

(그러나 결코 가르쳐주지 않았던) 선교사를 만나 기독교로 개종했다. 그 선교사는 북서부 탄광촌에서 중국인 노동자들에게 복음을 전파했다. 노인은 결국 펠 가에 선물 가게를 냈지만 아흔아홉, 혹은 백 살이 되도록 쓰는 건 고사하고 다른 사람이 알아듣는 영어는 겨우 몇 마디밖에 하지 못했다. 그리고 그의 죽음이 작가로서의 내 삶을 시작하게 해주었다. 때로 죽음은 무언가의 시작이 되기도 한다.

긴 겨울 내내 베넷이 침묵 속에 애도하는 동안 나는 글을 썼다. 대학 시절에 쓴 시들은 모두 버렸다. 심지어 출판된 것까지도. 잘못 시작한 수많은 단편, 장편소설들도 버렸다. 새 사람이 되고 싶었고 글쓰기로 새 삶을 시작하고 싶었다.

나는 수많은 작가들의 작품들 속에 깊이 침잠했다. 런던에서 인편으로 책을 사오기도 했고 뉴욕의 친구와 부모님으로부터 책을 보내달라고 부탁하기도 했다. 시인이나 소설가를 한 명씩 연구하면서 그들의 작품을 반복해서 읽고 그들이 어떻게 한 작품에서 또 다른 작품으로 변화해갔는지 연구했다. 여러 작가의 스타일을 몇 달 동안 모방해보기도 했다. 그동안 두려움에 휩싸였고 나 자신을 완전한 실패작으로 여겼다. 열여덟 살 때 나는 서른 살이 아주 많은 나이라고 생각했다. 스물다섯 살까지 첫 시집을 출판하지 못하면 자살하겠노라고. 그런데 나는 벌써 스물다섯이었다. 그리고 이제 겨우 글쓰기를 시작했다.

문학잡지에 작품을 기고하는 건 당치도 않은 일이었다. 대학에서는 나름대로 시를 썼고 상도 꽤 받았지만 이제 내가 쓴 어떤 작품도 기고할 정도로 훌륭하지 않다고 확신했다. 그때 나는 문학 계간지의 편집자들을 걸작이 아니면 거들떠도 보지 않는 사람들로 여겼다. 계간지를 정기 구독하면서 거기 실린 작품들을 경전처럼 읽었음에도 그렇게 믿었다. 가끔은 수준 떨어지는 글이 실리기도 했지만, 내가 쓴 글은 그보다 훨씬 더 형편없을 거라고 생각했다.

그때 나는 유령들의 세상에 살았다. 계간지에 정기적으로 작품을 기고하는 시인들과 상상 속의 연애를 했다. 어떤 이름들은 거의 살아 있는 것처럼 느껴졌다. 작가들의 약력을 읽으면 마치 내가 아는 사람인 것 같은 착각이 들었다. 한 번도 만난 적 없는 사람들과 얼마나 친밀한 관계를 맺을 수 있는지, 어떤 사람의 인상이 실제 그의 모습과 얼마나 다를 수 있는지를 생각해보면 참으로 놀랍다. 훗날 뉴욕으로 돌아와 시를 발표하기 시작하면서 신비로운 시인 몇 명을 실제로 만나보았다. 내 생각과는 전혀 다른 사람일 때가 많았다. 시 속에 담긴 지혜가 실제로는 반푼짜리 지혜였다. 죽음에 관한 음울한 글을 쓴 사람은 실제로는 따스하고 재미있었다. 매혹적인 작가들은 전혀 매혹적이지 않았다. 너그럽고 거리낌 없고 이타적인 작가들이 실제로는 인색하고 주변 사람을 힘들게 하고 질투하는 사람이었다. 물론 절대적인 규칙이 있다고 말할 수는 없지만 항상 놀라운 무언가가 기다리고 있었다. 작가의 성격을 그의 작품으로 판단하는 것이야말로 세상에서 가장 위험한 일이다. 그러나 그 모든 진실을 나는 훗날에야 깨닫게 되었다. 하이델베르크 시절, 나는 그런 추잡한 진실과는 기분 좋게 멀찌감치 떨어져서 상상 속의 문학세계에 빠져 있었다. 〈뉴요커The New Yorker〉와 나의 관계도 그런 이상한 관계의 일면을 보여준다.

내가 글을 쓰던 당시, 〈뉴요커〉를 비롯한 다른 3류 잡지들은 항공우편으로 대서양을 건너왔다. 그래서 발간 3주를 넘지 않은 세 권이나 네 권의 〈뉴요커〉가 한꺼번에 도착했다. 나는 일종의 최면상태에서 소포를 찢었다. 그 잡지를 공격하는 나만의 의식이었다. 잡지에는 목차도 없었다. 제목 아래 소심한 줄과 함께 나오는 작가명은 일종의 역 우월의식이었다. 나는 정신없이 페이지를 뒤로 넘기면서 긴 기사들, 단편소설들의 작가명을 확인했고 숨을 죽이며 시들을 찾았다.

나는 두근거리는 가슴으로, 식은땀을 흘리며 그 모든 의식을 치렀다. 혹시라도 내가 아는 사람이 쓴 시나 단편, 기사를 찾게 될까봐 너무도 두려웠다. 대학 시절 우둔했던 아이, 코나 후비던 찌질이, 아니면 그중 하나, 혹은 그 둘을 갖춘 데다 나보다 한두 달이라도 어린 작가를 발견하게 될까봐 두려웠다.

나는 〈뉴요커〉를 그저 읽는 게 아니었다. 나만의 은밀한 방식으로 그 속에서 살았다. 나는 웨스트포스트 동부와 코츠월스 서부 어딘가에 나만의 〈뉴요커〉의 세계를 건설했다. 그곳에는 피터 드 브리스*가 항상 와인 잔을 들고 있고 니콜로 투치**가 자주색 벨벳 디너 재킷을 입고 뮤리엘 스파크***와 이탈리아어로 시시덕거리고 나보코프가 각진 와인 잔에 담긴 붉은 와인을 홀짝이고 있다. 나보코프의 새끼손가락에는 '레드 애드머러블' 이라는 이름의 나비 한 마리가 앉아 있다. 존 업다이크가 그의 스위스제 신발에 걸려넘어지면서 매혹적으로 사과하고 나보코프에게 현존하는 최고의 영어권 작가라고 되풀이해서 말한다. 한편 인도 작가들이 한구석에 모여 피터 셀러스****의 억양으로 대화를 나누며 커리 냄새를 풍기고 있고, 역사를 기억하는 아일랜드 출신 작가들은 두툼한 스웨터를 입고 위스키 냄새를 풍기면서 트위드 재킷을 입은 말 많은 영국 작가들을 노골적으로 따돌리고 있다.

* 풍자적이고 재치있는 글로 유명한 미국 작가.

** 스위스에서 태어나 영어와 이탈리아어로 단편소설을 쓴 작가.

*** 풍자소설로 유명한 스코틀랜드 작가.

**** 영국의 배우이자 코미디언. 다양한 언어의 억양을 흉내 내는 능력을 지닌 것으로 유명.

물론 다른 잡지나 문학 계간지들도 신화화했지만 〈뉴요커〉는 단연 어린 시절부터 나의 성전이었다. 〈코멘터리Commentary〉 같은 잡지는 허섭한 유대인들이 우글거렸다. 그들의 이름은 하나같이 '어빙' 이었고 서로를 유대인이라서, 혹은 흑인이라서, 혹은 동료 의식 때문에 걱정하면서 간 요리를 먹고 노바스코샤*의 요리를 먹었다.

그들의 모임도 재미있었지만 내가 정말 숭배하는 것은 언제나 〈뉴요커〉였다. 보잘것없는 나의 습작을 그곳에 보낼 배짱이 없었기 때문에 내가 아는 사람이 〈뉴요커〉의 페이지를 장식할 때마다 화가 나면서도 재미있었다.

어떻게 보면 나는 작가를 아주 숭고한 사람들이라고 생각하고 있었다. 평범한 사람들보다 훨씬 더 사뿐사뿐 걸어다니는 신비로운 존재들. 마치 어깨에 보이지 않는 날개라도 달려 있다는 듯이. 특별한 방법으로 서로를 알아보며 쓴웃음을 지을 거라고 상상했다. 어쩌면 그들은 박쥐가 갖고 있다는 레이더 같은 것을 갖고 있을 거라고, '비밀의 악수' 를 나누는 짓 따위는 하지 않을 거라고 생각했다.

비록 내가 쓰는 글을 한 줄도 읽지 않았지만 베넷 역시 나의 글쓰기와 관련이 있었다. 그때 나에겐 내 글을 읽어줄 사람이 필요치 않았다. 당시의 글은 앞으로 쓸 글의 준

* 한때 흑인 노예 무역항이자 목화 등 미 남부 지역의 농산물이 집결되는 항구였음.

비 작업에 불과했기 때문이었다. 그러나 내가 글을 쓴다는 사실을 인정해줄 누군가는 필요했다. 그리고 베넷이 그 역할을 해주었다. 베넷이 나의 집필을 인정해주었던 게 자기가 우울할 때 내가 건드리는 게 싫어서였는지 아니면 내가 일라이자 둘리틀*일 때 자기가 헨리 히긴스** 가 되고 싶어서였는지는 확실치 않다. 그러나 사실 베넷은 내가 나를 믿기 전부터 나를 믿어주었다. 우리는 그 길고 암울했던 시간에 나의 글쓰기를 통해 서로에게 닿아 있었던 것 같다. 비록 내가 쓴 글을 함께 읽진 않았지만 말하자면 우리 두 사람이 세상을 등지는 것으로 하나가 된 셈이었다.

그때 우리는 둘 다 무의식을 탐색하는 법을 배우고 있었다. 베넷은 거실에 거의 미동조차 하지 않고 앉아서 아버지의 죽음과 할아버지의 죽음을 생각했고 이제 막 자신의 삶을 이해하기 시작했을 때 그의 어깨를 짓누르는 모든 죽음들에 대해 생각했다. 나는 서재에 틀어박혀 글을 썼다. 나는 나 자신 속으로 깊이 파고들어서 그 속에서 과거의 단편들을 건져올리는 방법을 배웠다. 무의식으로 파고드는 법을 배웠고 겉보기에는 아무 의미도 없는 생각들과 환상들을 포착하는 방법을 배웠다. 베넷은 나를 그의

* 영화 〈마이 페어 레이디〉의 여자 주인공. 빈민가 출신의 꽃 파는 소녀.
** 영화 〈마이 페어 레이디〉의 남자 주인공. 빈민가 소녀에게 개인교습을 하는 교수.

세계에서 밀어냄으로써 내 머릿속의 다양한 세계를 열어 준 셈이었다. 서서히 나는 깨닫게 되었다. 내가 쓴 그 어떤 시의 주제도 나 자신의 깊은 감정을 표현하고 있지 않다는 것. 내가 실제로 관심을 갖고 있는 것들과 내가 쓰는 글의 주제 사이에 커다란 간극이 존재한다는 것.

왜일까. 도대체 뭐가 두려운 걸까? 무엇보다도 나는 나 자신을 두려워하는 것 같았다.

나는 하이델베르크에서 소설 두 편을 쓰기 시작했다. 두 소설 모두 화자가 남자였다. 여자가 화자인 소설은 아무도 관심 갖지 않을 거라고 생각했다. 더구나 모든 여성작가들에게(심지어는 좋은 작가들에게조차) 쏟아지는 온갖 수식어들을 원치 않았다.

"영리한, 재치 있는, 명석한, 감동적인, 그러나 깊이가 부족한."

나는 넓은 세상에 대해 쓰고 싶었다. 《전쟁과 평화》를 쓰거나 아니면 아예 쓰지 말거나. '여류작가'라는 호칭은 원치 않았다. 전투를 하고 싶었고 투우를 하고 싶었고 정글 사파리를 하고 싶었다. 물론 전투와 투우, 정글 사파리에 대해서는 쥐뿔도 아는 게 없지만(하긴 그 점에 대해서는 남자들도 마찬가지다). 내가 아는 주제들이 모두 '시시하고 여성적인' 것들이라는 사실을 깨닫는 순간 짜증이 치밀었다. 반면 내가 모르는 주제들은 '심오하고 남성적인' 것들이었다. 무슨 짓을 해도 결국 나는 실패할 것이다. 글을 써서 실패하거나 아니면 글을 쓰지 않아서 실패하거나. 한 마디로 이러지도 저러지도 못하는 신세였다.

나의 행운과 나의 슬픔, 남편과의 이상한 관계, 글을 쓰겠다는 나의 의지(당시에는 전혀 믿지 않았지만) 덕분에 그로부터 3년 동안 세 편의 시집을 엮었다. 처음 두 권은 버렸고 세 번째 것은 출판했다. 그다음에는 전혀 새로운 고민거리가 생겼다. 우선, 내 시집이 성공할지도 모른다는 두려움과 싸워야 했고, 그 두려움은 실패할지도 모른다는 두려움보다 더 견디기 힘들었다.

어떻게 글을 써야 하는지를 알면 어떻게 살아야 하는지도 알게 되지 않을까? 에이드리언은 내게 어떻게 살아야 하는지를, 베넷은 어떻게 죽는지를 가르쳐주고 싶은 것 같았다. 둘 중 어느 걸 배우고 싶은지 아직도 알지 못한다. 어쩌면 내가 잘못 판단한 것일 수도 있다. 어쩌면 베넷이 삶이고 에이드리언이 죽음인지도 모른다. 어쩌면 삶은 타협과 슬픔이고 황홀경은 결국 죽음으로 끝날지도 모른다. 비록 선과 악의 이원론을 믿는 사람이지만 누가 선이고 누가 악인지도 나는 알지 못했다. 선과 악을 구분할 수 있다면 선택을 할 수 있으리라.

그러나 나는 지금 그 어느 때보다도 극심한 혼란에 빠져 있다.

8

빈 숲의 동화

결혼 서약은 너무도 무거워서 두 사람이, 때로는 세 사람이 힘을 합쳐야한다.

_ 알렉상드르 뒤마

그때부터 회전목마 게임이 시작되었다. 나는 여전히 베넷과 함께 회의에 참석했고 베넷의 곁에 머물기로 결심했고, 다시는 에이드리언을 만나지 않겠다고, 이제 다 끝이라고, 잠깐 일탈을 감행하긴 했지만 이제 끝이라고 생각했다. 그러다가 에이드리언을 보았고 나는 한순간에 무너졌다. 어느 순간 사랑 노래의 가사와 유치한 할리우드 영화에 나오는 한심한 작태를 그대로 실천하고 있는 나 자신의 모습을 보았다. 심장이 박자를 놓쳤다. 그가 다가올 때마다 정신이 혼미해졌다. 그는 나의 태양이었다. 우리의 심장이 서로의 손을 잡고 있었다. 그가 나와 한 방에 있을 때면 가만히 앉아 있기가 힘들 정도로 초조해졌다. 일종의 광기였고 완전한 몰입이었다. 내가 쓰기로 되어 있던 기사도 완전히 잊었다. 그 사람 외에는 다 잊었다.

과거에 통했던 술수들도 더 이상 통하지 않았다. '정절' 혹은 '간통' 같은 단어를 써가면서 그가 내 일을 방해할 거고 그를 갖게 되면 너무 행복해서 글을 쓸 수 없을 거라고 나 자신을 설득해보기도 했다. 내가 베넷에게 상처를 주고 있고 나 자신에게 상처를 주고 있고 나 자신을 구경거리로 만들고 있다고 타일러도 보았다. 사실이었다. 그러나 전혀 도움이 되지 않았다. 나는 완전히 돌았다. 그가 방 안으로 들어서며 내게 미소 짓는 순간 완전히 넋이 나갔다.

회의 첫날 점심식사를 마치고 나서 베넷에게 수영하러 가겠다고 하고 에이드리언을 만났다. 내 수영복을 가지러 호텔에 들러서 다이어프램을 포함하여 이것저것을 챙긴 다음 에이드리언의 숙소로 향했다.

그의 방에 들어가자마자 나는 순식간에 옷을 벗고 침대에 누웠다.

"꽤나 급한 모양이네."

그가 말했다.

"급해."

"왜 그렇게 서둘러? 시간은 얼마든지 있는데."

"얼마나?"

"당신이 원하는 만큼."

그가 모호하게 말했다. 그러니까 그가 떠나면 그건 내 잘못인 셈이었다. 정신과의사들은 항상 그런 식이었다. 정신과의사들과는 절대 섹스하지 말라는 게 세상 모든 젊은 이들에게 내가 들려주고 싶은 조언이다.

어쨌든, 섹스는 별로였다. 썩 훌륭하진 않았다. 그의 발기는 불완전했고 그는 내가 알아차리지 못할 거라 생각하고 내 몸 안에서 거칠게 움직였다. 결국 나는 빈약한 오르가슴과 무지하게 욱신거리는 보지로 섹스를 끝냈다. 그러나 왠지 기뻤다. 이젠 그에게서 벗어날 수 있을 테니까. 그는 섹스를 잘하는 남자가 아니었다. 이제 나는 그를 잊을 수 있으리라.

"무슨 생각해?"

그가 물었다.

"제대로 했다는 생각."

베넷에게도 언젠가 했던 말이었고, 지금보다는 그때가 훨씬 진실에 가까웠다.

"당신은 거짓말쟁이에 위선자야. 왜 거짓말을 하지? 내가 제대로 못했다는 거 나도 알고 있는데. 이것보단 훨씬 더 잘할 수 있어."

그의 솔직함이 당황스러웠다.

"맞아. 솔직히 시원치 않았어."

"훨씬 낫군. 당신은 왜 항상 빌어먹을 사회복지사가 되려 하지? 나의 에고를 지켜주려고?"

그는 에고를 '에그-오'로 발음했다.

나는 잠시 생각해보았다. 도대체 내가 뭘 하고 있는 걸까. 나는 늘 남자는 그런 식으로 대해야 한다고 믿었다. 그렇게 하지 않으면 그들이 산산이 부서지거나 미쳐버릴 거라고 생각했다. 또 한 명의 남자를 미치게 만들고 싶진 않았다.

"남자들의 에고는 너무도 섬세해서 항상 조심스럽게 다루어야 한다고 생각해왔던 것 같아."

"나의 에고는 그렇게 연약하지 않아. 제대로 못했다는 얘길 들어도 괜찮다고. 그게 엄연한 사실일 땐 더더욱."

"당신 같은 남자는 처음이라 그랬나봐."

그가 환하게 웃었다.

"당연히 처음이겠지. 아마 앞으로도 못 볼걸. 내가 영웅이 아니라고 말했지? 난 당신을 구원할 남자도 아니고 백마를 태워 멀리 데려갈 남자도 아니야."

그럼 뭐 하려고 여기 있는 거지? 분명히 섹스를 하기 위해선 아닌 것 같은데.

우리는 빈 외곽의 커다란 공공수영장으로 수영하러 갔다. 내 평생 햇볕에 그을린 뚱보를 그렇게 한꺼번에 많이 보긴 처음이었다. 하이델베르크에서 나는 일부러 공공 수영장과 사우나를 피해 다녔고 여행을 할 때면 독일인들이 자주 드나드는 해변 휴양지를 피해 다녔다. 우리는 이탈리아의 라벤나 해안을 비롯한 게르만족들의 집결지를 피해 다녔다. 대신 프랑스 리비에라 같은 곳에서 아름답고 움푹한 배꼽들을 부러워하며 감상했고 카프리에서는 돈 들여 운동으로 다진 복근들을 감상했다. 그러나 이곳 빈의 수영장에서 우리는 지방덩어리로 변형된 슐라그*와 초콜릿 스펀지케이크의 산에 둘러싸여 있었다.

"미켈란젤로의 〈최후의 심판〉 같아. 시스티나 성당 제일 끝에 있는 거."

내가 에이드리언에게 말했다.

에이드리언이 혀를 내밀어보이고 얼굴을 찌푸렸다.

"그저 수영을 즐기는 사람들일 뿐이야. 그런데 당신이 비판적인 눈으로 관찰하면서 저 사람들한테서 세상의 타락과 부패를 보는 거지. 사보나롤라** 여사님이라 불러야겠어."

"당신 말이 맞아."

* '거품 낸 크림'이라는 뜻의 독일어로 과일, 디저트, 커피 등에 크림을 얹은 것.

** 이탈리아의 수도사. 순교한 종교개혁가.

내가 순순히 인정했다. 나는 왜 사람들을 관찰하고 해부하고 찢어발겨야만 직성이 풀리는지. 나는 늘 그런 식이었다.

"하지만 정말 최후의 만찬 같잖아. 돼지처럼 군 벌로 하느님이 독일인들을 진짜 돼지로 만들어버렸나봐."

세상에. 그들은 정말 돼지 같았다. 단순히 뚱뚱한 것만 말하는 게 아니었다. 출렁이는 뱃살, 살이 축 늘어진 팔, 둘로 나뉜 턱, 번들거리는 허벅지가 전부가 아니었다. 그 모든 것이 밝은 분홍빛이었고 주름 잡혀 있었고 그을었다. 중국요리에 나오는 돼지고기보다 더 진한 분홍빛. 꼭 아기 돼지들 같았다. 아니면 나의 대학 시절 가장 피비린내 나는 사건이었던 동물학II 시간에 해부한 불운한 돼지 같았다.

우리는 다른 모든 저주받은 영혼들 틈에서 수영하고 키스했다. 나는 배꼽까지 깊이 V자 모양으로 파진 검은색 원피스 수영복을 입고 있었고 모두가 나를 쳐다보았다. 여자들은 못마땅한 눈빛으로, 남자들은 음탕한 눈빛으로. 에이드리언의 정액이 내 다리 사이로 흘러나와 염소처리된 수영장 물에 섞이는 것이 느껴졌다. 미국인이 영국인의 정액을 독일인에게 기증하는 셈이다. 일종의 왜곡된 마셜 플랜*

* 제2차 세계대전 후 미국이 서유럽 16개 나라에 행한 대외원조계획.

이랄까. 그의 정액이 그들의 물을 축복하고 그들을 정화하기를! 그의 정액이 그들의 죄를 씻기를! 세례자 에이드리언. 나는 막달라 마리아. 문득 섹스 직후에 수영하면 임신하는 건 아닌지 걱정이 되었다. 어쩌면 물이 정액을 내 다이어프램 안쪽까지 밀어올리는 것은 아닐까? 갑자기 임신이 두려워졌다. 그런데 한편으로는 임신하고 싶었다. 나는 우리가 함께 만들 아름다운 아기를 상상했다. 제정신이 아닌 게 분명했다.

우리는 나무 밑 풀밭에 앉아 맥주를 마셨다. 우리의 미래에 대해 이야기했다. 그것이 무엇이건 간에. 에이드리언은 내가 남편을 떠나 파리에 정착해야 한다고 생각하는 것 같았다. 자기가 정기적으로 날아와 날 만나겠다면서. 내게 작은 방을 빌려 책이나 쓰라고, 런던에 가서 그와 함께 책을 써도 좋다고 했다. 우리는 시몬 드 보부아르와 사르트르처럼 늘 함께이면서 떨어져 있을 것이다. 질투처럼 어리석은 감정들을 떨쳐버리는 법을 배울 수 있을 것이다. 우리는 우리끼리 자는 것은 물론이고 우리의 모든 친구들과 잘 것이다. 소유와 소유욕에 관한 걱정 없이 살 것이다. 그러다가 어느 날, 우리는 정신분열환자, 시인들, 급진적인 정신과의사들의 공동체를 설립할 것이다. 우리는 말로만 떠드는 실존주의자가 아닌, 진정한 의미의 실존주의자가 될 것이다. 우리는 지오데식 돔*안에서 모두 함께 살 것이다.

"노란 잠수함처럼?"

내가 물었다.

"안 될 게 뭐있어?"

"에이드리언, 당신은 병적으로 로맨틱해. 월든 호수**가로 가야겠어."

"당신 삶의 그 위선이 뭐가 그렇게 대단한지 모르겠어. 정절이니, 일부일처제니 하는 헛소리와 수백만 가지의 모순 속에 살면서 남편 품 안에서 어리광이나 부리는 재주 많은 어린애처럼 살면서 자립할 생각은 절대 안 하잖아. 적어도 내가 말하는 삶은 정직한 삶이야. 다 함께 살면서 모두가 공개적으로 섹스하는 거지. 누구도 기만하지 않고 독립적인 삶을 사는 것에 대해 그 어떤 죄책감도 느끼지 않고……."

"시인들과 정신분열증 환자들과 정신과의사가 모여 산다고?"

"사실 다 거기서 거기잖아. 안 그래?"

"그야 그렇지."

에이드리언은 정신병원에 입원했던 여배우 마르틴으로부터 일주일에 걸쳐 실존주의를 배웠다.

* 미국의 건축가 리처드 풀러가 설계한 축구공과 유사한 구조의 둥근 건물.

** 미국의 철학자이자 시인, 문필가 헨리 데이비드 소로가 오두막을 짓고 살았던 장소.

"빨리도 배웠네. 실존주의가 그렇게 단순했다니. 꼭 속성 어학코스 같다. 도대체 그 여자가 무슨 짓을 했는데?"

에이드리언은 마르틴을 만나러 파리에 갔다가 그녀가 두 친구와 함께 있어서 무척 놀랐다고 했다. 루이즈와 피에르였다. 결국 그들 모두가 일주일을 함께 보냈다. 늘 함께 있었고 각자의 모든 것을 이야기했고 가능한 모든 조합으로 섹스했으며 그 어떤 '한심한 도덕적 변명'도 하지 않았다.

"내가 내 환자나 내 아이들, 집에 두고 온 여자친구 이야기를 꺼낼 때마다 마르틴은 '관심 없어'라고 말했지. 내가 일해야 하고 돈을 벌어야 하고 잠을 자야 하고 이 강렬한 경험에서 벗어나야 한다고 말할 때마다 '관심 없어'라고 대답했어. 그 어떤 상투적인 변명도 없었어. 사실 처음엔 그게 좀 두렵더군."

"그 여자 파시스트네. 그 모든 걸 자유의 이름으로 행하다니."

"당신이 무슨 말을 하고 싶은지는 알겠는데, 사실 그 여잔 파시스트하곤 거리가 멀었어. 그 여자 생각은 우리가 어디까지 갈 수 있는지 한계를 최대한 넓혀보자는 거였어. 설령 그 밑바닥에서 두려움을 만난다고 해도 일단 바닥까지 가봐야 한단 거였지. 마르틴은 미쳤어. 병원에 입원했었고 온갖 새로운 깨달음을 얻으면서 그 시간을 견뎠지.

결국엔 자신을 추슬렀고 그 전보다 훨씬 더 강해졌어. 나도 그렇게 일주일을 보내고 훨씬 강해졌고. 아무 계획도 없고 어디로 갈지도 모르고 사생활도 전혀 없고 언제나 모든 걸 나머지 세 사람에게 의존해야 한다는 두려움을 견디어야 했지. 어린 시절의 모든 고통들이 되살아나더군. 그리고 섹스는…… 섹스도 처음엔 두려웠어. 나 자신의 동성애 성향을 처음 인정해야 했으니까. 깨달음의 순간이었어."

"그게 재미있었어? 별로 재미없었을 거 같은데."

그렇게 말하면서도 나는 솔깃했다.

"처음 며칠은 충격적이었지만 결과적으로는 정말 멋졌어. 우리는 팔짱을 끼고 여기저기 돌아다녔어. 노래를 부르면서. 음식도 돈도, 모든 걸 함께 나누었어. 일이나 책임 따윈 아무도 신경쓰지 않았지."

"당신 애들은?"

"애들은 에스터하고 런던에 있었지."

"그러니까 양치기 소녀 역할을 하는 마리 앙투아네트하고 실존주의 놀이를 하는 동안 에스터가 당신 뒤치다꺼리를 하고 있었단 거네."

"아니. 그건 전혀 그렇지 않아. 왜냐하면 우리 두 사람 모두에게 이로운 일이었거든. 에스터도 툭하면 애들을 내게 맡겨놓고 어떤 놈팽이하고 사라졌어. 그렇게 일방적인 거래는 아니었다고."

"하지만 당신 애들이잖아. 안 그래?"

"그놈의 소유, 소유, 소유!"

나의 추궁을 비난하며 그가 말했다.

"하여간 당신네 유대인 공주들은 다 똑같아."

"당신한테 유대인 공주라는 말을 가르쳐 준 건 나였는데, 그 말을 날 공격하는데 쓰다니……. 우리 엄만 항상 당신 같은 남자들을 경계하라고 했어."

그가 머리를 내 무릎 사이에 대고 내 가랑이에 코를 대고 비볐다. 다른 나무 밑에 앉아 있던 뚱뚱한 독일인 커플이 우리를 바라보았지만 나는 상관하지 않았다.

"끈적끈적해."

그가 말했다.

"당신의 점액이야."

"우리의 점액이지."

그가 정정했다.

그리고 그 순간 그가 느닷없이 말했다.

"마르틴이 나한테 주었던 경험을 나도 당신한테 주고 싶어. 당신의 내면에 숨겨져 있는 것들을 당신이 두려워하지 않게 만들어주고 싶어."

그가 나의 허벅지를 깨물었다. 잇자국이 남았다.

다섯 시 반에 호텔로 돌아오니 베넷이 나를 기다리고 있었다. 그는 내게 어딜 갔었냐고 묻지 않았다. 그는 나를 끌어안은 뒤 옷을 벗기기 시작했다. 그는 나와 에이드리언이 만들어놓은 점액, 진정한 의미의 삼각관계와 사랑을 나누었다. 베넷이 그토록 열정적이고 자상한 모습을 보인 것도 드물었고 내가 그토록 흥분한 것도 드물었다. 그가 에이드리언보다 훨씬 훌륭한 애인이라는 점만큼은 확실했다. 그러나 에이드리언이 이 사랑의 행위를 어딘가 다르게 만들었다는 점, 그것이 우리로 하여금 서로를 전혀 새로운 방식으로 음미하게 만들었다는 점 또한 분명했다. 베넷과 나는 서로를 완벽하게 애무했다. 문득 처음 사랑에 빠졌을 때처럼 내가 베넷에게 다시 소중한 존재가 된 것 같았다. 우리는 함께 목욕했고 서로에게 물을 튀겼다. 서로의 등에 비누칠도 해주었다. 나 자신의 난잡함이 당혹스러웠다. 이 남자에게서 저 남자로 옮겨다니면서 이렇게 열정적이고 취한 것 같은 기분이 들 수 있다니 놀라웠다. 언젠가 오직 나만이 알고 있는 방식으로 스스로를 벌 주고 죄책감과 비참함을 느끼며 그 대가를 치르게 되리라. 그러나 지금 이 순간 나는 행복했다. 처음으로 제대로 대접받는다는 생각이 들었다. 남자 둘을 합치면 완벽한 남자 한 명이 되는 걸까?

이번 학회에서 가장 기억에 남는 순간은 빈 시청에서 열린 환영행사였다. 2000명이 넘는 정신분석의들이 마치 1년 동안 나이지리아에서 굶주렸다는 듯 폭식을 하는 전대미문의 광경이 펼쳐진 데다, 몇몇 나이든 의사들이 프루그* 혹은 그들이 프루그라고 믿는 춤을 추는 보기 드문 장면이 연출되었기 때문에 더더욱 인상적이었다. 나는 스팽글이 달린 빨간 페이즐리 무늬 드레스를 입고 왈츠를 추며 이 방 저 방 돌아다니면서 바닥에 스팽글을 떨어뜨렸다. 나는 한 번은 에이드리언과, 한 번은 베넷과 춤을 추면서 갈팡질팡했고 가는 곳마다 스팽글을 남겼다.

땅딸막하고 촌스러운 빈의 여자 시장은 아나 프로이트와 다른 분석의들에게 '심심한 감사의 인사'를 전하면서 빈에 그들이 다시 돌아와주어서 얼마나 기쁜지에 대한 헛소리를 지껄여댔다. 물론 1938년도에 정신분석의들이 이곳에서 어떻게 쫓겨났는지에 대한 언급은 결코 없었다. 그때는 그들을 위해 도나우 강의 왈츠를 연주해주는 50인조 오케스트라도 없었고 '심심한 감사의 인사'도 없었으며 무료 슈나프스도 제공되지 않았다.

음식이 준비되자 정장차림의 의사들이 식탁을 바라보며 웅성거렸다.

"빨리! 사람들이 몰려나오고 있어요!"

* 트위스트에서 파생된 춤.

브루클린의 플랫부시 억양에 스카즈데일 사립학교와 뉴스쿨의 분위기가 가미된 나이 지긋한 여자가 소리쳤다.

"옆방에는 벌써 케이크가 나왔대요!"

카나리아 빛깔 노란색 새틴 바지 정장을 입은 90킬로그램짜리 미녀가 모조 다이아몬드를 반짝이며 말했다.

"밀지 마세요!"

눈에 뜨이는distinguished 혹은 멸종된extinguished 외모의 나이 지긋한 의사가 유행에 뒤떨어진 턱시도에 체크무늬 허리띠를 매고 말했다. 그는 칠면조 요리를 향해 돌진하는 여자와 전채 요리를 향해 돌진하는 남자 사이에 끼어 있었다. 테이블 주위에는 온통 은색 포크로 음식을 찍어대는 팔 말고는 아무것도 보이지 않았다. 그 놀라운 광경이 연출되는 동안 주 연회장의 2층 발코니에서 섬세한 바이올린곡이 연주되고 있었다. 높은 천장의 모조 고딕 아치문마다 수천 개의 가짜 촛불이 켜졌고 끈질긴 몇 사람이 불완전한 빈 왈츠에 맞추어 무도회장을 누비고 다녔다. 여행, 모험, 그리고 로맨스! 나는 건강과 행복으로 화사하게 빛났다. 마치 두 명의 다른 남자와 하루에 네 번 섹스한 여자처럼. 그러나 나의 마음은 온갖 모순으로 출렁거렸다. 내가 느끼는 이 모든 모순적 감정들을 도저히 이해할 수 없었다.

때로는 대담해져서 지상에서의 짧은 삶을 사는 동안 내게 주어지는 모든 쾌락을 누릴 권리가 있다는 생각이 들었다. 왜 나는 행복한 쾌락주의가 되어서는 안 되는가? 그게 뭐가 잘못인가? 역사상 삶으로부터 (그리고 남자들로부터) 가장 많은 걸 얻어낸 여자들은 결국 가장 많은 걸 요구한 여자들이었다. 고귀하고 매력 있는 여자처럼 행동하면 남자들도 고귀하고 매력 있는 여자로 대접하고, 발닦개가 되기를 거부하면 그 누구도 밟지 않는다. 비굴한 여자는 짓밟히고 여왕처럼 구는 여자는 여왕대접을 받는다. 그러나 그런 대범함이 잦아들고 나면 이내 쓸쓸함과 절망감에 휩싸였고 결국 두 남자 모두를 잃고 혼자 남을지도 모른다는 두려움에 휩싸였으며, 베넷에게 미안했고 정조를 지키지 못한 나 자신을 비난하면서 내가 저지른 모든 행동을 경멸하게 되었다. 그럴 때면 베넷에게 달려가 용서해달라고 빌고 그의 발치에 무릎을 꿇고 앉아 당장 그의 아이를 열둘 낳겠다고 말하고(그와 나의 결속을 강화하려는 목적으로), 그가 나의 안전을 보장해주기만 한다면 노예처럼 무슨 짓이든 하겠다고 약속하고 싶어졌다. 고분고분하고 역겨울 정도로 달콤한 여자가 되겠노라고, 소위 '여성성'이라는 거짓말로 이 세상에 통용되고 있는 모든 것들의 결정체가 되겠노라고 말하고 싶어졌다.

그러나 그 어느 쪽도 말이 되지 않았고 나 역시 그 점을 잘 알고 있었다. 지배하는 것도 지배당하는 것도, 못된 여자도 노예도, 둘 다 덫이었다. 그 두 가지 모두 결국은 내가 그토록 피하고 싶었던 외로움으로 나를 이끌 뿐이었다. 그렇다면 어떻게 해야 할까. 나는 스스로를 증오하면 자신을 증오하는 나를 또다시 증오하게 되었다. 그리고 절망했다.

사람들 틈에서 나는 계속 에이드리언의 얼굴을 찾았다. 그 누구의 얼굴도 아닌 그의 얼굴만이 나를 기쁘게 했다. 다른 얼굴들은 모두 추잡하고 흉측했다. 베넷은 상황을 정확히 알고 있었고 놀라울 정도로 나를 이해했다.

"당신 꼭 영화 〈지난해 마리앵바드에서〉*의 누구 같군. 정말 그런 일이 일어났을까? 일어나지 않았을까? 그 여자의 정신분석의만이 그 답을 알겠지."

베넷은 에이드리언이 '단지' 나의 아버지를 대변하는 것뿐이라고 생각했고 그렇다면 괜찮다고 생각했다. '단지'. 얼마 전에 상담을 끝낸 콜너 박사는 물론이고 독일인 정신분석의였던 하페 박사의 눈에는, 내가 '해소되지 않은 감정전이'는 물론 오이디푸스적 상황을 '실연'해보이고 있는 것뿐이리라. 그런 것들이라면 베넷은 이해할 수 있었다. 사랑이 아닌 오이디푸스적 감정이라면. 사랑이 아닌 감정전이의 문제라면.

어떻게 보면 에이드리언은 그들보다 더 나빴다.

* 알랭 레네 감독의 프랑스 영화. 거대한 성에서 만난 남녀가 서로 다른 과거의 기억을 떠올리고 현실과 환상, 현재와 과거를 구별할 수 없는 시간의 미궁 속에 빠져든다.

우리는 고딕 아치 밑 계단에서 만났다. 그 역시 온갖 분석을 쏟아냈다.

"당신 계속 우리 둘 사이를 왔다 갔다 하는군. 우리 둘 중 누가 엄마고 누가 아빠지 궁금해."

문득 나는 가방을 챙겨 두 사람 모두에게서 떠나고 싶다는 충동을 느꼈다. 둘 중 한 명을 선택하는 대신 그들 두 사람으로부터 완전히 벗어나야 하는 건 아닐까? 두 사람에게서 벗어나 내가 나를 보호해야 하는 건 아닐까? 이 남자에서 달아나 저 남자에게로 가는 식이 아니라 한 번이라도 혼자 힘으로 살아 보는 것. 그게 왜 이토록 두려울까? 다른 선택들은 그보다 더 두렵지 않은가? 평생 프로이트식 분석을 듣는 것도 그렇고 평생 랭식의 분석을 듣는 것도 그렇다. 그 얼마나 무모한 선택인가! 차라리 광신도 집단이나 사이언톨로지의 미치광이들, 혹은 마르크시스트들과 어울리는 게 낫지. 어떤 이론이건 일체의 유머도 허용하지 않고 전적으로 매달리는 건 미친 사람에게 입히는 구속복이나 마찬가지다. 나는 학문적 이론을 믿지 않았다. 모든 인간적인 것은 불완전하고 궁극적으로는 불합리하다. 그렇다면 무얼 믿느냐고? 나는 유머를 믿는다. 나는 이론을 비웃고 사람들을 비웃고 나 자신을 비웃는 걸 믿는다. 항상 무언가를 비웃고 싶은 욕구 자체도 비웃는다. 나는 삶을 모순적이고 다양한 면을 지닌 무언가로 본다. 다양하면서 재미있고 비극적이고 굉장히 아름다운 순간들이 공존하는 것으로 본다. 과일케이크처럼 자두와 맛없는 땅콩이 뒤섞여 있지만 가끔 땅콩으로 입맛을 버리지 않고는 자두도 먹을 수 없기에 꾸역꾸역 먹어야 하는 무언가로 본다. 에이드리언에게도 그런 얘기를 했다.

"삶이 과일케이크라고! 여전히 구강기에 머물러 있군!"

에이드리언은 내 말을 평한다기보다는 질문에 가깝게 말했다.

"그게 뭐 새로운 얘기야? 그래서 당신은 내 구강기로 뭘 할 건데?"

그가 내게 촉촉하고 질척거리는 키스를 해주었다. 그의 혀는 과일케이크 속의 건포도였다.

"도대체 얼마나 더 이런 식으로 내게 상처를 줄 작정이야? 나라고 계속 참을 순 없어."

호텔로 돌아오자마자 베넷이 물었다.

"미안해."

내가 말했다. 내 말이 너무도 한심하게 들렸다.

"여기서 벗어나야겠어. 뉴욕 행 다음 비행기를 타자. 이런 미친 짓을 계속하고 있을 순 없어. 당신은 지금 무언가에 씌었고 제정신이 아니야. 당신을 집으로 데리고 가야겠어."

"제발, 베넷. 제발, 제발, 제발."

"제발 뭐?"

그가 다그쳤다.

"나도 몰라."

"당신은 그 작자하고 남아 있을 배짱도 없잖아. 그 작자하고 사랑에 빠졌다면 왜 결단을 내리고 영국으로 날아가서 그의 아이들을 만나지 않는 거지? 당신은 그렇게 못하잖아. 당신은 자신이 뭘 원하는지도 몰라."

그가 잠시 말을 멈추었다.

"당장 집으로 돌아가자."

"그래 봐야 무슨 소용이 있어? 당신은 어차피 다시는 날 신뢰하지 않을 텐데. 내가 다 망쳤어. 이제 희망이 없어."

나는 정말 그렇게 믿었다.

"집으로 돌아가서 바로 상담을 받아보자. 당신이 왜 이런 짓을 했는지 이해하고 그 문제를 해결하려고 노력하면 어쩌면 우리 결혼을 지킬 수 있을지도 몰라."

"바로 상담을 받아보자고! 그게 조건이야?"

"날 위해서가 아니라 당신을 위해서야. 그래야 당신이 앞으로 계속 이런 짓을 반복하지 않을 테니까."

"전에 내가 이런 적이 있었어? 당신이 나한테 가혹했을 때, 파리에서 나한테 말 한마디 안 걸었을 때, 독일에서 내가 너무도 불행했을 때, 기댈 누군가가 절실히 필요했을 때, 너무 외로웠지만 당신은 날 밀어냈을 때, 당신이 끊임없이 우울증에 시달렸을 때, 그때도 난 아무도 만나지 않았어. 한 번도 그런 적 없다고. 그때 당신은 날 정말 힘들게 했어. 나하고 결혼하는 게 당신이 정말 원하는 거였는지 모르겠다고 말하곤 했지. 작가하고 결혼하는 걸 원했는지도 모르겠다고. 내가 겪는 고통에 대해 전혀 공감할 수 없다고도 했고. 날 사랑한다고는 한 번도 말해주지 않았어. 내가 원했던 것은 단지 친밀감과 사랑이었기 때문에 나는 울었고 비참해졌지만 당신은 날 의사한테 보냈어. 당신은 정신분석의를 모든 문제의 해결책으로 제시했어. 우리의 친밀감에 조금이라도 위협을 느끼면 당신은 날 의사한테 보냈어."

"정신분석의가 없었다면 당신은 지금 어떻게 됐을까? 아마 아직도 시 한 편을 고치고 또 고치고 있겠지. 여전히 작품은 한 군데도 못 보냈을 거야. 여전히 모든 걸 두려워하고 있겠지. 내가 당신을 처음 만났을 때 당신은 미친 사람처럼 안절부절 못하면서 돌아다니기만 했지 아무것도 제대로 하지 못했어. 이루지 못한 계획들만 무성했지. 내가 당신한테 일할 곳을 주었고 당신이 자신을 미워할 때 격려해 주었어. 당신이 자신을 믿지 않을 때 당신을 믿어주고 정신분석 비용을 대줘서 당신이 그 미치광이 가족들하고 허우적대지 않고 한 인간으로 성장하고 발전할 수 있도록 해주었지. 당신의 모든 문제를 내 탓으로 돌리고 싶으면 그렇게 해. 내가 당신을 지지해주고 격려해주었던 유일한 사람인데, 이런 식으로 은혜를 갚고 싶으면 마음대로 하라고. 그 영국 개자식을 쫓아다니면서 당신이 정말 원하는 게 뭔지 모르겠다고 나한테 징징대다니. 지옥에나 가! 그 자식을 따라서 어디든 가라고! 난 뉴욕으로 돌아갈 테니까!"

"하지만 난 당신을 원해!"

내가 울부짖으며 말했다. 나는 그를 원하기를 원했다. 그 무엇보다도 그걸 원했다. 나는 우리가 함께했던 모든 시간을 생각했다. 우리가 이겨냈던 모든 끔찍한 시간들을 생각했고 서로를 위로하고 격려할 수 있었던 시간들을 생각했다. 나의 일을 지지해주었고 내가 낭떠러지 밑으로 뛰어내릴 준비가 되어 있을 때 나를 잡아주었던 그를 생각했고 그와 함께 견디었던 부대 생활을 생각했다. 우리가 함께 쏟아부은 시간들을 생각했고 우리가 서로에 대해 알고 있는 것들을 생각했다. 우리가 서로의 곁에 머물기 위해 노력했던 시간들을 생각했고 다른 모든 것들이 우리를 저버렸을 때에도 우리를 함께 있게 했던 그 확고한 믿음을 생각했다. 우리가 함께했던 끔찍한 시간들조차도 에이드리언과 내가 나누었던 그 어떤 시간보다 강한 결속처럼 보였다. 베넷은 나의 현실이었다. 그가 냉혹하냐고? 그렇다면 현실이 냉혹한 것이다. 그를 잃고 나면 나는 내 이름마저도 기억할 수 없으리라.

우리는 서로를 끌어안고 울면서 사랑을 나누기 시작했다.

"당신 몸속에 아기를 만들어주겠어."

그가 말하면서 점점 더 깊이 내 속으로 파고들었다.

다음 날 오후 나는 에이드리언과 빈 숲에 담요를 깔고 누워있었다. 나무들 사이로 햇살이 내리쬐고 있었다.

"당신 정말 베넷을 좋아하는 거야? 아니면 그저 그의 장점을 꼽아보고 있는 거야?"

에이드리언이 물었다.

나는 긴 풀잎을 하나 뽑아서 씹었다.

"왜 그렇게 까다로운 질문을 해?"

"전혀 까다롭지 않아. 당신 속이 너무 훤히 들여다보여서 그래."

"잘 됐네."

내가 말했다.

"진심이야. 당신한텐 인생의 재미 따윈 중요하지 않아? 아니면 당신 분석의니, 그 사람 분석의니, 그가 나를 사랑하고 내 병을 사랑한다는 둥 하는 그런 역겨운 논리들 때문에 그래? 당신과 베넷은 둘 다 어지간히 서로한테 징징거리는 것 같아. 어지간히 사과도 하고. 당신은 의무와 책임과 그가 당신한테 해준 일들에 대한 생각으로 가득 차 있어. 당신이 왜 그런 봉사를 해야만 하지? 당신이 무슨 괴물이라도 돼?"

"가끔은 내가 괴물인 것 같아."

"도대체 왜? 당신은 못생긴 여자도 아니고 멍청하지도 않고, 사랑스러운 보지도 있고 아름다운 배꼽, 금발머리, 빈과 뉴욕에서 가장 큰 엉덩이, 순수한 지방덩어리를 갖고 있는데? 도대체 뭘 걱정해?"

그가 강조하려는 듯 내 엉덩이를 움켜잡았다.

"모든 걸 다 걱정해. 난 굉장히 의존적이야. 나는 주기적으로 무너져. 그럴 때면 끔찍한 우울증에 빠져서 숨을 쉬러 수면 위로 올라오지도 않아. 더구나 어떤 남자도 여류 작가하고 얽히고 싶어하지 않아. 부담스러우니까. 글 쓰는 여자들은 요리할 시간에 몽상을 하잖아. 애들 걱정 대신 책 걱정을 하고 집안 청소하는 것도 잊어버리고."

"이런 젠장! 난 당신이 페미니스트인 줄 알았는데!"

"이론이라면 자신 있어. 심지어 페미니즘을 믿어. 하지만 속으로는 내가 《O의 이야기Story of O》*에 나오는 여자 같다고 생각해. 거대한 짐승한테 굴복당하고 싶어. 모든 여자는 파시스트를 사랑한다고 실비아 플라스가 말했잖아.

* 젊고 아름다운 사진작가 O가 자신이 사랑하는 남자를 위해 성적 노예가 될 것을 선택한다는 내용으로, 1954년에 출판된 프랑스의 여류 소설가 폴린 레아주의 작품. 국내에는 〈르네의 사생활〉 이라는 제목으로 영화가 소개됨.

난 요리할 시간에 글을 쓰면서 죄책감을 느껴. 모든 일에 죄책감을 느낀다고. 여자가 죄책감을 느끼게 만들려고 굳이 때릴 필요는 없다, 그게 이성 간의 전쟁에 대한 이사도라 윙의 첫 번째 원칙이야. 여자들이야말로 여자들의 가장 큰 적이니까. 죄책감은 자기 고문의 가장 중요한 무기이고. 테디 루스벨트가 뭐라고 했는 줄 알아?"

"몰라."

"죄책감을 느끼지 않는 여자를 보여달라고. 그러면 나도 진짜 남자가 될 수 있다고."

"테디 루스벨트는 그런 말한 적 없어."

"안 했지. 실은 내가 했어."

"당신은 그저 그 사람이 두려운 거야. 그게 당신의 모습이야."

"누구? 테디 루스벨트?"

"아니, 이 바보! 베넷 말이야. 그런데 당신은 그걸 인정하지 않아. 당신은 그가 떠날까봐 두렵고 당신이 무너질까봐 두려워. 베넷 없이도 살 수 있단 걸 모르고 그걸 확인하는 것조차 두려워해. 왜냐하면 그렇게 되면 당신의 그 시시한 이론이 완전히 무너져버릴 테니까 그게 두려운 거지. 당신을 나약하고 의존적인 존재로 생각하는 걸 멈추어야 하는데 그러기가 싫은 거야."

"내가 완전히 무너져내릴 때 어떻게 되는지 당신이 못

봐서 그래."

"헛소리야."

"당신이 봐야 한다니까. 아마 뒤도 안 보고 달아날걸."

"왜? 그렇게 끔찍해?"

"베넷이 그러던데."

"그럼 그 친군 왜 안 달아났지? 그건 당신을 붙잡아두기 위한 헛소리일 뿐이야. 이봐. 난 마르틴이 무너졌을 때 그 여자하고 한 집에 살았어. 그 여자보다 더 끔찍할 순 없을걸. 좋은 걸 가지려면 때로는 똥을 뒤집어쓰는 것도 감수해야지."

"그거 괜찮은 말이다. 테이프에 녹음해줘."

"비디오테이프는 어때?"

그리고 우리는 오랫동안 키스했다. 키스를 멈추었을 때 에이드리언이 내게 말했다.

"당신은 헛똑똑이야."

"지금까지 내가 들어본 최고의 칭찬이다."

"내가 하고 싶은 말은, 당신은 원하는 걸 뭐든지 가질 수 있는데 그걸 모르고 있단 거야. 온 세상을 손에 쥘 수 있는데도 그걸 몰라. 나와 함께 가면 베넷이 별로 그립지 않을걸. 나하고 여행을 떠나는 거야. 나는 유럽을 발견하고 당신은 자기 자신을 발견하고."

"그게 그렇게 간단해? 언제 떠나는데?"

"내일, 아니면 모레 아니면 토요일. 학회 끝나고 나서."

"어디로 가는데?"

"바로 그거야. 계획은 없어. 무작정 떠나는 거지. 마치 《격노의 포도》에서처럼. 떠돌이 이민자가 되는 거야."

"《분노의 포도》겠지."

"격노."

"하느님의 분노 할 때 그 분노."

"격노."

"이봐요, 당신이 틀렸어. 문학에 문외한이라고 당신도 인정했잖아. 스타인벡은 미국 작가고 《분노의 포도》가 맞아."

"격노."

"알았어. 당신이 틀렸지만 그 얘긴 잊어버리자."

"난 벌써 잊어버렸는걸."

"정말 아무 계획도 없이 떠나잔 거야?"

"우리 계획은 당신이 얼마나 강한지 알아보는 것, 당신이 혼자 힘으로 살아갈 수 있단 걸 믿게 만드는 것. 그 정도 계획이면 충분해."

"베넷은 어쩌고?"

"똑똑한 친구라면 다른 여자를 찾아서 분을 삭이겠지."

"그럴까?"

"나라면 그러겠어. 어쨌든 당신과 베넷은, 카드 패를 좀

석을 때가 된 건 사실이잖아. 평생 서로한테 이렇게 징징거리면서 살 순 없어. 북아일랜드나 방글라데시 같은 곳에선 사람들이 죽어가고 있어. 우린 인생을 즐기며 사는 법을 배워야 한다고. 인생은 즐겁게 살아야 하는 거야. 적어도 인생의 어느 한 시기라도. 당신과 베넷은 둘 다 광신자들 같아. 모든 희망을 버려라! 종말이 다가왔다! 당신들은 걱정하는 것 말고는 아무것도 안 해? 그건 엄청난 낭비야."

"베넷은 당신한테 아주 끔찍한 욕을 하던데."

내가 웃으며 말했다.

"그래?"

"당신이 '부분대상'*이래."

"정말 그랬어? 그 자식이야 말로 '부분대상'이야. 분석하기 좋아하는 개자식!"

"분석하기 좋아하는 건 당신도 마찬가지야. 가끔 난 당신 두 사람 모두에게서 벗어나야 한다는 생각이 들어. 의문의 여성, 난해한 심리학 용어에 질식사하다! 연인과 남편 모두 수사 선상에 올라……."

에이드리언이 웃으며 내 엉덩이를 애무했다. 그것만큼은 난해하지 않았다. 그것만큼은 '전체대상'이었다. 1과 2분

* 심리학에서 '전체대상whole object'과 대비되는 개념으로 인간의 발달 단계에서 한 인간의 전체가 아닌 부분(이를테면 어머니의 젖가슴)을 리비도의 대상으로 삼는 것.

의 1이었다. 에이드리언과 함께 있을 때면 나는 그 어느 때보다도 내 엉덩이가 만족스러웠다. 제발 남자들이 알았으면. 여자들은 하나같이 자기가 못생겼다고 생각한다. 심지어는 예쁜 여자들조차도. 이 사실을 이해하고 있는 남자는 돈 조반니보다 더 많은 여자들과 섹스할 수 있을 것이다. 여자들은 모두 자기 보지가 못생겼다고 생각한다. 자기 몸매에 결함이 있다고 생각한다. 엉덩이는 너무 크고 가슴은 너무 작고 허벅다리와 발목은 너무 굵다고 생각한다. 모델이나 배우들도, 너무 예뻐서 아무 걱정이 없을 것 같은 여자도 항상 걱정한다.

"당신의 통통한 엉덩이를 사랑해. 이런 통통한 엉덩이를 만들기 위해 당신이 먹은 모든 음식들도. 냠냠!"

그가 내 엉덩이를 깨물었다. 이런 식인종 같으니라고!

"당신 결혼생활의 문제점은……."

그가 내 엉덩이에 대고 말했다.

"두 사람이 일만 한다는 거야. 한 번이라도 제대로 즐긴 적 있어?"

"물론 우리도 즐겨. 아얏, 아파!"

"언제?"

그가 일어나 앉았다.

"제대로 즐긴 시간 얘길 해봐."

나는 기억을 더듬어보았다. 파리에서의 싸움. 시실리에

서의 자동차사고. 고대 그리스 유적지에서의 싸움. 어느 아파트로 들어갈지에 관한 싸움. 정신분석 상담을 중단하는 것에 관한 싸움. 스키 타는 것에 관한 싸움. 싸움에 대한 싸움.

"재미있는 일 많았어. 그렇게 추궁하지 마."

"당신은 거짓말쟁이야. 항상 그런 식으로 자신을 속일 거면 지금껏 받은 정신분석은 아무 소용 없는 거야."

"침대에선 좋아."

"그건 아마 내가 아직 당신한테 제대로 섹스를 못 해줘서 그렇겠지."

"에이드리언, 당신 정말 내 결혼을 깨버리고 싶은가 보네. 당신한테 이건 일종의 게임이겠지. 안 그래? 당신은 이런 게임에 끌리는 사람이야. 베넷은 심리학 용어에 끌리는 사람이고. 어쩌면 난 죄책감에 끌리는지도 모르겠어. 당신은 이런 삼각관계에 끌릴 거야. 그게 당신 전공이니까. 마티네가 당신에게 그토록 매력적이었던 건 그 여자가 다른 남자하고 살고 있었기 때문이지? 에스터는 또 누구하고 섹스하고 있지? 당신은 결혼의 저승사자야. 그게 바로 당신이야. 당신은 독수리 같아."

"맞아. 난 썩은 고기를 발견하면 그걸 먹어치우고 싶어. 하지만 이건 당신이 말한 거야. 독수리의 상징은 당신들 거라고. 썩은 고기도 당신 거야. 당신하고 베넷 거."

"당신 말이야. 말은 그렇게 해도 속으론 베넷을 좋아하는 거 같아."

"내가 동성애자인지 아닌지 아직 결론을 못 내렸어."

그가 웃으며 말했다.

"그런 거 같아."

"마음대로 생각해. 즐거운 인생에서 멀어지려면, 계속 고통에 시달리려면 무슨 짓인들 못하겠어? 당신 같은 타입 알아. 유대인 마조히스트. 사실 난 베넷이 마음에 들어. 그자가 중국 마조히스트라는 게 문제지만. 만약 당신이 베넷을 두고 혼자 떠난다면 그를 도울 생각도 있어. 이렇게 인생을 고통스럽게 살아선 안 된다는 걸 가르쳐줄 수도 있겠지. 어쩌면 프로이트를 증인으로 불러세우고서 말이야."

"이대로 떠나버리면 그를 잃을 거야."

"그럼 베넷은 당신이 가질 가치가 없는 사람이야."

"그게 무슨 뜻이야?"

"그렇잖아. 만약 베넷이 떠난다면 베넷은 어차피 당신 남자가 아니었어. 만약 당신을 다시 받아주면, 그건 새로운 시작이 되겠지. 더 이상은 서로에게 아첨할 필요가 없겠지. 죄책감으로 서로를 조종하려 하지도 않을 거고. 어쨌든 당신은 하나도 잃을 게 없어. 더구나 그동안 우리는 아주 멋진 시간을 갖게 될 거야."

에이드리언 앞에서 전혀 내키지 않는 척했지만 사실 나

는 마음이 끌렸다. 그것도 아주 많이. 생각해보면 베넷은 인생을 즐기는 법을 제외하고는 모든 걸 알고 있는 것 같았다. 그에게 인생이란 정신분석의들에게 치료를 받아야만 하는 고질병 같은 것이었다. 어쩌면 고칠 수 없을지도 모른다. 어쨌든 결국엔 죽는다. 아마도 상담실 소파가 어느 순간 나를 둘러싸는 관이 되고 여섯 명의 검은 정장을 입은 분석의들이 나를 들고 열린 무덤 위에서 심리학 용어들을 쏟아낼 것이다.

베넷은 부분대상과 전체대상을 알고, 오이디푸스와 엘렉트라를 알고 학교공포와 밀실공포, 발기부전, 불감증, 부친살해와 모친살해, 남근숭배, 자궁숭배, 훈습과 자유연상, 애도와 우울, 정신내적 갈등과 정신외적 갈등, 질병분류학과 인과관계학, 노인성 치매와 조발성 치매, 투사와 내사, 자기분석과 그룹치료, 증상형성과 증상악화, 건망증과 기억상실증, 병리학적 눈물과 꿈속의 웃음, 불면증과 수면과다, 노이로제와 정신이상을 줄줄 꿰고 있지만 웃음과 농담, 재치와 익살, 포옹과 키스, 노래와 춤, 인생을 살만하게 하는 한마디에 대해서는 전혀 모르는 것 같았다. 마치 분석을 통해 삶을 행복한 것으로 만들 수 있다는 듯이. 분석이 있는 한 웃음 없이도 살아갈 수 있다는 듯이. 에이드리언에게는 웃음이 있었고 그 웃음을 위해서라면 나는 영혼이라도 팔 수 있을 것 같았다.

미소. 미소가 삶의 비밀이라고 누가 말했던가. 에이드리언에게는 특유의 미소가 있었다. 나도 늘 웃었다. 우리가 함께 있을 때 웃음만으로 무엇이든 이겨낼 수 있을 것 같은 기분이 들었다.

"당신은 그 작자한테서 벗어나야 해. 다시 정신분석을 받아봐. 베넷은 당신한테 도움이 안 돼."

베넷이 말했다.

"맞아."

내가 대답했다. 방금 내가 뭐라고 했지?

맞아, 맞아, 맞아. 베넷도 옳았고 에이드리언도 옳았다. 남자들은 항상 내가 그들의 의견에 동의하기 때문에 나를 좋아했다. 단지 립서비스는 아니었다. 그 말을 하는 순간만큼은 진심으로 동의했다.

"학회 끝나면 바로 뉴욕으로 돌아가자."

"좋아."

내가 말했다. 진심이었다.

나는 베넷을 바라보면서 내가 그를 얼마나 잘 알고 있는지 생각했다. 그는 가끔 거의 광적으로 심각하고 진지했지만 그게 바로 내가 그를 사랑하는 이유였다. 그가 믿을 수 있는 남자라는 것. 인생을 노력과 굳은 의지로 풀 수 있는 퍼즐이라고 보는 믿음. 나는 에이드리언의 웃음에 공감하는 만큼 베넷의 그런 믿음에 공감했다. 나는 베넷을 사랑했고 그 사실을 알고 있었다. 내 삶이 에이드리언이 아닌 그의 곁에 있다는 것도. 그렇다면 무엇이 나를 이토록 강하게 끌어당기며 베넷을 두고 에이드리언과 떠나고 싶게 만드는 것일까? 왜 에이드리언의 지적들이 뼛속 깊이 파고드는 것일까?

"당신 그 자식하고 잘 수도 있었을 거야. 그동안 내가 당신을 별로 구속하지 않았으니까."

베넷이 말했다.

"알아."

내가 고개를 떨어뜨렸다.

"혹시 날 골탕 먹이려고 이러는 거야? 나한테 아주 많이 화가 나 있어서?"

"그 사람 대체로 발기부전이야."

내가 말했다.

이제 나는 두 사람 모두를 배신했다. 에이드리언에게 베넷의 비밀을 말하고 베넷에게는 에이드리언의 비밀을 말하고 이쪽저쪽으로 말을 옮기고 다녔다. 그리고 그 누구보다도 나 자신을 배신했다. 나는 배신자로서의 본색을 드러내고 말았다. 나는 정말 신의라고는 없는 여자일까? 죽고 싶었다. 나 같은 배신자는 죽어 마땅하리라.

"발기부전일 거라고 생각했어. 아니면 동성애자이거나. 어쨌건 여자를 증오하는 게 분명해."

"당신이 어떻게 알아?"

"당신을 보면 알지."

"베넷, 내가 당신을 사랑한다는 건 알아?"

"알아. 그래서 더 힘들어."

우리는 서로를 바라보며 서 있었다.

"가끔은 나도 늘 심각하게 사는 게 지겹단 생각이 들어. 나도 웃고 싶어. 나도 재미있게 살고 싶어."

내가 말했다.

"내 우울함이 결국 사람들을 다 밀어내나봐."

그가 서글픈 목소리로 말했다. 그러고 나서 자신이 밀어낸 모든 여자들을 열거했다. 나는 그들 모두를 알고 있었다. 나는 두 팔로 그를 끌어안았다.

"당신 몰래 바람을 피울 수도 있었어. 친구들 중에 바람 피우는 여자들도 많아."

사실, 꾸준히 바람을 피우는 여자는 겨우 세 명을 알고 있었다.

"하지만 당신 몰래 바람을 피우면 더 끔찍할 거야. 은밀한 삶을 유지하면서 마치 아무 일도 없었던 듯 집으로 돌아와 당신을 본다면, 그건 더 견디기 힘들 거야. 적어도 난 그런 짓은 도저히 못 해."

"당신이 얼마나 외로웠는지 내가 이해했어야 했는지도 몰라. 어쩌면 다 내 잘못인지도 몰라."

그러고 나서 우리는 사랑을 나누었다. 나는 베넷이 다른 사람인 척 상상하지 않았다. 그럴 필요가 없었다. 그 순간 내가 원한 사람은 베넷이었으니까.

훗날 나는 생각했다. 그가 틀렸다고. 우리의 결혼생활은 나의 잘못이었다. 만약 내가 그를 진정으로 사랑했다면 그의 슬픔에 압도당해 거기서 달아나는 대신 그의 슬픔을 치유할 수 있어야 했다.

"결혼보다 더 단단한 결속은 없어."

내가 말했다.

"그 결혼으로 당신을 끌어들인 사람은 나였어."

그리고 우리는 잠이 들었다.

"너무 잘 이해해주니까 기분이 더 나빠. 젠장, 죄책감이 느껴진다고!"

"그게 뭐 새로운 일인가?"

에이드리언이 물었다.

우리는 그린징에서 조그맣고 매혹적인 새 수영장을 발견했다. 뚱뚱한 독일인들이 상대적으로 덜 눈에 띄는 곳이었다. 우리는 수영장 가장자리에 앉아 맥주를 마셨다.

"내가 따분해? 내가 계속 똑같은 말을 되풀이하고 있어?"

형식적인 질문이었다.

"응. 하지만 난 당신이 날 따분하게 하는 게 좋아. 다른 사람이 날 재미있게 해줄 때보다 더 재미있거든."

"우리가 나누는 대화의 흐름이 좋아. 당신을 감동시키려고 노력하지 않고 내가 생각하는 걸 뭐든 다 말할 수 있으니까."

"그건 거짓말이야. 어제만 해도 당신은 내가 제대로 하지도 못했는데 섹스를 잘했다고 했잖아."

"그건 그래."

내가 얼른 인정했다.

"하지만 당신이 하고 싶은 말이 뭔지는 알아. 우린 말이 잘 통해. 별로 부딪치지도 않고. 에스터는 길고 우울한 침묵에 빠져들곤 했는데, 그럴 때 무슨 생각을 하는지 통 알 수 없었어. 하지만 당신은 열려 있어. 앞뒤가 안 맞긴 하지만 그게 싫지 않아. 인간적이니까."

"베넷도 긴 침묵에 빠져들곤 해. 난 차라리 베넷도 앞뒤가 안 맞았으면 좋겠는데, 베넷은 너무 완벽해. 확실하지 않은 말은 절대 하지 않아. 그런데 난 그런 식으로 살 순 없어. 항상 확실한 말만 하면서……. 오직 죽음만이 확실하잖아."

"수영 한 번 더 하자."

에이드리언이 말했다.

"왜 그렇게 화가 났지?"

그날 밤 늦게 베넷이 물었다.

"당신이 날 소유물 취급하는 것 같아서. 나의 감정에 전혀 공감을 못 한다고 말해서. 한 번도 사랑한다고 말해주지 않아서. 한 번도 오럴섹스를 해주지 않아서. 당신의 모든 불행을 내 탓으로 돌려서. 툭하면 긴 침묵에 빠져들고 결코 나한테 위로할 틈을 주지 않아서. 내 친구들을 모욕해서. 모든 인간과의 교류를 스스로 차단해서. 내가 질식해 죽을 것 같은 기분이 들게 만들어서."

"당신 엄마가 당신을 질식시켰지. 내가 아니라. 난 당신이 원하는 모든 자유를 주었어."

"그건 성립되지 않는 말이야. 누군가가 나한테 자유를 주어야 내가 누릴 수 있는 거라면 난 이미 자유롭지 않은 거니까. 나에게 자유를 '주는' 당신이 도대체 뭔데?"

"완전하게 자유로운 사람을 한 명만 대봐. 누가 있지? 한 명이라도 있나? 당신 부모가 당신을 질식시켰어! 내가 아니라! 당신은 항상 당신 엄마가 한 짓을 나한테 뒤집어씌워."

"어떤 식으로든 내가 당신을 비판할 때마다 당신은 늘 새로운 정신분석학적인 해석을 들이대지. 매번 우리 엄마 아니면 우리 아빠야. 우리 사이의 무언가가 아니고. 우리 얘기만 할 순 없어?"

"나도 그럴 수 있으면 좋겠어. 하지만 그렇지가 않은걸. 당신이 인정하건 안 하건, 당신은 늘 어린 시절 모습을 표출하고 있잖아. 에이드리언 굿러브하고 당신이 지금 무슨 짓을 하고 있다고 생각해? 그자는 꼭 당신 아버지를 닮았어. 눈치 챘는지 모르겠지만."

"눈치 못 챘어. 그 사람은 우리 아빠하고 하나도 안 닮았으니까."

베넷이 코웃음을 쳤다.

"웃기시네."

"그 사람이 우리 아빠를 닮았는지 안 닮았는지, 그 문제를 놓고 실랑이할 생각 없어. 하지만 당신은 지금 처음으로 감정 표현을 하고 있어. 나한테 조금이라도 관심이 있고 나를 조금이라도 사랑한다는 표현을. 당신 눈앞에서 내가 다른 남자하고 섹스하지 않는 한 당신은 눈 하나 깜빡하지 않을 사람이야. 정말 웃기지 않아? 당신의 그 정신분석 이론이 그 점에 대해선 뭐라고 안 해? 아마 그건 당신의 오이디푸스 문제겠지. 아마 내가 당신의 어머니를 닮았고 에이드리언은 당신의 아버지를 닮았겠지. 우리 다 같이 한자리에 모여서 한번 토론해볼까? 솔직히 난 에이드리언이 당신을 좋아하는 것 같아. 난 단지 중개인일 뿐이고. 에이드리언이 정말 원하는 건 당신이야."

"하나도 놀랍지 않군. 내가 그랬잖아. 동성연애자라고."

"우리 모두 같이 자면서 알아보면 어떨까?"

"됐어. 하지만 그게 정말 당신이 원하는 거라면 나 때문에 못했다고 핑계 대진 마."

"안 그럴 거야."

"맘대로 해."

내가 처음 들어본 열정을 담아 베넷이 말했다.

"그 작자하고 떠나! 아마 진지한 일은 다시는 못할걸. 이렇게 오랫동안 당신 곁을 지켜줄 수 있는 남자는 나뿐이니까. 어서 떠나! 당신이 자신을 완전히 망가뜨려서 앞으로 다시는 의미 있는 일을 못하게 되더라도!"

"새로운 경험을 그렇게 두려워해서야 어떻게 재미있는 글감이 생기겠어?"

에이드리언이 물었다.

나는 그에게 함께 가지 않겠다고, 베넷과 함께 집으로 돌아가겠다고 통보한 터였다. 우리는 대학 근처에 주차한 에이드리언의 차에 앉아 있었다(베넷은 '대집단의 공격성'에 관한 회의에 참석 중이었다).

"난 항상 새로운 경험을 추구해. 바로 그게 문제야."

"헛소리하지 마. 당신은 겁에 질린 어린 공주야. 당신의 모든 걸 변화시킬 경험을 하게 해주겠다는데도, 당신이 글로 쓸 만한 경험을 하게 해주겠다는 데도, 당신은 달아나잖아. 다시 베넷에게로, 다시 뉴욕으로. 안전하고 시시한 결혼의 굴레로. 젠장, 결혼생활이란 게 결국 이런 거라면 결혼을 안 해서 천만다행이군. 난 당신이 배짱이 두둑한 여잔 줄 알았어. 당신이 쓴 감각적이고 에로틱한 시들을 읽고 나서 적어도 이것보단 나은 여잔 줄 알았다고."

그가 경멸스럽다는 듯 나를 쳐다보았다.

"실제로 감각적이고 에로틱한 삶을 살고 있다면 지겨워서 그런 글을 못 썼을 거야."

내가 변명했다.

"당신은 가짜야. 완전히 가짜야. 스스로 성장하지 않으면 정말 가치 있는 건 아무것도 가질 수 없어. 용기야말로 첫 번째 원칙이야. 그런데 당신은 겁에 질려 있어."

"날 괴롭히지 마."

"누가 당신을 괴롭힌다고 그래? 난 당신하고 동등한 입장에서 얘기하는 거야. 진정한 용기를 모르고선 제대로 된 글을 쓸 수 없어."

"그러는 당신은 뭘 아는데?"

"당신 작품들을 좀 읽어봤는데, 거기 당신 자신의 조각들이 들어 있더군. 자칫하면 온갖 종류의 욕구불만자들이 열광하겠던데? 이 세상의 모든 정신병자들이 당신의 세계로 뛰어들 거라고."

"어느 정도는 이미 일어나고 있는 일이야. 내 시들은 균형 감각을 잃은 마음들의 행복한 사냥터니까."

나는 조이스를 인용하고 있었지만 무식한 그가 그 사실을 알 리 없었다. 첫 시집이 출간된 이후, 내가 시에 쓴 내용들을 실제로 전부 해본 건 물론이고 어디서든 누구하고라도 그런 짓을 할 수 있을 거라고 넘겨짚은 남자들로부터 수많은 괴상한 편지와 전화를 받았다. 어느 순간 작게나마 나는 일종의 공동 소유물이 되었다. 묘한 기분이었다. 어떻게 보면 작가들은 세상을 유혹하기 위해서 글을 쓴다. 그러나 막상 그 유혹이 성공하면 갑자기 창녀가 된 것 같은 기분이 든다. 당신의 실제 삶과 작품 사이의 간극은 갑자기 너무도 커진다. 더구나 당신의 작품에 매료된 사람들은 온갖 잘못된 이유로 매료된다. 아니, 어쩌면 그들의 이유가 옳은 것일까? 이 세상의 모든 미치광이들이 정말로 당신의 전화번호를 알고 있을까? 단지 전화번호만 알고 있는 것은 아닐 것이다.

"당신과 나 사이에 뭔가 좋은 일이 일어나고 있다고 생각했는데, 이제 끝이야. 당신이 완전히 겁에 질려 있으니까. 당신한테 실망했어. 하긴 여자한테 실망하는 게 이번이 처음은 아니지. 첫날, 접수 데스크에서 실랑이를 벌이는 모습을 보고 난 생각했지. 멋진 여자로군. 진정한 투사야. 가만히 누워서 주는 대로 삶을 받아먹는 여자가 아니야. 하지만 내가 틀렸어. 당신은 모험가가 아니라 공주야.

당신의 안락한 결혼생활을 흔들어놓으려 했던 날 용서해."

자신의 말을 강조하기 위해 그가 시동을 걸었다.

"에이드리언, 이 씨발놈."

한심한 반격이었지만 그 말밖엔 생각이 나지 않았다.

"나랑 씹하지 말고, 집에 가서 당신 혼자 씹하셔. 여가 시간에 글을 쓰는 그 안락한 부르주아 아내 자리로 돌아가!"

너무도 잔인한 말이었다.

"그러는 당신은 뭔데? 여가 시간에 실존주의자인 척하고 돌아다니는 안락한 부르주아 의사?"

나는 거의 고함을 지르고 있었다.

"마음대로 소리 질러. 그런 건 전혀 거슬리지 않으니까. 당신한테 내 삶을 설명해야 할 이유는 없어. 나는 내가 뭘 하는지 알아. 우유부단한 건 바로 당신이야. 이사도라 덩컨이 될지, 젤다 피츠제럴드*가 될지, 마저리 모닝스타**가 될지 결정 못하고 있는 건 바로 당신이라고."

극적인 효과를 더하려 요란한 엔진 소리를 내며 그가 말했다.

"집으로 데려다줘."

* 《위대한 개츠비》의 작가 프랜시스 스콧 피츠제럴드의 아내. 작가이자 발레리나였으며 스콧 피츠제럴드는 그녀의 사치와 허영을 충족시키기 위해 소설을 썼다. 남편이 가난으로 죽은 뒤 자살함.

** 스타의 꿈에 부푼 유대 처녀의 꿈을 그린 허먼 오크의 동명 소설의 여자 주인공.

"기꺼이 모셔다드리지. 당신 집이라는 게 도대체 어딜 말하는 건지만 알려준다면."

우리는 한동안 말없이 앉아 있었다. 에이드리언은 계속 엔진을 공회전시키면서도 출발할 생각은 하지 않았고 나는 나의 두 악마에 의해 갈기갈기 찢긴 채 침묵 속에 앉아 있었다. 여가 시간에 글이나 쓰는 가정주부가 되어야 할까? 그게 내 운명일까? 내게 주어진 모험의 기회를 계속 저버려야 할까? 내 인생을 거짓말로 살아갈 것인가? 나의 환상과 나의 삶을 단 한 번이라도 일치시킬 순 없을까?"

"만약 내가 마음을 바꾼다면?"

내가 물었다.

"너무 늦었어. 당신이 이미 다 망쳤어. 다 틀어졌다고. 솔직히 이제 나도 당신을 데려가고 싶은지 확신이 없어."

"당신 정말 까다로운 사람이네. 한순간 좀 우유부단했다고 그렇게 쉽게 날 포기하다니. 당신은 내게 모든 걸 다 버리라고 요구하고 있어. 내 삶, 내 남편, 내 일. 그리고 한순간의 망설임도 없이 당신을 따라 유럽을 돌아다니면서 실존주의를 실천하고 모험을 하기를 원하고 있어. 만약 당신이 날 사랑한다면……."

"사랑 문제를 끌어들여서 엉망으로 만들지 마. 사랑은 하나의 도피일 뿐이야. 사랑이 도대체 무슨 상관이지?"

"모든 것과 상관이 있지."

"헛소리하고 있네. 당신은 사랑을 말하지만 사실 당신이 말하는 건 안전이야. 그런데 사실 이 세상에 안전이란 존재하지 않아. 만약 당신이 안전한 남편과 함께 안전한 집으로 돌아간다 해도 당신 남편은 이튿날 심장마비로 죽을 수도 있고 다른 여자하고 눈이 맞을 수도 있고 당신을 사랑하지 않게 될 수도 있어. 우리가 미래를 알 수 있나? 운명을 예측할 수 있나? 당신이 생각하는 안전이 정말 안전일까? 확실한 건 이번 기회를 놓치면 다시는 당신한테 이런 기회가 없을 거란 거야. 죽음만이 확실하지. 어제 당신이 말한 것처럼."

"내 말 안 듣는 줄 알았는데."

"당신은 날 너무 몰라."

그가 운전대를 바라보며 말했다.

"에이드리언, 당신 말이 다 옳아. 사랑에 관해서만 빼고. 사랑은 중요해. 베넷이 날 사랑하고 당신은 날 사랑하지 않는다는 사실은 나한텐 중요해."

"그럼 당신은 누굴 사랑하는데? 그런 생각은 해봤어? 아니면 누구를 기만하고 조종할 수 있는지를 묻는 건가? 누가 당신한테 더 많은 걸 주는지를 묻는 건가? 결국 돈이 문제야?"

"말도 안 돼."

"그래? 당신은 내가 가난하다는 거, 책을 쓰는 데는 관심이 있지만 약을 처방하는 데는 관심이 없다는 걸 알고 있어. 난 당신네 돈 많은 미국인 의사들과는 달라."

"오히려 그 반대야. 당신의 가난은 나의 반 속물근성을 자극해. 난 당신의 가난이 좋아. 더구나 당신은 로니 랭처럼 잘하고 있고 앞으론 가난하지 않을 거야. 당신은 아주 멀리 갈 거야. 사이코패스들은 항상 그러니까."

"꼭 베넷처럼 말하는군."

"당신이 사이코패스란 점에 대해서는 우리 둘 다 의견이 일치했어."

"우리, 우리, 우리. 점잖은 척하는 신문 사설에나 나올 법한 '우리'. 젠장, 따분한 결혼생활을 하면서 '우리' 같은 말 따위나 쓰는 게 그렇게 좋은가? 하지만 그런 게 예술에 조금이라도 보탬이 될까? 안락함은 예술을 망가뜨리지 않을까? 이제 그만 인생을 바꿀 때도 되지 않았나?"

"이아고*. 당신은 이아고야. 아니면 에덴동산에 나오는 뱀이거나."

"만약 당신이 사는 세상이 천국이라면 내가 천국에 가보지 못해서 정말 다행이야."

"그만 돌아갈래."

"어디로?"

* 셰익스피어의 《오셀로》에 나오는 음험하고 간악한 인물.

"천국으로. 안락한 결혼생활의 따분함으로, 나의 사설체 '우리'로, 나의 예술성을 망가뜨리는 생활로. 나한텐 그런 것들이 마약처럼 절실하게 필요해."

"당신이 베넷한테 싫증이 날 때 마약처럼 나를 절실히 필요로 하는 것과 같은 이치겠지."

"당신이 말했잖아. 이제 끝이라고."

"그래 끝이야."

"그럼 어서 호텔로 데려다줘. 곧 베넷이 돌아올 거야. 또 늦고 싶진 않아. 베넷은 지금 '대집단 속의 공격성'에 관한 논문 발표를 들은 직후라 무슨 생각을 하고 있을지 몰라."

"우린 소집단이잖아."

"맞아. 그래도 혹시 모르지."

"베넷이 개 패듯 패주면 좋겠지? 그러면 그가 당신을 괴롭힌단 생각이 들 텐데."

"어쩌면."

나는 어느새 에이드리언의 냉정을 흉내 내고 있었고, 그것이 그를 화나게 만들고 있었다.

"우리 다 같이 해보는 건 어떨까. 당신과 나 그리고 베넷. 3인조로 유럽 대륙을 누비고 다니는 거야."

"난 괜찮은데, 베넷을 설득하기가 쉽지 않을 걸. 베넷은 여가 시간에 글이나 끼적이는 여자하고 결혼한 부르주아 의사일 뿐이거든. 당신처럼 아무하고나 섹스하지 않아. 이제 그만 날 데려다줘."

그가 이번에는 제대로 시동을 걸고 차를 출발했다. 우리는 익숙한 빈 뒷골목을 헤매고 다녔고 이번에도 모퉁이를 돌 때마다 길을 잃었다. 10분 정도 길을 헤매면서 우리는 다시 기분이 좋아졌다. 우리는 서로의 한심한 행동에 즐거워했다. 물론 오래 지속될 순 없겠지만 그 순간만큼은 황홀했다. 에이드리언이 차를 멈추고 몸을 숙여 내게 키스했다.

"돌아가서 오늘밤 함께 보내자."

에이드리언이 말했다.

나는 잠시 속으로 실랑이를 했다. 나는 도대체 뭘까? 겁에 질린 가정주부?

"좋아."

내가 말했다. 그리고 그 말을 내뱉은 순간 곧바로 후회했다.

그뒤로 이어진 밤은 또 하나의 꿈같은 흐릿함으로 남아 있다. 우리는 링슈트라세 부근의 노동자 카페에서 맥주를 마시며 키스하고 또 키스했고 맥주를 그의 입에서 나의 입으로, 나의 입에서 그의 입으로 주고받았고 어떤 술주정뱅이 노파가 미국의 우주개발계획을 비판하면서 달에 쏟아부을 돈이 있으면 지구에 쏟아부어야 한다고(아마도 화장터

건설에?) 열변을 토하는 걸 들었고 야외 레스토랑에서 식사를 했고(저녁 먹는 내내 키스하면서) 정열적인 입으로 서로에게 소고기간 완자와 소고기 커틀릿을 먹였고 술에 진탕 취한 상태로 에이드리언의 숙소로 돌아와 처음으로 제대로 사랑을 나누었다.

"당신을 사랑하는 거 같아. 만약 내가 사랑을 믿는다면."

나와 섹스하면서 그가 말했다.

자정이 되자 나는 호텔에서 여섯 시간째 기다리고 있을 베넷을 떠올렸고 침대에서 일어나 아래층으로 내려가 안내 데스크의 졸린 안내원에게 2실링을 빌려 그에게 전화했다. 그는 외출 중이었다.

나는 '아침에 만나'라고 메시지를 남긴 뒤 내 전화번호와 주소를 남겼다. 그러고 나서 다시 돼지처럼 코를 고는 에이드리언에게로 돌아왔다.

나는 한 시간 정도 번민에 휩싸인 채 뜬눈으로 누워 있었다. 에이드리언이 코고는 소리를 들었고 부정한 나 자신을 증오했다. 아무리 애를 써도 다시 잠들 수 있을 정도로 마음이 편안해지지 않았다. 1시가 되자 방문이 열리고 베넷이 들어왔다. 그를 본 순간 나는 그가 우리 둘 다 죽일 거라고 생각했다. 차라리 잘됐다 싶었다. 나는 죽어도 싼 여자니까. 에이드리언 역시 마찬가지였다.

그런데 베넷은 옷을 벗었고 에이드리언 바로 옆에서 거

칠게 내게 섹스했다. 기이한 공연이 펼쳐지자 에이드리언이 우리를 지켜보았다. 마치 유난히 폭력적인 장면을 지켜보는 권투 팬처럼 그의 두 눈이 반짝였다. 베넷이 절정에 달한 뒤 내 몸 위에 쓰러지자 에이드리언이 몸을 숙여 그의 등을 어루만졌다. 베넷은 미동도 하지 않았다. 우리 세 사람은 서로 뒤엉킨 채 땀을 흘리며 잠들었다.

나는 이 일을 최대한 간결하게 묘사했다. 재미를 더하기 위해 내가 덧붙이는 말들이 자칫 그 일을 더 충격적으로 만들 수도 있으니까. 그 모든 상황이 대화 한마디 없이 전개되었다. 마치 팬터마임처럼. 몇 년 동안 각자 자신의 역할을 연습해 완전히 몸에 뱄다는 듯. 우리는 환상 속에서 여러 번 했던 일을 실현한 것뿐이었다. 그 모든 사건, 내가 나의 주소를 남겨놓은 것부터 에이드리언이 베넷의 아름다운 갈색 등을 어루만지는 장면까지, 그리스 비극처럼, 아니면 〈펀치와 주디 인형극〉*처럼, 도저히 피할 수 없는 일이었다. 어떤 세부사항들은 기억이 난다. 에이드리언의 쌕쌕거리는 콧소리, 방으로 들어오는 순간의 베넷의 얼굴, 그리고 그 순간 나의 표정, 서로의 품에서 잠든 세 사람, 우리의 뒤섞인 피를 빨아먹던 커다란 모기 한 마리가 자꾸

* 줄에 매단 인형을 이용하여 아내인 주디와 늘 싸우는 펀치에 대한 이야기를 들려주는 영국의 전통 아동극.

만 나를 물어서 깨우던 일. 나는 이른 아침의 여명 속에서 모기를 깔아뭉개 로르샤흐 테스트*를 만들어놓았다. 마치 난잭이 여자의 생리혈 자국처럼.

아침이 되자 우리는 서로를 놓아주었다. 아무 일도 일어나지 않았다. 간밤의 일은 꿈이었다. 우리는 바로크식 계단을 내려갔다. 마치 제각기 다른 방에서 묵었다가 계단에서 서로 처음 만난 것처럼.

다섯 명의 영국인과 프랑스인 참석자들이 아래층 홀에서 식사하고 있었다. 그들 모두가 마치 한 사람처럼 일제히 우리를 쳐다보았다. 나는 그들을 조금 지나치다 싶게 반겼다. 빨간 머리에 콧수염을 기른, 끔찍한 런던 사투리의 영국 남자 루번 핑켈을 특히 더 반겼다. 그는 마치 험버트 험버트**처럼 곁눈질을 하면서 에이드리언과 나를 수영장에서 그리고 술집에서 여러 번 놀라게 했다. 가끔은 그가 망원경을 들고 우리를 미행한다는 생각이 들었다.

"안녕하세요, 루번 씨."

내가 말했다.

에이드리언도 인사를 나누었지만 베넷은 아무 말도 하지 않았다. 그는 혼수상태에 빠진 듯 계속 앞으로 걸어갔

* 잉크 얼룩 같은 도형을 해석시켜 사람의 성격을 판단하는 인격진단법.

** 나보코프의 소설 《롤리타》의 남자 주인공. 자신의 수양딸인 열두 살 소녀에게 성적인 열정을 느끼고 사랑에 빠짐.

다. 에이드리언도 그의 뒤를 따랐다. 문득 두 남자 사이에 전날 밤 다른 일이 더 있었던 건 아닐까 생각했지만 얼른 그 생각을 접었다. 하지만 왜일까.

에이드리언이 우리를 다시 호텔로 데려다주겠다고 했지만 베넷은 퉁명스럽게 거절했다. 그런데 도무지 택시를 잡을 수가 없었고, 베넷은 결국 받아들였다. 에이드리언에게는 한마디 말도, 심지어는 고갯짓조차 하지 않은 채. 에이드리언이 어깨를 으쓱하고는 핸들을 잡았다. 나는 난쟁이나 들어갈 크기의 뒷좌석에 몸을 구겨넣었다. 베넷이 방향을 일러주었기 때문에 이번에는 길을 잃지 않았다. 그러나 호텔로 돌아가는 길 내내, 방향을 일러주는 베넷의 목소리 외에는 줄곧 끔찍한 침묵이 흘렀다. 나는 얘기하고 싶었다. 우리에게 아주 중요한 사건이 일어났고 이제 아무 일도 없었던 척해봐야 소용없다. 이것은 우리의 관계를 이해하는 출발이 될 수도 있지만 베넷은 필사적으로 그 사실을 부정하고 있었다. 에이드리언 역시 별 도움이 되지 않았다. 정신분석이니 자기분석이니 그들이 했던 얘기들은 순 헛소리였다. 그들의 삶에서 진정으로 의미 있는 사건에 직면했을 때 그들은 그 사실을 얘기조차 할 수 없었다. 타인의 삶은 얼마든지 분석할 수 있으리라. 누군가의 동성애적 욕망, 누군가의 오이디푸스적 삼각관계, 누군가의 간통은 분석할 수 있으리라. 그러나 정작 그들 자신의 경험 앞에선 모두 할 말을 잃었다. 두 사람은 마치 목 옆의 어느 보이지 않는 지점에서 서로 붙어버린 샴쌍둥이처럼 앞만 보았다. 피로 맺어진 형제. 그리고 그 두 사람들을 망가뜨린 여동생. 두 사람을 타락시킨 여자. 판도라와 그녀의 사악한 상자.

9
판도라의 상자 혹은 나의 두 엄마

여자는 곧 그 어머니이다.
중요한 건 바로 그것이다.

_ 앤 섹스턴

물론 이 모든 것은 나의 엄마로부터 시작되었다. 나의 엄마. 주디스 스톨로프 화이트. '주드' 라고도 불린다. 엄마에 대한 나의 감정은 전혀 모호하지 않지만 글로 옮기기란 결코 쉽지 않다. 엄마에 대한 나의 사랑과 증오는 너무도 심하게 뒤엉켜 있어서 엄마 자체의 모습은 거의 보이지 않을 지경이다. 엄마와 나. 나는 그 둘을 결코 분리하지 못하리라. 엄마가 나이고 내가 엄마이고 우리는 하나다. 우리를 연결하고 있는 탯줄은 한 번도 끊어진 적이 없어서 부패되고 검은 색으로 변했다. 서로를 끔찍이도 필요로 한다는 바로 그 사실이 우리로 하여금 서로를 경멸하게 만들었다. 우리는 서로 잡아먹지 못해 안달이다. 서로를 사랑으로 목 조르려 한다. 그리고 실제로 그런 일이 일어나기 전에 겁에 질려 서로에게서 달아나려 한다.

엄마를 생각할 때면 나는 알렉산더 포트노이*가 부럽다. 내게도 진짜 유대인 엄마가 있었더라면. 쉽게 분류되고 정의될 수 있는 사람. 내 글의 영감이 되어줄 만한 사람. 나는 늘 작가의 가족들이 부러웠다. 고상하고 귀족적이며 옷장 한가득 온갖 가족의 비화를 품고 있었던 나보코프, 로웰, 투치. 유월절 와인처럼 끈끈하고 마초볼 수프**처럼 걸쭉한 부모를 두었던 로스, 벨로, 프리드먼.

나의 엄마는 '조이' 혹은 '디오르시모'의 향기를 풍겼고 요리는 별로 하지 않았다. 엄마가 내게 가르쳐준 것들을 정리하자면 다음 두 가지로 집약할 수 있다.

1. 무슨 일이 있어도 결코 평범해지지 마라.
2. 이 세상은 약탈로 가득 찬 곳이다. 더 빨리 먹어라.

* 필립 로스의 소설 《포트노이 씨의 불만》에 나오는 유대인 주인공. 전형적인 유대인 어머니를 두었음.

** 유대인들이 즐겨먹는 음식으로, 이스트를 넣지 않은 빵으로 빚은 경단을 넣은 수프.

'평범'이란 엄마에게 가장 끔찍한 모욕이었다. 언젠가 나를 데리고 쇼핑을 갔을 때, 삭스 백화점 여직원이 옷인지 신발인지가 굉장히 유행이어서 이번 주에만 벌써 50개가 팔렸다고 말한 순간 엄마의 얼굴에 나타난 경멸을 나는 기억한다. 엄마는 더 이상 얘기를 들을 필요조차 없었다.

"우린 그런 거 관심 없어요. 좀 특이한 건 없어요?"

그러자 점원이 아무도 사지 않을 것 같은 희한한 색 옷들을 가지고 왔다. 우리 엄마가 아니면 곧바로 세일 상품이 되어버릴 것들.

엄마와 나는 툭하면 다투었다. 엄마가 특별하고 싶었던 만큼 나는 평범하고 싶었다.

"네 헤어스타일 도저히 못 봐주겠다."

나는 피아와 함께 미장원에 갔다가 〈세븐틴〉 잡지에 나오는 것처럼 안으로 머리를 말았다.

"너무 평범하잖아."

보기 흉한 것도 아니었다. 어울리지 않는 것도 아니었다. 단지 평범했다. 엄마에게 평범함은 어떻게든 물리쳐야 하는 역병과도 같았다. 수시로 관리해서 평범함을 떨쳐버려야만 했다. 실제로 엄마는 미국의 모든 인테리어 장식가들이(의류와 액세서리 디자이너들도 포함해서) 첩보단을 조직해야 한다고, 그래서 엄마의 실내장식과 드레스 디자인 아이디어를 훔쳐내 신속하게 상품화해야 한다고 믿고 있었다. 물론 엄마에게 다가올 유행을 감지하는 뛰어난 안목이 있는 건 사실이었다. 아니면 엄마의 카리스마에 눌려 내가 그렇게 상상했던 걸까?

엄마는 앤티크 골드 색상이 유행하기 직전에 커튼과 양탄자, 천을 바로 그 색상으로 구입했다. 그러고 나서 사람들이 전부 자기 아이디어를 훔쳤다고 소리를 질렀다. 엄마가 스페인 도자기 작품을 거실에 진열했는데, 얼마 후 엄마가 일부러 따돌린 센트럴파크 웨스트의 오지랖 넓은 여자들이 다 똑같이 따라하기 시작했다. 엄마가 그리스에서 흰 양탄자를 사들이자 머지않아 가게마다 그리스 양탄자를 수입했다. 철제 꽃이 달린 욕실 샹들리에도 엄마가 '호모 실내장식가들' 이라고 부르던 사람들보다 먼저 수입했다.

엄마는 앤티크 청동 침대 머리판을 갖고 있었고 벽지와 블라인드의 색을 맞췄다. 분홍색과 빨간색이 여전히 전위적인 조합으로 느껴지던 시절 이미 분홍색과 빨간색 타월을 나란히 걸어두었다. 평범함에 대한 엄마의 두려움은 옷차림에서 가장 두드러지게 나타났다. 우리가 어느 정도 자라자 부모님은 사업차 여러 나라를 여행했고 엄마는 가는 곳마다 특이한 물건들을 사들였다. 엄마는 중국에서 사온 실크 잠옷을 입고 극장에 갔다. 발리에서 산 발가락 고리를 차고 샌들을 신었고 비취옥으로 만든 부처상 귀고리가 귀에서 달랑거렸다. 비가 오면 기름칠한 종이우산을 쓰고 다녔고 일본에서 손톱을 이용하여 짰다는 직물로 만든 투우사 바지를 입었다. 사춘기 시절, 나는 엄마가 평범하고 예쁜 것보다는 차라리 특이하고 흉측한 쪽을 선택한다는 사실을 깨달았다. 가끔은 성공할 때도 있었지만 키가 크고 마른 몸에 광대뼈가 컸으며 긴 빨간 머리에 이상한 옷을 입고 진한 화장을 한 엄마는 때로는 찰스 애덤스* 같았다. 나는 물론 엷은 금발에 밍크코트를 입고 브리지 게임을 하는 엄마를 동경했다. 그도 아니라면 할리퀸 안경을 쓰고 적십자 신발을 신은 후줄근한 갈색머리 엄마라도.

"제발 딴 거 입으면 안 돼요?"

학부모의 날에 참석하려고 투우사 바지에 분홍색 실크 스웨터를 입고 멕시칸 숄을 두른 엄마에게 내가 애원했다(물론 내 기억이 과장된 것일 수도 있지만 상황이 어느 정도였는지 가늠할 수는 있으리라). 나는 7학년이었고 평범함에 대한 나의 열정은 극에 달해 있었다.

"이 옷이 어디가 어때서 그래?"

어디가 어때서 그러냐고! 나는 엄마의 드레스룸에 들어가 조금이라도 평범한 옷을 찾아보았다. 앞치마라든가, 실내복이라든가, 앙고라 스웨터 세트라든가. 인스턴트식품 광고에 나올 법한, 엄마답고 엄마에게 어울리는 옷을 찾아

* 미국의 카툰 일러스트 작가. 괴기스러운 몬스터 캐릭터로 인기를 얻음. 대표작은 《애덤스 패밀리》.

보았다. 드레스룸에서는 조이와 방충제 냄새가 났다. 벨벳 망토들, 털목도리들, 스웨이드 바지들, 기하학적 무늬의 긴소매 셔츠, 일본 실크 기모노들, 아일랜드 트위드 바지들이 있었지만 앙고라 스웨터 따위는 없었다.

"엄마가 좀 평범한 옷을 입었으면 좋겠어요. 사람들이 쳐다보지 않는 거."

내가 수줍게 말했다.

엄마가 172센티미터의 키를 최대한 잡아늘이고 서서 나를 내려다보며 말했다.

"네 엄마가 창피하단 거니? 만약 그런 거라면, 네가 정말 딱하구나. 평범한 건 좋을 게 하나도 없단다. 사람들은 평범한 사람을 존경하지 않아. 사람들은 자신과 다른 사람, 독특한 취향에 확신을 가진 사람, 무리와 함께 달리지 않는 사람을 쫓아다녀. 너도 곧 알게 될 거다. 외부의 압력에 굴복해서 얻는 건 하나도 없단 걸."

그리고 우리는 조이의 향기를 바람결에 뿌리고 멕시코 숄 자락을 날리며, 학교로 가는 택시를 잡았다.

엄마가 지닌 모든 에너지, 분출구를 찾지 못하고 이상한 옷이며 새로운 소품에 쏟아부어온 예술적 공격성을 떠올릴 때면 나는 차라리 엄마가 예술가로 성공했으면 좋았을 거라고 생각했다. 3대에 걸친 분노한 예술가. 할아버지는 모델들과 바람을 피우면서 피카소를 저주하고 렘브란트

스타일을 고수한 화가였고, 엄마는 시와 그림을 포기하고 전위적인 옷을 사들이면서 강박적으로 집안의 인테리어를 바꾸었고, 언니 랜디는 마치 새로운 형태의 예술이라는 듯 임신에 몰입했다. 그리고 랄라와 클로이는 마치 신도들처럼 그뒤를 따랐다.

실패한 예술가보다 더 치열한 것은 없다. 에너지는 남아돌지만 출구가 없기 때문이다. 영혼의 모든 창문에 자욱하게 차올랐던 연기가 시커멓고 거대한 분노의 방귀로 폭발하기 때문이다. 물론 성공한 예술가들도 끔찍할 수 있겠지만 실패한 예술가보다 더 잔인하고 허망한 건 없다. 나의 할아버지는, 앞서 말했듯이 새 캔버스를 사러나가는 대신 엄마의 캔버스 위에 덧칠을 했다. 엄마는 할아버지에게서 벗어나려고 한때 시인으로 전향했지만 작곡을 하던 아빠를 만났고 아빠는 엄마의 시를 훔쳐 노랫말로 썼다. 예술가들은 다 끔찍하다.

"절대로, 절대로 예술가가 되려는 남자하고는 얽히지 마라."

그 사실을 깨닫게 된 엄마가 말하곤 했다.

그 외에도 흥미로운 점이 있다면, 엄마와 할아버지 모두 자신의 일을 즐기고 소소한 성공을 거둔 사람들의 노력을 폄하하는 경향이 있다는 것이다. 예를 들면 어느 2류 작가(이름은 언급하지 않겠다)가 우리 부모님의 친구가 되었는데, 네 권의 소설을 썼으며 네 권 모두 스타일이 뛰어나지도 않았고 베스트셀러도 아니었고 상을 탄 적도 없었지만 자신의 일을 즐기고 있는 것처럼 보였으며 칵테일파티의 초대 손님 혹은 뉴저지의 어느 전문대학 주재 작가로서의 위상을 나름 즐기고 있는 것 같은 사람이었다. 아마도 그는 글 쓰는 것 자체를 좋아하는 모양이었다. 어떤 정신 나간 사람들은 글쓰기를 즐기기도 한다.

"도대체 그 사람은 어떻게 계속 글을 쓸 수 있는지 모르겠어. 너무 평범한 작가잖아."

엄마는 말하곤 했다. 물론 멍청한 사람도 아니고 아주 형편없는 것도 아니지만(엄마는 결코 다른 사람에게 '똑똑하다'라고 말한 적이 없었다. '멍청하지 않다'는 게 엄마가 용인할 수 있는 최대 범위였다).

"그 사람 작품은 너무 평범해. 제대로 돈벌이가 된 적도 없고……."

바로 그게 문제였다. 엄마는 독창성을 존경한다고 주장하지만 사실 엄마가 정말 존경하는 건 돈과 상이었다. 더구나 엄마의 말속에는 푼돈이나 벌면서 작품 활동을 하는 작가들은 아무 의미도 없다는 암시가 담겨 있었다. 만약 엄마의 소설가 친구가 퓰리처상을 타거나 전미도서상을 타거나 영화사에 판권이 팔렸다고 하면 무척 대단한 일로 여겼을 것이다. 물론 여전히 폄하하려 하겠지만 엄마의 얼굴에 드리워진 존경까지 감출 수는 없을 것이다. 반면 소박한 예술행위는 엄마에게 아무 의미도 없었다. 내면의 발견, 일 자체의 즐거움 따위는. 그러니 엄마가 인테리어에 몰두하는 것도 당연했다.

이제 약탈에 대한 엄마의 논리를 생각해보자. 내 생각에는 처음엔 엄마도 뉴욕 예술학교 출신답게 공산주의적 사고방식으로 출발했지만 서서히 풍족함과 동맥경화증이 그녀를 덮쳤고(종종 그 둘은 함께 찾아온다) 마침내 로버트 아드리와 콘라트 로렌츠가 2대 1의 비율로 이루어진 엄마 만의 종교로 개종하기에 이르렀다.

아드리와 로렌츠는 자신들의 이론이 그런 식으로 활용될 줄은 몰랐을 것이다. 엄마는 일종의 '신 홉스주의자'라고 말할 수 있는데, 한마디로 인생은 사악하고 천박하고 잔인하며 짧을 뿐 아니라, 지위와 돈과 권력에 대한 욕망은 범세계적인 현상이며, 지역주의는 본능이고, 이기주의야 말로 인생의 기본 법칙이라는 것이다. ("내 말 새겨들어라, 이사도라. 사람들이 소위 이타주의라고 부르는 건 사실 이기주의의 다른 이름이란다.")

엄마의 그런 성향들이 나의 창의적이고 반항적인 표출의 기회를 어떻게 막았는지는 너무도 분명하다.

1. 나는 히피가 될 수 없었다. 엄마가 이미 히피처럼 옷을 입고

있었으니까(비록 지역주의와 전쟁의 타당성을 믿는 엄마였지만).

2. 나는 유대주의에 반항할 수 없었다. 왜냐하면 반항할 만한 유대주의가 없었으니까.
3. 나는 유대인 엄마를 비난할 수 없었다. 왜냐하면 엄마의 문제는 유대주의나 엄마 역할 문제보다 더 심오한 어떤 것이었으니까.
4. 나는 내 작품 위에 누군가 덧칠하는 수모를 견디며 화가가 될 수 없었다.
5. 나는 X표가 쳐질 위험을 무릅쓰고 시인이 될 수 없었다.
6. 그밖의 다른 '평범한' 직업을 가질 수도 없었다.
7. 공산주의자가 될 수도 없었다. 엄마가 한때 공산주의자였으니까.
8. 베넷과 결혼하는 것으로도 나는 반항아(혹은 추방자)가 될 수 없었다. 왜냐하면 엄마는 나의 결혼이 적어도 평범하진 않다고 생각했으니까.

그렇다면 내게 어떤 선택이 남아 있는가? 도대체 내 삶이라고 말할 수 있는 것이 어디 숨어 있었던가? 나는 부모가 마리화나를 피우는 바람에 아주 고지식하고 따분한 사람으로 자라는 자식의 경우에 해당되었다.

어쩌면 에이드리언 굿러브와 함께 유럽을 누비고 다닐 수도 있을 것이다. 그리고 다시는 뉴욕으로 돌아가지 않을 수도 있을 것이다.

그러나 내겐 또 다른 엄마가 있다. 키가 크고 말랐지만 광대뼈는 버들가지 끝보다 보드랍다. 차를 타고 집으로 돌아가는 길에 모피 코트에 코를 들이대면 너무도 아늑해서 그 무엇도 나를 해치지 못할 것만 같다. 엄마는 내게 꽃 이름을 가르쳐준다. 놀이터의 심술궂은 남자아이(심리학자의 아들)가 새로 산 내 세발자전거를 언덕 아래로 굴려 놀이터 울타리에 처박았을 때도 나를 안아주고 키스해준다. 내가 학교 숙제로 한 작문을 밤새도록 앉아서 들어주고 겨우 여덟 살인데도 내가 전 세계 최고의 작가라고 생각한다. 엄마는 마치 내가 밀턴 벌리나 그루초 마르크스나 어윈 코리*가 하나로 합쳐진 사람이라는 듯 내 농담에 깔깔거리고 웃는다. 엄마는 나와 랜디, 랄라, 클로이, 그리고 내 친구 열 명을 다 데리고 센트럴파크 호수에 스케이트를 타러 간다. 다른 엄마들이 집에 앉아 브리지 게임이나 하면서 아이들을 데려오라고 가정부를 내보낼 때 우리 엄마는 손수 스케이트 끈을 묶어주고 (얼어붙은 손가락으로) 우리와 함께 스케이트를 타면서 위험한 지점(얇은 얼음)을 알려주고 팔자 그리기를 가르쳐주고 웃고 떠들고 추위에 분홍빛이 된다.

* 밀턴 벌리, 그루초 마르크스, 어윈 코리 모두 미국의 코미디언.

나는 우리 엄마가 너무도 자랑스럽다!

랜디와 나는 친구들에게 우리 엄마(커다란 갈색 눈에 긴 머리를 흩날리는)가 너무 젊어서 화장할 필요도 없다고 자랑한다. 우리 엄마는 다른 엄마들처럼 늙다리 뚱보가 아니어서 우리와 똑같은 터틀넥을 입고 스키바지를 입는다고. 우리하고 똑같이 긴 머리를 벨벳 리본으로 묶는다고. 엄마가 너무나 재미있는 사람이라 우린 엄마를 엄마라고 부르지도 않는다고. 다른 엄마들하곤 전혀 다르다고.

내 생일날(3월 26일, 양자리, 봄의 제전) 눈을 떠보니 우리 방이 꽃밭으로 바뀌어 있다. 내 침대 주위에 나팔수선화, 아이리스, 아네모네 꽃병들이 놓여 있다. 바닥에는 얇은 고급 포장지로 싼 선물더미가 종이 리본으로 묶여 있다. 엄마가 직접 그림을 그린 부활절 달걀들은 파베르제* 달걀 같다. 초콜릿과 젤리 사탕이 담긴 상자들("달콤한 한해를 보내렴" 엄마가 날 안아주며 말한다), 그리고 언제나 커다란 생일 카드가 있다. 수채화로 그려진 카드는 나에 대한 찬사로 가득하다. 세상에서 가장 아름다운 소녀, 긴 황금빛 머리카락, 푸른 눈동자, 내 팔 한가득 들고 있는 꽃다발. 엄마는 나를 치켜세우고 이상화한다. 아니 어쩌면 엄마는 나

* 유럽 장식미술의 최고 거장으로 제정 러시아 때의 보석 디자이너이자 세공인. 전통적인 디자인을 거부하고 파격적이고 환상적인 작품들을 만들었으며 50점의 부활절 달걀이 유명함.

를 정말로 그런 아이로 생각하는 건지도 모른다. 나는 기쁘고 또한 당황스럽다. 엄마에겐 내가 세상에서 가장 아름다운 아이이겠지. 혹시 정말 그런 건 아닐까? 하지만 다른 자매들은? 그리고 가끔 지붕이 내려앉을 정도로 소리를 지르는 건? 그러나 나의 또 다른 엄마는 결코 소리를 지르지 않는다. 나는 나의 모든 걸 엄마에게 빚졌다. 열세 살의 나이에 엄마를 따라 유럽의 모든 미술관을 돌아다녔고 엄마의 눈으로 터너의 폭풍우와 티에폴로의 하늘과 모네의 건초가리와 로댕의 발자크상과 보티첼리의 프리마베라와 다빈치의 암굴의 성모를 본다. 열네 살 생일엔 에드나 밀레이 시집을 선물받았고 열다섯 살 때는 E. E. 커밍스, 열여섯 살 때는 윌리엄 버틀러 예이츠, 열일곱 살에는 에밀리 디킨슨, 열여덟 살에는 엄마와 나는 이미 단순한 대화를 주고받는 사이가 아니다. 엄마는 내게 버나드 쇼와 콜레트, 오웰, 시몬 드 보부아르를 소개해준다. 우리는 저녁 식사 시간에 마르크시즘에 관해 열띤 논쟁을 벌인다. 엄마는 내가 발레 레슨과 피아노 레슨을 받게 해주고 일주일에 한 번씩 뉴욕 필하모닉 공연에 데려간다(나는 그곳이 따분해서 숙녀 휴게실에서 열세 살 된 입술에 레블론 파우더 핑크 립스틱을 바른다).

나는 매주 토요일마다 뉴욕 예술학교에 그림을 그리러 가고 엄마는 내 그림을 꼼꼼히 비평해준다. 엄마는 마치 자기 자신의 경력을 관리하듯 내 커리어를 관리한다. 나는 데생과 목탄화를 배우고, 파스텔 정물화를 배우고, 마지막으로 유화를 배운다. 예술고등학교를 지망할 때 엄마는 내 포트폴리오를 함께 걱정해주고 나를 시험장에 데려가고 격려해준다. 나는 모든 걸 엄마와 함께 걱정하고 의논한다. 내가 화가도 되고 싶고 의사도 되고 싶다고 했을 때 엄마는 내게 생물학 책을 사준다. 내가 시를 쓰기 시작하면서 엄마는 내 시를 마치 예이츠의 시라도 되는 듯 들어주고 칭찬해준다. 사춘기의 내 모든 습작들이 엄마에겐 아름답다. 내가 그린 그림들, 카드들, 만화들, 포스터들, 유화들이 내 찬란한 미래의 전조가 된다. 그 어떤 소녀에게도 그보다 더 헌신적인 엄마가 있을 순 없다. 세상의 어떤 엄마도 자식을 한 완벽한 인간으로, 또 예술가로 키우는 일에 그보다 더 열정적일 수 없다. 그렇다면 난 왜 엄마에게 이토록 화가 나는 것일까? 왜 엄마는 내가 당신의 형편없는 복제품에 불과하다는 생각이 들게 만들까? 왜 나는 단 한 번도 나 자신만의 생각을 가져본 적이 없는 것 같은 기분이 들까? 왜 나는 자유도 없고 독립심도 없고 정체성도 없는 것처럼 느껴질까?

아마도 섹스가 나의 분노를 설명할 수 있을 것이다. 섹스야말로 진짜 판도라의 상자이리라. 엄마는 자유로운 사랑을 믿었고 불로뉴의 숲에서 나체로 춤추었고, 그리스 섬에서 춤추었고, 〈봄의 제전〉*을 좋아했다. 그러나 엄마는 사실 그런 것들을 믿지 않았다. 그런 것들을 믿었다면 왜 내게, 여자는 자고로 비싸게 굴어야 남자한테 대접받는다고 말했을까? 왜 아무한테나 마음을 주면 남자들이 쫓아오지 않을 거라고 했을까? 왜 싸구려로 놀면 남자들이 나를 찾지 않을 거라고 했을까?

섹스. 나는 섹스가 지닌 엄청난 힘에 압도되었다. 그 에너지, 그 흥분, 나를 미치게 하는 그 힘! 그것은 또 무엇이란 말인가? 도대체 그걸 어떻게 '비싸게 구는 것'과 조화시킬 수 있을까?

엄마에게 그걸 직접 물어볼 용기는 없었다. 엄마의 말투는 자유분방했지만 그럼에도 엄마가 섹스를 나쁘게 생각한다는 걸, 섹스가 기본적으로 입에 담기도 민망한 문제란 걸 감지할 수 있었다. 그래서 나는 D. H. 로런스와 《두려움 없는 사랑Love without Fear》《사모아의 성년Coming of Age in Samoa》에 눈을 돌렸다. 마거릿 미드**는 큰 도움이 되지 않았다. 그 야만인들과 내가 무슨 공통점이 있단 말인가(물론 상당히 공통점이 있었다. 그러나 당시에는 깨닫지 못했다). 유스터스 체서***는 환상적인 세부묘사가 뛰어났지만("성행위, 어떻게 해야 하나" : 삽입, 전희, 후희) 그 역시 나의 도덕적 딜레마에 대해서는 별로 할 말이 없어 보였다. 얼마나 '멀리' 가야 하는가? 브래지어 안 혹은 밖? 바지 안 아니면 밖? 입안 혹은 밖? 만약 삼켜야 한다면 언제 삼켜야 할까? 모든 게 너무 복잡했다. 여자들에겐 훨씬 더 복잡해 보였다. 기본적으로 엄마는 내게 여자가 되는 법을 가르쳐주지 않았고, 내 보지의 굶주림과 머리의 굶주림 사이의 평화를 유지하는 법을 가르쳐주지 않았다.

그래서 나는 남자에게서 여자를 배웠다. 나는 남성 작가의 눈으로 여성을 보았다. 물론 나는 그들을 남성 작가들로 여기지 않았다. 그들을 작가로, 권위자로, 신처럼 모든 걸 알고 있는 자, 완전히 신뢰할 수 있는 대상으로 여겼다.

당연히 나는 그들이 말하는 모든 걸 믿었다. 비록 그게 나의 열등함을 의미할지라도. 나는 채털리 부인으로 위장한 D. H. 로런스로부터 오르가슴을 배웠다. 나는 그로부터 모든 여자가 그가 창안한 단어 '팔로스' 즉 발기된 페니스를 숭배한다고 배웠다. 나는 쇼로부터 여자는 결코 예술가가 될 수 없다고 배웠다. 도스토옙스키로부터 여자는 신앙심이 없음을 배웠다. 스위프트와 포프로부터 여자는 너무 신앙심이 강해서 결코 이성적일 수 없다고 배웠다. 포

* 스트라빈스키의 동명 음악을 바탕으로 댜길레프가 제작한 발레. 원시적이고 파격적인 음악과 안무로 유명함.

** 미국의 문화인류학자이자 페미니스트. 뉴기니 발리섬 등지에서 원주민들과 함께 생활하며 청소년 성문제에 관한 이론을 발표함.

*** 스코틀랜드 출신의 심리학자이자 사회개혁가, 작가. 저서로 《두려움 없는 사랑》 등이 있다.

크너로부터 여자는 대지의 어머니이며 달과 조수와 수확과 한 몸이라고 배웠다. 프로이트로부터 여자들은 이 세상에서 반드시 가져야 하는 한 가지, 즉 페니스가 결여되어 있기 때문에 슈퍼에고가 부족하고 항상 '불완전한' 존재라고 배웠다.

하지만 그 모든 게 나와 무슨 상관이 있을까. 나는 학교에 다녔고 남자들보다 항상 성적이 좋았고 그림을 그렸고 글을 썼고 토요일에는 뉴욕예술학교에서 정물화를 그렸고 주중 방과 후에는 고등학생들의 작문을 편집했다. 편집장은 여자였던 적이 한 번도 없었지만 당시에는 그런 것에 의문을 품지 않았다. 그런데 달과 조수와 대지의 어머니, 로런스의 '팔로스'가 나의 삶과 어떤 관계가 있는 것일까?

나는 첫 번째 '팔로스'를 내 나이 열셋하고 열 달에 우리 부모님의 거실에서 만났다. 아보카도 빛깔 씨앗에서 나와 아보카도 빛깔의 엄지손가락*을 가진 엄마가 키운 아보카도 빛깔의 아보카도 나무 아래, 아보카드 빛깔 실크 소파에서. 그 '팔로스'는 스티브 애플바움의 것이었다. 내가 예술고등학교의 미술 전공 신입생이었을 때 그는 미술 전공 2학년이었고 그의 팔로스는 칸딘스키 추상화의 자줏빛 받침에 몸체가 푸른 정맥으로 둘러싸여 있는, 내가 본 가장

* '초록색 엄지손가락을 가진 사람green-thumbed'은 원예에 소질이 있는 사람을 의미함.

인상적인 추상디자인이었다. 돌이켜보면, 그것은 대단한 물건이었다. 물론 포경수술을 했고 거대했으며(전혀 기준이 없을 때에 거대하다는 근거가 무엇일까?) 그 자체로 강한 생명력을 지니고 있었다. 스티브의 바지 속에서 그게 자신의 존재를 알리기 시작하면(우리는 키스하면서 소위 '허리 아래 페팅'을 하고 있었다) 그는 천천히 지퍼를 내리고(부러질까봐?) 한 손으로(다른 한 손은 내 스커트 속에 있었다) 파란 셔츠 자락과 차갑고 반짝이는 철제 지퍼 틈을 헤치고 그 거대한 자줏빛 물건을 꺼냈다. 그때 나는 꽃을 사랑하는 엄마가 늘 커피 테이블 위에 놓아두는 꽃병에 손을 넣어 물과 꽃가지의 점액으로 오른손을 축축하게 만든 다음 리듬 있게 스티브의 페니스를 애무했다. 내가 정확히 어떻게 했던가? 세 손가락으로? 아니면 손바닥 전체로? 처음에는 서툴렀을 것이다(물론 나중에는 전문가가 되었지만). 그는 머리를 뒤로 젖히고 절정에 달했고(물론 절제된 절정이었다. 아빠가 거실에서 TV를 보고 있었으니까) 자기 셔츠 자락이나 이럴 때 쓰려고 갖고 다니는 손수건 위에 사정했다. 당시의 기술은 잊어버렸지만 그 느낌만은 아직 남아 있다. 물론 그것은 일종의 상호작용이었지만(눈에는 눈, 이에는 이?) 한편으로는 나의 권력이었다. 나의 행위가 그를 지배했다. 그것은 그림이나 글쓰기로는 결코 가질 수 없는 권력이었다. 그러면 나도 절정에 달했다. 채털리 부인처럼은 아니었지만 분명히 특별한 뭔가가 있었다.

우리의 전원시가 끝날 무렵, 스티브(열일곱 살. 나는 열네 살)는 내가 '그것'을 입안에 넣어주기를 바랐다.

"정말 사람들이 그렇게 해?"

"그럼!"

그가 태연하게 말했다. 그가 부모님의 책장에서 판 더 펠더*(르네상스 시대의 미술품 밑에 교묘하게 숨겨진)를 찾으러 갔다. 그러나 당시 나로서는 너무 감당하기 벅찬 일이었다. 나는 그 행위를 발음조차 할 수 없었다. 혹시 임신을 하게 되는 건 아닐까? 아니면 나의 거절이 엄마가 예술의 역사와 함께 내게 주입하려 했던 계층의식과 관계가 있을까? 스티브는 브롱크스에 살고 있었다. 나는 센트럴파크 웨스트의 복층 아파트에 살고 있었다. 설령 내가 팔로스를 숭배할 운명이라 해도 브롱크스의 팔로스는 아닐 것이다. 서튼 플레이스 정도는 되어야 하지 않을까?

결국 나는 스티브에게 작별을 고하고 자위, 단식, 그리고 시에 심취했다. 자위는 나의 순결을 지켜줄 거라고 스스로를 타이르면서.

스티브는 샤넬 No.5 향수와 프랭크 시나트라 레코드, 예

* Thedoor Hendrik van de velde. 네덜란드의 산부인과의사로 1926년 성생활 지침서인《완벽한 결혼》을 발표하여 세계적으로 유명해짐.

이츠의 시집을 인용한 아름다운 편지들로 내게 구애했다. 술에 취할 때마다, 그리고 그로부터 5년 동안 내 생일마다 전화했다. 내가 그의 페니스를 애무했기 때문에 나에 대한 충성심이 생겼던 것일까?

그러나 나는 쾌락에 탐닉했던 나 자신을 벌주는 의미에서 금식을 포함하는 새로운 종교생활을 시작했다. 나는 물조차 마시지 않았다. 싯다르타를 공부하면서 9킬로그램을 감량했다. 그와 함께 생리도 사라졌다. 급기야 욥처럼 부스럼이 돋기 시작했고 결국 피부과에 가게 되었다. 피부과 의사는 독일 출신으로 내게 "네 피부는 네 영혼의 거울"이라는 인상적인 말을 남겼고 내게 '슈리프트'라는 이름의 키 작은 첫 정신분석의를 소개했다.

슈리프트 박사(우리와 함께 빈으로 날아간 바로 그 슈리프트 박사)는 빌헬름 슈테켈*의 신봉자였고 신발 끈을 신발 속 발가락 밑에 집어넣는 위인이었다. 그것 역시 슈테켈 방식인지는 확실치 않다. 매디슨 가에 위치한 그의 아파트 복도는 어둡고 좁았으며 벽에는 오래된 저택 욕실에서나 볼 수 있을 것 같은 황금색 조개껍데기 무늬 벽지가 발랐다. 엘리베이터를 기다릴 때면 건물 주인이 혹시 욕실용 벽지

* 오스트리아의 내과의사이자 심리학자이며 프로이트의 초기 추종자이자 가장 뛰어난 제자.

를 재고 정리 세일에서 샀는지 궁금해졌다. 그렇지 않고서야 왜 복도에 황금색 조개껍데기와 조그만 분홍색 물고기들이 있겠는가?

슈리프트 박사는 위트릴로*의 그림 두 점과 브라크**의 그림 한 점을 갖고 있었다. 그는 나의 첫 정신분석의였기 때문에 그때만 해도 정신분석학회에서 승인한 그림들이 따로 있다는 걸 알지 못했다. 그의 상담실에는 또한 덴마크풍의 현대적인 책상(역시 미국 정신분석학회에서 승인한)과 발치에 비닐 커버를 씌운 갈색 소파가 있었고 딱딱한 쐐기 모양 쿠션 머리 부분에는 종이 냅킨을 씌워놓았다.

그는 내가 꿈속에서 본 말이 나의 아버지라고 주장했다. 나는 열네 살이었고 부모님의 아보카도색 소파에서 손가락 섹스를 한 벌로 굶고 있었다. 그는 또한 내가 꿈에서 본 관이 나의 엄마라고 했다. 그렇다면 왜 생리가 멈추었냐고? 그건 미스터리였다.

"왜냐하면 난 여자가 되고 싶지 않거든요. 여자가 되는 건 너무 혼란스러워요. 버나드 쇼가 말하기를 여자인 동시에 예술가가 될 수는 없다고 했어요. 출산이 여자를 고갈시킨다고 했어요. 그런데 전 예술가가 되고 싶어요. 제가 늘 원했던 건 바로 그거였어요."

* 프랑스의 인상주의 화가.

** 프랑스의 입체파 화가.

당시에는 어떻게 설명해야 할지 알지 못했지만 내 보지에 닿는 스티브의 손가락은 기분이 좋았다. 그러나 그 보드랍고 흐늘흐늘한 기분이 바로 나의 적이라는 사실을 깨닫게 되었다. 내가 그 기분에 굴복하면 그건 곧 내가 원했던 모든 것들과의 작별을 뜻했다.

"넌 선택해야 해."

열네 살 때 나는 나 자신에게 단호하게 말했다.

"어서 수녀원으로 들어가!"

그래서 모든 착한 수녀들이 그렇게 하듯 나는 자위를 했다. 나는 나 자신을 남성의 권력으로부터 해방시키고 있다고 생각하면서 매일 손가락 두 개를 내 몸 깊숙이 넣었다.

슈리프트 박사는 이해하지 못했다.

"네가 여자라는 사실을 받아들여."

소파 뒤에서 그가 내게 속삭였다. 그러나 열네 살 나의 눈에 보였던 건 오직 여자라서 당하는 불이익뿐이었다. 나는 채털리 부인 같은 오르가슴을 느끼고 싶었다. 왜 달이 창백해지고 바닷물이 대지의 표면을 휩쓸고 지나가지 않는가? 사냥터 지기는 어디 있는가? 내 눈에 보이는 건 여자가 된다는 미명의 사기일 뿐이었다.

나는 메트로폴리탄 미술관을 돌아다니면서 내게 길을 보여줄 여자 예술가들을 찾아보았다. 메리 커샛? 베르트 모리조? 왜 수많은 여성 화가들은 아이 갖는 것을 포기하고도 여전히 어머니와 아이들만을 그릴까? 절망적이었다. 만약 당신이 여자이고 재능이 있다면 어느 길을 가건 당신의 인생은 하나의 덫이다. 집안일에 익사하거나(그래서 월터 미티*식의 탈출의 환상을 갖고 있건 아니건) 아니면 예술로 집안일을 승화시키거나. 당신은 결코 여성성을 탈출할 수 없다. 당신의 피 속에 이미 갈등이 새겨져 있기 때문이다.

나의 착한 엄마도, 나쁜 엄마도 이러한 딜레마에서 나를 구출해줄 수 없었다. 나의 나쁜 엄마는 나만 아니었으면 자기가 유명한 화가가 되었을 거라고 말했고, 나의 착한 엄마는 나를 사랑했기 때문에 나를 포기한 채 세상 밖에 내놓으려 하지 않았다. 나는 엄마의 훈계를 듣고 배운 게 아니라 엄마를 보면서 배웠다. 그리고 내가 배운 교훈은 분명했다. 여자로 산다는 건 곤경에 처하는 것이고 짜증나는 것이고 언제나 화가 나는 것이다. 나 자신이 결코 화해할 수 없는 둘로 갈라지는 것이다.

"어쩌면 넌 엄마보다 나을지도 몰라. 사랑하는 내 딸아. 넌 잘할 수 있을 거야. 어쩌면 넌 둘 다 해낼 수도 있을 거야. 하지만 엄만 잘할 수 없었단다."

나의 착한 엄마가 말했다.

* 제임스 서버의 소설 《월터 미티의 은밀한 삶The Secret Life of Walter Mitty》에 나오는 주인공 이름.

10

프로이트의 집

여자를 남자와 똑같은 생존경쟁에 내보내는 것은 참으로 잘못된 생각이다. 만약, 예를 들어, 나의 상냥하고 다정한 여자를 경쟁자로 생각해야 한다면, 나는 열일곱 달 전에 그랬던 것처럼, 그녀에게 말할 것이다. 내가 그녀를 너무도 좋아한다고, 그러니 부디 그 경쟁에서 빠져나와 경쟁이 없는 내 가정의 일을 돌보아달라고.

_ 지그문트 프로이트

에이드리언은 한마디 말도 없이 우리를 호텔 앞에 내려주고 또다시 길을 잃기 위해 차를 돌렸다. 우리는 전날 밤의 죄를 씻어내기 위해 2층으로 올라갔다. 그날 오후 베넷이 참석할 학회가 없었기 때문에 우리는 프로이트의 집 쪽으로 산책하기로 했다. 에이드리언이 나타나기 전에 그곳에 가볼 계획을 세워두었지만 어쩌다 보니 잊어버렸다.

그날 아침 빈은 아름다웠다. 아직 덥진 않았지만 햇살이 화사했고 하늘은 푸르렀으며 공무원으로 보이는 사람들이 서류가방을 들고 출근하고 있었다. 그들의 가방 속에는 신문과 점심 도시락 외엔 그다지 공무원다운 물건은 들어 있지 않을 것이다. 우리는 국민공원을 산책하면서 깔끔한 장미나무와 손질된 화단을 감상했다. 우리는 그 화단이 뉴욕에 있었더라면 벌어졌을 피치 못할 일들에 대해 이야기했다. 뉴욕의 반달리즘*과 독일 시민들의 준법정신에 대해 이야기 하면서 혀를 찼다. 또 '문명과 억압' 대 '충동과 표출' 이라는 오래되고 익숙한 주제에 대해 이야기했다. 잠시 동안 에이드리언이 '결혼생활의 권태' 라고 부르던 편안한 유대감이 느껴졌다.

에이드리언은 틀렸다. 그는 외로운 늑대였다. 그는 함께하는 삶을 이해하지 못했고 그래서 결혼도 따분한 것으로 여겼다. 그는 인간이 갖고 있는 특별한 결합의 본능을 간과하고 있었다. 두 사람의 결합은 영혼의 틈을 서로 메워주고 그로 인해 우리는 좀 더 강해질 수 있었다. 그 결합이

* 다른 문화나 종교 예술 등에 대한 무지로 그것들을 파괴하는 행위.

반드시 섹스와 관계가 있는 건 아니다. 오랫동안 함께 살았던 부부, 혹은 거의 섹스를 하지 않는 나이든 동성애자들에게서도 그런 결합을 볼 수 있고 때로는 결혼한 부부들에게서도 나타난다. 마치 아치형 석조 버팀목처럼 서로를 떠받치고 있는 두 사람. 서로에게 의지하고 서로의 응석을 받아주고 서로를 바깥세상으로부터 보호해주는 두 사람. 단지 그런 결합을 누리는 것만으로도 결혼은 온갖 불이익을 감수할 만큼 가치 있는 일이다. 결혼은 이 무정한 세상에서 단 한 명의 진정한 친구를 갖는 것이다.

베넷과 나는 팔짱을 끼고 프로이트의 집으로 향했다. 전날 밤 일을 거론하지 않는 건 우리의 암묵적인 합의였다. 어젯밤 일은 한낱 꿈이었으리라. 그리고 이제 우리는 다시 햇살 속에 서 있기 때문에 그 꿈은 마치 이른 아침의 안개처럼 사그라지고 있었다.

마치 부부 상담을 받으러 가는 사람들처럼 우리는 프로이트 상담실로 향했다.

나는 늘 문화 유적지에 심취했다. 키츠가 죽은 로마의 집, 그가 살았던 햄프스테드의 집, 모차르트가 살았던 잘츠부르크의 집, 알렉산더 대왕의 동굴 방, 암스테르담 빈민굴의 렘브란트의 집, 루체른 호숫가의 바그너의 빌라, 베토벤이 살던 빈의 허름한 방 두 개짜리 아파트……. 천재가 태어나고, 살고, 일하고, 먹고, 방귀 뀌고, 자손을 낳고, 사랑하고, 죽은 장소는 언제나 성스럽다. 평범한 삶의 경이로움이 위대한 유적지나 사원의 경이로움보다 나를 더 매혹시키기에 더더욱 성스럽다. 베토벤이 빈의 허름한 두 개의 방에서 음악을 작곡했다는 건 하나의 기적이었다. 나는 그의 소박한 유품들을 경외감을 느끼며 바라보았다. 평범할수록 더 좋았다. 녹슨 소금 그릇, 싸구려 외투, 닳아 빠진 회계장부. 그가 너무도 평범한 것들을 필요로 했다는 사실이 위로가 되었고 희망을 주었다. 나는 마치 경찰견처럼 천재의 향기를 맡으려고 킁킁거리며 집 안을 돌아다녔다. 욕실과 침실 사이 어딘가에서, 달걀을 먹는 것과 똥을 싸는 것 사이의 어딘가에서, 뮤즈가 강림했을 것이다. 뮤즈는 할리우드 영화가 우리에게 주입해놓은 것과는 사뭇 다르다. 나폴리 이스키아 섬의 아름다운 황혼 속에서, 혹은 캘리포니아 빅서 해안의 파도 속에서, 혹은 고대 도시 델포이(지구의 배꼽과 오이디푸스가 자신의 아버지를 죽인 장소의 사이)에서 강림하지 않는다. 뮤즈는 당신이 양파를 깎거나 가지를 먹거나 〈뉴욕타임스〉의 서평란을 쓰레기통 바닥에 까는 순간 발현한다. 가장 재치 있는 현대 작가들은 이 사실을 알고 있다. 레오폴드 블룸은 콩팥을 볶거나 똥을 누면서 우주를 생각했다. 퐁주는 한 개의 굴속에서 인간의 영혼을 보았다(블레이크가 야생화에서 보았듯이). 실비아 플라스는 자신의 손가락을 잘라 계시를 보았다. 그러나 할리우드 영화는 예술가의 이미지를 드미트리 티옴킨* 의 곡이 배경음악으로 흐르고 머리 위에서 강렬한 오렌지빛 석양이 물들 때 등장하는, 나비넥타이를 맨 몽롱한 눈빛의 미남 배우로 만들어놓았다. 어찌된 일인지 사람들은 (심지어는 그런 것 따위는 믿지 말아야 할 우리 같은 사람들까지도) 그런 이미지에 맞추어 살려고 애쓴다.

한마디로 나는 여전히 에이드리언과 떠나는 것에 마음이 끌리고 있는 상태였다. 그리고 그 사실을 감지한 베넷은 내가 (한 번 더) 정신을 차릴 수 있도록 나를 베르그가세 19번지의 프로이트 집으로 데리고 갔다.

프로이트가 직관이 뛰어난 천재라는 베넷의 말에는 동의하지만 그가 완전무결한 사람이라는 정신분석학적 이론에는 동의할 수 없다. 천재에게는 반드시 결함이 있다. 그렇지 않으면 신이나 다름없으리라. 더구나 누가 완벽함을 원하는가? 누가 일관성을 원하는가? 사춘기와 헤르만 헤세, 칼릴 지브란, 그리고 부모가 만들어낸 절대악에 대한 믿음을 초월하고 나면 그때부터는 일관성을 원해서는 안 된다. 그러나 슬프게도 너무도 많은 사람들이 아직도 일관성을 원한다. 그리고 그게 없다는 이유로 삶을 찢어발기려 한다. 나처럼.

* 러시아 출신의 할리우드 영화음악 작곡가로, 주로 긴장감 넘치는 곡을 썼다.

그래서 우리는 계시를 찾아 프로이트의 집을 돌아다녔다. 우리는 프로이트처럼 차려입고 턱수염을 기르고 그 자신의 눅눅한 무의식의 세계를 탐험하고 있는 몽고메리 클리프트*를 만나기를 내심 기대하고 있었다. 그러나 막상 그곳에 가서는 실망했다. 대부분의 가구들은 프로이트와 함께 햄프스테드로 옮겨져서 그의 딸이 관리하고 있었다. 빈의 프로이트 박물관은 사진으로 그 공백을 채웠고 빈방들만이 남아 있었다. 프로이트는 이곳에서 거의 반세기를 살았지만 그의 체취는 거의 남아 있지 않았다. 단지 그의 사진들과 지나치게 푹신한 당시의 소파를 재현해놓은 대기실이 남아 있을 뿐이었다. 동양 양탄자가 깔려 있고 정신분석용 소파, 이집트와 중국 도자기, 고대 조각상들이 있었던 당시 상담실의 사진은 있었지만 상담실 자체는 1938년도에 그 시대의 다른 모든 것과 함께 역사 속으로 사라졌다. 얼마나 이상한가. 프로이트가 이곳에서 추방당하지 않은 척한다는 것, 이런 빛바랜 사진들로 복원될 수 있다고 생각한다는 것은. 문득 다하우** 여행의 기억이 떠올랐다. 화장터는 철거되었고 담황색 머리카락의 독일 아이들이 새로 돋아난 잔디에서 웃으며 뛰어놀고 있었다.

"한 나라를 단 12년으로 판단할 순 없는 거지요."

* 존 휴스턴 감독의 영화 〈프로이트〉에서 주연을 맡았던 미국 영화배우.

** 나치 독일 최초의 유대인 강제수용소가 있었던 곳.

하이델베르크 사람들은 내게 말하곤 했다.

그래서 우리는 허망한 방, 프로이트가 쓰던 물건들의 흔적들을 호기심 어린 눈빛으로 바라보았다. 의학박사 학위, 군대 기록, 조교수 지원서, 출판 계약서, 승진 지원서에 첨부된 저서 목록, 사진도 보았다. 손에 담배를 들고 있는 프로이트. 첫 정신분석학회회원들과 함께 있는 프로이트, 손자와 함께한 프로이트, 아나 프로이트와 함께 한 프로이트, 런던에서 죽기 직전 아내의 품에 안겨 있던 프로이트, 매혹적인 소년의 모습을 간직한 어린 어니스트 존스, 1913년경 절박한 심정으로 세상을 바라보던 샨도르 페렌치, 온화한 인상의, 실제로 온화한 카를 아브라함, 영화배우 로버트 몰리처럼 생긴 한스 작스. 유품들은 남아 있지만 그들의 진취적인 기상은 찾아볼 수 없었다. 우리는 이 방 저 방 차분하게 돌아다니며 아직 쓰지 못한 우리 자신의 질척거리는 역사를 생각했다.

우리는 조용히 점심식사를 하면서 전날 밤의 손상을 복구하려 애썼다. 나는 다시는 에이드리언을 만나지 않겠다고 다짐했다. 베넷과 나는 서로를 최대한 배려했다. 정작 중요한 얘기는 꺼내지 않으려 애썼다. 대신 우리는 프로이트의 일화에 대해 이야기했다. 어니스트 존스에 의하면 프로이트는 사람 보는 눈이 형편없었다. 사람을 지나치게 믿는 성향은 종종 천재성과 함께 나타난다. 프로이트는 꿈의 비밀을 꿰뚫어볼 수 있었지만 평범한 사기꾼에게 속는 사람이었다. 그는 정신분석을 창안했지만 그런 그조차 사람을 믿었다가 배신당했다. 더구나 프로이트는 무척 경솔해서 툭하면 자기만 알고 있어야 하는 기밀을 누설하곤 했다.

어느 순간 우리는 우리 얘기를 하고 있었다. 그날 오후에는 어떤 주제도 안전하지 않았다. 무슨 얘기를 하건 결국 우리의 문제로 돌아왔다.

점심을 먹고 나서 우리는 예술가의 심리학에 관한 논문 발표회에 참석하기 위해 한 번 더 호프부르크로 돌아왔다. 레오나르도, 베토벤, 콜리지, 워즈워스, 셰익스피어, 존 던, 버지니아 울프를 비롯하여 정신분석의의 도움을 받은 알려지지 않은 여성 예술가들이 거론되었다. 발표자가 수집한 증거에 의하면 예술가들은 전반적으로 지극히 나약하고, 의존적이고, 유아적이고, 순진하고, 자학적이며, 자기애가 강하고, 사람 볼 줄 모르고, 구제불능이며, 오이디푸스 콤플렉스에 시달렸다. 어린아이 같은 극단적인 예민함을 지닌 데다 평범한 사람들보다 훨씬 더 모성을 필요로 하기 때문에 아무리 극진한 보살핌을 받아도 항상 박탈당한 것 같은 기분을 느낀다고 했다. 성인이 된 그들은 어디를 가나 어머니를 찾게 되고, 결국 어머니를 찾지 못한 그들은 그들의 예술 속에서 이상적인 어머니를 찾는다. 그들은 이상화된 이미지 속에서 자신들의 역사를 다시 쓰려고 한다. 때로는 이상화라기보다는 야수화에 가까워보일지라도. 결론적으로, 현대 작가들이 자전적 소설에서 표현하는 것처럼 실제로 악랄한 가족은 존재하지 않는다. 가족을 신랄하게 비판하는 건 가족을 이상화하는 것과 같다. 그가 얼마나 과거에 예속되어 있는지를 보여줄 뿐이다.

예술가들은 또한 명성으로 어린 시절의 박탈감을 만회하려 한다. 그러나 대개 성공하지 못한다. 세상으로부터 사랑받는 건 어린 시절, 단 한 사람으로부터 사랑받는 걸 대체할 수 없기 때문이다. 더구나 이 세상은 아주 형편없는 애인이다. 따라서 명성 역시 그들에게 실망을 안겨줄 뿐이다. 많은 예술가들이 절망 속에서 마약, 알코올, 동성애적 육욕, 종교적 열정, 정치적 교화, 자살, 그밖의 다른 것들에 굴복했다. 그러나 결코 해법이 될 수 없었다. 단 자살만큼은 항상 어떤 식으로든 해결책이 되었다. 그 대목에서 나는 안토니오 포르키아*의 시구를 떠올렸다. 물론 발표를 하던 정신분석의는 그를 인용할 정도로 재치 있는 사람은 아니었다.

나는 인간의 영혼이 고통으로 이루어져 있음을 믿는다. 왜

* 이탈리아에서 태어난 아르헨티나 시인. 대표작으로 《소리들Voices》이 있다.

냐하면 고통을 치유한 영혼은 이미 죽었기 때문이다.

예술가 역시 마찬가지다. 아니, 오히려 더하다. 예술가들의 나약함, 의존성, 순진성 등에 대해 설명하는 동안 베넷은 내 손을 꽉 잡으면서 다 이해한다는 듯 나를 쳐다보았다. 아빠가 있는 집으로 돌아와. 다 이해할 테니까. 나 역시 얼마나 아빠가 있는 집으로 돌아가고 싶었던가. 그러나 한편으로 나는 너무도 자유롭고 싶었다.

"자유는 환상이야."

베넷은 말하곤 했다. (이 대목에서 그는 스키너*의 이론에 꼭 한 번 동의하고 있다) 어떻게 보면 나 역시 그의 주장에 동의했다. 건전함, 중용, 열심히 일하는 것, 안정성. 그런 것들도 믿었다. 그러나 지퍼 터지는 섹스, 질주하는 차, 끝없는 젖은 키스들, 무모한 열정을 끊임없이 부추기는 내면의 목소리는 어쩔 것인가? 나를 겁쟁이라고 부르는 그 목소리는? 다리를 태워버리라고, 한 방울씩 독약을 먹는 대신 한 입에 벌컥 들이켜버리라고, 내 두려움의 바닥까지 내려가서 다시 나 자신을 끌어올릴 수 있는지 보라고 말하는 그 목소리는?

그게 목소리였을까? 아니면 쿵 하는 울림이었을까? 그건 말보다 훨씬 더 원시적인 무엇이었다. 내가 '굶주림의

* 미국의 행동주의 심리학자.

쿵 소리'라고 별명 붙인 내 뱃속의 울림이었다. 내 배는 자기가 심장이라고 착각하는 것 같았다. 아무리 채워도, 남자로, 책으로, 음식으로, 사람처럼 생긴 생강과자로, 사람처럼 생긴 시로, 시처럼 생긴 사람으로 채워도 결코 잠잠해질 줄 몰랐다. 결코 채워지지 않는 사람. 그게 바로 나였다. 나의 뇌는 호색한이고 나의 심장은 기아에 허덕였다.

내면에서 들려오던 그 울림은 무엇이었을까? 북소리였을까? 아니면 타악기 팀이었을까? 그저 늘어난 피부에 바람이 든 걸까? 환청이었을까? 개구리였을까? 개구리가 왕자로 변하려는 것이었을까? 개구리는 자기가 왕자라는 생각을 못했을까? 나는 평생 굶주릴 운명일까?

예술가에 관한 논문발표가 끝나자 우리는 허름한 황금색 등받이 의자에 앉아 박수를 치고 공손하게 일어나 하품을 했다.

"저 논문 복사하고 싶어."

내가 베넷에게 말했다.

"그럴 필요 없어. 다 당신 얘기잖아."

내가 예술가에 관한 논문의 다른 대목을 간과한 것일지도 모른다(발표자는, 내 기억에 의하면, 쾨니히스베르크 박사라는 사람이었다). 그 논문은 예술가들의 애정생활을 다루었고, 특히 예술가들이 자신들이 한 번도 가져보지 못한 '이상적인 부모'로 '사랑의 대상'을 지나치게 이상화하는 경향에 대해 다루었다. 이 부적절한 '사랑의 대상'은 대체로 예술가 자신이 만들어낸 이미지다. 실제로 그들이 열정을 바친 대상은 다른 사람들의 눈에는 지극히 평범한 경우가 많다. 그러나 예술가 자신의 눈에 비친 사랑의 대상은 어머니, 아버지, 뮤즈, 완벽함의 전형이었다. 때로는 심술궂은 여자로서의 완벽함, 사악한 남자로서의 완벽함이지만 예술가에게 그들은 일종의 신이고 전지전능한 존재다.

쾨니히스베르크 박사는 이러한 심취의 예술적 목적이 궁금했다고 말했고 우리는 기대감에 몸을 앞으로 내밀었다. 오이디푸스적 심취 성향을 재창조함으로써 예술가는 자신의 '가족 로맨스'를 재창조할 수 있고 이상적인 어린 시절을 재창조할 수 있다. 빈번하고 끊임없이 변화하는 예술가의 심취는 환상을 유지하기 위해 설계된 장치다. 새롭고 강렬한 성적 심취는 성인이 가질 수 있는 모든 심취 중에 어린아이가 이성의 부모에게 가졌던 열정과 가장 근접한 것이기 때문이다.

논문 발표가 진행되는 내내 베넷은 미소를 지었고 나는 부루퉁했다.

단테와 베아트리체, 스콧과 젤다. 험버트와 롤리타. 시몬 드 보부아르와 사르트르. 킹콩과 페이 레이. 예이츠와 모드 곤. 셰익스피어와 검은 여인. 셰익스피어와 W. H. 씨. 앨런 긴즈버그와 피터 오를롭스키. 실비아 플라스와 저승사자. 키츠와 패니 브론. 바이런과 오거스타. 도지슨과 앨리스. D. H. 로런스와 프리다. 아셴바흐와 타드치오. 로버트 그레이브스와 하얀 여신. 슈만과 클라라. 쇼팽과 조르주 상드. 오든과 칼만. 홉킨스와 성령. 보르헤스와 그의 어머니. 나와 에이드리언?

그날 오후 네 시, 나의 이상화된 사랑의 대상이 바로크 회의실에서 열린 또 다른 학회에 모습을 드러냈다. 그 학회가 마지막 행사였다. 다음 날 아나 프로이트와 그 일당들이 기자들, 참가자들, 나약한 자들, 절름발이들, 장님들을 위해 대회를 정리해줄 예정이었고, 그러고 나면 학회는 끝나고 우리는 떠날 것이다. 그러나 누가 누구와 떠날 것인가? 베넷이 나와? 에이드리언이 나와? 아니면 세 사람이 함께? 동요처럼 '첨벙. 첨벙. 첨벙. 정신분석받는 세 사람, 한 욕조에 들어 갔다네' 로 끝날까?

에이드리언의 발표는 주로 다음 대회에 관한 제안으로, 대체로 따분했다. 그러나 나는 사실 제대로 듣고 있지도 않았다. 나는 베넷을 보고 또 에이드리언을 보면서 둘 중 한 명을 선택하려 애썼다. 너무도 초조해진 나는 10여 분이 지난 뒤 자리에서 일어나 복도를 혼자 서성거렸다. 그러다가 마치 운명처럼 나의 독일인 정신분석의 하페 박사를 만났다. 그는 유쾌한 대화를 방금 끝낸 듯 에릭 에릭슨을 포옹하고 있었다. 그가 내게 인사하며 잠깐 얘기나 하겠냐고 물었다.

나는 얘기하고 싶었다.

의학 박사이자 교수인 군터 하페는 키가 크고 호리호리하고 매부리코에 머리카락은 희고 곱실거리며 헝클어진 남자다. 그는 독일에서는 나름대로 유명인사여서 TV에 자주 출연했고 유명 잡지에 기고했으며 네오나치즘을 맹렬하게 비난하는 인물로 알려져 있었다. 그는 급진적이고 죄책감에 사로잡힌 독일인으로 나치 기간에는 런던에서 망명생활을 하다가 나중에 독일을 야만성으로부터 구하기 위해 독일로 돌아왔다. 그는 한마디로 우리가 거의 듣도 보도 못한 독일인이라고 말할 수 있었다. 유머 있고 겸손하고 독일을 비판하는 독일인. 그는 〈뉴요커〉를 읽었고 베트콩에게 돈을 보냈다. 그는 생각을 '챙각'이라고 발음하고 비즈니스를 '피지니스'라고 발음했지만 그럼에도 만화책에 나오는 전형적인 독일인이 아니었다.

처음 그에게 상담을 받기 시작했을 때, 천장이 높고 후덥지근한 그의 하이델베르크 상담실 소파에 일주일에 네 번 누워 있던 시절, 나는 스물네 시간 겁에 질려 있었다. 그때 나는 차를 타기도 두려웠고 편지를 쓰기도 두려웠고 글을 쓰기도 두려웠다. 내가 시집을 몇 권 출판하고 온갖 종류의 명예 학사, 석사학위를 취득했다는 사실을 도저히 믿을 수 없었다. 항상 쾌활하고 자신감이 넘쳐 보여서 친구들은 나를 부러워했을지 몰라도 속으로 나는 거의 모든 게 두려웠다. 밤에 혼자 있을 때면 옷장 문을 일일이 열어 보았다. 그러고 나서도 잠을 이룰 수가 없었다. 나는 뜬 눈으로 누워서 내가 두 번째 남편마저 미치게 만들고 있는 건 아닌지, 아니면 그저 그렇게 보일 뿐인지 생각했다.

나의 가장 독창적인 자기고문 방식은 편지를 쓸 때 나타났다. 아니, 편지를 못 쓸 때라고 해야 할까. 특히 일과 관련된 편지를 쓸 때였다. 만약(마치 어쩌다 한 번 일어난 일처럼 '만약'이라고 표현한다) 어떤 출판사의 에이전트가 내게 시 몇 편을 보내줄 수 있냐고 물어오면 나의 답장은 한마디로 재앙이었다. 뭐라고 답해야 할까. 그런 어려운 요청에 어떻게 대답한단 말인가. 도대체 어떻게 편지를 쓴단 말인가.

그러한 편지들 중 한 통은 그런 고민 속에서 벌써 2년째 책상 서랍 속에서 썩고 있었다. 나는 다양한 초안을 작성해보았다.

'친애하는 존스 씨'라고 시작했다. 너무 뻔뻔하지 않은가? 그냥 '존스 씨'라고 쓰는 게 낫지 않을까? '친애하는'을 붙이면 너무 아부하는 것처럼 보이지 않을까? 아예 호칭을 생략하면 어떨까? 곧바로 본론으로 들어간다면? 안 된다. 그건 너무 딱딱하니까.

시작부터 이 정도로 고민을 한다면 본문에 들어가서 얼

마나 고민을 할지 짐작이 갈 것이다.

제 시를 보내달라는 친절한 부탁에 감사드립니다. 그러나…….

말도 안 돼! 너무 비굴하잖아. 사실 그 편지는 전혀 '친절한' 게 아니었는데 왜 친절했다고 말하면서 아첨을 해? 그보단 자신감 있고 단호한 편이 나아.

저는 방금 전에 시를 보내달라고 요청하신 귀하의 편지를 받았습니다.

너무 자기중심적이잖아(종이를 구긴다)! 절대로 인칭대명사로 편지를 시작하지 말라는 글을 어디선가 본 적 있어. 더구나 어떻게 '방금' 받았다고 말할 수 있어? 벌써 1년 가까이 묵혀 두었는데. 다시 써!

1967년 11월 12일에 보낸 편지가 제 마음속에 오래도록 남아 있습니다. 좀 더 빨리 답장을 드리지 못해 죄송합니다. 하지만…….

너무 사적이야. 편지 문제로 내가 징징거리는 꼴을 과연 그 여자가 보고 싶을까? 그 여자가 관심이나 있을까?

그렇게 2년을 보낸 뒤, 수차례의 실패 끝에, 나는 지극히 온순하고 변명하는 듯한 편지를 문제의 편집자에게 보냈다. 편지를 부치기 전에 열 번을 찢어버렸고 열한 번 타자를 쳤고 내 시는 열다섯 번 타자를 쳤다. 글자도 완벽해야 했고 오자가 하나만 나와도 그 페이지 전체를 버렸다. 더구나 나는 타자치는 법을 배운 적이 없었다. 그러고 나서 그 서류봉투를 뉴욕으로 보냈다. 그에 대한 답장으로 나는 아주 따듯한 편지와(심지어는 나의 편집증으로도 절대로 오해할 수 없는) 수락 통보, 수표를 받았다. 행여라도 내가 거절 통보를 받았다면 다음 번에 편지를 쓰기까지 얼마나 오랜 시간이 걸렸을지.

하이델베르크에서 하페 박사와 상담을 시작했던 시절은 그나마 내가 자신만만했던 시절이었다. 그 이후 서서히 글을 쓸 수 있을 정도로 오래 책상에 앉아있는 법을 배웠다. 원고를 보내고 편지를 쓰는 법도 배웠다. 마치 글씨 쓰는 법을 배우는 뇌졸중환자 같은 기분이 들었고 그때 하페 박사가 안내자가 되어주었다. 그는 온화했고 인내심이 있었으며 재미있었다. 그는 내게 나 자신을 미워하지 않는 법을 가르쳐주었다. 한마디로 그는 보기 드문 독일인이었고 또한 보기 드문 정신분석의였다. 상담 중에 한심한 말을 해대는 사람은 나였다.

"아무래도 말도 안 되는 시 따윈 집어치우고 아기나 가질까봐요."

그럴 때마다 그는 그런 식의 '해결책'의 문제점을 지적해주었다.

나는 2년 반 동안 그를 보지 못했지만 첫 시집을 그에게 보냈고 그가 답장해주었다.

"크러니까."

그는 자신과 전혀 닮지 않은 만화책의 독일인처럼 말했다.

"이제 편지 쓰는 데는 이제 아무 문체가 없는 거죠?"

"네. 근데 그것 말고 다른 문제들이 아주 많아요."

나는 빈에 도착한 이래 내가 겪었던 온갖 혼란스러운 상황을 털어놓았다. 그는 날 위해 이 상황을 분석해줄 생각은 없다고 했다. 단지 전에도 여러 번 했던 말을 다시 해줄 거라고 했다.

"당신은 비서가 아니에요. 시인이지요. 당신의 삶이 복잡하면 안 된다고 누가 그러던가요? 당신만은 모든 갈등을 피할 수 있다고 누가 그러던가요? 고통을 피할 수 있다고 누가 말했지요? 열정은요? 열정에 대해 한마디 하죠. 당신은 왜 한 번도 스스로에게 열정을 허락하지도, 그 열정을 용서하지도 못하지요?"

"정말 그래요. 문제는, 사실 제가 내면적으로는 청교도

거든요. 포르노 작가들도 사실은 다 청교도들이잖아요."

"당신은 절대 포르노 작가가 아니에요."

그가 말했다.

"아니죠. 하지만 '포르노 작가pornographer' 라는 말은 왠지 듣기가 좋아요. P가 두 개 있잖아요. 그 어감이 좋아요."

하페 박사가 미소를 지었다. 그가 '어감' 이라는 말의 의미를 알고 있을까? 얼마나 여러 차례 그에게 내 영어를 이해하겠냐고 물었던가. 어쩌면 2년 반 동안 그는 내 말을 전혀 이해하지 못했는지도 모른다.

"당신은 청교도 맞아요. 그것도 최악의 청교도죠. 당신은 자신이 좋아하는 일을 하면서 너무 죄책감을 느껴서 그걸 즐기지 못해요. 그렇다면 솔직히, 그게 뭐하는 짓인가요?"

런던 피난 시절 하페는 영국식 어법 몇 가지를 익혔다. 나는 그가 '솔직히' 라는 말을 즐겨 쓴다는 사실을 떠올렸다.

"내가 알고 싶은 게 바로 그거예요."

내가 말했다.

"가장 나쁜 건 당신이 항상 당신의 삶을 평범하게 만들려고 애쓴다는 거예요. 정신분석을 받는다고 해도 당신의 삶은 결코 단순해지지 않아요. 왜 그렇게 되기를 바라죠? 이 남자도 아마 그 일부일 거예요. 왜 충분히 생각해볼 시간을 가져보지도 않고 모든 걸 던져버리려고 하죠? 좀 더 기다리면서 상황이 어떻게 돌아가는지 볼 수는 없을까요?"

"제가 신중한 사람이라면 기다릴 수 있겠죠. 하지만 신중해지는 게 쉽지 않았어요."

"편지를 쓰는 것만 빼고요. 편지에 대해선 지나치게 신중했죠."

"이젠 안 그래요."

내가 말했다.

그때 학회가 끝났고 우리는 일어서서 악수하고 작별인사를 했다. 나는 혼자 남아 나의 딜레마를 해결해야 했다. 이번에는 나를 구해줄 착한 아빠가 없었다.

베넷과 나는 서로를 비난하며 긴 밤을 보냈다. 우리는 시험적으로 별거기간을 가져야 할지 동반자살을 해야 할지 걱정했고 서로에 대한 사랑을 선언했고 또 증오를 선언했으며 모순적 감정을 선언했다. 우리는 사랑을 나누었고, 소리를 질렀고, 울었고, 다시 사랑을 나누었다. 그 모든 걸 상세하게 열거할 필요는 없을 것이다. 어느 순간은 우리의 결혼생활이 아이리스 머독*식의 간통이 존재하는 오스카

* 아일랜드 출신의 여성 소설가이자 철학자. 선과 악, 성, 도덕성, 무의식의 힘을 주제로 소설을 썼고 결혼 후에도 자유분방한 생활을 한 것으로 알려짐.

와일드식의 재치 있는 소극이 되기를 바랐지만 실제 상황은 사르트르의 희곡 《출구는 없다No Exit》라든가, 더 끔찍하게는 《지구가 돌듯이As the world Turns》와 비슷해져 간다는 사실을 인정하지 않을 수 없었다.

아침이 되자 우리는 초췌한 모습으로 행사장으로 향했고 공격성에 관한 아나 프로이트의 강연과 다른 대회의 지도부 인사들(그중에는 에이드리언도 포함되어 있었는데 그는 내가 며칠 전에 써준 연설문을 읽었다)의 폐막 연설을 들었다.

폐회식이 끝나고 베넷이 뉴욕에서 온 친구들과 이야기를 나누는 동안 나는 에이드리언과 몰래 만나 이야기를 나누었다.

"나하고 같이 가. 멋진 모험을 하게 될 거야."

"솔깃하지만 그럴 수 없어."

"왜?"

"그 얘긴 이제 그만해. 부탁이야."

"점심식사 후에 다시 올게. 혹시 마음이 바뀔 수도 있으니까. 난 잠깐 만나볼 사람이 있어. 그다음엔 곧장 돌아가서 짐을 꾸릴 거야. 2시쯤 당신을 찾을게. 당신이 없으면 한 시간쯤 기다릴게. 마음을 정해. 두려워하지 마. 베넷도 가겠다고 하면 난 물론 환영이야."

그가 특유의 묘한 미소를 지어보이면서 내게 키스했다.

"안녕, 내 사랑!"

그리고 그가 돌아섰다. 다시는 그를 보지 못할지도 모른다고 생각하니 다리가 풀렸다.

이제 모든 게 내게 달려있었다. 그는 나를 기다릴 것이다. 나에겐 세 시간 반 정도의 시간이 남아 있었다. 나의 운명, 그리고 그의 운명, 그리고 베넷의 운명을 결정할 시간이었다. 나는 멋지게, 아니면 아무렇지도 않게, 아니면 나쁜 년처럼, 마침내 결단을 내렸다고 말하고 싶었다. 나쁜 년처럼 행동하는 것도 하나의 방법이리라. 그 나름의 열정이 있으니까. 그러나 나는 나쁜 년으로서도 실격이었다. 나는 훌쩍였다. 아첨했다. 고민했다. 분석했다. 나도 나 자신이 지긋지긋했다.

베넷과 시민공원에서 점심식사를 하면서 나는 괴로워했다. 내가 괴로워한다는 사실에 대해서도 괴로워했다. 우리는 오후 두 시에 아메리칸 익스프레스 사무실에서 뉴욕행 티켓을 두 장 살지 런던행 티켓을 두 장 살지, 아니면 한 장을 살지 한 장도 사지 말지 결정하려 애썼다.

모든 게 너무도 우울했다. 그때 나는 에이드리언의 미소를 생각했고 다시는 그를 보지 못할지도 모른다는 사실을 생각했고 수영하며 보냈던 화창한 오후들을 생각했고 그와 주고받은 농담을 생각했고 술에 취해 차를 몰고 빈을 돌아다니던 일을 생각했다. 나는 베넷을 홀로 남겨두고 미친 여자처럼 아메리칸 익스프레스를 뛰쳐나와 거리를 달렸다. 하이힐 샌들을 신고 자갈밭을 달리다가 발목을 몇 번인가 삐끗했고 큰 소리로 울었고 얼굴은 일그러졌고 화장은 엉망이 되었다. 내가 아는 거라고는 오직 그를 다시 만나야한다는 것뿐이었다. 늘 안전한 쪽만 선택한다고 그가 날 놀렸던 일을 생각했다. 그가 용기에 대해서 했던 말과 밑바닥까지 내려가서 무얼 깨닫게 되는지 보라던 말을 생각했다. 주어진 환경에 자신을 맞추며 살았던 착한 소녀, 도리를 다 하는 딸, 머릿속으로만 간통을 저지르는, 죄책감에 사로잡힌 정숙한 아내로서 지켜야 했던 규율들을 생각해보았다. 단 한 번만이라도, 결과가 어떻게 되건, 용기를 내어 나 자신의 감정을 따르겠노라고 생각했다. 하프 박사의 말도 떠올랐다.

"당신은 비서가 아니에요. 시인이에요. 왜 당신 삶이 복잡하면 안 된다고 생각하죠?"

나는 가정교사의 아내와 달아난 D. H. 로런스를 생각했고 사랑을 위해 죽음을 선택한 로미오와 줄리엣을 생각했고 타드치오를 쫓아 복잡한 베네치아 골목을 헤매고 다녔던 아셴바흐를 생각했고 다리를 불태우고 저 거친 창공 너머로 날아간 실제의, 그리고 허구의 인물들을 생각했다. 이제 나도 그들 중 한 명이다. 이제 나는 겁에 질린 아내가 아니었다. 이제 나는 날고 있었다.

에이드리언이 나를 두고 떠났을까봐 두려웠다. 나는 더

빨리 달렸고 뒷골목에서 길을 잃었고 같은 길을 계속 돌았고 달려오는 차를 피했다. 빈에 온 이래 줄곧 멍한 상태였기 때문에 수십 번 지나다닌 길인데도 눈에 익은 건물이 하나도 없었다. 겁에 질려 있었기 때문에 거리 표지판이 하나도 눈에 들어오지 않았지만 익숙한 건물이 나올 때까지 계속 앞으로만 달렸다. 빌어먹을 로코코 양식의 건물들은 전부 다 엇비슷했다. 마침내 눈에 익은 기마상이 보였다. 그리고 뜰을 지나고 (나는 숨을 헐떡이고 있었다) 연결통로를 지나고 또 다른 뜰을 지나고 또 다른 통로를 지나자 (나는 땀을 뚝뚝 흘리고 있었다) 마침내 자동차들이 주차되어 있는 안뜰이 보였고 에이드리언이 자신의 트라이엄프에 뻔뻔스럽게 기대어 잡지를 뒤적이고 있는 모습이 눈에 들어왔다.

"나 왔어! 당신이 혼자 떠났을까봐 두려웠어!"

내가 헐떡이며 말했다.

"내가 그럴 사람 같아?"

그는 그러고도 남을 사람이었다!

"아주 멋진 시간을 보내게 될 거야."

그가 말했다.

우리는 길을 잃지 않고 곧장 호텔로 갔다. 위층에 올라가서 나는 옷가지들을 가방에 넣었다. 파티 때 입었던 장식 달린 드레스, 축축한 수영복, 잠옷, 우비, 여행용 면 드레스 등등. 모든 게 뒤죽박죽으로 한데 뒤섞였다. 그러고 나서 나는 베넷에게 편지를 쓰기 위해 앉았다. 무슨 말을 해야 할까. 땀과 눈물이 함께 뚝뚝 떨어졌다. 나의 편지는 파혼장이라기보다는 구애편지 같았다. 나는 베넷에게 사랑한다고 썼다(나는 그를 사랑했다). 그리고 왜 내가 그를 떠나야 하는지 모르겠다고(나는 정말 알지 못했다). 그러나 왠지 그래야만 할 것 같다고(정말 그랬다). 나는 그가 나를 용서해주기를 바란다고. 우리의 삶을 다시 한 번 생각해보고 다시 시작할 수 있기를 바랐다. 나는 그에게 우리가 갈 계획이었던 런던 호텔의 주소를 남겼다. 에이드리언과 어디로 가게 될지는 몰라도 아마도 런던에 들를 수 있을 것이다. 나는 그에게 런던에서 만나볼 생각이었던 사람들의 전화번호를 남겼다. 그리고 사랑한다고, 나를 용서하기를 바란다고 썼다. 편지는 이미 두 페이지를 넘기고 있었다. 아마 떠나고 싶지 않아서 계속 편지를 쓰는 것이리라. 나는 내가 뭘 하는지 모르겠다고 썼다(정말 그랬다). 기분이 더럽다고도 썼다(정말 그랬다). 그리고 열 번째로 사랑한다고 썼을 때 베넷이 들어왔다.

"나 떠날 거야."

울면서 내가 말했다.

"당신한테 편지 쓰고 있었는데 이제 그럴 필요가 없네."

내가 편지를 찢기 시작했다.

"찢지 마! 이게 당신이 나한테 남기는 것 전부잖아."

그가 말하며 내게서 편지를 빼앗았다.

그 말에 나는 정말 길게 흐느끼며 대놓고 울기 시작했다.

"제발, 제발, 제발 날 용서해줘."

내가 애원했다.

사형집행인들은 도끼를 내리치기 전에 죄수들에게 용서를 구한다.

"당신에겐 용서가 필요하지 않아."

그가 말했다.

그는 우리를 소개해준 사람에게서 선물받은 가방에 자신의 물건들을 챙기기 시작했다.

'길고 행복한 결혼이 되기를. 삶의 여정에 많은 여행이 있기를.'

이 순간의 강렬함 때문에 이 모든 장면을 내가 연출한 것일까? 지금보다 더 그를 사랑했던 적이 없었다. 지금보다 더 그의 곁에 머물고 싶었던 적은 없었다. 그게 내가 가야만 하는 이유일까? 왜 그는 "가지 마. 사랑해"라고 말하지 않을까?

그는 말하지 않았다.

"당신 없이 더 이상 이 방에 머무를 수 없어."

그가 말하고는 여행안내 책자와 온갖 종류의 잡동사니들을 가방에 넣기 시작했다. 우리는 가방을 끌고 함께 아래층으로 내려갔다. 우리는 데스크에서 숙박비를 지불하면서 잠시 머뭇거렸다. 에이드리언이 밖에서 기다리고 있었다. 제발 가버렸으면! 그러나 그는 기다렸다. 베넷이 내게 여행자 수표와 아메리칸 익스프레스 카드가 있는지 물었다. 그는 정말 괜찮겠냐고 물었다. 그는 "가지마. 사랑해"라고 말하는 대신 그렇게 말했다. 그것이 그 말을 하는 그만의 방식이었지만 나는 너무도 제정신이 아닌 나머지 그 말을 "빨리 꺼져 버려!"로 들었다.

"당분간 못 볼 거야."

내가 주저하며 말했다.

"하지만 당신은 혼자가 아니잖아. 내가 혼자지."

사실이었다. 진정으로 독립적인 여자라면 산속에 혼자 들어가 명상을 할 것이다. 에이드리언 굿러브와 낡은 트라이엄프를 타고 떠나지 않을 것이다.

마음이 황폐해졌다. 나는 망설이고 또 망설였다.

"뭘 망설여? 왜 안 가?"

"당신은 어디로 가는데? 당신을 보려면 어디로 가야하지?"

"난 공항으로 갈 거야. 집에 가야지. 어쩌면 런던에 가서 비행기 표를 환불할 수 있는지 알아보든지. 아니면 그냥 곧장 집으로 가든지. 아무래도 상관없어. 당신이 무슨 상관이야?"

"상관있어. 상관있단 말이야."

"어련하시겠어."

그 말과 함께 나는 가방을 들고 호텔을 나섰다. 달리 뭘 할 수 있었겠는가. 내가 나 자신을 궁지에 몰아넣었다. 내가 나 자신을 이 진부한 이야기 속에 우겨넣었다. 이제 이 모든 건 하나의 내기였고 도전이었으며 러시안 룰렛 게임이었고 여성성의 시험이었다. 돌아갈 길은 없었다. 베넷은 애써 태연한 척하며 침착하게 서 있었다. 그는 밝은 빨간색 터틀넥을 입고 있었다. 그는 왜 달려와 에이드리언의 턱을 날려버리지 않을까? 왜 자기 여자를 되찾으려 싸우지 않을까? 두 사람은 프로이트의 책들과 랭의 책들을 방패삼아 빈 숲에서 결투를 할 수도 있을 것이다. 적어도 언어의 결투쯤은 할 수 있을 것이다. 베넷이 한마디만 했더라면 나는 머물렀을 것이다. 그러나 그의 입에선 아무 말도 나오지 않았다. 베넷은 그를 떠나는 게 나의 권리라고 생각하고 있었고 이제 나는 그 권리를 누려야만 했다. 이미 그 권리가 구역질나기 시작했음에도.

"한 시간이나 기다렸잖아."

에이드리언이 나의 가방을 그의 차, 그가 '부트'라고 부르는 차 트렁크에 넣으며 말했다. 그러고 나서 마치 나치들을 피해 달아나는 커플처럼 우리는 빈을 떠났다. 공항을 지날 때 나는 "차 세워! 날 저기 내려줘! 난 떠나고 싶지 않아!"라고 소리치고 싶었다. 나는 빨간 터틀넥을 입고 혼자 서서 이곳 혹은 저곳으로 가려고 이 비행기 혹은 저 비행기를 기다리고 있을 베넷을 생각했다. 그러나 이미 너무 늦었다. 좋건 싫건 나는 이미 모험을 시작했고, 그 모험이 나를 어디로 데려다줄지는 알 수 없었다.

11

실존주의, 이대로 좋은가

…… 실존주의자들은 자기들이 완전한 절망에
빠져 있다면서 쉬지 않고 글을 쓴다.

_ W. H. 오든

에이드리언 굿러브에게 내 운명을 내던진 이후로 나는 그의 법이 곧 우리의 법이 되는 세상에 들어서게 되었다. 물론 그는 우리의 세상에 그 어떤 규칙도 없는 척했다. 예를 들면, 내일 뭘 할지 묻는 것은 금지되어 있었다. 실존주의자들은 '내일' 이라는 단어를 쓰지 않았다. 그 단어는 사전에서 사라져야 했다. 미래에 대해 얘기해서도 안 되었고 미래가 존재한다는 듯 행동해서도 안 되었다. 미래는 존재하지 않았다. 오직 우리의 자동차 여행과 야영지와 호텔만이 존재했다. 우리의 대화만이 존재했고 바람막이 유리(에이드리언이 '바람 스크린'이라고 부르는) 앞으로 펼쳐지는 풍경만이 존재했다. 지나간 시간은 지나간 시간이었다. 그래서 우리는 시간이 더 빨리 지나가도록 서로를 즐겁게 해주려 애썼다. 마치 긴 자동차 여행에 따분해진 아이들을 위해 지도 게임이나 노래 알아맞히기 게임을 만들어내는 부모들처럼.

우리는 과거에 대해 얘기했다. 소설가처럼 과장하고 윤색하고 극적인 표현을 가미하면서. 오직 진실만을 말하는 척했고, 진실을 전부 털어놓는 척했지만 헨리 밀러*가 말했듯이 그 누구도 절대적인 진실을 말할 수는 없다. 심지어는 자서전조차도 부분적으로는 위조된 하나의 문학이다. 우리는 과거 얘기를 하는 것으로 미래를 사는 셈이었다.

때로는 이야기의 큰 줄기가 갑작스럽게 끝나는 걸 막기 위해 곁가지에 공을 들이며 왕을 기쁘게 하려 애쓰는 세헤라자데**가 된 것 같은 기분이 들었다. 이론적으로 그와 나는 언제든 이 여행을 그만둘 수 있었고 나보다는 에이드리언이 그럴 확률이 높은 것 같아 두려웠고 그래서 그를 항상 즐겁게 해주어야 할 것만 같았다. 며칠 동안 한 남자와

* 미국의 초현실주의 소설가. 대표작으로 《북회귀선Tropic of Cancer》이 있다.

** '아라비안나이트'를 이야기한 술탄의 왕비.

단 둘이 지내야 하는 다급한 처지가 되자 비로소 내가 얼마나 자유롭지 못한 인간인지 깨닫게 되었다. 나의 자연스러운 충동이라는 게 고작 아첨하는 거라니. 호기롭게 큰소리치던 내 모습은 내면 깊은 곳 노예근성에 대한 반응일 뿐이었다.

갑자기 미래 얘기를 할 수 없게 되면 그제야 미래가 얼마나 현재를 지배하는지, 우리 일상의 얼마나 많은 부분이 미래를 계획하고 통제하려는 노력으로 소모되는지 깨닫게 된다. 우리에게 미래에 대한 통제권이 없어도 상관없다. 미래에 대한 생각이야말로 우리에겐 가장 신나고 즐거운 소일거리다. 미래를 접고 나니 오직 과거만이 남았다. 죽은 벌레들이 뒹구는 바람막이 유리와 함께.

에이드리언이 규칙을 정했지만 그는 툭하면 규칙을 바꾸었다. 그런 면에서 그는 어린 시절 랜디와 비슷했다. 내가 일곱 살 때 열두 살이었던 랜디는 내게 주사위 놀이를 가르쳐주었지만 자기가 던진 주사위의 숫자를 보고 매번 규칙을 바꾸었다. 랜디와 10분 정도 게임을 하고나면 열심히 모았던 내 돼지저금통의 돈은 바닥난 반면 돈이 떨어지기 시작했던 랜디는 스카이 매스터슨*이 되었다. 행운의 여신이 아무리 내게 미소를 지어도 결국엔 나의 패배로 끝

* 뮤지컬 〈아가씨와 건달들〉의 주인공인 뉴욕의 도박사.

났다.

"이건 뱀 눈*이야. 내가 이겼어!"

랜디가 소리치곤 했다.

"정말?"

나는 개미처럼 내 용돈을 차곡차곡 모았지만 랜디는 베짱이처럼 돈을 물 쓰듯 했다. 그러나 랜디는 항상 부자였고 나는 항상 파산이었다. 맏이로 태어난 아이는 그렇게 될 위험이 높다. 나는 영원한 둘째였다. 에이드리언 역시 랜디와 같은 해(1937년)에 태어났고, 그 역시 동생을 통해 약한 자를 갈취하는 법을 배웠다. 유럽의 미로를 헤집고 다니면서 나는 형제자매 간의 그 오래된 양상을 쉽게 이해할 수 있었다.

우리는 객실에 흰 레이스 커튼이 드리워지고 창틀에 선인장들이 놓여 있고 뺨이 발그레한 안주인이(항상 우리에게 아이가 몇이냐고 묻는) 운영하는 허름한 오스트리아 하숙집을 알게 되었다. 객실에는 매트리스가 가로로 세 부분으로 나뉜 이상한 킹사이즈 침대가 있었다. 매트리스의 골짜기가 신체의 주요 부위, 이를테면 젖가슴과 성기의 위치에 있어서 자다가 깨어보면 한쪽 젖꼭지나 아마도 한쪽 고환이 첫 번째와 두 번째 골짜기 아니면 두 번째와 세 번째 골

* 주사위 두 개의 숫자가 각각 1이 나오는 경우.

짜기에 빠져 있곤 했다. 우리는 오스트리아의 깃털 침대가 초저녁에는 땀에 흠뻑 젖게 만들고 막 깊은 잠에 빠져들 무렵 마치 요술처럼 바닥으로 주르르 미끄러져서 밤새 매트를 끌어올리게 만들다가 결국에는 괴물처럼 입술과 눈에 해묵은 먼지를(그리고 그보다 더 나쁜 알레르기 물질을) 묻힌다는 사실을 알게 되었다.

우리는 하숙집에서 아침으로 차갑고 딱딱한 빵, 공장에서 만든 조그만 양철통에 든 잼, 버터 칼에 얇고 동그랗게 일어나는 버터, 윗부분에 병균이 묻어 있을 것 같은 큼직한 잔에 담긴 카페오레를 알게 되었다. 허름한 야영지를 알게 되었고 하수구 냄새가 풍기는, 세수하고 양치할 수 있는 길고 가느다란 여물통, 모기가 들끓는 수영장(에이드리언은 그곳에서도 수영을 했다)을 알게 되었다. 에이드리언의 멋진 소형 텐트(우리가 잠들곤 하는 짙은 파란색 텐트)에 관한 유쾌한 대화로 접근해와서 마치 노련한 스파이처럼 우리의 생활에 대해 심문하는 독일인들도 알게 되었다. 자우어 크라우트와 소시지, 맥주광고가 인쇄된 받침 접시, 불쾌한 냄새가 나는 유료 화장실, 비누와 타월과 콘돔을 파는 자판기가 있는 독일 아우토반의 자동판매 음식점도 알게 되었다. 끈적끈적한 테이블에 풍만한 체구의 중년 웨이트리스들이 앞치마 달린 드레스차림으로 서빙하고 내가 비틀거리며 화장실에 갈 때마다 내게 음탕한 농담을 던지는 트럭기사들이 있는 독일의 비어 가든*도 알게 되었다.

우리는 대체로 정오부터 술에 취했고 운전석이 오른쪽에 달린 차를 몰고 아우토반을 비틀거리며 질주했고 가는 곳마다 길을 잃었으며 시속 130킬로미터로 달리는 폴크스바겐, 공격적으로 헤드라이트를 깜빡거리며 시속 180킬로미터로 달리는 벤츠 승용차, 벤츠 승용차를 추월하려 애쓰는 BMW에 쫓겼다. 독일 운전자의 눈에 보이는 건 오직 우리 차의 영국식 번호판뿐이었기 때문에 그들은 우리를 도로 밖으로 밀어내려 했다. 에이드리언도 미치광이처럼 차를 몰았다. 그는 늘 달려서는 안 되는 차선으로 달렸고 트럭 전용도로를 수시로 드나들면서 우리를 추월하려는 독일인들의 짜증을 돋우었다. 그의 그런 행동이 한편으로는 두려웠고 한편으로는 짜릿했다. 우리는 위태로운 삶을 살아가고 있었다. 얼굴도, 죄의 흔적도 일체 남기지 않고 끔찍한 차 사고로 죽을 확률이 높았다. 내가 결코 따분하지 않은 삶을 살고 있는 것만큼은 확실했다.

늘 죽음을 생각하고 비행기 여행을 무서워하고 거울에 비친 아주 작은 주름까지 신경쓰고 생일을 끔찍하게 싫어하고 암이나 뇌종양, 갑작스런 동맥류로 죽을까봐 걱정하는 모든 사람들이 그렇듯이 나 역시 남몰래 죽음과 사랑에

* 옥외에서 맥주나 청량음료 등을 파는 가게.

빠져 있었다. 뉴욕과 워싱턴을 오가는 비행이라면 끔찍하게 두렵겠지만 스포츠카의 핸들을 잡으면 주저 없이 시속 180킬로미터를 밟으면서 그 끔찍한 순간을 즐길 수 있다. 내가 나 자신의 죽음의 작가가 될 수 있음을 아는 것에서 오는 흥분은 오르가슴보다도 강렬했다. 아마도 자신의 죽음을 만들고 그 죽음에 몸을 던지는 가미가제가 바로 그런 기분이리라. 히로시마나 나가사키의 안전한 집에서 어느 날 아침 느닷없이 죽음이 그들을 덮치기를 기다리는 것보단 그 편이 나을 테니까.

우리가 진탕 술을 마시는 이유로 또 한 가지가 있었다. 나의 우울 때문이었다. 나는 기분이 아주 좋았다가도 갑자기 나빠지곤 했다. 내가 저지른 일에 대한 혐오감, 나를 사랑하지 않는 남자와 단 둘이 남게 된 것에 대한 절망감, 내가 언급하지 못하게 되어 있는 고통 때문이었다. 그래서 우리는 술에 취했고 술에 취해 키득거리는 동안 절망은 흐릿해졌다. 물론 우울함이 완전히 사라지지는 않았지만 그래도 견디기가 수월해졌다. 비행공포를 떨쳐내기 위해 비행기에서 술에 취하는 것처럼. 비행기 엔진소리가 조금만 달라져도 죽을 것 같은 생각이 여전히 들지만 어느 순간부터는 더 이상 개의치 않게 되고 심지어는 죽을 수도 있는 상황을 즐기게 된다. 그리고 어린 시절의 가장 즐거웠던 기억을 머릿속 가득 담은 채 보드라운 구름을 가르고 푸른 바다로 곧장 떨어지는 내 모습을 상상한다.

진한 커피가 나오는 이탈리아 에스프레소 자판기가 설치된 프랑스의 트럭 정류장도 알게 되었다. 알자스 맥주를 마시는 즐거움도 알게 되었고 길가의 농부들에게서 상자째 산 복숭아 맛도 알게 되었다. 자동차 불빛이 흰색에서 겨자색으로 바뀌고 빵이 맛있어지기 시작하면서 우리가 프랑스에 있다는 사실을 알았다. 프랑스에서도 가장 흉측한 곳인 독일 접경 지역, 패이고 꼬불꼬불한 2차선 도로를 알게 되었고 프랑스 사람들이 독일인들은 그 길이 아니어도 파리에 신속하게 들어올 수 있다면서 그 도로를 보수하기를 거부한다는 사실을 알게 되었다. 두 개의 백열전구가 달려 있고 파리가 들끓는 비데(우리는 자물쇠를 채우려 애쓰다 손톱이 부러지는 순간 불이 나가버리는 더러운 화장실 대신 비데를 화장실로 사용했다)가 있는 수많은 싸구려 여관들을 전전했다. 실내 화장실과 비틀즈 음악이 흘러나오는 자동 전축이 구비된 술집 부근의 근사한 야영장을 알게 되었다. 그러나 8월인데다 전 유럽인이 평균 2.5명의 아이들을 데리고 방학 캠핑을 하고 있던 터라 그나마 괜찮은 야영지는 전부 만원이어서 길가에 텐트를 쳐야 했다. 잡초가 엉덩이를 간질이는 곳에서 똥을 눌 때면 신선한 똥을 맛보기 위해 말파리가 섬뜩할 정도로 항문 가까이까지 몰려들었다. 우리는 이탈리아 고속도로의 휴게소도 알게 되었다. 셀로 판지로 싼 캔디, 산처럼 쌓여있는 장난감들, 은박지로 싼 파네토네*, 선물포장 리본을 묶은 잼통, 손잡이에 알록달록한 리본이 날리는 세발자전거 따위를 파는 곳이었다. 피아트 승용차를 시속 150킬로미터로 몰다가도 성호를 긋고 돈을 넣어주기 위해 길거리 예수들의 모금함 앞에 차를 세우는 정신나간 이탈리아 사람들에 대해서도 알게 되었다. 독일과 프랑스의 크고 작은 공항에 대해서도 알게 되었다. 그날 들어 두 번째로 마신 맥주 기운이 가실 무렵 나의 우울이 그 흉측한 고개를 한 번 더 들 때면(두 번째 두통과 숙취와 함께) 나는 두려움에 휩싸여 에이드리언에게 가장 가까운 공항으로 데려다 달라고 말했다. 그는 한 번도 거절하지 않았다. 물론 말수가 적어졌고 내게 실망한 티를 내긴 했지만 내가 원하는 걸 정확히 표현하는 한 그는 결코 노골적으로 반대하는 법이 없었다. 가장 가까운 공항으로 가는 길에 우리는 길을 잃었고 수십 번 길을 물었다. 가까스로 공항에 도착하면 이틀 동안 비행기가 없거나 모두 예약이 끝난 상태이거나(8월의 유럽은 온통 휴가 중이었다) 아니면 2분 전에 비행기가 이륙한 뒤였다. 공항에는 늘 술집이 있었고 우리는 거기서 맥주를 더 마셨고 에이드리언은 내게 키스하고 농담을 하고 애정어린 손길로 내 엉덩이를

* 이탈리아의 대표적인 빵.

붙잡으면서 우리가 함께한 모험 이야기를 했다. 그러고 나면 나는 다시 기분이 좋아져서 당분간 여행을 즐겼다. 어차피 나에겐 달리 갈 곳도 없었다.

우리의 여행이 느긋하고 편안했던 적은 거의 없었다. 우리가 빙글빙글 돌고 지그재그로 가고 같은 자리를 맴돌게 된 건 우리의 일정이 유명 건축물이나 미슐랭*에 의존하는 대신 나의(아주 가끔은 에이드리언의) 변덕스러운 기분에 의존하기 때문이었다. 우리의 여행에는 지리적 편의를 염두에 둔 원칙이나 이유가 없었다. 물론 훗날 우리가 가보았던 곳을 되짚어볼 때에야 깨닫게 된 사실이었다. 우리는 모차르트 생가를 방문할 수 있을 정도로만 잘츠부르크에 머물렀고 그곳에서 쇠간 완자로 배를 채운 뒤 잠깐 눈을 붙이고 바로 뮌헨으로 향했다. 우리는 뮌헨을 헤집고 다니다가 그뒤로 알프스로 가서 미친 왕 루드비히가 세운 다양한 성들을 둘러보고 갑자기 쏟아지기 시작한 빗속에서 노이슈반슈타인 성으로 이어진 꼬불꼬불한 길을 올라갔고 정형외과 신발을 신은 감자처럼 생긴 아줌마들과 함께 성을 둘러보았다. 그들은 팔꿈치로 우리를 밀치고 지나가면서 단내 풍기는 혀로 쉰 목소리를 냈고 바그너와 폴크스바겐과 멧돼지라는 찬란한 국보에 대한 자부심으로 얼굴이

* 프랑스에서 발간되는 여행 및 호텔, 레스토랑 안내서.

상기되었다.

나는 거의 악몽과도 같은 선명함으로 노이슈반슈타인 성 부근의 시골길을 기억하고 있다. 그림엽서에나 나올 법한 알프스 산맥, 뾰족한 산꼭대기에 걸려있던 구름들, 날카로운 산등성이를 조각하는 오래된 눈의 관절염 앓는 손가락들, 안개 낀 푸른 하늘에 높이 솟아오른 고요한 산의 봉들, 골짜기에 펼쳐진 벨벳 같은 초록빛 초원(겨울철에는 초보자를 위한 스키 슬로프), 그리고 마치 아이들 장난감처럼 들어앉은 갈색과 흰색의 뾰족지붕 집들.

독일에서 가장 유명한 성이 있는 곳은 슈베칭겐도, 슈파이어도, 하이델베르크도, 함부르크도, 바덴바덴도, 로텐부르크도, 베르히테슈가덴도, 베를린도, 바이로이트도, 밤베르크도, 카를스루에도, 크라니히슈타인도, 엘링겐도, 엘츠도 아니었다. 캘리포니아의 디즈니랜드였다. 월트 디즈니와 바이에른의 미친 왕 루드비히가 얼마나 정신적으로 닮았는지 생각하면 참으로 놀랍다. 노이슈반슈타인 성은 중세 때 존재한 적이 없는 중세풍의 19세기 가짜 건물이었다. 결국 디즈니의 성은 가짜의 가짜인 셈이었다.

나는 침실과 서재 사이에 있는, 루드비히의 중앙난방식 회벽 동굴 방과 초록색 형광 불빛에 반짝이는 그 방의 종유석들, 석순들, 지그프리트와 탄호이저(매끄러운 젖가슴에 뚱뚱한 금발의 여신, 수풀이 우거진 골짜기의 이끼 낀 바위 위에서 있는 금빛 턱수염난 전사들) 벽화, 편집증적인 눈빛의 루드비히의 초상화에 매료되었다. 성 전체에 독일 문화에서 가장 촌스럽고 가장 감상적이며 가장 구역질나는, 그들 '인종'의 고귀함에 관한 자아도취적 믿음의 증거들이 널려 있었다. 즉 우리 게르만족은 혼이 살아 있는 민족이다, 우리는 음악을 사랑한다, 우리는 숲을 사랑한다, 우리는 행진하는 발자국 소리를 사랑한다, 등등…….

비너스의 투실투실한 엉덩이 밑에서 흘러내린 풍성한 천과 회색 바위에 팔꿈치를 올리고 몸을 숙이고 있는 탄호이저와 그의 머리위에 맴도는 큐피드와 비둘기들을 보라.

그러나 특히 이 성은, 이 그림들은, 이 나라는, 디즈니랜드가 그렇듯이, 상상의 여지가 전혀 남아 있지 않았다. 잎사귀 하나하나마다 음영이 선명했고, 젖가슴마다 젖꼭지가 머저리의 눈처럼 당신을 똑바로 쳐다보고 있고, 큐피드의 날개 깃털 하나하나가 하늘거린다. 상상력의 부재. 바로 그게 괴물을 만든다.

뮌헨과 그 주변을 둘러본 뒤 우리는 북쪽으로 하이델베르크까지(수시로 멈추고 빙빙 돌고 지그재그를 그리면서) 달렸고 아우토반을 타고 바젤(스위스 초콜릿, 스위스 독일어, 라인강이 내려다보이는 음울한 사암 성당)로 갔고 거기서 다시 스트라스부르(억지로 먹인 거위 간과 훌륭한 맥주의 고향)를 지나 얼떨결에 파리로 이어진 거친 뒷골목을 지그재그로 여행하고 다시 프랑스 남부로, 이탈리아로(리비에라를 통해), 계속해서 남쪽 피렌체로 갔다가 다시 북쪽 베로나와 베네치아, 알프스를 가로지르고 다시 티치노와 오스트리아를 지난 다음 한 번 더 북쪽 독일로 갔다가 다시 프랑스로 돌아왔다. 파리에서 마침내 진리를 (혹은 진리들 중 한 가지를) 깨닫게 되었지만 아직은 그 진리가 나를 자유롭게 하지는 못했다.

너무도 비효율적인 여행처럼 들리겠지만 더욱 믿기 힘든 건 그 모든 일이 겨우 두 주 반 동안 일어났다는 사실이었다. 우리는 거의 아무것도 보지 못했다. 우리는 대부분의 시간에 운전했고 얘기했다. 그리고 섹스했다. 에이드리언은 나와 단 둘이 있을 때, 내가 그를 원할 때는 발기불능이었지만 공공장소에서는 항상 쉽게 흥분했다. 해변의 탈의장이나 주차장, 공항, 유적지, 사원 그리고 성당에서 적어도 두 가지 금기를 깨뜨리는 섹스가 아닌 이상 에이드리언은 별로 흥미가 없었다. 자기 엄마와 성당에서 섹스하는 것 정도라면 아마 후끈 달아올랐으리라.

우리는 얘기하고, 얘기하고, 또 얘기했다. 일종의 달리는 정신분석이었고 지나간 추억의 회상이었다. 우리는 시간을 보내기 위해 목록을 만들었다. 나의 전 남자친구들, 그의 전 여자친구들, 다양한 종류의 섹스(집단 섹스, 사랑

섹스, 죄책감 섹스 등등)에 대해 얘기했고 우리가 섹스했던 다양한 장소들(비행기 화장실에서, 엘리자베스 여왕시대의 유기된 유대인 사당에서, 요크셔의 대수도원에서, 노 젓는 배 안에서, 그리고 무덤가에서)에 대해 얘기했다. 사실 그중 몇 가지는 내가 지어낸 얘기임을 인정한다. 그러나 중요한 건 진실이 아니라 즐거움이다. 독자들도 내가 이 소설에서 있는 그대로의 진실을 말하고 있다고 생각하지 말기를.

에이드리언은, 내가 지금까지 알았던, 혹은 섹스했던 모든 정신분석의와 마찬가지로 나의 과거에서 하나의 패턴을 찾으려 했다. 아마도 반복적이고 자기파괴적인 패턴을 찾고 싶었겠지만 어떤 패턴이든 크게 상관없었으리라. 물론 나는 그에게 나를 맞추려 애썼다. 그렇게 하기가 어렵지 않았다. 남자에 관한 한 나는 경계심, 혹은 상식이라고 불리는 지극히 단순한 자질을 결여하고 있었다. 나는 자존심이 있는 여자라면 뒤도 안 보고 달아났을 남자를 만났고 온갖 기이한 성향 속에서 뭔가 사랑스러운 걸 발견했으며 광기 속에서 엄청나게 매력적인 무언가를 발견했다. 에이드리언은 그 대목을 재미있어했다. 물론 그는 내가 만났던 정신병자 집단에서 그 자신을 제외시켰다. 그 자신도 어떤 패턴의 일부일 거라는 생각을 그는 단 한 번도 하지 않았다.

"그러니까 당신이 만난 남자들 중에 분류할 수 없는 남자는 오직 나 한 사람뿐이군!"

그가 의기양양하게 말했다. 그러고 나서 내가 다른 남자들을 분류하기를 기다렸다. 물론 나는 그렇게 했다. 내가 나 자신의 인생을 상투적인 이야기, 프로덕션 넘버*, 길고 지루한 이야기, 구역질나는 농담으로 만들고 있음을 알고 있었다. 나는 모든 그리움, 고통, 편지(보낸 것과 보내지 않은 것), 대성통곡, 전화 독백, 고통, 합리화, 그 모든 관계에 가해진 분석, 그 모든 인간관계의 소형 보트들, 그 모든 인간관계의 대형 여객선들을 생각해보았다. 내가 그것들을 묘사한 방식이 그 관계의 복잡성, 인간성, 혼란에 대한 배신이라는 걸 잘 알고 있었다.

인생에는 각본이 없다. 삶은 말로 표현할 수 있는 것보다 훨씬 더 재미있는 것이다. 왜냐하면 언어라는 건 본질적으로 질서를 부여하지만 삶에는 질서가 없기 때문이다. 삶의 아름다운 무질서 상태를 존중하면서 그걸 자신의 작품에 고스란히 담으려 애쓰는 작가들조차도 그 과정에서 항상 자신의 삶을 실제보다 훨씬 더 정돈되어 보이게 만들기 때문에 결국은 진실을 말하지 못한다.

그 어떤 작가도 삶의 진실을 말할 수 없다. 실제의 삶은 책보다 훨씬 더 재미있기 때문이다. 어떤 작가도 한 인간의 진실을 표현할 수 없다. 소설 속 주인공보다 실제 인물

* 뮤지컬 코미디 따위에서 배역이 총출연하여 부르는 노래.

이 훨씬 더 재미있기 때문이다.

"글 쓰는 철학 얘기 그만하고 이제 첫 남편 얘기나 해 봐."

에이드리언이 말했다.

"알았어. 알았다고."

12

미친 남자

연인들과 광인들은 머리가 너무도 들끓고
너무도 형상을 잘 만들어내어
차가운 이성으로 파악하는 것보다
더 많은 것을 감지한다
광인과 연인 그리고 시인은
오로지 상상으로 가득 차 있는 이들
거대한 지옥보다 더 많은 악마를 보는 자,
그것이 광인이고 연인도 돌기는 마찬가지
집시의 얼굴에서 헬렌의 미모를 본다
시인의 두 눈이 섬세한 광기로 부릅뜨고
하늘에서 땅, 땅에서 하늘까지 바라본다
상상이 실체를 갖게 되고

아직 알려지지 않은 형태를 갖추게 되면
시인의 펜이 그것을 갖가지 모양으로 바꾸고
공기처럼 아무것도 아닌 것에
주소와 이름을 부여한다.

_ 셰익스피어, 《한여름 밤의 꿈》

상상해보시길. 그는 키가 작고 피부색이 어두웠고 짙은 갈색 턱수염을 길렀다. 그는 피터 로어와 앨프리드 드레이크, 험프리 보가트를 섞어놓은 듯한 외모였다. (피아와 나는 그렇게 말하곤 했다.) 가끔은 〈리틀 시저〉에 나오는 에드워드 G. 로빈슨 같기도 했다. 어렸을 때 그는 영화에 나오는 주인공처럼 거칠게 말하기를 좋아했다. 자칭 '영화 중독자'였고 대학에 진학해서도 그가 '구토의 집'이라고 부르던 곳에서 하루에 두세 편의 영화를 보곤 했다. 구토의 집은 부랑자들이 잠을 자고 성도착자들이 침을 흘리는 42번가의 낡은 극장으로 전쟁영화나 서부영화, 로마시대 영화를 표 한 장으로 두 번, 때로는 세 번씩 볼 수 있었다.

형편없는 영화에 대한 애정과 에드워드 G. 로빈슨 같은 제스처에도 불구하고 브라이언은 수재였다. 그는 아이큐 200이 넘는 진짜 수재였고 대입시험 최고점을 갱신하며 컬럼비아 대학에 입학했으며 그가 다녔던 캘리포니아의 모든 학교에서 각종 트로피와 상장을 휩쓸었다. 그는 열여섯 살부터 신경쇠약을 앓고 있었다. 그러나 나는 그 사실을 한참 뒤에야 알게 되었고 우리가 결혼한 뒤에 그는 다시 입원했다. 브라이언은 나를 속였다기보다는 결코 자기가 미쳤다고 생각하지 않았다. 세상이 미쳤다고 생각했다. 나도 그렇게 생각했다. 그가 날 데리고 창밖으로 날아가려 하기 전까지는.

아마도 나는 브라이언의 천재성과 화려한 언변 때문에 그와 사랑에 빠졌던 것 같다. 그는 흉내를 잘 냈고 얘기도 잘했다. 마치 더블린의 식당이나 J. M 싱*의 연극에서 나오는 만담가들처럼 언변이 기가 막혔다. 진짜 '서쪽나라에서 온 플레이보이'**였다. 나는 말을 중요시하는 사람이라 가끔 행동보다 말을 더 믿는 실수를 범하곤 한다. 나의 심장(그리고 나의 보지)는 강렬한 문장, 훌륭한 경구, 산뜻한 2행시 혹은 파격적인 비유로 점령될 수 있었다. 이런 노래를 들어본 적이 있는지.

'그대여, 당신의 보지를 뒤흔들게 해줘!'

이 노래는 잠깐 전파를 타다가 금지처분을 당해서 지옥 방송국으로 영원히 사라져버렸다. 노래 가사는 이런 식이었다.

* 존 밀링턴 싱. 아일랜드의 시인이자 극작가.

** 존 밀링턴 싱의 대표작 제목.

그대여 당신의 보지를 뒤흔들게 해줘!
그대여 당신의 피아노를 치게 해줘!

글쎄. 내 경우에는 이런 식이어야 할 것 같았다.

그대여 당신의 이행시와 섹스하게 해줘!
그 시의 행간에 잠들게 해줘!

나는 분명 브라이언의 뛰어난 두뇌에 매료되었다. 당시 컬럼비아 대학의 다른 똑똑한 학생들은 플란넬 셔츠를 입고 앞주머니에 잉크가 흐르는 볼펜 스물다섯 개를 꽂고 두툼한 알에 테가 살코기 빛깔인 안경을 썼으며, 귀속엔 여드름, 목에는 사마귀가 있고, 주름 잡힌 바지에 떡진 머리카락, 그리고 (때로는) 손뜨개 두건을 외로운 머리핀 하나로 고정하고 다녔다. 그들은 브롱크스에 살면서 엄마가 끓인 마초볼 수프와 모닝사이드 하이츠에 위치한 모지스 허대스*와 길버트 하이트**의 강의실을 오가면서 A학점을 받기 위해 문학과 철학을 공부했지만 결코 촌티는 벗지 못했고 남학생 특유의 방어적 태도를 보였으며 매력이라고는 찾아볼 수가 없었다.

* 미국의 작가, 고전문학자, 교수, 번역가
** 스코틀랜드 출신의 고전학자, 작가, 교수.

브라이언 역시 올A를 받았지만 그에게는 다른 남학생들과 다른 점이 있었다. 바로 스타일이었다. 그는 공부에는 거의 시간을 투자하지 않았다. 열 페이지 논문을 써야 할 때면 종이 열 장을 들고 타자기 앞에 앉아서 단숨에 A학점짜리 논문을 써냈다. 때로는 마감 당일에 그 열 페이지짜리 기적을 이루어내기도 했다. 그는 도무지 모르는 게 없었다. 중세 역사와 로마 역사, 르네상스 철학과 초기 교회의 신부들, 파이프 롤*, 아우구스티누스주의, 사자 왕 리처드와 노르망디 공작 롤로, 아벨라르와 앨퀸, 알렉산더 대왕과 앨프리드 대왕, 부르크하르트와 베어울프, 아베로에스와 아비뇽, 라틴어 풍자시와 그레고리오 개혁, 하인리히 사자공과 헤라클레이토스, 이단의 본질과 토머스 홉스의 책들, 배교자 율리아누스와 야코포네 다 토디, 니벨룽겐의 노래와 유명론의 역사를 아는 건 물론 와인 상표와 레스토랑, 센트럴파크의 나무들 이름, 모닝사이드 가의 은행나무의 성별, 새 이름, 꽃 이름, 셰익스피어의 아이들이 태어난 해, 셸리가 익사한 정확한 지점, 찰리 채플린 영화들의 연대기, 소 해부학(그로 인해 슈퍼마켓에서 고기의 어떤 부위를 선택할지도 알고 있었다), 길버트와 설리번이 작곡한 모든 노래의 가사, 모차르트가 쓴 모든 곡의 쾨헬번호, 지

* 1130년부터 1833년까지의 영국 정부의 재무기록.

난 20년간의 모든 올림픽 챔피언, 미국의 모든 유명 야구 선수들의 타율, 디킨스 소설에 등장하는 모든 주인공들, 미키 마우스 시계가 처음 선보인 날, 빈티지 자동차들의 제조일과 스타일, 그리고 각 모델이 얼마나 남아 있고 누가 소유하고 있는지('부가티'와 '이스파노 수이자'가 그가 가장 좋아하는 모델이었다), 16세기에 사용하던 갑옷과 투구의 종류(그것이 13세기의 갑옷과 투구와 어떻게 다른지), 개구리가 어떻게 간통을 하고 침엽수가 어떻게 짝짓기를 하는지, 카마수트라에 나온 섹스 체위가 어떤 것들인지, 중세에 사용하던 고문기구의 이름, 기타 등등 기타 등등.

너무 재수 없는 놈이라고? 그가 역겹다는 사람도 있었다. 그러나 그가 재미있는 사람이라는 점에는 아무도 토를 달지 않았다. 그는 타고난 광대였고 타고난 대본 작가였으며 타고난 만담가였다. 항상 에너지가 넘쳤다. 다른 사람들이 열흘에 할 수 있는 일을 하루 만에 해치웠고 언제나 금방이라도 하늘로 펄쩍 뛰어오를 것 같았다. 강렬한 갈증과 이 세상의 모든 걸 경험해보고 싶다는 욕망으로 끓었던 나는 당연히 그의 그런 모습에 끌렸다. 우리는 나의 입학 둘째 주(그는 2학년이었다)에 만났고 그때부터 거의 항상 붙어다녔다. 물론 내게는 이따금 다른 사람들을 만날 권리가 있었지만 나는 언제나 그의 존재, 그의 말, 그의 재능, 그가 써주는 나의 리포트, 그가 찾아준 내게 필요한 책들,

그의 편지, 전화, 꽃, 영원한 사랑을 맹세하는 시들에 압도된 상태였기 때문에 다른 남자들은 한심한 짝퉁처럼 느껴졌다.

당시 남자들은 촌놈과 지성인, 형제, 무소속으로 분류됐다. 브라이언은 그중 어떤 분류에도 해당되지 않았으면서 또한 그 모든 분류에 해당되었다. 그는 독창적인 인물이었고 아마도 섹스를 제외한 모든 분야의 백과사전이었다. 섹스에 관한 그의 지식은 처음에는 실제라기보다는 이론에 국한되었다. 우리는 함께 순결을 잃었다. '거의 함께' 라고 해야 할지도 모르겠다. 오랜 세월에 걸친 손가락 섹스과 자위로 내게 잃을 게 남아 있었는지도 의문이었거니와 브라이언은 열여섯 살 때 티후아나의 매음굴에 간 적이 있었다. 그의 아버지가 그에게 준 생일선물이었다. 브라이언의 아버지는 그와 그의 친구들을 차에 태우고 그곳에 가서 일종의 총각 딱지 떼기 파티를 열어주었다.

브라이언의 묘사에 의하면 그날의 경험은 한마디로 대재앙이었다. 창녀는 계속 "빨리 해, 빨리!"라고 소리쳤고 브라이언은 그 말에 발기가 되지 않았고 그의 아버지가 먼저 창녀와 섹스했고 그동안 그의 친구들이 밖에서 문을 두드렸다. 대단한 성년식은 아니었다. 섹스 입문서에 나와 있는 것처럼 삽입은 제대로 이루어지 않았다. 그러니까 우리가 함께 순결을 잃었다고 해도 무방하리라. 그때 나는 열일곱 살이었고 브라이언은 열아홉 살이었다. 브라이언은 내가 '감옥 미끼'*였다고 했다. 우리는 두 달 정도 사귀었고 그 두 달 동안 리버사이드 공원에서, 함께 '공부했던' 고전 도서관 책상 밑에서(소포클레스, 페리클레스, 율리우스 카이사르의 감시하는 눈빛 아래서), 우리 집 거실에서, 버틀러 도서관의 책 더미에서(나중에야 어떤 불경스러운 학생들은 거기서 섹스를 했다는 사실을 알게 되었다) 우리의 본능을 폭력적으로 억압해왔던 터였다. 우리는 내 주먹만 한(혹은 그의 페니스 만한) 바퀴벌레(어쩌면 물방개였는지도 모른다)가 돌아다니는, 브라이언이 살던 리버사이드 가 지하 아파트에서 마침내 서로의 '최후의 보루'를 갖게 되었고(일부러 매력적인 18세기 언어를 사용했음) 그동안 브라이언의 룸메이트 두 명이 〈선데이타임스〉를 가지러 왔다는 핑계로 계속 문을 두드렸다. 그 층에 있던 여섯 개의 작은 아파트 중 하나였던 브라이언의 방 바로 옆에는 보일러가 있었고 그 보일러가 건물의 유일한 난방시설이었다. 한쪽 벽은 항상 불타는 듯 뜨거웠고 또 한 벽은 마녀의 젖꼭지처럼(브라이언의 표현) 차가웠다. 온도를 조절하는 방법은 창문(보도에서 한 층 아래의 시멘트 골짜기를 바라보고 있는)을 열고 찬 공기를 들이는 방법밖엔 없었다. 강에서 불어오는 바람이라

* 성관계를 할 경우 미성년강간죄로 몰릴 만큼 나이 어린 소녀.

보일러의 열기를 식히기에 충분할 정도로 차가웠지만 우리의 열기를 식힐 정도는 아니었다.

우리는 이러한 로맨틱한 환경에서 서로의 몸을 즐기기 시작했다. 우리는 기대감으로 전율했고 브라이언이 2주 전 콜럼버스 가의 푸에르토리코인 고물상에게서 산 침대 스프링을 삐걱거리게 했다.

최후의 순간에는 물론 내가 그를 유혹했다. 에덴동산 이후로 그것만큼은 변하지 않았을 거라고 확신한다. 일이 끝나고 나서 나는 울었고 죄책감을 느꼈으며 브라이언은 수세기 동안 그들을 유혹했던 처녀들을 위로했던 남자들처럼 나를 위로했다. 우리는 촛불의 불빛 아래 누워 있었고 (그가 로맨틱해서인지 아니면 그 상징성 때문인지 브라이언은 우리가 서로의 옷을 벗기기 전에 가느다란 초에 불을 붙였다) 칠흑 같은 창문 뒤의 시멘트 벽 뒤에서 도둑고양이 울음소리가 들려왔다. 이따금 고양이 한 마리가 꽉 찬 쓰레기통 위로 뛰어올라 빈 맥주캔을 땅에 떨어뜨리면 캔이 시멘트 바닥에 떨어지는 소리가 방 안 전체에 울려퍼졌다.

우리 로맨스의 시작은 순수했고 영적이었으며 풋풋했다. 우리가 나누는 대화는 스트린드베리* 연극의 대사 같았다. 우리는 침대에 누워 서로에게 시를 읽어주었고, 삶과 예술의 차이에 대해 토론했으며, 만약 모드 곤과 결혼했다면 예이츠가 훌륭한 시인이 되었을지 되지 못했을지 생각해보았다. 봄이 되자 우리는 함께 셰익스피어 과정을 수강했다. 모든 연인들은 의례 그래야 한다고 생각했다. 화창하면서도 조금 쌀쌀한 4월 어느 날 우리는 리버사이드 벤치에 앉아 서로에게 셰익스피어의 《겨울 이야기》를 읽어주었다.

수선화가 얼굴 내밀기 시작하면
아! 골짜기 너머 아가씨도,
가장 사랑스러운 계절 속에 오시네.
한겨울의 창백함 속에 붉은 피가 깃들기 시작하니……

종달새는 지지배배 노래 부르고
아, 개똥지빠귀와 어치가
여름 노래를 불러주네, 나와 우리 아가씨들을 위해
우리가 짚더미 속에서 함께 뒹굴 때

브라이언은 플로리젤 왕자**가 되었고 나는 퍼디타가 되었다. (당신의 몸 구석구석을 치장하시니 활기가 넘칩니다. 양치기 소녀가 아닌, 4월에 고개를 내미신 꽃의 여신 같아요!) 여덟 살 혹은 아홉 살짜리 흑인이나 푸에르토리코 출신 개구쟁

* 스웨덴의 소설가이자 극작가. 대표작은 자연주의 비극인 《줄리 아가씨》.
** 셰익스피어의 《겨울 이야기》에 등장하는 퍼디타의 연인이자 왕자.

이들이 우리의 시낭송에 이끌려 벤치나 잔디밭에 모여들었고 우리의 공연을 넋을 잃고 구경했다.

아이들 중 한 명이 내 발치에 앉아 마치 숭배하듯 나를 쳐다보았다. 나는 전율했다. 시는 만국 공통어였다! 셰익스피어의 시 속에는 어리고 순수한 아이들의 귀에도 감동을 주는 무언가가 있었다. 나의 신념이 마침내 증명되는 것 같았다. 나는 새로운 영감으로 시를 읽어나갔다.

그러나 자연에 닿는 사람의 손길 또한 자연이 만든 것입니다. 그러니까 아가씨가 자연의 조화를 거스른다는 사람의 손길 또한 자연이 만든 것이란 뜻이지요. 우리는 값싼 나무에다 값비싼 나무를 접붙여, 그 값싼 나무에 아주 값비싼 줄기가 자라게 하지요? 손질을 한다고 하지만 그 손질 또한 자연이 아니겠어요?

(무시험 입학제 혹은 다인종간 출산에 대한 셰익스피어의 호소였을까?)

아이들은 몇 페이지가 넘어간 뒤에는 산만해지기 시작했지만 그때쯤이면 이미 한 곳에 오래 앉아 있기에는 너무 추웠고 우리는 아이들이 떠난 뒤 바로 짐을 챙겨 자리를 떴다.

"정말 멋지지 않았어, 자기?"

공원에서 나와 집으로 돌아가는 길에 내가 묻곤 했다.

브라이언은 웃었다.

"민중의 소리는 주로 헛소리야."

그가 말했다.

그건 그가 가장 좋아하는 좌우명 중 하나였는데, 어디서 나온 얘긴지는 나도 모른다. 나중에야 내 핸드백 속에 있던 지갑이 사라졌음을 깨달았다. 핸드백은 우리가 낭송을 하는 동안 벤치 위에 놓여 있었다. 아이들이 지갑을 훔쳤는지 아니면 그보다 앞서 잃어버렸는데 내가 알아차리지 못한 건지는 확실치 않았다. 아주 잠깐은 브라이언이 '민중'에 대한 자신의 주장을 증명하기 위해 훔쳐간 건 아닐까 의심이 들기도 했다. 우리 엄마처럼 브라이언도 홉스 신봉자였다. 그가 자신이 예수 그리스도임을 깨닫고 개종하기 전까지는.

그의 광기? 그 첫 징후가 뭐였냐고? 짚어내기가 쉽지는 않다. 얼마 전에 나의 대학 동창 한 명이 자기는 처음부터 브라이언이 좀 이상하단 걸 알았기 때문에 그와 '얽히지 않으려' 애썼다고 말했다. 그러나 내가 좋아했던 건 바로 그런 브라이언의 특이함이었다. 그는 괴짜였고 다른 사람들과 달랐고 이 세상을, 비록 시를 쓰는 데는 별로 재능이 없었지만, 시인의 눈으로 바라보았다. 그는 온 세상의 모든 걸 살아 있는 것으로, 영혼이 깃들어 있는 것으로 보았다. 과일이 그에게 말을 걸었다. 그는 사과 껍질을 깎으면서 복화술로 사과가 우는 것 같은 소리를 냈다. 복화술은 귤이나 오렌지, 심지어는 바나나에도 적용되었고 그 과일들은 노래를 하거나 말을 하거나 심지어는 항의를 했다.

그는 목소리와 표정을 기분에 따라 바꾸었다. 알 카포네 역을 하는 에드워드 G. 로빈슨이 되기도 했고 셜록 홈스 역을 하는 바실 래스본이 되기도 했고 요정 그림팔콘(우리가 만들어낸 인물)이 되기도 했고, 셰이크우프(또 하나의 가상의 친구. 셰익스피어와 양치기 개가 합쳐진 일종의 시 쓰는 개)가 되기도 했다. 우리가 함께한 긴 낮과 밤들은 브라이언이 대부분의 역할을 맡는 일련의 의식이었고, 의인화였으며, 촌극이었다. 우리는 걷고, 걷고 또 걸었다. 컬럼비아 대학에서 그리니치빌리지까지 걸었고, 브루클린 다리를 가로지른 뒤(물론 하트 크레인*의 시를 낭송하면서) 다시 맨해튼으로 향했다. 우리는 결코 지루해지지 않았다. 권태로운 젊은 부부들처럼 레스토랑에 침묵하며 앉아 있는 법이 없었다. 우리는 항상 떠들었고 항상 웃었다.

결혼하기 전까지는.

결혼이 모든 걸 망가뜨렸다. 4년 동안 연인이자 절친한 친구이자 셰익스피어 학도였던 우리는 그 모든 걸 결혼으

* 20세기 초반에 활동한 미국의 대표적인 시인. 대표작은 《다리》다.

로 한 방에 날려버렸다. 나는 결혼을 원치 않았다. 내게 결혼이란 먼 미래의 일처럼 느껴졌다. 그것도 아주 먼 미래의. 그러나 브라이언은 내 영혼을 소유하고 싶어했다. 그는 내가 날아갈까봐 두려워했다. 그래서 그가 내게 최후통첩을 했다. 결혼하지 않으면 떠나겠다고. 나는 그를 잃을까봐 두려웠고, 집에서 벗어나고 싶었고, 졸업을 앞두고 있었고, 졸업하면 딱히 뭘 해야 할지도 몰라서 그와 결혼했다.

우리에겐 돈이 없었다. 대학원 장학금, 향후 몇 년 동안 손댈 수 없는 신탁자금, 내 스물다섯 번째 생일날 부모님이 준, 급격히 폭락한 주식이 전부였다. 브라이언은 학교 행정부와 불화를 일으켜 대학원에서 퇴학당했고 그 바람에 취업을 해야 하는 신세가 되었다. 우리의 삶은 급격히 달라졌다. 생활전선으로 뛰어드는 순간 결혼한 사람들이 서로를 볼 기회가 거의 없다는 걸 깨달았다. 우리의 전원시는 그렇게 끝났다. 긴 산책도, 함께 공부하던 시간도, 침대 위에서 보내는 나른한 오후도 끝이었다. 우리의 황금기는 지나갔다. 이제 브라이언은 자신의 하루를(그리고 밤 대부분을) 조그만 시장조사 회사의 컴퓨터 앞에 앉아, 대학을 2년만 다닌 여자가 대학을 졸업한 여자보다 세제를 조금 더 구입할지 덜 구입할지와 같은 어마어마한 질문의 대답이 나오기를 기다려야만 했다. 그는 중세 역사라든가 그 외의 다른 것들에 대해 품었던 것과 똑같은 열정으로 시장 조사에 뛰어들었다. 그는 전부 다 알고 싶어했다. 그는 상사를 포함한 다른 누구보다도 열심히 일해야 했다. 그러나 회사 사장은 브라이언이 정신병원에 입원하고 나서 얼마 되지 않아 수백만 달러를 받고 회사를 팔아넘겼다. 그 모든 게 결국은 사기였던 것으로 드러났다. 그때 브라이언의 상사는 이미 스위스의 오래된 성에서 젊은 새 아내와 살고 있었고 브라이언은 정신병자라는 낙인이 찍혔다. 타고난 천재성에도 불구하고 브라이언은 자신의 상사가 사기꾼이라는 사실을 알지 못했다(혹은 알려고 하지 않았다). 그는 밤 열두 시가 되도록 컴퓨터 앞에 앉아 있었다. 그동안 나는 버틀러 도서관에서 영국 시에 나타난 외설에 관한 황당한 논문을 쓰느라 진땀을 빼고 있었다. 나의 깐깐한 논문 지도교수는 '18세기 중반 영국 시에 나타난 음담패설'이라는 제목을 붙였다. 어떻게 보면 그때부터 이미 나는 학자인 척하는 포르노 작가였다.

우리의 결혼생활은 '나쁜' 상황에서 '최악'의 상황으로 치달았다. 브라이언은 더 이상 나와 섹스하지 않았다. 나는 그에게 애원하고, 구걸하고, 내가 뭘 잘못했느냐고 물었다. 나는 나 자신을 증오하기 시작했고 나 자신이 추하고 사랑받지 못하는 여자라고 여겼고 내 몸에서 악취가 난다고 생각했다. 남편이 섹스해주지 않는 모든 아내들에게서 나타나는 전형적인 증상이었다. 나는 도어맨, 부랑자, 술집 점원, 대학원생, 심지어는(하느님, 저 좀 말려주세요!) 교수들과 지퍼 터지는 섹스를 하는 상상을 했다. 나는 '18세기 영국문학에 관한 세미나'에 참석해서 비굴한 대학원생이 네이엄 테이트*가 각색한 셰익스피어 희곡을 분석하는 동안, 같은 반의 모든 남학생들의 페니스를 빠는 내 모습을 상상했다. 때로는 해링턴 스탠턴이라는 50대의 보스턴 출신 교수와 섹스하는 상상을 하기도 했다. 뉴잉글랜드에 사는 그의 가족들은 정치인이었고, 시인이었으며, 정신병자들인 것으로 유명했다. 스탠턴 교수는 호탕하게 웃는 사람이었고 웨스트엔드 술집에서 술 한 잔 나눈 사이라는 듯, 제임스 보즈웰을 '보치'라는 애칭으로 부르곤 했다. 어쩌면 정말 그랬는지도 모른다. 스탠턴 교수를 두고 '굉장히 똑똑하지만 몰입이 부족하다'고 평하는 사람들이 있었다. 정확한 평가였다. 그는 훌륭한 인맥을 갖고 있으면서도 온전함과 광기를 수시로 넘나들었고 그가 정확히 어떤 위치에 있는지 사람들이 알아차릴 만큼 한 자리에 오래 머물지 않았다. 스탠턴 교수는 어떻게 섹스할까? 그는 18세기 음란용어에 심취해 있었다. 섹스할 때 내 귀에 "음문, 고환, 성기"(보지, 고환, 구멍 대신) 같은 말들을 속삭일까?

* 아일랜드 출신의 시인으로 1692년 영국 계관시인이 됨. 셰익스피어의 희곡을 개작하여 공연함.

어쩌면 음경의 포피에 가족의 인장을 문신해 넣진 않았을까? 그런 생각을 하면서 나는 혼자 키득거렸고 그럴 때마다 스탠턴 교수는 내가 그의 재치 있는 말에 웃은 줄 알고 환한 미소를 지어주었다.

그러나 이런 처량 맞은 환상 따위가 무슨 소용이 있는가? 내 남편이 더 이상 나와 섹스를 하지 않는데. 나는 매일 밤 잠들기 전에 혼자 울거나 그가 잠들기를 기다렸다가 자위를 하러 화장실로 들어갔다. 나는 스물한 살이었고 섹스가 너무도 간절했다. 돌이켜 생각해보면 아주 간단한 문제였다. 왜 다른 남자를 찾지 않았을까? 왜 바람을 피우거나 그를 떠나거나 아니면 성적인 자유를 달라고 요구하지 않았을까? 그러나 나는 1950년대의 착한 여자였다. 나는 프랭크 시나트라의 〈세상이 모두 잠든 이른 새벽에〉를 들으며 손가락 섹스를 하면서 성장한 여자였다. 나는 남편 이외의 다른 남자와 자본 적이 없었다. 나는 알 수 없는 불문율에 따라 '허리 위' '허리 아래'의 원칙을 따르며 자랐다. 그러나 남편 외의 다른 남자와 자는 건 너무도 파격적이어서 상상조차 할 수 없는 일이었다. 더구나 브라이언이 나와 섹스하지 않는 건 그의 잘못이 아니라 내 잘못이라고 생각했다. 내가 너무 밝히는 여자이거나(내가 한 달에 한 번보다 더 원했기 때문에) 아니면 내가 너무 매력이 없기 때문이라고 생각했다. 아니면 그의 나이가 문제일 수도 있다고

생각했다. 나는 1950년대에 온갖 성적인 신화를 믿으며 자랐다. 이를테면,

A. 강간이라는 것은 존재하지 않는다. 여자가 마지막 순간에 동의하지 않으면 누구도 여자를 강간할 수 없다.
고등학교 시절 우리 여자 아이들은 실제로 이런 얘기들을 했다. 어디서 그런 얘기를 들었는지는 아무도 알지 못했다. 그저 전해 내려오는 지혜였고 마치 로봇처럼 우리는 그 얘기를 서로에게 전해주었다.

B. 오르가슴에는 두 가지 종류가 있다. 질에서 느끼는 오르가슴과 음핵에서 느끼는 오르가슴. 질에서 느끼는 오르가슴은 '성숙한' (다시 말해서 좋은) 오르가슴이고 음핵에서 느끼는 오르가슴은 '성숙하지 못한' (다시 말해서 나쁜) 오르가슴이다. 질 오르가슴은 '정상적인' (좋은) 것이고 음핵 오르가슴은 '신경증적인' (나쁜) 것이다.
이 거짓 진보적인, 거짓 심리학적인 도덕률은 칼뱅주의보다 더 칼뱅주의적이다.

C. 남자는 열여섯 살에 성욕의 정점에 달하고 그 이후로 쇠퇴한다.
브라이언은 스물네 살이었다. 그가 정점을 지난 건 분명했

다. 정점을 8년이나 넘긴 것이다. 스물네 살에 한 달에 한 번 섹스 한다면 서른네 살에는 몇 번을 할지 상상해보라! 생각하기조차 끔찍한 일이었다.

섹스가 우리 결혼생활의 여러 가지 문제를 암시하는 하나의 징후가 아니었다면 그 자체만으로 문제가 되지 않을 수도 있었다. 우리는 서로 거의 얼굴을 보지 못했다. 그는 사무실에 저녁 일곱 시, 여덟 시, 아홉 시, 열 시, 열한 시, 열두 시까지 머물렀다. 나는 혼자 집을 지키거나 도서관에서 18세기 성적 비속어를 조사하며 시간을 보냈다. 이상적인 중산층의 결혼이었다. 함께 보낼 시간이 없는 부부. 결혼한 이유 중 한 가지를 결혼이 빼앗아버린 셈이었다.

몇 달이 그렇게 흘러갔다. 나는 시간이 갈수록 침체되었다. 아침에 침대에서 일어나기가 점점 더 힘들어졌다. 정오까지 거의 혼수상태였다. 나는 수업을 줄이기 시작했다. 가장 신성한 한 과목, 프로세미나*만 빼고. 대학원은 도무지 말이 되지 않는 곳이었다. 나는 문학을 사랑했기 때문에 대학원에 진학했지만, 대학원은 문학을 공부하는 곳이 아니었다. 비평을 공부하는 곳이었다. 어떤 교수는《톰 존스》가 마르크시스트와 통한다는 사실을 '입증하는' 책을

* 학부생도 참가할 수 있는 대학원 세미나.

썼다. 또 어떤 교수는 《톰 존스》가 기독교적 우화임을 '입증하는' 책을 썼다. 또 어떤 교수는 《톰 존스》가 사실은 산업혁명과 통한다는 사실을 '입증하는' 책을 썼다. 학생들은 그 모든 교수들의 이름과 이론들을 줄줄 꿰고 있어야만 시험에 통과할 수 있었다. 《톰 존스》를 읽었는지에 대해서는 누구도 개의치 않았다. 갖가지 이론들과 그 이론을 창안한 사람들의 이름을 줄줄 읊어댈 수만 있다면. 모든 비평에는 '웃음의 수사학' 혹은 '헨리 필딩 소설의 희극적 요소' 혹은 '풍자문학의 변증법에 나타난 미적 함축성' 같은 제목이 붙어 있었다. 필딩이 무덤에서 뒤척일 노릇이었다. 그러한 대학원 생활에 나는 최대한 많이 자는 것으로 대처했다.

사실 나는 항상 모범적인 학생이었고 모든 시험이 수월했지만 대학원에서 난무하는 헛소리들은 도저히 내가 감당할 수 없는 수준이었다. 그래서 수업시간에 집에서 잤다. 5월 총괄 평가 때에도 잤다. 논문을 써야 할 시간에도 잤다. 어쩌다가 수업에 참석할 때면 노트에 시를 끼적이며 앉아 있었다. 어느 날 용기를 내어 나의 고민을 스탠턴 교수에게 털어놓았다.

"전 교수가 되고 싶지 않아요."

자주색 스웨이드 부츠 속에서 발을 떨며 말했다. 일종의 신성모독이었다. 내가 받는 우드로 윌슨 장학금에는 교수가 된다는 전제가 붙어 있었다. 나의 선언은 신과 나라, 국기를 모욕하는 것과 맞먹었다.

"하지만 자넨 뛰어난 학생이야. 그것 말고 달리 뭘 하려고?"

정말 뭘 해야 하나. 풍자문학의 변증법에 나타난 미적 함축성 외에 나의 삶에 달리 무엇이 있었던가.

"글쎄요. 전…… 글을 쓰고 싶어요."

나는 마치 "엄마를 죽이고 싶어요"라고 말할 때처럼 죄스러운 표정을 짓고 있었다.

스탠턴 교수는 걱정스런 표정을 지었다.

"아, 그거."

그가 짜증스럽다는 듯이 말했다. 아마 수많은 학생들이 글을 쓰겠다는 헛된 야망을 품고 그를 찾아왔으리라.

"스탠턴 교수님, 저는 풍자문학을 사랑했기 때문에 18세기 영국문학을 공부하기 시작했어요. 하지만 저는 풍자문학을 비평하는 대신, 풍자문학을 쓰고 싶어요. 비평으로는 왠지 만족감을 느낄 수 없어요."

"만족감이라니!"

그가 소리를 질렀다.

나는 침을 꿀꺽 삼켰다.

"도대체 왜 대학원이 만족감을 주는 곳이라고 생각했지? 문학은 일이지 놀이가 아니야."

그가 말했다.

"네."

내가 온순하게 대답했다.

"자넨 책을 사랑했기 때문에, 문학을 사랑했기 때문에 대학원에 온 거야. 문학은 결코 쉬운 일이 아니야. 이건 게임이 아니라고!"

스탠턴 교수가 마침내 자신이 몰입할 주제를 찾은 것 같았다.

"하지만, 굳이 제 변명을 하자면요, 스탠턴 교수님, 여기서 배우는 모든 비평들은 필딩이나 포프, 스위프트의 정신세계를 이해하는 것과 별로 관계가 없는 것 같아요. 왠지 그 작가들이 무덤 속에서 우릴 비웃고 있을 것만 같다고요. 그 사람들이 들으면 이 모든 게 얼마나 한심하겠어요? 그러니까 제 말은, 포프, 스위프트, 필딩의 작품을 읽으면 전 글을 쓰고 싶어져요. 그들의 작품은 제 마음에 시를 만들어요. 하지만 비평은 제가 보기엔 정말 한심해요. 이런 말씀 드려서 정말 죄송하지만 이게 솔직한 제 심정이에요."

"도대체 누가 자네에게 포프, 스위프트, 필딩의 정신세계의 수호자가 되라고 했지?"

"아무도요."

"그럼 도대체 뭐가 불만인가?"

"불만이 있다는 게 아니에요. 단지 제가 잘못 생각한 것 같다고 말씀드리는 거예요. 전 정말 글을 쓰고 싶거든요."

"박사학위를 취득한 이후에도 글을 쓸 시간은 얼마든지 있어. 그래야 자신이 에밀리 디킨슨이 아니라는 사실을 깨닫고 난 뒤에도 뭔가 의지할 곳이 있을 테니까."

"교수님 말씀이 맞는 것 같네요."

나는 그렇게 대답하고 집으로 돌아와 잠을 잤다.

6월 어느 날 브라이언이 거칠게 나를 깨웠다. 정확히 언제부터였는지 몰라도 6월 중순 무렵부터 그는 점점 더 이상해졌다. 그는 잠을 아예 자지 않았고 내가 밤새 그의 곁에 앉아 천국과 지옥에 대해 함께 토론해주길 바랐다. 브라이언으로서는 그리 특별한 일도 아니었다. 그는 유난히 천국과 지옥에 관심이 많았다. 그러나 언젠가부터 그가 재림에 대해 얘기하기 시작했고 천국과 지옥도 새로운 각도로 조명했다.

만약 예수가 눈에 뜨이지 않는 시장조사 회사 직원의 모습으로 나타난다면?

만약 이번에도 아무도 믿어주지 않는다면?

만약 센트럴파크 호수 위를 걷는 것으로 예수가 자신의 정체를 증명해 보인다면? CBS 저녁 뉴스가 그 사건을 다루어줄까? 그저 재미있는 사건 정도로만 다룰까?

나는 웃었다. 브라이언도 웃었다. 공상과학 소설의 아이디어일 뿐이라고 브라이언은 말했다. 농담이었다고.

그로부터 며칠 동안 그의 농담이 증식했다.

만약 그가 예수고 내가 헤라라면? 만약 그가 단테고 내가 베아트리체라면? 만약 우리 두 사람이 각각 두 사람씩이라면? 물질과 반물질, 3차원과 평면이 있다면? 만약 지하철에서 사람들이 그에게 텔레파시로 신호를 보내면서 자기들을 구원해달라고 한다면? 만약 예수가 다시 돌아와 센트럴파크 동물원의 모든 동물들을 해방시킨다면? 만약 야크들이 5번가로 그를 따라오고 새들이 그의 어깨에 앉아 노래를 부른다면? 그러면 사람들이 그가 누구인지 알아볼까? 만약 그가 컴퓨터를 축복해서 어떤 계층의 주부가 세재를 가장 많이 구입하는지에 관한 보고서를 출력하는 대신 빵과 생선이 나온다면? 만약 이 세상이 거대한 컴퓨터로 통제되고 있는데, 그 사실을 브라이언을 제외하고 아무도 모른다면? 만약 이 컴퓨터가 인간의 피로 돌아가는 것이라면? 만약 사르트르가 말했듯이, 우리가 지금 모두 지옥에 있는 거라면? 만약 우리가 복잡한 컴퓨터에 의해 통제되고 있다면? 그런데 그 컴퓨터는 또 다른 복잡한 컴퓨터로 통제되고 그 컴퓨터는 또 다른 복잡한 컴퓨터로 통제된다면? 만약 우리에게 전혀 자유가 없다면? 만약 인간은 오직 십자가에 못 박혀 죽는 것으로만 자유를 실현할 수 있다면? 만약 우리가 뉴욕의 거리에서 빨간 신호등이 켜졌을 때 눈을 감고 일주일 내내 횡단보도를 건넜는데 자동차가 우리 몸에 스치지도 않았다면? 그게 우리가 신이라는 증거일까? 만약 책을 아무렇게나 펼쳤는데 모든 문단마다 G O D 라는 글자가 들어 있다면? 그건 신이라는 증거가 될까?

질문은 매일 밤 계속되었다. 브라이언은 마치 교리문답처럼 같은 질문들을 반복했다. 만약, 만약, 만약. 내 말 들어! 잠들지 말라고! 내 말 들으라니까! 세상의 종말이 다가오는데 당신은 잠이나 자겠단 거야! 내 말 들어!

청중에 대한 광적인 집착 때문에 그는 나를 깨우려고 뺨을 때린 적도 있었다. 몽롱하고 흐릿한 눈으로 나는 듣고, 듣고, 또 들었다. 다섯째 날 밤, 브라이언이 공상과학 소설을 쓰는 게 아니란 사실이 분명해졌다. 그 자신이 바로 재림예수였다. 그 깨달음이 서서히 그에게 밀려들기 시작했다. 그가 그 사실을 깨달았을 때 나는 딱히 그가 예수가 아니란 생각은 들지 않았다. 그러나 만약 그의 논리가 맞다면, 그러니까 그가 예수라면, 나는 성령이어야 했다. 몽롱한 상태이긴 했어도 그게 미친 소리라는 것쯤은 알 수 있었다.

금요일이 되자 브라이언의 상사가 주말여행을 떠나면서 그에게 '미라클 폼' 이라는 이름의 오븐 세척제 회사 사람들과 중요한 계약을 매듭짓는 일을 위임했다. 브라이언은 토요일 컴퓨터실에서 미라클 폼 사람들을 만나기로 되어 있었지만 그곳에 끝내 가지 않았다. 마리클 폼 사람들은 기다렸다. 그리고 내게 전화를 하고 또 했다. 브라이언은 나타나지 않았다. 나는 내가 아는 모든 사람들에게 전화를 걸었고 뭔가 끔찍한 일이 생겼음을 감지하면서 손톱을 물어뜯으며 집에서 기다렸다.

다섯 시가 되자 브라이언에 내게 전화해서 센트럴파크 호수 위를 걸으며 지었다는 '시'를 읽어주었다.

미라클 폼이 하나의 거품이라면
왜 그토록 많은 문제를 일으킬까?
빨리 움직이지 않으면 온 세상이 무너지리라
단지 빌어먹을 거품 한 방울 때문에.

"어떻게 생각해?"

그가 천진난만한 목소리로 물었다.

"브라이언, 미라클 폼 사람들이 하루 종일 당신한테 연락하려 애쓴 거 알아?"

"정말 기가 막힌 시 아니야? 이 한 편의 시에 모든 게 다 들어 있어. 이걸 〈뉴욕타임스〉에 보내야겠어. 그런데 '빌어먹을'이란 단어가 들어간 시를 과연 실어줄까? 당신 생각은 어때?"

"브라이언, 나 집에서 하루 종일 미라클 폼 사람들 전화 받았어. 도대체in the hell 당신 어디 있었어?"

"바로 그거야."

"어디?"

"지옥hell. 당신이 지옥에 있는 것처럼 나도 지옥에 있고 우리 모두 지옥에 있어. 미라클 폼 같은 거품이나 걱정하고 있을 때가 아니라니까."

"도대체in god's name 그 계약은 어쩔 거냐고!"

"바로 그거야."

"뭐가?"

"하느님의 이름으로in god's name으로 그 계약을 잊을 거야. 그 계약과 관련해서 아무것도 하지 않을 거라고. 당신 시내로 나와서 나하고 만나. 내 시 보여줄게."

"어디 있는데?"

"지옥에 있다니까."

"알았어. 지옥에 있는 건 아는데, 어디로 가야 당신을 만날 수 있냐고."

"당신이 모를 리가 없어. 당신이 날 여기로 보냈으니까."

"어디로?"

"지옥으로. 지금 내가 있는 곳으로. 지금 당신이 있는 곳으로. 당신 영 감이 늦네."

"브라이언, 제발 정신 좀 차려."

"난 정신 차리고 있어. 거품 따위나 신경 쓰는 사람은 당신이야. 미라클 폼에서 온 전화 따위나 신경 쓰는 사람도."

"도대체 지옥의 어느 구석인지 말해. 갈 테니까. 간다고 맹세해. 어느 골목인지만 말해."

"정말 모르겠어?"

"모르겠어. 솔직히 정말 모르겠어. 그러니까 말해줘."

"아무래도 당신 장난치는 것 같은데."

"브라이언, 난 당신을 만나고 싶어. 제발 만나게 해줘."

"마음의 눈으로 보면 곧바로 나를 볼 수 있어. 당신이 스스로 눈을 가리고 있어. 당신과 리어왕이."

"공중전화야? 아니면 술집? 제발 말해줘."

"다 알고 있으면서!"

대화는 한동안 이런 식으로 진행되었다. 브라이언은 전화를 두 번 끊었다가 다시 걸었다. 마침내 그가 자신이 어느 공중전화 부스에 있는지 알려주었다. 정확히 이름을 알려준 게 아니라 하나씩 맞추어 가는 식으로. 나는 하나씩 가능성을 지워가며 그 게임에 동참해야 했다. 그 게임은 20분도 더 걸렸고 그 사이 몇 개의 동전이 더 들어가야 했다. 마침내 그가 있는 곳이 '고섬 바'라는 이름의 술집으로 밝혀졌다. 나는 곧장 뛰쳐나가서 택시를 타고 그에게로 달려갔다. 알고 보니 그는 푸에르토리코 아이들과 흑인 아이들에게 센트럴파크 호수에서 보트를 태워주고 아이스크림을 사주고 공원에서 만난 사람들에게 돈을 뿌리면서 지옥에서 탈출할 계획을 세우고 있었다. 그는 실제로 호수 위를 걷지는 않았지만 여러 번 생각은 했다. 이제 자신의 삶을 뒤엎을 준비가 되어 있었다. 그는 자신에게 초인적인 에너지가 있음을 깨달았다. 다른 사람들은 잠을 자야 했지만 그는 잘 필요가 없었다. 다른 인간들은 직업과 학위와 자질구레한 생활용품이 필요했지만 그에게는 필요치 않았다. 그는 늘 자신을 기다리고 있었던 운명을 받아들이기로 했다. 바로 세상을 구원하는 것이었다. 나는 그를 도와야 했다.

솔직히 말해서, 그가 하는 모든 말들이 그다지 불쾌하지 않았다. 오히려 흥분되었다. 브라이언이 시장조사 일을 그만두고 나도 대학원을 그만두고 세상을 구하러 떠난다는 것까지는 정말 괜찮았다. 사실 나는 늘 그에게 일을 그만두라고 부추겼다. 함께 유럽에 가서 여기저기 떠돌아다니자고. 그러나 브라이언은 항상 반대했다. 그는 마치 마지막 십자군처럼 시장조사 일에 몰두했다.

그러나 그 토요일 밤, 시내를 돌아다니면서 그의 황당한 얘기보다 더 나를 불안하게 했던 건 그의 행동이었다. 그는 우리 둘 다 눈을 감고 빨간 불에 길을 건너보자고 했다. 우리가 신이라는 걸 증명하기 위해서. 그는 가게로 들어가서 가게 주인에게 이것저것 달라고 한 뒤 물건들을 하나씩 만져보고 각각의 물건들에 대해 열변을 토하고는 가게에서 나와버렸다. 커피숍에 가서 테이블 위에 있는 설탕 그릇들을 일일이 들어서 만져보고 내려놓았다. 사람들이 계속 그를 쳐다보았다. 때로는 가게 주인이나 웨이터들이 "이봐요, 뭐하시는 거예요! 진정하세요!"라고 소리치기도 했고 때로는 쫓겨나기도 했다. 그가 어딘가 이상하다는 걸 모두가 느꼈다. 그의 불안감이 너무도 노골적으로 드러났다. 브라이언에게는 그 모든 게 자신의 신성함의 증거일 뿐이었다.

"봐. 저 사람들도 내가 신이라는 걸 알아서 어쩔 줄을 모르는 거야."

나는 브라이언의 이론은 반쯤 믿었기 때문에 두 배로 힘들었다. 특별한 사람들은 종종 평범한 사람들로부터 미친 놈 취급을 당한다. 만약 그가 정말 재림예수라 해도 결국 정신병원에서 생을 마감하게 되리라. 나는 랭* 학설이 발표되기도 전에 이미 랭 학파였다. 그러나 나는 죽을 만큼 두려웠다.

새벽 두 시에 집에 돌아왔을 때 브라이언은 여전히 흥분한 상태였고 졸려 하지도 않았지만 나는 완전히 탈진한 상

* 랭은 기존의 정신분열증에 대한 잘못된 이해를 비판했다. 그는 정신분열 환자를 마음속에 일어나는 일에 과민하게 반응하면서 자아를 거짓된 성격 뒤에 숨겨놓고 극단적으로 보호하는 경향의 사람으로 보았다.

태였다. 그는 내게 자신의 힘을 보여주고 싶어했다. 나를 만족시킬 수 있음을 증명해 보이고 싶어했다. 그는 6주 동안 나와 섹스를 하지 않았지만 이제는 멈추려하지 않았다. 그는 마치 기계처럼, 그 자신은 오르가슴에 굴복하지 않으면서 내게는 오르가슴을 주고 또 주려 했다. 세 번의 오르가슴을 느낀 뒤에 나는 따가워서 그만하고 싶었다. 나는 제발 그만하라고 애원했지만 그는 멈추려하지 않았다. 그는 마치 도끼 든 살인마처럼 나를 몰아쳤다. 나는 울면서 애원했다.

"브라이언……. 제발 그만해……."

내가 흐느끼며 말했다.

"내가 당신을 만족시키지 못할 거라 생각했지!"

그가 소리를 질렀다. 그의 눈빛이 이상했다.

"봐! 보란 말이야! 보라고!"

그가 계속 내 몸속을 찔러대며 소리쳤다.

"브라이언, 그만하라니까……."

"이제 증명 됐어? 내가 신이라는 게?"

"제발 그만해……."

나는 흐느꼈다.

마침내 멈추었을 때 내 몸에서 빠져나간 그는 여전히 단단한 페니스를 내 입에 밀어넣었다. 나는 너무 격하게 우느라 빨 수가 없었다. 나는 울면서 침대 위에 누워 있었다.

이제 어떻게 해야 하나. 그와 단 둘이 있고 싶지 않았지만 어디로 가야 하나. 처음으로 그가 위험한 사람이라는 생각이 들었다.

그때 브라이언이 갑자기 울음을 터뜨렸다. 그는 거세하고 싶다고 말했다. 우리의 결혼이 모든 육욕을 벗어난 성스러운 것이었으면 좋겠다고. 자기는 아벨라르*가, 나는 엘로이즈**가 되었으면 좋겠다고. 모든 육체적 욕망을 벗어던지고 세상을 구하고 싶다고. 성불능자가 되고 싶다고. 예수처럼 온화해지고 싶다고. 성 세바스티아누스처럼 온몸에 화살을 맞고 순교하고 싶다고. 그는 나를 끌어안고 내 무릎에 엎드려 울었다. 나는 그의 머리카락을 쓰다듬었다. 그가 잠들기를 바라면서. 그러나 결국 내가 잠이 들어버렸다.

몇 시에 깨어났는지는 확실치 않지만 내가 일어났을 때 브라이언은 적어도 몇 시간째 깨어 있었던 것 같았다. 어쩌면 밤새 깨어 있었는지도 모른다. 비틀거리며 욕실로 들어가서 내가 처음 발견한 건 스카치테이프로 거울에 붙여놓은 조잡한 그림이었다. 페니스가 커다랗게 발기해 있는, 후광이 있는 키 작은 남자의 그림이었다. 긴 턱수염을 기른 남자가 그를 주먹으로 때릴 찰나였다. 그뒤로는 커다란

* 12세기를 살다간 중세 스콜라 학자.

** 12세기 파라클레 대수도원의 수녀원장. 아벨라르의 제자이자 연인.

독수리 한 마리가(미국의 상징 흰머리독수리를 닮았다) 있었는데, 그 독수리에게도 굉장히 또렷하게 인간의 것처럼 보이는 발기된 페니스가 달려 있었다.

"성부, 성자, 성신."

브라이언이 그림 위에 써놓았다.

나는 침실의 내 책상 앞으로 갔다.

논문에 필요한 메모들을 포함해서 내가 그동안 정리해 놓은 색인카드들이 마치 색종이 조각처럼 바닥에 흩어져 있었다. 책상 위에는 책들이 펼쳐져 있었다. 셰익스피어와 밀턴의 책들이었고 다양한 색의 잉크로 각 글자와 구절에 동그라미가 쳐져 있었다. 처음에는 그 표시들 속에 어떤 체계나 암호가 숨어 있는지 이해할 수 없었지만 여백에 거친 낙서가 갈겨져 있었다. 그가 표시한 단어는 '지옥!'이라든가 '두 개의 등을 가진 괴물!'* 혹은 '여자라는 종족은 너무 불친절해!' 같은 글귀였다. 셰익스피어와 밀턴의 책들 위에는 공들여 찢은 20달러짜리 지폐가 흩어져 있었다. 그 외에도 화집에서 찢어낸 그림들이 있었다. 모두가 하느님이나 예수, 성 세바스티아누스의 그림이었다.

나는 거실로 뛰쳐나가 브라이언을 찾았다. 그는 오디오의 확성기 볼륨을 조절하고 있었다. 글렌 굴드가 연주하는

* 셰익스피어의 《오셀로》에서 처음 등장한 표현. '두 개의 등을 가진 괴물을 만들다'를 '성교하다'의 의미로 사용함.

골드베르크 변주곡을 틀어놓고 볼륨을 점점 더 키웠다가 갑자기 줄여서 사이렌 같은 효과를 냈다.

"이 동네에서 바흐를 어느 정도로 크게 들을 수 있지?"

그가 물었다.

"이 정도?"

그가 소리를 키웠다.

"아니면 이 정도?"

이번에는 거의 들리지 않을 정도로 소리를 줄였다.

"이 동네에선 바흐를 제대로 들을 수가 없다니까."

"브라이언, 내 논문 어떻게 했어?"

형식적인 질문이었다. 그가 어떻게 했는지 나는 정확히 알고 있었다.

브라이언은 내 말을 듣지 못하고 계속 소리로 장난을 쳤다.

"내 논문 어떻게 했어?"

"경찰이 출동하지 않게 하려면 어느 정도로 틀어야 할까?"

"내 논문 어떻게 했어?"

"이 정도?"

그가 볼륨을 키웠다.

"내 논문 어떻게 했어?"

"아니면 이 정도?"

그가 볼륨을 줄였다.

"내 논문 어떻게 했어?"

"이 정도?"

"브라이언!"

내가 있는 힘을 다해 소리쳤다. 그래도 소용없었다. 나는 내 책상으로 돌아가 그의 '작품'을 바라보았다. 그를 죽이거나 아니면 나 자신을 죽이고 싶었다. 그러나 대신 울었다.

브라이언이 들어왔다.

"누가 천국에 갈 수 있을까?"

그가 물었다.

나는 대답하지 않았다.

"바흐가 갈까? 밀턴이 갈까? 셰익스피어가 갈까? 셰익스우프가 갈까? 성 세바스티아누스 개자식이 갈까? 아벨라르 그 내시가 갈까? 세일러Sailor, 뱃사람 신밧드가 갈까? 테일러Tailor, 재단사 틴바드가 갈까? 제일러Jailor, 교도관 진바드가 갈까? 노만 메일러*가 갈까? 웨일러Whaler, 고래잡이 윈바드가 갈까? 페일러Failer, 실패자 핀바드가 갈까? 레일러Railer, 악담꾼 린바드가 갈까? 조이스가 갈까? 제임스가 갈까? 단테가 갈까? 아니면 벌써 갔을까? 호메로스가 갈까? 예이츠가

* Norman Mailer, 퓰리처상을 수상한 미국 소설가.

갈까? 하디가 하드 온hard-on, 발기상태으로 갈까? 라블레가 라블Rabble, 구경꾼과 함께 갈까? 모차르트가 경쾌하게 갈까? 롤리가 충성스럽게 갈까? 말러가 무겁게 갈까? 엘 그레코*가 번개처럼 갈까? 백열전구들도 갈까?"

내가 돌아서서 그를 바라보았다. 그는 양팔을 흔들면서 위아래로 뛰고 있었다.

"백열전구도 천국에 갈 거야! 갈 거야! 갈 거야!"

그가 소리쳤다.

"당신 때문에 미치겠어!"

내가 격한 감정에 휩싸여 소리쳤다.

"당신은 천국에 갈 거야!"

그가 소리쳤다. 그리고 내 손을 잡고 나를 창문 쪽으로 이끌었다.

"같이 천국에 가자! 어서!"

그가 창문을 열고 몸을 앞으로 숙였다.

"싫어!"

내가 소리 질렀다.

"더 이상은 도저히 못 참겠어!"

그 말과 함께 나는 그를 흔들었다. 내 말에 그가 겁이 났는지 갑자기 두 손으로 내 목을 감고 조르기 시작했다.

* 17세기 르네상스 말기 스페인의 펠리프 2세의 궁중화가.

"입 다물어! 경찰 온단 말이야!"

나는 더 이상 소리를 지를 수 없었다. 그가 더욱 세게 목을 조였다. 나는 정신이 혼미해지기 시작했다.

왜 날 죽이지 않고 풀어주었는지는 나도 잘 모르겠다. 아마도 내가 억세게 운이 좋았던 모양이다. 달리 어떻게 설명할 수 있을까. 내가 아는 건 어쨌든 마지막 순간에 그가 나를 놓아주었다는 것뿐이었다. 나는 숨을 헐떡이며 몸을 떨었다. 나중에 보니 내 목에 시퍼런 멍 자국이 남아 있었다. 나는 거실 벽장 속으로 들어가서 어둠속에서 내 무릎을 깨물며 흐느껴 울었다.

"오 하느님, 하느님, 하느님!"

나는 흐느껴 울었다. 그러다가 어느 순간 정신을 차렸고 가족 주치의에게 전화를 했다. 그런데 그는 이스트햄프턴에 있었다. 엄마의 정신과의사에게 전화를 했다. 그는 파이어 아일랜드에 있었다. 나의 의사에게 전화를 걸었다. 그는 웰플리트에 있었다. 랜디의 친구인 심리상담 사회복지사에게 전화를 했다. 그녀는 내게 경찰이나 의사를 부르라고 했다. 어떤 의사라도 부르라고, 브라이언은 정신병자라고. 위험할 수도 있다고. 그와 단 둘이 있어선 안 된다고.

6월의 어느 일요일, 기왕 아플 거라면 해변에서 아파야 했다. 시내에 의사가 하나도 없었다. 마침내 내 주치의 대신 근무하던 의사와 연락이 닿았다. 그가 곧 오겠다고 했다. 다섯 시간 뒤 그가 도착했다. 그 사이 브라이언은 놀라울 정도로 침착해져 있었다. 그는 거실에 앉아 바흐를 들으면서 황홀경에 빠져 있었다. 나는 침실에 앉아 상황을 파악하려 애썼다. 우리는 서로를 외면하는 척했다. 폭풍 뒤의 고요함이었다.

이제는 적어도 브라이언의 문제에 이름이 있었다. 병명이 있다는 건 치료가 된 것 다음으로 좋은 일이었다. 그가 '정신병자'라는 말을 듣는 순간 묘한 안도감이 밀려왔다. 치료될 수 있는 병이 되었으니 해결될 수 있는 문제가 된 것이다. 병명이 생기는 순간 두려움이 덜해졌다. 죄책감도 줄어들었다. 정신병은 누구의 잘못도 아니었다. 하느님이 하시는 일이었다. 그 사실이 엄청난 위로가 되었다. 모든 자연재해는 위로를 준다. 자연재해가 그동안 의식하지 못했던 인간의 무능함을 확인시켜 주기 때문이다. 때로는 자신의 무력함을 인정함으로써 오히려 마음이 편안해질 때가 있는 법이다.

그날 오후를 우리는 요한 제바스티안 바흐와 함께 견디었다. '음악은 야만인의 가슴을 진정시키는 힘이 있다'고 콩그리브*가 말했던가. 그는 분명히 천국에서 모차르트와

* 영국의 풍속 희극 작가(1670~1729).

카드놀이를 하고 있을 것이다. 힘들 때마다 나를 견디게 해 주었던 바호도 분명히 천국에 있을 것이다.

스티븐 펄머터 박사가 집으로 들어선 시각은 다섯 시였다. 그는 사과의 말을 했고 손바닥이 축축했다. 바로 그 순간부터 우리의 삶은 의사들과 그들의 거만한 분류에 달려 있었다. 펄머터 박사는 나의 남편 브라이언을 '굉장히 아픈 젊은이' 라고 진단했다. 그리고 그를 '도울' 거라고 했다. 그는 브라이언에게 진정제를 놓는 것으로 도움을 시작하려 했고 그 순간 브라이언이 밖으로 뛰쳐나가서 열세 계단을 뛰어내려가서 리버사이드 공원 쪽으로 달렸다. 의사와 나는 그뒤를 따라 달려가서 그를 붙잡고 달래보았지만 결국 그는 다시 달아났고 우리는 다시 그를 쫓아가서 달랬고……. 구체적인 사실들을 열거하자면, 그런 일들이 대부분 그렇듯이, 너무 구질구질하다. 그때부터 정신병원 입원은 피할 수 없는 일이 되었다. 브라이언은 완전히 겁에 질렸고 그의 망상은 점점 더 심해졌다. 그뒤로 이어진 며칠은 악몽이었다. 브라이언의 부모님이 캘리포니아에서 날아와 브라이언은 지극히 정상이고 내가 미친 거라고 판정했다. 그들은 브라이언이 약을 먹지 못하게 막았고 계속 의사들을 조롱했다. 솔직히 의사들을 골탕 먹이기란 그다지 어렵지 않았다. 그들은 나하고 헤어지고 캘리포니아로 가자고 브라이언을 부추겼다. 마치 나하고 떨어져 있기만

하면 모든 게 다 좋아질 거란 듯이. 펄머터 박사가 브라이언을 정신과의사에게 소개했고 그가 브라이언의 강제 입원을 막으려 닷새 동안 애를 썼다. 그러나 소용없었다. 브라이언의 어머니와 아버지, 브라이언의 상사, 미라클 폼 사람들, 브라이언을 아끼던 교수들 그리고 의사들. 그때부터 우리의 삶은 더 이상 우리 자신의 것이 아니었다. 브라이언은 그를 지켜주려는 사람들로부터 쫓기는 신세가 되었고 갈수록 이상해졌다.

다섯 번째 날, 펄머터 박사가 방문한 뒤 브라이언은 센트럴파크의 벨브디어 타워 근처에서 옷을 전부 다 벗었다. 그는 두 개의 칼을 십자모양으로 쳐든 야기에우워 왕의 청동 말에 올라가려 했다. 결국 경찰이 마운트 시나이의 정신병원에 그를 집어넣었다. 사이렌을 울리면서. 또 진정제를 와인처럼 들이부으면서. 그날 이후 주말을 몇 번 함께 보낸 걸 제외하면 우리는 다시 함께 살지 못했다.

우리의 결혼생활이 완전히 끝장나기까지 그로부터 여덟 달이 더 걸렸다. 그가 정신병원에 들어간 뒤 그의 부모님이 우리가 살던 집으로 들어와 밤낮으로 내게 비난을 퍼부었다. 그들은 매일 저녁 나와 함께 병원에 갔지만 우리 둘만의 시간은 10분도 허락해주지 않았다. 면회시간은 겨우 6시에서 7시였고 그들은 그 시간마저도 우리를 최대한 떼어놓으려 애썼다. 게다가 나와 단 둘이 있게 되면 브라이언은 나를 비난했다. 그는 내가 유다라고 했다. 어떻게 자기를 감금할 수가 있냐면서. 배신자는 제7지옥*에 가게 된다는 걸 모르냐고. 내 죄가 단테의 《신곡》에 나온 죄 중에서 가장 나쁜 죄라는 걸 모르냐고. 내가 이미 지옥에 있다는 걸 모르겠냐고.

그해 여름보다 더 끔찍한 지옥은 없었다. 우리 귀에 점점 더 친숙해지는 어느 나라에서 디엠 정권**이 무너졌고 불교 신자들이 자꾸만 희생되었다. 그 나라 이름은 베트남이었다. 배리 골드워터가 동부 해안지방을 톱으로 잘라 대서양으로 흘려보낼 구상으로 대통령에 출마했다. 존 F. 케네디가 죽은 지는 채 1년도 되지 않았다. 린든 존슨이 골드워터를 물리치고 평화를 지켜나갈 미국의 유일한 희망이었다. 굿맨과 슈워너라는 이름의 두 백인 청년이 미시시피로 흑인 투표 운동을 하러 가서 체이니라는 흑인과 팀을 이루었다가 세 사람 모두 으스스한 공동묘지에 묻히는 사건이 터졌다. 할렘과 브루클린의 베드 스타이에서 길고 무더운 여름을 예고하며 처음으로 폭동이 일어났다. 그동안 브라이언은 병원에서 자기가 어떻게 인류를 구원할지에 대해 떠들어대고 있었다. 인류를 구원할 누군가가 그 어느 때보다 절실히 필요한 상황인 건 사실이었다.

* 단테의 《신곡》에 나온 지옥의 한 유형. 다른 사람을 괴롭힌 자가 가게 되는 지옥.
** 베트남 공화국 대통령으로 1963년도에 군부 쿠테타로 암살됨.

우리는 멀어졌다. 한 번에 갑자기 멀어진 건 아니었다. 내가 다른 사람을 만난 것도 아니었다. 브라이언이 병원에 있는 동안 나는 외출을 전혀 하지 않았다. 나는 충격으로 인한 신경쇠약 상태였고 회복할 시간이 필요했다. 그러나 서서히 그 없이 사는 편이 훨씬 더 행복하다는 사실을 깨닫게 되었다. 그가 없어지자 그의 광적인 에너지가 내 삶에 얼마나 깊이 스며들어 있었는지, 그의 거친 환상들이 얼마나 나 자신의 환상을 철저히 짓밟았는지 깨닫게 되었다. 나는 나 자신의 생각들에 귀 기울이기 시작했다. 나 자신의 꿈에 귀 기울이기 시작했다. 마치 5년 동안 반향실에 살다가 갑자기 누군가 나를 그곳에서 꺼내준 것 같았다.

그 나머지 이야기는 주로 결말에 해당된다. 나는 브라이언을 사랑했기 때문에 그 없이 사는 편이 그와 함께 사는 것보다 행복하다는 사실에 죄책감을 느꼈다. 그러나 그가 내 목을 조른 이후로 그를 신뢰할 수가 없었다. 그를 용서했다고 말은 했지만 내 마음 속 한 부분은 결코 그를 용서하지 못했다. 나는 그가 두려웠고 그게 결국 우리의 결혼을 죽였다.

결말은 늘어졌다. 언제나처럼 돈이 문제였다. 마운트 시나이 정신병원에서 석 달을 보낸 뒤 보험회사의 지급이 중단되는 바람에 브라이언은 주립병원에 가거나(우리 둘 다 주립병원행은 두려워했다) 아니면 개인병원으로 가야 했다.

개인병원은 한 달에 2천 달러가 들었기 때문에 결국 우리는 금전적인 장벽에 부딪쳤다.

그때 그의 부모님들이 끼어들었다. 도와주기 위해서라기보다는 훼방놓기 위해서. 그를 캘리포니아로 보내준다면 개인병원 비용을 부담하겠다는 것이었다. 그렇지 않으면 한 푼도 줄 수 없다고. 나는 한동안 그들의 최후통첩에 대해 고민했지만 내게 선택의 여지가 없다는 결론에 도달했다.

9월 우리는 캘리포니아로 긴 순례 여행을 떠났다. 마차를 타고 간 건 아니었고 비행기를 타고 나의 아빠와 정신과의사를 동행하고 떠났다. 항공사 측에서 정신과의사를 대동하지 않으면 브라이언을 태울 수 없다고 했고, 그건 곧 우리 넷이 1등석을 타고 간다는 의미였고 진정제를 먹는 틈틈이 마카다미아 너트를 우적우적 깨물어 먹는다는 의미였다.

잊을 수 없는 여행이었다. 브라이언이 얼마나 불안해하는지 나는 나 자신의 비행공포증마저 잊었다. 아빠는 수시로 진정제를 입에 넣으면서 내게 강해져야 한다고 훈계했고 동행한 정신과의사(우리와 똑같이 무능했던, 스물여섯 살짜리 착한 인상의 레지던트)는 신경이 너무 예민해서 끊임없이 나의 격려를 필요로 했다. 엄마 이사도라. 내가 그들 모두를 돌보았다. 모든 실패한 신들을. 모든 실패한 아버지들을.

라졸라에 위치한 '린다 벨라 클리닉'은 자원봉사주의* 의 환상이 엄격하게 유지되고 있었다. 모든 간호사들은 버뮤다 반바지를 입고 있었고 의사들은 스포츠 셔츠에 코듀로이 바지, 골프 모자를 쓰고 있었다. 환자들도 비슷하게 캐주얼한 복장이어서 모두가 수영장과 탁구장이 딸린 호화로운 모텔을 돌아다니는 것 같은 분위기였다. 직원 모두가 작심이라도 한 듯 즐거운 표정이었고 린다 벨라는 가족들이 더 이상 감당할 수 없는 사람이 가는 곳이라기보단 하나의 휴양지인 척했다. 의사들은 긴 작별의식을 생략할 걸 충고했다. 브라이언과 나는 빈 치료실에서 마지막으로 만났다. 그곳에서 브라이언은 찰흙 한 덩어리를 테이블 위에 올려놓고 난폭하게 두들겼다.

"당신은 이제 내 일부가 아니야. 한때 당신은 내 일부였는데."

그가 말했다.

그의 일부로 사는 게 얼마나 힘들었는지를 생각했고 그로 인해 내가 누구인지조차 잃어버리기 직전이었다고 말하고 싶었지만 그럴 수 없었다.

"또 올게."

* 시민의 자발적인 노력, 봉사활동으로 공공 · 복지 시설을 유지한다는 사고.

내가 말했다.

"뭐 하러?"

그가 쏘아붙였다.

"왜냐하면 당신을 사랑하니까."

"날 사랑한다면 날 여기로 데려오지 않았겠지."

"그렇지 않아, 브라이언. 의사들이……."

"의사들은 하느님에 대해선 아무것도 몰라. 그들은 알아선 안 되니까. 하지만 당신은 날 이해할 줄 알았어. 당신도 다른 놈들하고 똑같아. 나 때문에 뇌물을 얼마나 썼지?"

"당신이 나아지길 바랄 뿐이야."

내가 무기력하게 말했다.

"무엇보다 나아진단 거지? 설령 나아진다고 해도 그놈들이 알아? 제정신도 아닌 놈들이. 당신은 모든 걸 다 잊어버렸어. 놈들이 당신을 세뇌한 거야."

"당신이 약을 먹지 않아도 될 정도로 좋아지길 바라."

내가 말했다.

"헛소리하지 마. 놈들은 처음부터 약을 주면서 그걸 건강의 지표인 양 사용하고 있어. 약을 많이 먹으면 나빠진 거고 약을 조금 먹으면 좋아진 거고. 그런 진단이 계속될 뿐이야. 도대체 그런 약을 누가 달랬지?"

그가 진흙덩어리를 세게 때렸다.

"맞아."

내가 말했다.

문득 그의 말이 옳다는 생각이 들었다. 의사들이 건강한 사람과 환자를 구분하는 기준은 브라이언의 분류만큼이나 황당했다. 브라이언이 진짜 신이라고 해도 의사들의 고지식한 머리로는 결코 알지 못하리라.

"모든 게 믿음의 문제야. 항상 믿음의 문제였어. 나의 말과 다수의 말. 당신은 다수의 말을 선택했어. 하지만 그렇다고 그들의 말이 옳은 건 아니야. 그것보다 더 끔찍한 건, 당신이 진실을 알고 있단 거야. 당신이 불쌍해. 당신은 더럽게 나약해. 당신은 늘 배짱이 없었어."

그가 찰흙으로 얇은 팬케이크를 만들었다.

"브라이언, 내 입장을 좀 이해해줘. 난 미쳐버릴 것만 같았어. 당신 부모님이 나한테 계속 소리를 질렀고 의사들은 내게 설교를 했어. 난 내가 누군지도 모를 정도로……."

"당신이 미쳐버릴 것만 같았다고? 당신이? 지금 누가 갇혔지? 당신이야, 나야? 누가 약을 먹지? 당신이야, 나야? 누가 배신당했지? 당신이야, 나야?"

"우리 둘 다."

내가 울면서 말했다. 커다랗고 찝찔한 눈물이 얼굴로 흘러내려 입가를 적셨다. 맛이 괜찮았다. 눈물의 맛이 왠지 위로가 되었다. 마치 눈물로 새 자궁을 만들어서 그 속에 들어갈 수 있을 것만 같았다. 자신의 눈물에 빠진 앨리스처럼.

"우리 둘 다? 웃기시네."

"사실이야. 우리 둘 다 상처를 입었어. 당신만 고통을 당한 게 아니야."

"가."

그가 납작해진 찰흙을 굴려서 가느다란 뱀을 만들며 말했다.

"그만 수녀원으로 가시오, 오필리아. 가서 물에 빠져 죽든지 말든지……."*

"당신이 날 죽이려고 했던 건 기억 못하나봐."

그런 말을 해서는 안 되는 줄 알고 있었지만 너무도 화가 났다.

"당신을 죽이려했다고! 만약 당신이 날 사랑했다면, 희생의 진정한 의미를 알고 있었다면, 당신이 제멋대로 자란 버릇없는 계집애가 아니었다면 내가 당신을 죽이려했다는 헛소리는 못할 걸!"

"브라이언, 정말 기억 안 나?"

"뭘 말이지? 당신이 날 가둔 거? 내가 기억하는 건 그것뿐이야."

문득 우리가 두 가지의 서로 다른 악몽을 겪고 있다는 생

* 셰익스피어의 《햄릿》에 나오는 햄릿의 대사. 햄릿에게서 거부당한 뒤 오필리아는 물에 빠져 익사함.

각이 들었다. 그의 악몽 그리고 나의 악몽. 그리고 그 두 가지 악몽은 결코 포개어지지 않았다. 브라이언은 나의 불행을 전혀 동정하지 않는 건 물론 그 사실을 알지도 못했다.

그는 자신이 병원에 들어가게 된 결정적인 사건 자체를 기억하지 못했다. 우리에겐 얼마나 많은 종류의 진실이 있을까? 브라이언의, 그의 부모님의, 나의 부모님의, 의사들의, 간호사들의, 사회복지사들의……. 수많은 사람들의 수많은 진실들이 있었다. 브라이언과 나는 함께 악몽을 치렀다. 그런데 우리가 공유한 건 아무것도 없었다. 우리는 같은 문을 열고 들어갔지만 각자 다른 터널로 들어섰고 각자 다른 어둠속에서 비틀거렸으며, 마침내 지구 반대편으로 나왔다.

마치 적을 바라보듯 브라이언이 차갑게 나를 쏘아보았다. 아무리 기억하려 해도 그와의 작별인사는 기억이 나지 않는다.

다음 날 뉴욕행 비행기를 타기까지 아빠와 나에겐 오후와 저녁시간이 남아 있었다. 우리는 차를 렌트해서 티후아나까지 달렸고 그곳에서 지저분한 피냐타*를 샀다. 밝은 핑크색 당나귀 모양이었다. 우리는 함께 지방색에 대해 이야기를 나누고 이곳 사람들의 빈곤과 교회의 부유함에 대

* 미국 내 스페인어권 사회에서 아이들이 파티 때 눈을 가리고 막대기로 쳐서 넘어뜨리는, 장난감과 사탕이 가득 든 통.

해 상투적인 비판을 주고받으며 거리를 걸었다.

아빠는 여전히 예순의 나이보다 열다섯 살은 젊어 보이는 미남이었고 자신의 건장한 체격과 성긴 머리카락에 대한 자부심이 있었으며 걸음걸이가 탄력 있었다. 아빠의 걸음걸이는 곧 나의 걸음걸이이기도 했다. 아빠와 나는 외모도 닮았고 걸음걸이도 닮았고 둘 다 농담과 재치 있는 말에 중독되어 있었지만 어쩐 일인지 제대로 된 대화를 나눌 수가 없었다. 우리는 늘 서로의 존재를 부담스러워했다. 마치 서로의 끔찍한 비밀을 알고 있지만 말할 수 없다는 듯이. 그 비밀이 대체 뭘까? 아빠가 한밤중에 내 방 문을 두드리고 들어와 날 위로해주고 어둠에 대한 나의 두려움을 누그러뜨려주었던 기억이 있다. 세 살 때 내가 시트를 적셨을 때 시트를 갈아주었던 기억이 있고 여덟 살 때 불면증에 시달릴 때 우유를 따듯하게 데워주었던 기억이 있다. 내가 두 분의 격한 싸움을 보았을 때 아빠가 내게 '널 위해서라도' 헤어지지 않을 거라고 말해주었던 기억이 있다. 그보다 더한 일이 있었다고 해도, 아동 유괴나 원초적 장면*의 기억이 남아 있다고 해도, 지나치게 분석된 내 유년의 기억은 그보다 더 멀리까지는 가지 않는다. 때로는 비누 냄새(혹은 그 외의 다른 물건들)가 갑자기 오랫동안 잊

* 자녀가 부모의 성교 장면을 처음으로 목격하는 것을 일컫는 정신분석학 용어.

고 있었던 어린 시절의 기억을 불러일으킨다. 그럴 때면 내 두뇌 속에 얼마나 많은 추억들이 숨겨져 있을까 궁금해진다. 나의 기억이야말로 미지의 세계이고 언젠가 그 신세계를 발견하게 될지도 모른다는 생각을 하면 참으로 놀랍다. 잃어버린 아틀란티스 대륙*과 그 속에 잠긴 채 발견되기를 기다리는 유년의 섬들. 한 번도 제대로 탐험해보지 못했던 내면의 세계. 세계 속의 세계 속의 세계. 가장 놀라운 건 그 세계가 우릴 기다리고 있다는 사실이다. 만약 우리가 그 세계를 발견하지 못하면 우리를 그곳으로 데려다줄 탈것을 만들지 못해서이리라. 그게 우주선이던 잠수함이건 시이건.

부분적으로는 그런 이유로 나는 글을 쓴다. 내가 어떤 글을 쓰는지 보지 않고서 내가 무슨 생각을 하는지 어떻게 알겠는가? 나의 글쓰기는 내 머릿속 미지의 세계로 나를 데려다줄 잠수함이고 우주선이다. 그 모험은 끝이 없고 무궁무진하다. 만약 제대로 된 탈것을 만드는 법을 배울 수만 있다면 더 넓은 세계를 발견할 수 있으리라. 새로 쓰는 시 한 편은 곧 새로운 탈것이다. 조금 더 깊이(어쩌면 조금 더 높이) 갈 수 있는.

브라이언과의 결혼생활은 아마도 끊임없이 우스갯소리

* 대서양에 있었던 것으로 전해지는 전설상의 대륙.

를 하는 아빠와 티후아나 거리를 걷던 그날 끝났을 것이다. 아빠는 내게 용기를 북돋워주었고 나를 도우려 애썼지만 나는 죄책감에 깊이 침잠해 있었다. 그건 하나의 딜레마였다. 만약 브라이언과 헤어지지 않고 다시 살아보려고 애를 쓴다면 나는 미쳐버리거나 아니면 내 정체성을 포기해야만 할 것이다. 그러나 브라이언을 그의 광기에, 의사들의 관리에 홀로 남겨놓는다면 가장 도움이 필요한 순간에 그를 버리는 셈이었다. 어떻게 보면 나는 진정한 의미의 배신자였다. 결국 그와 나 둘 중 한 사람을 선택하는 상황에 처했고 나는 나 자신을 선택했다. 그 죄책감은 지금도 나를 괴롭힌다. 내 뇌리 깊은 곳에는, 어린 시절의 온갖 감추어진 기억들과 함께, 이상적인 여자에 대한 찬란한 이미지가 자리잡고 있다. 그녀는 말하자면, 유대인 '그리젤다'*였다. 그녀는 룻과 에스더와 예수와 마리아가 하나로 합쳐진 인물이다. 그녀는 늘 반대편 뺨을 내놓는다. 그녀는 하나의 탈것이고 하나의 용기이다. 그 자신의 욕구나 욕망은 지니지 않은. 남편이 때려도 그녀는 이해한다. 남편이 아프면 보살핀다. 아이들이 아프면 보살핀다. 음식을 하고 집안을 치우고 가게를 운영하고 장부를 관리하고 모두의 문제에 귀 기울이고 묘지를 찾아가고 잡초를 뽑고 정

* 중세 문학에 등장하는 착하고 참을성 있는 아내.

원을 가꾸고 마루를 닦고 남자들이 여자들의 열등함에 대한 기도문을 암송할 때 교회의 2층 발코니에 조용히 앉아 있다. 그녀는 자기 자신의 정체성을 지키는 것 말고는 무슨 일이든 다 할 수 있다. 나는 내가 그런 여자가 아니라는 사실을 남몰래 수치스러워하고 있었다. 착한 여자라면 남편의 광기를 보듬어주었을 텐데. 나는 착한 여자가 아니었다. 내겐 다른 할 일이 너무도 많았다.

그러나 브라이언과의 관계에서 내가 소홀한 점이 있었다고 해도 찰리 필딩과의 관계에서 나는 그 소홀함을 두 배로 갚았다. 순수한 마조히즘만을 놓고 보면, 그러니까 선하고 건전하고 정상적인 여성의 마조히즘만을 놓고 보면, 그 누구도 찰리와 나의 관계보다 더 심할 수는 없으리라. 나는 브라이언과 헤어진 직후에 찰리를 만났다. 우습게도 여자들은 항상 먼저 만난 남자에게서 과하게 받은 것을 그다음에 만나는 남자에게 쏟아붓는다. 일종의 심리학적 '슬로피 세컨즈'*라고나 할까.

* '질척이는 두 번째 섹스'의 의미로 첫 번째 남자가 여자와 섹스하고 사정한 직후 두 번째 남자가 같은 여자와 섹스하는 것을 일컫는 말.

13

지휘자

이것은 하나의 지각변동일까요? 아니면 단순한 하나의 충격일까요?
이것은 진짜 바다거북 수프일까요? 아니면 가짜 바다거북 수프일까요?
이것은 칵테일일까요, 이 즐거운 기분은?
아니면 진짜 행복일까요?
내 직감이 맞을까요? 아니면 틀릴까요?
내가 바흐의 음악을 듣게 될까요?
아니면 그저 콜 포터 노래나 듣게 될까요?

_ 콜 포터, 〈오래 가는 사랑 앞에서At Long Last Love〉(1938)

찰리 필딩(사인할 때에는 '찰스'라고 쓴다)은 키가 크고 어깨가 구부정하고 마치 방랑하는 유대인* 같은 모습이었다. 큼직하고 기다란 매부리코에 들창코였고 입꼬리가 쳐져서 항상 경멸과 우울의 사이의 부루퉁한 표정을 짓고 있는 남자였다. 낯빛이 창백해서 어딘가 아픈 것 같았고 여드름 자국이 있었고 아직도 때때로 여드름이 났다. 그가 입고 있는 트위드 재킷은 마치 철제 옷걸이에 걸쳐 놓은 것처럼 축 늘어졌고 바지는 무릎이 튀어나왔다. 낡은 체스터필드 외투**는 문고본 책의 무게에 주머니가 늘어졌다. 돼지가죽으로 만든 그의 낡은 서류가방 한쪽으로 지휘봉이 비져나왔다.

지하철에서나 레스토랑(음식 값은 아버지 계좌로 청구하게 되어 있었다)에서 혼자 식사하는 그의 표정으로 보아 그가 상중喪中인 모양이라고 짐작하기 쉬울 것이다. 그러나 그는 상중이 아니다. 언젠가는 죽어서 그에게 재산을 상속해줄 그의 아버지를 미리 애도하는 게 아니라면.

저녁식사(크림소스 치킨과 뜨거운 퍼지를 얹은 초콜릿 아이스크림)를 기다리는 동안 그는 가방에서 악보를 꺼내놓고 오른손에 지휘봉을 들고는 가상의 악단을 지휘하곤 했다.

* 형장으로 끌려가는 그리스도를 조소한 죄로 세상의 종말까지 방랑하게 되었다는 전설에서 비롯된 말.

** 폭이 좁은 남성용 코트.

그동안 그는 완전한 무아지경으로 빠져들었다. 남의 눈에 띄고 싶어서 그러는 건 아니었다. 그는 주위 사람들을 전혀 의식하지 않았다.

찰리(그의 어머니는 보니 프린스 찰리*의 이름을 따서 그의 이름을 지었다. 결국 찰리도 유대인 왕자였다)는 이스트빌리지의 원룸 아파트에서 혼자 살았다. 그의 가난한 선조들은 2대에 걸쳐 그곳에 살았다. 블라인드는 시커먼 기름때로 절었고 맨 마룻바닥을 돌아다니다 보면 먼지 덩어리들이 수시로 밟혔다. 실내는 한마디로 스파르타식이었다. 간이 부엌 찬장에는 말린 살구와 사탕 한 봉지 말고는 아무것도 없었고, 임대한 피아노 한 대, 싱글 침대 한 개, 테이프 레코더, 간이 레코드플레이어, 2년 전 부모님 집에서 나올 때 가지고 나온 이후 한 번도 포장을 풀지 않은 레코드 두 상자가 전부였다. 창밖으로 음산한 정원이 내려다보이는 비상계단이 있었고 비상계단 맞은편에는 블라인드 내리는 걸 자주 잊는 중년의 레즈비언들이 살고 있었다. 찰리는 동성애자들에게 방어적 경멸을 품고 있었다. 자신의 성적 취향을 수치스러워하는 사람들이 흔히 보이는 태도였다. 그는 늘 성욕을 느끼면서도 천박하게 구는 걸 두려워했다. 하버드에서 받은 교육이 그의 유전자 속에 내재되어 있던

* 스코틀랜드 출신인 스튜어트 왕가의 마지막 왕자.

온갖 천박한 성향을 소멸시킨 모양이었다. 아무리 섹스하고 싶어도 고상하지 않은 행동은 절대 하지 않았다. 그 자신에게도, 혹은 그를 유혹하려는 여자들에게도.

어쨌든 진짜 수재가 아니라면 하버드 졸업장에는 영구적인 책임이 따른다. 하버드에서 배운 지식 때문이 아니라 하버드를 졸업한 이후 본인이 생각하는 방식 때문에. 하버드 출신이라는 건, 그 오라aura, 그 분위기, 그 발음 문제, 찰스 강에 대한 여린 기억들은 하나의 장애였다. 그 모든 게 그들로 하여금 넥타이를 휘날리며 광고회사의 복도를 뛰어다니는 것에 현혹되게 만든다. 그 모든 게 그들로 하여금 자랑스러운 학위로 젊은 여자들에게 깊은 인상을 심어주기 위해 하버드 클럽의 끔찍한 음식들과 지저분한 가구들을 견디게 만든다.

찰리와 그의 하버드 장애물. 그는 올 C학점으로 대학을 졸업했지만 변변치 않은 바너드 대학에서 최우수 학생 클럽에 속해 있었던 나보다 자기가 훨씬 우월하다고 생각했다. 그는 하버드에서 자신이 정제되었다고 생각했다. 그의 모든 실패에도 불구하고 그는 여전히 하버드 출신이었으니까.

찰리는 매일 거의 정오까지 자다가 일어나서 1시에 이민자촌의 잔재로 남아 있는 어느 낙농식당에서 아침식사를 했다. 일주일에 두 번은 겨우 침대에서 빠져나와 지하철을 타고 시내 음악학교에 가서 피아노를 가르쳤고 합창단을 지도했다. 그 일을 통해 그가 버는 돈은 하찮은 수준이었지만 어차피 그의 주 수입은 아버지가 마련해준 신탁기금이었다. 그는 자신의 수입에 관해서는 끔찍할 정도로 말하기 싫어했다. 마치 더러운 비밀이라도 된다는 듯. 나는 늘 생각했다. 차라리 그가 자신의 인색함을 솔직하게 인정했다면 훨씬 덜 구질구질해 보였을 거라고.

그러나 그의 집안에는 추잡한 비밀이 있었고, 어쩌면 그 비밀이 그 돈을 그토록 수치스러운 것으로 만들었는지도 모른다. 찰리의 가족은 찰리의 삼촌 멜에게서 돈을 받았다. 멜은 유명한 가짜 백인 중산층 사교 댄서로 에나멜 머리카락과 성형한 코와 비유대인 아내로 1930년대를 누비고 다닌 인물이었다. 멜 필딩은 평생에 걸쳐 자신이 유대인이라는 사실을 비밀에 부쳤다. 그는 가족 모두가 코를 성형하고 성을 펠드스타인에서 필딩으로 바꾼다는 조건으로 자신이 축적한 부를 가족들과 나누었다. 찰리는 코 성형은 거부했지만 이름은 바꾸었다. 그러나 찰리의 아버지는 실제로 코의 반을 잘라냈다. 덕분에 찰리의 아버지는 이상할 정도로 코가 작은 유대인처럼 보였다. 어쨌든 가장 중요한 건 펠드스타인 가족이 브루클린을 떠나 센트럴파크 서부의 베리스퍼드(부촌이자 가짜 성들이 모여 있는 동네)에 자리를 잡았다는 사실이다.

그들 가족의 사업은 외로운 노인들에게 회원권을 파는 세계적인 무용학교 체인이었다. 그건 정신분석이나 종교, 사교 모임, 장미 십자회 모임*보다 나을 것 없는 사기수법이었지만 역시 외로움, 무력감, 고통의 끝을 약속했고 물론 수많은 사람들을 실망시켰다. 찰리는 무용학원에서 대학시절 여름방학 때 몇 번 일했지만 단지 형식적인 제스처일 뿐이었다. 찰리는 매일 출근하는 직업은 무조건 싫어했다. 비록 그 일이 방금 수천 달러를 내고 평생회원이 된 80세 할머니와 함께 춤추는 걸 의미한다고 해도. 처음 만났을 때 찰리는 사교 댄스에 대해 무척 민감하게 반응했다. 자기 아버지가 생계를 위해 했던 일이라는 사실을 그다지 알리고 싶어하지 않았다. 그럼에도 그는 유명한 삼촌의 이름을 그의 친구들과 나의 친구들에게 수시로 흘렸다. 모호함이야말로 춤추기에 적합한 연주였다. 모호함에는 그 나름의 리듬이 있었으니까.

찰리는 뭘 했느냐고? 그는 원대한 꿈을 이루려고 준비하고 있었다. 그는 지휘자 데뷔를 꿈꾸었다. 그러나 꿈꾸는 것 말고 딱히 하는 일은 없었다. 교향곡을 작곡하기도 했지만 전부 다 미완성 교향곡이었다. 카프카나 베케트의 작품을 바탕으로 소나타와 오페라 작업도 시도했다. 비록

* 1484년 로젠크로이츠가 독일에 창설했다고 전해지는 연금鍊金 마법술을 행하는 비밀결사회.

다른 사람들에게는 낙오자로 보일지 몰라도 그 자신에게만큼은 아주 로맨틱한 인물이었다. 그는 '침묵, 유랑, 그리고 간계'*에 대해 이야기했다. (침묵 : 미완성 교향곡들. 유랑 : 그가 베리스퍼드를 떠나 이스트빌리지로 왔다는 사실. 간계 : 나와의 연애.) 그는 모든 위대한 예술가들이 초기에 겪었던 시련을 겪어내고 있는 셈이었다. 지휘자로서 아직은 전환점을 맞이하지 못했고 그게 부분적으로는 그가 동성애자가 아니기 때문이라고 생각했다. 작곡가로서의 문제는 세상의 매혹시킬 그만의 스타일을 아직 찾지 못했다는 것이었다. 그 역시 조만간 찾아올 것이다. 작곡가는 몇 년이 아닌 수십 년을 내다보아야 했다.

피아노 의자에 앉아 있을 때나 혹은 체리 블린츠**를 앞에 놓고 있을 때면 찰리는 마침내 성공한 자신의 모습을 상상했다. 관자놀이가 희끗희끗하고 온화한 인상의 독특한 옷차림을 한 그. 메트로폴리탄 오페라하우스에서 자신의 새 오페라를 지휘하고 난 뒤에도 클럽에 가서 실력 있는 재즈 연주자들과 즉흥 연주를 할 것이다. 여대생들이 그를 알아보고 사인을 해달라고 둘러싸면 재치 있는 말로 그들을 뿌리칠 것이다. 여름이 되면 버몬트의 별장에 가서 채광창으로 들어오는 햇살을 받으며 그 속에서 베흐슈타

* 제임스 조이스의 소설《젊은 예술가의 초상》에 나오는 구절.

** 얇은 팬케이크로 치즈, 잼 등을 넣은 유대식 요리.

인 피아노로 작곡을 하다가 때로는 작업실에서 나와 그를 추종하는 시인들이나 젊은 작곡가들과 유쾌한 대화를 나눌 것이다. 하루 세 시간을 자서전 집필에 투자한다. 자서전은 프루스트와 에벌린 워(그가 가장 좋아하는 두 작가)를 합쳐놓은 듯한 스타일이 될 것이다. 그리고 여자들이 있을 것이다. 루벤스의 그림에 나오는 여자들처럼 출렁거리는 거대한 엉덩이를 가진 소프라노들이. (찰리는 항상 통통한 여자, 심지어는 뚱뚱한 여자들을 좋아했다. 그래서 내가 너무 마른 데다 엉덩이도 너무 작다고 생각했다. 만약 우리가 결혼했다면 나는 아마 코끼리처럼 비대해졌을 것이다.) 뚱뚱한 소프라노 다음으로는 예술가들이 있었다. 그에게 책을 헌정하는 여류시인들, 그에게 나체로 포즈를 취해 달라고 하는 여류 조각가들, 그에게 매혹되어 그를 자신의 실화소설 주인공으로 삼는 여류 소설가들. 그는 어쩌면 결혼은 하지 않을지도 모른다. 아이를 갖기 위해서는 더더욱 하지 않을 것이다. 아이들이란 따분하기 짝이 없었다. '따분하다'는 말이야말로 그가 가장 즐겨 쓰는 단어 중 하나였다. 그러나 그 말이 그가 가장 경멸하는 말은 아니었다. '고루하다'라는 말도 즐겨 썼지만 그 말도 그가 가장 경멸하는 말은 아니었다. '천박하다'는 말이야말로 그에게는 최후의 보루였다. 세상에는 물론 천박한 사람들이 있었다. 천박한 책과 음악, 그림이 있는 것처럼. 그러나 찰스에게는 음식조차 천박할 수 있었다. 그는 '천박' 이라는 단어가 두 개의 서로 다른 음절로 이루어졌다는 듯 간격을 두고 발음했다. 마치 그 두 개의 음절이 모습을 드러낼까봐 전율한다는 듯이. 발음 역시 찰스에게는 상당히 중요한 문제였다.

지금까지 길게 설명했지만 사실 가장 중요한 것 한 가지를 빠뜨렸다. 내가 그를 미친 듯이 사랑했다는 사실이다.('미친 듯이'에 강세가 있다) 그의 결함은 죄다 나중에야 보였다. 내게 그는 거만한 호색한이 아니었고 전설적인 매력남이자 미래의 레니 번스타인이었다. 샴페인 빛깔로 실내 장식가가 꾸며놓은 거실에 때가 타지 않도록 비닐을 씌워놓고 사는 그의 가족이 우리 가족보다 열 배는 더 천박하다는 걸 알고 있었다. 찰리가 똑똑한 만큼 속물이란 것도 알고 있었다. 그가 절대 목욕을 하지 않고 데오도란트도 쓰지 않고 엉덩이조차 제대로 못 닦는다는 것도(마치 아직도 엄마가 달려와주기를 기다리는 아이처럼) 알고 있었지만 나는 그에게 홀딱 반했다. 그래서 그가 나를 경멸하는 걸 허락했다. 어쨌든 그는 만국 공통어인 음악에 헌신하는 사람이었고 나는 문학에 심취한 하찮은 작가 나부랭이였다. 가장 중요한 건 그가 나의 아빠처럼 피아노 치는 남자라는 사실이었다. 그가 건반 앞에 앉으면 나는 팬티를 적셨다.

그 콘티누오들! 크레셴도들! 샤프들! 플랫들!

'건반을 간질이다' 라는 표현을 아는지. 그게 바로 찰리가 나를 흥분시키는 방법이었다. 메트로놈을 켜놓고 피아노 의자에서 섹스한 적도 있었다.

우리가 만난 방식은 좀 우습다. 우리는 방송국에서 만났다. TV 시낭송보다 더 우스운 게 또 있을까. 그건 시도 아니고 TV도 아니었다. 일종의 '교육 방송'이었다.

채널 13의 어느 프로그램이었고 일곱 개의 예술을 버무린 일종의 샐러드라고 볼 수 있었다. 전부 다 생방송은 아니었다. 그게 왜 교육적인지는 여러분의 추측에 맡긴다. 일곱 명의 젊은 예술가들이 출연했고 그들에게 각자 자신의 분야를 설명할 4분의 시간이 주어진다. 눈이 붓고 파이프 담배를 피우는 필립스 하드택이라는 사람이 우리를 차례로 인터뷰하는데 "영감이란 무엇일까요?"라든가 "어린 시절의 경험이 작품에 어떤 영향을 미쳤습니까?"와 같은 예리한 질문을 던진다. 이러한 질문들을 포함한 열 개 남짓한 질문을 위해 별도로 4분이 주어진다. 이런 쇼를 진행하는 것 외에 하드택은 책 리뷰를 쓰거나 위스키 광고를 위해 포즈를 취하는 것으로 생계를 유지한다. 사실 그 두 가지 직업은 겉보기보다 훨씬 더 많은 공통점을 갖고 있다. 스카치는 항상 '부드럽다' 혹은 '순하다'로 표현되었고 책들은 항상 '적나라하다' 혹은 '강렬하다'로 표현되었다. 우리가 해야 할 일은 단지 하드택으로부터 그런 형용사들을 끌어내는 것뿐이었다. 그런데 때로는 그 자신도 헷

갈려서 책을 '부드럽다' 혹은 '순하다' 라고 표현하고 스카치를 '적나라하다' 혹은 '강렬하다' 라고 표현했다. 20년 된 스카치와 회고록을 출판한 원로 작가들을 위해서 하드택은 '원숙한' 이라는 표현을 아껴놓았다. 젊은 작가들과 싸구려 스카치에 대해서는 자동적으로 나오는 대답이 있었다. '유려함을 결여하고 있다.'

그 쇼에 출연한 예술가들은 하드택 같은 진행자와 수준이 맞았다. 자신을 '시네메이커' 라고 부르는 한심한 청년은 4분간의 흔들리는 노출 과다 영화를 상영했는데, 두 마리의(혹은 세 마리의) 아메바가 가지 돌기로 흐느적거리는 것 같은 모습을 담았다. 어느 흑인 화가는 자신을 행위 예술가라고 부르면서 오직 의자만을 그렸다. 행위예술가치고는 이상할 정도로 정적인 소재였다. 앞니가 유난히 누렇고 튀어나온 소프라노 가수도 있었는데 찰리는 그녀와 함께 방송에 출연해서 그녀의 4분간의 떨리는 푸치니를 위해 반주했다. 미친 듯이 뛰어다니며 드럼과 실로폰들, 유리 수족관, 냄비, 프라이팬을 두드리는 1인 타악기 밴드의 연주자 켄트 블라스라는 사람도 있었다. 춤이라는 단어를 쓸 때 반드시 '그 춤' 이라고 말하는 현대무용가도 있었고, 브루클린 사투리가 웅변술과 어우러져서 결과적으로 '신' 을 '쉰' 으로 발음하는 이상한 결과를 초래한 사회저항민요 가수도 있었다. 그리고 내가 있었다. 그들은 4분간의 시낭송을 위해 나를 회색 합판 액자 뒤에 서 있게 했고 그 틀에 들어가기 위해 나는 발판 위에 앉아 있어야 했다. 찰리는 바로 아래 피아노에 앉아 내 스커트를 바라보고 있었다. 내가 시를 낭송하는 동안 그의 뜨거운 눈빛이 내 허벅다리에 구멍을 뚫는 것만 같았다. 다음 날 그가 내게 전화를 걸었다. 나는 그를 기억하지 못했다. 그는 내 시를 자기 음악에 사용하고 싶다고 했고 나는 그를 만나 저녁식사를 했다. 나는 늘 그런 속임수에 잘 넘어갔다.

"내 아파트에 와서 당신 시를 음악으로 만들어보지 않을래요?"

그런 말에 나는 반드시 걸려들었다.

그러나 찰리는 나를 놀라게 했다. 나를 처음 데리러 왔을 때 그의 모습은 앙상했고 씻지도 않은 것 같았고 매부리코였지만 레스토랑에서 콜 포터와 로저스와 하트와 거슈윈에 대한 박학한 지식을 펼쳐놓았다. 내가 어렸을 때 아빠가 연주해주던 곡들이었다. 알려지지 않은 콜 포터의 노래들, 알려지지 않은 뮤지컬의 로저스와 하트 콤비의 곡들, 역시 알려지지 않은 거슈윈의 노래들까지 그는 전부 다 꿰고 있었다. 나보다 더 많이 알고 있었다. 나는 가장 중요한 대목만 기억하고 있었는데.

바로 그 순간 나는 희한하게도 그와 사랑에 빠졌고 그는 씻지 않는 매부리코 개구리에서 왕자가 되었다. 피아노 치는 유대인 왕자였다. 그가 〈우리 이제 해요Let's Do It〉라는 곡의 마지막 구절을 부른 순간, 더구나 가사도 정확하게 부른 순간, 나는 그와 정말 할 준비가 되어 있었다. 그건 일종의 '오이디퍼시'*였다.

우리는 집으로 가서 침실로 갔다. 그러나 찰리가 자신의 행운을 감당하지 못하고 시들어버렸다.

"날 지휘해줘요."

내가 말했다.

"아무래도 지휘봉을 잃어버린 것 같은데요."

"그럼 미트로폴로스처럼 해줘요. 맨손으로."

"당신 대단한 여자군요."

그가 말하며 이불 밑에서 몸부림을 쳤다. 그러나 손도 지휘봉도 절망적인 상태였다. 그는 이를 부딪쳤고 커다란 어깨를 흔들었다. 그리고 마치 폐기종 환자처럼 숨을 헐떡였다.

"왜 그래요?"

내가 물었다.

"당신이 너무 대단한 여자라 믿을 수가 없나 봐요."

그는 흐느끼다가 숨을 헐떡이기를 반복했다.

"이래도 날 다시 만나줄 건가요? 이걸 약점으로 이용하

* 오이디푸스Oedipus와 퍼시Pussy(여자의 성기 혹은 섹스)를 합쳐놓은 말.

지 않겠다고 약속해 줄 수 있나요?"

그가 애원하듯 물었다.

"날 뭘로 보고 그런 말을 해요? 어떤 정신나간 여자가 당신을 거부하겠어요?"

나 자신도 놀랐다. 그의 무력감이 나의 모성본능을 자극했다.

"내가 마지막으로 사귀었던 여자."

그가 신음하며 말했다.

"그 여자가 날 쫓아내고 내 옷가지들을 복도에 던졌죠. 그때 양말 한 짝을 잊어버렸어요. 그래서 한쪽 발목을 드러내놓고 지하철을 타야 했지요. 내 평생 가장 굴욕적인 순간이었어요."

"자기."

내가 그를 쓰다듬으며 말했다.

그때 흐느끼고 훌쩍이고 몸을 떠는 걸 보고 그가 정서적으로 불안정하다는 걸 알아차렸어야 했다. 그러나 나는 알아차리지 못했다. 내게 그 모든 건 그의 감수성의 증거일 뿐이었다. 왕자와 완두콩*. 이해할 수 있었다. 첫날은 잘 안 된다는 것 정도는. 섹스 대신 콜 포터의 노래를 함께 부르면 되니까. 그러나 그는 내 품안에서 잠들었다. 그는 내

* 안데르센의 동화 《공주와 완두콩》은 완두콩 한 알을 놓고 요 20장을 깔아놓고 그것을 알아차리는 진짜 공주를 가려내는 이야기.

가 아는 그 어떤 사람과도 다른 모습으로 잠을 잤다. 그는 씨근거렸고 웅얼거렸으며 방귀를 뀌었고 몸부림을 쳤다. 신음소리를 냈고 몸을 떨었다. 심지어는 잠결에 여드름을 짜기도 했다. 나는 경이로움에 휩싸인 채 밤새 반은 뜬눈으로 그를 지켜보았다.

아침이 되자 그가 미소 지으며 마치 종마처럼 섹스했다. 나는 시험을 통과했다. 나는 그를 쫓아내지 않았고 섹스로 보상받았다.

우리는 그로부터 여덟 달 동안 사귀었다. 주로 그의 집에서 혹은 나의 집에서 함께 밤을 보냈다. 나는 이혼 수속을 밟으면서 뉴욕 시립대학에서 강의를 하고 있었고 컬럼비아 대학에서 석사과정을 밟고 있었다. 나는 여전히 브라이언이 미쳤던 바로 그 아파트에 살고 있었고 찰리가 나와 함께 머물 수 없을 때에는 밤에 혼자 있기가 싫어서 그를 따라 이스트빌리지로 가서 그의 좁은 침대에서 같이 잤다.

그는 나를 사랑한다고 했고 숭배한다고 했지만 그러면서도 나와 거리를 두었다. 나는 그의 사랑 고백이 어딘가 이상하게 느껴졌다. 그의 고백은 너무 조심스러웠고 겉돌았다. 누군가 나와 거리를 두려한 것이 처음이었기 때문에 나는 거칠어졌다. 항상 내가 주도권을 잡는 쪽이었기 때문에 그의 조심스러움이 나를 화나게 했다. 그래서 나는 점점 더 집착하게 되었고 그는 점점 더 조심스러워졌다. 진부한 얘기였다.

파리에 다른 여자가 있다는 걸 알고 있었다. 래드클리프 출신의 옛날 여자친구가 소르본 대학에서 철학을 공부하고 있다고 했다. 찰리는 이제 그저 친구일 뿐이라고 했다. 다 끝났다고.

통통한 체구에 짙은 갈색 머리카락을 갖고 있었고 섹스한 뒤에 죽은 듯 잠들어버리는 아주 짜증나는 습관이 있는 여자라고 했다. 그녀는 그에게서 벗어나기 위해 파리로 날아갔고 지금은 프랑스인 남자친구가 그녀와 함께 아르프 거리에서 살고 있다고 했다. 신경을 안 쓴다면서도 찰리는 그녀에 대해 속속들이 알고 있는 것 같았다. 하지만 만약 그게 사실이라면 왜 그 여자는 찰리에게 보내는 편지를 사랑한다는 말로 끝맺을까? 비장의 무기로 그를 곁에 두기 위해서? 찰리는 어떤 생각일까? 그 여자 역시 그에게 비장의 무기일까? 아니면 내가 비장의 무기일까?

나는 남의 편지를 읽는 것이야 말로 가장 추잡한 짓이라고 믿는 사람이었지만 질투는 종종 이상한 짓을 하게 만든다. 이스트빌리지에서의 어느 서글픈 아침, 찰리가 학생들을 가르치러 일찌감치 집을 나서자 나는 마치 스파이처럼 그의 아파트를 뒤지기 시작했다. 심장이 사울 굿맨*의 팀

* 뉴욕 필하모닉 오케스트라의 팀파니 연주자.

파니 연주처럼 방망이질했다. 그리고 마침내 편지들을 찾아냈다. 찰리의 회색 팬티 밑에서.

편지로 판단해보건대 살로메 와인펠드(할아버지가 솔로몬 왕이라 그 이름을 따서 지었나?)는 문학적인 여자였다. 그녀는 질투심으로 찰리를 미치게 만들면서도 한편으로는 약간의 애정을 표현해주면서 그를 자기 곁에 붙여두려는 심산 같았다.

> 셰르* 찰스(그녀가 이렇게 썼다)!
>
> 좀 더 싼 하숙집을 찾을 때까지 우리(우리라니!)는 매혹적이고 허름하고 우울한 아르프 호텔의 6층에 살게 됐어. 파리는 신성한 곳이야. 골목을 돌아서면 장폴 사르트르가 있고 시몬 드 보부아르, 베케트, 주네도 이곳에 있어. 한마디로 '투 르 몽드(모두)' 가 이곳에 있어.
>
> 달링, 사랑해. 내가 세바스티앵(얼마 전엔 우연치 않게 기가 막힌 쿠스쿠스**를 만들었어)과 함께 살고 있다고 해서 당신을 사랑하지 않는다고는 생각하지 말아줘. 단지 당신 없이 경험하고 숨 쉬고 살고 기지개를 켜고 근육(어떤 근육이게!)을 사용할 시간이 필요한 것뿐이야.
>
> 밤이나 낮이나 당신이 보고 싶고 당신을 생각하고 당신 꿈

* Cher. '친애하는' 이라는 뜻의 프랑스어.

** 으깬 밀로 만든 북아프리카 음식. 또는 쿠스쿠스에 고기와 야채를 넣은 요리.

을 꾸기도 해. B.L.T*가 뭔지도 모르고 블린츠를 먹어본 적도 없고 찰스를 예전 영국 왕이라고 생각하는 사람하고 같이 사는 게 얼마나 짜증스러운지 아마 상상도 못할걸! 세바스티앵은 다정하고 헌신적이긴(이 대목은 잉크로 지워져 있었다) 하지만 매일 매일, 내가 사랑하는 사람은 당신이란 사실을 깨닫게 해줘.

아템 무아, 셰리(날 기다려줘, 자기).

샐리

너나 실컷 '아템 무아' 해!

그러나 그다지 깨끗하지도 않은 그의 속옷 틈에서 발견한 이 편지로 찰리에게 어떻게 따질 것인가? 그래서 나는 파비우스식 전략**을 구사하면서 경계를 늦추지 않고 때를 기다리기로 했다. 나는 적개심을 감추었다. 그의 펜팔 친구로부터 서서히 그를 빼앗아올 생각이었다.

6월이 되자 우리는 함께 유럽으로 떠났다. 찰리는 네덜란드에서 열리는 지휘 대회에 참석할 예정이었고 나는 요크셔에 만나볼 친구들이 있었고 피렌체에서 오랜 친구 피아를 만나 남유럽을 여행한 다음 중동으로 가서 랜디의 집

* 베이컨bacon, 상추lettuce, 토마토tomato를 넣은 샌드위치.

** 옛 로마 장군 파비우스의 전략으로 지구전으로 적의 자멸을 기다리는 작전.

에 들를 계획이었다. 찰리와 나는 네덜란드에서 2주 동안 함께 머문 다음 각자 일정에 따라 헤어지기로 했다. 그는 휴가가 끝난 뒤에 온타리오에서 어느 예술제 행사의 지휘를 맡게 되어 있었지만 확실한 건 아니었다. 나는 속으로 우리 둘 다 나머지 일정을 취소하고 여름 내내 함께 여행하기를 바라고 있었다.

우리는 퀸엘리자베스호를 타고 유럽으로 향했다. 깐깐한 여객선 측에서는 결혼증명서를 제출하지 않으면 우리 둘이 한 선실을 쓰는 걸 용인할 수 없다고 했다. 물론 우리에겐 결혼증명서가 없었다. 게다가 찰리는 구두쇠였다. 경제적인 이유로 찰리는 남성용 4인실을 세 명의 노인과 함께 썼고 나는 여성용 4인실을 써야만 했다. 당연히 창문도 없는 엔진 바로 위의 방이었다. 나와 같은 방을 쓰는 여자들로는 외모와 말하는 투가 부헨발트의 마녀*를 닮은 독일 여자, 코를 고는 가냘픈 프랑스 간호사, 카디건에 트위드 바지를 입고 물결무늬 밑창 신발을 신은 50세 영국 학교 교장이 있었다.

닷새하고도 반나절 동안 도대체 어디서 섹스할 것인가가 문제였다. 내 선실은 불가능했다. 프랑스 간호사가 하루 종일 잤고 독일 여자들은 아홉 시에 잠자리에 들었다.

* 나치 친위대 장교의 아내이자 유대인 수용소에서 잔혹하기로 악명을 떨친 일자 코흐의 별명.

우리는 점심식사를 거르고 찰리의 선실 사람들이 식사를 하러 갔을 때 일을 치르려고 했지만 막 시작하려는 찰나 한 사람이 돌아와서 화를 내며 문을 두드렸다. 그래서 우리는 섹스할 곳을 찾아 배 안을 돌아다녔다. 그만큼 절박했다. 퀸엘리자베스호처럼 넓은 배 안에는 숨을 곳이 많을 거라고 생각하겠지만 실상은 그렇지 않았다. 리넨 옷장은 잠겨 있었고 구명정은 올라가기엔 너무 높았고 공적인 장소는 너무 공적이었고 탁아소는 아장아장 걷는 아기들로 바글거렸다. 빈 선실 한 곳 찾을 수 없었다. 나는 빈 1등급 선실을 사용하자고 했지만 찰리는 겁쟁이였다.

"그러다가 사람들이 돌아오면?"

그가 물었다.

"자기들도 당황해서 별 얘기 못할걸. 아니면 선실을 잘못 찾아들어왔다 생각하고 승무원을 찾을 거고 그때 우린 이미 사라진 뒤겠지."

젠장, 찰리에 비하면 그나마 내가 실용주의자였던가? 찰리는 얼마나 유난스러운 겁쟁이였는지. 비행공포증이 있긴 해도 나는 비행기를 타고 두려움에 휩싸인 채 그 시간을 견디지만 찰리의 비행공포증은 너무도 심각해서 아예 비행기 근처에도 가지 않으려 했다. 바로 그게 우리가 이런 곤경에 처하게 된 이유였다.

마침내 우리는 마땅한 장소를 찾았다. 배 안에서 유일하게 외진 곳이었다. 상징적으로나 현실적으로 가장 완벽한 장소였다. 침대가 없다는 것만 빼면. 그곳은 바로 유대교 예배당이었다.

"정말 환상적이다!"

불을 켜려고 더듬거리다가 마침내 우리가 들어선 곳이 어디인지 깨닫게 된 순간 내가 소리쳤다. 얼마나 멋진가! 신도석! 다윗의 별! 유대교 율법서까지! 나는 정말 흥분되었다.

"순진한 처녀인 척할게."

찰리의 지퍼를 내리며 내가 말했다.

"하지만 문에 잠금장치가 없잖아!"

그가 소리쳤다.

"누가 온다고 그래? 적어도 미국 여행객들이나 영국 승무원들이 오진 않을 거잖아. 게다가 그냥 불을 끄고 있으면 돼. 어쩌다가 들어오는 사람들은 우리가 기도한다고 생각할 걸. 유대인들이 기도를 어떻게 하는지 자기들이 알게 뭐야?"

"아마 당신이 불타는 수풀* 이라고 생각할걸."

"퍽도 웃긴다."

내가 속옷 밖으로 걸어 나오며 불을 껐다.

* 모세가 호렙 산에서 발견한 불이 피어오르나 타지는 않는 나무.

그러나 우리는 신이 보는 앞에서 꼭 한 번밖에 하지 못했다. 왜냐하면 다음 날 사랑의 사원으로 돌아갔을 때 문이 잠겨 있었기 때문이었다. 이유는 알 수 없었다. 물론 찰리는 (편집증을 보이면서) 누군가가(혹시 하느님일까?) 우리의 열정적인 섹스를 촬영하고 우리의 신음소리를 녹음했을 거라고 생각했다. 그는 나머지 여행을 겁에 질린 상태로 보냈다. 그는 르아브르에서 국제경찰이 우릴 기다리고 있을 거라고 생각했다.

나머지 여행기간은 내겐 무척 따분했다. 찰리는 선상 라운지에서 악보를 연구하고 가상의 악단을 지휘했고 나는 그를 바라보면서, 그가 파리에서 만날 게 분명한 샐리에 대한 증오를 삭였다. 샐리 생각을 하지 않으려 애썼지만 센트럴파크 호수에서 가라앉기를 거부하는 사탕종이처럼 그 생각이 자꾸만 수면 위로 떠올랐다. 이제 어쩐다? 글을 쓰려 해보았지만 집중을 할 수가 없었다. 오로지 샐리 생각뿐이었다. 교활한 사기꾼 같으니라고. 그는 찰리를 갖고 놀고 있었다. 찰리가 날 갖고 노는 것처럼. 모든 애정 문제는 결국 불균형 배분의 문제였다, 젠장. 사랑의 감정은 넘쳐나지만 항상 엉뚱한 장소, 엉뚱한 사람에게로 향한다. 사랑받는 사람은 더 사랑받고 사랑받지 못하는 사람은 더 사랑받지 못한다. 프랑스에 가까워질수록 나는 점점 더 나 자신이 후자에 가까워지는 듯한 느낌이 들었다.

물론 찰리는 지휘 대회에서 입상하지 못했다. 그것도 예선에서 떨어졌다. 항상 보란 듯이 연습에 몰두했지만 막상 무대에서는 악보를 기억하지 못했다. 그는 타고난 지휘자가 아니었다. 지휘대에 올라서면 첫날밤 침대에서처럼 어설펐다. 그의 온몸이 축 처졌다. 어깨는 구부정했고 그의 등은 마치 너무 오래 조리해서 내용물이 거의 없어진 파스타 같았다. 가련한 찰리에게는 카리스마가 없었다. 브라이언과 정반대였다. 찰리가 지휘하는 걸 바라볼 때면, 그가 브라이언의 카리스마를 조금이라도 가졌더라면 대단한 지휘자가 되었을 거라는 생각이 들곤 했다. 브라이언은 물론 음악에 재능이 없었다. 두 사람을 섞어놓을 수만 있다면. 왜 항상 남자 둘을 합쳐야만 완벽한 남자 하나가 되는 건지. 이게 바로 나의 오이디푸스적 문제의 비밀일까? 나의 할아버지와 나의 아버지? 상황이 복잡해질 때면 언제나 피아노를 치며 도피했던 나의 아버지. 그리고 마치 자기 목숨이 달려 있다는 듯 마르크시즘과 모더니즘, 다위니즘 따위의 모든 이즘들을 비판하는데 열 올렸던 할아버지.

평생 그 두 남자 사이를 오가야 할까? 수줍음 많고 온화하고 거의 무심한 남자와 열정적이고 불안해서 내 산소까지 다 소모해버리는 남자 사이를?

화이트 스톨로프 집안의 저녁식사 풍경은 대체로 이런 식이다. 나의 어머니 주드는 로버트 아드리*와 '영토 보존 이론'에 대해 고함을 지른다. 나의 할아버지 스톨로프(모두에게 파파로 알려짐)는 레닌과 푸시킨을 인용하면서 피카소가 사기꾼이라고 주장한다. 나의 동생 클로이는 주드에게 입 닥치라고 말하고 랜디는 클로이에게 입 닥치라고 말하고 로버트와 랄라는 위층에서 다섯 쌍둥이를 돌보고 있고 피에르는 아벨과 경제문제에 관한 토론을 벌인다. 클로이가 베넷에게 정신분석 문제로 미끼를 던지고 베넷은 신경질적으로 기침을 하면서 모호한 표정을 짓고 랜디는 내 시를 공격하고 나의 할머니(마마)는 바느질을 하면서 우리에게 트럭 운전사처럼 말하지 말라고 훈계하고 나는 잡지를 넘기면서 가족으로부터 나를 방어한다. 그건 항상 활자를 통해서만 가능했다.

클로이 : 이사도라 언닌 항상 뭘 읽고 있네. 너 그 거지 같은 잡지 좀 그만 볼 수 없어?

나 : 왜? 나까지 소리 질렀으면 좋겠니?

클로이 : 항상 잡지만 보는 것보단 훨씬 낫지.

아버지 : (노래를 흥얼거리며) '잡지를 넘기다 보면 당신은 어느덧 볼티모어에…….'

클로이 : (애원하는 듯한 표정으로 하늘을 바라보며) 아빠 만날 노

* 미국의 세계적 인류학자. 인간은 영역적 동물이라 이웃과 영토싸움을 벌이는 것은 자연의 법칙이라고 주장함.

래나 홍얼거리면서 실없는 소리나 하고. 도대체 우린 왜 진지한 대화를 나눌 수 없는 거지?

나 : (잡지를 읽으며) 진지한 대화를 누가 원하는데?

클로이 : 적대적인 넌 같으니라고.

나 : 정신분석을 싫어한다면서 정신분석 용어 너무 좋아하는 거 아니니?

클로이 : 엿 먹어.

마마 : (바느질에서 고개를 들며) 너희들 창피한 줄 알아라. 손녀딸들한테 트럭 운전사처럼 말하라고 가르친 적 없다.

파파 : (주드와의 논쟁 중에 고개를 들며) 역겹구나.

클로이 : (온 힘을 다해) 다들 제발 입 좀 닥치고 제 얘기 좀 들어보시라니까요!

거실에서 피아노 소리가 들려온다. 아버지가 자기만의 스타일로 해석한 〈비긴이 시작되면〉*을 연주한다. 오래 전 〈주빌리〉**의 브로드웨이 초연 때 아빠가 연주했던 곡이다.

"비긴이 시작되면……. 달콤한 음악의 홍겨움이 되살아나……."

그의 목소리가 조율이 필요한 베이비 그랜드 피아노의

* 콜 포터의 연주곡. 비긴은 서인도제도 마르티니크 섬 원주인의 민속 춤곡과 그 리듬.

** 몽고메리 크리프트가 출연한 브로드웨이 뮤지컬.

선율과 함께 흐른다. 그러나 파파와 주드는 아빠가 자리에 없다는 사실조차 깨닫지 못한다.

"지금 이 사회에서는 예술의 기준이라는 게 언론사 에이전트나 홍보 담당자들에 의해 정해지고 있어요. 다시 말해서 전혀 근거도 없고……."

주드가 말한다.

"내가 늘 말했지."

파파가 끼어든다.

"이 세상은 두 부류의 사람들로 나뉜다고. 사기꾼과 반사기꾼."

아빠는 두 사람에게 틀린 음정으로 화답한다.

찰리와 나는 암스테르담에서 눈물로 작별했다. 중앙기차역이었다. 그는 미국으로 돌아가기 위해 파리로 가서 르아브르 항구로 갈 예정이라고 했다. 나는 그 말을 믿지 않았다. 나는 요크셔로 갈 예정이었다. 내가 원하건 원하지 않건. 나는 혼자 여행하고 싶은 마음이 눈곱만치도 없었다. 눈물의 안녕이었다. 우리는 암스테르담의 청어*를 먹으면서 둘 다 울었다.

"잠시 떨어져 있는 게 우리 둘 다한테 좋을 거야, 자기."

* 양파를 곁들여 날로 먹는 것으로 유명한 일명 '더치 헤링'.

"맞아."

내가 입안 가득 청어를 씹으며 거짓말했다. 그리고 우리는 키스하며 양파 냄새가 밴 침을 교환했다. 나는 네덜란드의 서남부항으로 가는 기차를 탔고 청어 냄새가 밴 손을 흔들었다. 찰리는 키스를 날렸다. 승강장에 서서 구부정한 어깨에, 지휘봉을 트렌치코트 주머니에서 비죽 나오게 한 채, 오케스트라 악보가 가득한 가방을 들고 한 손에는 네덜란드 청어를 든 채로. 기차가 움직였다. 나는 서남부 항구에서 다시 하리치로 가는 증기선을 탔고, 안개 속에 서서 울었다. 울면서 안개 속에 서서 우는 내 모습을 상상했고, 내가 과연 이 경험을 책으로 쓸 수 있을지 생각했다. 나는 긴 분홍색 손톱으로 이 사이에 낀 청어 부스러기를 뽑아 북해로 힘껏 날렸다.

요크셔에서 나는 찰리의 편지를 받는다. 그는 (당연히) 파리에 있다.

'자기, 내가 샐리하고 함께 있다고 해서 당신에 대한 사랑을 멈추었다고 생각하진 말아줘…….'

나는 크고 외풍 센 영국의 시골집에 머물고 있다. 체온을 높이고 오스카 와일드식 대화를 나누기 위해 하루 종일 술을 퍼마시는 영국 친구들과 함께였기 때문에 그로부터 열흘을 술독에 빠져서 산다. 나는 피아에게 전보를 쳐서 예정보다 빨리 피렌체에서 만나자고 하고, 우리는 신의 없는 애인들(피아의 애인은 보스턴에 있다)에게 복수하기 위해 미켈란젤로의 다비드를 제외한 피렌체의 모든 남자들과 잔다. 그런데 하나도 도움이 되지 않는다. 우리는 여전히 절망적이고 불행하다. 찰리가 피렌체로 전화를 걸어 용서를 구한다. 그는 여전히 파리에 샐리와 함께 있다. 그 통화를 빌미로 우리는 또다시 섹스파티를 연다. 그러고 나서 피아와 나는 참회하며 우리 자신을 정화하기로 한다. 우리는 이탈리아의 키안티 식초로 질세척을 한다. 시뇨리아 광장의 페르세우스 신전 앞에 무릎을 꿇고 용서를 빈다. 조토의 종탑 꼭대기에서 조토의 유령(유명한 유령이라면 어떤 유령이든 상관없다)에게 기도한다. 우리는 이틀 동안 금식하면서 산펠레그리노* 만 마신다. 산펠레그리노로 질세척도 한다. 속죄의식의 마지막 단계로 우리는 배신한 애인들에게 다이어프램을 부치고 그들이 죄책감을 느끼게 만들기로 한다. 그러나 다이어프램을 무엇으로 포장한단 말인가? 피아는 허리케인이 강타한 우리 방 침대 밑에서 케이크 상자를 찾아낸다. 나는 아무리 뒤져도 페서리를 넣을 만한 상자를 찾지 못해 얼른 포기한다. 찰리와 샐리에게 내 다이어프램을 케이크 상자에 담아 보낸들 무슨 득 될 일이 있겠는가? 그러나 피아는 흔들리지 않는다. 피아는

* 이탈리아의 생수 브랜드.

갈색 포장지와 테이프를 찾느라 수선을 떨고 결국 주소와 반송처를 적는다. 피아를 보니 열세 살 때 아무도 모르게 신청해서 갈색 서류봉투에 들어 있는 생리대 회사의 소책자를 받아보던 내 모습이 떠오른다.

우리는 아메리칸 익스프레스로 향한다. 우리는 불친절한 피렌체 우체국 직원들 중 반과 잤다. 세관신고를 해야 한다. 세관에 뭐라고 신고해야 하나. '사용한 다이어프램 한 개?' '엄청 많이 사용한 다이어프램 한 개?' '중고 의류?' 다이어프램도 의류에 포함되나? 피아와 나는 그 문제를 놓고 실랑이를 벌인다.

"착용하는 건 사실이잖아."

피아가 말한다. 나는 골동품으로 보내야 보스턴에서 수입 관세가 붙지 않을 거라는 주장을 굽히지 않는다. 만약 바람피운 그녀의 남자친구가 다이어프램 때문에 관세를 지불해야 한다면? 그건 상처의 비용이고 죄책감의 모욕일까?

"엿 먹으라고 해! 관세를 내고 있는 대로 창피 당하라고 해."

피아가 말한다.

그 말과 함께 소포를 부친다.

'피렌체 산 가죽 가방, 100달러 상당'

피아와 나는 그 직후 헤어진다. 나는 랜디가 있는 베이루트로 향하고 그녀는 스페인으로 떠난다. 피아는 다이어프램이 없어서 그해 여름 내내 펠라티오로 만족해야 했다. 빠는 것에 대해서만큼은 피아는 전혀 죄책감을 느끼지 않는다. 어떻게 보면 조금 한심하지만 나로서는 너무도 이해가 간다. 결국 우리는 1950년대의 착한 여자들이었으니까.

14

아랍인 그리고 기타 짐승들

나는 아랍의 가장
당신의 사랑은 나의 것
늦은 밤 당신이 잠들면
당신의 천막으로 들어가리

_ 테드 스나이더, 프랜시스 휠러, 해리 B. 스미스,
〈아랍의 가장〉에서.

피렌체에서 고속열차를 타고 로마로 가서 거기서 다시 비행기를 타고 베이루트로 날아갔다.

지금 생각하면 당시 나는 일종의 공황상태였다. 비행기 여행은 당연히 두려웠고 베이루트의 랜디 집에 찰리의 편

지들이 와 있어도 안 와있어도 걱정이었고, 내가 유대인이라는 걸 아랍인들이 알아차릴까봐 초조했다. 물론 내 여권에는 '유니테리언 교도'라고 선명하게 적혀 있었지만. 그들이 유니테리언 교도가 어떤 종교인지 알았을 때 그게 유대인보다 낫다고 생각할지는 여전히 의문이었다. 레바논 인구의 절반은 가톨릭 신자였다. 나는 혹시라도 가짜로 들통날까봐 두려웠고, 유대주의에 대해 무지했음에도 불구하고 나 자신의 종교에 대해 거짓말하는 게 혐오스러웠다. 나는 이 끔찍한 사기 행각으로 인해 그나마 여호와*가 내게 제공했던 (솔직히 그리 많지는 않았다) 보호막이 없어질 것 같았다. 게다가 포경수술을 하지 않은 피렌체 남자들에게서 성병이 옮았을 거라는 확신까지 들었다.

나는 인간이 상상할 수 있는 거의 모든 종류의 공포를 갖고 있다. 비행기 추락, 성병, 유리가루를 삼키는 것, 식중독, 아랍인, 유방암, 백혈병, 나치, 흑색종……. 아무리 건강한 것 같아도, 통증이나 상처가 전혀 없어도, 성병에 대한 두려움을 떨쳐버릴 수 없다. 나는 보고 보고 또 보면서 이상 징후가 없어도 자각증상 없는 성병에 걸렸을지 모른다고 생각한다. 나도 모르는 사이 내 나팔관 조직이 손상되어 막혀버리고 내 난소가 오래된 씨앗 꼬투리처럼 시

* 이스라엘 사람들에게 계시된 하느님의 이름. 유대교의 유일신.

들어버리는 상상을 하기도 한다. 그 모든 과정이 너무도 선명하게 머릿속에 그려진다. 태어나지 못한 내 모든 아기들이 말라 죽어간다. 덩굴째로 시들어간다. 여자라서 가장 끔찍한 점이 있다면 자신의 몸을 제대로 볼 수 없다는 것이다. 사춘기 시절 욕실 거울 앞에서 몸을 있는 대로 뒤로 젖히고 보지 속을 들여다보려 애쓴다. 뭐가 보이냐고? 주위에 돋아난 곱슬곱슬한 털? 자줏빛 음순? 클리토리스의 분홍색 알람 버튼? 그러나 결코 제대로 볼 수가 없다. 가장 중요한 부분이 보이지 않는다. 탐험하지 않은 협곡, 지하 동굴, 그 안에 도사리고 있는 온갖 위험들…….

베이루트행은 나의 온갖 망상을 뒤흔들었다. 우리는 지중해의 장엄한 폭풍 속을 비행했다. 빗줄기가 창문을 때렸고 비행기 안에서 음식이 쏟아졌고 조종사가 몇 분에 한 번씩 승객들을 진정시켰지만 나는 단 한 마디도 믿을 수가 없었다. 이탈리아어로는 무슨 말을 해도 믿을 수 없었다. 심지어는 '라시아테 오니 스페란차'*조차도. 비자에 '유니테리언 교도'라고 썼기 때문에 나는 죽을 준비가 되어 있었다. 그것만으로도 여호와의 벌을 받기에 충분하리라. 그리고 이교도와 섹스한 것.

수직기류에 부딪쳐서 비행기가 150미터씩 하강할 때마

* 단테의 《신곡》에서 지옥으로 들어가는 문 앞에 적힌 문구. '여기 들어가는 자들이여, 모든 희망을 버려라'라는 뜻.

다(매번 내 위가 입으로 올라왔다) 내가 이번 비행에서 무사히 살아남기만 한다면 섹스와 베이컨, 비행기 여행을 영원히 포기하겠노라고 맹세했다.

비행기에 함께 탄 승객들 역시 내가 생각하는 이상적인 죽음의 동반자는 아니었다.

기류가 악화되어서 승객들이 종이비행기에 들러붙은 진딧물처럼 이리저리 부딪히고 있을 때, 어떤 술 취한 머저리가 비행기가 하강할 때마다 "아이쿠 맙소사!" 하고 소리를 질렀고 몇몇 다른 머저리들이 신경질적으로 웃었다. 이 한심한 개자식들과 함께 죽어서 유니테리언이라고 적힌 비자와 함께 수장될지도 모른다고 생각하니 비행시간 내내 기도하게 되었다. 요동치는 비행기 안에서는 누구도 무신론자일 수 없었다.

우리가 사이프러스 상공을 날고 있을 무렵, 놀랍게도 폭풍이 잦아들었다. 어쩌면 우리가 기류를 빠져나온 것일 수도 있었다. 개기름이 번들거리는 이집트인(하긴, 그렇지 않은 이집트인이 있었던가?)이 내 옆에 앉아 있었는데, 이 비행에서 살아남으리라는 사실을 깨닫는 순간부터 내게 추파를 던지기 시작했다. 그는 자신이 카이로에서 잡지사를 운영하고 있으며 사업차 베이루트에 간다고 했다. 자신은 하나도 무섭지 않았다면서 그 이유가 악마의 눈을 피하는 파란 구슬을 갖고 있기 때문이라고 했다. 파란 구슬이건 뭐

건 내 눈에는 그 역시 더럽게 무서워하는 것처럼 보였다. 그는 계속 내게, 우리 둘 다 '행운의 코'를 갖고 있기 때문에 우리가 탄 비행기는 절대 추락할 리 없다고 했다. 그는 내 코끝을 만지고 자기 코끝을 만지면서 "행운의 코!"라고 말했다.

'젠장, 코 박사 납셨군.'

나는 생각했다.

게다가 그와 코가 비슷하다는 말이 내게는 과히 기분 좋지 않았다. 그의 코는 나세르*처럼(모든 이집트인은 내 눈에 나세르처럼 보였다) 굉장히 컸지만 내 코는 들창코가 아니었고 작고 곧았다. 성형외과의사들이 꼽는 이상적인 코는 아니었지만 나세르의 코도 아니었다. 나의 뭉툭한 코끝은 유대인 집단 정착촌에서 일어난 어느 학살전쟁에서 우리 할머니들 중 한 분을 강간했다는 돼지 같은 폴란드 악당의 유전자를 보여주고 있었다.

옆자리 이집트인의 화제가 코를 넘어섰다. 그는 내 무릎 위에 펼쳐놓은(그러나 읽고 있지는 않은) 〈타임〉을 바라보면서 유엔 대사 골드버그를 가리키더니, "유대인이죠"라고 말했다. 그가 한 말은 단지 그것뿐이었지만 그의 말투와 표정으로 보아 다른 말이 필요치 않았다.

* 이집트의 제2대 대통령.

나는 나의 폴란드 코 너머로 그를 똑바로 쳐다보았다. 누가 2센트만 주었다면, "저도 유대인이에요"라고 말했겠지만 2센트를 주겠다는 사람이 없었다. 바로 그때 우리의 이탈리아인 조종사가 베이루트 공항에 곧 착륙한다고 알렸다.

이집트 남자와 나눈 대화로 떨고 있던 차에 공항 유리창 뒤에서 임신으로 비대해진 랜디의 모습이 보였다. 최악의 관세 통과를 예상하고 있었지만 이젠 문제없었다. 형부 피에르가 공항에 친한 친구들을 많이 둔 덕에 나는 VIP처럼 사람들을 헤치고 유유히 걸어나갈 수 있었다. 1965년이었고 6일 전쟁* 직후처럼 중동이 시끄럽지는 않았다. 이스라엘을 경유하여 들어오지 않는 한 레바논을 마이애미 해변처럼 돌아다닐 수 있었다. 사실 마이애미와 레바논은 비슷했다. 수다쟁이 여자들이 많은 것까지.

랜디와 피에르는 미국에서 들여온, 에어컨 달린 영구차 같은 검은색 캐딜락에 나를 태우고 공항을 출발했다. 베이루트로 가는 길에 난민촌을 지나쳤다. 그곳 사람들은 종이상자 속에 살고 있었고 반나체의 더러운 아이들이 손가락을 빨며 돌아다녔다. 랜디는 난민촌이 눈에 거슬린다며 즉각 고압적인 비난을 퍼부었다.

* 1967년 6월5일 이스라엘이 주변 아랍 국가들을 기습 공격하여 제3차 중동전쟁이 발발했다. 개전 6일 만에 끝나 '6일 전쟁'으로 더 널리 알려져 있다.

"눈에 거슬린다고? 그게 다야?"

내가 물었다.

"제발 착하고 진보적인 척 좀 하지 마. 네가 무슨 엘리너 루스벨트라도 되는 줄 아니?"

"칭찬 고마워."

"다들 불쌍한 팔레스타인 사람들에 대해 떠들어대는데, 정말 지겨워 죽겠어. 그럴 시간 있으면 우리 걱정이나 하지 그래?"

"우리 걱정도 하거든."

내가 말했다.

베이루트 자체는 그런대로 괜찮았다. 그러나 피에르가 말하는 것처럼 멋지진 않았다. 거의 모든 게 새것이었다. 대리석 테라스가 달린 콘프레이크 상자 같은 흰 건물 수백 개가 있었고 가는 곳마다 공사를 하느라 길을 파헤쳐놓았다. 8월은 견딜 수 없을 정도로 덥고 습했고 모든 식물들이 햇볕에 갈색으로 변해 있었다. 지중해는 파란색이었다. 그러나 피에르가 뭐라고 떠들건 에게 해보다 파랗지는 않았다. 어느 각도에서 보면 베이루트는 아테네와 비슷했다. 아크로폴리스가 없는 아테네. 폐허가 된 낡은 건물 옆에 새 건물들이 솟아오르는 동양의 도시. 회교 사원 옆에 코카콜라 간판이 있었고 셸 정유회사가 아랍어로 광고를 하고 있었고 커튼이 드리워진 쉐보레 혹은 벤츠 뒷좌석에 베일 쓴 여자들이 앉아 있었고 항상 아랍 음악들이 울려퍼졌고 가는 곳마다 파리가 들끓었고 미니스커트를 입고 금발을 부풀린 여자들이 함라 거리를 거닐었고 극장은 미국 영화들을 광고했으며 서점에는 펭귄 출판사의 책들, 프랑스 문고본, 미국 문고본, 코펜하겐과 캘리포니아에서 들여온 최신 포르노 소설들이 있었다. 동양과 서양이 만나 멋진 조화를 이루는 대신 함께 타락해버린 것 같았다.

가족 모두가 랜디의 아파트에서 나를 기다리고 있었다. 부모님은 아직 일본에 있었지만 곧 도착할 예정이었다. 여러 차례 임신했었음에도 랜디는 마치 역사상 최초로 자궁을 가진 여자처럼 굴었다. 클로이는 아벨(두 사람은 열네 살 때부터 줄곧 사귀어왔다)에게서 편지가 오기를 기다리며 침울해 있었다. 랄라는 설사병에 걸려서 기미가 올 때마다 모두에게 자신의 상태를 낱낱이 보고했다. 똥의 색깔과 농도를 포함하여. 아이들은 갑작스러운 방문객들과 그들에게 쏟아지는 관심에 이리저리 뛰어다니며 하녀에게 아랍어로 욕을 해댔다. 그 바람에 결국 하녀가 짐을 싸서 가버렸다. 적어도 하루는 파업이었다. 그리고 피에르는, 마치 자아도취에 빠진 초상화 속의 칼릴 지브란처럼 실크 욕실 가운을 입고 음탕한 농담을 던지며 거대한 대리석 바닥이 깔린 아파트를 돌아다녔다. 그는 고대 중동에서는 남자가 장녀와 결혼하면 아내의 어린 동생들과 섹스하는 게 전통이었다고 말했다. 고대 중동의 관습에 대해 설교하지 않을 때에는 자기가 쓴 시를 영어로 번역해서 읽어주었는데(모든 아랍인들은 시를 쓰는 것 같았다) 내가 듣기에는 너무 자비 출판한 시집 냄새가 풍겼다.

나의 사랑은
꽃처럼 타오르는 한 단의 밀
그녀의 눈빛은 우주의 황옥들……

"문제는 밀 한 단은 꽃처럼 타오를 수 없다는 거죠."

달착지근한 아랍 커피를 앞에 놓고 내가 피에르에게 말했다.

"시적인 표현이지."

그가 진지한 표정으로 말했다.

"바닷가에 가요!"

내가 제안했지만 모두 너무 피곤했고, 너무 더웠고, 너무 멍한 상태였다. 그들을 데리고 바알베크나 삼나무 촌에는 가지 못할 것 같았다. 다마스쿠스와 카이로도 잊어야 했다. 이스라엘이 바로 국경 건너에 있는데도 사이프러스로 비행기를 타고 가서 들어갈 수밖에 없었고 또다시 비행기를 타는 건 생각만 해도 끔찍했다. 더구나 다시 레바논으로 돌아오는 것도 문제였다. 결국 나는 다른 사람들과 함께 랜디의 아파트를 돌아다니며 찰리의 편지를 기다렸지만 편지는 오지 않았다. 대신 나는 다른 광대들로부터 편지를 받았다. 내가 귓가에 음탕한 말을 속삭여주는 걸 좋아했던 피렌체의 유부남, 내가 자신의 삶을 바꾸어놓았다던 미국인 교수. 내가 엄청난 유산 상속녀라고 믿고 있는 아메리칸 익스프레스의 직원. 그러나 내가 원한 건 오직 찰리였고 다른 사람은 필요 없었다. 그런데 찰리는 샐리를 원했다. 나는 절망에 빠졌다. 베이루트에 머무는 동안 나는 성병에 대한 두려움에 떨었다. 나는 거울에 내 보지를 비추어보고 랜디네 흰 대리석 비데로 수시로 질세척을 했다.

신비로운 동양에서 선물을 한 아름 사들고 부모님이 도착하자 상황은 한층 더 나빠졌다. 사흘 정도는 랜디도 반가워했지만 그 이후로 랜디와 주드는 예의 마라톤 싸움을 재개했고 25년 전에 일어난 일까지 들먹였다. 랜디는 엄마의 모든 걸 비난했다. 기저귀를 너무 안 갈아준 것부터 너무 자주 갈아준 것까지. 너무 어렸을 때 피아노 레슨을 강요한 것에서부터 스키장에 자주 보내주지 않은 것 까지. 그들은 마치 견습 변호사 부부가 서로의 과거를 낱낱이 파헤치듯 싸웠다. 나는 나 자신에게 물었다. 어쩌자고 이곳에 와서 쉬겠다는 생각을 했냐고. 나는 다시 떠나고 싶어졌다. 문득 내가 인간 탁구공 같다는 생각이 들었다. 가족으로부터 떠나려고 남자를 찾고 남자에게서 벗어나기 위해 가족을 찾는다. 집으로 돌아오는 순간 다시 떠나고 싶고 떠나는 순간 다시 집에 돌아오고 싶다. 도대체 그걸 뭐라고 불러야 하나. 존재론적 딜레마? 여성 억압? 인간의 조건? 전에도 견디기 힘들었지만 지금도 견디기 힘들다. 나는 나 자신의 양가감정의 그물에 반복적으로 걸려들고 있었다. 바닥을 치는 순간 다시 튀어오르고 싶다. 그래서 어쩔 거냐고? 그저 웃는다. 웃을 때면 가슴이 아프다. 비록 나 말고는 아무도 그 사실을 알지 못하지만.

부모님은 일주일 정도만 머물다가 얼음통 공장을 방문하기 위해 이탈리아로 떠났다. 다행히도 두 사람은 중요한 수출 사업을 운영하고 있기 때문에 우리 가족의 안전이 위험수위에 도달할 때마다 어디론가 떠났다. 그들은 선물을 한 아름 안고 기분 좋게 들어왔다가 한바탕 난리를 피우고 떠났다. 그 모든 과정에 대략 일주일 정도 소요되었다. 그 나머지 시간들을 부모님은 멀리 있는 손자들을 그리워하고 왜 가족들이 이렇게 뿔뿔이 흩어져 살아야 하냐고 한탄한다. 내가 독일에 있는 동안 랜디는 베이루트에 있었다. 그때도 엄마는 왜 자식 중에 둘이나 적진에서 살아야 하냐며 슬퍼했다.

"적진이 그나마 집보다는 푸근하거든요."

내가 말했고 덕분에 엄마는 나를 영원히 증오하게 되었

다. 물론 내 말이 좀 심했다는 걸 나도 인정한다. 그러나 말 아니면 무엇으로 날 지킬 수 있겠는가.

부모님이 떠난 뒤에도 집은 여전히 북적였다. 네 자매들, 피에르, 여섯 아이들(1965년에는 여섯 명밖에 없었다), 보모, 청소부가 있었다.

날씨가 너무도 더웠기 때문에 우리는 에어컨이 설치된 집을 거의 떠나지 않았다. 나는 관광을 하고 싶었지만 집 안에 감도는 무기력에 전염되었다. 내일은 카이로에 가야지, 하고 생각했지만 혼자 나서기는 무서웠고 랄라와 클로이도 같이 가지 않겠다고 했다.

이런 침울한 분위기가 일주일 정도 더 지속되었다. 그러던 어느 날 우리는 모두 함께 바위로 뒤덮인 해안의 클럽에 갔다. 피에르는 구역질이 날 때까지 푸른 지중해에 대해 시를 읊어댔다. 그는 항상 베이루트에서의 멋진 삶과 미국의 상업주의에서 벗어나게 된 무용담을 떠들어댔다.

클럽에서 그는 자신의 친구에게 우리를 '네 명의 아내'로 소개했고 나는 바로 그 순간, 그 자리에서 집으로 돌아가고 싶었다. 그러나 나의 집이 어디인가? 가족이 있는 곳? 피아가 있는 곳? 찰리가 있는 곳? 브라이언이 있는 곳? 혼자 있을 수 있는 곳?

우리 가족의 무기력증에는 방향성은 없었지만 나름대로의 규칙은 있었다. 우리는 1시에 일어나 아이들 고함소리를 듣고 조금 놀아주다가 열대과일, 요구르트, 달걀, 치즈, 아라비아커피로 어마어마한 브런치를 먹은 후, 검열로 곳곳에 구멍이 뚫린 〈파리 헤럴드 트리뷴〉을 읽는다. (이스라엘이나 유대인에 관한 언급은 모두 삭제되었다. 유대인 유명인사 새미 데이비스 주니어, 엘리자베스 테일러의 영화까지 전부 다.) 그러고 나서 하루를 어떻게 보낼지 의논한다. 토론할 때만큼은 우리는 이스라엘을 공격하는 아랍인들처럼 하나로 똘똘 뭉친다. 어떤 상황에서나 집안에 있는 모든 사람들의 의견이 각기 달랐다. 클로이는 해안으로 가자고 하고 피에르는 비블로스 유적지에 가자고 하고, 랄라는 바알베크 유적지, 큰 아이들은 고고학 박물관, 작은 아이들은 놀이공원, 그리고 랜디는 전부 다 싫다고 했다. 토론이 끝나고 나면 어딜 가기에도 이미 너무 늦은 시간이 되어버렸다. 그래서 우리는 저녁을 먹고 TV로 〈보난자〉*를(아랍어와 프랑스 자막 때문에 화면이 거의 다 가려진 채로) 보거나 시내에 나가서 조잡한 영화를 보았다.

어떤 날은 피에르의 어머니와 이모들(거대한 가슴에 코밑이 검은 털로 뒤덮여 있고 검은 옷을 입은 노파들)의 방문으로 토론이 중단되기도 했다. 세 사람은 너무도 닮아서 누가 누구인지 분간되지 않았다. 세 사람은 아주 훌륭한 트

* 미국의 카우보이 드라마.

리오가 될 뻔 했다. 다만 그들이 부르는 노래는 꼭 한 곡이었다.

"레바논에서 지내니 어떤가요? 레바논이 뉴욕보다 낫지요?"

그들은 우리가 가사를 이해할 때까지 그 노래를 부르고 또 불렀다. 친절한 사람들이었지만 결코 대화가 통하는 사람들은 아니었다. 그들이 도착하기 무섭게 하녀 루이즈가 커피를 들고 나타나고 피에르는 갑자기 사업과 관련된 약속을 기억해내고 랜디는 자신의 예민한 몸 상태를 언급하면서 낮잠을 자러 방으로 들어간다. 결국 랄라와 클로이, 그리고 나 세 사람은 후렴처럼 반복해서 "네, 레바논이 뉴욕보다 좋아요" 하고 말해야 했다.

더위 때문인지, 습기 때문인지, 아니면 가족들과 함께 있어서인지, '적진'에 들어와 있어서인지, 찰리로 인한 슬픔 때문인지 나는 일어나서 무엇이든 해볼 의욕이 전혀 생기지 않았다. 마치 몽상가들의 섬에 흘러들어온 것 같았다. 베이루트에서 무기력증으로 죽을 것만 같았다. 오늘이 내일로 이어졌고 날씨는 숨이 막혔고 빈둥거리고 싶은 욕망을 굳이 억누를 필요를 못 느꼈고 말다툼이나 하고 성병 걱정을 하고 TV나 보면서 시간을 보냈다. 그러던 어느 날 마침내 사건이 터지면서 우리는 갑자기 움직이게 되었다.

솔직히 큰 사건이라고 말할 수는 없었다. 그러나 어떤

사건이든 터졌다는 게 중요했다. 시작은 단순했다. 어느 날 여섯 살짜리 로저가 하녀 루이즈에게 "이븐 샤르무타!"라고 말했다. 대충 번역하면 "네 엄마는 창녀야"였다. 조금 확대해석하면 "넌 개잡년이야" 정도가 될 수도 있겠다. 어떻게 번역하건 그 말은 중동에서 모욕 중의 모욕이었다.

루이즈는 로저에게 목욕을 시키려던 참이었고 로저는 소리를 지르고 있었다. 그동안 피에르는 랜디와 말다툼을 하면서 매일 목욕을 해야 한다는 황당한 생각을 갖고 있는 사람들은 미국 사람들뿐이라면서 그건 '자연스럽지 않다'고(이것이 피에르가 가장 좋아하는 단어이다), 매일 목욕하면 피부의 유분이 없어진다고 주장했다.

랜디는 자기 아들이 지저분한 아빠처럼 악취를 풍기는 건 원치 않는다면서 그의 지저분한 속임수에 속을 줄 아냐고 소리쳤다.

"지저분한 속임수라니 도대체 무슨 소리야?"

"샤워하지 않으면 당신하고 자지 않겠다고 했더니 화장실에 들어가서 물을 틀어놓고 변기 의자에 앉아 담배를 피웠잖아!"

랜디는 심술궂게 말했고 그 말이 기폭제가 되었다.

로저는 당연히 두 사람이 무엇 때문에 말다툼하는지 파악했고 그래서 루이즈의 말을 더더욱 무시하면서 최후의 선고가 내려지기를 기다렸다. 그러나 화가 난 루이즈도 뜻을 굽히지 않았고 로저는 젖은 타월을 그녀의 얼굴에 던지면서 "이븐 샤르무타!"라고 소리 질렀다.

물론 루이즈는 울음을 터뜨렸다. 그러고 나서 일을 그만두겠다고 하고 자기 방으로 가서 짐을 쌌다. 피에르는 프랑스 영화배우 같은 매너로 루이즈를 달래기 시작했다. 그러나 소용없었다. 이번만큼은 루이즈도 완강했다. 피에르는 곧바로 로저에게 화풀이를 했지만 그건 옳지 못했다. 왜냐하면 로저는 피에르가 운전하면서 "이븐 샤르무타!"라고 욕하는 걸 수도 없이 들었기 때문이었다. 베이루트에 교통에 관한 법규는 없었지만 대신 욕설이 난무했다. 게다가 피에르는 아이들이 아랍어로 욕하는 게 무척 귀엽다고 생각했다.

당연히 그날 오후는 모두가 서로에게 소리를 지르고 울고 바닥에 물을 흘리며 지나갔고 우리는 결국 관광을 하지도, 해변에 나가지도 못했다. 그러나 그날의 사건으로 우리는 한 가지 임무를 떠안게 되었다. 루이즈를 산골에 있는 집으로 데려다주고 거기서 루이즈를 대신할 더 순진한 산골소녀를 찾는 것이었다. 그곳은 피에르의 선조들이 대대로 살았던 마을이라고 했다.

그다음 날 아침 우리는 의무적으로 몇 시간 동안 고함을 지른 뒤 차 한 대에 몰아타고 지중해를 따라 산골로 향했다. 가는 길에 비블로스 유적지에 들러 십자군 성채를 감상했고 페니키아인들, 이집트인들, 아시리아인들, 그리스인들, 로마인들, 아랍인들, 십자군들, 터키인들에 대해 생각한 뒤 인근 해산물 식당에서 식사하고 나서 햇볕에 달구어진, 그 자체로 고고학적 가치가 있을 것 같은 느낌을 풍기는 산길을 달렸다.

피에르가 자랑한 '선조들의 마을' 카카비는 너무 작아서 그냥 지나치기 쉬울 것 같은 동네였다. 마을에 전기가 들어온 게 1963년이었고 송전탑이 사실상 마을을 점령하고 있었다. 마을 사람들이 가장 자랑스러워하는 것 역시 바로 그 송전탑이었다.

우리가 광장에 도착했을 때 광장에는 비쩍 마른 당나귀가 밀을 빻으려고 원을 그리며 맷돌을 돌리고 있었다. 사람들이 차를 만지려 몰려들었고 우리를 구경하려고 목을 길게 빼고 처절할 정도로 아양을 떨었다. 피에르는 이런 풍경을 즐기는 게 분명했다. 어쨌든 이것은 그의 차였고 아마도 그는 우리 넷을 자신의 아내들로 생각해주기를 바랐을 것이다. 마을 사람들 거의 대부분이 그의 사촌이고, 그들 모두가 문맹이며, 맨발로 다닌다는 사실을 생각하면 더더욱 서글퍼졌다. 그런 그들을 감동시키기가 뭐 그리 어렵겠는가.

관광객들이 제대로 구경할 수 있도록 피에르는 우스꽝스러운 탱크 같은 차를 더 천천히 몰다가 어느 집 앞에 차를 세웠다. 포도 덩굴이 지붕을 뒤덮었고 창문에는 유리도 방충망도 없고 오직 창살만 있는 작고 흰 벽돌집이었다. 파리들이 자유롭게 드나들었고 바깥보다 안에 더 많았다.

우리가 도착하자 모두가 분주히 움직였다. 피에르의 어머니와 이모들은 타블리*와 휴머스**를 준비하느라 바빴고 피에르의 아버지(여든 살의 나이에 하루 종일 아라크***를 마신다)는 저녁식사로 먹을 새를 잡으러 나갔다가 하마터면 자기 자신을 잡을 뻔했다. 그동안 피에르의 영국인 삼촌 개빈은 그날 아침 잡았다며 토끼 한 마리를 가져와 닦기 시작했다. 그는 1923년 프랑수아즈 이모와 결혼해서 중동에 온 런던내기로, 그날 이후 줄곧 자신의 결정을 후회하며 카카비에 살았다.

집 안에는 방이 네 개밖에 없었고 방마다 사방이 다 회벽이었고 침대 위에 십자가상이 걸려 있었다. 피에르의 가족은 마론파 교도****였다. 그 외에도 매끄러운 잡지 종이에 인쇄된, 하늘로 강림하는 다양한 성인들의 사진, 영국 왕실의 사진들이 벽에 붙어 있었고 키스 자국으로 얼굴이 거의 지워진 토가 차림의 예수님 사진도 붙어 있었다.

* 파슬리, 통밀, 양파, 토마토를 다져 만든 중동음식.

** 병아리 콩을 올리브유에 곱게 갈아 빵에 발라먹는 애피타이저.

*** 야자 열매 당밀 따위의 즙으로 만드는 중동 지방의 독한 술.

**** 동방 그리스도교의 한 종교로 레바논을 중심으로 하는 동방 전례 가톨릭 교회.

저녁식사를 준비하는 동안 피에르가 우리를 데리고 나가서 자신의 '왕국'을 보여주었다. 랜디는 발을 올려놓고 집에서 쉬고 싶다고 했지만 다른 사람들은 순순히 그를 따라 바위산을 올랐다. 우리 뒤로 맨발의 사촌들이 계속 우리에게 송전탑을 가리켰다. 피에르는 아랍어로 그들을 쫓았다. 그는 무언가 더 전원적인 풍경을 찾고 있었다. 그리고 마침내 찾았다. 바위로 뒤덮인 언덕 너머, 벌레 끓는 사과나무 아래, 진짜 양을 치는 진짜 양치기가 있었다. 피에르가 찾고 있던 바로 그것이었다. 자기가 칼릴 지브란과 에드거 게스트가 합쳐진 인물이라는 듯 피에르가 시를 읊기 시작했다. 양치기! 양! 사과나무! 그 광경은 매혹적이었고 목가적이었다. 그건 호메로스였고 베르길리우스였었으며 성경이었다. 그래서 우리는 양치기에게 다가갔다. 열다섯 살쯤 되어 보이는, 여드름 난 소년이었다. 그런데 알고 보니 그가 듣고 있는 일본제 라디오에서는 프랭크 시나트라의 곡이 흘러나왔고 아랍어 광고가 뒤를 이었다. 육감적인 열일곱 살 클로이가 박하향 담배를 한 개비 꺼내 그에게 권하자 그가 담배를 받으며 되도록 멋지고 세련되어 보이려 애썼다. 이 매혹적인 양치기는 매혹적인 주머니에 손을 넣어 매혹적인 라이터를 꺼냈다. 그가 클로이의 담배에 불을 붙여주는 순간 나는 그가 영화깨나 보고 자란 아이임을 알았다.

저녁식사 후 마을 친지들이(실제로 마을 사람 전부가) 집으로 몰려왔다. 그들 중 상당수는 TV를 보러온 것이었지만 (피에르의 이모는 카카비에서 TV를 갖고 있는 몇 명 중 한 명이었다) 그날 밤은 우리를 보러온 것이기도 했다. 그들은 어슬렁거리면서 우리를 쳐다보다가 무안해했지만 가끔은 내 머리카락을 (아니면 클로이와 랄라의 머리카락을) 만져보면서 금발을 향한 자신들의 열정을 보여주었다. 그 외에도 그들은 마치 장님들처럼 가는 곳마다 우리를 더듬었다. 90킬로그램에 육박하는 체중에 코밑이 시커먼 레바논 여자들이 한꺼번에 달려들어 몸 이곳저곳을 만지는 기분은 그 무엇과도 비교할 수 없었다. 나는 당혹스러웠다. 우리가 유대인이라는 걸 만져서 알 수 있을까? 알 수 있을 거라고 확신했다. 그러나 내가 틀렸다. 왜냐하면 우리에게 선물을 주는 시간이 되자 은색 묵주와 빅 사이즈로 뜬 분홍색 앙고라 스웨터(내 무릎까지 왔다), 악마의 눈을 쫓는다는 파란 구슬이 달린 체인을 주었기 때문이었다. 나는 어떤 부적도 거절할 처지가 아니었다. 어떤 신의 어떤 부적이든 고맙게 받았다.

선물 증정이 끝나자 모두 앉아서 TV를 보았다. 주로 오래된 미국 프로그램의 재방송이었다. 루실 볼이 가짜 속눈썹을 치켜떴고 레이먼드 버가 페리 메이슨으로 나오고 화면 전체가 자막으로 뒤덮였다. 글자 때문에 배우들 얼굴이 잘 보이지 않았다. 전원생활을 하는 사람들은 모두 루실 볼과 레이먼드 버를 사랑한다는 예술의 보편성을 나는 진심으로 믿게 되었다. 나는 위대한 미국의 문명이 다른 태양계까지 뻗어나가는 그날을 상상해보았다. 모든 은하계의 행성들이 루실 볼과 레이먼드 버에 정신이 팔려 있는 그날을.

친지들은 떠날 줄을 몰랐다. 그들은 커피를 마시고 와인을 마시고 아라크를 마시고 프랑수아즈 이모가 통통한 손을 비틀 때까지 머물렀다. 우리는 모두 피곤했고 그만 잠들고 싶었지만 그들을 쫓아낼 수가 없었다. 결국 피에르의 삼촌 개빈이 조용히 방을 나가서 옥상으로 올라가 TV 안테나를 흔들어서 화면이 지그재그 줄로 가득 차게 만들었다. 몇 분 내로 방문객들이 떠났다. 보아하니 개빈 삼촌은 옥상에 꽤 자주 올라가는 모양이었다.

잠자리를 정하기가 쉽지 않았다. 랜디와 피에르와 아이들은 언덕 아래 피에르 아버지의 집에서 자기로 했다. 랄라와 클로이는 옆집인 이모의 집 더블침대를 같이 쓰기로 했다. 나는 프랑수아즈 이모 집의 조그만 골방을 쓰기로 했다. 골방의 십자가와 지저분한 그림들 밑에서 랄라, 클로이와 한방을 쓰는 편이 나을 것 같았지만 세 사람이 잘 공간이 없어서 나는 혼자 골방으로 들어가 전갈이 벽을 타고 기어오르고 치명적인 거미에 물리고 손전등 없이 옥외

화장실에 가다가 목이 부러지는 상상을 했다. 세상에서 가장 겁 많은 여자에게 불면증에 시달릴 이유는 무수히도 많았다.

있는 대로 겁에 질린 채 한 시간 반 정도 누워 있는데 방문이 열렸다.

"누구세요?"

심장이 방망이질 했다.

"쉿!"

검은 그림자가 내 쪽으로 다가왔다. 침대 밑의 남자.

"누구야!"

나는 겁에 질렸다.

"쉿! 나야, 피에르!"

피에르가 말하며 다가와 침대에 앉았다.

"하느님 맙소사! 강간범이 들어온 줄 알고 놀랐잖아요!"

그가 웃었다.

"하느님은 강간범이 아니지."

"아니죠. 근데 웬일이에요?"

상황에 적절치 않은 표현이었다.

"요즘 너무 우울해 보여서."

거짓 연민이 가득 담긴 목소리로 그가 말했다.

"우울하긴 해요. 작년 여름엔 브라이언 때문에 무척 힘들었는데, 이번엔 찰리하고……."

“우리 귀여운 여동생이 우울한 모습은 못 보겠어.”

그가 내 머리카락을 쓰다듬으며 말했다. 이유는 알 수 없지만 ‘우리 귀여운 여동생’ 이란 말이 섬뜩하게 느껴졌다.

“이사도라를 항상 내 여동생처럼 생각한다는 거 알고 있지?”

“실은, 잘 몰랐어요. 어쨌든 고마워요. 전 괜찮을 거예요. 걱정 마세요. 곧 집에 돌아갈 거고, 가는 길에 이탈리아에 잠깐 들를까 생각중예요. 무료로 로마를 경유하는 비행기 티켓이거든요. 랄라하고 클로이는 다음주에 뉴욕으로 돌아갈 거고 날씨는 점점 더 더워지고…….”

나는 신경이 곤두서서 계속 떠들어댔다. 그사이, 피에르가 침대 위에서 내 쪽으로 다가와 두 팔로 나를 끌어안았다. 어떻게 해야 하지? 강간범을 밀쳐내듯 그를 밀어낸다면 그의 기분이 상할 것이고 내가 저항하지 않고 그가 하자는 대로 한다면 그건 근친상간이다. 그랬다간 랜디가 날 죽일 것이다. 뭐라고 말해야 하나. 이런 상황에서는 어떻게 말하는 것이 예의에 맞는 것일까.

“이건 좋은 생각이 아니에요.”

내가 주저하며 말했다.

피에르의 손이 내 잠옷 밑으로 파고들어 허벅다리를 어루만졌다. 내 몸은 내가 원하는 만큼 냉정한 상태는 아니었다.

"뭐가 좋은 생각이 아니란 거지?"

뻔뻔하게도 그가 물었다.

"오빠가 여동생을 사랑하는 건 아주 자연스러운 일인데……."

그는 자연스럽게, 마음 가는 대로 움직이고 있었다.

"지금 뭐라고 하셨죠?"

내가 일어나 앉으며 물었다.

"《롤리타》 안 읽었어요?"

내가 조심스럽게 물었다.

"그 사람 그 가식적인 스타일 도저히 못 봐주겠더군."

피에르가 말했다. 주의를 분산시킨 내게 짜증을 내고 있었다.

"이건 근친상간이에요."

내가 단호하게 말했다.

"쉿! 사람들 깨겠어. 걱정 마. 임신시키지 않을 테니까. 이사도라가 원한다면 그리스식으로 해도 돼……."

"젠장, 임신할까봐 이러는 게 아니라고요! 이건 근친상간이에요!"

나의 논리는 피에르의 결심을 뒤흔들지 못하는 것 같았다.

"쉿!"

그가 말하며 나를 베개 위로 쓰러뜨렸다. 그는 내가 이탈리아에서 만났던 남자들과 똑같았다. 관심이 없어서 싫다고 하면 임신이 두려워서 그러는 줄 알고 계속 다른 대안을 제시했다. 항문섹스, 오럴섹스, 자위. 뭐든 가능하지만 거절이라고는 생각하지 않는다. 피에르가 내 앞으로 다가와 발기한 페니스를 내 입 가까이 들이밀었다. 쇼다운*. 마음속에서 전투가 벌어졌다. 그가 시키는 대로 하기는 너무도 쉽겠지. 빨아주고 끝내버리면 그뿐이었다. 사실 너무도 간단한 일이었다. 오럴섹스 한 번 더 한다고 내 인생에 무슨 큰 지장이 있겠는가.

"그럴 수 없어요."

내가 말했다.

"해줘. 내가 가르쳐줄게."

피에르가 말했다.

"할 줄 모른다는 게 아니라 할 수 없다고요. 도덕적으로 도저히 그럴 수 없다고요."

"아주 쉬워."

그가 말했다.

"아주 쉽다는 건 나도 알아요."

"자, 그러지 말고 이걸 좀……."

"피에르!"

* 손에 든 패 전부를 보인다는 의미의 포커 용어.

내가 소리를 질렀고 피에르는 잠옷 바지를 추켜올리고 뛰쳐나갔다.

나는 잠시 자리에 앉아 있었다. 내 목소리가 방안에 울려퍼졌고 잠시 무슨 일이 벌어지나 지켜보았다. 그러나 아무 일도 일어나지 않았다. 바깥은 쥐죽은 듯 고요했다. 나는 바로 가운을 걸쳐 입고 슬리퍼를 끌고 랄라와 클로이의 방으로 향했다. 최대한 빨리 레바논에서 벗어나리라. 당장 중동을 떠나리라. 다시는 이곳에 발을 들여놓지 않으리라.

나는 작은 언덕을 내려가 그들이 머물고 있는 집으로 향했다. 내딛는 발걸음마다 바위와 나무 밑동에 발이 걸려 비틀거렸다. 내 눈이 서서히 어둠에 적응하자 문명의 상징인 송전탑에 제압당한 카카비의 지붕들이 보였다. 문명! 저 축사들과 풀밭의 반은, 바로 이 순간에도 양들이나 자기 여동생과 섹스하는 남자들로 우글거리겠지. 하긴 그게 뭐가 잘못인가. 잘못이라고 말할 수는 없었다. 단지, 내가 할 수 없는 것일 뿐. 내가 그렇게 정숙한 여자였던가? 오럴섹스 좀 하자는데, 왜 도덕적 딜레마를 느껴야 하는지. 왜냐하면 언니의 남편과 오럴섹스를 하면 그다음에는 엄마의 남편과 오럴섹스를 해야 하고, 엄마의 남편은 바로 아빠이기 때문이다.

그러나 정신분석의는 내가 진정으로 원하는 사람은 아빠라고 주장하지 않았던가? 그렇다면 아빠와 오럴섹스를 하는 게 왜 그토록 기가 찰 일인지. 차라리 아빠하고 해버리고 끝내야 하는 게 아닐까? 두려움을 극복하는 방법은 그것밖에 없는 게 아닐까?

나는 시몬 이모와 조르주 삼촌의 방을 조용히 지나갔다. 시몬 이모와 조르주 삼촌은 둘 다 음악적으로 코를 골고 있었다. 클로이와 랄라는 침대 위에 나란히 앉아 《난교하는 소녀들》이라는 제목의 포르노 소설을 큰 소리로 읽고 있었다. 침대 위에는 열 권 남짓한 책들이 널려 있었는데, 《십 대 근친상간》《스와핑 : 패밀리 스타일》《나의 언니와 나》《나의 딸, 나의 아내》《체리 윌링》《긴 자와 짧은 자》, 《푸디캣 레인》《모든 곳으로 들어오다》《세계 여행》《욕정의 편지》 등이었다.

랄라가 시적인 대목을 읽고 있었고 둘 다 내가 온 걸 알아차리지 못했다.

그의 허리가 점점 더 빨리 움직였고 (랄라는 연극배우 같은 말투로 읽었다) 다급한 절정의 순간이 점점 다가왔다. 그의 몸이 나의 몸을 부술 듯했고 그의 딱딱한 페니스가 나의 여성스러운 동굴 구석구석을 채웠고 나는 쾌감의 비명을 지를 것만 같았다. 내 몸속에서 무언가 폭발하려는 것 같은 느낌이 쌓여갔고 나의 음액이 사랑의 통로 전체에 넘쳐흐르면서 그의 뜨거운 막대에 기름칠해 점점 더 매끄럽게 들어오게 했다.

포르노 소설의 주인공들은 왜 나를 괴롭히는 양심의 가책으로 인해 고통받지 않을까? 그들은 단지 어둠속에서 서로를 탐하는 거대한 성기일 뿐이었다.

"얘들아. 잠깐 그것 좀 치우고 나하고 얘기 좀 하지 않을래?"

내가 물었다.

"굉장하지 않아?"

랄라가 책을 흔들며 말했다.

"얘들아. 아주 심각한 문제가 생겼어. 제발 그 포르노 문고본을 내려놓고 더러운 귀 좀 빌리자."

랄라가 클로이를 쳐다보았고 클로이가 랄라를 쳐다보면서 마치 내가 모르는 무언가를 알고 있다는 듯 웃음을 터뜨렸다.

"너희들 왜 그래?"

그들은 의미심장한 표정으로 계속 웃었다.

"야! 바보 천치같이 웃지 말고 어서 말하지 못해!"

"피에르가 언니 유혹하려 했다고 말하러 온 거지?"

랄라가 키득거리며 말했다.

"어떻게 알았어?"

"나한테도 그랬거든."

랄라가 말했다.

"나한테도."

클로이가 말했다.
"설마."
"정말이야. 그럼 우리가 전부 다……."
랄라가 말했다.
"그래서 어떻게 됐는데?"
"난 웃으면서 침대에서 쫓아냈고 클로이도 그랬다는데, 얘 말을 믿을 수가 있어야지!"
"야, 이 나쁜 년!"
클로이가 소리쳤다.
"알았어, 알았어. 믿을게."
"너희들은 그런 일이 있고 나서도 계속 여기 있었단 거야?"
"왜? 그러면 안 돼?"
랄라가 태연하게 말했다.
"나쁜 사람은 아니잖아. 랜디 언니가 평생 임신 중이라 좀 밝히는 거겠지."
"좀 밝히는 거라고? 그걸 좀 밝히는 거라고 말할 수 있어? 나라면 근친상간이라고 부르겠어."
"언니, 언니 좀 심한 거 아냐? 단지 형부일 뿐이잖아. 그건 근친상간이 아니야."
"아니라고?"
아무래도 내가 조금 실망한 모양이었다.

"그게 뭐가 대수라고 그래."

랄라가 경멸하듯 말했다.

"하지만 언니가 그걸 글로 옮기면 엄청난 일인 것처럼 쓸 수는 있겠지."

랄라는 그때도 내가 글을 쓰는 걸 싫어했다.

"노력해볼게."

카카비에서 새로 구한 하녀를 데리고 돌아오는 길에 피에르는 아무렇지도 않아 보였다. 그는 멋진 풍경들을 손으로 가리켰다.

빌어먹을 아랍놈들 같으니라고. 왜 나는 이토록 거대한 슈퍼에고를 지니는 저주를 받았을까. 유대인이라서? 모세는 왜 유대인들을 데리고 이집트를 탈출해서 그들에게 하느님을 알려주고 마초볼 수프를 알려주고 영원한 죄책감을 심어주었을까? 왜 그는 유대인들을, 그저 고양이나 황소나 송골매를 숭배하면서 살거나 아니면 원숭이처럼 살게 내버려두지 않았을까? (랜디는 항상 유대인들이 원숭이와 아주 밀접한 관계가 있다고 주장했다.) 유대인이 이 세상에 죄의식을 전파했다면, 모두가 유대인을 미워하는 것도 당연하지 않은가? 왜 우리는 죄책감 없이 멋지게 살 수 없었을까? 왜 그저 원시적인 진창에 살면서 말똥풍뎅이나 숭배하고 기분이 내키면 아무 때고 섹스하면서 살 수 없는 것일까? 피라미드를 지은 이집트인들을 생각해보라. 그들이 앉아서 자기들이 노동자들에게 공평한 기회를 제공하는 고용주인지 고민했을까? 자신들이 이룬 불멸의 유적이, 피라미드를 만들며 죽어간 수천 명의 목숨만큼의 가치가 있는 것인지 고민했을까? 억압, 모호함, 죄책감.

"그런 걸 왜 걱정해?"

아랍인들은 묻는다. 그들이 유대인들을 몰살시키고 싶었던 것도 당연하다. 누군들 그렇지 않겠는가.

베이루트로 돌아와서 우리는 집으로 돌아갈 계획을 세웠다. 랄라와 클로이는 뉴욕으로 직행하는 전세기 티켓이 있었기 때문에 함께 떠날 예정이었고 내게는 베이루트에서 로마를 거쳐 JFK 공항으로 가는 항공권이 있었다.

나는 계획대로 로마에 들러 피렌체에서 일주일을 더 머무른 뒤 돌아가 찰리를 대면하기로 했다. 덥고 붐비는 8월이었는데도 피렌체는 세계에서 내가 가장 좋아하는 도시 중 하나가 되었다. 그곳에서 나는 알레산드로를 다시 만났고 비록 사랑은 없을 지라도 엿새간의 완벽한 시간을 보냈다. 그는 음탕한 말을 하지 말아달라는 나의 부탁을 들어주었다. 우리는 피에솔레에 예쁜 방을 하나 얻었고 매일 오후 1시부터 4시까지 사랑을 나누었다(아주 문명화된 여관이라 점심시간 할인도 있었다). 찰리에 대한 나의 분노 때문이었는지 아니면 피에르가 정말 나를 달아오르게 해서였는지 알레산드로와의 섹스는 훌륭했다. 그때 내 평생 처음으로 내가 사랑에 빠졌다고 나 자신을 설득하지 않고도 열정적이고 애틋한 섹스를 했다. 말하자면 나의 이드와 슈퍼에고 사이의 6일간의 휴전이라고나 할까.

알레산드로가 저녁에 아내가 있는 집으로 돌아가면 나는 혼자였다. 나는 콘서트를 관람했고 이전에 왔을 때 만났던 몇 사람을 만나보았으며 정열적인 턱수염을 기른 '미켈란젤로' 교수(칼린스키)의 뜨거운 구애를 받았다. 무더운 날씨와 온갖 남자들과의 잡다한 경험에도 나는 피렌체를 사랑했고 몇 번인가 결코 그곳을 떠나고 싶지 않다는 생각마저 들었다. 그러나 우울한 강사 일과 박사과정이 뉴욕에서 나를 기다리고 있었고, 싫은 것 대신 사랑하는 걸 선택하기에 난 여전히 지나치게 슈퍼에고에 사로잡힌 학생이었다. 어쩌면 찰리 때문일 수도 있었다. 나는 그의 배신에 분노했지만 하루 빨리 그를 다시 만나고 싶었다.

찰리와 나는 다시 만난 직후 헤어졌다. 그의 양가감정을 용서할 수가 없었다. 그런데 이제 생각해보면 그의 모호함은 나 자신의 모호함과 비슷했고 내가 그를 좀 더 이해했어야 한다는 생각도 든다. 알레산드로는 피렌체에서 '디보르치오(이혼)'를 언급하면서 계속 편지를 보내왔지만 그의 말을 믿기에 나는 이탈리아 영화를 너무 많이 보았다.

한편 '미켈란젤로'는 꼭 한 번 나를 찾아왔고 공해에 찌든 뉴욕 햇살 아래서 바라본 그는 훨씬 더 형편없어 보여서 나는 관계를 더 지속할 마음이 생기지 않았다. 피렌체의 갈색과 호박빛 그늘이 그에게 요술을 부렸던 모양이었다. E. M. 포스터*의 팬이라면 내 말을 쉽게 이해할 수 있으리라. 9월과 10월은 우울하고 따분했다. 나는 이혼남, 마마보이, 신경증 환자, 정신병자, 그리고 정신분석의들과 데이트를 했다. 나는 그들을 심할 정도로 상세하게 묘사해서 피아에게 편지를 보내는 것으로 그나마 마음을 달랠 수 있었다. 그러다가 11월이 되었고 마치 나의 모든 문제의 해결사처럼 베넷 윙이 내 삶에 흘러들어왔다. 그는 스핑크스처럼 말수가 적은데다 다정했다. 그는 구원자이자 정신과의사였다. 나는 유럽에서 침대에 쓰러졌던 것과 똑같은 방식으로 결혼에 쓰러졌다. 푹신한 침대 같았지만 그 밑에 못들이 숨겨져 있었다.

* 영국의 작가이자 소설 이론가. 피렌체를 배경으로 한 소설《전망 좋은 방》의 작가.

15

영웅답지 않은 영웅과의 여행

난 원해요! 난 원해요!

_ 윌리엄 블레이크

나는 에이드리언에게 전부 다 얘기했다. 불가능한 남자를 찾는 나의 발작의 역사와 매번 결국 내가 출발했던 바로 그 자리, 즉 내 머리 속으로 돌아왔던 얘기였다. 나는 그를 위해 나의 자매들, 나의 엄마, 나의 아버지, 나의 할아버지, 할머니, 나의 남편, 나의 친구들을 연기했다. 우리는 운전하고 얘기하고 운전하고 얘기했다.

"그러니까 당신 진단은 뭐야?"

훌륭한 의사를 찾아헤매는 환자답게 내가 물었다.

"당신은 이제 패를 좀 섞어야 할 때가 됐어. 자신의 내면 속으로 깊이 들어가서 당신의 삶을 구원해야 해."

에이드리언은 계속 그렇게만 말했다.

내가 이미 그러고 있는 건 아닌지. 이 미친 여행이 내 과거로의 여행이 아니라면 무엇이란 말인가.

"아직 충분히 깊이 들어가지 않았어. 바닥을 치고 위로 올라가야 해."

그가 말했다.

"젠장! 난 벌써 바닥을 친 것 같은데!"

에이드리언이 파이프를 일그러진 핑크빛 입술 사이에 끼고 특유의 아름답고 능글맞은 미소를 지었다.

"아직 바닥을 친 건 아니야."

마치 깜짝 놀랄 일이 기다리고 있다는 듯 그가 말했다.

"날 거기로 데려다 줄 거야?"

내가 물었다.

"당신이 원한다면."

그의 멋진 무심함이야말로 나를 분노하게 하고, 달아오르게 하고, 짜증으로 폭발하게 만들었다. 나를 안아주고 엉덩이를 움켜잡아주면서도 에이드리언은 너무 차가웠다. 나는 그의 아름다운 옆모습을 바라보고 또 바라보면서, 도대체 이 남자의 머릿속에서는 무슨 일이 일어나고 있는지, 왜 나는 그의 머릿속을 들여다 볼 수 없는지 생각했다.

"당신 머릿속에 들어가고 싶어. 그런데 들어갈 수가 없어. 그래서 미칠 것 같아."

"왜 내 머릿속에 들어가고 싶어하지? 그래서 뭐가 해결되는데?"

"난 아주 가까워지고 싶어. 완벽한 일체감을 느끼고 싶어. 진심으로 사랑하고 싶다고."

"왜 사랑이 해결책이라고 생각해?"

"해결책이 아닐지도 몰라. 하지만 내가 그걸 원해. 일체감을 느끼고 싶어."

"당신이 브라이언의 분신이라고 생각했지만, 그래서 얻은 게 뭐지?"

"브라이언은 미쳤어."

"누구나 머릿속을 들여다보면 조금은 미쳤어. 단지 정도의 문제일 뿐이지."

"그건 그래."

"그러니까 이제 사랑 타령 그만하고 당신 자신의 삶을 살아보는 게 어때?"

"사랑이 없으면 나한테 뭐가 남는데?"

"일이 있잖아. 글 쓰고 가르치는 일. 친구도 있고."

따분. 따분. 따분. 나는 생각했다.

"내가 쓰는 모든 글은 사랑을 얻기 위한 나의 노력이야. 미친 짓이란 거 잘 알아. 결국 실망하게 되리란 것도. 하지만 결국엔 바로 그거야. 모두가 날 사랑했으면 좋겠어."

"그거라면 반드시 실패할 걸."

에이드리언이 말했다.

"알아. 하지만 그 사실을 알고 있다고 해도 달라지는 건 하나도 없어. 왜 나는 알면서도 하나도 바꾸지 못할까?"

에이드리언은 대답하지 않았다. 나 역시 대답을 기대하고 물은 건 아니었다. 단지 황혼에 물든 푸른 산 속으로 던진 질문이었다. 우리는 트라이엄프의 덮개를 젖히고 고타드 고개를 넘고 있었다.

"아침이 되면,"

에이드리언이 마침내 입을 열었다.

"난 당신 이름도 기억이 안 나."

그게 내 질문의 대답이었다.

그 말은 마치 칼처럼 내 마음을 파고들었다. 나는 매일 밤 그의 곁에 뜬 눈으로 누워 내가 누구인지 기억하기 위해 내 이름을 말하고 또 말해보았다.

"실존주의의 문제가 뭐냐 하면, 미래에 대한 생각을 멈출 수가 없단 거야. 모든 행동엔 결과가 따르잖아."

이탈리아 고속도로를 달릴 때 내가 말했다.

"난 미래에 대한 생각을 멈출 수 있어."

에이드리언이 말했다.

"어떻게?"

그가 어깨를 으쓱했다.

"모르겠어. 난 그냥 되던데. 예를 들면, 오늘은 눈부시게 찬란한 기분이야."

"당신이 눈부시게 찬란한 기분일 때 난 왜 이리 기분이 거지 같지?"

"왜냐하면 당신은 거지 같은 유대인이니까."

그가 웃었다.

"선택받은 민족. 다른 일들에 대해서는 미온적일 수 있지만 고통에 대해서만큼은 항상 최고지."

"개자식!"

"왜? 진실을 말해서? 이봐, 당신은 사랑을 원하고, 강렬함을 원하고, 느낌을 원하고, 친밀함을 원해. 그런데 정작 뭐에 안주하는지 알아? 고통에 안주해. 적어도 고통만큼은 강렬하니까. 환자들은 자신의 병을 사랑해. 치유되는 걸 원치 않아."

내 문제는 무슨 일에서든 최고가 되고 싶어한다는 것이었다. 최고의 연인, 최고로 굶주린 자, 최고로 고통받는 자, 최고의 희생자, 최고의 바보…….

나는 항상 나 자신을 궁지에 몰아넣는다. 그건 언제나 최고가 되고 싶어하는 나의 실수다. 나는 가장 이상한 첫 남편을 가져야 했고 가장 불가사의한 두 번째 남편을 가져야 했고 가장 대범한 첫 번째 책, 가장 무모한 출판 전 공포를 가져야 했다. 그 어떤 일도 중간 정도로는 할 수 없었다. 이제 나는 냉혹한 개자식과 연애함으로써 나 자신을 우롱하고 있었다. 나는 전 세계의 정신분석학자들 앞에서 그 일을 벌여야 했다. 우리 둘 다 죽음에 이르게 할 수도 있는 음주운전으로 그와 함께 떠남으로써 그 사실을 공고히 했다. 그 배신과 처벌이 깔끔하고 자그마한 소포 하나로 포장되었다. 배달이 불가능할 경우 발송자에게 반송요망. 발송자가 누구냐고? 나. 나. 나.

그러던 어느 날, 난데없이, 내가 임신했다는 확신이 들기 시작했다. 그걸로 끝이었다. 나의 삶은 대혼란이었다. 남편이 어디 있는지도 모르고 내가 어떻게 되든 개뿔 상관하지 않는 낯선 남자와 단 둘이 있는데 임신이라니. 임신이 틀림없었다. 내가 뭘 증명하려 했던가? 무슨 일이든 견딜 수 있다는 것? 어쩌자고 삶을 하나의 인내심 테스트로 만들었는지.

사실 내가 임신했다는 사실을 뒷받침할 증거는 없었다. 생리를 거른 적도 없었다. 그러나 나라는 인간은, 어떤 생각을 하는 데 반드시 이유가 필요한 사람이 아니었다. 다이어프램을 꺼낼 때마다 어떤 단서라도 찾아볼 생각으로 자궁 경부를 만져보았다. 왜 나는 내 몸속에서 벌어지는 일을 결코 알 수 없는 것일까? 왜 나의 몸은 내게 이토록 미스터리일까? 오스트리아에서, 이탈리아에서, 프랑스에서, 독일에서, 나는 자궁경부를 만져보면서 가능성들을 생각했다. 나는 결국 임신 사실을 확인하게 될 것이다. 그리고 임신 기간 내내 아기가 에이드리언처럼 금발에 푸른 눈일 지, 베넷처럼 중국인일지 궁금해할 것이다. 그러면 이제 어떻게 하지? 누가 날 받아줄까? 나는 남편을 떠났다. 그는 결코 나를 용서하고 받아주지 않을 것이다. 부모님은 내게 엄청난 감정적 대가를 치르게 할 것이고 나는 다시 그들에게 의지하는 어린애가 되어야 할 것이다. 나의 자매들은 난잡하게 살더니 쌤통이라고 고소해할 것이다. 내 친구들은 거짓 연민 속에 나를 비웃을 것이다. 이사도라, 아주 된통 걸렸네!

아니면 낙태를 할 것이다. 무허가 낙태 시술을 받다가 죽을 수도 있었다. 감염이 될 수도 있었다. 아니면 영원히 불임이 되든가. 그 순간 갑자기 진심으로 아기가 갖고 싶어졌다. 에이드리언의 아기. 베넷의 아기. 나의 아기. 누구의 아기라도. 나는 임신하고 싶었다. 아기를 가져서 비대해지고 싶었다. 나는 에이드리언의 소형 텐트 안에 누워 울었다. 그는 계속 코를 골았다. 우리는 그날 밤 프랑스의 어느 길가에 텐트를 쳤지만 어쩌면 달나라에 텐트를 쳤는지도 모른다. 나는 그만큼 외로웠고 그만큼 절망적이었다.

"아무도 없어, 아무도 없어, 아무도 없어……."

나는 신음했다. 마치 커다란 아기처럼 몸을 웅크린 채로. 나 자신을 잠속에 가두고 싶었다. 지금부터 나는 나 자신의 엄마가 되고 나 자신의 위로자가 되고 나 자신을 재우는 사람이 되리라. 아마도 이게 바로 에이드리언이 말하는, 나 자신의 바닥까지 내려갔다가 다시 끌어올리는 것이리라. 내 삶을 견디는 방법을 배우는 것. 나의 존재를 견디는 법을 배우는 것. 나 자신의 어머니가 되는 법을 배우는 것. 정신분석의, 연인, 남편, 부모에게 기대는 대신.

나는 나를 재웠다. 내가 누구인지 기억하기 위해 끊임없이 내 이름을 기억하려 애썼다. "이사도라, 이사도라, 이사도라, 이사도라, 이사도라 화이트 스톨러먼 윙…… 이사도라 젤다 화이트 스톨러먼 윙, 학사, 석사, 최우수 학생 클럽. 이사도라, 촉망받는 젊은 시인. 이사도라 촉망받는 젊은 고뇌하는 자. 이사도라 윙, 페미니스트이자 장래 해방될 여성. 이사도라 윙, 광대, 울보, 바보. 이사도라 윙, 재치 있고 학구적인 예수의 전처. 비행공포증이 있는 이사도라 윙. 이사도라 윙, 조금 통통하고 섹시한 매력 덩어리. 이사도라 윙, 난시를 앓고 있는 그러나 마음의 눈을 가진 여자. 이사도라 윙, 채워지지 않는 보지, 머리와 가슴에 구멍이 난 여자. 이사도라 윙, 굶주림의 쿵 소리. 이사도라 윙, 엄마는 그녀가 날아가기를 원했다. 이사도라 윙, 엄마는 그녀를 외출금지시켰다. 이사도라 윙, 직업적인 환자, 구원자를 찾고 쾌락을 찾고 확실한 걸 찾아 헤매는 여자. 이사도라 윙, 가공의 적과 싸우는 사람, 전문적인 애도가이자 실패한 모험가.

그러다가 잠이 든 모양이었다. 텐트의 밝은 파란색 천으로 스며드는 햇살에 눈을 떴다. 에이드리언은 여전히 코를 골고 있었다. 황금빛 털이 난 그의 팔이 내 가슴 위로 무겁게 떨어지며 나를 눌렀고 그 바람에 나는 불편할 정도로 내 숨결을 의식하게 되었다. 새들이 지저귀고 있었다. 우리는 프랑스에 있었다. 길가였다. 내 삶의 교차점이었다. 나는 여기서 뭘 하고 있는 걸까. 왜 내가 거의 알지도 못하는 한 남자와 프랑스에서 텐트 속에 누워 있을까. 문득 애틋해진 마음으로 남편을 생각했다. 지금 그는 뭘 하고 있을까? 내가 그리웠을까? 나를 잊었을까? 다른 여자를 만났을까? 자신의 열정을 증명하기 위해 모험을 떠날 필요가 없는 평범한 여자를 만났을까? 아침식사를 준비하고 아이 키우는 생활에 만족하는 평범한 여자를 만났을까? 카풀carpool이나 수영장swimming pool, 혹은 시궁창cesspool에서? 〈세븐틴〉에 나온 평범한 미국 소녀를 만났을까?

문득 나도 그런 평범한 여자가 되고 싶었다. 그런 착한 아내, 행복한 미국인 엄마가 되고 싶었고 〈마드무아젤〉에 나오는 마스코트, 〈맥콜〉에 나오는 부인, 〈코스모〉에 나오는 예쁜 아가씨가 되고 싶었고, '살림 잘하는 여자' 라는 인장이 엉덩이에 새겨져 있고 머릿속에 광고 문구가 박힌 여자가 되고 싶었다.

바로 그게 해결책이었다. 평범해지는 것! 튀지 않는 것! 타협한 삶에 만족하고 냉동식품에 만족하고 '이런 결혼생활이 과연 구제될 수 있을까?' 하는 회의에도 그럭저럭 만족하며 사는 것!

나는 행복한 가정주부가 될 거라는 환상에 사로잡혀 있었다. 그것은 광고기획자의 머리에서 나온 환상이었다. TV에서 미국 가정의 미덕에 대해, 노예 같은 새대가리 아내들의 미덕에 대해 떠들어댈 때, 체크무늬 셔츠에 앞치마를 두르고 남편과 아이들 시중을 드는 내 모습을 꿈꾸었다.

나는 전날 밤 내가 얼마나 오갈 데 없는 신세였는지를 생각했고 이제 그 대답은 분명했다.

평범해져라! 안전하고 조그만 집에 사는 안전하고 조그만 아내가 되어라! 그러면 결코 프랑스의 길가에서 쓸쓸하게 깨어나지 않으리니!

그러나 그 순간 환상은 깨어졌다. 환상은 마치 거품처럼 터져버렸다. 나는 뉴욕에서 남편과 함께 눈뜨던, 그러나 여전히 외로웠던 아침들을 생각했다. 그런 외로운 아침이면 우리는 커피잔과 오렌지 주스잔을 사이에 놓고 서로를 물끄러미 쳐다보곤 했다. 그 모든 외로운 순간들은 커피 스푼으로, 세탁 청구서로, 화장실 휴지로, 더러운 접시들로, 깨어진 접시들로, 취소된 수표들로, 빈 스카치 병들로 소모되었다. 결혼생활 역시 외롭긴 마찬가지였다. 황폐하긴 마찬가지였다. 남편과 아이들을 위해 아침식사를 준비하는 행복한 아내들은 연인과 달아나 프랑스의 어느 길가에 텐트를 치고 잠들고 싶을 것이다. 그들의 머릿속도 온갖 환상으로 가득 차 있을 것이다. 그들은 아침을 만들고 침대를 정리하고 브런치를 만들고 〈맥콜〉에서 소개한 재클린 오나시스의 최신 가전제품들을 사러 나갈 것이다. 그들은 항상 일탈을 꿈꿀 것이다. 항상 분을 삭일 것이다. 그렇게 그들의 삶은 환상에 절여진다.

그렇다면 탈출구는 없을까? 외로움은 피할 수 없는 것일까? 불안감도 삶의 한 요소일까? 잘못된 해결책을 찾아 헤매는 것보다 그저 받아들이는 편이 나을까? 결혼은 외로움의 해결책이 아니었다. 아이들은 자라서 떠나버린다. 애인이 만병통치약은 아니다. 섹스도 최후의 해결책은 아니다. 만약 당신의 삶이 고질병이라면 오직 죽음만이 해결책일 것이다. 문득 모든 게 너무도 분명해졌다. 나는 텐트 안의 침낭에서, 코를 고는 낯선 남자 옆에서 생각하고, 생각하고, 또 생각했다. 이제 어쩌지? 앞으로 어떻게 살까?

이제 어디로 갈까?

오후가 되자 우리는 술에 취했고 기분이 좋아졌다. 우리는 맥주에 절었다. 우리는 길가의 농부에게서 복숭아를 사려고 멈추었다. 복숭아는 상자 단위로만 팔았고 우리는 자동차 가득 복숭아를 싣고 출발했다. 큼지막한 복숭아들이 담긴 상자가 뒷좌석을 채웠다. 나는 복숭아를 정신없이 먹기 시작했지만 거의 모든 복숭아가 벌레 먹었다는 걸 깨달았다. 나는 벌레 먹은 반쪽을 길가에 내던졌다. 벌레와 임신과 결혼과 미래를 걱정하기에 나는 너무 취해 있었다.

"기분 좋다!"

내가 에이드리언에게 말했다.

"바로 그거야. 이제야 감을 좀 잡았군."

그러나 저녁이 되고 술기운이 가시자 나는 다시 우울해졌다. 우리의 하루들, 우리의 운전, 우리의 음주에는 전혀 목적이 없었다. 오늘이 무슨 요일인지도 몰랐다. 빈을 떠난 이후로 신문조차 보지 않았다. 목욕도 하지 않았고 옷도 갈아입지 않았다. 가장 그리운 건 글 쓰는 시간이었다. 몇 주 동안 시를 쓰지 않았고 다시는 시를 쓸 수 없을 것 같았다. 뉴욕에 있는 낡고 빨간 전동식 타자기를 생각하자 그리움에 가슴이 먹먹해졌다. 그게 바로 내가 사랑하는 것이었다. 타자기를 찾기 위해 베넷에게 돌아가는 내 모습을 그려보았다. 마치 '애들 때문에' 같이 살기로 결심하는 사람들처럼. 혹은 아니면 월세 동결 아파트*를 누가 가질지 결정하지 못해서 할 수 없이 같이 사는 사람들처럼.

그날 밤 우리는 길가가 아닌 진짜 캠프장(프랑스에서는 '르 캉핑'이라고 부르는)을 찾았다. 근사하진 않았지만 수영할 수 있는 저수지와 간이매점이 있고 샤워시설도 있었다. 에이드리언이 캠핑할 자리를 잡자마자 나는 샤워장으로 달려갔다. 때를 씻어내는 동안 텔레파시로 베닛에게 말했다.

"날 용서해줘."

그가 어디에 있건 (그리고 내가 어디 있건) 그렇게 말하고 싶었다.

다시 텐트로 돌아가자 에이드리언이 어느새 친구를 사귀었다. 두 명이었고 미국인 부부였다. 여자는 천박하게 예뻤고 빨간 머리에 주근깨가 났고 풍만했으며 브루클린 악센트가 있는 유대인이었다. 남자는 턱수염이 났고 갈색 머리에 곱슬곱슬하고 통통하고 브루클린 악센트가 있었다. 남자는 환각제 맛을 좀 본 활달한 증권 중개인이었고 여자는 간통 맛을 좀 본 활달한 가정주부였다. 그들은 브루클린하이츠에 고급 저택을 갖고 있으면서 폴크스바겐을

* 세입자가 집을 옮기기 전까지 집주인이 마음대로 집세를 올릴 수 없는 아파트.

끌고 왔고 세 아이를 두었고 14년 동안 축적된 결혼생활의 가려움증을 안고 있었다. 에이드리언은 이미 내게는 빛을 잃은 영국식 억양과 랭 학설로 여자(주디)를 열광시켰다. 주디는 그와 드러누울 준비가 된 것 같았다.

"안녕!"

내가 나의 동족이자 같은 신을 믿는 여자에게 말했다.

"안녕!"

두 사람이 한 목소리로 합창했다.

"이제 어쩔까? 침대로 먼저 갈까? 아님 술부터 마실까?"

주디가 키득거리며 말했다.

"난 신경 쓰지 마. 우린 소유나 소유욕 같은 거 믿지 않거든."

나는 내가 에이드리언을 꽤 잘 흉내 내고 있다고 생각했다.

"스테이크를 구울 생각인데 같이 먹을래?

남편 마티가 조심스럽게 제안했다.

의심이 들 땐 일단 먹어라. 나는 그런 타입을 알고 있었다.

"좋지!"

에이드리언이 말했다. 만찬에 온 사나이*. 남편 앞에서

* 극작가 콤비 조지 S. 카우프먼과 모스 하트의 가장 유명한 브로드웨이 히트작 제목.

주디와 섹스하는 상상을 하면서 에이드리언이 흥분하고 있었다. 그게 그의 스타일이었다. 베넷이 사라진 뒤 그는 나에 대한 흥미를 조금 잃었다.

우리는 스테이크 앞에 앉아 각자의 삶을 쏟아놓았다. 자기 친구들은 이미 4분의 3이 이혼했지만 그들은 합리적으로 생각하기로 했다고 마티가 말했다. 서로에게 자유를 주기로 결정했다는 것이다. 두 사람은 이비자 섬에서 7월 내내 여러 차례 그룹 섹스를 했다. 불쌍한 개자식. 그는 별로 행복해 보이지 않았다. 그들은 마치 유대인 성인식에서 섹스에 관한 교리문답을 늘어놓는 열세 살 소년 같았다. 에이드리언은 미소 짓고 있었다. 그는 이미 마음을 정했다. 그는 곧바로 작업에 들어갈 수도 있었다.

"당신들은 어때?"

주디가 물었다.

"우린 결혼 안 했어. 우린 결혼을 믿지 않거든. 이 사람은 장폴 사르트르, 나는 시몬 드 보부아르야."

주디와 마티는 서로를 쳐다보았다. 어디선가 들어보긴 했지만 정확히 어디서 들었는지 기억할 수 없다는 듯.

"우리 좀 유명해. 실은 이 사람은 랭이고 난 메리 반스야."

내가 경멸하는 투로 말했다.

에이드리언이 웃었지만 나는 내가 주디와 마티의 관심을 잃었음을 알 수 있었다. 일종의 자기 보호 본능이었으리라. 나는 때가 임박했다는 걸 느낄 수 있었고 나의 무거운 지식을 쏟아낼 수밖에 없었다. 내게 남은 건 그것뿐이었으니까.

"자, 일단 우선 스와핑으로 시작하는 게 어떨까?"

마티가 뚱한 표정을 지었다. 나로서는 썩 기분이 유쾌하지 않았지만 그를 원하지 않기는 나도 마찬가지였다.

"좋을 대로."

내가 에이드리언에게 말했다. 나는 에이드리언이 자기 무덤을 파는 꼴을 보고 싶었다. 그게 얼마나 끔찍할지 나도 알 수 없었다.

"난 빠질래. 원하면 구경해줄 순 있어."

나는 그의 게임에서 그를 앞지르기로 결심했다. 차갑게. 무심하게. 헛소리를 날리면서.

마티가 자신의 사내다움을 증명하기 위해 일어섰다.

"스와핑을 하든지 아니면 다 그만두든지."

그가 더듬거렸다.

"미안, 분위기 깨고 싶진 않지만 난 그럴 기분이 아니네."

내가 말했다.

"게다가 나 성병 걸렸을지도 몰라." 하고 덧붙이고 싶었지만 에이드리언의 섹스까지 망치고 싶진 않았다. 하고 싶은 대로 하라지. 난 강해. 그 정도는 감당할 수 있어…….

"다수결로 정해야 하는 거 아니야?"

주디가 말했다.

젠장, 걸스카우트 출신인가?

"난 이미 결정했어."

내가 말했다.

섬뜩할 정도로 나 자신이 자랑스러웠다. 내가 원하는 게 무언지 알고 있었고 물러설 생각이 없었다. 나는 거절하고 있었고 그런 내가 마음에 들었다. 에이드리언마저도 나를 자랑스러워했다. 웃는 걸 보아 알 수 있었다. 인격 형성. 그게 그가 하는 일이었다. 그는 늘 나를 나 자신으로부터 구하고 싶어했다.

"우리 구경할까? 아니면 저수지 근처에 앉아서 얘기나 할까? 난 어느 쪽이든 상관없어."

"저수지swimming hole. 그 말에 다른 뜻이 있는 건 아니길 바라."

마티가 절망적으로 말했다.

나는 폴크스바겐 캠퍼밴에 올라타서 커튼을 내리는 에이드리언에게 씩씩하게 손을 흔들어주었다. 그러고 나서 마티의 손을 잡고 그를 오래된 저수지 쪽으로 이끌었다. 우리는 바위 위에 나란히 앉았다.

"살아온 얘기 들려줄래? 아니면 주디의 남자들 얘기해 줄래?"

그는 뚱한 표정을 지었다.

"항상 이렇게 스스럼이 없어?"

그가 폴크스바겐 쪽으로 고갯짓을 하며 물었다.

"사실 난 엄청난 걱정꾼인데 저 친구가 내 성격을 새로 만들어주고 있어."

"무슨 뜻이지?"

"저 친구가 나한테 걱정을 떨쳐버리는 법을 가르쳐주려 애쓰고 있다고. 어쩜 성공했는지도 모르겠어. 그 사람이 생각하는 이유는 아니지만."

"무슨 말인지 모르겠어."

마티가 말했다.

"미안. 내가 너무 앞서가나봐. 아주 길고 슬픈 얘기지만 전혀 새로운 얘기라곤 말할 순 없어."

마티는 폴크스바겐 쪽을 안타까운 눈빛으로 바라보았다. 나는 그의 손을 잡았다.

"비밀 하나 말해줄까? 저 안에서 별로 대단한 일 없을 거야. 에이드리언은 자기가 생각하는 것처럼 세지 않거든."

내가 말했다.

"불능이야?"

"자주 그래."

"그렇다고 기분이 나아지는 건 아니지만 말해줘서 고마워."

나는 마티를 바라보았다. 추남은 아니었다. 나는 낯선 남자, 낯선 장소, 낯설고 거대한 페니스를 갈망했던 시절을 떠올려 보았다. 그러나 지금 이 순간 내가 느끼는 감정은 무심함뿐이었다. 마티와 섹스하는 게 내가 찾고 있던 진실에 조금도 더 가까워지는 게 아님을 알고 있었다. 나는 최후의 사랑의 행위를, 그 속에서 두 사람이 서로의 기도바퀴가 되고 썰매가 되고 로켓이 되는 걸 원했다. 마티는 그 답이 아니었다. 하긴, 누군들 그 답이 될 수 있으랴.

"어쩌다 여기까지 오게 됐어? 미국인 아니야?"

"그 두 가지의 대답은 서로 상쇄되지 않아. 사실 난 이 여행을 위해 아주 괜찮은 남편을 버렸어."

마티가 허리를 폈다. 그의 얼굴에 충격의 기미가 스쳤다. 결국 이 순간을 위해서였던가? "남편을 떠났어"라고 뻔뻔스럽게 말하고 나와 낯선 남자 사이에 충격의 파장이 이는 걸 지켜보기 위해서? 이것 역시 하나의 과시욕일 뿐일까? 그것도 아주 허접스러운 과시욕?

"어디 살았는데?"

"뉴욕."

"무슨 일을 해?"

우리의 파트너들이 섹스하는 동안 차 밖에서 그들을 기다리는 상황의 야릇한 친밀감이 무언가를 고백하고 싶게 만들었고 그래서 나는 진실을 털어놓았다.

"뉴요커, 유대인, 신경과민인 상류층 가정에서 자라서 정신분석의하고 두 번째로 결혼했고, 아이는 없고, 나이는 스물아홉, 얼마 전에 아주 에로틱한 시집을 출간해서 낯선 남자들에게서 이상한 전화를 받으면서 일련의 유명세를 치렀어. 대학가 낭송 여행, 인터뷰, 정신병자들의 편지 등등. 그 과정에서 완전히 탈진했어. 내가 쓴 시를 읽으면서 내 시 속에 형상화된 이미지와 나 자신을 일치시키고 싶단 생각이 들기 시작했고.. 내 환상을 이루며 살려고 노력하기 시작했고. 이젠 내가 나 자신이 창조한 가공의 캐릭터라는 생각이 들기 시작했고."

"이상하네."

감명을 받은 듯 마티가 말했다.

"요점은 환상은 환상일 뿐, 일 년 내내 황홀경에 빠져 살 순 없다는 거야. 문을 쾅 닫고 밖으로 나간다고 해서, 만나는 남자마다 전부 다 섹스한다고 해서 자유에 가까워지는 건 아니야."

내가 베넷처럼 말하고 있는 건가? 이 얼마나 아이러니인지.

"주디한테 그걸 알려주면 좋겠다."

마티가 말했다.

"누구도 타인에게 무언가를 알려줄 수 없어."

나중에 에이드리언과 나는 다시 텐트로 돌아왔다. 나는

그에게 주디에 관해 물었다.

"따분한 씹 같으니라고. 꼼짝도 안 하고 가만히 누워만 있더라고."

그가 말했다.

"그 여잔 좋아했어?"

"내가 어떻게 알아?"

"아무래도 상관없단 거야?"

"이봐. 난 저녁식사를 하고 나서 커피를 마시는 것처럼 주디하고 섹스한 것뿐이야. 썩 훌륭한 커피는 아니었다고."

"그럼 왜 굳이 마셨어?"

"왜 굳이 안 마셔?"

"모든 걸 그런 식의 무심함으로 대하다보면 모든 게 결국 아무 의미도 없어지니까. 그건 실존주의가 아니야. 무감각 상태이지. 세상의 모든 걸 아무 의미도 없는 걸로 만들어버리잖아."

"그래서?"

"결국 당신이 원하는 것과 정반대의 결과로 끝나는 거야. 당신은 강렬함을 원하지만 결국 무감각을 얻는 거야. 일종의 자멸이지."

"나한테 설교를 하는군."

에이드리언이 말했다.

"맞아."

내가 사과하지 않고 대답했다.

다음 날 아침 주디와 마티는 보이지 않았다. 그들은 집시들처럼 밤사이 짐을 꾸려 떠났다.

"어젯밤에 거짓말했어."

에이드리언이 말했다.

"무슨 거짓말?"

"주디하고 아무 짓도 안했어."

"왜?"

"그러고 싶지가 않더라고."

내가 얄궂게 웃었다.

"할 수가 없었겠지."

"아니. 그게 아니라 하고 싶지가 않았다고."

"당신이 했건 안 했건 아무래도 상관없어."

"개소리."

"그건 당신 생각이지."

"당신은 화가 났어. 내가 당신이 조종할 수 없는 첫 번째 남자니까. 당신이 조종할 수 없는 사람이나 물건을 오래 못 견디잖아."

"당신이야말로 개소리하지 마. 내가 원하는 게 당신이 원하는 것보다 조금 더 수준이 높은 것일 뿐이야. 당신 게임이 뭔지 이제 알겠어. 당신의 즉흥성과 실존주의엔 동의

하지만 이건 즉흥성이 아니야. 절망이지. 우리가 처음 섹스했던 날 당신이 했던 말을 이제 내가 당신한테 해주지. 이건 단지 절망일 뿐이고 자유의 가면을 쓴 우울일 뿐이야. 별로 유쾌하지도 않아. 한심할 뿐이라고. 이 여행 자체도 한심해."

"당신이야말로 앞뒤가 꽉 막혔어."

에이드리언이 말했다.

우리는 저수지에서 수영을 한 뒤 햇볕에 몸을 말렸다. 에이드리언은 풀밭에 널브러져서 햇살에 눈을 찌푸리고 있었다. 나는 그의 가슴에 머리를 기댄 채 그의 체취를 맡았다. 갑자기 구름이 해를 가리더니 빗방울이 하나 둘 떨어지기 시작했다. 우리는 움직이지 않았다. 비구름이 지나갔고 우리 몸은 온통 커다란 빗방울로 뒤덮였다. 다시 해가 나서 우리의 살갗을 비추고 빗방울이 증발되는 게 느껴졌다. 장님 거미 한 마리가 에이드리언의 어깨로 기어올라와 그의 머리카락 속으로 파고들었다. 나는 벌떡 일어나 앉았다.

"왜?"

"징그러운 벌레야."

"어디?"

"당신 어깨."

그가 두리번거리더니 거미의 한쪽 다리를 붙잡고 흔들면서 마치 서서 헤엄치는 사람처럼 거미가 공중에서 버둥거리는 걸 지켜보았다.

"죽이지 마!"

내가 애원했다.

"무섭다면서."

"무섭지만 죽이는 건 보고 싶지 않아."

내가 그에게서 떨어지며 말했다.

"그럼 이건 어때?"

그가 거미의 다리 하나를 뽑으며 말했다.

"세상에, 그러지 마! 그런 짓 하는 사람 진짜 싫더라."

에이드리언은 마치 데이지 꽃잎 따듯 다리를 하나씩 떼었다.

"나를 사랑한다, 사랑하지 않는다……."

그가 말했다.

"싫다니까. 제발 그러지 마."

"벌레를 싫어하는 거 아니었어?"

"벌레가 기어오르는 건 싫어. 하지만 벌레를 죽이는 것도 못 보겠어. 그렇게 다리를 떼어내다니! 진짜 구역질 난다. 도저히 못 보겠어."

내가 벌떡 일어나 저수지 쪽으로 달려갔다.

"하여간 이해할 수가 없다니까! 도대체 왜 그렇게 더럽게 예민한 거야?"

에이드리언이 내 뒤에서 소리쳤다.

나는 물속으로 숨었다.

점심식사를 끝낼 때까지 우리는 말을 하지 않았다.

"당신이 망쳤어. 안달하고 걱정하고 쓸데없이 예민하게 굴어서."

에이드리언이 말했다.

"파리에서 내려줘. 집으로 돌아갈래."

"기꺼이."

"내가 감정을 표현할 때마다 당신은 나한테 넌더리를 냈어. 플라스틱으로 만든 여잘 원하는 거야?"

"바보 같은 소리 하지 마. 난 당신이 성장하기를 원할 뿐이야."

"당신이 정의한 성장이겠지."

"우리 두 사람이 정의한 성장이지."

"그것 참 민주적이네."

내가 냉소적으로 말했다.

우리는 짐을 꾸리기 시작했다. 텐트 기둥들과 장비들도 챙겼다. 20분 정도가 걸렸고 그동안 우리는 한마디도 하지 않았다. 마침내 우리는 차에 올라탔다.

"내 인생을 뒤집어엎을 정도로 내가 당신을 좋아했다는

게 당신한텐 아무 의미도 없는 것 같아."

내가 말했다.

"날 위해서 그런 게 아니었잖아. 난 단지 핑계였을 뿐이지."

"당신에게 느낀 강렬한 감정 없이는 할 수 없었던 일이야."

그 순간 나는 온몸을 관통하는 전율과 함께 빈에서 그를 갈망했던 기억을 떠올렸다. 후들거리는 무릎. 출렁거리는 뱃속. 질주하는 심장. 거친 호흡. 그가 내 마음속에 불러일으켰던 그 모든 감정들이 나로 하여금 그를 따라나서게 만들었다. 그런데 지금 그의 모습은 너무도 실망스러웠다.

"침대 밑의 남자는 절대 침대 위의 남자가 될 수 없어. 그들은 상호배타적이야. 일단 모습을 드러내면 내가 갈망하던 그 남자가 아니야."

"그게 도대체 무슨 소리야?"

"지퍼 터지는 섹스에 대한 나의 이론."

내가 말했다.

그리고 내가 할 수 있는 한 최대한 공들여 설명했다.

"내가 당신을 실망시켰다고?"

그가 내게 팔을 두르고 내 머리를 그의 무릎 위에 올려놓았다. 나는 그의 더러운 바지 냄새를 맡았다.

"차에서 내리자."

우리는 나무쪽으로 가서 나무 그늘에 앉았다. 나는 머리를 그의 무릎 위에 올려놓았다. 그리고 아무 생각 없이 그의 바지 지퍼를 가지고 장난을 쳤다. 그러다가 그의 지퍼를 반쯤 열고 그의 부드러운 페니스를 손에 올려놓았다.

"조그맣군."

그가 말했다.

나는 그를 바라보았다. 초록빛이 감도는 황금빛 눈동자, 이마에 흐트러진 갈색 머리카락, 웃음으로 만들어진 입가의 주름, 햇볕에 그을린 뺨. 그는 내게 여전히 아름다웠다. 나는 향수병과 비슷한 고통으로 여전히 그를 갈망했다. 우리는 한동안 키스했고 그의 혀가 내 입안에서 현기증을 일으키며 맴돌았다. 그토록 오래 키스했건만 그의 페니스는 여전히 부드러운 채로 남아 있었다. 그는 햇살 같은 웃음을 웃었고 나도 웃었다. 그는 항상 나와 거리를 둘 것이다. 나는 결코 그를 소유할 수 없을 것이다. 어떻게 보면 그게 바로 그가 그토록 아름다운 이유일 것이다. 나는 그에 관한 글을 쓰고 그에 관한 이야기를 하고 그를 기억할 것이다. 그러나 결코 그를 갖지 못할 것이다. 그는 가질 수 없는 남자였다.

우리는 파리로 차를 몰았다. 나는 계속 집으로 돌아가겠다고 우겼지만 에이드리언은 가지 말라고 나를 설득했다. 이제 그는 나의 충성심을 잃을까봐 두려워하고 있었다. 그 역시 내 마음이 떠나고 있는 걸 감지했다. 내가 나중에 쓰려고 나의 노트에 그와 겪은 일들을 기록하고 있다는 것도 알고 있었다. 파리 외곽에서 우리는 고속도로 다리 밑에 누군가 써놓은 낙서를 보았다.

FEMMES! LIBERONS-NOUS!(여성들이여! 스스로를 해방시켜라!)

16

유혹당하고 버려지다

투표권은 여성들에게 아무 의미도 없다.
우리에게겐 무기가 필요하다.

_ 에드나 오브라이언

다시 파리로.

우리는 흙먼지를 뒤집어쓴 채 파리에 도착한다. 존 스타인벡 소설에 나오는 두 명의 이민자들처럼. 콜레트 소설에 나오는 두 명의 보드빌* 배우들처럼.

길가에서 용변을 보는 건 이론적으로는 무척 매력적인

* 16세기 프랑스에서 발전한 노래와 춤 촌극을 융합한 공연형식.

루소 사상의 실천이지만 현실적으로는 항상 가랑이가 찝찝하다. 여자로 태어나서 불리한 점이 있다면 소변이 신발 속으로, 혹은 신발 위로 튄다는 것이다.

그래서 찜찜하고 더럽고 약간의 소변이 묻은 상태로 파리에 도착한다. 우리는 다시 서로를 사랑하게 된다. 첫 번째 단계에 대한 그리움으로 이루어진 두 번째 단계의 사랑이다. 두 번째 단계의 사랑은 절망적으로 사랑에서 멀어져 가고 있음을 느끼고 그 사랑을 잃는다는 생각을 견딜 수 없을 때 시작된다.

에이드리언이 내 무릎을 만진다.

"괜찮아, 자기?"

"좋아, 자기."

우리는 더 이상 어디까지가 진실이고 어디까지가 거짓인지 알지 못한다. 우리는 어느덧 우리의 연기와 하나가 된다.

이제 나는 어떻게든 베넷을 찾아보고 만약 그가 나를 다시 받아준다면 그와 다시 시작해보기로 마음을 먹는다. 그런데 베넷이 어디 있을지 도무지 감이 잡히지 않는다. 나는 그에게 전화를 걸어보기로 한다. 지금쯤 뉴욕으로 돌아갔을 것이다. 그는 나만큼이나 유럽을 돌아다니기를 싫어할 것이다.

파리 북역에서 전화를 찾아 지명통화를 시도해본다. 그

러나 그나마 알고 있던 프랑스어를 전부 다 잊어버렸고 교환원의 영어는 아직 갈 길이 멀다. 엉성한 대화와 여러 가지 실수, 신호음, 잘못된 전화번호 끝에 나는 집으로 전화를 건다.

교환원이 '윙 박사'를 찾고 마치 대서양 밑을 가로지른 듯 먼 목소리로, 여름에 우리 아파트에 세 들어 사는 여자애가 전화를 받는다.

"여기 안 계세요. 지금 빈에 계세요."

"마담, 지금 빈에 계시답니다."

교환원이 전한다.

"스 네 파 포시블(그럴 리가 없어요)!"

내가 소리쳤지만 그게 내 불어의 한계다. 교환원이 우겨대기 시작하자 나는 점점 더 말문이 막힌다. 오래 전에 대학생으로 파리에 왔을 때 나는 프랑스어를 할 줄 알았다. 그런데 지금은 영어도 제대로 못하고 있다.

"거기 있을 거라고요!"

내가 소리친다.

집에 돌아가지 않았다면 도대체 어디 있을까? 그 없이 나는 어떻게 살 것인가?

나는 곧바로 베넷의 가장 오랜 친구인 밥에게 전화를 건다. 밥은 그해 여름 우리 차를 쓰고 있었다. 베넷은 분명 그에게 가장 먼저 연락했을 것이다. 놀랍게도 밥은 집에 있다.

"밥, 나 이사도라예요. 나 지금 파리에 있어요. 혹시 베넷 거기 있나요?"

밥의 목소리가 흐릿하게 들렸다.

"당신하고 같이 있는 줄 알았는데요."

그리고 침묵이 이어졌다. 통화가 끊어졌다. 그런데 완벽하게 끊어진 건 아니었다. 지금 내 귀에 들리는 게 바닷소리일까? 아니면 내 상상일까? 젖가슴 사이로 조그만 땀방울이 흘러내리는 것이 느껴진다. 갑자기 밥의 목소리가 다시 들려온다.

"어떻게 된 거예요? 두 사람 혹시……."

그리고 직직거리는 소리가 들린다. 다시 침묵. 나는 거대한 물고기가 대서양을 가로지르는 전화선을 갉아먹는 상상을 한다. 물고기가 전화선을 물어뜯을 때마다 밥의 목소리가 사라진다.

"밥!"

"잘 안 들려요. 두 사람 싸웠냐고 물었어요."

"네. 설명하기가 좀 힘들어요. 너무 끔찍해요. 전부 다 내……."

"뭐라고요? 잘 안 들려요. 베넷은 어디 있어요?"

"그것 때문에 전화하는 거예요."

"뭐라고요? 방금 못 들었어요."

"젠장, 나도 못 들었어요. 어쨌든, 혹시 베넷이 전화하면 내가 사랑한다고 전해줘요."

"네?"

"내가 찾고 있다고 전해줘요."

"뭐라고요? 안 들려요."

"내가 원한다고 전해줘요."

"네? 안 들려요."

"내가 원한다고 전해달라고요."

"뭐라고요? 한 번 더 말해봐요."

"아무래도 안 되겠어요."

"그냥 사랑한다고만 전해줘요."

"네? 통화 상태가 너무……."

통화가 완전히 끊겼다. 교환원이 내게 통화료가 129프랑 34상팀이라는 소식을 전한다.

"아무것도 안 들렸다고요!"

교환원은 그래도 통화료를 내야 한다고 우긴다.

나는 전화 계산대로 가서 지갑을 뒤져보았지만 프랑 지폐가 없다. 환전을 하고 출납원과 싸웠지만 결국엔 통화료를 지불한다. 더 항의할 기운이 없다.

마치 참회하듯 나는 프랑 지폐의 껍질을 벗기기 시작한다. 지금 이 순간, 집으로 돌아가 이 모든 일을 낱낱이 기록할 수만 있다면 그 어떤 대가라도 치르리라. 그것이야말로 내가 가장 좋아하는 대목이다. 왜 나 자신을 속이는가? 나는 실존주의자가 아니다. 글로 써내려가기 전에는, 그리고 수정하고 윤색하기 전까지는 그 무엇도 나에겐 진실이 아니다. 그래서 나는 항상 모든 일이 끝나기를, 그래서 집으로 돌아가 그 일을 종이에 옮길 수 있기를 기다린다.

"어떻게 됐어?"

에이드리언이 남자 화장실에서 나오며 말한다.

"지금 확실한 건 베넷이 뉴욕에 없다는 것뿐이야."

"아마 런던에 있나보지."

"그런가봐."

그를 다시 본다는 생각에 내 가슴이 뛰기 시작한다.

"같이 런던까지 가는 게 어때? 거기서 좋은 친구처럼 헤어지는 거야."

내가 제안한다.

"안 돼. 왜냐하면 그건 당신 혼자 해결해야 할 일이니까."

도덕주의자 에이드리언이 말한다.

그의 제안에는 아무런 저의가 없다. 어떻게 보면 그가 옳다. 내가 나 자신을 이 혼란에 빠뜨렸다. 그런데 왜 그가 날 꺼내주기를 바라는가?

"가서 뭘 좀 마시고 이 문제를 생각해보자."

내가 시간을 끌며 말한다.

"좋아."

그렇게 우리는 다시 트라이엄프를 타고 출발한다. 파리 지도가 내 무릎 위에 있다. 우리는 차 덮개를 내렸고 햇살이 도시를 비춘다. 마치 우리 이야기의 영화버전처럼.

나는 에이드리언에게 학생들의 거리 생 미셸을 가리킨다. 내가 그 거리를, 지표를, 그리고 그 골목을 기억한다는 사실이 기쁘다. 서서히 나의 프랑스어가 돌아오고 있다.

"일 플뢰르 당 몽 쾨르 / 콤 일 플뢰 쉬르 라 빌*(거리에 비가 내리듯, 내 마음에도 비가 내리네)!"

오래전 프랑스어 수업에서 가까스로 시 두 줄을 기억해냈다는 사실에 흥분하며 내가 소리친다. 파리의 풍경 외에는 다른 어떤 이유도 없건만 갑자기 나는 솔개보다 높이 날고 있다.

"쟤는 아드레날린 주사를 맞고 태어났나봐."

엄마가 말하곤 했다. 그 말은 사실이었다. 우울하지 않을 때 나는 에너지와 키득거리는 웃음, 재치 있는 말들을 쏟아낸다.

"'일 플뢰' 라고? 몇 주 만에 이렇게 화창한 날은 처음이잖아."

* 프랑스의 상징주의 시인 폴 베를렌의 시 〈내 마음 속에 비가 내리네〉의 한 구절.

에이드리언이 말한다.

그러나 에이드리언도 내가 키득거리며 웃고 있다는 걸 안다. 카페에 도착하기도 전에 우리 둘 다 기분이 잔뜩 고조되어 있다. 우리는 에콜 거리의 가장 가까운 주차장에 차를 세운다. 그리고 우리의 모든 물건을 차 안에 남겨놓는다. 나는 잠시 망설인다. 차를 잠글 방법이 없다. 트라이엄프에는 캔버스 덮개만 달려 있다. 그러나 영원과 소유에 대해 뭘 걱정한단 말인가? 자유는 '잃을 게 없음'의 다른 말이 아니었던가? 생미셸 광장의 어느 카페로 향하며 우리는 쉴 새 없이 떠든다. 다시 파리로 돌아와서 얼마나 기쁜지. 파리는 얼마나 변함이 없는지. 카페가 얼마나 떠날 때 모습 그대로인지. 거리가 얼마나 떠날 때 모습 그대로인지. 파리 자체가 얼마나 떠날 때 모습 그대로인지.

각자 두 잔씩 맥주를 마신 다음 우리는 사람들 앞에서 보란 듯이 키스한다. 누가 보아도 우리는 세상에서 가장 멋진 연인들이다.

"슈퍼에고가 알코올에 녹았군."

에이드리언이 말한다.

그는 다시 빈에서처럼 자신 있게 치근덕거린다.

"내 슈퍼에고는 유럽에 녹았어."

내가 말한다.

그리고 우리 둘 다 조금 지나치다 싶게 웃는다.

"집에 가지 말자. 여기 머물면서 매일 신나게 살자."
"포도주야말로 유일하고 진정한 실존주의자들이야."
에이드리언이 나를 끌어안으며 대답한다.
"아니면 홉이나. 홉이야, 홉스*야? 항상 헷갈리더라."
내가 말한다.
"홉스."
그가 근엄하게 말하며 맥주를 한 모금 더 마신다.
"홉스."
내가 말하고 똑같이 한다.
우리는 맥주에 취한 상태로 파리 거리를 돌아다닌다. 우리는 점심으로 쿠스쿠스를 먹고 저녁으로 굴 요리를 먹고 그 사이에 셀 수 없이 여러 잔의 맥주를 마시며 소변을 보기 위해 셀 수 없이 멈춘다. 우리는 파리 식물원과 국립묘지 팡테옹과 소르본 대학의 좁은 골목길을 돌아다닌다. 뤽상부르 공원도 돌아다닌다. 마지막으로 옵세르바투아르 분수 부근의 벤치에 앉는다. 우리는 행복하게 취해 있다. 우리는 분수대 안에서 앞발을 들고 서 있는 커다란 청동 말들을 바라본다. 나는 알코올로 인한 묘한 면역상태에 접어들었고 내가 로맨틱한 영화의 주인공 같다는 생각한다. 나는 너무도 편안하고, 흐트러져 있고, 어지럽다. 뉴욕은

* 덩굴식물의 일종으로 맥주 제조 원료. 맥주의 속어로 쓰임.

달보다 더 멀다.

"호텔 잡아서 침대에 눕자."

내가 말한다.

강렬한 욕망 때문이라기보다는 이 로맨틱한 현기증을 소모하고 싶어서. 한 번 더 해보자. 그를 기억할 만한 단 한 번의 완벽한 섹스를 위해. 그동안 우리의 모든 노력은 어딘가 실망스러웠다. 우리가 그토록 오랜 시간을 함께했고 너무도 작은 걸 위해 너무도 많은 위험을 감수한 게 부끄럽게 느껴진다. 어쩌면 그게 바로 이 여행의 결론일까?

"안 돼. 시간 없어."

에이드리언이 말한다.

"시간이 없다니?"

"내일 아침 셰르부르에 도착하려면 오늘 밤에 출발해야 돼."

"왜 내일 아침 셰르부르에 도착해야 하는데?"

뭔가 섬뜩한 느낌이 알코올성 행복감을 관통한다.

"에스터하고 애들 만나기로 했거든."

"지금 장난해?"

"장난 아니야."

그가 시계를 본다.

"지금쯤 런던에서 출발할 거야. 브르타뉴에서 휴가를 보낼 계획이야."

나는 평온하게 시계를 보는 그를 쳐다본다. 그의 기막힌 배신에 나는 할 말을 잃는다. 술에 취하고 씻지도 못하고 오늘이 무슨 요일인지도 모르는 나. 그런데 그는 한 달 전에 해둔 약속을 생각하고 있었다.

"처음부터 그럴 계획이었단 거야?"

그가 고개를 끄덕인다.

"나한테 실존주의자인 척하면서 에스터를 만날 약속을 미리 해뒀단 말이야?"

"마음대로 생각해. 당신이 생각하는 것처럼 고약하게 일부러 계획했던 건 아니었어."

"그럼 뭐야? 이럴 거면서 어떻게 정처 없이 떠돌아다니는 척할 수 있었어? 처음부터 에스터하고 약속이 있었으면서?"

"당신의 패를 다시 섞은 것뿐이야. 내 패가 아니고. 당신 친구가 되어주려고 내 패를 다시 뒤섞겠다고 한 적은 없어."

나는 턱을 한 방 얻어맞은 기분이었다. 가장 친한 친구가 내 자전거를 부수는 걸 지켜본 여섯 살 아이가 된 기분이었다. 이건 내가 상상할 수 있는 가장 큰 배신이었다.

"그러니까, 자유와 즉흥성에 대해 열변을 토하면서 한편으론 에스더를 만날 궁리를 했단 거야? 당신 같은 위선자는 본 적이 없어!"

에이드리언이 웃음을 터뜨렸다.

"뭐가 그렇게 우스워?"

"당신의 분노가."

"당신을 죽이고 싶어!"

내가 소리쳤다.

"그렇겠지."

그 말이 떨어지기 무섭게 나는 주먹으로 그를 때리기 시작했다. 그가 내 손목을 붙잡았다.

"난 당신한테 글감을 주고 싶었을 뿐이야."

그가 웃었다.

"개 같은 새끼!"

"당신이 쓸 이야기에 완벽한 결말 아니야?"

"돼지 같은 새끼!"

"이봐. 너무 그러지 마. 이 이야기의 교훈은 어쨌든 똑같잖아. 안 그래?"

"당신의 교훈은 알프스 산길 같아. 항상 유턴하니까."

"전에도 그 비슷한 말 들은 적 있는 것 같은데?"

"나도 같이 갈래."

"어디로?"

"셰르부르. 다섯 명이서 브르타뉴를 누비고 다니는 거야. 거기서 한심한 도덕적 변명 따윈 다 집어치우고 섹스하자. 빈에서 당신이 말한 것처럼."

"말도 안 돼. 당신은 못 가."

"갈 거야."

"당신은 못가. 내가 허락 안 해."

"허락 안 한다니, 그게 무슨 뜻이지? 그게 무슨 개 같은 소리야? 베넷 앞에서 그렇게 잘난 척을 하더니. 내 인생을 뒤흔들어놓고, 같이 떠나자고 부추기더니 이제 와서 당신 가족을 챙기겠단 거야? 내가 가만둘 거 같아? 정직하고 개방적인 삶을 살라고, 수백만 개의 자기모순 속에 살지 말라고 날 부추긴 건 당신이었어. 난 셰르부르에 당신과 함께 갈 거야. 에스터를 만나고 당신 아이들도 만나고 우리 모두가 거기서 되는 대로 한번 살아보는 거야."

"그건 절대 안 돼. 난 당신 안 데려가. 필요하면 당신을 차창 밖으로 던져버려서라도."

도저히 믿을 수가 없어 그를 쳐다보았다. 그가 그토록 냉혹한 사람이라는 걸 왜 좀 더 일찍 깨닫지 못했을까. 그는 자기가 생각하는 그대로 말하는 사람이 분명했다. 그는 필요하면 나를 차창 밖으로 내던질 수도 있는 사람이었다. 어쩌면 그러고 나서 웃으며 떠날 수도 있으리라.

"위선자가 되는 것 따윈 상관없단 거야?"

이미 나의 패배를 알고 있다는 듯 내 목소리에 애절함이 깃들어 있었다.

"아이들을 실망시키고 싶지 않아. 계획은 바꿀 수 없어."

그가 말했다.

"날 실망시키는 건 상관없단 거네."

"당신은 성인이야. 해결할 수 있잖아. 아이들은 못해."

그런 대답에 뭐라고 토를 달겠는가? 나도 아기라고 소리를 지를 수도 있었다. 당신이 떠나버리면 나도 무너질 거라고, 미쳐버릴 거라고, 소리칠 수도 있었다. 그러나 나는 에이드리언의 아이가 아니었다. 그에겐 나를 구원할 의무가 없었다. 나는 이제 그 누구의 아기도 아니었다. 해방된 여자. 완전히 자유로운 여자. 그건 내 평생 겪은 그 어떤 경험보다도 두려웠다. 마치 그랜드캐니언에서 비틀거리다가 절벽 아래로 떨어지면서 바닥에 닿기 전에 날아오르는 법을 알게 되기를 바라는 심정이랄까.

그가 떠난 뒤에야 나의 두려움을 두 손으로 움켜쥐고 직시할 수 있었다. 우리는 적대적으로 헤어지지는 않았다. 나의 완벽한 패배를 받아들이는 순간 그에 대한 미움도 사라졌다. 나는 혼자 있는 시간을 어떻게 견디어야 할지에 집중하기 시작했다. 그가 날 구원해주리라는 기대를 버린 순간 그의 마음을 이해할 수 있었다. 나는 그의 아이가 아니었다. 그에게는 그의 아이들을 보호해야 할 책임이 있었다. 만약 내가 그들에게 위협이 된다면 나로부터 아이들을 지켜야할 의무도 있었다. 그는 나를 배신했다. 그러나 나는 언젠가 이런 일이 일어나리라는 걸 알고 있었다. 어떻게 보면 그가 날 희생자로 이용한 것처럼 나는 그를 배신자로 이용했다. 비록 내 뜻대로 되지는 않았지만, 그는 내 자유의 도구였다. 멀어지는 그의 모습을 바라보면서 나는 우리가 멀어질수록 내가 그와 사랑에 빠지게 되리란 걸 알았다.

그가 도움의 손길을 내밀지 않은 건 아니었다. 우리는 함께 런던행 비행기 표를 알아보았고 앞으로 이틀은 비행기 표가 없다는 걸 확인했다. 나는 수요일까지 기다리거나 다음 날 배편을 알아보아야 했다. 공항으로 가서 대기자명단에 이름을 올려놓고 기다려볼 수도 있을 것이다. 나에겐 선택의 여지가 있었다. 내가 해야 할 일이라고는 미친 듯이 뛰는 심장을 견디는 것뿐이었다. 다시 베넷을, 아니면 그 누군가를, 어쩌면 나 자신을 만날 때까지.

나는 가방을 끌고 생미셸 광장의 카페로 향했다. 남자가 없으니 가방이 얼마나 무거운지 새삼 깨닫게 되었다. 혼자 여행할 생각으로 챙긴 가방이 아니었다. 내 가방 속에는 여행안내책자, 기사를 위해 준비했지만 한 번도 쓰지 못한 조그만 테이프레코더, 노트, 헤어 세팅기, 내 첫 시집 열 권이 들어 있었다. 일부는 런던의 출판사 에이전트들에게 줄 생각이었고 나머지는 괜히 불안해서 들고 다녔다. 내가 만나게 될 사람들에게 내 신분을 증명할 배지처럼 보여주기 위해, 내가 평범한 여자가 아님을 증명하기 위해 들고 다녔다. 내가 특별한 여자고, 안전통행증을 발급해주어도 무방한 여자임을 증명하기 위해 들고 다녔다. 나는 나의 특수한 지위에 처량맞을 정도로 집착하고 있었다. 그것마저 없으면 나는 그저 방황하는 또 한 명의 외로운 여자일 뿐이었다.

"내가 당신 주소 갖고 있던가?"

에이드리언이 출발하기 전에 내게 물었다.

"당신한테 준 시집에 적어놓았어. 맨 뒷장에."

그러나 그는 그 시집을 잃어버렸다. 진한 분홍색 잉크로 사인해서 주었건만. 그가 그 책을 끝까지 읽지 않은 건 말할 필요조차 없다.

"하나 더 줄게."

길 한복판에서 커다란 캔버스 가방의 지퍼를 열었다. 화장품들이 쏟아져나왔다. 서류들, 쓰다만 습작노트들, 카세트테이프들, 필름, 립스틱들, 문고본 소설들, 가장자리가 닳아빠진 미슐랭 가이드. 나는 잡동사니들을 도로 집어넣고 안쪽에서 내 책 한 권을 꺼냈다. 나는 처녀 시집을 벌렸다.

책을 잘 잃어버리는 부주의한 에이드리언에게

사랑과 키스를 담아,

뉴욕에서 온 당신의 다정한 사회복지사로부터

나는 뉴욕 주소와 전화번호를 다시 한 번 적었다. 어쩌면 이 책도 잃어버릴 거라고 생각하면서. 우리는 그렇게 헤어졌다. 상실감이 켜켜이 쌓여갔다. 나의 삶이 거리로 쏟아져나왔고, 나와 상실감 사이에는 얄팍한 시집 한 권이 있을 뿐이었다.

나는 가방을 옆에 세워놓고 카페에서 앉아 맥주를 한 잔 더 시켰다. 멍하고 탈진한 상태였다. 너무 지쳐서 생각만큼 비참하지도 않았다. 일단 호텔을 찾아야 할 텐데. 어두워지고 있었고 가방은 끔찍할 정도로 무거웠다. 어쩌면 방이 있냐고 물어보려고 가방을 끌고 긴 계단을 올라갔다가 결국 방이 없다는 대답을 듣고 내려와야 할지도 몰랐다. 나는 테이블 위에 머리를 대고 엎드렸다. 너무 고단해 울고 싶었지만 그런 식으로 시선을 끌 수는 없었다. 혼자 있는 여자들에게 으레 그렇듯 이미 호기심 어린 시선들이 느껴졌다. 그런 미묘한 시선들까지 신경쓰기에 나는 너무 지쳐 있었다. 누구든 내게 다가와 집적거리기라도 하면 고함을 지르면서, 주먹을 휘두르면서, 빙글빙글 돌아야지. 나는 말을 잃었다. 이성적으로 생각하고 따져보고 영리하게 굴려고 애쓰는 데 지쳤다. 냉소적인 표정으로 혹은 허튼 수작을 걸면서 내게 다가오는 첫 번째 남자는 된통 당하리라. 무릎으로 급소를 걷어차거나 주먹으로 턱을 맞거나. 고등학교 시절 지하철 안 인적 없는 곳에서 바지 지퍼를 내리는 노출광을 보고 기겁을 했던 열세 살 때처럼 두려움에 휩싸여 떨고 있지 않을 것이다. 예전에는 가만히 앉아 있지 않으면 그들이 모욕을 당했다고 느끼고 내게 끔찍한 복수를 할까봐 두려웠다. 그래서 나는 가만히 앉아 있었다. 고개를 돌리고, 그들을 보지 못한 척, 겁에 질리지 않은 척, 책이 나를 지켜주기를 바라며 책을 읽는 척했다. 그날 이후 이탈리아에서 남자들이 유적지에서 날 쫓아오거나 차를 타고 쫓아오면서 창문을 열고 내게 "비에니, 비에니!(나하고 가자!)"라고 속삭일 때, 누군가 침이라도 뱉은 것처럼 나 자신이 더럽게 느껴졌고 화가 났다. 사실 기분이 우쭐해야 했다. 여자임이 증명된 것 같은 기분이 들어야 했다. 엄마는 늘 이탈리아에 가면 자기가 여성스러워지는 것 같다고 했다. 그런데 나는 왜 사냥당한 것 같은 기분이 들었을까. 나한테 뭔가 문제가 있는 거라고 생각했다. 미소를 짓고 머리카락을 쓸어넘기면서 내가 그들의 관심을 고마워한다는 걸 보여주고 싶다가도 막상 그렇게 하면 사기꾼이 된 기분이었다. 왜 사냥당하는 걸 고마워해야 한단 말인가?

그러나 이제 나는 혼자 있고 싶었다. 만약 누군가가 내 상황을 잘못 해석한다면 나는 야생 짐승이 되어 반격할 것이다. 심지어는 심리학을 공부했고 남다른 통찰력을 지닌 베넷조차도, 내가 남자들에게 끊임없이 '접근 가능' 메시지를 보내기 때문에 남자들이 날 유혹하려 하는 거라고 말했다. 내가 옷을 너무 섹시하게 입어서. 혹은 머리가 너무 단정치 못해서. 아니면 그 무엇이라도. 한마디로 말해서 그런 공격을 당해도 싸다는 것이었다. 그건 이성 간의 전쟁에 관한 오래된 독설이었고 가면을 쓴 구시대의 언어였다. **강간이라는 건 없다. 너희 여자들이 원한 것이다. 너희 여자들이.**

나는 맥주잔을 어루만졌다. 고개를 드는 순간 옆 테이블에 앉아 있던 남자와 눈이 마주쳤다. 마치 "당신이 뭘 하는지 나는 알지, 베이비!"라고 말하는 듯 거만한 표정으로 나를 쳐다보고 있었다. 내가 에이드리언에게 빠져들었던 바로 그 유혹이었다. 그러나 이제 구역질이 났다. 그 모습 속에서 지금 이 순간 내 눈에 보이는 건 오만함과 가학성뿐이었다. 문득 저런 행동을 보이는 남자들 중 90퍼센트는 발기불능을 숨기고 있을 거란 생각이 들었다. 그러나 그 가설을 확인해보고 싶은 생각은 추호도 없었다.

나는 이맛살을 찌푸리며 시선을 떨어뜨렸다. 내가 아무도 원하지 않는다는 걸 그는 모를까? 내가 지치고 더럽고 완전히 무너진 상태라는 걸 모를까? 마치 성배처럼 맥주잔을 붙잡고 있는 게 보이지 않는 걸까? 왜 여자가 남자를 거부하면, 진심으로 마음을 다해 거절하면, 남자는 여자가 예의상 그러는 거라고 생각하는 걸까?

기차의 낯선 남자에 대한 환상을 가졌던 때가 있었다. 그때 나는 그런 환상을 실현하지 못했고 그럴 배짱도 없었다. 시간이 한참 흐른 뒤에야 그 환상을 글로 옮길 용기를 냈다. 그러다가 그런 환상속의 남자들 중 한 명에게 내가 접근했고, 그가 퇴짜를 놓았으며, 염증과 혐오감으로 나를 밀어냈다. 그렇다면 이제 어떻게 하나. 남자의 거절을 가슴 깊이 받아들이고 내가 잘못 생각했음을 인정하면서 못된 여자, 창녀, 헤픈 여자, 평화를 깨뜨리는 여자였던 나 자신을 비난할 수도 있으리라. 나아가서, 남자의 거절을 비난하는 대신 나 자신의 매력 없음을 비난할 수도 있으리라. 그가 나를 거절했다는 사실만으로 며칠 동안 완전히 무너져내릴 수도 있을 것이다.

그러나 남자는 여자의 거절을 게임의 일부로 받아들일 뿐이다. 많은 남자들이 그렇다. 남자가 '노' 라고 말하면 그것은 노이다. 여자가 노라고 말하면 그것은 '예스' 이거나 적어도 '아마도' 이다. 그런 걸 두고 하는 농담도 있지 않은가. 조금씩, 조금씩, 여자들은 여자에 대한 그런 편견들을 믿기 시작한다. 결국 그런 편견의 그늘에서 수 세기 동안 살아온 여자들은 자기들이 원하는 게 무언지 알지 못하고 그 어떤 일에도 결단을 내리지 못한다. 남자들은, 물론 여자들의 그러한 우유부단함을 조롱하고 그 모든 걸 생물학적인 문제, 호르몬 문제, 생리전증후군 탓으로 돌리고 그들의 약점을 공격한다.

문득 낯선 남자들의 시선을 느끼면서 나는 에이드리언에게 내가 잘못을 저질렀고 그래서 그가 떠났음을 깨달았다. 나는 아주 기본적인 원칙을 저버렸다. 나는 그에게 매달렸다. 오랜 세월 동안 남자에 대한 환상을 품었건만 단 한 번도 실천해본 적이 없었던 나였다. 그러다가 난생처음으로 나의 환상을 실현했다. 나는 내가 너무도 갈망한 남자를 따라나섰다. 그런데 어떤 일이 벌어졌는가? 그는 불어터진 국수처럼 흐느적거리다가 결국 나를 거부했다.

남자와 여자, 그리고 여자와 남자. 그 둘의 문제는 영원히 해결되지 않을 것이다. 남자들이 사냥꾼이자 원시인이었을 때, 여자들은 평생 임신을 걱정하거나 아기를 낳다가 죽을까봐 걱정하며 살았다. 그들의 의사와 상관없이 그런 일이 일어났다. 남자들은 여자들이 차갑고 반응이 없고 뻣뻣하다고 불평했다. 남자들은 여자들이 음탕해지기를 원했다. 거칠어지기를 원했다. 이제 여자들이 음탕해지고 거칠어졌다. 그런데 어떻게 되었던가. 남자들이 시들어버렸다. 참으로 절망적인 일이 아닐 수 없다. 나는 내 평생 그 누구도, 에이드리언을 원했던 만큼 간절히 원해본 적이 없었다. 그런데 내 욕구의 강렬함이 그의 욕구를 잦아들게 만들었다. 내 열정을 보여줄수록 그는 더 차갑게 식어갔다. 내가 그의 곁에 머물기 위해 많은 걸 버릴수록 그는 내 곁에 머물기 위해 점점 덜 버렸다. 정말 그렇게 간단한 일이었던가? 정말 이 모든 게 엄마가 내게 말해주었던 '여자는 자고로 비싸게 굴어야 해'로 집약되는 것일까? 그러고 보면 나를 가장 사랑했던 남자들은 내가 가장 스스럼없이 대했던 남자들이었던 것 같다. 그러나 그런 관계에서 얻는 행복은 무엇일까? 그런 관계의 핵심은 무엇일까? 에로스와 필로스는 결코 공존할 수 없는 것일까? 아주 잠시조차? 끝도 없이 번갈아 찾아오는 이 상실감은, 욕망과 무관심, 무관심과 욕망의 반복되는 주기는 과연 무엇을 의미하는가?

호텔을 찾아야 했다. 밤이 늦었고 어두웠고 나의 가방은 아주 거추장스러운 짐인 건 물론이고 내 '접근 가능' 신호의 강도를 한층 더 높였다. 여자 혼자 다니는 게 얼마나 끔찍한 일인지 잠시 잊고 있었다. 흘금흘금 쳐다보는 시선들. 휘파람 소리들. 섹스로 갚게 될까봐 선뜻 받기 두려운 사람들의 호의. 자신의 나약함에 대한 끔찍한 자의식. 이러니 내가 이 남자 저 남자에게로 떠돌다가 매번 결혼을 하게 됐지. 어쩌자고 베넷을 떠났을까? 어떻게 그 사실을 잊었을까?

나는 알바트로스와도 같은 나의 가방을 끌고 골목을 돌아 아르프 거리로 접어들었고(찰리의 여자친구 샐리의 그림자가 드리워져 있는 곳) 놀랍게도 처음 들어간 호텔에서 방을 잡았다. 마지막으로 그곳을 찾았을 때보다 방값이 훨씬 더 올라 있었고 나는 꼭대기 층의 마지막 남은 방을 쓰게 되었다. 나는 가방을 들고 고통스러울 정도로 긴 계단을 올라갔다. 호텔에 비상구가 없다는 사실을 자학적 쾌감과 함께 깨달았다. 꼭대기 층은 화재 시 내가 갇혀 있고 싶은 곳이었다. 온갖 이미지들이 머릿속에 떠올랐다.

정신병원에서 불길에 휩싸여 자살한 젤다 피츠제럴드(얼마 전에 그녀의 전기를 읽었다), 〈브레스리스〉*라는 영화에 등장하는 싸구려 호텔, 열아홉 살에 처음으로 혼자 유럽을 여행하겠다고 했을 때 아빠가 내게 〈브레스리스〉라는 영화를 봤다면서, 유럽에 간 미국여자애한테 어떤 일이 일어나는지 안다고 근엄한 표정으로 내게 경고했던 일, 다섯 해 전 크리스마스에 베넷과 내가 파리에서 격렬하게 싸웠던 일, 피아와 내가 스물세 살 때 바로 이 호텔에 머물렀던 일, 열세 살 때 처음으로 파리에 왔던 일(그땐 부모님, 자매들과 함께 조르주 생크 호텔 스위트룸에 머물렀고 페리에로 이

* 장뤼크 고다르의 1960년 영화.

를 닮았다). 돈 한 푼 없는 미대생 시절 파리에서 바나나만 먹고 살았다던 할머니 이야기, 우리 엄마가 불로뉴 숲에서 발가벗고 춤을 추었던 일(엄마가 그렇게 말했다)…….

머물 곳을 찾았다는 생각에 잠시나마 운이 좋다는 생각이 들었지만 실제로 방을 보고 그곳에서 혼자 밤을 보내야 한다는 사실을 깨닫는 순간 가슴이 무너졌다. 합판으로 갈라놓은 반쪽자리 방이었고(합판 벽 너머에 뭐가 있는지는 아무도 모른다) 내려앉은 싱글베드에 더러운 면 침대보가 덮여 있었다. 낡은 줄무늬 벽지는 얼룩지고 변색되어 있다.

나는 가방을 끌어 안으로 들여놓고 문을 닫은 다음 잠시 자물쇠와 씨름하며 사용법을 익혔다. 그리고 마침내 침대에 털썩 앉아 울기 시작했다. 온 힘을 다해, 아무 거리낌 없이 펑펑 울고 싶었다. 바다 같은 눈물을 다 쏟아내고 안을 말려버리고 싶었다. 그러나 눈물마저 막혀버렸다. 가슴 속의 이상한 혹 같은 것이 자꾸만 베넷을 생각하게 만들었다. 마치 나의 배꼽이 그와 연결되어 있어서 그를 궁금해하고 걱정하지 않고는 눈물마저 흘릴 수 없다는 듯이. 그는 어디 있는지. 그를 찾기 전에는 제대로 울지도 못하는 걸까.

어쩌면 어린 시절의 잔재인지도 모르지만, 이상하게도 들어주는 사람 없으면, 적어도 잠재적으로 들어줄 가능성이 있는 사람이라도 없으면, 시원하게 울 수가 없다. 원하는 만큼 처절하게 울 수가 없다. 구원해줄 누군가가 없을 때 눈물의 수면 밑으로 가라앉을까봐 두려운 건지도 모르겠다. 아니면 눈물도 말처럼 하나의 소통의 수단이기 때문에 듣는 이가 필요한 건지도 모르겠다.

넌 일단 좀 자야 돼.

나 자신에게 엄하게 말했다. 그러나 이미 나는 어린 시절의 가장 끔찍한 악몽의 공포 속으로 들어서고 있었다. 성인이 된, 보다 합리적인 자아의 항의에도 불구하고 나의 중심 자아가 뒤로 물러나는 것 같았다. 넌 어린애가 아니야. 내가 큰 소리로 말했지만 내 심장의 미친 박동은 계속되었다. 온몸에 식은땀이 흘렀다. 나는 꼼짝 않고 침대에 앉아 있었다. 목욕을 해야 했지만 방을 나서는 게 무서워서 그럴 수가 없었다. 오줌이 마려웠지만 화장실 가기가 두려웠다. 신발 벗기도 두려웠다. 침대 밑의 남자가 내 발목을 잡을 것만 같았다. 얼굴을 씻을 수도 없었다. 커튼 뒤에 뭐가 숨어 있을지 어떻게 알겠는가? 창밖의 테라스에서 움직이는 그림자를 본 것도 같았다. 빛이 만든 유령 차들이 천장을 가로질렀다. 복도에서 화장실 물 내리는 소리가 들리는 순간 소스라치게 놀랐다. 아래층에서 발자국 소리가 들렸다. 〈모르그 가의 살인사건〉의 장면들이 떠오르기 시작했다. 다섯 살 때 TV에서 그 영화를 본 적이 있었다. 그 영화에는 벽을 통과할 수 있는 뱀파이어가 등장했다. 나는 다시 한 번 나의 성인 자아에게 도움을 청했다. 비판적이고 이성적인 사람이고 싶었다. 뱀파이어들이 무엇을 상징하는지 나는 알고 있었다. 침대 밑 남자가 나의 아버지라는 것도 알고 있었다. 그로덱의 《그것의 책 The book of It》*을 생각했다. 침입자에 대한 두려움은 침입자에 대한 소망이다. 밤에 느끼는 두려움에 대해 하프 박사와 상담했던 기억이 떠올랐다. 나는 낯선 남자에게 칼에 찔리거나 총에 맞는 사춘기의 환상을 떠올렸다. 책상 앞에 앉아 글을 쓰다가도 남자들이 뒤에서 공격할 것만 같아 두려웠다. 도대체 그 남자는 누구였을까? 왜 나의 삶에는 이렇듯 남자 유령들이 여럿 살고 있을까?

'내 마음 밖으로 나가는 출구는 없는 건가요?'

실비아 플라스는 자신의 처절한 유작시에서 그렇게 물었다. 만약 내가 갇혀 있다면 나는 나 자신의 두려움에 갇혀 있었다. 나의 모든 행동에 동기를 부여하는 건 바로 혼자인 것에 대한 두려움이었다. 때로는 단지 혼자 있는 게 두려워 타협하고 치욕을 견디고 어떤 남자하고라도 함께한다. 하지만 왜? 혼자인 게 왜 그리도 끔찍할까. 그 이유를 알아내기 위해 나는 나 자신에게 말했다. **잘 생각해봐!**

* 인간의 행동을 끌어내는 무의식적 힘을 '그것'으로 규정한 성 심리학 저서.

나: 혼자인 게 왜 그렇게 끔찍하지?

나: 남자한테 사랑받지 못하면 난 아무것도 아니니까.

나: 하지만 그건 사실이 아니야. 넌 글을 쓰고 사람들은 네 글을 읽어. 그건 의미 있는 일이야. 넌 강의를 하고 네 학생들은 널 필요로 하고 널 좋아해. 널 사랑하는 친구들도 있어. 부모님과 자매들도 널 사랑해. 그게 너의 정체성이야.

나: 그중 어떤 것도 내 외로움을 치유하진 않아. 난 남자도 없고 아이도 없어.

나: 알아.

나: 더구나 남자와 여자는 결코 서로를 완전히 소유할 수 없어.

나: 알아.

나: 하지만 아이들도 잠깐 동안만 부모가 소유할 수 있단 것도 알지?

나: 알아.

나: 더구나 널 완전히 소유하고 네 숨 쉴 공간을 빼앗는 남자를 네가 증오한다는 것도 알지?

나: 하지만 난 그걸 너무나 간절히 원해.

나: 하지만 막상 그걸 갖게 되면 갇혔다는 느낌이 들걸.

나: 알아.

나: 넌 서로 상반되는 두 가지를 원하고 있어.

나: 알아

나: 넌 자유와 친밀감을 원해.

나: 알아.

나: 그 둘을 가진 사람은 거의 없어.

나: 알아.

나: 대부분의 사람이 그렇지 않은데 왜 너만 행복하길 바라는 거지?

나: 모르겠어. 하지만 만약 내가 사랑에 대한 기대를 접고 사랑을 찾으려는 노력을 접으면 내 삶은 암수술받은 젖가슴처럼 밋밋해질걸. 난 항상 무언가를 기대해. 그리고 그 기대를 키워가고. 그게 날 살아 있게 해.

나: 해방은 어쩌고?

나: 무슨 해방?

나: 여자의 독립을 믿어?

나: 믿어.

나: 그런데?

나: 난 나를 진정으로 사랑하는 사람을 위해선 그 모든 걸 포기하고 내 영혼을 팔고 내 원칙, 믿음을 팔아버릴 수도 있을 것 같아.

나: 위선자!

나: 맞아.

나: 너도 에이드리언하고 똑같아!

나: 맞아.

나: 네 자신에게서 그런 위선을 발견했는데도 켕기지 않아?

나: 켕겨.

나: 그런데 왜 그런 위선을 떨쳐버리려 애쓰지 않아?

나: 애써. 지금 싸우고 있어. 하지만 어느 쪽이 이길지 모르겠어.

나: 시몬 드 보부아르를 생각해봐!

나: 그 여자의 인내심은 사랑해. 하지만 그 여자 책은 온통 사르트르 얘기뿐이잖아.

나: 도리스 레싱을 생각해봐!

나: 그 여자가 사랑에 빠지지 않았다면 애나 울프 같은 주인공은 나올 수 없었어. 그것 말고 무슨 말이 필요하겠어?

나: 실비아 플라스를 생각해봐!

나: 죽었잖아. 설령 성녀가 된다고 해도 누가 그 여자처럼 살고 그 여자처럼 죽고 싶겠어?

나: 넌 명분을 위해서 죽기 싫단 거야?

나: 스무 살에는 그럴 수 있어. 하지만 서른 살에는 아냐. 명분을 위한 죽음 따윈 믿지 않아. 시를 위한 죽음도 믿지 않아. 한때는 죽은 키츠를 숭배했지만. 이제는 늙는 게 죽는 것보다 더 용기 있는 일 같아.

나: 그럼 콜레트를 생각해봐.

나: 아주 좋은 예지. 하지만 그런 여잔 극히 소수야.

나: 그래도 왜 그 여자처럼 되어보려고 애쓰지 않아?

나: 노력하고 있어.

나: 그 첫 번째 관문은 혼자 있는 법을 배우는 거야.

나: 맞아. 하지만 혼자 있는 법을 너무 확실하게 배웠다간 다시 사랑이 왔을 때 어떻게 마음을 열어야 하는지 기억하지 못할걸.

나: 누가 사는 게 쉽다고 하든?

나: 아무도…….

나: 그렇다면 왜 혼자인 게 그렇게 두려워?

나: 다시 원점으로 돌아왔잖아.

나: 그게 바로 혼자 있는 것의 문제점 중 하나야.

절망적이다. 이 두려움에서 나를 꺼낼 방법을 찾을 수가 없다. 호흡이 가빠졌고 걷잡을 수 없이 땀이 흐른다. **그 두려움을 설명해봐.** 내가 나 자신에게 말한다. **글을 쓰고 있다고 생각해. 네 상황을 제3자에게 설명해봐.** 하지만 그건 불가능하다. 나는 두려움의 심연으로 가라앉고 있다. 마치 야생마들이 내 몸을 갈기갈기 찢어서 팔 다리가 제각기 다른 방향으로 날아가는 것 같다. 끔찍한 고통의 환상이 나를 집어삼킨다. 산 채로 적군의 껍질을 벗긴 중국군인들. 장작 위에서 불타 죽은 잔 다르크. 바퀴에 부서진 프랑스의 기독교신자들. 눈알이 뽑혔던 레지스탕스 전사들. 전기충격, 바늘, 마취 없는 수술로 유대인을 고문했던 나치. 흑인을 고문하던 남부인들. 베트남인들의 귀를 자른 미국인들. 고문당한 인디언들. 고문하는 인디언들. 인류의 역사는 피와 전쟁과 희생자들의 비명소리로 점철된 역사였다.

나는 눈을 꼭 감고 뜨거운 눈꺼풀 안에 그 장면들을 재연해본다. 마치 산 채로 껍질이 벗겨지고 내장이 쏟아져 나오고 머리뼈가 날아가 뇌가 드러난 것 같은 기분이다. 모든 신경이 고통을 느낀다. 고통만이 유일한 현실이다. **그건 사실이 아니야.** 내가 말한다. **즐거웠던 순간들을 기억해봐. 살아 있다는 게 행복했던 때를. 너무도 행복해서 그 행복에 폭발할 것 같은 기분이 들었을 때를.** 그러나 기억이 나지 않는다. 나는 내 상상의 십자가에 못 박혔고 나의 상상은 인류의 역사만큼이나 끔찍하다.

처음 유럽에 왔던 열세 살 때를 떠올린다. 우리는 영국 친척들을 방문하고 관광을 하고 아빠의 말에 따르면, 엉클 샘*이 지불할 거라는 계산서를 클라리지 호텔에 쌓았다. 엉클 샘은 돈도 많지. 하지만 나는 런던 타워에서 본 고문 도구들과 마담투소 박물관에서 본 밀랍인형들 때문에 잔뜩 겁에 질려 있었다. 엄지손가락을 죄는 고문기구나 팔다리를 잡아늘이는 고문기구를 그 이전에는 본 적이 없었다. 그런 것들이 있는지조차 알지 못했다.

"요즘에도 이런 걸 써요?"

* Uncle Sam. 미국 혹은 미국 정부를 뜻하는 별칭.

내가 엄마에게 물었다.

"아니. 사람들이 야만적이었던 옛날에만 썼단다. 그 이후로 사람들이 문명에 눈을 떴어."

그때가 1955년이었고 나치 학살 이후 겨우 10년이 지났을 때였다. 그때는 원자폭탄과 핵폭탄의 시대였다. 한국전쟁이 끝난 지 2년이 되었고 내 친구의 부모님 이름이 들어 있는 블랙리스트가 떠돌면서 공산주의자 색출을 위한 마녀사냥이 휩쓸고 간 직후였다. 그러나 엄마는 리넨 이불 속에서 떨고 있던 내게, 런던의 어느 비 오는 밤, 문명을 말하고 있었다. 엄마는 나를 보호하려 했을 것이다. 진실이 감당하기 어려운 거라면 엄마는 거짓말을 해야 했을 것이다.

"다행이다……."

눈을 감으며 내가 말했다.

너무 많은 것을 세금에서 공제해주었던 엉클 샘은 2년 전에 로젠버그 부부*를 문명의 이름으로 전기의자에서 처형했다. 2년 전도 구시대일까? 나의 엄마와 나는 불을 끄기 전에 서로를 포옹하면서 2년 전이 구시대인 척했다.

그러나 엄마는 지금 어디 있을까? 엄마가 그때 나를 구할 수 없었다면 지금도 나를 구할 수 없을 것이다. 그러나

* 1953년 6월 19일 미국인 로젠버그 부부가 간첩죄로 사형당함.

엄마가 나타나주기만 한다면 이 밤을 견딜 수 있을 것 같았다. 한 밤, 또 한 밤, 우리는 견딜 수 있을 것이다. 스칼릿 오하라처럼 오직 내일만을 생각할 수 있다면 얼마나 좋을까.

17

꿈 작업

내가 보기엔 이렇다. 그건 전혀 끔찍한 게 아니다. 아니, 끔찍할 수는 있겠지만 적어도 해롭지는 않다는 것이다. 당신이 진정으로 원하는 것 없이 살아가는 것은. 정말 끔찍한 건 차선을 최선인 척하는 것이다. 사랑이 필요한데 필요하지 않은 척하는 것, 혹은 훨씬 더 잘할 수 있는데 지금 하고 있는 일에 만족하는 것이다.

_ 도리스 레싱, 《황금 노트》

잠들지 못하리란 게 확실해지자 일어나기로 했다. 숙련된 불면증 환자답게, 나는 불면증을 극복하려면 선수를 쳐야 한다는 것 정도는 알고 있었다. 잠자는 것 따위에 전혀 신경을 쓰지 않는 척하는 것이다. 그러다 보면 어느 순간, 마치 거절당한 연인처럼 시무룩해진 잠이 살금살금 다가와 당신을 유혹한다.

나는 침대에 일어나 앉아 핀으로 머리를 고정한 다음 더러운 옷을 벗었다. 나는 커튼 쪽으로 다가가서 거짓 용기를 가장하며 커튼을 밀어젖힌 다음 주위를 둘러보았다. 아무도 없었다. 나는 비데에 앉아 강물 같은 소변을 보았다. 얼마나 오랫동안 방광을 비우지 않았는지 놀라울 정도였다. 나는 욱신거리고 끈적거리는 사타구니를 닦고 나서 비데를 내렸다. 나는 수돗물로 얼굴을 닦은 뒤 마지못해 스펀지 목욕을 했다. 하루 종일 밖에서 놀았던 어린 시절처럼 더러운 땟물이 팔에서 흘러내렸다. 나는 자물쇠를 다시 한 번 확인했다.

복도에서 누군가 기침을 하자 놀라서 하마터면 천장에 부딪칠 뻔 했다. **진정해.** 나 자신에게 명령했다. 그러나 일어나 샤워를 할 수 있다는 건 적어도 생명의 징후이리라. 정말 미친 사람들은 가만히 누워서 오줌을 싸고 똥을 쌀 테니까. 그나마 안심이 되었다. 지푸라기라도 잡고 싶은 심정이었다. **그래도 아직 그 정도는 아니잖아.** 그렇게 말한 뒤 큰 소리로 웃었다.

발가벗고 있는 데다 조금 깨끗해졌다는 생각에 왠지 자신감이 생겨서 낡은 전신거울 앞에 서보았다. 오픈카를 타고 달리는 동안 몸이 아주 이상하게 그을렸다. 무릎과 허벅다리는 붉은 빛이고 살갗이 벗겨졌다. 코와 뺨도 불그스름했다. 어깨와 팔은 바삭거릴 정도로 탔다. 그러나 그 나머지 몸은 거의 흰빛이었다. 한마디로 아주 이상한 조각보 같았다.

나의 눈을 들여다보았다. 몇 주 동안 선글라스를 써서 눈 주위만 동그랗게 희었다. 내 눈이 무슨 색인지 왜 늘 확실하게 말할 수 없었을까? 하긴, 그게 중요한가? 어쩌면 그게 내 문제의 근원일까? 회색빛이 감도는 노르스름한 눈동자. 푸른색도 아니고 회색도 아니었다.

'슬레이트의 푸른색'이라고 브라이언은 말하곤 했다. 머리카락은 밀 빛깔이라고 내 머리카락을 쓰다듬으며 그가 말했다. 브라이언은 내가 아는 가장 진한 갈색 눈을 가졌다. 모자이크에 나오는 비잔틴 성인의 눈동자처럼. 미쳐가기 시작할 무렵 그는 몇 시간이고 거울 속 자신의 눈동자를 들여다보았다. 어린아이처럼 불을 껐다 켰다 하면서 자신의 동공이 갑자기 넓어지는 걸 확인하려 했다. 그럴 때면 브라이언은 거울 속의 세상, 그가 건너갈 수 있다는 반물질의 세상에 대해 이야기했다. 그의 눈이 그 세상으로 가는 열쇠라면서. 그는 자신의 영혼이 동공을 통해, 마치 구멍 난 달걀 껍데기에서 흰자위가 빠져나가듯, 빠져나갈 수 있다고 믿었다.

브라이언의 광기에 내가 얼마나 매혹되었던가. 브라이언의 상상력에 얼마나 감탄했던가. 그때 나는 초현실주의 시를 쓰지 않았고 비교적 보수적이고 설명적인 시를 지나친 말장난으로 쓰고 있었다. 그러나 점점 더 깊이 나의 내면을 파고들면서 상상력을 자유롭게 펼칠 수 있었고 때로는 브라이언의 눈 속 세상을 볼 수 있을 것만 같았다. 그의 광기는 내 영감의 원천이었다. 나는 그와 함께 미쳤다가 다시 돌아온 것 같은 기분이었다. 우리는 그토록 친밀했다. 내가 죄책감을 느낀 이유는 나 자신은 그와 함께 그곳에 내려갔다가 다시 올라올 수 있었지만 그는 여전히 그곳에 갇혀 있었기 때문이었다. 마치 나는 단테이고 그는 우골리노(《신곡》의 〈지옥편〉에서 그가 가장 좋아하는 인물)여서 나는 지옥에서 돌아와 그의 소식을 전하고 그의 광기에서 영감을 받은 시를 쓸 수 있지만 그는 여전히 그 속에 빠져 있는 것 같았다. **넌 사람 피를 말려. 넌 사람을 이용해.** 내가 나 자신을 비난했다. **사람은 누구나 다른 사람을 이용해.** 내가 대답했다.

브라이언과의 결혼이 깨어지는 걸 나는 얼마나 두려워했던가. 남아 있는 삶을 그의 광기에 묻혀 살아야 마땅하다고 생각했다. 그러나 나의 부모님과 브라이언의 부모님, 의사들이 나를 밀어냈다. **당신은 이제 겨우 스물두 살이에요. 당신 삶을 이렇게 내던져선 안 돼요.** 브라이언의 정신과의사가 말했다. 나는 그와 싸웠다. 나는 그가 우리 두 사람 모두를 배신했다고, 우리의 사랑을 배신했다고 비난했다. 아마도 돈 문제와 부모님의 고집이 아니었더라면 나는 브라이언 곁에 머물렀을 것이다. 나는 내가 그의 일부라고 생각했다. 나의 삶은 그런 식으로 내던져지는 게 옳다고 생각했다. 그때는 나만의 삶이라는 게 있다고는 생각하지 못했고 남들이 아무리 괴롭혀도 선뜻 그들을 떠나지 못했다. 늘 내 마음속의 무언가가 그들에게 한 번 더 기회를 주어야 한다고 우겼다. 내가 겁쟁이라서 그랬는지도 모른다. 의지의 마비상태라고나 할까. 나는 행동하는 대신 앉아서 내 분노를 글로 썼다. 베넷을 떠난 건 내게 최초의 독립적인 결단이었지만 그 결단에도 부분적으로는 에이드리언과 그를 향한 나의 강렬한 성적 집착이 작용했다.

내 눈을 너무 오랫동안 들여다보는 건 분명 위험한 일이다. 나는 그대로 서서 내 몸을 관찰하기 시작했다. 어디서부터 내 몸이 끝나고 공기가 시작되는 것일까? 인체에 관한 어느 기사에서 스트레스를 받거나 황홀경에 취해 있을 때 우리 몸의 경계가 허물어진다는 글을 읽은 적이 있었다. 우리가 몸을 소유하고 있다는 사실을 잊는 것이다. 나도 자주 느꼈던 감정이다. 극심한 공포에 휩싸여 있을 때에도 그런 기분이 들었다. 지속적인 고통도 그런 작용을 할 수 있다. 나의 부러진 다리도 내 몸의 경계에 대한 의식을 잃게 만들었다. 이건 하나의 역설이다. 엄청난 육체적 고통이나 엄청난 육체적 쾌락으로 몸에서 나 자신이 빠져나가는 느낌이 들 수 있다는 건.

내가 누구인지 기억해낼 수 있도록 찬찬히 살펴보았다. 내 몸이 나 자신이라고 말할 수만 있다면. 시어도어 레트키*에 관한 일화 중, 그가 크고 오래된 집에 혼자 살았는데 거울 앞에서 옷을 입었다 벗었다 하면서 글을 쓰는 틈틈이 자기 몸을 관찰했다는 대목이 있었다. 일화의 출처는 불분명하지만 어쨌든 내게는 그 나름의 진실성이 느껴진다. 사람의 몸은 그 사람의 글과 밀접한 관계가 있다. 물론 그 관계의 본질은 너무도 미묘해 알아차리기까지 몇 년이 걸릴 수도 있지만. 키가 크고 날씬한 시인들은 땅딸막하고 뚱뚱한 시를 쓴다고도 한다. 그러나 매번 그런 식의 대비가 이루어지는 간단한 문제는 아니다. 모든 시는 몸의 경계를 넓히려는 시도일 수 있다. 한 사람의 몸은 풍경이고 하늘이며 궁극적으로는 우주이다. 아마도 그런 이유로 나도 때로는 나체로 시를 쓴다.

이상한 여행을 하는 동안 나는 체중이 줄었지만 그래도 멋진 패션을 연출하기에는 조금 통통한 편이었다. 뚱뚱하다고 말할 수는 없지만 비키니를 입으려면 4.5킬로그램 정

* Theodore Roethke, 퓰리처상을 수상한 미국의 시인.

도 감량해야 했다. 중간 정도 사이즈의 젖가슴, 커다란 엉덩이, 움푹한 배꼽.

어떤 남자들은 내 몸매가 보기 좋다고 한다. 물론 나도 알고 있다(믿을 수는 없지만 알고는 있다). 내가 꽤 예쁘고 나의 커다란 엉덩이조차도 어떤 남자들은 매력적이라고 생각한다는 걸. 그러나 나는 내 몸을 이루는 여분의 지방을 죽도록 혐오한다. 그것은 평생에 걸친 나의 투쟁이었다. 살이 쪘다 빠졌다 이자까지 보태어 다시 찌는 것. 여분의 지방은 나 자신의 나약함과 나태함, 자기탐닉의 증거였다. 모든 여분의 지방은 내가 나 자신을 증오하는 게 얼마나 합당한지 증명했고 내가 얼마나 천박하고 역겨운지 증명했다. 넘치는 육체는 섹스와 연관되어 있다. 그 정도는 나도 알고 있었다. 열네 살 때 굶어서 체중이 44킬로그램이 되었던 건 섹스에 대한 죄책감 때문이었다. 내가 원하던 만큼 살을 빼고 난 뒤에도, 그보다 더 빼고 난 뒤에도 나는 물을 마시지 않았다. 나는 텅 비고 싶었다. 굶주림의 고통이 밀려들 때면 나의 탐닉을 증오했다. 그것은 분명히 '임신환상'(나의 정신분석의 남편이 말하곤 했던 것처럼) 혹은 '임신공포'였다. 나의 무의식은 내가 스티브의 성기를 애무해서 임신했을 거라고 믿고 있었고, 그래서 점점 더 야위어가면서 내가 임신하지 않았음을 증명하려 했다. 어쩌면 나는 임신을 원했는지도 모른다. 우리 몸의 모든 구멍들은 하나로 연결되어 있어서 어떤 음식이든 마치 정액처럼 내 장기에 씨를 뿌려 열매를 맺을 것 같았다.

사람은 곧 그가 먹는 것이라고 했던가. 이성 간의 전쟁은 남성의 치아가 여성의 사과를 파고든 순간 시작되었다. 하데스*는 여섯 개의 석류 씨앗으로 페르세포네를 유혹했다. 페르세포네가 씨앗들을 먹는 순간 그 거래는 돌이킬 수 없어졌다. 먹는 행위는 사람의 운명을 밀봉한다. 눈을 감고 입을 벌려. 건배. 먹어, 자기, 먹어.

"네 이름을 먹어보렴."

할머니는 말하곤 했다.

"제 이름을 다요?"

"아이I……."

할머니가 유혹했다. (역겨운 간을 내 입 한가득 넣고서.)

"에스S……." (으깬 감자와 당근을 내 입에 넣고서.)

"에이A……." (이번에는 더 딱딱하고 지나치게 조리된 간을.)

"디D……." (차가운 당근이 섞인 감자 한입.)

"알R……." (할머니가 간을 내 입술에 대고 나는 식탁에서 달아난다.)

"그러다 각기병 걸려!"

할머니가 내 등에 대고 소리쳤다.

* 그리스신화에 등장하는 지옥의 신.

우리 집 식구들 모두가 온갖 영양소 결핍증을 줄줄이 꿰고 있다. 수십 년을 뉴욕에 살면서 들어본 적조차 없는 병들이었다. 할머니는 정식교육을 받지 못했지만 각기병, 괴혈병, 홍반병, 구루병, 선모충병, 회충병, 조충병을 알고 있었다. 먹어서, 혹은 먹지 않아서 걸리는 모든 병을 다 꿰고 있었다. 할머니는 매일 신선한 오렌지 주스를 마시지 않으면 괴혈병에 걸린다고 엄마에게 주입했으며, 끊임없이 영국 해군과 라임 주스 이야기를 했다. 라이미*들. 사람은 곧 그가 먹는 것이다.

베넷이 읽는 의학 잡지에서 다이어트에 관한 우스갯소리를 읽은 기억이 있다. X양은 하루에 600칼로리만 섭취하는 엄격한 다이어트를 몇 주째 계속했지만 체중이 줄지 않았다. 당황한 의사는 그녀가 몰래 먹는다고 생각하고 매일 그녀가 먹은 걸 전부 기록하게 했다. 그러나 그녀가 의사를 속이는 것 같진 않았다.

"매일 삼키는 걸 전부 철저히 기록하는 게 맞나요?"

그가 물었다.

"삼키는 거 전부 다요?"

"네."

의사가 단호하게 말했다.

* Limey. 괴혈병을 방지하기 위해 영국 해군에게 라임 쥬스를 공급한 데서 영국인을 '라이미'라고 부르게 됨.

"그것도 칼로리에 포함되는 줄은 몰랐네!"

물론 여자는 창녀였고 하루에 적어도 열다섯 번 정도 정액을 먹어야 했으며, 정액에 포함된 칼로리가 그녀의 다이어트를 방해한 것이란 얘기였다. 정액의 칼로리가 얼마였냐고? 기억이 나지 않는다. 그러나 10회에서 15회에 걸쳐 방사된 정액에는 투르 다르장*의 코스요리에 맞먹는 칼로리가 들어 있다고 했다. 물론 돈을 내고 먹는 게 아니라 돈을 받고 먹는다는 게 다르긴 하지만. 전 세계에서 단백질 결핍으로 죽어가는 사람들이 그 사실을 알았다면 얼마나 좋을까. 인도의 기아 문제와 인구 문제를 동시에 해결할 방법은 한번 꿀꺽 삼켜주는 것이다! 한번 삼키는 걸로 만사가 해결된다고는 말할 수 없지만 잠자리술로는 최고가 아닌지.

지금 내가 날 웃기고 있는 건가?

"호, 호, 호!"

나는 발가벗은 나 자신을 바라보며 웃었다.

그러고 나서 그 어설픈 유머의 폭발로 얻은 동력으로 가방에서 노트와 종이들과 시들을 꺼냈다.

"어쩌다 이 지경이 됐는지 알아내고 말거야."

나는 의자에 앉아서 내 노트들과 시들을 전부 펼쳐놓았

* 프랑스 세느 강변에 위치한 최고급 레스토랑.

다. 먼저 스프링 노트를 뒤적여 4년 전으로 거슬러올라갔다. 특별히 형식은 없었다. 일기를 끼적거렸고 사야할 것들, 답장할 편지 목록, 홧김에 써놓고 부치지 못한 편지들, 풀로 붙인 신문기사 스크랩, 글감들, 습작시, 모든 게 뒤죽박죽되어 있어서 읽기도 힘들었다. 제목은 갖가지 색의 사인펜으로 썼다. 그러나 색의 선택 역시 체계가 없었다. 진한 분홍색, 진한 황록색, 지중해 푸른색이 내가 좋아하는 색 같았다. 그러나 검은색이나 주황색, 자주색도 많았다. 어두운 검푸른색 잉크는 거의 없었다. 연필도 없었다. 나는 글을 쓸 때 손끝에 느껴지는 잉크의 흐름이 좋았다. 그렇게 나의 덧없는 생각들이 오래 남기를 바랐다.

내가 처한 곤경의 단서를 찾기 위해 정신없이 책장을 넘겼다. 노트의 앞부분은 하이델베르크 시절의 글이었다. 베넷과 나의 싸움에 관한 고통에 찬 기록이 있었고 최악의 장면들을 축약한 기록이 있었으며, 하프 박사와 정신분석의 기록, 글을 쓰기 위한 몸부림의 기록이 있었다. 젠장. 그때 내가 얼마나 비참했는지, 또 얼마나 외로웠는지 그동안 잊고 있었다. 베넷이 얼마나 냉혹하고 무자비했는지도. 왜 나쁜 결혼은 독신보다 훨씬 더 강렬한가? 왜 나는 나의 불행에 이토록 집착하는가? 왜 그게 내가 가진 것 전부라고 믿었던가?

노트를 읽어내려가면서 마치 소설을 읽듯 이야기 속에

빨려들었다. 글을 쓴 사람이 나 자신이라는 사실을 거의 잊었다. 묘한 깨달음이 밀려들었다. 나는 나 자신을 더는 비난하지 않았다. 너무도 간단했다. 어쩌면 내가 베넷을 떠났던 건 내가 나빠서도, 사과해야 할 만큼 부정한 여자라서도 아닐 것이다. 어쩌면 나 자신에게 충실했기 때문일 것이다. 극단적인 방법이긴 했지만 내 삶을 변화시키기 위해 필요한 조처였을 것이다.

영혼을 되찾고 싶은 마음을 사과할 필요는 없으리라. 기쁠 때나 슬플 때나 나의 영혼은 나의 것이므로. 모든 일이 지나간 뒤 결국 내게 남아 있는 건 오직 그것뿐이다.

결혼생활이 힘들었던 이유는 어떤 면에서는 결혼이 언제나 감응성 정신병이기 때문이었다. 때로는 나의 광기가 어디서 끝나고 배우자의 광기가 어디서 시작되는지 파악하기가 어렵다. 그래서 엉뚱한 이유로 자기 자신을 너무 심하게 비난하거나 충분히 비난하지 않는다. 그리고 의존성을 사랑과 혼동한다.

나는 계속 내 글을 읽었고 페이지를 넘길수록 냉정을 찾았다. 노트에 묘사된 결혼생활로 돌아가고 싶진 않았다. 만약 베넷과 내가 다시 함께한다면 전혀 다른 상황이어야 하리라. 만약 우리가 헤어진다면 그래도 나는 살아남을 것이다.

머릿속에 깨달음과 함께 전구가 켜진 건 아니었다. 펄쩍 뛰어오르면서 '유레카!' 하고 외친 것도 아니었다. 그저 가만히 앉아 내가 쓴 글을 읽었다. 내가 쓴 글에 갇히고 싶진 않았다.

지난 4년 동안 내가 얼마나 변했는지 확인하고 나니 뿌듯해졌다. 이제 내가 쓴 글을 출판사에 보낼 수 있었다. 이제 운전도 두렵지 않았다. 혼자서 오랫동안 글을 쓸 수도 있었다. 학생들을 가르쳤고 강의를 했고 여행도 했다. 비행기 타는 게 두렵긴 했지만 두려움에 압도당하진 않았다. 어쩌면 언젠가 그 모든 두려움을 떨쳐버릴 수도 있을 것이다. 몇 가지가 달라졌다면 다른 것들도 달라질 수 있었다. 나는 무슨 권리로 나의 미래를 암울하게 예측하는가? 나이가 들면 나는 아마도 내가 전혀 예측할 수 없는 수백 가지 방식으로 달라질 것이다. 내가 할 수 있는 일은 그저 두고 보는 것뿐.

절망에 휩싸여 자신을 죽이기는 너무도 쉬웠다. 순교자인 척하기도 너무나 쉬웠다. 가만히 있기가 더 어려웠다. 삶을 견디는 것, 그리고 기다리는 게 더 어려웠다.

나는 잠들었다. 노트에 얼굴을 파묻고 잠들었나 보다. 이른 새벽 내 뺨을 누르는 스프링을 느끼며 잠에서 깨어났다. 노트를 밀어놓고 다시 잠들었다. 나의 꿈들은 호사스러웠다. 엘리베이터들과 우주 정거장들, 엄청나게 가파르고 미끄러운 계단들, 피라미드 모양의 사원들, 산들, 탑들,

유적지들……. 어렴풋이나마 내가 나 자신에게 일종의 치유적인 꿈을 주고 있다는 생각이 들었다. 한 번인가 두 번, 깨어났다가 다시 잠들면서 '이번에 잠들면 결단을 내리는데 도움이 되는 꿈을 꾸어야지' 라고 생각했다. 그러나 내가 원하는 결단이 무엇인가? 모든 결단이 어딘가 불만족스러웠다. 모든 선택이 다른 선택을 배제했다. 마치 내가 나의 꿈에게 내가 도대체 누구인지, 무얼 해야 하는지 알려달라고 부탁하는 것 같았다. 두근거리는 가슴으로 잠에서 깨어났다가 다시 잠들곤 했다. 아마도 다른 누군가로 깨어나기를 바랐을지도 모른다.

그 꿈들의 잔상들은 지금도 남아 있다. 그중 하나는 내가 누군가의 생명을 구하기 위해 두 개의 고층 빌딩 사이를 연결한 좁은 갑판을 걸어야 하는 꿈이었다. 누구의 생명이었을까? 나의? 베넷의? 클로이의? 꿈에서는 알 수 없었다. 그러나 분명한 건 만약 내가 실패하면 내 삶 또한 끝장이라는 것이었다. 다이어프램을 꺼내기 위해 내가 내 몸속으로 들어갔는데 자궁경부에 커다란 콘택트렌즈가 떠다니는 꿈도 있었다. 전망 좋은 자궁. 자궁경부는 실제로 하나의 눈이었다. 근시의 눈.

밀리센트 매킨토시 총장*으로부터 학위를 받으려고 기

* 1960년대 바너드 대학 총장.

다리는 꿈도 꾸었다. 나는 긴 계단을 올라갔다. 중앙도서관의 계단이라기보다는 멕시코 사원의 계단 같았다. 나는 하이힐을 신고 있었고 가운이 발에 걸려 넘어질까봐 걱정했다.

내가 단상에 올라가고 매킨토시 총장이 내게 졸업장을 내미는 순간, 내가 졸업장만 받는 게 아니라 특별한 상까지 받는다는 걸 알게 되었다.

"교수회에서 반대가 심했다는 점을 언급하지 않을 수 없군요."

매킨토시 총장이 말했다. 그제야 내가 세 남편을 둔 것에 대해 교수회에서 논란이 있었음을 알았다. 나의 세 남편은 모두 검은 모자에 가운을 입고 관중석에 앉아 있었다. 베넷, 에이드리언, 그리고 얼굴이 선명하지 않은 또 다른 남자. 그들 모두 내가 학위를 받을 때 박수를 치려고 기다리고 있었다.

"우리 대학은 당신의 학문적 성취를 높이 평가하기 때문에 이 졸업장과 상장을 수여합니다. 그러나 교수회에서는 당신이 스스로 결단을 내려주기를 바라고 있습니다."

"하지만 왜요?"

내가 항의했다.

"왜 셋 다 가지면 안 되는 거죠?"

그리고 나는 결혼과 성적 욕구, 내가 시인이지 비서가

아니라는 점 등에 대해 장황한 연설을 했다. 나는 강단에 서서 청중들을 향해 고함을 질렀다. 그러고 나서 서둘러 계단을 내려왔다. 떨어질까 두려워 반쯤 몸을 숙인 자세로. 얼굴들의 바다를 바라보다 문득 졸업장을 갖고 오는 것을 잊었음을 깨달았다. 두려움에 휩싸인 채 나는 전부 모두 다 잃었다고 생각했다. 졸업장, 상장, 그리고 세 명의 남편들.

마지막 꿈이야말로 가장 이상한 꿈이었다. 나는 졸업장을 찾아오려고 다시 도서관 계단을 오르고 있었다. 이번에는 단상 위에 매킨토시 총장이 아니라 콜레트가 있었다. 꿈속에서 콜레트는 곱실거리는 빨간 머리가 후광처럼 얼굴을 밝힌 흑인 여자였다.

"졸업하는 방법은 한 가지밖에 없어요. 그런데 이건 당신 남편의 숫자와는 전혀 상관이 없어요."

"뭘 해야 하죠?"

무슨 짓이든 할 수 있을 것 같은 절박한 심정으로 내가 물었다.

그녀가 내 이름이 적힌 책 한 권을 내밀었다.

"서툰 시작이긴 하지만 적어도 시작은 했군요."

나는 그 말을 갈 길이 멀다는 뜻으로 받아들였다.

"잠깐."

그녀가 말하며 블라우스 단추를 풀었다. 갑자기 나는 사람들 앞에서 그녀와 사랑을 나누어야 진짜 졸업을 할 수 있다는 사실을 깨달았고, 그 순간 그것이야말로 세상에서 가장 자연스러운 일처럼 느껴졌다. 무척 흥분한 상태로 나는 그녀에게 다가갔다. 거기서 꿈이 흐릿해졌다.

18

피의 혼례* 혹은 시크 트란시트**

여성들의 가장 심각한 문제는 늘 남성들의 여성관에 맞추려 애쓰며 살아야 한다는 것이다.

_ D. H. 로런스

다리 사이에 피가 흐르는 느낌이 들어 정오에 눈을 떴다. 다리를 조금만 더 벌렸더라면 피가 다리를 타고 침대로 흘러 매트리스를 적셨을 것이다. 몽롱한 상태였지만 나는 다리를 오므리고 있어야 한다는 걸 알았다. 일어나 생

* 스페인의 작가 페데리코 가르시아 로르카의 희곡 제목.

** Sic transit gloria mundi. '세상의 영화榮華는 이처럼 사라져간다'는 의미의 라틴어 격언의 앞 구절.

리대를 찾고 싶었지만 다리를 조금도 벌리지 않고 푹 꺼진 침대에서 일어나기가 쉽지 않았다. 나는 한 번에 벌떡 일어났고 검붉은 피가 허벅다리 안쪽에서 흘러내렸다. 바닥에 짙은 검은색 핏방울이 반짝였다. 나는 핏방울을 뚝뚝 떨어뜨리며 가방 쪽으로 달려갔다. 아랫배에서 묵직하고 익숙한 통증이 느껴졌다.

"젠장!"

생리대를 찾으려면 안경이 있어야 했다. 그러나 안경조차 찾을 수 없었다. 나는 가방에 손을 넣어 더듬기 시작했다. 나는 잔뜩 흥분한 상태로 옷가지들을 바닥에 던지기 시작했다.

"이런 거지 같은 경우를 봤나!"

내가 소리를 질렀다.

바닥은 어느덧 교통사고 현장처럼 변해가고 있었다. 이 흥건한 피를 어떻게 닦는담? 닦지 않을 것이다. 나는 호텔 직원들이 알아차리기 전에 파리를 떠날 것이다.

가방에는 쓸데없는 잡동사니들만 가득했다. 내 시집을 생리대로 이용할 수도 있었다. 그럴 수 있지 않을까? 이 얼마나 매혹적인 상징인가? 그러나 불행히도 흡수력이 좋지 않았다.

앗, 이건! 베넷의 티셔츠가 한 장 있었다. 나는 티셔츠를 기저귀처럼 접어 다리 사이에 넣고 핀으로 앞뒤를 고정했다. 기저귀를 차고 어떻게 파리를 빠져나간다? 어기적어기적 걸어야 했다. 사람들은 내가 소변이 급한 줄 알겠지. 에이드리언과 달아난 벌로 어떤 색깔의 아이가 나올지 모르는 상태로 임신해서 두려움에 떨 거라 생각했지만 대신 이렇게 기저귀를 차게 되었다. 왜 나의 고통은 이렇듯 품위가 없을까? 다른 작가들의 고통은 서사시이고 범우주적이며 전위적이지만 나의 고통은 늘 이런 식의 슬랩스틱코미디다.

나는 트렌치코트를 입고 기저귀가 떨어지지 않도록 다리를 오므린 채 절뚝거리며 복도로 나갔다. 그리고 그 순간 그나마 알거지 신세를 면할 수 있게 해주는 모든 게 내 핸드백에 들어 있음을 기억했다. 여권, 아메리칸 익스프레스 카드, 여행자 수표. 나는 다시 방으로 들어갔다. 그리고 다시 안짱다리 걸음에, 맨발로, 이번에는 핸드백을 들고 나와서 화장실 손잡이를 잡고 흔들었다.

"엉 모망 실 부 플레(잠깐만요!)"

당황한 남자의 목소리가 들려왔다. 미국 억양이었다. 8월이었고 파리에는 프랑스 사람이 많지 않았다.

"알았어요."

내가 허벅다리로 기저귀를 지탱하며 말했다.

"파르동?(뭐라고요?)"

그는 내 말을 알아듣지 못했다. 그는 마지막 똥을 밀어내면서도 프랑스어로 말하려 애쓰고 있었다.

"알았다고요. 저 미국인이에요."

"주 비엔, 주 비엔(나는 단지……)."

그가 중얼거렸다.

"주 스위 아메리켄(저 미국인이에요!)!"

"파르동?"

상황이 난처해지고 있었다. 이런 상황에서 그가 나오면 서로 당혹스러울 것 같았다. 얼른 아래층 화장실로 도망쳐야지. 나는 절뚝거리며 나선형의 계단을 내려갔다. 아래층 화장실은 잠겨 있지 않았지만 화장지가 없어서 할 수 없이 한 층 더 내려갔다. 걷다보니 요령이 생겼다. 긴급한 상황에서 인간은 얼마나 놀라운 적응력을 발휘하는지. 언젠가 다리가 부러졌을 때 석고붕대를 한 상태로도 가능한 온갖 천재적인 체위를 개발한 것과도 같은 논리였다.

있다! 휴지가! 그러나 이 얼마나 형편없는 휴지인가! 화장실로 알아보는 세계사! 화장실은 마치 비밀감옥 같았고 휴지에는 빈대가 박혀 있는 것 같았다. 나는 문을 잠그고 조그만 창문을 연 다음 베넷의 피 묻은 티셔츠를 창 밖 정원에 내던졌다. 순간적으로 《황금가지》에서 언급된 온갖 부족들의 주술이 떠올랐다. 혹시 어떤 주술사가 베넷의 피 묻은 티셔츠를 발견하고 우리 두 사람에게 마법을 거는 건 아닐까? 나는 화장실 변기에 앉아 화장실 휴지를 여러 겹

포개어 생리대를 만들기 시작했다.

우리 몸이 우리에게 저지르는 황당한 일들이란! 더러운 공중 화장실에서 설사병에 걸리는 걸 제외하면 생리대가 없는데 생리를 시작하는 것보다 더 황당한 일은 없으리라. 이상한 건 내가 항상 생리에 대해 이런 생각을 갖고 있던 건 아니라는 사실이다. 사실 나는 첫 생리를 기다렸고 갈망했으며 원했고 기도했던 사람이었다. 사전에서 '생리'와 '멘스'라는 단어를 뚫어져라 쳐다보곤 했다. 심지어는 '하느님, 제발 오늘 첫 생리를 시작하게 해주세요Please Let Me Get My Period Today'로 시작되는 기도를 한 것도 여러 번이었다. 혹시 누가 들을 까봐 'P. L. M. G. M. P. T, P. L. M. G. M. P. T, P. L. M. G. M. P. T' 하고 기도하기도 했다. 나는 화장실 변기에 앉아 그 말을 되뇌면서 조그만 핏방울이라도 발견하기를 바라며 밑을 닦고 또 닦았다. 그러나 아무것도 없었다. 랜디는 7학년 때 첫 생리를 시작했고(해방된 여성이었던 엄마와 할머니는 생리를 '몸이 편치 않다'라고 표현했다), 7학년 때 우리 반 아이들은 전부 생리를 했다. 8학년 때 우리 반 아이들도 전부 다 생리를 했다. 커다란 가슴이 어떻고, C컵이 어떻고, 메이든폼 사에서 나온 브래지어가 어떻고, 곱실거리는 음모가 어떻고, 생리대 브랜드가 어떻고, 아주 용감해 보이는 삽입용 생리대까지 들먹였지만 나는 할 얘기가 없었다. 열세 살에도 나에겐 그나마 꽉 차지도 않는 '훈련용 브라'(도대체 무엇을 대비한 훈련이란 건지)와 갈색 빛이 감도는 붉은색의 곱실거리는 성근 털(나는 타고난 금발인데도 털은 금발이 아니었다) 그리고 랜디와 랜디의 가장 친한 친구 리타가 밤 새워 떠드는 섹스 이야기로 얻은 정보가 전부였다. 그래서 나의 기도는 계속되었다. P. L. M. G. M. P. T!

그러던 어느 날, 내가 열세 살 하고 반이 되었을 때(열 살 반에 첫 생리를 한 랜디와 비교하면 한참 늦은 셈이다), 마침내, 세금공제가 되긴 했지만 엄청나게 비싼 유럽여행을 마치고 가족들과 함께 일드프랑스호를 타고 집으로 돌아오는 길에, 대서양 한복판에서 첫 생리가 터졌다.

부모님은 갑판 쪽 외부 선실을 쓰고 있었고 우리 넷은 엔진실 근처의 특실을 함께 쓰고 있었다. 르아브르에서 이틀 반을 항해했을 때 나는 갑자기 여성성을 획득하게 되었다. 어쩐다? 랄라와 클로이가(둘은 한 침대를 쓰고 있었다) 알아서는 안 되었다. 엄마는 그 둘이 너무 어리다고 생각했다. 그래서 랜디와 나는 몰래 약국에 가서 생리대를 산 다음 생리대를 숨길 곳을 찾아다녔다. 물론 나는 새 장난감이 생겨서 신이 났고 어른들의 세계에 들어섰다는 우쭐한 기분에 하루에 열두 번 생리대를 갈았다. 너무 빨리 써서 사러 가기가 벅찰 정도였다. 그러다가 승무원(페르낭델* 같은 얼굴에 리슐리외 추기경** 같은 성품을 가진)이 화장실 변기가 막혀서 넘치는 것을 발견한 순간 탄로가 나고 말았다. 그때까지만 해도 생리로 인해 억압당하는 것 같은 기분이 전혀 들지 않았다. 여학생 기숙사 같은 선실의 시중을 드는 게 썩 유쾌하지는 않았을 그 승무원이 내게 소리를 지르는 순간, 나는 과격한 여성해방운동가 대열에 합류하게 되었다.

"토대체 여기다 무헐 칩어넣으셨어요?"

그가 소리를 질렀다(어쨌든 그 비슷한 말이었다). 그리고 그는 내가 지켜보는 앞에서 변기에서 생리대를 한 덩어리씩 꺼냈다. 정말 그게 뭔지 몰랐을 수도 있을까? 아니면 나를 모욕하려는 것일까? 혹시 언어의 문제일까? 코망 디통 코텍스 엉 프랑세? (코텍스를 프랑스어로 뭐라고 하나요?) 아니면 그가 자신의 짜증을 나의 첫 생리에 표출한 것일까? 나는 얼굴이 벌겋게 달아오른 채로 영어와 똑같은 프랑스어 '드뤼스토르drugstore'를 연신 중얼거렸다.

랄라와 클로이는 대놓고 깔깔거렸다. 자세한 내막은 알지 못해도 그들 역시 그게 더럽다는 것 정도는 알고 있었다. 더구나 내가 하루에 열두 번씩 화장실을 들락거렸기 때문에 뭔가 일이 터졌다는 것 정도는 짐작할 수 있었으리

* 프랑스의 코믹배우.

** 루이 13세 시절의 명재상으로 중상주의 정책을 펼쳐 프랑스를 강대국으로 성장시킨 인물.

라. 그렇지 않고서야 왜 무서운 남자가 내게 소리를 질러대겠는가? 우리는 피 묻은 코텍스를 물고기 밥으로 던져주면서 뉴욕을 향해 나아갔다.

열세 살이었던 나의 마음속에 '일드프랑스'는 세계에서 가장 낭만적인 배였다. 꿈결처럼 로맨틱했던 나의 아빠가 연주했던 꿈결처럼 로맨틱한 노래 〈이 모든 어리석은 것들 These Foolish Things〉에 카메오로 출연했던 배였다.

> 이웃집에서 들려오는 피아노 소리
> 그 서툰 말들이 당신에게
> 내 마음을 전해 주었네…….

내가 들으며 자란 바로 그 노래!

그 노래 속에 '갈매기들이 날아다니는 일드프랑스호……' 라고 꿈결처럼 언급되었다. 바로 그 갈매기들이 나의 피 묻은 생리대를 잡으려고 다이빙할 줄은 정말 몰랐다. 우리가 그 배를 타고 항해할 무렵 일드프랑스호가 너무 낡았으리란 것도, 오래된 욕조처럼 덜그럭거려서 승객들이 모두 멀미를 하리란 것도 몰랐다. 막판에는 승무원들도 제정신이 아니었다. 식당은 텅 비었고 룸서비스 벨은 계속 울렸다. 생리대가 가득 든 가방을 끌어안고 맨해튼으로 가는 항해길 내내 피 흘리며 흔들리는 갑판에 서 있는 통통한 열세 살 소녀의 모습이 지금도 눈에 선하다.

신사 숙녀 여러분, 드디어 생리가 시작되었습니다!

그로부터 1년 반 뒤 나는 굶어죽기 직전까지 갔고 그 바람에 생리가 멎었다. 그 이유는? 슈리프트 박사가 말한 것처럼 여자가 되는 것에 대한 두려움 때문이었다. 왜 아니겠는가? 그렇다. 나는 여자가 되는 게 두려웠다. 피가 두렵진 않았다. 나는 피를 기다렸다. 적어도 그것 때문에 누군가 내게 고함을 지르기 전까지는. 그러나 생리에 수반되는 온갖 황당한 일들이 두려웠다. 아기를 낳으면 결코 예술가가 될 수 없으리라는 것, 엄마의 신랄함, 먹는 것과 싸는 것에 대한 할머니의 따분한 집착, 비서가 될 계획이냐고 묻는, 낯빛이 창백한* 남자의 질문들. 비서라니! 나는 죽을 때까지 타자는 배우지 않을 생각이었다. 실제로 나는 타자를 배우지 않았다. 대학 시절에는 브라이언이 내 논문을 타자기로 쳐주었다. 그후로는 두 손가락으로 타자를 치거나 돈을 주고 타자를 맡겼다. 불편하기 짝이 없는 노릇이었고 돈도 꽤 들었다. 그러나 원칙에 관한 문제에 돈과 불편함 따위가 대수겠는가? 원칙이란 바로 이것이었다. 나는 결코 타자치는 여자가 되지 않으리라. 심지어는 나 자신을 위해서도. 타자를 배우는 게 내 삶을 아무리 편하게

* dough-faced. 남부의 사상을 가진 북부 사람을 뜻하는 말.

해준다고 해도.

그래서 생리하는 게 곧 타자치는 걸 의미한다면 생리를 멈출 생각이었다. 타자도 멈출 생각이었다. 아니면 둘 다 멈추거나. 나는 아기를 갖지 않을 것이다. 누워서 침을 뱉을 것이다. 목욕물과 함께 아기를 버릴 것이다*. 물론 그것 역시 내가 파리에 있는 또 하나의 이유였다. 나는 모든 것으로부터 나 자신을 잘라냈다. 가족, 친구, 남편을 떠났다. 내가 자유롭다는 걸 증명하기 위해서. 나는 우주공간으로 잘못 발사된 위성처럼 자유로웠다. 낙하산을 공중납치해서 죽음의 계곡으로 낙하하는 사람처럼 자유로웠다.

남은 화장지를 둘둘 말아 가방 속에 집어넣고 다시 방으로 향했다. 몇 층이었더라? 머릿속이 텅 빈 것 같았다. 문마다 똑같아 보였다. 나는 두 층을 올라가서 모퉁이 방의 문을 열었다. 뚱뚱한 중년 남자가 발가벗고 의자에 앉아 발톱을 깎고 있었다. 그는 조금 놀란 표정으로 고개를 들었다.

"실례했습니다!"

나는 한 층을 더 올라가서 내 방을 찾아들어간 다음 문을 잠갔다. 남자의 얼굴에 나타난 표정을 잊을 수가 없었다. 놀랐다기보다는 재미있다는 표정이었다. 부처님처럼

* 사소한 것 때문에 귀한 것을 잃는다는 의미의 관용어.

투명한 미소. 그는 전혀 놀라지 않았다.

그러니까 사람들은 정오에 일어나서 발톱을 깎고 호텔 방에 발가벗고 앉아 있는 거였다. 매일매일 지구의 종말이라고 생각하지 않는 거였다. 놀라웠다. 만약 누군가 내 방에 들어와 내가 발가벗고 발톱 깎는 모습을 본다면, 나는 충격으로 사망했을 것이다. 하지만 정말 그럴까? 어쩌면 나는 내가 생각하는 것보다 훨씬 더 강한지도 모른다.

그러나 나는 내가 생각하는 것보다 훨씬 더 더러웠다. W. H. 오든*이 말하기를, 사람들은 자기 방귀냄새를 맡는 걸 좋아한다고 했지만, 나의 악취가 거슬리기 시작했다. 삽입용 생리대가 없어서 목욕을 할 수는 없었지만 무겁게 떡진 머리는 빨리 조처를 취해야 했다. 이가 생겼는지 두피가 가려웠다. 새로운 시작. 적어도 머리는 감고, 베르사유 정원의 구애자들처럼 향수를 뿌리고 출발하리라. 그러나 어디로 간다? 베넷을 찾으러? 에이드리언을 찾으러? 생리대를 찾으러? 이사도라를 찾으러?

"입 닥치고 어서 머리나 감아. 중요한 일부터 차근차근 해나가는 거야."

내가 말했다.

다행히 나에겐 엄청난 양의 샴푸가 있었다. 세면대는 작

* 영국 태생의 미국 시인. 정치성 짙은 시를 발표했다.

고 물은 차가웠지만 머리를 감고 나니 조금 정리가 되는 것 같은 기분이 들었다.

한 시간 뒤, 나는 짐을 싸고 옷을 입고 화장을 하고 젖은 머리카락에 스카프를 둘렀다. 악의에 찬 시선들로부터 나를 보호하기 위해 선글라스도 썼다. 나는 휴지로 생리대를 하나 더 만들어 팬티에 핀으로 고정했다. 편안한 생리대라고 말할 수는 없지만 방값을 계산하고 가방을 끌고 세상과 맞설 준비는 되어 있었다.

햇살아 고맙다!

거리로 나서며 나는 생각했다. 나는 전직 드루이드교 신자였기 때문에 작은 일에도 하느님에게 감사할 줄 알았다. 나는 밤을 견뎠다! 잠도 잤다! 잠시나마 다 잘될 거라는 생각의 호사를 나 자신에게 허락했다.

생각하지 마. 분석하지 마. 걱정하지 마.

내가 내게 말했다.

그저 런던에 가는 것, 정신을 추스르는 것에만 집중해. 그렇게 이 거지 같은 날을 견디는 거야.

나는 가방을 끌고 약국에 가서 삽입용 생리대를 사고 다시 가방을 질질 끌고 어젯밤에 갔던 생미셸 가의 카페로 갔다. 나는 가방을 테이블 옆에 세워두고 아래층 화장실로 향했다. 가방을 두고 가도 괜찮을까 하는 불안감에 잠시 움찔했다. 이게 하나의 징조일 것이다. 만약 생리대를 착용하고 돌아왔을 때 가방이 제 자리에 있으면 다 잘 될 것이다.

가방은 제자리에 있었다.

나는 가방 옆에 앉아서 카푸치노와 브리오슈*를 주문했다. 거의 한 시가 다 되었고 나는 마음이 차분해졌으며, 심지어 행복하기까지 했다. 우리의 행복은 얼마나 작은 것에 매달려 있는지. 열려 있는 약국, 아무도 훔쳐가지 않은 가방, 한 잔의 카푸치노! 나는 살아 있음의 작은 기쁨을 생생하게 음미하고 있었다. 커피의 훌륭한 맛, 스며드는 햇살, 그 햇살을 음미하려고 모퉁이에 포즈를 취하고 있는 사람들……. 라탱 지구** 전체를 미국인들이 점령한 것 같았다. 내 오른 쪽 옆자리와 왼쪽 옆자리에서 사람들이 나누는 대화가 들려왔다. 그들은 미시간 대학의 필수 과목과 스페인 바닷가에서 자는 게 얼마나 위험한지에 대해 이야기하고 있었다. 꽃으로 장식한 모자를 쓰고 광장을 가로질러 센 강과 노트르담 성당 쪽으로 향하는 중년의 미국인 여자도 보였다. 아이들을 데리고 다니는 배낭을 맨 젊은 미국인 부부도 보였다.

"피카소는 분명히 젖가슴에 집착했어……."

* 버터 · 달걀이 든 롤빵.

** Latin Quarter. 학생과 예술가들이 많이 살며 파리의 주요 대학들이 자리한 학문과 지성의 중심지.

가냘픈 몸에 착 달라붙는 셔츠를 입은, 오스카 와일드 타입의 남자가 옆자리에 앉은 사람(카르뎅의 최신 제품으로 빼입은)에게 말했다. 그의 수영복 팬티에도 조그만 C가 새겨져 있을 것이다. 이 얼마나 대단한 광경인가. 마치 초서의 《캔터베리 이야기》*의 등장인물들 같다. 노트르담 성당으로 향하는 미국 흑인 여자는 '바스의 여장부' 이고, 《예언자》를 들고 가는, 앳된 얼굴의 황금색 턱수염을 기른 미국인 청년은 대지주, 뉴욕의 휴잇 스쿨과 한두 번의 사교무도회, 세라 로런스 대학의 냄새를 풍기는 사랑스러운 미대생(자신의 고급스러운 취향과 프로필보다 겸손한 삶을 살기 위해 더러운 청바지를 입고 있는)은 수녀원장, 건강식품을 사라고 외치는 길모퉁이의 전도사는 음탕한 승려, 상투를 틀어올린 크리슈나 의식협회 회원은 탁발 수사, 프랑스 여성해방운동을 위한 자료를 배부하고 있는 시카고 대학 출신의 전직 정치 운동가는 방앗간 주인…….

"당신은 왜 페미니스트가 되었나요?"

최근에 여성운동에 열심인 남자에게 물은 적이 있다.

"요즘엔 그게 섹스하기 가장 좋은 방법이거든요."

그의 대답이었다.

이곳에 오면 초서는 제집처럼 편안하리라. 그가 이해하

* 캔터베리 대성당을 참배하러 가다가 한 여관에 우연히 모인 31명 순례자가 번갈아 이야기를 들려주는 형식의 설화문학.

지 못할 게 하나도 없을 테니까.

너무도 머리가 맑고 기분이 좋아서 다시 두려움이 엄습하기 전까지 조금 즐겨보기로 결심했다. 어쨌건 임신은 아니었다. 어떻게 보면 서글픈 일이었다. 생리는 항상 조금은 슬펐다. 그러나 그건 새로운 시작이기도 했다. 이제 내겐 또 한 번의 기회가 주어졌다.

나는 커피를 더 주문하고 지나가는 사람들을 바라보았다. 모든 타국의 바보들을!* 어느 커플이 키스를 나누고 있었고 나는 에이드리언을 생각하며 그들을 바라보았다. 두 사람은 삶의 비밀이 서로의 눈동자 속에 담겨 있다는 듯 서로를 바라보았다. 연인들은 서로의 눈 속에서 무엇을 볼까? 서로를 볼까? 나는 황당하게도 에이드리언이 내 영혼의 짝이라고 믿었다. 얼마나 잘못된 생각이었는지. 그러나 나는 바로 그걸 원했다. 나를 완성시켜줄 남자를 원했다. 파파게노에 어울리는 파파게나**. 그것이야말로 내 모든 망상 중 가장 심각한 망상이었다. 다른 사람은 결코 나를 완성하지 못한다. 우리 자신이 우리를 완성하는 것이다. 우리가 스스로 완성할 힘이 없을 때, 사랑을 찾는 건 자살행위이다. 그럴 때 우리는 자기희생이 곧 사랑이라고 스스로를 설득한다.

* 마크 트웨인의 유럽 여행기 《타국의 바보들The Innocents Abroad》에서 인용.
** 모차르트의 오페라 〈마술 피리〉에서 이중창을 부르는 남녀.

에이드리언을 쫓아 햄프스테드로 가지 않을 것이다. 자기파괴적인 열정 때문에 내 삶을 망치지 않을 것이다. 따라가고 싶은 마음도 조금은 있다. 내 안의 또다른 나는 사랑을 위해 모든 걸 던지지 못하는 이사도라를 경멸한다. 그러나 이제 가식은 필요치 않다. 나는 그런 여자가 아니다. 자기희생 따윈 이제 관심 없다. 로맨틱한 여주인공이 될 수 없을지는 몰라도 나는 여전히 살아 있을 것이다. 지금 이 순간 중요한 건 그것뿐이었다. 집으로 돌아가서 에이드리언에 관한 글을 쓸 것이다. 그를 포기함으로써 그를 영원히 가질 것이다.

문득 그가 그리워지는 건 사실이었다. 키스하는 커플을 바라보면서 내 입안에서 움직이는 에이드리언의 혀를 느낄 수 있을 것 같았다. 그 외에도 다른 감상적인 증상들도 있다. 자꾸만 길 건너에서 그의 차를 얼핏 본 것 같은 기분이 들었고 어쩌면 한 번쯤은 번호판을 확인하기 위해 쫓아갈지도 모른다. 카페에서 그의 뒤통수를 본 것 같은 때도 있었고 낯선 사람의 얼굴을 뚫어져라 바라보기도 했다. 수시로 불현듯 추억이 떠올랐고 그의 체취, 그의 웃음, 그의 농담을 생각하게 되었다.

그러나 그 모든 것은 지나갈 것이다. 불행히도 지금껏 항상 그래왔다. 처음에는 건드리지도 못할 것 같은 마음의 멍들이 결국에는 무지갯빛 자국이 되고 고통이 멎는다. 우리는 그렇게 잊는다. 심지어는 다시 사랑을 만날 때까지 우리에게 심장이 있었다는 사실조차 잊고 살기도 한다. 그러다가 또다시 그런 일을 겪으면 어떻게 그 기억을 잊을 수 있었는지 놀라워한다. 그리고 생각한다. "이번이 더 강렬해. 이번 사랑이 더 좋아."

예전의 사랑을 완벽하게 기억하지 못하기 때문이다.

"사랑 따윈 잊어버리고 당신의 삶을 살아보지그래?"

에이드리언이 말했고 나는 그와 논쟁을 벌였다. 하지만 어쩌면 그의 말이 맞는지도 모른다. 지금껏 사랑이 실망 외에 무엇을 주었던가? 아니면 내가 사랑에 잘못된 기대를 품었던가? 나는 남자 속에서 나 자신을 잃고 싶었고, 나 자신이기를 멈추고 싶었으며, 빌린 날개로 천국으로 날아가고 싶었다. 이사도라 이카루스*라고 불러주세요. 그러나 빌린 날개들은 내가 필요로 할 때 붙어 있어주질 않았다. 아무래도 내 날개를 길러야 할 것 같다.

"당신한텐 일이 있잖아."

그가 말했다. 그 말도 옳았다. 다만, 그가 생각한 것과는 전혀 다른 이유로. 적어도 내겐 평생을 걸 만한 일, 천직, 나를 이끄는 열정이 있었다. 그건 분명 대다수의 사람들이 갖지 못한 것이리라.

* 이카루스는 날개를 밀랍으로 몸에 붙이고 날다가 너무 높이 오른 나머지 태양열에 밀랍이 녹아서 바다에 떨어졌다는 그리스신화 속 인물이다.

나는 택시를 타고 북역으로 향했고 가방을 부치고 환전을 하고 열차편을 알아보았다. 거의 네 시가 다 되었고 밤 열 시에나 임항열차가 있었다. 근사한 이름이 붙은 빠른 열차는 아니었지만 런던으로 가는 유일한 방편이었다. 표를 사긴 했지만 왜 런던으로 가는지는 여전히 확실치 않았다. 내가 아는 건 파리를 벗어나야 한다는 것뿐. 더구나 런던에 가면 할 일이 있었다. 만날 에이전트가 있었고 찾아볼 사람들이 있었다. 에이드리언을 제외한 모두가 런던에 있었다.

그날 오후를 어떻게 보냈는지는 확실치 않다. 나는 신문을 읽고, 걷고, 먹었다. 어두워진 뒤에는 다시 역으로 가서 노트에 글을 쓰며 열차를 기다렸다. 하이델베르크 시절 기차역에서 글을 쓰며 많은 시간을 보냈기 때문에 벌써 세상이 한결 편안해진 듯한 기분이 들었다.

열차가 들어올 무렵 사람들이 승강장 쪽으로 모여들며 응고되기 시작했다. 잠자리에 들 시간에 어딘가로 떠나야 하는 사람들 특유의 쓸쓸한 표정들이었다. 나이든 여자가 울며 아들에게 키스하고 있었다. 더러운 옷차림의 미국인 소녀들이 짐수레 위에 가방들을 올려놓고 끌었다. 어느 독일인 여자가 아기에게 젖병을 물리고 그를 '슈바인헨(아기돼지)'이라고 불렀다. 모두가 피난민 같았다. 나 역시 마찬가지였다.

나는 거대한 여행 가방을 기차 위로 끌어올린 다음 통로를 따라 걸으며 빈자리를 찾았다. 묵은 방귀냄새와 썩은 바나나 껍질 냄새가 풍기는 자리가 하나 있었다. 인간적인 악취였다. 그 악취에 내 몫을 보태리라. 목욕 한 번만 할 수 있다면 무슨 짓이든 할 수 있으련만.

나는 가방을 위로 들었지만 선반에 올릴 정도로 높이 들어올릴 수가 없었다. 팔이 빠지는 것 같았다. 때마침 초록색 제복을 입은 열차 승무원이 나타나 내 가방을 받아들었다. 그는 선반에 가방을 거뜬히 올려놓았다.

"고마워요."

내가 핸드백에 손을 넣으며 말했다. 그러나 그는 내 말을 못 듣고 내 앞쪽으로 갔다.

"혼자 가세요?"

그가 애매한 말투로 물었다. "혼자 가고 싶으신가요?"라고 묻는 건지 아니면 "혼자세요?" 라고 묻는 건지 분명치 않았다. 그러고 나서 그가 칸막이를 전부 다 내렸다. 참 친절한 승무원이로군. 그가 다른 승객들에게 방해받지 않고 나만의 공간을 확보하는 방법을 알려주었다. 사람들에 대한 모든 희망을 버리는 순간 이렇게 누군가 나타나서 도움의 손길을 내민다. 그가 의자 팔걸이를 내려 침대를 만들었다. 그러고 나서 바로 이곳이 누울 자리라고 알려주려는 듯 시트를 손으로 쓸어내렸다.

"다른 사람들한테 이래도 되는 건지 모르겠어요."

객실 한 칸을 전부 다 차지하고 가는 것에 죄책감을 느끼며 내가 말했다. 그러나 그는 내 말을 이해하지 못한 것 같았고 나는 프랑스어로 그 말을 할 수가 없었다.

"당신 쇨(혼자)?"

그가 다시 묻고는 손바닥을 내 배에 대고 나를 의자에 밀었다. 갑자기 그의 손이 내 다리 사이로 들어왔고 그가 강제로 나를 의자에 밀어붙이려 했다.

"지금 뭐하는 거예요!"

내가 벌떡 일어나 그를 밀어내며 소리쳤다. 그가 무슨 짓을 하는지 너무도 잘 알았지만 상황을 파악하기까지 조금 시간이 걸렸다.

"돼지 같은 새끼!"

내가 소리쳤다. 그가 묘하게 미소 지으며 어깨를 으쓱했다. 마치 '해봐서 나쁠 건 없잖아?' 하고 말하는 듯한 표정으로.

"코숑(돼지)!"

내가 소리쳤다.

그를 위해 일부러 불어로 번역까지 해주었다. 그가 피식 웃었다. 그는 딱히 나를 강간할 생각은 아니었고 그래서 나의 분노를 이해하지도 못했다. 어쨌든 난 혼자였으니까.

나는 갑자기 힘이 솟아 자리에서 벌떡 일어나 여행 가방을 거의 머리 위로 부딪히며 끌어내렸다. 그가 묘한 미소를 지으며 어깨를 으쓱하는 동안 나는 객실 밖으로 가방을 끌고 나왔다.

사람을 쉽게 믿은 나 자신에게 화가 났다. 그가 칸막이를 내리자마자 나를 덮치리라는 걸 어떤 바보라도 알았을 텐데. 그것도 모르고 아무 생각 없이 고맙다고 하다니. 세상 물정에 밝은 척하지만 사실 난 바보천치였다. 나는 여덟 살짜리 만큼만 세상 물정에 밝았다. 이상한 나라의 이사도라. 영원히 순진한 소녀.

"이사도라, 너 진짜 멍청하다."

빈자리를 찾아 통로를 걸으며 내가 중얼거렸다. 이번에는 북적이는 객실을 찾았다. 수녀들이 있는 곳이나 열두 명의 가족이 있는 곳이나 혹은 둘 다 있는 곳. 승무원에게 한 방 먹이지 못한 게 속상했다. 내가 최루가스를 가지고 다니는 똑똑한 여자였다면. 가라테를 배웠더라면. 호신용 개가 필요했을까. 모든 상황을 위해 훈련받은 거대한 개. 사람보다는 개가 훨씬 더 편할 것 같았다.

어느 단출한 가족을 만나고 나서야 비로소 마음이 안정되었다. 엄마, 아빠, 아기였다. 그제야 문득 이 모든 상황이 얼마나 우스운지 깨달았다. 나의 지퍼 터지는 섹스! 기차 안의 낯선 남자! 나는 조금 전 내 환상을 체험했다. 하이델베르크에서의 3년 동안 내 머릿속을 떠나지 않았던,

흔들리는 열차의 환상이 이루어지는 순간 나는 몸이 달아오르기는커녕 구역질을 했다.

기가 막힐 노릇이었다. 그렇지 않은가? 사람 마음이 참으로 수수께끼 같다는 증거였다. 어쩌면 내 마음이 내가 예기치 못했던 방향으로 변화하기 시작한 건지도 모른다. 열차 안의 낯선 남자는 이제 하나도 로맨틱하지 않았다. 남자들에 대해 로맨틱한 감정이 조금도 남아 있지 않은 걸까?

런던으로 가는 길은 연옥이었다. 객실 안에는 동지들이 있었다. 뚱뚱한 미국인 교수, 촌스러운 그의 아내, 그들의 침 흘리는 아기. 남편이 심문을 주도했다. 결혼은 하셨나요? 이런 질문에 어떻게 대답해야 할까. 나는 그 대답을 알지 못했다. 입이 무거운 사람에게는 그럭저럭 견딜 만한 상황이었을지 몰라도 나란 여자는 지나가는 사람이 묻는 질문에 내 인생 전체를 쏟아놓아야 한다고 생각하는 멍청이였다.

나는 "아뇨"라고 대답하기 위해 온 힘을 끌어모아야 했다.

"왜 당신 같은 멋진 여자분이 결혼을 안 하셨나요?"

나는 미소를 지었다.

이사도라 스핑크스. 결혼과 억압된 여성에 관한 연설을 시작해야 할까? 애인한테 차였다고 동정을 호소해야 할까? 용기를 내어 내 남편이 빈에서 온갖 헛소리에 질식해 버렸다고 말해야 할까? 그들이 이해할 수 없을 레즈비언의 미스터리에 대해서도 말해야 할까?

"모르겠어요."

얼굴에 균열이 갈 정도로 어색하게 웃으며 내가 말했다.

빨리 화제를 바꾸어야 했다. 내가 못하는 한 가지가 있다면 속마음을 감추는 것이었다.

"두 분은 어디 가세요?"

내가 쾌활하게 물었다.

그들은 휴가를 보내기 위해 런던으로 향하는 중이었다. 남편이 얘기를 했고 아내는 아기를 먹였다. 남편은 정치 문제를 들먹였고 아내는 입을 꽉 다물었다. '당신처럼 멋진 여자가 왜 독신이 아니죠?' 라고 속으로 생각했다. 이사도라, 제발 입 다물어. 얽히지 마. 열차 바퀴가 그렇게 말하는 것 같았다. 입 다물어. 입 다물어. 입 다물어.

남자는 화학과 교수였다. 그는 풀브라이트 장학금을 받고 툴루즈에서 학생들을 가르치고 있었다. 그는 프랑스의 제도를 무척 좋아했다.

"규율!"

그가 말했다. 미국엔 그게 부족하다고. 동의하지 않느냐고.

"솔직히 전 동의하진 않아요."

내 말에 그가 당황한 것 같았다. 사실 나도 대학에서 학생들을 가르치고 있다고 그에게 말했다.

“아, 그러세요?”

그 사실이 내게 새로운 지위를 부여한 모양이었다. 그전까지 나는 그저 호기심 당기는 외로운 여자였지만 적어도 자기 아내처럼 설거지나 하는 여자는 아니었다.

“미국 교육제도가 민주주의의 의미를 왜곡했다고 생각하지 않으신다고요?”

오만하고 짜증 섞인 목소리였다.

“전 그렇게 생각하지 않아요.”

오, 이사도라. 너 여간내기가 아니구나. 마지막으로 “동의하지 않아요”라고 말했던 게, 그것도 이렇게 침착하게 말했던 게 언제였니? 점점 더 나 자신이 마음에 들었다.

“물론 미국이 민주주의를 학교에 어떻게 적용해야 할지 아직 제대로 파악하지 못한 건 사실이에요. 하지만 그렇다고 해서 여기처럼 엘리트 시스템으로 돌아가야 한다고는 생각하지 않아요.”

나는 ‘여기’라고 말할 때 창문 너머의 어두운 변두리 도시를 가리켰다.

“어쨌든 미국이란 나란 역사상 처음으로 다양한 민족들이 모여 사는 국가이고 그로 인해 발생하는 온갖 사회의 문제를 해결해야만 하는 국가예요. 프랑스나 스웨덴, 일본

과는 상황이 다르죠."

"하지만 미국 교육의 자유방임이 정말 해답이라고 생각한다는 겁니까?"

아, 자유방임! 청교도의 키워드!

"전 진정한 의미의 자유방임은 아직 부족하다고 생각해요. 관료적 무질서가 자유방임의 탈을 쓰고 있는 것뿐이죠. 진정한 자유방임 즉 건설적인 자유방임은 전혀 다른 개념이니까요."

고마워요, D. H. 로런스 윙.

그는 당혹스러운 표정이었다. 내가 방금 무슨 말을 했던가? 그의 아내는 여전히 아기를 흔들며 입을 다물고 있었다. 그들 부부 사이에는 여자가 항상 입을 다물어서 남편이 똑똑해 보이도록 해줘야 한다는 무언의 약속이 존재하는 것 같았다. 조용한 아내 곁에서 똑똑해 보이기는 쉬울 테니까.

내가 무슨 말을 했던가? 물론 나는 내 생각을 말했다. 진정한 의미의 자유방임이 오히려 독립적 사고를 기른다는 의미였다. 내 운명을 내 손으로 만들겠다는 의미였다. 이제 여학생 노릇은 하지 않겠다는 의미였다. 그러나 그런 말은 하지 않았다. 대신 나는 교육과 민주주의와 일반적인 개념들에 대해 떠들었다.

그러나 믿기 힘들 정도로 따분한 우리의 대화가 칼레까

지의 여행길 반을 채워주었다. 그뒤로 우리는 바로 불을 끄고 잠을 청했다. 열차 차장이 애먼 시간에 우리를 깨워 기선을 타라고 했다. 열차에서 내렸을 때 너무도 안개가 짙은 데다 잠이 쏟아져서 누군가 나를 끌고 해협으로 들어가자고 해도 거부하지 않을 것 같았다. 그뒤로는 가방을 끌고 끝없이 긴 통로를 걸었고 세관 공무원들이 우리 서류를 확인하는 동안 잠을 청하며 이른 아침의 습한 공기 속에서 줄을 서서 기다렸다. 여권에 도장이 찍히기를 기다리는 동안 퀭한 눈으로 두 시간 동안 도버 해협의 하얀 절벽을 바라보았다. 그러고 나서 가방을 끌고 시멘트를 깐 긴 보도를 1.5킬로미터 정도 걷고 나서 기차역에 도착했다. 영국의 기차가 마침내 우리를 구원하러 왔고 기차는 워털루까지 기어가다가 멈추고, 또 기어가다가 멈추었다. 영국의 변두리 도시들은 황폐하고 먼지로 뿌옇게 뒤덮여 있었다. 나는 블레이크의 '악마의 맷돌'*을 떠올렸다. 냄새만 맡아도 영국에 왔음을 알 수 있었다.

* 윌리엄 블레이크의 시 〈예루살렘〉의 한 구절.

19

19세기식 엔딩

작가의 설교에 귀 기울이지 말고
작가가 만든 소설의 주인공들이
어두운 운명의 숲에서 방황할 때
그들이 외치는 낮은 비명을 들어라.

_ D. H. 로런스

호텔은 세인트제임스 공원 부근의 낡고 삐걱거리는 빅토리아풍 건물이었다. 호텔에는 미친 듯이 울어대는 귀뚜라미 소리 비슷한 소음을 내는 낡은 새장 같은 엘리베이터와 황량한 복도가 있었고 계단 난간마다 거대한 거울이 걸려 있었다.

나는 데스크에 웡 박사가 이곳에 투숙하고 있냐고 물었다.

"그런 이름은 없습니다, 부인."

밥 그래칫*처럼 보이는 가냘프고 키 큰 남자가 말했다.

가슴이 무너졌다.

"확실한가요?"

"여기 투숙객 명부를 직접 살펴보셔도 좋습니다."

그가 내게 명부를 내밀었다. 이 유령의 집에는 투숙객이 열 명 정도밖에 없었다. 이유는 뻔했다. '스윙잉 런던'**이 이곳은 스치지 않고 지나쳐버린 모양이었다. 나는 명부를 읽어보았다. 스트로브리지, 헹켈, 하벨로, 보텀, 코헨, 키니, 와츠, 웡…….

찾았다! '웡'이 틀림없었다. 잘못 쓴 게 분명했다. 중국인들은 모두 엇비슷하고 중국인의 이름은 언제나 웡이었다. 문득 평생 이런 거지 같은 일을 겪으며 살았을 베넷에 대한 애틋함이 밀려들었고 기분이 씁쓸해졌다.

"여기 60호 손님은 누구시죠?"

내가 잘못 쓴 이름을 가리키며 물었다.

"아, 그 일본 신사분요?"

젠장, 사람들은 결코 구분을 하지 못한다.

* 찰스 디킨즈의 《크리스마스 캐럴》에 등장하는 스크루지 영감에게 학대받는 점원.

** 1960년대 음악과 패션의 중심지로 명성을 날리던 런던을 일컫는 말.

"네, 방에 전화 좀 걸어주시겠어요?"

"누가 전화하신다고 할까요?"

"부인이에요."

"부인"이라는 말은 19세기에 그 말이 지녔던 위력을 여전히 지니고 있는 게 분명했다. 우리의 친구 밥 크래칫은 문자 그대로 전화기를 향해 달려갔다.

어쩌면 정말 일본인 신사일수도 있었다. 혹시 사무라이 칼과 상투머리를 한? 토시로 미후네*는 아닐까? 아니면 〈라쇼몽〉의 그 강간범? 아니면 아직도 할복한 상처에서 피가 줄줄 흐르는 미시마 유키오**?

"죄송합니다, 부인. 전화를 받지 않으시네요."

"방에서 기다려도 될까요?"

"그러시죠."

그 말과 함께 그가 벨을 눌러 포터를 불렀다. 또 다른 디킨슨 소설의 주인공이었다. 그는 나보다 키가 작았고 기름 바른 머리가 번들거렸다.

나는 그를 따라 엘리베이터 새장 안으로 들어갔다. 한참 동안 윙윙거린 뒤에야 6층에 도착했다.

베넷의 방이었다. 그의 재킷과 넥타이가 옷장에 깔끔하게 걸려 있었다. 연극 전단지가 화장대 위에 쌓여 있었고

* 〈7인의 사무라이〉 〈라쇼몽〉에 출연한 일본 배우.

** 유럽인에게 일본 소설을 널리 알린 작가. 할복자살로 생을 마감함.

칫솔과 샴푸가 낡은 싱크대 위에 놓여 있었다. 바닥에 그의 슬리퍼가 있었다. 속옷과 양말은 라디에이터에서 마르고 있었다. 내가 떠난 흔적은 전혀 없었다. 어쩌면 나는 정말 떠나지 않았던 걸까? 그래서 베넷이 내 부재에 이토록 잘 적응할 수 있었던 걸까? 침착하게 연극을 보고 돌아와서 자기 양말을 빨아 널 정도로? 침대는 싱글이었다. 정돈된 건 아니었지만 뒤척인 흔적이 거의 없었다.

나는 연극 전단지를 뒤져보았다. 그는 런던에서 상영되는 거의 모든 연극을 보았다. 그는 미치지도 미친 짓을 하지도 않았다. 여전히 예측 가능한 베넷.

나는 안도의 한숨을 쉬었다. 아니면 실망의 한숨이었을까?

나는 목욕물을 받으면서 더러운 옷을 바닥에 벗어던졌다. 욕조는 길고 깊었고 발이 달렸다. 직사각형 모양의 석관. 나는 턱까지 욕조에 담갔다.

"안녕, 발아!"

내가 말했다.

내 발가락이 욕조 끝 수면에 떠올라 있었다. 여행 가방을 끌고 다니느라 팔이 멍들고 욱신거렸고 발에는 물집이 잡혔다. 물이 너무 뜨거워서 하마터면 기절할 뻔했다. **헤어진 남편의 방 욕조에서 익사체로 발견되다.** 〈내셔널 인콰이어러〉의 머리기사를 써보았다. 앞으로 어떤 일이 벌어질지 짐작조차 할 수 없었지만 아무래도 상관없었다.

나는 깊은 욕조에 가볍게 떠 있었다. 뭔가 다르다는 생각이 들었다. 뭔가 이상하다는 생각이 들었다. 그런데 그게 무얼까.

나는 내 몸을 내려다보았다. 똑같았다. 허벅지가 만든 분홍빛 V. 곱실거리는 음모의 삼각형, 마치 헤밍웨이 소설의 주인공처럼 물 위에 낚싯줄을 드리우고 있는 생리대 끈. 하얀 배, 반쯤 물 위에 내놓은 젖가슴. 뜨거운 물에 장밋빛이 된 젖꼭지. 멋진 몸. 내 몸. 내가 갖기로 한 몸.

나는 나 자신을 끌어안았다. 사라진 건 바로 내 두려움이었다. 지난 29년 동안 가슴속에 넣고 다녔던 차가운 돌이 사라졌다. 갑자기 사라진 건 아니었다. 어쩌면 영원히 사라진 게 아닐 수도 있었다. 어쨌든 지금은 사라졌다.

어쩌면 난 그저 목욕이나 하러온 걸 수도 있었다. 어쩌면 베넷이 돌아오기 전에 떠나야 할 수도 있었다. 어쩌면 함께 집으로 돌아가 해결책을 알아볼 수도 있었다. 함께 집으로 돌아가서 헤어질 수도 있었다. 어떻게 끝날지는 확실치 않았다. 19세기 소설은 결혼으로 끝난다. 20세기 소설은 이혼으로 끝난다. 그 외에 다른 결말도 가능할까? 나는 고지식한 나 자신을 비웃었다.

'인생에는 각본이 없다.'

내가 가장 좋아하는 격언이었다. 적어도 살아 있는 동안

에는 각본이 없다. 죽고 난 뒤의 각본은 우리가 상관할 바 아니다.

그러나 무슨 일이 일어나건 내가 살아남으리라는 걸 나는 알고 있었다. 그리고, 무슨 일이 있어도, 내가 일을 놓지 않으리라는 걸 알고 있었다. 살아남는다는 건 자꾸만 다시 태어나는 걸 의미했다. 결코 쉽진 않았다. 항상 괴로웠다. 그러나 죽음 외에 다른 선택은 없었다.

베넷이 들어오면 뭐라고 말해야 할까.

"목욕이나 하러 왔어"라고 할까? 비록 발가벗고 있긴 하지만 어물쩍거리며 넘어갈 수도 있을까? 발가벗은 상태로 얼마나 어물쩍거릴 수 있을까?

"비굴해지면 다시 원점으로 돌아가는 거야."

에이드리언이 말했다.

비굴해지지 않으리라. 그것만은 알고 있었다. 그러나 그게 내가 아는 것 전부였다. 그걸로 충분했다.

나는 더운 물을 틀었고 머리에 비누칠을 했다. 나는 에이드리언을 생각하면서 비눗방울 키스를 날렸다. 욕조를 개발한 이름 없는 발명가를 생각했다. 여자일 거라고 확신했다. 그렇다면 욕조의 마개를 발명한 사람은 남자였을까?

나는 콧노래를 부르며 머리를 헹궜다. 머리에 한 번 더 비누칠을 하고 있을 때 베넷이 들어왔다.

작품 해설

날지 못하는 것에 대한 두려움

Fear of Not Flying

에리카 종의 소설《비행공포》에 수록된 미국의 두 거장 존 업다이크와 헨리 밀러의 논평은 이 작품의 위상을 드러내기에 충분하다. 두 작가는 1973년도에 첫 출간된《비행공포》의 30주년 기념판에 친히 발문을 집필했고, 두 작가 모두 이 작품의 내용과 스타일을 극찬해 마지않았다. 특히 존 업다이크는 "에리카 종의 데뷔작《비행공포》는 진정한 승자다. 이 소설에는 기품과 도도함, 총명함과 예리함이 있다"는 말로 자신의 논평을 시작하고 있다.

이 책이 처음 출판될 당시 나는 사춘기에 접어들고 있었다. 어렴풋이 이 책을 읽은 기억이 나지만 성적인 장면 묘사를 제외하고는 별로 관심이 없었던 것 역시 기억한다.

에리카 종은 우리 집에서 금지되었던 모든 단어들을 사용하고 있었으며, 내가 막 눈뜨기 시작했던 미지의 세계(역시 우리 집에서 금지되었던)를 그런 단어들을 사용하여 적나라하게 묘사하고 있었다. 모든 단어와 묘사가 소설의 주인공이자 화자인 이사도라 윙이라는 여성의 입에서 쏟아져 나왔기에 한층 더 자극적으로 느껴졌다. 학식 있는 세련된 여성이 영어에서 가장 강력하고 자극적인 단어들을, 그것도 가장 본질적인 의미로 발가벗겨서, 역시 독자들 앞에서 완전히 발가벗긴 자신을 묘사하기 위해 사용하고 있다는 사실은 서서히 폭을 넓혀가던 여성에 대한 나의 인식에 당연히 엄청난 영향을 미쳤다. 물론 그녀가 스스럼없이 자연스럽게 사용한 성적 단어들을 그전에도 다른 책에서 만났던 것은 사실이다. 그러나 그 책들은 동네 담뱃가게 안쪽의 '특별한' 판매대에서 99센트에 팔리는 조그만 문고판들이었다. 〈뉴욕타임스〉 베스트셀러 1위에 오른 책이 아니었다. 과감한 성 묘사를 한 작가가 에리카 종이 처음은 아니다. 그녀에 앞서 검열과의 전쟁에서 승리한 제임스 조이스와 D. H. 로런스 같은 작가들 덕택에 가능해진 일이기도 했다. 그러나 일체의 제약을 받지 않고 (자전적으로) 과감한 성 묘사를 시도한 최초의 작가는 아마도 에리카 종일 것이다. 조이스와 로런스가 그랬던 것처럼, 에리카 종 역시 새로운 시대의 새로운 여성을 위해 글을 썼다. 적어도,

보다 새로운 시대의 보다 새로운 여성을 위해 글을 썼다. 따라서 《비행공포》의 주인공 이사도라는 에리카 종 자신이기도 하지만, 한편으로는 채털리 부인과 몰리 블룸의 계보를 잇는다고 할 수 있다.

성 혁명, 여성의 역할과 지위의 변화, 이혼 증가, 그에 따른 남녀 관계의 변화 등 미국 사회의 대 격변기에 이 소설이 일으킨 엄청난 파장도 기억하고 있다. 《비행공포》는 어느 모로 보나 한 여자의 선언이었고 그 시대 대부분의 여성들에게 주입된, 여성에 대한 정형화된 기대로부터의 독립선언이었다. 이사도라는 현대사회가 도덕적, 심리학적, 생물학적인 명목으로 여성에게 부여한 딜레마와 싸웠다.

그러나 열네 살 나의 눈에 보였던 건 오직 여자라서 당하는 불이익뿐이었다. 나는 채털리 부인 같은 오르가슴을 느끼고 싶었다. 왜 달이 창백해지고 바닷물이 대지의 표면을 휩쓸고 지나가지 않는가? 사냥터 지기는 어디 있는가? 내 눈에 보이는 건 여자가 된다는 미명의 사기일 뿐이었다.

나는 메트로폴리탄 미술관을 돌아다니면서 내게 길을 보여 줄 여자 예술가들을 찾아보았다. 메리 커샛? 베르트 모리조? 왜 수많은 여성 화가들은 아이 갖는 것을 포기하고도 여전히 어머니와 아이들만을 그릴까? 절망적이었다. 만약 당신이 여자이고 재능이 있다면 어느 길을 가건 당신의 인생은 하나의 덫이다. 집안일에 익사하거나(그래서 월터 미티식의 탈출의 환상을 갖고 있건 아니건) 아니면 예술로 집안일을 승화시키거나. 당신은 결코 여성성을 탈출할 수 없다.

소설 말미에서 에리카 종이 이러한 딜레마에 대한 해답을 제시했는지에 관해서는 논란의 여지가 있지만, 그 문제는 아마도 핵심을 벗어난 게 아닐까. 이 책의 진정한 의미는 주인공의 자아탐구 과정에 있기 때문이다. 그녀는 다양한 자아 즉 여성으로서, 화가로서, 사랑이 필요한 개인으로서, 섹스가 필요한 개인으로서, 유대인으로서, 아내로서의 자아를 조화시키려 애쓰며 자신이 진정으로 원하는 것, 필요로 하는 것이 과연 무엇인지, 그리고 없어도 살 수 있는 것과 없으면 살 수 없는 것이 무엇인지 이해하려 노력한다. 그녀는 여성들이 만족해야 한다고 주입된 것에 만족하지 않는다. 그 이상을 원하고 자신이 원하는 것이 분명 저기 어딘가에 있다고 믿는다. 그것을 찾는 행위가 특히 성 문제와 관련하여 과거 여성성을 구속했던 관습을 거스르는 것이라 해도 결코 멈추지 않는다.

이 소설의 서술방식이 지닌 가장 큰 매력은 솔직하고 똑똑하면서 재미있다는 것이다. 그 세 가지를 한꺼번에 끌어낼 수 있는 작가는 흔치 않다. 이사도라는 독자에게 자신의 전부를 드러낸다. 가장 수치스럽고 은밀한 생각들, 감정들, 그리고 경험들까지도. 그것이 바로 이 책이 지닌 힘의 원천일 것이다. 사려 깊은 독자들에게 이 책은 자신의 모든 잠재력을 실현할 수 있는 자아를 확립하려는 현대 여성의 진정한 노력으로 받아들여질 것이다. 이 책을 가장 잘 표현하는 말은, 아마도 이와 비슷한 문학적 실험에 대한 한국 문단의 유명한 비평, 바로 '감수성의 혁명'이다.

한국에서 이 책은 꾸준히 독자들을 끌어왔다. 1978년에 번역본이 출간된 이래 모두 최소 여덟 차례 이상 다양한 제목을 달고 한국어로 번역되었고, 이번이 최초의 정식 한국어판 출간이자 아마도 열 번째 출간이다. 대부분 날림 번역된 해적판이지만 한 가지 공통점이 있다. 번역문이 원문이 지닌 흡인력을 포착하는 데에 실패했다는 점이다. 전반적인 번역 수준의 문제이기도 하지만 강력하고 자극적인 단어들이 한국어로 번역되는 과정에서 그 강도가 희석되었기 때문이기도 하다. 이번에 출간되는 《비행공포》는 번역의 질이나 원작에 대한 충실함에서 볼 때 지금까지 나온 번역본 중 단연 최고다. 이 번역본에는 앞선 판본에 결여되어 있던 생동감과 선명함이 담겨 있다. 쉽지 않은 영어 문장의 본질을 이해하고 재해석하는 능력도 놀랍지만 에리카 종의 작품이 지닌 문학성과 작가의 의도를 잘 전달했다는 점을 칭찬하고 싶다. 최고의 번역본이고 유일하게 읽을 만한 번역본이다.

스티븐 캐프너 Steven D. Capener(서울여자대학교 영어영문학과 교수)

—

연세대학교에서 국어국문학과 근현대소설 박사학위를 취득했다. 이화여자대학교와 한국외대에서 강의했고, 현재 서울여자대학교 영어영문학과 교수로 있으면서 비교문학과 문학번역 분야를 강의 및 연구하고 있다.